Unicorn
独角兽书系

BRANDON SANDERSON

[美] 布兰登·桑德森 / 著　段宗忱 / 译

MISTBORN: II. 迷雾之子 THE WELL OF ASCENSION

卷二·升华之井 [珍藏版]

重庆出版集团　重庆出版社

MISTBORN: THE WELL OF ASCENSION © 2007 by Brandon Sanderson
Published in agreement with JABberwocky Literary Agency,Inc.,
through The Grayhawk Agency
Simplified Chinese Translation Copyright © 2020 by Chongqing Publishing House Co.,Ltd.
All rights reserved.

版贸核渝字（2015）第106号

图书在版编目（CIP）数据

迷雾之子.卷二，升华之井：珍藏版/（美）布兰登·桑德森著；段宗忱译.—重庆：重庆出版社，2020.9
书名原文：MISTBORN: The Well of Ascension
ISBN 978-7-229-15022-8

Ⅰ.①迷… Ⅱ.①布… ②段… Ⅲ.①长篇小说—美国—现代 Ⅳ.①I712.45

中国版本图书馆CIP数据核字（2020）第068553号

迷雾之子（卷二）：升华之井 （珍藏版）
MIWU ZHI ZI (JUAN ER): SHENGHUA ZHIJING (ZHENCANG BAN)
[美]布兰登·桑德森 著 段宗忱 译

责任编辑：邹 禾 陈 垦
装帧设计：谢颖设计工作室
封面插图：郭 建
责任校对：郑 葱

重庆出版集团 出版
重庆出版社

重庆市南岸区南滨路162号1幢 邮政编码：400061 http://www.cqph.com
重庆出版集团艺术设计有限公司 制版
重庆豪森印务有限公司 印刷
重庆出版集团图书发行有限责任公司 发行
E-mail:fxchu@cqph.com 邮购电话：023-61520646
全国新华书店经销

开本：880mm×1230mm 1/32 印张：23.25 字数：640千
2020年9月第1版 2020年9月第1次印刷
ISBN：978-7-229-15022-8
定价：109.00元

如有印装问题，请向本集团图书发行有限责任公司调换：023-61520678

版权所有 侵权必究

16. 特瑞安湖
17. 陆沙德湖
18. 黑湖
19. 席兰河

20. 北席兰
21. 南席兰
22. 香奈瑞河

THE FINAL EMPIRE
最后帝国

1. 陆沙德 2. 海司辛深坑
3. 邬都 4. 法德瑞斯城
5. 彻姆戴尔 6. 塔辛文 7. 瑟蓝集所
8. 泰瑞塔提司山，史上记载为升华之井所在地

灰山

9. 特瑞安 10. 赭瑞纳 11. 法理司特 12. 多瑞尔
13. 莫拉格 14. 卡林 15. 托林诺

陆 沙 德

钢门

灰巢
山杨树街
陆沙德警备队军营
揪转区
凯蒙的密屋
旅社区
运河街
长敦街
喷泉广场
歪脚的店
海斯丁堡垒
旧城门
财务廷总部
第十五十字路口
商业区
司卡市集
铁门
青铜门

因为你坚持要份最新的，所以给你这张地图。话说在前头，我可不会再回来第三次。
——纳兹

锡门
老墙桥
炭窝
白锒门
奥司托姆广场
雷卡堡垒
栋街
老墙街
教义廷总部
克雷迪克霄
审判廷总部
资源廷总部
工业区
香奈
南桥
艾瑞凯勒堡垒
裂
黄铜门区
红铜门
黄铜门

献给费利斯·卡尔

她也许从未理解过我的奇幻作品，却带我理解人生的种种课题，因此造就我的文笔——即使她并不知晓。（外婆，谢谢！）

致谢

首先，我要大大表扬我最棒的经纪人 Joshua Bilmes 跟编辑 Moshe Feder，因为这本书的规划相当费心，而他们极其出色地完成了这项工作。非常感谢他们，以及他们的助手 Steve Mancino（也是一名很杰出的经纪人），还有 Denis Wong。

除了他们之外，Tor 出版社之中还有数名我需要感谢的好人。Larry Yoder（全国最好的销售代理）很成功地推广了这本书，还有 Seth Lemer，Tor 的大众市场艺术总监，为书本及画家配对的天才。提到画家，我觉得才华惊人的 Christian McGrath 为本书创作了极为出色的原文版封面，欢迎前往 jonfoster.com 欣赏他的其他作品。我的好朋友，同为作家的 Issac Stewart 负责地图跟章节标题的符号设计，关于他的信息详列于 nethermore.com。Shawn Boyles 是《迷雾之子》官方创作团队 Llamas 艺术家，是个不折不扣的厉害家伙，关于他的数据可以去我的网站查阅。最后，我要感谢 Tor 的宣传部，尤其是 Dot Lin，他们花了很多时间在宣传我的书籍跟照顾我。谢谢大家！

下一轮要感谢的对象是我的初稿读者们，他们不厌其烦地一再为我的草稿提出意见，指出我所有来不及处理的问题、错别字，还有前后矛盾的情节。以下排名不分先后：

Ben Olsen、Krista Olsen、Nathan Goodrich、Ethan Skarstedt、Eric J. Ehlers、Jillena O'Brien、C. Lee Player、Kimball Larsen、Bryce Cundick、Janci Patterson、Heather Kirby、Sally Taylor、The Almighty Pronoun、Bradley Reneer、Holly Venable、Jimmy、Alan Layton、Janette Layton、Kaylynn ZoBell、Rick Stranger、Nate Hatfield、Daniel A. Wells、Stacy Whitman、Sarah Bylund，以及 Benjamin R. Olsen。

特别感谢 Provo Walden-books 书局同仁们的支持。Sterling、Robbin、Ashley，还有可怕双人组"Bookstore Guy"：Steve Diamond 以及 Ryan McBride（他们也都是我的初稿读者）。我还要感谢我的兄弟，乔丹，因为他还有 Jeff Creer 帮我制作了网站。乔丹也是官方负责"让布兰登头脑清醒（Keep Brandon's head on straight）"的人，他最认真严肃的任务就是要取笑我跟我的书。

我的母亲、父亲和姊妹也一向是我极大的助力。

如果漏掉任何初稿读者，非常抱歉！我下次会把你的名字放进来两次。Peter Ahlstrom，我没有忘记你，我只是故意把你的名字放在很后面，好让你紧张一下。

最后，感谢我最棒的太太。在制作这本书时，我们结婚了。埃米莉，我爱你！

目 录
Contents

第壹章　幸存者继承人…………………… 001

第贰章　雾中鬼魂…………………… 107

第叁章　王者…………………… 301

第肆章　匕首…………………… 433

第伍章　雪与灰…………………… 565

第陆章　钢中字…………………… 663

镕金秘典…………………… 710

镕金术名词解释…………………… 711

第壹章

幸存者继承人
Heir of the Survivor

迷雾之子
卷二·升华之井 [珍藏版]

我将这些文字写于钢铁上，除此之外的，均不可信。

1

远处军队的阴影像暗色的血渍般染上地平线。

依蓝德·泛图尔王静静地站在陆沙德的城墙上，望着敌军。大片大片的灰烬缓缓地落在他身侧。不是炭块熄灭后的死白灰烬，而是颜色更深、更冷酷的黑灰。灰山群的活动最近特别频繁。

依蓝德感觉灰烬轻洒在他的脸庞跟衣服上，但他丝毫不为所动。远方，血红色的太阳即将落下，前来掠夺他的王国的敌军，成了一片逆光的剪影。

"有多少？"依蓝德低声问道。

"我们猜有五万人。"哈姆说道，他倚着城垛，壮硕的手臂交叠在石头上。无数年来的落灰早已将整座城染黑，城墙也无可幸免。

"五万名士兵……"依蓝德的声音越发低了。虽然他们相当积极地招兵买马，却只勉强召集了不到两万人，而且都是训练不足一年的农民。光要维持这一小支军队就已经让国库资源左支右绌。如果当初找到统御主的天金，情况可能还会不同，但就现在的状况来看，依蓝德的政府正陷入严重的财务危机。

"你有什么看法？"依蓝德问。

"我不知道，阿依。"哈姆低声说，"远见向来是卡西尔的专长。"

"但你协助过他。"依蓝德说道，"你跟其他人都曾是他的团员，是你们一起想出如何推翻帝国，并且落实了这个计划。"

哈姆没回答，依蓝德觉得自己可以猜出对方心中的念头。一切的核心都是卡西尔。策划的人是他，将所有狂想转化成可行计划的人也是他。他才是领袖、天才。

一年前，就在人民终于愤而推翻统御主的同一天，卡西尔死了。连这一点都是他秘密计划中的一部分。依蓝德在混乱中登上了王座，但随着日子一天天过去，他越发觉得自己会守不住卡西尔跟他的伙伴如此牺牲才赢得的东西，甚至可能输给比统御主还要残酷的暴君——一名空有"贵族"之名，却器量狭小、奸险狡猾的恶霸，正带领着军队前来陆沙德。

那是依蓝德的亲生父亲。史特拉夫·泛图尔。

"你有没有可能……说服他不要进攻？"哈姆问道。

"也许吧。"依蓝德迟疑地回答，"除非议会打算要直接开城投降。"

"他们想这么做？"

"说实话，我不知道。我只是担心他们会这样想。这支大军吓到他们了，哈姆。"而且这是无可避免的，他心想。"总之，两天后我会在议会上提案，同时阻止议会做出冲动的决定。多克森今天就会回来了，是吗？"

哈姆点点头："赶在那支大军的先遣部队来之前。"

"我认为应该召集所有团员来开会。"依蓝德说道，"看能不能想出解决目前困境的方法。"

"我们的人手还是不太够。"哈姆说道，搓搓下巴，"鬼影还要一个礼拜才能回来，他统治老子的谁知道微风什么时候才会回来，已经好几个月都没有他的消息了。"

依蓝德叹口气，摇摇头："我想不出别的办法了，哈姆。"他转身，再次望向满是灰烬的大地。日落后，军队点起了篝火，夜雾很快便会出现。

我得尽快回皇宫去，好好地想一想提案，依蓝德心想。

"纹去哪里了？"哈姆转向依蓝德问。

依蓝德想了想。"这个嘛……"他开口，"我也不太清楚。"

纹轻巧地落在潮湿的石板地上，看着迷雾开始在她身边聚集，随着黑

迷雾之子
卷二・升华之井 [珍藏版]

夜的降临涌现，如半透明的藤蔓般蜿蜒纠结，彼此缠绕。

偌大的陆沙德城，安静无声。自统御主死亡后依蓝德成立自由新政府到现在，已经过了一年，但平民们一入夜仍然都待在家里，因为他们畏惧迷雾，这份恐惧深植于传统，而不仅仅是统御主的律法。

纹静静地前行，五官保持高度敏锐，一如往常地在体内燃烧锡跟白镴。锡增强她的感官，让她的夜视力增强，白镴则让她的身体更强壮，脚步更轻盈，再搭配上红铜——让她使用镕金术时不会被其他燃烧青铜的人察觉。这三种金属，她几乎从不熄灭。

有人说她疑神疑鬼，她觉得这是保持警觉。无论如何，这个习惯好几次救了她的命。

她来到一条安静的街道，停下脚步，探出头窥视。其实她从不完全了解自己是如何能燃烧金属，因为她从出生以来就在使用镕金术，接受卡西尔的正式指导前全凭直觉使用，所以"为什么"这件事对她来说，完全不重要。她跟依蓝德不同：不需要凡事都有合理的解释。对纹而言，她只要知道吞下金属便能使用金属的力量就够了。

她欣赏力量，因为她深知没有力量的感觉。即使是现在，她在外表上还是没有半点战士的样子。身形娇小，不到五尺的她有着深黑色的头发与苍白的肌肤，她知道自己看起来几乎是怯弱的，虽然已经无法像童年流落街头时那样装成营养不良的样子，但看起来也绝对没有令人畏惧之处。

她喜欢这样，这时她有利——任何能让她获得优势的事情，都是好的。

她也喜欢夜晚。陆沙德虽然广大，白天时却仍然显得拥挤，令人窒息；但夜晚降临后，迷雾如深厚的云朵般落下，抑制、柔化、模糊一切。巨大的堡垒化成满是阴影的高山，拥挤的平民住所像是被小贩遗弃的瑕疵品般凌乱堆积。

纹蹲在建筑物旁，仍然观察着路口，小心翼翼地在体内燃烧钢，这也是她之前吞下的金属之一。一团透明的蓝色线条立刻出现在眼前，向四周

MISTBORN: THE WELL OF ASCENSION

延伸,只有她能看得见。蓝线从纹的胸口发出,连接附近的一切金属来源。线条的粗细直接对应金属物体的体积,有些指向铜制门闩,其他则是固定木板的粗陋铁钉。

她静静地等待。没有线条晃动。燃烧钢是判别附近是否有人的好方法。如果他们身上佩戴了金属,移动的蓝色线条会让他们暴露行踪,当然,这不是钢的主要用途。

纹小心翼翼地探入沉甸甸的腰囊,掏出一枚钱币,撞击的声响被厚重的垫布掩盖。这枚钱币跟别的金属一样,也有一条蓝线与纹的胸口连接。

她将一枚钱币弹入空中,抓住它的线条,然后燃烧钢,反推钱币。金属片飞向空中,因为钢推的力量在迷雾中划出一道弧线,伴随着清脆的声响落在街心。

迷雾继续盘旋,这在纹的眼中看起来,仍然浓密且神秘,远比单纯的雾气更厚重,也比任何一般气候现象更规律,不断翻腾飘流,在她身边形成一条条细细的雾河。锡增强了她的视力,让她能看穿迷雾,黑夜在她眼里显得更明亮,迷雾也显得较不厚重,但依然存在。

一道影子出现在广场之中,响应她刚抛入街心的钱币,那是他们预先设定的暗号。纹小心翼翼地弯身上前,认出那影子是欧瑟,一只坎得拉。它用的身体跟一年前那具不同,当时它扮演的是雷弩大人的角色。然而,纹已经颇为熟悉它现在这副逐渐秃头、五官平凡的皮囊。

欧瑟来到她面前。"主人,你找到你要找的东西了吗?"它问道。语气恭敬,但总带有那么一丝的敌意。一如往常。

纹摇摇头,环顾四周。"也许我弄错了。"她说道,"也许没有人在跟踪我。"承认这件事让她有点难过,她原本很期待今天晚上也可以跟她的窥探者对打。她甚至不知道他是谁,一开始还误以为对方是杀手。也许他真的是。可是他似乎对依蓝德兴趣缺缺,对纹倒是兴致勃勃。

"我们应该回去了。"纹站起身,"依蓝德会找我。"

欧瑟点点头。

就在此时，一波钱币蹿过迷雾，直朝纹飞洒而来。

我开始怀疑，也许只剩下我还存有理智。其他人难道看不出来？他们急着想要英雄出现，实现泰瑞司预言的承诺，所以直接作出结论，认为所有的传说跟故事都适用于同一个人。

2

纹立刻做出反应，跳起避开，速度快得不可思议，层层布条组成的披风随着她掠过湿滑石板地面的身影翻飞。钱币撞上她身后的地面，激起一阵碎石屑后又反弹，在雾中留下涟漪。

"欧瑟，快走！"她喝道，而它早就已经逃向附近的小巷里。

纹转身蹲低，双手按着沁凉的地面。镕金金属在她腹中焚烧。她燃烧钢，看到透明的蓝线出现在身旁，然后全神贯注地等待，等着……

另一波钱币从阴暗的迷雾间蹿出，每一枚背后都跟着一条蓝线。纹立刻骤烧钢，反推钱币，击回黑暗中。

夜晚再次回复沉静。

虽然两旁耸立着平民住宅，但以陆沙德的标准而言，这里的街道算是宽广。迷雾懒洋洋地盘旋，将街道的尽头隐匿。

八个人从雾里走出。纹微笑。她猜得没错：有人在跟踪她。不过，这些人不是她的窥探者。他们缺乏他稳健的优雅和力量感。这些人鲁莽很多。是杀手。

很合理。如果是她带着一支军队要来征服陆沙德，那要做的第一件事，就是派一队镕金术师刺杀依蓝德。

MISTBORN: THE WELL OF ASCENSION

突然间，腰侧传来一阵压力，把她推倒在地，她咒骂一声，感觉腰间的钱袋在被大力推着。她自行拉断了绳子，让敌方镕金术师将钱币推离她身边。在这群杀手中，至少有一人是射币——能燃烧钢与推动金属的迷雾人。仔细一看，有两名杀手的腰间都有蓝线，指向他们的钱袋。纹想回敬对方，把他们的钱袋也推走，但动手之前却迟疑了。没必要这么快动手，说不定还要用到他们的钱币。

自己少了钱币，也失去了远程攻击的能力，不过如果这是一个默契十足的团队，那远程攻击也没有意义，因为他们的射币跟扯手也一定早就准备好要对付突来的钱币攻击。逃跑也不是好选择，如果她逃了，他们会继续去对付真正的目标。

没有人会派杀手来杀保镖。杀手是用来杀重要的人——像是依蓝德·泛图尔，中央统御区的王。她爱的人。

纹骤烧白镴，全身肌肉紧绷，愈发灵敏、危险。前面有四名打手，她心想，打量着前进的人。他们这群专烧白镴的人会拥有超越常人的肌肉能力，能承受凡人无法承受的身体重创，在近身战中是很危险的对手，其他拿着木盾牌的人是扯手。

她向前虚晃一招，让前进的打手们立即向后一跳。八名迷雾人对一名迷雾之子，如果他们够小心，是会有点胜算的。两名射币各自靠街边站立，准备从两面夹击她。最后一名静静站在扯手旁的人一定是烟阵，在战斗中算不上很重要的角色，因为他的能力是让敌方镕金术师无法探查到同伴的存在。

八名迷雾人。卡西尔能办到，他连钢铁审判者都能杀死。但她不是卡西尔。关于这点，她仍然无法判定到底算不算是好事。

纹深吸一口气，懊恼身边没有多余的天金，只好燃烧铁，让她能拉引刚刚朝她袭来、落在附近的钱币，和用钢推钱币是一个道理。她握住钱币，朝下一抛，向上跳跃，假装要反推钱币，让自己飞入空中。

其中一名射币瞬时钢推纹的钱币，将它击飞。镕金术无论推拉都必须以施术者的身体为中心点，纹此时没有可用的锚点，因为再推向那枚钱币只会让她反向朝侧面飞去。

她落回地面。

就让他们以为我被困住了，她心想，蹲踞在街上。打手似乎更有信心了点，走上前来。就是这样，纹心想。我知道你们在想什么。这就是杀死统御主的迷雾之子？就这瘦骨如柴的小家伙？有可能吗？

我自己也常这么想。

第一名打手弯腰打算要攻击，纹瞬间反攻。黑曜石匕首脱鞘而出，鲜血飞溅在黑夜里——纹一弯腰，躲过打手的木杖后，双刃同时划过他的大腿。

男子大喊出声，打破夜晚的沉静。

纹向另外的男子们冲去，第二名打手以迅雷不及掩耳的速度对纹展开攻击，经过白镴增强的手臂挥舞着木杖。纹往地上一扑，木杖打在她披皮的布条上，随后，纹再次弹起，躲过第三名打手的攻击。

一波钱币朝她飞来。纹伸出手，钢推，但那名射币仍然继续前推，两人的推力在空中对撞。

推拉金属的关键在于重量，当钱币悬挂在纹跟杀手之间时，便等同于纹以全身重量和杀手的全身重量相抗衡，两人因此均被往后抛，纹躲开了打手的攻击，射币则倒向地面。

又一阵钱币从另一个方向袭来，纹不待身体落地便骤烧钢，让自己的力量再次增强。眼前的蓝线是一团混乱，但她可以将整团钱币推开。

这名射币一感觉到纹的碰触便放开他的暗器，金属四散在雾气之间。

纹立刻以肩膀着地，翻滚一圈，骤烧白镴增强平衡感，再瞬间跃起，同时燃烧铁，将即将消失的钱币又拉引了回来。

钱币飞快地朝她扑来，纹顺势跳到一旁，将所有钱币钢推向冲上来的打手们，但钱币却立即转向，朝扯手的方向旋转前进。扯手无法推开钱币，因为他跟一般的迷雾人一样，只拥有一种镕金术力量，所以只会铁

MISTBORN: THE WELL OF ASCENSION

拉，但善用这项能力，便足以让他妥善保护他的打手同伴。他举高盾牌，伴随着一声闷哼，所有钱币同时撞上木盾，散落一地。

不等看到结果，纹就已展开另一波攻击，直接奔向左边倒地不起、无人保护的射币。男子惊讶地大喊，另一名射币想要出手引开纹的注意力，但他的动作太慢。

匕首插进左边的射币胸口，要了他的性命。他不是打手，无法燃烧白镴增强体能。纹抽出匕首，扯下他的钱袋。那人的喉头一阵咯咯作响，倒在石板地上。

一个，纹心想，快速转身，汗水从额前飞散。走廊般的街道上，如今有七个人在她面前。他们大概以为她会逃，没想到她却冲上前去。

冲到离打手们不远处时，纹用力一跳，抛开从死人身上夺来的钱袋。剩下那名射币大喊，立刻想推开钱袋，但纹早已凭借推钱币的上升之势飞跃过打手的头顶。

受伤的那名打手脑子还算清醒，留在后方保护着射币。看到纹在面前落地，他举起了自己的木棍。她弯腰闪过他的第一击，举高匕首，然后——

蓝线闪入她的视线范围。快如闪电。纹立刻转身，反推旁边的门把，侧翻闪避，她在地上一翻滚，单手撑地弹起，雾气沾湿的双脚在地上一阵打滑。

一枚钱币落在她身后的地面上，弹跳数下。那枚钱币的攻击目标似乎不是她，而是瞄准剩下的那名射币杀手，他刚刚似乎被逼出手将钱币推走。

到底是谁出的手？欧瑟？纹猜想，但不可能。坎得拉不是镕金术师，况且，它不会主动攻击。欧瑟只会按照指令行动。

那名射币杀手看起来也一脸迷惘。纹抬起头，骤烧锡，看到有个人站在附近的建筑物上方。一个黑暗的身影。他甚至懒得隐藏自己。是他，她心想。她的窥探者。

窥探者站在原地，不再对冲向纹的打手出手。面对同时袭来的三根木杖，纹咒骂出声，弯腰闪掉一根，转身绕过另一根，在握着第三根木杖的男子胸口插入匕首。他后退几步，却没倒地。白镴让他强撑不倒。

他为什么要插手？纹边想边跳到一旁。为什么要对一看就知道能将钱币推开的射币攻击？

但这一时的分神却几乎让她丧命。一名打手趁她注意力不集中的瞬间，从侧面冲向她——正是被她划伤大腿的那人。纹勉强闪过他的攻击，却陷入原先三人的包围之中。

三人同时出手。

她勉强扭身，避过两人的攻击，但第三人的木杖直直击中她的腰际，巨大的撞击力让她直飞向街道的另一边，撞上一扇木头店门。一阵碎裂声传来，幸好是门碎，不是她。她软倒在地上，匕首不知掉落何处。一般人在这种情形下早就死了，但她经过白镴增强的身体远比一般人耐打许多。

她挣扎着喘气，强迫自己站起来，骤烧锡，感官猛然增强，痛楚也被放大。突来的冲击让她神志一下子清醒。

她被打中的腰侧深深疼痛，但她不能停下来，有打手正朝她冲过来，高举起了木杖。

纹蹲在门口，骤烧白镴，双手握住木杖，低吼一声后抽回左手，一拳将坚实的武器击成木屑。打手脚下一阵踉跄，纹将手中剩下的半截木杖朝他双眼挥打过去。

纵使应该已头晕目眩，他仍然没有倒地。不能靠蛮力打败那些打手，她心想。我不能停下来。

她冲到一旁，刻意忽略身上的痛楚，打手们试图追她，但她比他们轻瘦，更重要的是，更快。她绕过他们，回头来攻击射币、烟阵和扯手。一名受伤的打手再度退后来保护这些人。

射币朝上前来的纹抛掷两把钱币，纹将钱币推开，转而拉引对方腰间的钱袋。

MISTBORN: THE WELL OF ASCENSION

钱袋被纹拉扯，那名射币闷哼一声。因为钱袋被绑在他的腰间，所以她的拉引将他整个人往前扯去。打手伸出手，拉住了他。

射币有了稳固的锚点，纹反而被拉向他，她骤烧铁，举着拳头飞过天际。那名射币大喊出声，一手忙着拉扯绳索，想把钱袋解下。

太迟了。拉力让纹直直前冲，经过射币的同时，一拳挥向他的脸颊，他的头扭到一边，脖子啪的一声折断。纹落地的同时，手肘直捣向讶异的打手下巴，将他朝后击飞，接着补上一记飞踢，正中打手的脖子。

这两个人再也无法起身。解决了三个。被抛下的钱袋落地、破裂，在纹脚边的地上洒下上百个红铜光点。她无视于阵阵发疼的手肘，转身面对扯手。他握着木盾站在原地，奇特的是，他看起来一点都不忧心。

爆裂声在她身后响起。纹大叫出声，锡力增强的耳朵对突来的声响过度反应，痛楚穿刺她的头颅，令她举手捂住耳朵。她忘记了烟阵的存在，他手中握着一对木条，设计成互击时会发出巨大声响的样式。

动作引起反应，行动带来后果，这是镕金术的原则。锡让她的眼力能穿刺雾气，让她拥有胜过杀手的优势，但锡也让她的听觉极端敏锐。烟阵再次举起木条。纹低吼一声，从地面抓起一把钱币，射向烟阵。扯手自然将这把钱币拉向自己，让它们撞上木盾再反弹入空中，此时纹偷偷钢推了其中一枚，让它落到他身后。

男子放下盾牌，对纹的小动作浑然无觉。纹立刻铁拉钱币，让它朝自己的方向直飞，然后大力射入扯手后背中心。他无声倒地。

四个。

所有人停下动作。跑向她的打手突然停下脚步，烟阵也放下他的木条。少了射币跟扯手，已经没有任何人能推或拉金属，留下纹站在一片钱币当中。如果她用了这些钱币，就连那些打手都不是她的对手。她只需要……

另一枚钱币从窥探者的屋顶飞来。纹咒骂一声，弯下腰。可是这枚钱

迷雾之子
卷二·升华之井 [珍藏版]

币没有攻击她,而是直接击中烟阵。那名烟阵向后仰倒,即刻死去。

什么?纹一惊,低头看着死人。

打手冲上前来,纹反而后退,皱眉心想,为什么要杀烟阵?他已经不具威胁性了。

除非……

纹熄灭红铜,然后燃烧青铜,这能让她感觉到附近是否有其他镕金术师正在使用力量。她感觉不到打手在燃烧白镴。附近仍有烟阵在隐藏他们的镕金术。

还有其他人在燃烧红铜。

突然间,一切都有了合理的解释。为什么这群人会冒险攻击迷雾之子,为什么窥探者要攻击射币,为什么他要杀烟阵。纹正身陷极大的危机之中。

她必须在瞬间做出决定。此时,她仰赖直觉。从小在街头长大,曾是盗贼与骗术高手,对她而言,直觉远比逻辑更为自然。

"欧瑟!"她大喊,"去皇宫!"

这当然是个暗号。纹向后一跳,暂时忽略打手的动向,等她的仆人弯身闪出小巷。它从腰带中抽出某样东西抛向纹:一个小玻璃瓶,正是镕金术师用来储存金属碎屑的容器。纹瞬间将瓶子铁拉入手中。不远处,原本倒在地上装死的第二名射币突然咒骂出声,爬起身来。

纹转身,将瓶内的液体一饮而尽。里面只有一颗金属珠。天金。她不敢冒险将它放在身上,否则它在战斗时可能被别人抢走,因此她命令欧瑟今晚留在附近,必要时将瓶子抛给她。

射币从腰间拉出一把隐藏的玻璃匕首冲向纹,打手也跟在他身后逼近。纹一瞬间有些后悔自己的决定,却想不出回避的方法。

这些人在他们之中藏了一个迷雾之子。跟纹一样的迷雾之子,能够燃烧十种镕金金属的每一种,他等待着适当的时机,想趁她不备时撂倒她。

他一定有天金。然而打败天金持有者的方法只有一种。天金是终极镕

MISTBORN: THE WELL OF ASCENSION

金金属,只有迷雾之子才能使用,也能轻松左右战争的结果。每颗珠子都是天价——但如果她死了,拥有天价之宝又有什么用?

纹燃烧她的天金。

周遭的世界似乎变了模样,每样在移动的东西——摇曳的门窗,飞散的灰烬,攻击的打手,甚至连绵的雾气都散发出半透明的分身。

分身挡在本尊前,让纹清楚看见未来瞬间将发生的事情。

只有另外那名迷雾之子不受影响,他身上散发出的并非一道天金影子,而是几十个影子,显示他也在燃烧天金。他的行动停下了,纹的身体必定也刚爆发出数十道令人迷惘的天金影子,因为纹能看到未来,能看见他的下一步行动,因此将改变自己的行为,于是他的行为也将有相应的改变,结果就是两个人的可能性宛如面对面的两面镜子中的倒影,在不断的反射中延长至无限,谁都占不了上风。

虽然他们的迷雾之子停下脚步,但四名不幸的打手仍然继续前冲,完全不知纹正在燃烧天金。纹转身,站在倒地的烟阵旁,一脚将木条踢入空中。

一名打手挥舞着木杖冲上前来,透明的天金木杖影子穿过她的身体。纹转身闪到一旁,可以感觉到真正的木杖从她耳边呼啸而过。有了天金的庇佑,闪躲这种程度的攻击易如反掌。

她从空中抓下一根木杖,朝打手的脖子劈下,转身再握住另一根,扭腰敲上男人的头颅。他一面呻吟,一面倒下,纹再次转身,轻松躲过另外两根木杖。

纹的木杖朝第二名打手的头挥下,碎裂成木屑,发出空洞的声响,像是乐师的敲击——打手的头颅裂开。

他倒地后再也站不起来。纹将他的木杖踢入空中,抛下手中断裂的武器,接住空中那根,转身舞出杖花,同时绊倒剩余的两名打手,各在他们的头上快速却强力地敲了一记,动作行云流水。

两人死去。纹蹲低身体,一手握着木杖,另一手按着被雾气沾湿的石板地。那个迷雾之子迟迟没有上前，纹可以看出他眼中的犹疑。力量不等同于能力，而他最大的两项优势，天金跟偷袭都已经不起作用了。

他转身从地上抓起一把钱币射出，不是朝向纹，而是丢向仍站在巷口的欧瑟。他显然希望纹对仆人的担忧会引开她的注意力，甚至让他有脱逃的机会。但他错了。

纹无视于钱币的去向，向前冲去，就在欧瑟的皮肤被几十枚钱币刺穿，大声痛呼的同时，纹也将她的木杖抛向迷雾之子的头。在木杖脱离她手指的瞬间，它的天金影子瞬间减少成只剩一个。

迷雾之子杀手弯腰完美地闪过，但这个动作使他一时分心，让纹得以逼近。她得尽快攻击，因为她吞下的天金珠子不大，很快就会烧完，一旦没了珠子，她的行动将完全暴露在对方面前，而她的对手将能完全掌握她的行动。他——

她那名已经极为恐惧的对手举起匕首，就在那瞬间，他的天金用完了。

纹的狩猎直觉立刻作出反应，她挥高拳头，而他试图要举起手臂抵挡这次攻击，但她早就看出他的意图，因此半途改变攻击方向，直拳击中他的脸，同时趁他手中的玻璃匕首掉落摔碎前，灵巧地夺走了对方手中的匕首，直起身，挥手割断了他的咽喉。

他缓缓地倒下。

纹站起身重重地喘气，一群杀手尸体倒在她脚边，有一瞬间，她感到自己庞大无比的力量。有了天金，她无所不能。她可以闪躲任何攻击，杀死任何敌人。

天金燃尽。

一切突然暗淡下来。身侧的痛楚回到纹的意识中。她咳嗽、呻吟，知道自己会有瘀青，大瘀青。大概还断了几根肋骨。

可是她又赢了。就差那么一点……如果她输了，会发生什么事？如果她不够小心，或战斗的技巧不够高明呢？

依蓝德会死。

纹叹口气，抬起头。他还在那里，从屋顶上看着她，虽然过去几个月来两人互相追逐不下五六次，但她从来没逮到他。总有一天，她会在夜里将他逼到死角。

但不是今天。她没那个体力，事实上，纹内心某处还在担心他会攻击自己，可是……她心想，他刚才救了我。如果我太靠近那名隐藏身份的迷雾之子，我早就死了。只要他在我没察觉的时候燃烧天金，他的匕首就会出现在我胸口。

窥探者继续看着她片刻，整个人一如往常笼罩在迷雾之中，然后他转身，跳入黑夜。纹让他离开，她得处理欧瑟的事。

她蹒跚地走到欧瑟身边，停下脚步。它穿着仆人的衬衫、长裤，平凡无奇的身上满是被钱币攻击的伤口，鲜血正汩汩流出。

它抬起头看她。"怎么？"它问道。

"我没想到会有血。"

欧瑟一哼。"你大概也没想到我会痛。"

纹张开口，却没说话。事实上，她的确没想过这件事，但是她硬下心肠。这东西有什么权利来责怪我？

不过，坎得拉还是很有用。"谢谢你把瓶子丢给我。"她说道。

"这是我的责任，主人。"欧瑟一面呻吟，一面以破碎的身体撑着小巷边的墙壁站起来，"卡西尔主人将保护你的工作交给我。我一向遵从契约。"

啊，对了。那伟大的契约。

"你能走路吗？"

"不太容易，主人。那些钱币打碎了几根骨头。我需要一个新身体。用这里的杀手可以吗？"

纹皱眉。她转身看着死人们，看到他们躺在地上的血腥样子，胃部一阵翻搅。她杀了八个人，手段残忍而有效，正如卡西尔所训练的那样。

这就是我,她心想。跟这些人一样,是杀手。

这是无可避免的。必须有人要保护依蓝德。

可是,想到欧瑟要把他们其中一人吃掉,消化他的尸体,让它奇特的坎得拉感官记住那人的肌肉、皮肤和器官的位置,好让它日后能复制出一模一样的身体,就让她更为反胃。

她瞥向一边,看到欧瑟眼中隐藏的鄙夷。欧瑟心里清楚纹对它吃人类身体的想法,而纹也清楚它对她的偏见是作何感想。

"不行。"纹说道,"我们不用这里的人。"

"那你得帮我另外找一具身体。"欧瑟说道,"契约明定我不能杀人。"

纹的胃再次翻搅。我会想到办法的,她心想。它目前的身体属于一个杀人犯所有,在被处决后交给了欧瑟,但纹还是担心城里有人会认出他的脸。

"你能回皇宫吗?"纹问道。

"得花点时间。"欧瑟说道。

纹点点头,让它离开,转身面对尸体。不知为何,她可以预料到,今晚会是个转折点。

史特拉夫的杀手的确造成了远超过他们想象的损害。

那颗天金是她的最后一颗。下次有迷雾之子攻击她时,她将无法抵挡。她应该会跟今晚被她杀掉的迷雾之子一样,死得轻而易举。

我的弟兄们忽略其他事实。他们无法将其他发生的奇特事件串连起来。他们对我的反对听而不闻,对我的发现视而不见。

MISTBORN: THE WELL OF ASCENSION

3

依蓝德叹口气,将笔抛回桌上,靠回椅背揉着额头。

他自认为在这世上对政治理论的熟悉程度应该算是数一数二,至少在他所认识的人当中,没有人对经济学的研读、政府架构的研究,还有政治辩论的经验比得上他。他了解所有能让一个国家稳定公正的理论,并且很努力要将这些理论落实在他的新王国中。

他只是没想到,原来内阁议会这么令人烦躁。

他站起身,走到一旁帮自己倒了一点冰镇过的酒,在经过阳台门边时停下脚步。远处,一片光晕穿透迷雾。是他父亲军队的篝火。

他放下酒杯。在目前这么精疲力竭的状态下,酒精可能没多少帮助。我不能就这么毫无进展地睡着。他心想,强迫自己回到位置上。议会即将要召开,他今天晚上必须完成他的提案。依蓝德拿起纸张,浏览其中的内容,就连他都觉得自己的笔迹很难看,上面一大堆被画掉的句子跟注记反映出他的焦躁。他们知道军队的逼近已经好几个礼拜了,但是议会居然还在争论该如何应对。

有些人想要议和,有些人认为该要献城,更有人觉得应该要立刻反击。依蓝德担心献城那方正在形成多数意见,因此他才要提案。如果这个动议通过,他就能争取到更多时间。身为王,他有权与外国政权直接交涉,这个提案会禁止议会做出任何冲动的行为,至少得等他先跟中央统御区的相关人士面过再说。

依蓝德再次叹口气,抛下纸张。议会只有二十四个人,但要他们一致同意某件事情似乎比他们所争论的议题本身还要困难。依蓝德转身,看着他桌上的唯一一盏桌灯,眼神穿过空旷的阳台,望向火光。他听到脚步声在头上的屋顶响起。是纹在巡夜。

依蓝德宠溺地一笑,但即使想到纹,还是无法让他的心情好转。她今晚打败的那群杀手,我能利用吗?如果他公开这次攻击,议会会想起史特拉夫是多么草菅人命的人,因此减低将城市拱手让人的意愿,但是……也许他们也会开始害怕史特拉夫会派杀手攻击自己,因此更想投诚。

有时候,依蓝德不禁思考,也许统御主是对的。当然不是指他对人民的压迫,而是他权集一身的做法。最后帝国即便有诸多不是,却是最稳固的存在,它持续了上千年,撑过无数叛乱,在世上维持着屹立不摇的地位。

不过,统御主是长生不老的,依蓝德心想。那是我绝对做不到的。

议会是最好的途径。依蓝德通过给予人民一个内阁,让众人都能拥有真正合法的权利,以便让他建立起稳定的政府。人民会有国王来维系体制的永续,作为团结的象征,这个人不会像政府官员那样可以随意更换,具有神圣性,但人民也能拥有由他们的同侪组成的议会来为民喉舌。

一切理论上听起来都相当美好。

不过他们得先活过接下来的几个月。

依蓝德揉揉眼睛,再次沾湿笔尖,在文件最下方开始书写新的句子。

统御主已死。

一年过去,纹仍然难以完全理解这个概念。统御主曾经是……一切。他是国王也是神,是立法者也是最终的权威,是永恒且绝对的,如今,却死去了。

是纹杀的。

当然,事实没有故事那般伟大。让纹打败皇帝的不是英雄般的力量或是神秘法力,她只是看穿他让自己长生不老的秘密,因为运气好,甚至可以说是在意外中利用了他的弱点。她既不勇敢也不聪明。只是运气好。

纹叹口气。她的瘀青阵痛,但她受过更严重的伤。她坐在曾经是泛图尔堡垒的皇宫屋顶,就在依蓝德的阳台上方。也许关于她的传言是言过其实,但它们有助于保住依蓝德的性命。如今虽然数十名军阀在曾经是最后帝国的国境内斗争不休,但没有人敢侵犯陆沙德。

直到现在。

火光在城外燃烧。史特拉夫很快就会知道他的杀手失败了。然后呢?攻城吗?哈姆跟歪脚警告过,陆沙德不适合长期抗战。史特拉夫也一定知道这点。

不过,至少此时此刻,依蓝德是安全的。纹越来越擅长找到并且处理杀手,几乎每个月她都会逮到想溜进皇宫的人。大部分只是间谍,鲜少有镕金术师,但无论是普通人的钢刀或镕金术师的玻璃匕首,都能同样轻易地杀死依蓝德。

她不会容许这件事发生——无论发生什么事,无论需要什么代价,依蓝德都必须活着。

一阵心慌突然袭上心头,让她忍不住爬到天窗边去检查他的安危。依蓝德安全地坐在下方的书桌边,忙着撰写某个新提案或法条。王位并没有改变这个人多少。他大约二十多岁,大她不过四岁,却非常重视研究,对外表毫不在意,只有在参加重要聚会时才勉强愿意梳个头发,连剪裁合身的套装穿在他身上都显得凌乱。

他可能是她所遇过最好的人。认真、坚定、聪明、善良,而且不知道为什么,他爱她。有时候,与杀了统御主相比,这件事更令她讶异。

纹抬起头,继续望着军队的火光,然后看看两侧。窥探者没有回来。在这样的夜里,他经常会试探她——过度靠近依蓝德的房间,然后再消失在城市中。

当然,如果他想杀依蓝德,他可以趁她跟别人打斗时动手……

这是个令人不安的念头。纹不能随时看着依蓝德。令她害怕的是,有太多时间他都暴露在外。

的确,依蓝德有其他的保镖,其中甚至有镕金术师,但他们跟她一样分身乏术。今天晚上这批杀手是她这阵子以来所碰过最高强,也是最危险的。只要一想到躲在他们之中的迷雾之子,她就忍不住颤抖。他的攻击技

迷雾之子
卷二·升华之井 [珍藏版]

巧不是太好,但只要燃烧天金,挑选好时机攻击纹的弱点,打倒纹并不需要太多技巧。

迷雾继续盘旋。军队的存在诉说着令人不安的事实:周围的军阀已经开始巩固他们的领域,并且开始想扩张了。就算陆沙德能抵挡史特拉夫,还是会有其他人。

纹静静地闭上眼睛,燃烧青铜,仍然担心窥探者或其他镕金术师可能在附近,准备趁上次暗杀行动失败后众人警觉心降低的空隙动手。大多数迷雾之子认为青铜是种没有多大用处的金属,因为它很容易抵抗,只要靠燃烧红铜,迷雾之子就能隐藏镕金术,同时保护自己的情绪不受锌或黄铜的操弄。也因为这样,大多数迷雾之子认为,不随时燃烧红铜是愚蠢的行为。

但是……纹有能力穿透红铜云。

红铜云不是肉眼可见的东西,而是更为模糊的存在,类似一团被压制的空气,镕金术师能够在其中燃烧他们的金属,却不需担心会被燃烧青铜的人感应到。可是,纹却可以感觉到在红铜云中使用金属的镕金术师。她至今不知为什么自己可以办到,就连她所认识的镕金术师中最强的卡西尔都无法穿透红铜云。

可是今晚,她什么都没感觉到。

她叹了口气,睁开眼睛。虽然这项奇特的能力常让她充满疑问,但至少不是她独有。沼泽确认过钢铁审判者也可以穿透红铜云,她也确定统御主办得到,但是……为什么她能?为什么只不过勉强受过两年迷雾之子训练的女孩能办到?

不只如此。她依然清晰记得,与统御主战斗的那天早上发生的一些事。她和谁都没说过,因为那让她有点害怕关于她的传言跟传说都是真的——不知为何,她从雾气里汲取了力量,利用它们作为镕金术的燃料,而非金属。

她最后能打败统御主完全是因为那股力量,雾的力量。她对自己说,

MISTBORN: THE WELL OF ASCENSION

猜出统御主的伎俩只是因为运气好,可是……那天晚上她办到了一件奇怪的事,使用了她不应该拥有也无法重现的能力。

纹摇摇头。他们知道的真的太少,这说的不仅仅是镕金术。她跟其他依蓝德新生王国的领导人们已经尽力了,但少了卡西尔的指引,纹觉得自己茫然无措。计划、方向,甚至是目标,都像是雾中惘然的身影,朦胧且恍惚。

你不该离开我们的,阿凯,她心想。你拯救了世界,但你应该要活着。卡西尔,海司辛幸存者,构思且执行最后帝国瓦解计划的人。纹曾跟他相识,曾跟他共事,曾受过他训练。他是传说,更是英雄。但他曾经也是个凡人,会犯错,不完美。司卡们自然而然崇拜他,然后将卡西尔带来的危险状况怪罪在依蓝德跟其他人头上。

这个想法让她心中充满苦涩。每每想到卡西尔,同样的情绪就会涌现,也许是因为她觉得自己被遗弃了,抑或是因为知道卡西尔跟自己一样,其实都是名过其实的人。

纹再叹口气,闭上眼睛,继续燃烧青铜。今晚的战斗耗费了她不少精力,让她开始忧虑未来几个小时该如何打起精神继续守夜,尤其当她……

她感觉到了什么。

纹猛然睁开眼睛,骤烧锡,转身趴在屋顶隐藏身影。有人正在燃烧金属,青铜波动微弱、隐约地鼓动,几乎感觉不到,像是有人正很小声地敲着鼓。鼓声被红铜云遮掩,那个人以为他们的红铜足以隐匿他们的形迹。

到目前为止,除了依蓝德跟沼泽外,世上再没有别人知晓她奇特的力量。

纹小心翼翼地匍匐前进,手指跟脚趾被屋顶的红铜瓦片冻得冰冷,她试图判断鼓动的方向,有哪里……不太对劲。她无法判断她的敌人正在燃烧哪种金属。是白镴的快速敲击吗?还是铁的韵律?鼓动的感觉非常模糊,像是厚泥巴中的涟漪。

来自很近的地方,在屋顶上……

就在她面前。

纹全身僵硬，蹲下，夜风在她面前穿过一片雾墙。他在哪里？她的感官各执一词：青铜说有东西在她正前方，但她的眼睛拒绝同意。

她研究着黑影里的雾，抬起头确认，然后站起身。这是我的青铜感应第一次出错，她皱着眉头想。然后，她看到了。

不是雾里的东西，而是雾的一部分。那个影子站在几尺外，很容易忽略，因为它的外形只隐约被迷雾勾勒出来。纹惊喘一声，后退一步。

那个影子继续站在原处。她看不出太多细节，它的五官很朦胧模糊，仅由被风吹乱的翻腾迷雾组成，要不是它的形状迟迟未变，她会以为它就和云朵形成的动物一样偶然。

但它一直在。每多一丝迷雾，它的身体跟长长的头部轮廓就更清晰。混乱，却稳定。看起来似乎是人形，却没有窥探者那么实在，感觉起来……看起来……不对劲。

人形上前一步。

纹立刻有了反应，抛出一把钱币并向前推，金属片穿过迷雾，勾拉出痕迹，直直穿透雾中的人形。

它站在原地片刻后，瞬间散去，消失在迷雾凌乱的细丝间。

依蓝德华丽地写完了最后一句，虽然知道自己还是会请书记官将他的手稿重誊一遍，但他仍然感到相当自豪，相信自己终于推演出一套能够说服议会不向史特拉夫投降的论述。

下意识地，他瞥向桌上的一叠文件，最上面放着一封看似简单的黄色信件，依然端正地折起，血渍般的封蜡已经被拆碎。信的内容不长，依蓝德很轻松地就能记起信中的内容。

吾儿：

我相信你在陆沙德照看泛图尔产业的这段时间，应该过得相当愉

MISTBORN: THE WELL OF ASCENSION

快。我已经掌握北方统御区，即将回到我们位于陆沙德的堡垒，届时你便可将城市控制权交还予我。

史特拉夫·泛图尔王

统御主死后，所有攻击最后帝国的军阀跟豪强中，史特拉夫·泛图尔是最危险的一个，这是依蓝德个人的切身体验。他的父亲是一名真正的帝国贵族：他视人生为无止境的追名逐利，而且也很擅长操弄这个游戏，他让泛图尔成为了崩塌时期前最强大的家族。

依蓝德的父亲不会将统御主的死视为悲剧或胜利，只是一个机会。况且，史特拉夫心中意志懦弱且无用的儿子居然自称为中央统御区之王这件事，大概早让他笑掉了大牙。

依蓝德摇摇头，继续研究他的提案。再重读几次，修正一点，我就可以上床睡觉了。我只是要……

一个身着披风的身影从屋顶的天窗跃下，轻轻地降落在他身后。

依蓝德挑起眉毛，转身面对蹲低的身影："纹，你知道我是故意开阳台的吧？你想的话可以从那里进来。"

"我知道。"纹说道，然后她冲过房间，以镕金术师超自然的流畅动作，检查了他的床下，再走到他的柜子前将门扯开，带着野生动物的警觉向后一跃，但里面显然没有看到什么会令她紧张的事物，于是她开始检查通往依蓝德其他房间的门户。

依蓝德宠溺地看着她。他花了点时间才习惯纹特别的……怪癖。他常开玩笑地说她神经兮兮，她则回敬这叫小心谨慎。她来他房间时，不管怎样，有一半时间都会去检查他的床跟衣柜，另一半时间她会忍住，但依蓝德经常抓到她以怀疑的眼神偷偷瞥着可能的藏身之处。

她不需要担心他的安危时，不用这么紧张，但依蓝德渐渐开始了解，在他以为是法蕾特·雷弩的面孔之后，隐藏着另一个很复杂的人。他爱上了她在宫廷中展现的一面，却不知晓她容易紧张、疑神疑鬼的迷雾之子那一面,对他而言,要将两人视为同一人,仍然有些困难。

纹关上门,暂时停下动作,用她圆溜溜的黑眼睛看着他。依蓝德发觉自己不由自主地微笑。虽然她有她的怪异之处,但也可能正因为那些特质,所以他深爱这名瘦弱的女子,以及她坚定的眼神跟不加掩饰的性格。她和他所认识的所有人都不一样,是兼具单纯与诚实、美貌与智慧的女子。

不过,她有时会让他担心。

"纹?"他站起身问道。

"你今天晚上看到过什么奇怪的东西吗?"

依蓝德想了想。"除了你吗?"

她皱眉,踏步走过房间,依蓝德看着她穿着黑长裤、男衬衫的身影,迷雾披风的布条拖曳在身后。一如往常,她将披风的帽罩放下,步伐中带着燃烧白镴的人所独有且自然流露的流畅优雅。

专心点!他告诉自己,你真的累了。"纹?出了什么事?"

纹瞥向阳台:"那个迷雾之子。那个窥探者,他又出现在城里了。"

"你确定?"

纹点点头:"但是……我不认为今晚他要来攻击你。"

依蓝德皱眉。阳台门仍然大开,一丝丝迷雾穿入,沿着地板爬行,直到终于蒸发。在门外是……黑暗。混乱。

只不过是雾而已,他告诉自己。水汽。没什么好怕的。"你为什么认为那个迷雾之子不会来攻击我?"

纹耸耸肩;"我就是觉得他不会。"

她经常这样回答。纹出生于街头,因此她相信直觉,奇特的是,依蓝德也相信她的直觉。他打量着她,看出她肢体语言中表露的不自在。今天晚上发生了让她不安的事情。他望入她的双眼,与她四目交接片刻,直到她别过眼。

"怎么了?"他问道。

"我还看到……别的东西。"她说,"至少,我以为自己看到了。有东西在雾里面,像是烟形成的人形。我还可以用镕金术感觉到那个人,但后来它就消失了。"

依蓝德的眉头锁得更紧。他走上前,抱住她:"纹,你把自己逼得太紧了。你不能每天晚上都在街头巡夜,然后大白天还要醒着。就算是镕金术师,也需要休息。"

她静静地点头。在他的怀里,他一点都不觉得她是杀死统御主的强大战士,只感觉她像是累得超过极限的女子,像是无法招架世事无常的女子,跟依蓝德有着相同心情的女子。

她让他抱着她。一开始,她的身体还有些僵硬,仿佛有一部分的她仍然以为自己会被伤害,有一丝残余的原始本能无法理解,怎么会有只有爱而无愤怒的碰触。可是,她逐渐放松下来。依蓝德是少数能让她放松的人。当她抱他,真正在抱他时,她会以几乎是恐惧的焦虑紧紧攀住他。不知为何,即使她具有强大的镕金术,而且意志力过人,纹亦是出奇惊人的脆弱。她似乎需要依蓝德。因为这点,他觉得自己非常幸运。

有时候,她让人几乎脑充血。可是,遇见她还是一件幸事。纹跟他没有讨论他的求婚以及她的拒绝,不过依蓝德经常回想起那件事。女人真难懂,他心想,而且我还挑了其中最奇怪的一个。不过,他也没什么立场抱怨。她爱他。所以,他也能应付她的怪癖。

纹叹口气,抬起头来看他。当她终于放松时,他低下头吻她,吻了很久,令她叹息出声。之后,她将头靠在他的肩膀上。"我们还有另外一个问题。"她静静地说道,"我今天把最后一点天金用完了。"

"因为跟杀手战斗?"

纹点点头。

"嗯……我们知道这是早晚会发生的事。我们的存量不可能一直维持下去。"

"存量?"纹问道,"卡西尔只留了六颗珠子给我们。"

依蓝德叹口气,更用力地抱紧她。他的新政府应该要继承统御主的天金,传说中的金库里应该存着数量惊人的天金,卡西尔认定他的新王国能够拥有这笔财富,他死的时候坚信这点。问题是,没有人找到那笔库存。他们只找到了一点天金——被做成统御主用来储存寿命的护腕——那些早已被他们花在城市的补给上,而且其中的天金含量其实只有一点点,跟传说中的库存量相差非常多,比那些护腕多上数千倍的天金财富,应该仍在某处。

"我们只好再想办法应付了。"依蓝德说道。

"如果有迷雾之子攻击你,我杀不死他。"

"那是在他也有天金的前提下。"依蓝德说道,"它已经越来越稀有了。我怀疑其他国王也不会有太多。"

卡西尔毁了海司辛深坑,世上唯一产天金的地方。但是,如果纹真的得跟有天金的人战斗⋯⋯

不要去想,他告诉自己。你只要不断去找,也许就能买到天金,或是找到统御主的库存,如果它真的存在⋯⋯

纹抬起头,看见他眼中的担忧,而他知道她也推演出跟他一样的结论。如今也没什么选择,纹能将天金的存量用到现在已经非常了不起。可是,当纹退后一步,让依蓝德回到他书桌前时,他忍不住要去想那颗天金可以被如何使用。他的人民冬天时需要粮食。

可是,如果卖了那颗金属,他边坐下边想,我们会让更多世界上最危险的镕金术武器落入敌人手中,还是让纹把它用了好。

当他重新开始工作时,纹将头探过他的肩膀,遮住灯光。"这是什么?"她问道。

"要议会在我的和谈结果出来前不得私自行动的提案。"

"又来了?"她歪着头,眯着眼,试图要看懂他的笔迹。

"议会拒绝了上一个版本。"

纹皱眉。"你为什么不直接告诉他们,他们必须接受?你是王。"

MISTBORN: THE WELL OF ASCENSION

"听我说。"依蓝德说道,"这正是我一直想要证明的。我只是人,纹。也许我的意见不比他们的好。如果我们一起讨论这份提案,它会比一个人提出的来得好。"

纹摇摇头:"它会太懦弱。没有利牙。你应该更相信自己。"

"这跟相信无关,跟正义有关。我们花了上千年推翻统御主,如果我做事的方法跟他一样,那又有什么差别呢?"

纹转身直视他的双眼:"统御主是个邪恶的人。你是个好人。这就是差别。"

依蓝德微笑:"在你心中就是这么简单,对不对?"

纹点点头。

依蓝德半抬起身,再次吻她。"我们有些人会把事情想得更复杂些,所以你要多担待点。现在,麻烦你从我的灯光前移开,好让我能继续工作。"

她哼了哼,还是站起身,绕过桌子,留下一缕香气。依蓝德皱眉。她什么时候用的?她有许多动作快到他根本来不及发现。

众多矛盾之处组成这名自称为纹的女子,香水是其中之一。她要进入雾中时,不会用香水,通常只为他而使用。纹喜欢不被人发现,但她也酷爱身上拥有香味——而且如果他没注意到她换了味道,纹还会有点生气。她似乎生性多疑且事事提防他人,但对她的朋友却是无可摇动地忠诚。她夜晚外出时只穿着黑跟灰,非常努力要隐藏自己,但一年前在舞会上见到她时,穿着礼服的她又显得无比自然。

不知道为什么,如今她停止穿裙装,也从未解释过为什么。

依蓝德摇摇头,继续专心在他的提案上。跟纹相比,政治似乎单纯许多。她双臂靠在书桌上,一边看着他工作,一边打呵欠。

"你应该去休息了。"他说道,再次润湿笔尖。

纹想了想,点点头,脱下迷雾披风,裹在身上,然后倒在他桌旁的地毯上。

迷雾之子
卷二·升华之井 [珍藏版]

依蓝德停下动作。"我不是要你躺那里，纹。"他有点好笑地说道。

"外面还有个迷雾之子。"她以疲累且模糊的声音回答，"我不会离开你身边。"她在披风中翻个身，依蓝德注意到她脸上一闪而过的痛楚。她正注意不往左身侧施力。

她鲜少告诉他打斗的细节。

他告诉自己，不要杞人忧天，但没有用。

强压下心中的忧虑，他强迫自己再次开始阅读。就在他快要读完，发觉有一小处可以修改的瞬间——

门上传来敲门声。

依蓝德烦躁地转身，不知道又是谁来打扰他。一秒后，哈姆的头出现在门口。

"哈姆？"依蓝德说道，"你还没睡？"

"很不幸，没错。"哈姆走入房间。

"你又这样熬夜，玛德拉会想杀了你。"依蓝德说道，放下笔。虽然纹有很多怪癖，但至少她跟依蓝德一样，喜欢熬夜。

哈姆只是翻翻白眼。他仍然穿着他标准的背心跟长裤。他同意当依蓝德的侍卫队队长时，唯一的条件是他永远都可以不穿制服。哈姆走入房间时，纹睁开一只眼睛，很快又放松下来。

"不过也来不及阻止你了。"依蓝德回答，"请问有何贵干？"

"我想你应该会感兴趣——我们已经辨认出想杀纹的杀手的身份。"

依蓝德点点头："可能是我认得的人。"大多数镕金术师是贵族，而他对所有史特拉夫麾下的镕金术师都很熟悉。

"我觉得不是。"哈姆说道，"那些是西方的人。"

依蓝德皱眉沉吟片刻，纹精神一振。"你确定？"

哈姆点点头："所以不太可能是你父亲派来的，除非他很努力在法德瑞斯城招兵买马，他们主要是来自于加尔得跟康拉得家族。"

依蓝德靠回椅背。他的父亲据守在邬都，泛图尔的祖地。法德瑞斯跟

MISTBORN: THE WELL OF ASCENSION

邬都隔着半个帝国之遥,有好几个月的脚程,所以他父亲雇用西方镕金术师的机率相当低微。

"你听说过灰侯·塞特吗?"哈姆问道。

依蓝德点点头:"西方统御区自封为王的其中一人。我对他所知不多。"

纹坐起身,皱眉:"你觉得是他派来的?"

哈姆点点头:"他们一定在等溜进城里的机会。最近几天城门的混乱交通一定让他们有机可乘,这意味着史特拉夫军队抵达以及对纹的袭击两件事是同时发生的,算是巧合。"

依蓝德瞥向纹。她迎向他的目光,他看得出来她不完全相信杀手不是史特拉夫派来的。依蓝德则没有这么多疑。几乎每个独裁者都派过杀手来杀他,为什么塞特要缺席?

是天金,依蓝德烦躁地心想。他从来没找到过统御主的宝库,却无法阻止帝国中其他的统治者认定他已经把天金藏在某处。

"至少,杀手不是你父亲派来的。"向来积极乐天的哈姆说道。

依蓝德摇摇头:"我们的血缘关系阻止不了他,哈姆,相信我。"

"他是你父亲。"哈姆说着,面露忧色。

"那对史特拉夫而言一点都不重要。他没派刺客的原因大概是他懒得动手,不过如果我们撑得够久,他就一定会。"

哈姆摇摇头:"我听说过有儿子弑父好取代他们的地位,但父亲杀儿子……不知道老史特拉夫的脑子是哪里有问题,居然想杀你。理论上……"

"哈姆?"依蓝德打断他。

"嗯?"

"你知道我通常很愿意跟你聊天,但我现在真的没时间谈这个。"

"噢,对。"哈姆有点不好意思地笑了笑,起身要离开,"我也该回去找玛德拉了。"

依蓝德点点头，揉揉额头，再次拿起笔。"记得要召集大家来开会。我们需要组织我们的盟友，哈姆。如果我们想不出个聪明绝顶的计划，这个王国可能就要完了。"

哈姆转过身，依然微笑着："阿依，听你说得未免绝望。"

依蓝德望向他："议会一团混乱，五六支大军阀全副武装准备对我们动手，几乎每个月都有人派杀手来刺杀我，而且我爱的女人正渐渐把我逼疯。"纹对最后一句哼了一哼。

"哦，只有这样啊？"哈姆说道，"你看，不怎么严重啊。至少我们的对手不是长生不老的神跟他全能的祭司们。"

依蓝德一呆，忍不住轻笑出声。

"晚安，哈姆。"他说完，转身回去处理他的提案。

"晚安，陛下。"

也许他们说得对。也许我发疯了、嫉妒了，或只是笨。我的名字是关，哲人、学者、叛徒。我是发现艾兰迪的人，也是第一个声称他是永世英雄的人。我是开始一切的人。

4

这副身体没有明显的伤口，仍然倒在原处，村民们不敢动他。他的四肢扭曲成不自然的角度，周围的泥土因为他死前的挣扎而凌乱。

沙赛德伸出手，手指沿着其中一道痕迹摸下，虽然东方统御区的土壤比北方的陶土含量高，却仍然偏黑而非褐色。连这么南边的地方都有落灰。被洗干净、堆满肥料的无灰土壤，是只有贵族花园中的装饰植物才能

MISTBORN: THE WELL OF ASCENSION

够享用的奢侈品。世界上其他地方只能想办法利用没有处理过的土壤。

"你说他死时是一个人？"沙赛德问道，转向身后的一小群村民。

一名皮肤黝黑干硬的男子点点头："就像我刚才说的那样，泰瑞司主人。他只是站在那里，附近没有别人，突然间他呆住，就倒在地上扭了一阵，然后就……不动了。"

沙赛德继续研究尸体扭曲的肌肉，尸体脸上的表情冻结在痛苦的一刹那。沙赛德带来了他的医疗红铜意识库——也就是束在他右上臂的金属环——以意识探入，找到几本他存在里面的医书，翻阅一阵。的确是疾病，死时症状包括抽搐痉挛，虽然很少会这么快发作后致死，但也不是没有先例。如果不是因为其他的状况，沙赛德不会这么在意这个人的死法。

"请你再说一遍你看到的事情。"沙赛德开口。

站在众人前面，皮肤干硬的男子叫做特珥，一听这话脸色略微发白。他现在处于蛮尴尬的立场，虽然喜欢引人注意的天性让他想要到处宣称自己的经历，却也害怕引来迷信同伴的怀疑。

"我只是经过，泰瑞司主人。"特珥说道，"我就走在二十码之外的小路上，看到老杰得在耕作，他是个很勤奋的人，我们有些人在大人们离开后就不做事了，但老杰得依然继续工作，我想他是知道无论有没有贵族主人，冬天时我们还是要吃东西的。"

特珥停了一下，瞥向旁边："我知道别人怎么说我，泰瑞司主人，但我真的亲眼看见。我经过时是大白天，但这边的山谷里有雾，我就没再往前走，因为我从来不去雾里，这点我太太可以作证。我准备往回走，却看到老杰得他还在工作，好像没看到雾一样。

"我打算要叫住他，但还来不及出声，他就……就像我跟你说的那样，我看到他站在那里，然后全身一僵，雾在他身上绕了一下，他开始抽搐扭动，好像有很强壮的东西正抓着他在摇晃，然后，他就倒在地上，爬不起来了。"

沙赛德依然跪在地上，转过头去看着尸体。特珥显然有编故事的习

迷雾之子
卷二·升华之井 [珍藏版]

惯,但这个尸体跟他的故事有诸多令人毛骨悚然的吻合之处,再加上沙赛德自己几个礼拜前的经验——

雾在白天出现。

沙赛德站起身,面向村民:"请给我一把铲子。"

没有人帮他挖坟墓。在南方的大热天中,这是件缓慢、辛苦的工作。虽然秋天已到了,太阳还是很炽烈。陶土很难挖掘,幸好沙赛德多存了一些力量在他的白镴意识库中,现在正是取用的时候。

他的确需要,因为他并非强壮的人。身材高挑、四肢修长的他更像是个学者,同时仍然穿着泰瑞司侍从官的鲜艳长袍,也继续剃头,这是他四十多年来担任侍从官养成的习惯。他不想引起土匪的觊觎,没有戴太多珠宝,但他的耳垂又长又大,上面有许多可挂耳环的耳洞。

白镴意识的力量略略增强了肌肉,让他看起来较为壮硕,但即便有额外的力气,当他挖完坟墓时,外袍上仍然沾满了汗水跟泥巴。他将尸体推入坟墓中,静静地站了片刻。这人曾是个认真的农夫。

沙赛德在宗教红铜意识中寻找合适的宗教,从他创造的多个索引之一开始,当他找到合适的宗教时,才会取出其仪式细节的记忆。在他脑海中出现的文字跟他写下、记忆那时一样清晰,当然,这个记忆在他脑海中会随着时间消失,但在那发生之前,他会将这份记忆送回金属意识中,这就是守护者——他的族人——储存大量知识的方法。

今天他选的记忆属于哈达,一个南方宗教,有个专司农业的神灵。跟大多数在统御主时代被压制的宗教一样,哈达的信徒早已绝迹上千年。

按照哈达的下葬仪式,沙赛德走到一旁的树木边,或者该说,在这一区勉强可称为树的灌木丛边,拔下一根长长的枝干。村民们好奇地看着他将枝干拿回墓旁,弯下腰,将它插入泥土里,就在坟墓的下方,尸体的头边,然后他站起身,开始将土堆回坟中。

农民以暗淡无光的双眼看着他。如此抑郁,沙赛德心想。在五大统御区中,东方统御区是最动荡、最混乱的一个。这里的男子全都年过半百。

MISTBORN: THE WELL OF ASCENSION

募兵团很有效率,这个村庄中的丈夫跟父亲们可能都死在了某个不再重要的战场上。

很难想象居然有事情能比统御主的独裁高压还可怕。沙赛德告诉自己,因为他跟其他人的贡献,这些人的苦难会结束,他们有一天能获得富足的生活。但他也亲眼看到农夫们被迫自相残杀,孩子们饿死,只因为某个暴君强制"征收"了整个村庄的食粮。他看到盗贼横行霸道,只因为统御主的军队不再巡逻运河。他看到混乱、死亡、憎恨、动荡,而他无法不承认,自己必须担负一部分的责任。

他继续填埋坑洞。他受的训练是要成为学者跟家仆,他是一名泰瑞司侍从官,是最有用、最昂贵、地位也最高的仆人。如今,这件事已经没有意义。他从来没挖过坟墓,但他仍然很认真,很努力,充满敬意地进行这项工作。意外的是,进行到一半时,农夫们开始帮他一起将土壤推入洞中。

也许这些人还是有希望的,沙赛德心想,感激地让其中一人接过他的铲子,完成工作。当他们结束后,哈达树木的顶端刚好突出在坟墓前方的泥土上。

"你为什么要这么做?"特珥问道,朝树枝点点头。

沙赛德一笑:"这是个仪式,特珥先生。如果你愿意的话,应该还要搭配一篇祈祷文。"

"祈祷文?钢铁教廷的吗?"

沙赛德摇摇头:"不是的,朋友。这是一篇以前就有的祈祷文,来自统御主之前的年代。"

农民们面面相觑,皱着眉头,特珥搓着下巴。可是,当沙赛德念着他简短的哈达祷词时,没有人说话。结束后,他转向农民们:"它叫哈达教。我想,你们有些祖先是它的信徒。如果你们希望的话,我可以将它的教义教导给你们。"

众人静默地站在原地。人数不多,二十几人,多数是中年妇女还有几名较为年长的男子,只有一个年轻人,一脚套着义肢。沙赛德有点意外看到他在农庄中活了这么久，因为大多数贵族会杀死残障与病患，以避免他们浪费资源。

"统御主什么时候回来?"一名妇女问道。

"我想他不会回来了。"沙赛德说道。

"他为什么遗弃我们?"

"改变的时候到了。"沙赛德说道，"也许该是学习新的知识，探索新的人生的时候了。"

众人一阵骚动，沙赛德无声地叹气。这些人将信仰与钢铁教廷和它的圣务官联系在一起。宗教不是司卡会多加思考的话题，他们对这种事避之不及。

守护者们花了上千年搜集跟记忆世界上死去的宗教，沙赛德心想。谁能想到，没了统御主后，人民已经不想知道他们曾经失去的东西?

可是，他发现自己无法责难这群人。他们正挣扎着想活下去，原本已经严酷的世界突然变得更加难以预料。他们累了。所以遗忘许久的信仰无法引发他们的兴趣，不也很自然吗?

"来吧。"沙赛德说道，转身面向村庄，"我有其他更实用的事情可以教你们。"

而我也是背叛艾兰迪的人。因为如今我知道，他绝对不被允许完成他的征途。

5

纹可以看见城市中到处都是焦虑的迹象。工人们焦虑地四处游走，市

MISTBORN: THE WELL OF ASCENSION

场的忙碌也带着一丝忧虑,像是被逼到墙角的老鼠,害怕却又不知该如何是好,面临末日却无处可逃。

在过去一年中,许多人都离开了。贵族们逃跑,商人们找寻其他做生意的地方,但在同时,城市里涌入无数司卡,他们不知如何听到了依蓝德的解放宣告,因此带着希望和乐观而来,以一个过度操劳、营养不良,不断被打击的族群而言,他们已经尽力了。

因此,虽然众人预言陆沙德很快就会垮,虽然到处都有人窃窃私语说它的军队又小又弱,人民依然留了下来,工作,生活,一如以往。司卡的生活向来就不稳定。

看到这么繁忙的市场,还是让纹很不习惯。她走在坎敦街上,穿着习惯的长裤跟衬衫,想着在崩解时期前造访这条街道的情景。当时,这里是一些高级裁缝店。

依蓝德解除司卡商人的禁令后,坎敦街就变了。这条道路变成狂乱的市集,充满店铺、小贩、帐篷,为了要吸引刚独立且开始获得薪水的司卡工人,店主们也改变他们的销售方式。过去他们以豪华的橱窗吸引顾客,现在则是大呼小叫,利用店员叫卖,甚至以杂耍来招揽客人。

街道忙碌到让纹通常会远远避开,然而今天比平常更加严重。兵临城下的大军引发最后一波狂乱的买卖,人民试图为未来即将发生的事情做好准备,空气中弥漫着剑拔弩张的气氛。少了些街头艺人,多了些叫卖。依蓝德下令八座城门全部关闭,因此逃跑已经不是可以选择的选项。纹在心中暗暗猜想,不知道有多少人后悔留下来。

她以稳定却快速的脚步走在街上,双手交握避免肢体显得僵硬。小时候她在十几个不同城市的路上游荡时,就不喜欢人群,因为太难记住这么多人的来去,太难专注于这么多同时发生的忙乱的事情。小时候,她会待在人群边缘,躲藏起来,只偶尔冲出去抓起掉落的钱币或被忽略的食物。

现在的她不一样了。她强迫自己挺直背脊,不允许眼睛垂下或试图寻找躲藏的地方。她已经进步很多,但看见人群仍会让她想起过去,而且那永远会是她的一部分。

仿佛在响应她的念头一般，两个流浪儿穿过人群，一名穿着面包师傅围裙的壮硕男子对他们大声怒骂。依蓝德的新世界中仍然有流浪儿，不过她心想，付钱给司卡可能让流浪儿的生活大有斩获，因为有更多口袋可以偷取，更多人让店主分心，更多食物可以分配，更多双手来喂乞丐。

她很难把她的童年跟现在的世界联想在一起。对她而言，街头上的流浪儿得学会安静、躲藏，晚上才能出门翻垃圾，只有最勇敢的流浪儿才敢割别人的钱袋，因为大多数贵族都认为司卡的性命不值一钱。在她还小时，纹知道有好几个流浪儿被经过的贵族杀害或砍断手脚，只因为他们看了觉得碍眼。

依蓝德的法律可能无法消除贫穷——虽然这是他非常想做的事——但街头流浪儿的生活质量确实有改善。他的众多优点，包括这一项，都是她爱他的原因。

人群之中仍然有些贵族，全是被依蓝德说服，或认为身家性命留在城内会比出城安全的人。他们或是走投无路，或是软弱，或爱好冒险。纹看着其中一人走过，身边围绕着侍卫，因为她的普通打扮决定忽略她，没多看她一眼。没有贵族女子会像她这样穿着。

那我是吗？她心想，停在某间店铺的橱窗旁，看着里面的书籍。这家店的生意向来不大，但利润颇丰，专门服侍无所事事的皇家贵族。她利用镜中的倒影确保没有人要从她背后突袭。我是贵族女子吗？

也许有人会说她的贵族身份只是因为裙带关系。国王爱她，想娶她，而且她是海司辛幸存者的徒弟，即使她的母亲只是司卡，她的父亲——倒绝对是贵族。纹举起手，摸着简单的青铜耳针，这是母亲留给她的唯一纪念品。

只是小东西，但纹不确定自己想更了解母亲，毕竟她曾经想要杀掉纹，而且也的确杀了纹的妹妹，后来是瑞恩，纹的同母异父哥哥，救了她。他将满身是血的纹,从才刚刚将耳针刺入纹耳朵不久的母亲臂弯中拉出。

可是,纹依然留着那耳针。算是提醒吧。事实上,她不觉得自己是贵族,某些时候她甚至觉得和依蓝德的贵族世界相比,她跟发狂的母亲有更多共同点。在崩解时期前她参加的舞会跟宴会都只是假象,梦一般的回忆,不属于濒临崩毁的政府跟夜夜有杀手出没的世界。

况且,纹参与舞会的身份一直都是个骗局,她只是假装是个名叫法蕾特·雷弩的女孩。

而她依然在假装。假装不是饿着肚子在街头长大的女孩,不是被鞭打次数远超过受到他人善待次数的女孩。纹叹口气,离开橱窗。但下一间店铺令她忍不住停下脚步。橱窗里面摆了宴会礼服。

店里没有客人。在即将被进攻前夕,鲜少有人会想买礼服。纹在敞开的门前停下,几乎像是被人用镕金术拉引而离不开那样。店内的假人身着华丽的礼服,纹看着那些衣物——紧束的腰际跟如钟口般散开的裙摆。她几乎可以想象自己站在周围流泻着轻柔的音乐,桌面雪白的舞会之中,而依蓝德站在他的阳台边,翻着一本书。

她差一点要走进店里。但,何必呢?城市即将被攻击了。况且,那些衣服很昂贵。当初她花的是卡西尔的钱,现在她花的是依蓝德的钱,而依蓝德的钱就是王国的钱。

她背对礼服,走回大街。那些已经不是我了。法蕾特对依蓝德无用。他需要的是一名迷雾之子,而不是别扭地穿着不合身礼服的女孩。她昨晚的伤口已经变成瘀青,提醒她自己的处境。它们愈合的状况很好,她一整天都在大量燃烧白镴,不过身体大概还要僵硬好一会儿。

纹加快脚步,走向牲畜栅栏,但边走边瞥到有人正在跟踪她。

也许用"跟踪"这个词还太高估对方的行为了,那个人显然不擅长隐藏自己,他的头顶即将光秃,两旁的头发却留长,身上穿着一件简单的司卡罩袍:米色的单件长衣,因灰烬而染黑。

迷雾之子
卷二·升华之井 [珍藏版]

这下可好了，纹心想。这就是她避开市集跟任何司卡聚集地的原因之一。

她再次加快脚步，那个人也增加了速度。很快地，他笨拙的动作引来注意力，但大多数人没有咒骂他，反而尊敬地停下脚步，甚至还有人加入他，不久之后，纹身后跟了一小群人。

有一部分的她想抛下钱币立刻飞走。是啊，纹半挖苦自己，大白天用镕金术，这样才不会有人注意到嘛。

所以她叹口气，转身面对众人。没有一个人看起来有威胁性，男性都穿着长裤跟暗色衬衫，女子穿着一件式实用的裙装，几个男子则穿着满是灰烬的单件罩袍。

幸存者祭司。

"继承者贵女。"其中一人说道，上前跪倒在地。

"不要这么称呼我。"纹低声说道。

祭司抬头看着她："求你。我们需要方向。我们摆脱了统御主，但现在该怎么办？"

纹后退一步。卡西尔知道他做了什么吗？他建立起司卡对他的信仰，然后以殉道者的身份死去，让他们愤而起身反抗最后帝国。他有想过之后的事情吗？他有预见到幸存者教会的成立，同时将卡西尔取代统御主作为神明来崇拜吗？

问题是，卡西尔没有留下任何教条给他的追随者。他唯一的目标就是打败统御主，有一部分是为了复仇，一部分是为了确立他的影响，还有一部分，纹希望，也是因为他真心想要解放司卡。

但现在怎么办？这些人一定跟她有同样的感受，感觉彷徨无依，没有光芒可以指引他们。

纹当不了那道光芒。"我不是卡西尔。"她低声说道，又退了一步。

"我们知道。"其中一人说道，"你是他的继承人。他离开了，这一次是你幸存下来。"

MISTBORN: THE WELL OF ASCENSION

"求求你。"一个妇女说道,上前一步,手中抱着一名年幼的孩童,"继承者贵女。如果打倒统御主的手能摸摸我的孩子……"

纹试图退得更远,但发觉自己已经抵上人墙。女子靠得更近,纹终于举起迟疑的手,摸上婴儿的额头。

"谢谢你。"女子说道。

"你会保护我们,对不对,继承者贵女?"一个年轻人问道,他不比依蓝德大多少,有着脏污的脸庞跟诚实的双眼,"祭司说你会阻止那支军队,只要你在,士兵就无法进城。"

这句话超过了她忍耐的极限。纹模糊地低声应了一句,然后转身从人群间挤出。幸好信众们没有再跟着她。

当她终于慢下脚步时,她不断深呼吸,不是因为疲累。她走入两家商店间的小巷,站在阴影中,双臂紧抱自己。她花了一辈子的时间想着该如何如何不受他人注目,如何能显得安静且无足轻重。现在,她不再有这些选择。

那些人期待她什么?他们真的认为她能靠一己之力阻止那支军队吗?她在训练的早期就学会一件事:迷雾之子并非无敌。她能杀死一个人。十个人会让她有点难以招架。一支军队……

纹控制住自己,深呼吸几口。良久后,她走回忙碌的街道,目的地已然不远——一间很小,单面开放的帐篷,四面有栅栏。商人懒洋洋地靠在旁边,他是一名臃肿的男子,只有一半的头上有头发。纹呆站在原地片刻,无法判断那是因为疾病、受伤,或纯粹是喜好。男人看到她站在栅栏边时,精神一振,拍落身上大量的灰尘,大摇大摆地走向她,露出仅存的几颗牙齿,假装他没听过也不在乎城外的军队。"啊,年轻的小姐。"他说道,"在找小狗吗?我有任何女孩看了都会爱上的小幼犬,让我抱一只来,你一定会觉得那是你见过最可爱的小东西。"

纹双臂交握,看着男子伸手从栅栏里抓出一只小狗。"不对。"她说道,"我是来找狼獒的。"

迷雾之子
卷二·升华之井 [珍藏版]

商人抬起头:"狼獒,小姐?那不是给你这样的女孩子的宠物,那些是凶猛的野兽。我帮你找只可爱的毛毛狗,很可爱又很聪明的。"

"不。"纹拦下他的动作,"抱一只狼獒来给我。"

男子再次停下脚步,看着她,在身上不雅的几处地方抓了抓。"好吧,那我去看看……"

他走向离街边最远的栅栏。纹静静地等着,尽量低着头避开气味,听着商人对他的动物大喊,挑选合适的一只。过了一阵子,他终于拉着一条狗走回到纹身边。的确是条狼獒,但身体不大,眼神温柔乖顺,显然脾气相当温和。

"它是那一窝里最小的。"商人说道,"我敢说是适合年轻女孩的好动物,应该也会是条好猎犬。这些狼獒的嗅觉远远好过任何动物。"

纹准备掏出钱袋,低头时看到狗儿喘气的脸,它似乎正在对她微笑。

"拜托,我的统御主啊。"她怒道,推开狗跟主人,直接走到后面的栅栏。

"小姐?"商人疑问道,不确定地跟在她身后。纹在四周搜寻着狼獒,她看到一头巨大的黑灰色猛兽被绑在前方的木棍上,反抗地盯着她,喉咙发出低咆。

纹指着它问:"那头多少钱?"

"那头?"商人问道,"好小姐,那是看门犬,是用来放在贵族的庄园中四处跑,攻击任何擅入的人的。那是最残暴的动物之一啊!"

"好极了。"纹说道,掏出几枚钱币。

"好小姐,我不可能将它卖给你,不可能的。我敢打赌,它比你还要重一倍以上。"

纹点点头,拉开栅门,大步走进去。商人大声叫喊,但纹直接走到狼獒面前。它开始疯狂地对她吠叫,嘴角白沫四溅。

抱歉了,纹心想。她燃烧白镴,弯身冲上前,一拳捶向动物的头。

动物全身一僵,脚步一阵蹒跚,然后失去意识倒在地上。商人停在她

MISTBORN: THE WELL OF ASCENSION

身边，嘴巴合不起来。

"绳子。"纹命令道。

他递上一条绳子，让她将狼獒的四条脚捆绑在一起，她骤烧白镴，将动物甩到肩上，身侧的痛楚只让她略略皱眉。

这东西的口水最好不要滴到我的衬衫，她心想，将一些钱币递给商人，走回皇宫。

纹将昏迷的狼獒甩在地上。门口的守卫在她进门时投以奇特的目光，但她已经习惯了。她掸掸双手的毛屑。

"那是什么？"欧瑟问道。它回到了她在皇宫的房间，但现在的身体显然已经不堪负荷，必须在平常人类没有肌肉的地方形成肌肉才能让骨架维持完整，而且在愈合的过程中，整个身体看起来极不自然，同时，它身上仍穿着前一夜沾满鲜血的衣服。

"这个。"纹说道，指着狼獒，"你的新身体。"

欧瑟呆了瞬间。"那个？主人，那是条狗。"

"是啊。"纹说道。

"我是个人。"

"你是只坎得拉。"纹说道，"你能模仿皮肤跟肌肉。毛呢？"

坎得拉看起来并不高兴。"我不能模仿。"它说道，"但我能使用那动物原本的毛，就像我可以用它的骨头一样……难道没有别的身体吗？"

"我不会为你杀人，坎得拉。"纹说道，"而且就算我杀人，我也不会让你……吃了他们。况且，这具身体比较不显眼，如果我一直换不同的陌生男子当侍从官，会有人说闲话的。我过去几个月以来一直在跟大家说想把你换掉。我会跟他们说，我终于让你离开，不会有人想到我的新宠物其实就是我的坎得拉。"她转身朝尸体点点头。"这个很有用。人们不会像留意人那样注意狗，所以你能窃听到很多对话。"

欧瑟眉皱得更深："我不轻易做这种事。你必须透过契约来强迫我。"

"好。"纹说道,"这是我的命令。要花多久?"

"一般的身体只需要几个小时。"欧瑟说道,"这可能会花更久时间。那么多毛要看起来正常是个大挑战。"

"那你现在就该开始了。"纹说道,转向门口,但她在出去的途中,注意到书桌上有个小盒子。她皱眉,走过去掀起盖子,里面有张小卡片。

纹贵女:

这是您要求的下一种合金。铝不容易取得,但一个贵族家庭最近离城,我买到了他们的一些餐具。

我不知道会不会成功,但我相信这值得尝试,我将铝混合百分之四的红铜,感觉成果很有潜力。我读过这种组合,它叫做硬铝。

您的仆人,泰利昂

纹微笑,将纸条放在一旁,拿出盒子里其他的东西:一小袋金属粉跟一块薄薄的金属条,两者应该都是这个叫做"硬铝"的金属。泰利昂是镕金金属师傅。虽然他本身并非镕金术师,但几乎毕生都在为迷雾之子跟迷雾人铸造合金跟创造金属粉。

纹将袋子跟金属条收入口袋,转向欧瑟。坎得拉面无表情地看着他。"今天送来给我的?"纹问道,朝盒子点点头。

"是的,主人。"欧瑟说道,"就在几个小时前。"

"你居然没告诉我?"

"抱歉,主人。"欧瑟波澜不惊,"您没有命令我要告诉你是否有收到东西。"

纹恨恨地咬牙。它知道她有多焦虑地等待泰利昂送另一种合金来。他们之前试用过的合金都不对。知道某处有一种镕金金属等待被发掘让她很不安。除非找到,否则她不会罢休。

MISTBORN: THE WELL OF ASCENSION

欧瑟坐在原处，脸上的表情淡漠，昏倒的狼獒依然躺在它面前的地上。

"你快处理那具身体。"纹说道，转身离开房间去找依蓝德。

纹最后在书房找到依蓝德，他跟一个熟悉的身影一起在研读某些文件。

"老多！"纹说道。他前天一到后就进房休息，因此她并没有时间多跟他交谈。

多克森抬头，微笑。他矮壮却不胖，黑色的短发，脸上依旧留着他惯常的半长胡子。"哈啰，纹。"

"泰瑞司怎么样？"她问道。

"很冷。"多克森回答，"我很高兴能回来，不过我真希望回来时没发现外面那支军队。"

"无论如何，我们都很高兴你回来了，多克森。"依蓝德说道，"没有你，王国差点四分五裂了。"

"看起来不像啊。"多克森说道，阖上一个档案夹，放回一叠档案的最上头，"看来我不在时，皇家事务局把事情维持得很好，你们根本不需要我。"

"胡说。"依蓝德说道。

纹靠着门，看着两人继续他们的讨论，强做欢颜。两个人都下定决心要让这个王国存续，即使是要他们假装喜欢彼此。多克森指着文件中的各处，讨论财务，还有他去依蓝德统治之下的外围村庄时所发现的问题。

纹叹口气，望向房间对面。阳光从彩色玫瑰窗透进来，让不同的色彩照耀在活页夹和桌子上。即便到了现在，纹仍然不习惯贵族堡垒中随处可见的华丽布置。那扇红色与浅紫的窗户既繁复又美丽，但贵族们显然觉得它平凡到只适合放在堡垒的简陋房间之中，像依蓝德现在的书房这样。

房间里堆满了书，屋顶到地板间都是书柜，但已装不下依蓝德日渐增加的藏书量。她向来对依蓝德的阅读品味没什么兴趣，里头大多数都是政治或历史书籍,题材跟古老的书页一样枯燥。许多都曾是钢铁教廷的禁书,但这些老哲学家能把最禁忌的议题写得极端无聊。

"好了。"多克森说道,终于阖起他的活页夹,"在你明天的演说前,我还有些事情要做,陛下。哈姆跟你说过明天晚上还有城市防卫会议吗?"

依蓝德点点头:"如果我能说服议会不要把城市交给我父亲,之后我们必须想出策略来应付这支军队。我明晚会派人去找你。"

"很好。"多克森说道,朝依蓝德点点头,对纹眨眨眼睛,然后走出了拥挤的房间。

多克森一关上门,依蓝德便叹口气,靠回他丰软的椅子。

纹走上前:"他真的是个好人,依蓝德。"

"噢,我知道。不过好人不代表讨人喜欢。"

"他也很好相处。"纹说道,"坚定、冷静、可靠。我们整团人都依赖他。"虽然多克森不是镕金术师,他仍是卡西尔的第一副手。

"纹,他不喜欢我。"依蓝德说道,"真……我很难跟用那种眼神看我的人好好相处。"

"你没给他公平的机会。"纹抱怨,停在依蓝德的椅子边。

他抬起头看她,露出疲累的笑容,背心散开,头发简直一团乱。"嗯……"他懒懒地握住她的手,"我喜欢这件衬衫,红色很适合你。"

纹翻翻白眼,让他轻轻将她拉入椅子上吻她。他的吻带有激情,可能还有对生命中恒常事物的需要。纹响应,感觉自己贴近他时逐渐放松。数分钟后,她叹口气,觉得舒坦了很多。她钻入他身旁,跟他坐在同一张椅子上。他将她拉近,让椅子沐浴在透过窗户照入的阳光下。

他微笑,瞥向她:"你……好像用了新的香水。"

纹哼了一声,头靠在他的胸前:"那不是香水,依蓝德。是狗味。"

"噢,幸好。"依蓝德说道,"我还担心你疯了。那么,请问你为什么会想要闻起来是狗的味道呢?"

"我去市场买了一条狗,把它抱回来喂给欧瑟,当成它的新身体。"

依蓝德一愣。"纹,这真是太聪明的主意了!没有人会怀疑狗是间谍。不知道以前有没有人想到过……"

"一定有。"纹说道,"毕竟这么做实在太方便了,不过我猜想到这件事的人不会去跟别人分享。"

"有道理。"依蓝德说道,再次靠回椅背。两人如此贴近,纹可以感觉到他的身体依然紧绷。明天的演讲,纹心想。他在担心。

"不过,我得承认一件事。"依蓝德懒洋洋地说,"我有点失望你不是用狗味的香水。以你的社会地位,我可以想象一些当地的贵族仕女会试图模仿你,那样就太有趣了。"

她挺起身,抬头看着他得意洋洋的笑容:"你知道吗?依蓝德,有时候很难知道你到底是在开玩笑,还是真的呆。"

"那不是让我显得更神秘吗?"

"你要这么说也行。"她再次贴近他。

"不不,你听我说,你还没看出这正是我聪明的地方。"他说,"如果一般人分不出我什么时候是白痴,什么时候是天才,那也许他们会把我犯的错都视为绝佳的政治操作。"

"只要他们不把你绝佳的政治操作视为错误就好。"

"应该不会。"依蓝德说道,"我想我最近没什么会让人看错的地方。"

听到他僵硬的口气,纹担忧地抬起头,但他笑了笑,转移话题:"所以欧瑟要变成狗了,那它晚上还能跟你一起行动吗?"

纹耸耸肩:"我想是吧,但我其实打算这一阵子不要带它。"

"我希望你能带着它。"依蓝德说道,"你每晚出去都把自己逼到极限,让我很担心。"

"我应付得来。"纹说道,"总要有人守护你。"

"是啊。"依蓝德说道,"但谁来守护你?"

卡西尔。即便到现在,这仍然是她直觉的反应。她认识他还不到一年,但那一年是她这辈子中,第一次感觉到受人保护。

卡西尔死了。她,跟全世界的人一样,都必须学会如何在没有他的情况下活下去。

"我知道你那天晚上跟那群镕金术师对战时受伤了,"依蓝德说道,"所以知道有人跟你在一起,有助于我的心灵健康。"

"坎得拉不是保镖。"纹说道。

"我知道。"依蓝德说道,"可是它们极端忠诚。我从来没听说过有哪只坎得拉会破坏契约。它会照看你。我担心你,纹。你知道我为什么这么晚不睡,一直在写提案吗?我睡不着,我知道你可能正在哪里战斗,甚至更严重的,躺在某条街道上等死,只因为没有人去帮你。"

"我有时候会带欧瑟一起。"

"是的。"依蓝德说道,"但我也知道你会找借口把它留下。卡西尔帮你买到一名极为宝贵的仆人。我不了解你为什么这么努力地回避它。"

纹闭起眼睛:"依蓝德。它吃了卡西尔。"

"那又怎么样?"依蓝德问道,"卡西尔已经死了。况且,那是卡西尔下的命令。"

纹叹口气,睁开眼睛:"我只是……不信任那东西,依蓝德。那怪物不自然。"

"我知道,"依蓝德说道,"我父亲向来雇用坎得拉。欧瑟多少能帮上忙,答应我你会带着它。"

"好吧。可是我想它也不喜欢这样的安排。当它在扮演雷弩,而我在扮演它的侄女时,我们就处不来。"

依蓝德耸耸肩:"它会遵从契约。这才是最重要的。"

"它是遵从契约。"纹说道,"可是那不是它自愿的。我敢发誓,它很喜欢让我气急败坏。"

依蓝德低头看着她:"纹,坎得拉是绝佳的仆人,它们不会做这种事。"

"不,依蓝德。"纹说道,"沙赛德才是绝佳的仆人。他喜欢跟人在一起,帮助他们,我从来不觉得他厌恶我。欧瑟可能会遵照我的每个命令,但它不喜欢我,它从来就不喜欢我。我看得出来。"

依蓝德叹口气,揉揉她的肩膀:"你不觉得你有点不理性吗?你没有理由要如此恨它。"

"哦?"纹问道,"就像你没有理由跟多克森处不来?"

依蓝德一愣,然后叹口气。"你说得有道理。"他说道,一面继续摸着纹的肩膀,一面抬头望着天花板,若有所思。

"怎么了?"纹问道。

"我做得不是太好,对不对?"

"别傻了。"纹说道,"你是个很棒的王。"

"我也许是个差强人意的王,但我不是他。"

"谁?"

"卡西尔。"依蓝德轻轻说道。

"依蓝德,没人要你当卡西尔。"

"哦?"他回答,"这就是为什么多克森不喜欢我。他憎恨贵族,从他的言行举止中都看得出来。由他的过去来看,我其实也不能真的怪他什么,但无论如何,他不认为我该当王,他认为我的位置应该是由某个司卡来担任,最好是卡西尔。他们都这么认为。"

"胡说八道,依蓝德。"

"是吗?如果卡西尔还活着,我会是王吗?"

纹一愣。

"你明白了吧?他们接受我,不论是平民,商人,甚至是贵族,但在他们的心底,其实宁愿我是卡西尔。"

"我不这么希望。"

"真的?"

纹皱眉,然后坐起身,转个方向,让自己顺着躺椅跪伏在依蓝德的上方,两人的脸只有几寸远:"你永远不准这么想,依蓝德。卡西尔是我的老师,但我不爱他。不像我爱你这样。"

依蓝德深深望入她的双眼,然后点点头。纹深吻了他,然后再次缩在他身边。

"为什么不爱?"依蓝德良久后问道。

"嗯,首先呢,他好老。"

依蓝德轻笑:"我记得你也取笑过我的年纪。"

"那不一样。"纹说道,"你比我只大几岁。卡西尔根本是老头了。"

"三十八岁不是老头。"

"差不多了。"

依蓝德再次轻笑,但她看得出来,他对于她的答案不完全满意。为什么她选了依蓝德,而非卡西尔?卡西尔才是那个有远见的人,是英雄,是迷雾之子。

"卡西尔是个伟大的人。"纹轻轻说道,让依蓝德摸着她的头发,"可是……依蓝德,他有他的问题。令人害怕的问题。他很极端,瞻前不顾后,甚至有点残忍,学不来宽容。他会毫无罪恶感,甚至毫不在乎地杀人,只因为他们支持最后帝国或是为统御主工作。

"我可以将他当成老师和朋友般敬爱,但我不认为我能爱他,由衷地爱那样的人。我不怪他,他跟我一样是街头出身,当你为了生存需要如此辛苦地挣扎时,你会变得坚强,也会变得严厉。无论是不是他的错,卡西尔都……太像我年纪更小时所认识的一些人。当然阿凯比他们好太多太多,他内心善良,也的确为了司卡牺牲性命,但他实在太冷酷了。"

她闭起眼睛,感觉依蓝德的温暖。"你,依蓝德·泛图尔,就是好人。一个真正的好人。"

"好人无法成为传说。"他低声说道。

"好人不需要成为传说。"她睁开眼睛看着他,"他们无论如何都会做对的事情。"

依蓝德微笑，然后亲吻她的头顶，靠回椅背。两人在充满温暖阳光的房间里，放松地躺了好一阵子。

"他曾经救过我一命。"依蓝德终于说道。

"谁?"纹惊讶地问道，"卡西尔?"

依蓝德点点头："在鬼影跟欧瑟被逮捕，卡西尔死去那天。当哈姆跟一群士兵试图要放走囚犯时，广场陷入一片乱斗。"

"我在那里。"纹说道，"跟微风和老多一起躲在一条小巷里。"

"真的?"依蓝德说道，口气听来觉得有点好笑。"因为我去找你。我以为他们把你跟欧瑟一起逮捕了，那时它仍假装是你的叔叔。我试图要去笼子那里把你救出来。"

"你去做什么?依蓝德，那个广场是座战场！我的统御主，那里面有审判者啊！"

"我知道。"依蓝德浅浅地微笑，"因为想杀我的那个人就是审判者。他都举起了斧头之类的，然后……卡西尔出现了。他撞上审判者，将他推倒在地。"

"可能只是巧合。"纹说道。

"不。"依蓝德轻声说道，"他是特地来的，纹。当他跟审判者对打时，看了我一眼，我从他的眼中看了他的来意。我一直都在想那个瞬间。每个人都告诉我，卡西尔甚至比老多更憎恨贵族。"

纹想了一下。"他……在最后开始有点改变了，我想。"

"改变到愿意冒生命危险去救一名与他毫无关系的贵族吗?"

"他知道我爱你。"纹露出浅浅的微笑说道，"我想，在最后，这一点战胜了他心中的恨。"

"我没想到……"依蓝德话还来不及说完，就看到纹转过头。她听到声响。有脚步声。她坐起身一秒后，哈姆的头探入房间。不过当他看到纹坐在依蓝德的腿上时，他停下脚步。

"噢。"哈姆说道，"抱歉。"

"别走，等一下。"纹说道。哈姆又探入头，纹转向依蓝德："我差点忘记今天来找你的原因。我今天刚收到泰利昂寄给我的新包裹。"

"又一个？"依蓝德问道，"纹，你什么时候才会放弃？"

"我不能冒这个险。"她说道。

"它不可能这么重要吧？"他问道，"如果所有人都忘记最后一个金属有何效用，那它一定不是特别强大。"

"这是一个可能。"纹说道，"也可能它的力量大到教廷很努力要守住这个秘密。"她从椅子上滑下来站起身，从口袋中掏出布袋跟薄金属条。她将金属条递给从沙发椅上坐起的依蓝德。

反射着银光的金属跟它的原生金属——铝——一样，轻得不像真的。镕金术师一不小心燃烧到铝时，会将体内所有其他金属全部烧光，因此，铝一直是钢铁教廷的秘密。纹会知道铝的用处完全是因为有一晚曾被审判者逮到并灌食过，正是她杀死统御主的前一个晚上。

一直以来，正确的铝合金比例都是个谜。镕金术用的金属都是成双成对的：铁跟钢，锡跟白镴，红铜跟青铜，锌跟黄铜。铝跟……某样东西。希望那是个强大的东西。她的天金已经用完了，需要其他替代品。

依蓝德叹口气，将金属条递还给她。"你上次烧这种东西时病了两天，纹。我吓死了。"

"它害不死我的。"纹说道，"卡西尔向我保证过，燃烧比例不正确的合金只会让我很不舒服。"

依蓝德摇摇头："卡西尔偶尔也会犯错的，纹。你不是说他误解了青铜的效用吗？"

纹一时间无法回应。依蓝德的担心如此恳切，她感觉到自己有点被说服。但是……

当城外的军队进攻时，依蓝德会死。城里的司卡应该能够活下来，毕竟没有统治者会蠢到将如此繁荣城市中的居民屠杀殆尽，但王一定会被杀。她打不过一整团军队，在准备工作上也出不了什么力。

MISTBORN: THE WELL OF ASCENSION

但是，镕金术是她的特长，而她越擅长操纵金属，就越能保护自己所爱的男人。"我必须试试看，依蓝德。"她说道，"歪脚说史特拉夫不会立刻攻击，因为他还需要几天让他的士兵休整以及探查城中状况，意思是我不能再等下去。如果这块金属真让我病倒，至少我还能有时间复原，来得及参与战斗，前提是我必须现在就试。"

依蓝德表情越发严肃，却没有阻止她，经验告诉他制止不是对待纹的最佳方法。于是，他站起身："哈姆，你觉得这么做好吗？"

哈姆点点头。他是名战士：对他而言，冒险是合理的。她请他留下来是因为万一不顺利，她需要他将她抱回床上。

"好吧。"依蓝德说道，无奈地回身面向纹。

纹坐回椅子上，向后靠稳，捏起一小撮硬铝粉，吞了下去。她闭起眼睛，感觉体内的镕金存量。常见的八种都在，而且分量充足，体内并无天金或金，也没有两者的合金。就算她有天金，那么稀少的金属也只能用在紧急情况，而除了天金之外剩下的三种不觉的金属没有太大用途。

新的金属存量出现，跟前四次一样。每次她燃烧铝合金，立刻就会感到一阵炫目的头痛。我怎么就是学不乖……她心想，咬紧牙关，探入体内，将新的合金点燃。

什么事都没发生。

"你试了吗？"依蓝德担心地问道。纹缓缓点头："没有头痛，可是……不觉得这个合金有什么功效。"

"可是它正在燃烧？"哈姆问道。

纹点点头。她可以感觉到体内有着熟悉的温热感，一小簇火焰告诉她，金属正在燃烧。她试着动了动，却分辨不出这金属对她的身体有何影响，最后只能抬头耸耸肩。

哈姆皱眉："如果它不会让你不舒服，那你就找对了合金比例。每种金属只有一种正确合金比例。"

"也许吧。"纹说道，"但说不定真相并非我们以为的那样。"

哈姆点点头:"这是什么合金?"

"铝跟红铜。"纹说道。

"有意思。"哈姆说道,"你完全没感觉?"

纹摇摇头。

"你得再多试试看。"

"看来这次是我运气好。"纹将硬铝熄灭后说,"泰利昂推断,只要我们手中有足够的铝,大概有四十种合金可以试试看。这只是第五种。"

"四十种?"依蓝德难以置信地问,"我没想到原来可以有这么多种合金!"

"不一定需要两种金属才能做出合金。"纹心不在焉地说,"只要一种金属加别的东西就好。例如钢,那是铁跟碳的合金。"

"四十种……"依蓝德又复诵了一次,"你每一种都要试?"

纹耸耸肩。"总要有个开始。"依蓝德一听这话,脸上立刻浮现担忧的表情,但什么也没说。

"对了,哈姆,你找我们什么事?"

"没什么大事。"哈姆说道,"我只是来看看你想不想打两场。外面那支军队让我全身不舒服,而且我想你多练习一下木杖也不是坏事。"

纹耸耸肩:"好啊。"

"阿依,你要一起来吗?"哈姆问道,"顺便练练?"

依蓝德大笑:"跟你们之一对打?我可要顾到我的皇家体面啊。"

纹抬头看着他,微微皱起眉头:"你真的应该多练习一下,依蓝德。你连剑都握不好,你的决斗杖也用得糟糕透顶。"

"有你保护我,我还有什么好担心的?"

纹眉皱得更深了:"我们不可能随时在你身边,依蓝德。如果你比较擅长保护自己,我就不必这么担心。"

他只是微笑着将她拉起来:"有一天我会练的,我保证。可是今天不行,我心里挂着太多事情。就让我去观摩一下好吗?也许光是看着你们,我就能学到点技巧。我偏好任何不需要被女孩子打得满地找牙就能学会的武器训练。"

纹叹口气,但没再坚持。

我现在要写下这些纪录,将之刻在一块金属板上,因为我害怕。为自己的安危感到害怕。是的,我承认我只是凡人。如果艾兰迪真的能从升华之井返回,我很确定他的首要目标会是我的性命。他不是个邪恶的人,却是个无情的人。我想,他会这样,都是因为他所经历的事。

6

依蓝德靠在护栏边,望着校场。有一部分的他真的想下场跟纹和哈姆一起练习,但绝大部分的他不认为有此必要。

他心想,所有可能对我下手的杀手都应该是镕金术师。我就算训练个十年也不是他们的对手。

在校场内,哈姆甩了几下木杖,接着点点头。纹握着比自己长一尺有余的木杖踏上前。看着他们,依蓝德忍不住比较起两人的差异。哈姆有着战士的强壮身形跟壮硕肌肉,纹却只穿着贴身衬衫跟长裤,少了披风的掩饰,她看起来比平常还瘦弱。

哈姆接下来的话更强调两人间的差异。"我们是在练习木杖,不是钢推或铁拉,不要用白镴以外的金属,可以吗?"

纹点点头。

他们经常以这种方式对打练习。哈姆声称无论一名镕金术师有多强大，基础练习都是无可取代的，不过他让纹用白镴，因为他认为如果不习惯烧它，突然增强的力量跟灵敏度只会让身体手足无措。

校场是一座中庭，位于皇宫的军舍旁边，周围是一条开放式的长廊。依蓝德站在长廊中，屋顶帮他的眼睛遮去了刺目的艳红太阳，令他感到相当舒适，轻飘飘的落灰又开始下起，偶尔有大片灰烬从空中飘落。依蓝德环住双臂，靠在栏杆上，偶有士兵从他身后走过，忙着去办事，但也有些人驻足观看。对城堡守卫们来说，观看纹和哈姆的对打是个愉快的休闲活动。

我应该要继续去修改提案的，依蓝德心想。不是站在这里看纹练武。

可是……过去几天来的压力紧绷到让他很难找到再去读一遍演讲稿。他真正需要的是花点时间思考，所以，他静静地站在这里观看。纹谨慎地靠近哈姆，双手坚定地握着木杖。过去的依蓝德会觉得仕女不该穿着长裤跟衬衫，但他跟纹相处的时间已经久到习惯了她这样的穿着。礼服跟裙装是很美，但简单的式样看起来更适合她，因为那让她看起来很自在。

况且，他还蛮喜欢薄衣服穿在纹身上的样子。

纹通常会让对方先攻，今天也不例外。哈姆首先展开攻势，两人的木杖传出一阵敲击声。纹虽然身形娇小，却丝毫不落下风。两人迅速交手数招，接着各自退开，小心翼翼地绕着对方寻找机会。

"我赌女孩赢。"

依蓝德注意到有人正一跛一跛地沿着走廊朝他走来，于是转身，看到歪脚站到他旁边，啪的一声将一枚十盒金钱币拍到栏杆上。依蓝德朝他的将军投以微笑，歪脚则是狰狞地咧嘴。大家都明白，这是他打招呼的方式。依蓝德很快就喜欢上纹的伙伴们——多克森除外——不过他花了一段时间才习惯歪脚。这矮小的老人的脸长得像是扭曲的蘑菇，似乎随时都不满地眯着眼睛，讲话的声音听起来也闷闷不乐。

不过，他是一名才华洋溢的工匠，更是一名镕金术师。他是个烟阵，不过已经鲜少使用他的力量。将近一年来，歪脚担任依蓝德军队的将军。

MISTBORN: THE WELL OF ASCENSION

依蓝德不知道歪脚是从哪里学会如何带领士兵，但他非常擅长，也许是因为他腿上多出一条疤痕的同时，除了赢得歪脚的外号之外，也学会了兵法。

"他们只是在练习对打，歪脚。"依蓝德说道，"不会有人'赢'的。"

"他们最后一定会认真起来。"歪脚说道，"从没有例外。"

依蓝德想了想。"你这是要我赌纹输啊。"他终于说道，"这对我的健康来说，应该不太好。"

"那又怎么样？"

依蓝德微笑，掏出一枚钱币。他还是有点怕歪脚，所以不想冒犯他。

"我那不争气的侄子去哪里了？"歪脚一面看着两人对打一面问道。

"鬼影？"依蓝德问，"他回来了？他是怎么进城的？"

歪脚耸耸肩。"他在我门口放了件东西。"

"礼物？"

歪脚哼了一声："是一名叶伐城的大师的雕刻作品。上面贴了张纸条，写说'老头，让你见识见识真正的大师作品长什么样'。"

依蓝德轻笑，但被歪脚瞪了一眼，又不敢再笑下去。"小兔崽子的胆子从来没那么大过。"歪脚嘟囔道，"我敢发誓，都是被你们这帮人带坏的。"

歪脚几乎像是在微笑。还是说，他是认真的？依蓝德从来都分不清楚歪脚是真如表面上那么脾气恶劣，还是其实自己一直都被他耍得团团转。

"军队的情况如何？"依蓝德终于问道。

"乱七八糟。"歪脚说道，"你想要一支军队？那你得再给我一年的训练时间。现在这群小伙子连拿棍子的老太婆们都打不过。"

太好了，依蓝德心想。

"不过现在也没办法。"歪脚抱怨，"史特拉夫正在建造一些基本防御工事，但他主要是让士兵休整。这个周末他应该就会进攻。"

校场里的纹跟哈姆继续练习。目前的进展很慢,哈姆正在花时间停下来解释一些原则或是姿势。依蓝德跟歪脚看了一段时间,对打逐渐变得激烈,每场的时间渐渐拉长,两人开始认真起来,脚步在坚实的灰土地上踢起一阵阵烟雾。

虽然两人力气、臂长、训练天差地别,纹还是让哈姆费了不少力气。依蓝德发觉自己不由自主地微笑。将近两年前,依蓝德第一眼看到她时,就发觉她是"特别"的,只是到现在他才开始明白,光是"特别"两字有多不足以形容纹。

一枚钱币敲了敲木头栏杆。"我也是押纹赢。"

依蓝德惊讶地转身。说话的男子也是士兵,跟其他士兵一起站在后面观看。依蓝德皱眉:"你是……"然后,他没再问下去。那个胡子不对,站姿也太挺——站在后面的人一定是"那家伙",错不了。

"鬼影?"依蓝德不可置信地问道。年轻男孩在很明显的假胡子后面微笑:"是叫哪门啊?"

依蓝德的头立刻开始痛了起来:"统御主的,你该不会又开始说起方言了吧?"

"偶尔怀旧时讲个两句而已。"鬼影边笑边说道。他的口音显示了他的东方血统。依蓝德刚认识男孩的前几个月,根本听不懂他在说什么。幸好,他逐渐摆脱了街头方言,一如不再合身的旧衣服。如今这个身高超过六尺的十六岁年轻人跟依蓝德一年前见到的火柴棒已经截然不同。

鬼影靠在依蓝德身旁的栏杆上,摆出青少年特有的散漫姿态,完全毁掉了士兵的形象。当然,他的确也不是士兵。

"为什么要扮装,鬼影?"依蓝德皱眉问道。

鬼影耸耸肩:"我不是迷雾之子。我们这种比较普通的间谍不会飞檐走壁,只好用别的方式搜集情报。"

"你站在那里多久了?"歪脚问道,瞪着他的侄子。

"你来之前我就到了,老头子。"鬼影回答,"然后回答你的问题,我

MISTBORN: THE WELL OF ASCENSION

两天前回来的，其实比多克森还更早到，我只是想在回报之前先休息一下。"

"不知道你有没有注意到……"依蓝德开口，"我们现在正在打仗。这可不是休假的好时机。"

鬼影耸耸肩："我只是不希望你又把我派到别处，如果这里要开战，我希望能在这里。那才刺激嘛。"

歪脚一哼："那你这套制服又从哪弄来的？"

"呃……这个嘛……"鬼影眼光偷溜到一边，稍微又变回依蓝德初识他时，那个没有多少自信的男孩。

歪脚低声骂了两句没大没小，依蓝德只是大笑，拍拍鬼影的肩膀。男孩微笑地抬起头。虽然他一开始不引人注意，但事实证明，他跟纹前任团员中的任何一人同样重要。身为锡眼，就是能燃烧锡来增强感官的迷雾人，鬼影可以听到远方的交谈，更可以看到远处的细节。

"无论如何，欢迎你回来。"依蓝德说道，"西边有什么消息？"

鬼影摇摇头："我很不愿意自己说话时听起来像是坏脾气的叔叔，但西边的情况并不好。你知道关于统御主的天金在陆沙德的传言吧？又出现了，而且这次比先前都还流传更广。"

"我以为这件事情已经处理好了？"依蓝德说道。

微风跟他的手下花了将近六个月散布谣言，误导所有军阀，让他们相信天金一定是被藏在另外一座城市，依蓝德在陆沙德里没有找到。

"看来没有。"鬼影说道，"而且……我觉得有人刻意散布这些谣言。我在街上混得够久，感觉得出来这是个刻意编造的故事，这些传言不对劲。有人故意要让所有军阀的矛头指向你。"

这真是太好了，依蓝德心想。"你不知道微风在哪里，对不对？"

鬼影耸耸肩，但他已经不再注意依蓝德，正看着校场内的对打。依蓝德转头回去看纹跟哈姆。

正如歪脚所预测，这两人开始更认真地比赛。教学已经结束，不再有快速、重复性的喂招，而是在认真对战，两人在一片棍花跟尘雾间游移缠斗。灰烬被攻击带起的劲风吹起，在他们身旁飞舞，走廊上更多士兵停下脚步观看。

依蓝德向前倾身。镕金术师间的对战似乎比常人更为激烈。纹试着想攻击，可是哈姆挥杖速度快得令人眼花缭乱。纹居然能实时举起武器抵挡，但哈姆的力道让她整个人翻倒，她以单肩着地，单手拍向地面鱼跃而起，脚下滑了一下，但很快便恢复了平衡，稳住身形。

白镴，依蓝德心想，让再笨拙的人都能变得灵巧，而在纹这样原本就很灵活的人身上……

纹的眼睛一眯，与生俱来的固执出现在她下巴的线条跟不悦的表情上。她不喜欢被打败，就算她的敌手明显强过她许多。

依蓝德站直身体，打算要出声喝止打斗。在那一瞬间，纹冲上前去。

哈姆仿佛早已预料她的行动，立刻举起木杖对冲入攻击范围的纹挥击。她弯腰躲向一旁，仅以数寸之距闪过，挥动木棍用力捶向哈姆手中木杖的后部，让他失去重心。然后，她俯身突击。

可是哈姆很快便反应过来。他顺势绕着纹转了一圈，利用惯性让木杖挥舞一圈后，直朝纹的胸口强劲挥下。

依蓝德不禁大喊一声。

纹一跃而起。

她没有金属能让她反推，但那似乎不重要。她跃入空中，离地只有七尺，轻而易举地翻过哈姆的木杖。木杖从下方挥空，她则在空中一个鹞子翻身，手指几乎要碰到哈姆的木杖，单手将自己的木杖舞成一团杖花。

落地的同时，她的木杖呼啸低挥，尖端划过的地面被勾出一道飞灰。木杖重重击向哈姆的双腿后侧，将他绊倒。他大叫一声，摔倒在地。

纹再次跃入空中。

哈姆重重仰天摔倒在地面，纹落在他的胸口，冷静地以木杖末端敲敲他的额头。"我赢了。"

MISTBORN: THE WELL OF ASCENSION

哈姆躺在原处，一脸茫然，纹则蹲在他的胸口。尘土跟灰烬静静地在中庭落下。

"我的天啊……"鬼影低声喃喃，似乎道出十几名围观士兵的心声。

终于，哈姆轻笑出声："好，你打倒我了。那现在能不能请发发善心，在我按摩麻掉的腿时，帮我拿点东西喝。"

纹微笑，从他胸口跳下，照他的要求去做。哈姆摇摇头，爬起来。虽然他刚刚是这么说，但他走路时看不出丝毫异样，也许会有个瘀青，但不会碍事太久。白镴除了增强体力、平衡和速度之外，更能让身体从根本上变得更强壮。能够打碎依蓝德一双腿的力道，在哈姆身上会显得无关紧要。

哈姆加入他们，朝歪脚点点头，轻捶鬼影的手臂，然后靠着栏杆，揉揉左边小腿，微微龇牙咧嘴："依蓝德，我敢发誓，跟那女孩对打有时简直像在捕风。她从来不会出现在我预想的地方。"

"她是怎么办到的，哈姆？"依蓝德问道，"我是指刚刚那一跳。就算以镕金术师的标准来看，也太神奇了。"

"她不是用钢吗？"鬼影说道。

哈姆摇摇头："不，我不觉得。"

"怎么可能？"依蓝德问道。

"镕金术师可以从金属汲取力量。"哈姆叹口气后放下脚，"有些人能比其他人挤出更多能量，但真正的力量是来自金属，不是人的身体。"

依蓝德想了想。"所以怎么样？"

"也就是说……"哈姆续道，"镕金术师不需要拥有强健的身体就能拥有超强的力量。如果纹是藏金术师，那情况就不一样，你可能没看过沙赛德的力量如何增强——他的肌肉会变大，但镕金术的所有力量都是来自金属。

"大多数的打手，包括我自己，都认为白镴只会增强力量，毕竟燃烧白镴的壮汉会比使用同样镕金力量的普通人更强壮。"

迷雾之子
卷二·升华之井 [珍藏版]

哈姆搓着下巴，瞄着纹在地上留下的痕迹："可是呢……嗯，我开始在想，也许还有其他的区别。纹是个瘦瘦的小东西，当她燃烧白镴时，比任何普通战士都要强壮好几倍，而这所有的力量都塞入一个小身体里，她根本不需要负担额外的肌肉重量。她像是……昆虫一样，力量远超过身体看上去所能承载的量。所以，当她要跳的时候，爆发力惊人。"

"可是你还是比她强壮。"鬼影说道。

哈姆点点头："这一点是我的优势，但前提是我打得中她——这越来越难办到了。"

纹终于回来，端着一壶冰凉的果汁，她显然回了趟堡垒，而不是直接倒放在中庭里的温啤酒。她递了一大杯给哈姆，也记得帮依蓝德跟歪脚拿了杯子。

"嘿！"鬼影对正在倒果汁的她喊道，"那我呢？"

"你那胡子看起来蠢死了。"纹边倒边说。

"所以我没东西喝？"

"没错。"

鬼影一愣。"纹，你是个怪女孩。"

纹翻翻白眼，然后瞥向中庭的水桶，水桶旁边的一个锡杯子飞入空中，横越了中庭。纹伸出手，啪的一声接住，然后放在鬼影面前的栏杆上："高兴了吧？"

"你帮我倒点东西喝我就会高兴。"鬼影说道，歪脚则一边闷哼，一边从自己的杯子喝了一口，然后伸出手将栏杆上的两枚钱币揽过收起。

"嘿，对了！"鬼影说道，"阿依，你欠我钱。快点付。"

依蓝德放下杯子："我没答应要跟你赌。"

"你赔给坏脾气老头了，为什么不赔给我？"

依蓝德一愣，叹口气，又掏出一枚十盒金的硬币，放在鬼影的钱旁边。男孩微笑，以利落的扒手招数瞬间扫起。"多谢你赢了，纹。"他眨眼说道。

纹对依蓝德皱眉:"你赌我输?"

依蓝德大笑,隔着栏杆吻她。"不是我自愿的,我是被歪脚强迫的。"

歪脚一听这话就哼了一声,灌下剩余的果汁,伸出手要人帮他重新倒满。纹没反应,他只好转向鬼影,恶狠狠地朝男孩一皱眉。

鬼影叹口气,拿起壶斟满歪脚的杯子。

纹依然不太满意地盯着依蓝德。

"我建议你小心点,依蓝德。"哈姆轻笑道,"她打人还蛮痛的……"

依蓝德点点头:"所以,附近有武器时不要惹她比较好,是吧?"

"我可是过来人。"哈姆说道。

纹一听这话就哼了哼,翻过栏杆站在依蓝德身边。依蓝德一手搂住她,同时瞄到鬼影眼中一闪而逝的羡慕。依蓝德怀疑那男孩爱慕纹已经有很长一段时间,但又觉得这也不能算是鬼影的错。

鬼影摇摇头:"我得帮自己找个女人。"

"那你还留着那个胡子干吗?"纹说道。

"只是个伪装而已,纹。"鬼影说道,"阿依,你能不能给我个贵族头衔什么的?"

依蓝德微笑:"我觉得这二者无关,鬼影。"

"对你来说有效啊。"

"这很难说。"依蓝德说,"我总觉得是纹爱上我,所以才愿意忽略我的头衔,而不是因为我的头衔才爱上我。"

"但在她之前你还有别人。"鬼影说道,"贵族女孩。"

"是有过一两个。"依蓝德承认。

"但纹习惯把竞争对手都杀掉。"哈姆说笑。

依蓝德大笑:"她只处理过一个,而且是珊自找的,毕竟她当时正想刺杀我。"他宠爱地低下头看着纹。"不过我得承认,纹的确会让别的女人一败涂地。只要有她在,其他人看起来都黯然失色。"

鬼影翻翻白眼:"她把情敌杀死那部分比较有趣。"

哈姆轻笑，让鬼影为他倒更多果汁。"如果你想离开她，只有统御主知道她会做出什么事，依蓝德。"

纹立刻全身一僵，将他拉得更紧。她已经被遗弃太多次。即使两人共同渡过这么多难关，即使他已经向她求婚，依蓝德仍然必须不断对纹承诺，他不会离开她。

该换个话题了，依蓝德心想，原本轻松愉快的气氛逐渐消散。"好了。"他开口道，"我要去厨房找点东西吃。你要来吗，纹？"

纹瞥向天空，应该是在看离天黑还有多久。一会儿后，她点点头。"我也去。"鬼影说道。

"你不准去。"歪脚说道，一把揪住少年的后领。"你得待在这里，解释你到底从哪里弄到的我手下士兵的制服。"

依蓝德轻笑，带着纹离开。说实话，虽然结尾有点走调，但来看他们练习仍让他心情愉快不少。卡西尔的团员有一种特质，就是能在最险峻的情况下依然谈笑自若，这让他暂时忘记自己的烦恼，也许这是幸存者留下的影响。据说，卡西尔坚持无论情况有多恶劣，大家都必须说笑，对卡西尔而言，这也是一种反抗。

当然，问题并未因此而消失，他们仍然必须面对一支比他们大好几倍的军队，以及几乎无防御力的城市，可是，如果说有人能在这样的情况下生存下来，那必定是卡西尔的团员。

在依蓝德的坚持下，纹填饱了肚子后，跟着他一起回到自己的房间。

坐在她房间地板上的是跟她之前买回来那只一模一样的狼獒。它看看她，然后低下头。"欢迎回来，主人。"坎得拉以嘶哑的低咆声说道。

依蓝德赞赏地吹声口哨，纹则绕着它走了一圈。每根毛发的位置都完美无缺，如果它没说话，绝对不会有人猜得出这不是原本的狗。

"你怎么还能说话？"依蓝德好奇地问道。

"声带是皮肉，不是骨头，陛下。"欧瑟说道，"更年长的坎得拉知道如何变化自己的身体，而不仅仅是复制。我仍然需要消化尸体才能记忆且重塑一模一样的特征，但有些问题我可以自行解决。"

纹点点头："所以做这个身体花的时间比你之前说的还要更久？"

"不是的，主人。"欧瑟说道，"是因为毛发。很抱歉我没有先警告你，要长出这样的毛发需要非常仔细的过程，而且很花精力。"

"其实你之前说过。"纹说道，挥挥手。

"你觉得这具身体怎么样，欧瑟？"依蓝德问道。

"说实话吗，陛下？"

"当然。"

"它贬低了我的价值，同时也冒犯了我的自尊。"欧瑟说道。

纹挑起一边眉毛。你今天讲话还真直接啊，雷弩，她心想。今天心情比较暴躁，是吧？

它瞥向她，但她无法读懂狗脸的表情。

"即使如此……"依蓝德开口，"你仍然会使用这具身体，对吗？"

"当然，陛下。"欧瑟说道，"我宁死也不会破坏契约。契约是生命。"

依蓝德对纹点点头，仿佛刚证明一件很关键的事情。

任何人都能声称他们是完全忠诚的，纹心想。如果有人用"契约"来保证他们的荣誉感，那就更可怕了，如此一来，当他们终于背叛时，才会令人感到更惊讶。

依蓝德显然在等她做些什么。纹叹口气说："欧瑟，我们未来要花更多时间相处。"

"如你所愿，主人。"

"是不是我的意愿还很难说。"纹说道，"但这件事情是避免不了的。你那具身体还灵活吗？"

"还可以，主人。"

"来吧。"她说道，"咱们来看看你跟不跟得上。"

可是，我也害怕，我所知道的一切，我的故事，会被遗忘。

我害怕未来的世界。害怕我的计划会失败。

害怕比深黯更可怕的末日。

7

沙赛德从没想到他会有欣赏泥巴地的一天，但事实证明，这种地面拿来写东西再适合不过。他拿根长棍子在地上画了几个字，让他的六名学生照着抄。他们各自重复写了几次。

即使他在不同的农村司卡聚落间住了一年，沙赛德仍然讶异于他们生活的贫瘠。整个村庄中没有半支粉笔，更遑论墨水或纸张。一半的小孩光着屁股乱跑，唯一的住所是低矮狭长、屋顶破烂，仅有一个房间的矮土堆。幸好这些司卡还有农具，虽然他们没有任何可以用于狩猎的弓箭或弹弓。

沙赛德带领一群人去荒废的宅邸中搜寻可用物资，但收获不大。他向村庄长老建议带领村民冬天时搬入宅邸住，但他不确定他们会不会照办。光是去一趟宅邸就让他们满心恐惧，大多数人甚至不愿意离开沙赛德的身边，那个地方让他们想起领主，领主则让他们回忆起痛苦。

他的学生们继续抄写。他花费了不少口舌向长老们解释为何学习书写是很重要的一件事。最后他们帮他挑选了一些学生，沙赛德很确定一部分原因是为了讨他欢心。他看着他们写字，缓缓地摇头。这些人的学习不带任何热情。他们会来是因为被命令要来，因为这是"泰瑞司主人"的意思，而不是真心想接受教育。

MISTBORN: THE WELL OF ASCENSION

帝国崩解之前，沙赛德经常想象一旦统御主不在了，世界会是个什么样。他想象守护者出现，将被遗忘的知识跟事实带给兴奋、感激的人民。他想象自己夜晚时在温暖的炉火边教导众人，说故事给热切的听众听。他从来没想过他的对象会是人手不足的村庄，村民们晚上疲累到无力理会过去的故事，从来没想象过这群人对他的到来感觉是受到打扰，而非感激。

你得对他们有耐心，沙赛德严肃地告诉自己。他的梦想如今看起来似乎更像是虚荣心作祟。其他的守护者先烈，为了护卫知识的安全与隐密而死的数百名守护者，从来没有期待要接受赞美或欣赏。他们严谨且默默无名地完成了伟大的工作。

沙赛德站起身检视学生们的字迹。他们写得越来越好了，终于能认出所有的字母。虽然不是多大的成就，但总是个开始。他对众人点点头，让他们离开去协助准备晚餐。

所有人站起身鞠躬后四散。沙赛德跟着他们走出屋外，发现到天色原来这么暗了，他也许把学生们留得太晚了。他摇摇头，绕过小山坡一样的土堆屋。他仍然穿着彩色V形花纹的侍从官服装，也戴上了几副耳环。他仍然依循旧习，因为那是他所熟悉的，即使它们对他也是压迫的象征。未来的泰瑞司人们会怎么穿着？统御主强制加诸于他们身上的生活方式，是否会成为文化中不可分割的一部分？他停在村落边缘，低头看着南谷，谷里充满黑灰，间或穿插着褐色的树藤或矮灌木。当然没有雾。雾只有晚上才出来。那些故事是错的。一定是他看错了。

而且就算不是错的又有什么关系？他没有责任要追究这种事。如今帝国已经崩解，他必须散播他的知识，而不是浪费时间追逐愚蠢的故事。守护者不再是搜寻者，而是指导者。他带着上千本书，题材有关农业、卫生、政府、医药。他需要把这些都教给司卡。这是席诺德所决定的。

可是沙赛德心里的某个角落在抗拒这种想法，所以他很有罪恶感。村民需要他的教导，他也诚心想要帮助他们，但是他觉得自己错过了一些线索。统御主死了，但故事似乎没有结束。难道他漏掉了什么？

某个甚至比统御主更重大的事情？某个如此重大，如此广泛到几乎被忽略的盲点？

还是其实这只是我的一厢情愿？他思索着。从成年以来，我几乎所有时间都花在反抗跟战斗中，冒着其他守护者认为是疯狂的险。我并不满足于虚与委蛇，我必须要亲自参与反抗行动。

虽然反抗行动成功，沙赛德的族人仍然没有原谅他。他知道纹跟其他人认为他很温顺，但相较于其他的守护者，他简直是个疯子，一个鲁莽、不值得信赖的愚人，因为他的冲动，危及整个组织。他们相信他们的责任就是等待，观察，直到统御主消失的那天来临。藏金术师的数量太少，不可以冒险参与公开的反抗行动。

沙赛德违背了这条族规。现在他又无法安于当导师的平静生活。这是因为他在潜意识中知道他的人民仍然处于危险中，还是因为他无法接受被排除在核心之外？

"泰瑞司主人！"

沙赛德转身，那个声音听起来极为恐惧。又有人死于雾中了吗？他立刻想到。

诡异的是，虽然如此惊恐的声音响起，所有司卡仍然待在土屋内。几扇门略略打开，但没有人紧张地跑出来，甚至没有好奇的人现身，只有发出尖叫的人冲到沙赛德面前。她是一名农人，一个矮壮的中年妇女。她冲上前来的同时，沙赛德检查了自己身上的藏金存量。他的白镴意识在身上，可以提供力量，还有一个非常小的钢戒指能增加一点速度，突然间，他后悔今天没多戴几只手环。

"泰瑞司主人！"女人气喘吁吁地说，"他回来了！他回来找我们了！"

"谁？"沙赛德问道，"死在雾里的人吗？"

"不是，泰瑞司主人。是统御主。"

沙赛德发现他就站在村庄外。天色已黑，来找沙赛德的女人害怕地回到土屋内。沙赛德只能想象这些可怜的人每天如何被夜晚跟迷雾困于屋内，只能缩在屋里，担心着门外的危险。

的确是不祥的危险。陌生人静静地站在光秃的路面上，穿着黑色袍子，几乎跟沙赛德一样高。光头，没有珠宝，除非刺穿双眼的巨大金属锥算是珠宝。

不是统御主。是钢铁审判者。沙赛德仍然不了解这种怪物如何能继续活着。那对金属锥宽到刚好塞入审判者的整个眼眶，毁掉整颗眼珠，锐利的尖头从头颅后方微微刺出。伤口没有半滴血。不知为何，这一点让他们显得更诡异。幸好，沙赛德认得这名审判者。

"沼泽。"沙赛德轻声说道，雾气开始凝聚起来。

"你很难追踪，泰瑞司人。"沼泽说。他的声音让沙赛德大为震惊，跟先前已经不同了，变得更沙哑，更粗糙，仿佛声带被严重摩擦过，像是长年咳嗽的人所发出的声音。跟沙赛德见过的其他审判者一模一样。

"追踪？"沙赛德问道，"我没想到有人要找我。"

"无所谓。"沼泽说道，转向南方，"我找你。你必须跟我来。"

沙赛德皱眉："为什么？沼泽，我在这里有工作。"

"不重要。"沼泽转回去面对他，少了眼球的注视盯在沙赛德身上。

是我的错觉，还是自从我们上次见面后，他已经变成了陌生人？沙赛德一阵哆嗦。"到底什么事，沼泽？"

"瑟蓝集所是空的。"

沙赛德一愣。集所是教廷在南方的重镇，在崩解之后是统御主信仰的审判者跟高阶圣务官所退聚的地方。

"空的？"沙赛德问道，"不可能。"

"事实如此。"沼泽说道。他说话时没有任何肢体语言。没有手势，没有表情。

"我……"沙赛德没说完。集所的图书室不知隐藏了多少知识，奇迹，跟秘密。

"你必须跟我来。"沼泽说，"如果被我的同胞发现，我会需要你的帮忙。"

我的同胞。审判者从什么时候变成沼泽的"同胞"了？沼泽渗透他们是卡西尔推翻最后帝国计划的一部分。他是他们中的叛徒，不是弟兄。

沙赛德迟疑了。沼泽的侧影显得……不自然，甚至有点阴森。危险。

别傻了，沙赛德暗骂自己。沼泽是卡西尔的哥哥，幸存者在世上唯一的亲人。身为审判者，沼泽有权管辖钢铁教廷，因此虽然他参与了反叛行动，许多圣务官依然听从他的指示。对于依蓝德·泛图尔刚具雏形的政府而言，他是不可或缺的宝贵助力。

"去收拾东西。"沼泽说道。

我应该待在这里，沙赛德心想。教导人民，而不是在大地上驰骋，追逐自我满足。

然而……

"雾开始在白天出现了。"沼泽轻轻说道。

沙赛德抬起头，沼泽正直视着他。在残存的天光下，尖锥的圆底像是两个圆盘般闪闪发光。迷信的司卡以为审判者有读心术，但沙赛德知道那只是愚蠢的迷信。审判者拥有迷雾之子的力量，因此能操弄他人情绪，却不具有读心术。

"你为什么这么说？"沙赛德问道。

"因为那是真的。"沼泽说道，"整件事尚未结束，沙赛德。甚至还没开始。统御主……他只是用来拖延的棋子。一颗栓塞。少了他，我们剩下的时间已然不多。跟我一起去集所，我们必须趁机彻底搜查。"

沙赛德想了想，点点头："我去跟村民解释一下。我们今晚就能出发。"

沼泽点点头，没有跟着沙赛德一起进入村庄，只是站在原处，站在黑暗中，雾气包围了他。

MISTBORN: THE WELL OF ASCENSION

一切都回到可怜的艾兰迪头上。我为他感到难过，因为他被强迫要承受的一切。因为他被强迫要成为的样子。

8

纹跃入雾中，飞翔进夜空，越过黑暗的房屋和街道。迷雾里偶尔透出一点颤颤巍巍的灯火。可能是巡夜的守卫，也可能是不幸的深夜旅人。

纹察觉到自己开始下坠，立刻朝身前弹出一枚钱币，用钢推让它加速落到地面，着地的瞬间利用反作用力将自己弹起，腾回空中。钢推的力道越小，越难控制，每跳一次，跃入空中的速度便越快。迷雾之子的跳跃不比鸟类的飞行，而像是反弹的箭矢。

然而，纹的动作仍是优雅的。她深吸一口气，在城市上方划出弧线，感受沁凉潮湿的空气。白天的陆沙德弥漫着炙热的铸铁厂、烘烤的垃圾和飞落灰烬的气味，但夜晚的雾气让空气染上美妙的冰冷舒爽，近乎纯净。

纹到达跳跃的顶峰，有那么一瞬间悬挂在空中，等着轨迹改变。猛然，她往城市坠去，迷雾披风的布条在她身边飘动，和头发交织在一起。坠落的同时，她闭着眼睛，想起在卡西尔放任却仔细的教导下，刚学习接触迷雾的那几个礼拜。这是他给予她的。自由。虽然她成为迷雾之子已经有两年，但每每在雾气间翱翔时，心神俱醉的感觉从未离去。

她闭着眼睛，燃烧钢：线条出现在她眼帘后，一把丝线般的蓝色光芒映着黑暗。她选了两条指向下方的蓝线，钢推，让自己重新画出抛物线。

在这之前我是怎么活过来的？纹心想，睁开眼睛，抬手将披风撩在身后。

一段时间后,她再次开始落下,此时却不再抛掷钱币,而是燃烧白镴增强四肢力量,重重落在环绕泛图尔堡垒的高墙上。青铜显示附近没有人使用镕金术,钢铁并未显示附近有金属以异常的轨迹朝堡垒移动。

纹蹲在黑暗的墙头边缘,脚趾攀着石块边缘,停了片刻。脚下的岩石凉爽,锡让皮肤比平常更为敏感,她可以感觉出石墙需要好好刷洗一遍。那上面夜晚受到潮湿空气的养护,白日则有附近的高塔遮荫,开始长出苔藓。

纹静静地看着一阵微风推挤翻搅迷雾,听见下面街道传来有人移动的声音,像是在奔跑。她浑身紧绷,检查她的金属存量,直到她察觉那犬形的身影。

她朝墙的另一面抛下钱币,跳下。欧瑟已坐在地上,她轻巧落地,最后一瞬间钢推钱币好减缓降落的速度。

"你的动作很快。"纹赞赏地说道。

"我只需要绕过皇宫花园即可,主人。"

"可是这次你比以前都更能跟上我的行动。狼獒的身体比人类更快。"

欧瑟想了想。"我想是吧。"它承认。

"如果我要穿越城市,你跟得上吗?"

"应该可以。"欧瑟说道,"如果跟丢了,我会回来这里让你把我找回去。"

纹转身,冲入一条小巷,欧瑟安静地跟在她身后。

看看它跟不跟得上更快的速度,她燃烧白镴,立刻加快速度,沿着沁凉的石板地奔跑,双足一如往常赤裸。一般人绝对无法维持这种速度,就算是训练有素的运动员也不可能跟上她,他绝对很快就会疲累。

光靠白镴,纹可以极速飞奔好几个小时。白镴给了她力量,超越正常人感知的平衡感,让她在迷雾统治的黑暗街道上狂奔,若是有人看见,也只能看到一团布带跟裸足。

欧瑟一直跟在她身边。它在黑夜中跟她并肩奔跑,全神贯注地大口喘气。

MISTBORN: THE WELL OF ASCENSION

厉害，纹心想，转向旁边的小巷，轻松从六尺高的栅门跃下，进入某低阶贵族的宅邸。她转身，脚步在湿草上一滑。纹仔细观察四周。

欧瑟跳上木栅栏顶端，深色的犬形身体从雾间落在纹面前，稳稳坐在地上，一边喘气，一边静静地等着，眼神隐含反抗。

不错嘛，纹心想，掏出一把钱币。看你跟不跟得上这个。

她抛下一枚钱币，后翻入空中，在雾中回旋、扭翻，反推井边的水龙头，落在附近的一座屋顶上，再抛下一枚钱币，钢推越过下方的街道。

她不断在屋顶间跳跃，有需要时随意抛下一枚钱币，偶尔瞥向后方，看到一个黑色的身影努力试图跟上。它扮成人类时鲜少跟随她，都是纹在定点跟它碰面，但在夜晚中的行动，迷雾间的跳跃……这是专属于迷雾之子的领域。依兰德叫她带着欧瑟时，他知道自己的要求意味着什么吗？如果她继续在街上奔跑，绝对会暴露自己的行踪。她落在屋顶上，抓住建筑物的石头屋檐，猛然停下，探出身子俯瞰三层楼高的地面。迷雾在身旁盘绕，她继续保持平衡。万籁俱寂。

这么快就甩掉啦，她心想。我只要向依蓝德解释说——

欧瑟重重落在不远处的屋顶上，缓步朝她走来，然后一屁股坐下，期待地看着她。

纹皱眉。她以迷雾之子的速度在屋顶上足足跑了十分钟。"你……怎么上来的？"她质问。

"我先跳上一栋比较矮的楼房，然后再跳到这上面，主人。"欧瑟说道，"然后我沿着屋顶一路跟随你。屋顶间的距离很近，所以不难跳。"

纹的迷惑必定暴露在她脸上，因为欧瑟主动继续解释："我对这把骨头的判断也许……言之过早了，主人。它的嗅觉确实出众，不仅如此，所有感官也都很敏锐。就算在一片漆黑中，也很容易追踪你去了哪里。"

"原来……如此。"纹说道，"这是好事。"

"主人，我能否询问刚才一番追逐的目的是什么？"

纹耸耸肩："我每天晚上都这么做。"

迷雾之子
卷二·升华之井 [珍藏版]

"你似乎很认真想要甩掉我。如果你不让我留在你身边,我很难保护你。"

"保护我?"纹问道,"你甚至不能打斗。"

"契约禁止我杀人类。"欧瑟说道,"可是如果有需要,我可以找人来帮忙。"

或是在危险时丢给我一点天金,纹承认。它说得没错,它可能很有用。我为什么这么坚定要把它甩掉?她瞥向欧瑟,后者正很有耐心地坐在原地,胸口上下剧烈起伏。她甚至没意识到坎得拉其实也需要呼吸。

它吃了卡西尔。

"来吧。"纹说道。她从屋顶上跳下,反推钱币,没有停下来注意欧瑟是否跟上。

她下坠时,从口袋中又掏出一枚钱币,但决定先不要用,改成反推旁边的窗框。一如大多数的迷雾之子,她经常使用最小币值的夹币来跳跃。在众多钱币中,正好这种满足跳跃跟弹射的理想大小跟重量。对大多数的迷雾之子而言,抛一枚夹币,甚至一整袋夹币都是无足轻重的支出。

但纹不像大多数的迷雾之子。在她小时候,一把夹币是惊人的财富,如果她省吃俭用,这些钱够她吃好几个礼拜。当然,如果被其他盗贼发现她得到这么大一笔钱,绝对意味着痛苦,甚至死亡。

她已经很久没有饿肚子了。虽然她的房间里仍然随时有一包干粮,但也只是因为习惯,而非焦虑。说实话,她对自己的改变不知该作何感想。不需要担心日常生活所需是好事,但她的问题被更为严峻的麻烦所取代。关于国家兴亡的麻烦。

一整国人民的……未来。她在城墙顶端着陆。城墙比泛图尔堡垒周围的围墙还高,更为坚固。她跳到城垛上,手指抓着突出的石块,向前探出,望着外面军队的篝火。

她从来没见过史特拉夫·泛图尔,但光从依蓝德口中听说的事情就够让她担心了。

她叹口气，反手朝城垛一推，跳到城墙的走道上，靠着其中一块岩石，欧瑟则从一旁的城墙楼梯爬上楼，走上前来，一如先前般耐心地端坐着。

不论是好是坏，纹挨饿挨揍的单纯日子已经一去不复还。依蓝德的新生王国正陷入严重的危机，而她为了保住自己的命，将最后一点天金也烧光，因此他不只暴露在军队的危险威胁下，也面临着任何试图要杀他的迷雾之子带来的危险。

像是窥探者那样的杀手吗？神秘人介入她跟塞特的迷雾之子之间有何目的？他为什么选择观察她，而非依蓝德？

纹叹口气，手探入钱袋，掏出那块硬铝。她先前吞下去的一点仍然存于体内。

好几个世纪以来，大家都认定镕金金属只有十种：四种基础金属跟合金，加上天金跟黄金。然而，镕金金属总是一对的——基础金属跟合金。纹一直觉得天金跟黄金被视为一对很不对劲，因为它们并非彼此的合金。最后才发现，它们并不是一对，而是各自有合金，其中之一，就是脉天金——所谓的第十一金属，它成为让纹知道该如何打败统御主的线索。

卡西尔不知道用什么方法找出脉天金。当纹最后一次见到沙赛德时，他很烦躁，至少是沙赛德式的烦躁，因为他完全找不到卡西尔口中所谓传说的任何线索。虽然沙赛德认为教导最后帝国的人民是他身为守护者的责任，但她并没有忽略沙赛德南下的行程，亦是卡西尔声称找到第十一金属的方向。

这块金属也有传言吗？纹暗自揣想，摩擦着硬铝。会不会有传言能告诉我它的功效是什么？

其他金属均有即时、明显的效果，只有红铜的功效是产生一种遮蔽，能够隐藏镕金术师的力量不被他人察觉，因此也无法靠感官知觉理解它的功效。也许硬铝是类似的效用，它的效果是否只有另一名试图对纹使用力量的镕金术师才能察觉到？它是铝的相反，铝是让金属消失，难道硬铝是

迷雾之子
卷二·升华之井 [珍藏版]

让其他金属更耐久？

有动静。

纹勉强看到一丝阴影，一开始，原始的恐惧在她体内浮现：是那个雾中身影，前天晚上才看到的魅影吗？

你在疑神疑鬼，她努力告诉自己。你只是太累了。况且，那一下动作带出的影子太深，轮廓看起来太真实，不可能是同样的魅影。

是他。

他站在一座瞭望塔上，没有蹲下，甚至懒得隐藏他的身影。这名未知的迷雾之子，是高傲，还是愚蠢？纹微笑，担忧变成兴奋。她准备好金属，检查体内的存量。一切都已经准备好。今天我会逮到你，朋友。

纹转身，洒出一把钱币，不知这迷雾之子是知道自己被发现，还是已经准备好迎接即将来的攻击，无论如何，他轻松地闪过了。欧瑟跳起来转身，纹抽出腰带，抛下身上的金属。

"想办法跟上。"她低声嘱咐坎得拉，然后奔入夜晚，追踪猎物。

窥探者在黑夜中飞踯纵跳。纹没有太多追着另一个迷雾之子跑的经验，只有来自跟卡西尔的练习，因此很快就发现自己有点上气不接下气，并且对于自己先前以同样方式对待欧瑟感到一丝罪恶感。她现在正亲身体会要在迷雾中跟着一名决心疾奔的迷雾之子有多么困难，而且她还没有狗的灵敏嗅觉。

静默的黑夜中响起金属敲击的声响，随着窥探者一路往城中心移动而掉落的钱币，叮叮咚咚地落在雕像跟石板地上。许久后，他终于降落在一座喷泉广场中。纹同时坠地，落地的瞬间骤烧白镴，往侧面扑去，四肢着地的同时，她脸上露出一丝笑容，白镴增强了她的肌肉，她随即扭身扑前，拉引一枚钱币至掌心。

她的对手往后一跃落在邻近喷泉的边缘。纹落地，抛下钱币，靠着它越过窥探者的头顶。他弯下腰，警戒地追踪她越过顶上的身影。

纹拉住喷泉中央的一座青铜雕像，止住身势，蹲踞在雕像斜凹的顶端,低头看着对手。他正以金鸡独立姿势站在喷泉边缘,仅仅是翻腾迷雾中一抹黝黑安静的身影,透露着……挑衅。

你抓得到我吗?他似乎无声地在问。

纹猛地抽出匕首,从雕像上跃起,利用沁凉的青铜作为锚点,朝窥探者直推而下。

窥探者也利用同样一座雕像,将自己拉前,以毫厘之差从纹身下蹿过,激起一片水花,飞快的身势如打水漂的石子在静谧的水面轻点而过,最后一次跃起时立即反推,落在广场的另一边。

纹落在喷泉边缘,冰冷的清水溅湿她全身。她一声低吼,再次朝窥探者扑去。

纹坠落地面的同时,他已然转身,抽出自己的匕首。纹在地面迅疾翻滚,避过了第一波攻势后马上举起双刃,合十刺下。窥探者迅速地闪躲,匕首上晃落的水珠点点晶亮,他蹲身落下的同时展现利落的身姿,全身紧绷有自信,高手。

纹再次微笑,呼吸急促。她已经很久没有这样的感觉……距离和卡西尔对打的夜晚已经太遥远。她保持低蹲的姿势,观察在两人之间翻腾的迷雾。他的身材中等,体型精瘦结实,而且没穿迷雾披风。

为什么不穿披风?迷雾披风是他们这类人的共同装束,象征自信跟隐秘。

两人的距离太远,她看不清他的脸。不过,她看到他脸上泛出一丝笑容,同时又往后跃起,反推另一座雕像。追逐战正式开始。

纹跟着他穿过城市,骤烧钢铁,落在屋顶跟街道上,跃起的身体划出一道又一道的大弧。两人像在游乐场中打闹的孩童般蹿过陆沙德,纹试图想拦截对手,他则每次都恰巧躲过。

他非常厉害。远比她所认识或面对过的迷雾之子都要厉害,可能只略逊于卡西尔。可是,自从她与幸存者对战过后,她的能耐也是与日俱增。这个新来的会比她还强吗?光是想象就让她感觉一阵兴奋。她一直认为卡

迷雾之子
卷二·升华之井 [珍藏版]

西尔是操纵镕金能力的至高典范,往往忘记他也不过就是在崩解时代前的两年多才得到力量。

跟我练习的时间一样长。纹突然察觉这点。她落在狭隘、潮湿的街道,皱着眉头,动也不动地蹲着。她明明看到窥探者朝这条街降落。

狭窄又破旧的窄街其实跟一条小巷子差不了多少,两旁都是三四层楼的建筑物,毫无动静。窥探者可能已经溜走,也可能正躲在附近。她燃烧铁,却没有任何铁线的动静。

不过,她还有一招……

纹维持四处搜寻的行动,实际上却已经改换成燃烧青铜,试图想要刺穿她认为应该在附近的红铜云。

果然。他躲在一栋废弃建筑物的房间里,从几乎完全闭上的百叶窗偷偷往外看。一旦知道他人在哪里,她立刻辨认出他是用了哪些金属跳到二楼去,还包括他用来关闭百叶窗的铁窗钩。有可能他之前已在这里探过路,早就打算要在这里甩掉她。

很聪明,纹心想。

他不可能会知道她有办法刺穿红铜云,可是如果她现在攻击,她拥有这种力量的秘密就会泄露出去。纹静静地站起,猜想他正蹲在上方,警觉地等着她离去。

她微笑,检视体内的硬铝存量。这正是判断她燃烧硬铝是否会在另一名迷雾之子眼中显得不同的好时机。窥探者应该正在燃烧他大多数的金属,试图预测她的下一步行动。

所以,纹自作聪明地燃烧了第十四种金属。

巨大的爆炸声在她耳中响起。纹惊喘出声,诧愕地跪倒在地。身边周遭一切变得明亮,仿佛某种能量点亮了街道。而且,她觉得好冷:蚀骨钻心、冻摄心神的冷。

她发出呻吟,试图想要了解那到底是什么声音。它……它不是一次爆炸,而是许多爆炸连续起来。规律的鼓动。像是她身旁有人在打鼓。是她的心跳。还有微风，跟呼啸而过的狂风一样响亮。狗在找食物吃的扒抓声。人在睡梦中的鼾声。她的听觉仿佛被增强了上百倍。然后……没了。纹跌坐在石板地上，猛然涌来的光线、冰冷和声响消散。附近的阴影中有身形在移动，但她看不清。她再也无法于黑暗中见物。她的锡……

烧完了，她终于回神。我体内所有的锡都被烧完了。当我燃烧硬铝的同时，我也正在……燃烧锡。

同时燃烧的两者有了加乘反应。这就是规律。硬铝彻底燃烧光她体内的所有锡，让她的感官在非常短的时间内变得无比敏锐，却也掠走了她所有的存量。再仔细一检查，她发现同时在燃烧的其他金属，包括青铜跟白镴，也都没有了。突然冲来的变化大到她来不及注意另外两者。

晚点再想，纹告诉自己，摇摇头。她刚刚觉得自己可能会失明和失聪，还好没有。她只是有点被惊吓到。

黑色的阴影出现在她身边的雾中。她没有时间慢慢恢复，连忙撑地站起，却又脚步一软。这个身形太矮，不会是窥探者。是……

"主人，你需要帮忙吗？"

纹停下脚步，看到欧瑟来到她身边坐下。

"你……跟上来了。"纹说道。

"很不容易，主人。"欧瑟不动声色地说道，"你需要协助吗？"

"呃？噢，不需要。"纹摇摇头，恢复神志，"我要你变成狗时疏忽了一件事。你现在不能帮我带金属在身边了。"

坎得拉歪歪头，迈步走向附近的小巷，片刻后咬了个东西回来。她的腰带。

它将腰带放在她脚边，坐回等待的姿势。纹拾起腰带，拔起其中一个备用小瓶。"谢谢你。"她缓缓说道，"你这么做真的……很细心。"

"我只是履行契约，主人。"坎得拉说道，"如此而已。"

但你以前可没替我想这么多，她心想，吞下瓶内的金属，感觉存量再次恢复。她燃烧锡，重新取回夜视力，心底也忍不住松了一口气。自从她的能力被发掘后,她再也不需要摸黑出门。

窥探者的房间百叶窗大开。他一定是趁着她受惊的时候逃脱了。纹叹口气。

"主人!"欧瑟大喝。

纹飞快转身。一名男子安静地落在她身后。他看起来居然……有点面熟。瘦瘦的脸上有着一头浓密的黑发,头正不解地微歪,她明白他眼中的疑问:她刚才为什么摔倒了?

纹微笑。"也许我刚才只是要引诱你现身。"她悄声说道,知道他有锡力增强的耳朵听得见她的声音。

迷雾之子微笑,对她点点头,似乎是在表达敬意。

"你是谁?"纹上前一步问道。

"敌人。"他回答,举起手要她退后。

纹停下脚步。静谧的街道上,迷雾盘旋在两人身边。"为什么要帮我击退那些杀手?"

"因为……"他缓缓开口,"我也是疯子。"

纹皱眉,打量那人。她在乞丐眼中看过疯狂的神色,但这个人不是疯子。他骄傲挺拔地站立着,在黑夜中望着她的眼神自制而内敛。

他到底在玩什么把戏?她暗自揣摩。

她花了一辈子锻炼出的直觉警告她要小心。她才刚学会要信任朋友,但绝对不打算要对第一次在黑夜中碰面的人施予同样的特权。

可是,离她上次跟另一名迷雾之子交谈已经有一年了。她仍然有无法跟其他朋友解释的身份冲突,就连哈姆跟微风这样的迷雾人都无法了解迷雾之子的奇特双重生活。既是杀手,又是保镖,还是贵族仕女……同时仍是迷惘、安静的女孩。这个人对自己的身份也有同样的困惑吗?

也许他能成为她的盟友,让中央统御区有第二名迷雾之子。就算她办不到,也不能冒险跟他开打。在夜间进行练习战是一回事,但若是这比赛变得危险,对方可能会用上天金。

如果那件事发生，她必输无疑。

窥探者谨慎地端详她。"请为我解个惑。"他从雾中开口说道。

纹点点头。

"你真的杀了他？"

"是的。"纹低声说道。他只有可能指一个人。

他缓缓点头："你为什么要跟着他们玩小把戏？"

"谁？"

窥探者朝迷雾中的泛图尔堡垒挥挥手。

"这不是儿戏。"纹说道，"当我爱的人陷入危险时，绝对不是。"

窥探者静静地站着，然后摇摇头，好像很……失望。然后，他从腰带中掏出某样东西。

纹立刻往后跳，但窥探者只是朝两人之间抛掷一枚钱币。弹了两下后，钱币停在石板地上。窥探者将自己反推入空中。

纹没跟上。她伸手揉揉脑袋，总觉得至少该有阵头痛。

"你让他走了？"欧瑟问道。

纹点点头："今晚到此为止。他打得很好。"

"你听起来像是很尊敬他。"坎得拉说道。

纹转过身，坎得拉语气中的一丝鄙夷让她皱起眉头，但欧瑟耐心十足地坐在原处，再没有透露半点情绪。她叹口气，重新系回腰带。"我们得帮你弄个背带什么的。"她说道，"我希望你能像有人形时那样帮我带着备用金属。"

"不需要背带，主人。"欧瑟说道。

"哦？"

欧瑟站起身，缓步上前："请拿出一个瓶子。"

纹照它说的掏出一个小玻璃瓶。欧瑟停下脚步，侧转过身，一边肩膀正对着她，就在她的注视下，皮毛跟肌肉剥离，露出下方的血管跟层层皮肉。纹略略后退。

"不用担心，主人。"欧瑟说道，"我的皮肉跟你的不同。你可以说我更能……控制它。请将金属瓶放在我的肩膀肉里。"

纹照做，她看着皮肉包住瓶子后愈合，让瓶子消失于眼前。纹尝试燃烧铁，没看到蓝色线条指向隐藏的瓶子——体内的金属不受其他镕金术师的操控，就连刺穿身体的金属，像是审判者眼睛的尖刺或纹的耳针也不能被他人推或拉。显然藏在坎得拉体内的金属亦如此。

"危急时我会把它送来给你。"欧瑟说道。

"谢谢。"纹说道。

"契约，主人。无须谢我。我只是按照契约行事。"

纹缓缓点头。"我们回皇宫去吧。"她说道，"我想去看看依蓝德。"

可是，让我从头说起。我在克雷尼恩初见艾兰迪，当时他还是个毛头小伙子，尚未因为长达十年的领军生涯而扭曲。

9

沼泽变了。原本是搜寻者的他变得更为……冷酷。他似乎总盯着沙赛德看不见的东西，回答时总是直接，说话时总是短促。

当然，沼泽讲话从来不拐弯抹角。两人走在风尘漫天的官道上，沙赛德趁此机会研究他的朋友。他们没有马，就算沙赛德有，大多数动物也不肯靠近审判者。

鬼影之前说沼泽的绰号是什么？沙赛德边走边想。在他变了个人之前，他们叫他……铁眼。他后来的遭遇居然应验了这个绰号。大多数人觉得沼泽的改变令人惶惶不安，因此对他敬而远之。虽然沼泽似乎并不介意,但沙赛德仍特别费心思想跟他往来。虽然他不知道沼泽是否喜欢。他们两人的确处得不错:有共同研究学问跟历史的兴趣,也都对最后帝国的宗教状况很有兴趣。

而且,他来找我,沙赛德心想。当然,他嘴上是说为了防止仍有审判者滞留瑟蓝集所才来找人帮忙,但这借口很薄弱,因为沙赛德虽然有藏金术的力量,却不是战士。

"你应该待在陆沙德。"沼泽说道。

沙赛德抬起头。沼泽一往如常,说话只挑重点。"为什么这么说?"沙赛德问道。

"他们需要你。"

"最后帝国其余的地方也需要我,沼泽。我是守护者,我的时间不该被特定的一群人占据。"

沼泽摇摇头。"那些村民会忘记你来过,但没有人会忘记即将在中央统御区发生的事情。"

"人的忘性很强,远超出你的想象。战争跟王国也许在现在看起来很重要,但就连最后帝国也有其终点。既然最后帝国已经瓦解,守护者就不该再参与政治。"大多数守护者甚至会说我们打从一开始就不该参与。

沼泽转身面向他,眼睛只剩被金属填满的眼眶。沙赛德没有颤抖,但感觉不舒服。

"那你的朋友们呢?"沼泽问道。

这是很私密的问题。沙赛德别过头,想着纹,还有他向卡西尔发过要保护她的誓言。她现在不太需要保护了,他心想。她甚至比卡西尔更擅长使用镕金术,但沙赛德知道,有许多其他保护的方式跟战斗无关。每个人都需要支持、建言和善意的对待,尤其是纹。那可怜女孩的肩膀上承担了太多。

"我……请人去帮忙了。"沙赛德说道,"我已经尽我所能。"

"不够。"沼泽说道,"发生在陆沙德的事已不容忽视。"

"我不是在忽视它,沼泽。"沙赛德说道,"我只是尽力履行责任。"

沼泽终于别过头。"你履行错了。这里一结束,你就回陆沙德去。"

沙赛德还想开口争辩,但什么都没说。他能说什么?沼泽是对的。虽然他没有证据,却相信陆沙德中正发生很紧要的事情,也需要他的协助,因为这结果会影响过去曾被称为最后帝国的整片大陆。

所以,他闭上嘴,乖乖跟在沼泽身后继续走。他会回到陆沙德,再做一次离经叛道的泰瑞司人。也许,最后他会发现,并没有什么扑朔隐约的危机正威胁整个世界。他回去只是出于想跟朋友重聚的私心。

他宁愿如此,因为另外一个可能性让他不寒而栗。

◆

我第一次见到他时,最先注意到的是他鹤立鸡群的身高。他虽然年轻,却衣着朴实,让人不由自主地心生敬意。

10

议事厅设立在原本的钢铁教廷财政廷总部,天花板低矮,看起来比较像是演讲厅,而非议事厅。中间有座高架的舞台,舞台前一排排长凳以扇形散开,舞台右边建了一区座位给议员,左边则是讲台。

讲台面对的方向是议员,不是群众,但随时欢迎一般人民前来旁听。依蓝德认为所有人都该对政府的政事运行有兴趣,因此每次周会时见到仅有寥寥可数的观众前来旁听,都让他一阵难过。

纹的位置在讲台这侧,但在后方,靠近观众。她跟其他护卫面向讲台的后方以及对侧的群众,哈姆的守卫则穿着便服坐在第一排的听众席,提供第一线的保护。原本纹要求舞台前后都该各有一排守卫,却遭遇依蓝德

MISTBORN: THE WELL OF ASCENSION

的强力抗议,他觉得有守卫坐在演讲者身后会让人分心,但哈姆跟纹双双坚持。如果依蓝德每个礼拜都要出现在群众面前一次,纹就要仔细监控他跟所有能看到他的人。

因此,为了要落座,纹得跨越整座舞台。许多目光跟随着她移动。有些人是对桃色丑闻有兴趣,他们认为她是依蓝德的情妇,国王跟自己的私人保镖有亲密关系更是八卦的绝佳素材;有些人则是对政治有兴趣,想知道纹对依蓝德有多少影响力,是否能利用她直达天听;其余人则是对日渐散布的传说感到好奇,想知道纹这样的女孩子难道真能杀死统御主?

纹加快脚步,经过议员面前,在哈姆身边坐下。在这么正式的场合中,哈姆仍然只单套一件背心,里头不穿衬衫,因此穿着衬衫跟长裤坐在他身边的纹,觉得自己相较之下并不突兀。

哈姆微笑,欣喜地朝她肩膀一拍。她得强迫自己静静接下这一拍而不过度反应。不是她不喜欢哈姆,正好相反,她爱他,一如爱所有原本隶属于卡西尔团队的成员。

但是……她很难解释,只是哈姆无意的碰触让她想扭身避开,总觉得人不应该这样随随便便就碰触对方。

她强迫自己甩开这些思绪,要求自己像其他人一样。依蓝德应该有个正常的女人。

他已经到了,一注意到纹的到来,就对她点点头,她回以微笑,然后他转过身,继续低声跟潘洛德大人——其中一名贵族议员——交谈。

"依蓝德这下可高兴了。"纹低声说道,"这地方挤满了人。"

"他们很担心。"哈姆低声说道,"而担心的人对这类集会很在意。我可不觉得高兴,这些人让我们更难管理。"

纹点点头,眼光在群众之间来回巡视。人群的组成出奇地杂乱,这是在最后帝国时代绝对不可能共同聚会的各种群体。当然,一大部分是贵族。纹皱眉,想到这些贵族成员有多想要操控依蓝德,还有他对他们许下的承诺……

"你怎么会露出这种脸色?"哈姆问道,推推她。

纹打量着打手,期待的眼神在他坚毅的长脸上闪烁。哈姆在辩论一事上,几乎有超人的敏锐度。纹叹口气。"我不知道该怎么看这整件事,哈姆。"

"这整件事?"

"这整件事。"纹低声说道,对议会比了比,"依蓝德很努力想要让所有人都满意。他付出这么多权力,这么多钱……"

"他只是想要让每个人都得到公平的对待。"

"不只如此,哈姆。"纹说道,"他简直好像是打定主意要让每个人都变成贵族。"

"这不是件好事吗?"

"如果每个人都是贵族,那就没有所谓的贵族。不可能每个人都有钱,也不可能每个人都管事。那是不合理的。"

"也许吧。"哈姆深思地说道,"可是依蓝德不是身负广施公平正义的公众责任吗?"

公众责任?纹心想。我早该知道,怎么可以跟哈姆讨论这种事……

纹低头:"我只是觉得他不需要议会就可以确保每个人各得其所。这些人只会争吵、夺取他的权力,而他居然还放任他们。"

哈姆没有接话,纹继续研究听众。最早到的似乎是一群磨坊工人,因此抢到了最好的位置。大概十个月前,也就是议会成立的初期,贵族派仆人来替他们预留位置,或贿赂别人放弃原本的座位,但一被依蓝德知道了这件事,他便禁止了这两项行为。

除了贵族跟磨坊工人,还有许多的"新"阶级。司卡商人跟工匠如今可自定价格,他们才是依蓝德的新经济体制中真正的赢家。在统御主压制的手段下,只有少数最优秀的司卡能赢得小康生活,没有了这些限制,司卡迅速地证明他们的能力跟敏锐度远远超过贵族同行,并因此在议会中掌握了与贵族对等的话语权。

MISTBORN: THE WELL OF ASCENSION

群众中还有少数其他司卡,看起来跟依蓝德登基之前差不多。贵族通常穿着套装跟白日的礼帽及外套,这些司卡只穿着普通的长裤,有些还带着白天工作留下来的污渍,衣服陈旧、破烂,沾满灰烬。

然而……他们不一样了。不是衣着,而是姿势。他们坐得比以前更挺,头抬得更高,而且有足够的空闲时间来参加集会。

依蓝德终于起立,代表会议开始。他今天早上让侍从为他穿衣,因此几乎可以算是完全整齐。他的套装合身,扣子严丝合缝,背心也是搭配好的深蓝色,就连头发都被梳得整整齐齐,棕色的短卷发服服帖帖。

通常依蓝德会请其他演讲者先开始,议员会花好几个小时阐述对税率或城市卫生的看法,但今天有更紧急的事情。

"各位。"依蓝德说道,"由于目前的……状况,很抱歉我们今天下午无法按照原本预定的议程进行。"

二十四名议员点点头,其中几人暗自嘟囔了什么。依蓝德没有理会。他在公众面前很自在,远比纹来得自在。他摊开演讲稿,纹则盯着群众,寻找麻烦的蛛丝马迹。

"我们目前情况之紧迫应该已相当明朗。"依蓝德开始读出他之前准备的演讲稿,"这个城市面对前所未有的危机,来自于他方暴君的侵略跟围城。

"我们是新成立的国家,以统御主时期从未出现的原则奠定之邦国,然而我们又是拥有传统之邦国。司卡得以拥有自由。按照我们的选择跟决策统治。贵族不需屈从统御主的圣务官及审判者。

"各位,一年的时间不够。我们尝到了自由的滋味,更需要时间好好品味。在过去一个月中,我们经常讨论跟争辩这一天到来时,该采取什么行动。很显然,我们尚未达成共识,因此,我提出团结投票案。让我们对自己跟人民承诺,不会在未经深思的情况下贸然献出城市。我们要搜集更多信息,寻求其他解决方法,甚至必要时不惜一战。"

演讲继续进行,但依蓝德已经在她面前练习过不下数十次,因此她转而开始研究群众。她对于坐在后方的圣务官最为忧虑。他们对于依蓝德对他们过去所作所为的负面评论似乎没有多大反应。

她其实并不了解依蓝德为何允许钢铁教廷继续传教。它是统御主权威的最后一块残骸。大多数圣务官固执地拒绝为依蓝德的政府贡献他们在行政运作及管理上的知识，同时仍以鄙夷的态度看待司卡。

然而，依蓝德仍然允许他们留下来，只是严格规定他们不准教唆反叛或暴力，却没有听取纹的建议把他们逐出城市。其实，如果能让她拥有最终决定权，她会把他们通通处决掉。

终于，依蓝德的演讲结束，纹将注意力转回他身上。"各位，"他说道，"我心怀坚定的信念向你们提出此项提议，同时是以我们所代表的众人之名提出。我要求有更多时间。我提议暂停所有关于城市未来的投票案，直到御使能与驻扎在城外的军队会面，了解是否有和谈的可能性。"他放下演讲稿，抬起头，等待众人回应。

费伦议员最先开口，他是一名商人，华贵的套装穿得合身自在，谁也看不出来他是一年前才第一次套上这种服装。"所以，你要我们给你决定城市命运的权力。"

"什么？"依蓝德问道，"我完全不是这个意思。我只是要求有更多时间，去跟史特拉夫会面。"

"他拒收我们先前送去的任何信息。"另一名议员说道，"你觉得他现在为什么会听？"

"我们的做法根本完全错误！"一名贵族代表说道，"我们应该要恳求史特拉夫·泛图尔不要攻击，而不是去跟他会面聊天，我们需要尽快证明我们愿意跟他配合。你们都看到他的军队了。他正打算要摧毁我们！"

"拜托。"依蓝德举起手说道，"我们不要离题了。"

另一名司卡代表议员开口，对依蓝德先前的发话似乎浑然不觉。"你会这么说是因为你是贵族。"他指着刚被依蓝德打断的贵族，"你跟史特拉夫合作什么的倒容易，反正你不会有多大损失！"

MISTBORN: THE WELL OF ASCENSION

"不会有多大损失?"贵族说道,"我跟我的全体族人都可能因为支持依蓝德反抗父亲而被处决啊!"

"呸。"一名商人开口说道,"根本没有意义。我好几个月前就提过,早该雇佣兵了。"

"你觉得钱要从哪里来?"潘洛德大人,贵族议员中最资深的长者说道。

"税金啊。"商人挥挥手说道。

"各位先生!"依蓝德说道,然后再次更大声地喊,"各位先生!"

他终于引起一些注意。

"我们必须下决定。"依蓝德说道,"请各位不要离题了。我的提议呢?"

"没有意义。"商人费伦说,"我们何必要等?直接邀请史特拉夫入城不就结束了,他反正一定会攻下陆沙德。"

纹靠回椅背,听着他们继续争吵。问题在于,虽然她不喜欢那个叫费伦的商人,他的话却不无道理。战争不是诱人的选项。史特拉夫的军队如此庞大,拖延真的有用吗?

"听我说,听我说。"依蓝德说道,试图想要引起他们的注意,却只有零星响应,"史特拉夫是我的父亲。也许我能跟他谈谈,让他听听我的?陆沙德是他多年的住地,也许我能说服他不要进攻。"

"等等。"其中一名司卡代表说道,"粮食呢?你看到商人的粮价涨了多少吗?在我们担心军队之前,应该先讨论如何降低物价。"

"你们总是把问题怪在我们头上。"一名商人议员指着方才发话的司卡。于是,战火再度点燃。依蓝德微微瘫靠在讲台上,纹摇摇头,十分同情眼前已经分崩离析的局面。议会经常如此结束,她觉得他们不够尊敬依蓝德,也许这是他自己的错,因为他将他们的地位提升到近乎和自己一样高。

终于,讨论渐渐平息,依蓝德拿出一张纸,显然是要准备记录提案的投票结果。看起来并不乐观。

"好了。"依蓝德说道,"投票吧。请记得,给我时间不代表放弃,只是让我有机会去尝试让父亲重新考虑夺取城市这一想法。"

"依蓝德,孩子。"潘洛德大人说道,"我们都经历过统御主的统治,我们都知道你父亲是什么样的人,如果他想要得到这座城市,不到手就不会罢休,我们只能决定怎么样给他比较好,也许我们能想办法让人民在他的统治之下,仍能拥有某些自由的空间。"

众人静静地坐在原处,第一次没有再重新吵起来。几个人转向潘洛德,他正以冷静自持的姿态坐在原位上。纹不太了解这个人,只知道他是崩解时期后留在城市里比较有势力的贵族之一,而且他在政治上的作风比较保守,然而她从未听过他说出鄙夷司卡的论调,也许这就是他会这么受人民欢迎的原因。

"我话说得很直。"潘洛德说道,"因为这是事实。我们没有立场讨价还价。"

"我同意潘洛德。"费伦插嘴,"如果依蓝德想要跟史特拉夫·泛图尔会面,我想这应该是他的权利,王权允许他对外交涉谈判,但我们不需要承诺不会将城市交给史特拉夫。"

"费伦先生。"潘洛德大人开口,"我想你误解了我的想法。我说献出城市是无可避免的,但我们在此同时应该尽量争取,意思是我们至少应该跟史特拉夫会面以了解他的意图,现在就投票将城市交给他太过急躁,反而过早暴露我们的立场。"

依蓝德抬起头,首次看起来满怀希望。"所以,你支持我的提案吗?"他问道。

"我认为我们需要缓冲的空间,而如此的做法并非上上策。"潘洛德说道,"但是……既然军队已经抵达,我怀疑我们能有别的做法。因此,是的,陛下,我支持你的提案。"

其他几名议员一听潘洛德的话便随即点头,仿佛第一次认真考虑这个

MISTBORN: THE WELL OF ASCENSION

提案。那个潘洛德的力量太大了，纹心想，眯着眼睛端详年长的政客。他们服从他的程度远超过服从依蓝德。

"那我们投票吧?"一名议员问道。

于是，投票开始。依蓝德一一记录下每个议员的投票，八名贵族，包括依蓝德，投票赞成，让潘洛德的意见格外显出分量，八名司卡议员大多赞成，商人议员大多反对，但结果是依蓝德得到他需要的三分之二支持。

"提案通过。"依蓝德做出最后总结时说道，脸上露出些微讶异，"议会暂时否决投降议案，直到国王与史特拉夫·泛图尔正式进行官方会谈之后。"

纹靠回椅背，试图厘清她对投票的看法。依蓝德的提案成功通过是好事，但达成的方式让她不安。

依蓝德终于从讲台退下，让不满的费伦开始下一波讨论。商人提案要将城市的食物储存交给商人保管，但这次是依蓝德率先带头反对，于是又是一番唇枪舌剑。纹饶富兴味地观察众人。依蓝德知不知道他在反对他人提案时，跟其他人有多像?

依蓝德跟其他几名司卡议员想办法拖延议程，到了午餐时间仍未进行投票。听众席的人纷纷站起伸懒腰，哈姆则转向她:"不错的会议，是吧?"

纹只是耸耸肩。

哈姆轻笑:"我们真的得想点办法来处理你对公众责任的反感，小妞。"

"我已经推翻过一个政府。"纹说道，"我觉得我暂时已经尽了自己的'公众责任'。"

哈姆微笑，不过仍然谨慎地盯着群众，纹亦然。现在每个人都站起身来回走动，正是对依蓝德下手的好时机。有一个人特别引起她的注意力，让她皱眉。

"我马上回来。"她对哈姆说道，站起身。

"你的决定是对的,潘洛德大人。"依蓝德说道,站在年长的贵族身边,趁着休息时间低声交谈,"我们需要更多时间。你知道如果城市被我父亲夺走,他会采取什么手段。"

潘洛德大人摇摇头,"孩子,这可不是为了你。这么做只是为了确保费伦那个笨蛋不会在你父亲保证我们的特权之前,就把城市先交了出去。"

"话不能这么说。"依蓝德举起手指说道,"一定有别的方法!幸存者绝对不会不战而降。"

潘洛德皱起眉头,依蓝德顿时住口,暗骂自己。这名老贵族相当老派,向他称赞幸存者绝对不会收到什么正面反馈。卡西尔对司卡的影响让许多贵族感觉到威胁。

"你多花点时间想想吧。"依蓝德说道,瞥向一旁靠近的纹。她挥手要他离开议员区,因此他立刻告退,越过舞台来到她身边。"什么事?"他低声问道。

"后面的女人。"纹低低说道,眼中满是怀疑,"蓝色衣服,个子高挑那个。"

人不难找。她穿着亮蓝色的衬衫,鲜艳的红裙,是个中年妇女,身材偏瘦,长及腰际的头发编成一条辫子,耐心地站在原处,看着人们在房间内走动。

"她怎么了?"依蓝德问道。

"泰瑞司人。"纹说道。

依蓝德迟疑。"你确定?"

纹点点头。"那些颜色……这么多首饰,她一定是泰瑞司人。"

"那又如何?"

"我没见过她。"纹说道,"而且我知道她一直在看着你。"

"大家都在看我,纹。"依蓝德说道,"我毕竟是王。况且,你为什么应该见过她?"

"所有泰瑞司人一进城就会来见我。"纹说道,"我杀了统御主,在他们眼中,我是解放他们的人,但我不认得她,她甚至没来向我道谢。"

依蓝德翻翻白眼,抓住纹的肩膀,转过她身子,不再让她面对那妇女:"纹,我觉得我必须尽到绅士的义务,告诉你一件事。"

纹皱眉,"什么事?"

"你美得不可方物。"

纹愣住。"这有什么关系?"

"完全没有关系,"依蓝德微笑说道,"我只是要你分心。"

纹松了口气,露出一丝笑意。

"纹,我不知道有没有人跟你说过。"依蓝德认真说道,"但你有时候真的很容易疑神疑鬼。"

她挑起一边眉毛:"是吗?"

"我知道你不信,但这是真的。我个人觉得这样的特质很迷人,但你真的认为有泰瑞司人想杀我吗?"

"可能没有吧。"纹承认,"但老习惯……"

依蓝德微笑,然后瞥向聚三五成群,正在低声交谈的议员。他们的团体没有外人。贵族跟贵族,商人跟商人,司卡工人跟司卡工人,显得分外分裂,如此偏执。一个简单的提议往往造成长达数小时的争论。

他们必须给我更多时间!他心想。但在同时,他也发现问题所在。有了更多时间之后呢?潘洛德跟费伦精准地戳破了他的提案弱点。事实是,整座城市已经陷入困境。大军压境,没人知道该拿敌人怎么办,遑论依蓝德。他只是知道他们还不能放弃。还不行。一定有办法解决。

纹仍然转过头看着群众。依蓝德跟着她的视线:"你还在看那泰瑞司女人?"

纹摇摇头:"是别的事……有问题。那是歪脚的信使吗?"

依蓝德一愣,转过头去。果然,在房间最远处,有几个士兵正穿过人群朝舞台走来,众人开始交头接耳,神色惶惶不安,甚至有些人已经快步离开房间。

依蓝德感觉纹紧张地全身一僵，恐惧直捣内心。来不及了。军队进攻了。

其中一名士兵来到高台前，依蓝德连忙冲上前去。"什么事？"他问道，"史特拉夫进攻了吗？"

士兵皱眉，一脸忧色："不是的，陛下。"

依蓝德轻吐一口气。"那是怎么一回事？"

"陛下，第二支军队，刚刚抵达城外了。"

奇特的是，一开始是艾兰迪的纯真引起了我的注意。他才来到这座大城市几个月，我便雇用他成为我的助手。

11

两天内的第二次，依蓝德站在陆沙德城墙顶，端详前来入侵他王国的军队。依蓝德眯着眼睛，遮挡红色的午后阳光，但他不是锡眼，看不出新客人的来历。

"他们有可能是来帮忙的吗？"依蓝德满心期待地问道，望着站在他身边的歪脚。

歪脚垮了老脸："他们用的是塞特的旗帜。记得他吗？两天前刚派八个镕金术师去杀你的家伙？"

冰寒的秋日让依蓝德全身一震，回过头继续望着第二支军队。它驻扎的地方离史特拉夫的军队有一段距离，靠近陆沙戴文运河，那运河开端位于香奈瑞河的西侧。纹站在依蓝德身边，哈姆则在安排都城卫队的工作，狼獒身体的欧瑟则很有耐心地坐在纹脚下的城墙走道上。

"我们怎么会没看到他们逼近了?"依蓝德说道。

"史特拉夫。"歪脚说道,"塞特从同样的方向过来,探子的注意力一直都集中在史特拉夫的军队上。史特拉夫可能几天前就知道有另外一支军队正在靠近,但我们根本没机会看到他们。"

依蓝德点点头。

"史特拉夫正在设立警戒线,好观察敌方的动向。"纹说道,"我怀疑他们之间的关系能有多友善。"她站在城垛上方,双脚几乎踩在城墙边缘。

"也许他们会攻击彼此。"依蓝德满怀希望说道。

歪脚一哼。"我很怀疑。他们势均力敌。史特拉夫可能比较强,但我猜塞特会冒险进攻。"

"那他为什么还要来?"依蓝德问。

歪脚耸耸肩:"也许是因为他想比老泛图尔先到陆沙德,抢先攻占这里。"

他说得好像陆沙德的沦陷已既成定局。依蓝德的胃一阵痉挛。他靠着城墙,透过石造箭孔往外看。纹跟其他人是盗贼跟司卡镕金术师,几乎一辈子都在被他人追捕,也许他们已经习惯处理这种压力跟恐惧,但依蓝德不行。

他们怎么能忍受这种毫无控制,无可转圜的人生?依蓝德觉得自己没有半点力量。他能怎么做?逃走,让城市自生自灭吗?这当然不是选择,但是不止一支,而是两支军队要毁掉他的城市,夺取他的王位——依蓝德发觉自己很难控制双手不颤抖,只能用力握紧粗糙的石块。

卡西尔一定找得到解决的办法,他心想。

"看那边!"纹的声音打断依蓝德的思绪,"看到没有?"

依蓝德转身,纹眯着眼睛仔细检视塞特的军队,使用锡力探看依蓝德无法靠普通视力看清的远方。"有人从军营中出来了。"纹说道,"他在骑马。"

"信差?"歪脚问道。

"有可能。"纹说,"他的速度蛮快的……"她沿着高墙边缘的石头跳踯,坎得拉立刻起身,静悄悄地跟随在她之后。

依蓝德瞥了歪脚一眼,后者耸耸肩,两人一起站起身,也跟了下去,最后发现纹站在靠近高塔附近的墙边,望着逐渐接近的骑士。至少,依蓝德是这么猜想,因为他仍然看不见她看到了什么。

镕金术,依蓝德心想,摇摇头。他为什么连半点力量都没有,就算是只有红铜或铁这种比较弱的力量也好。

纹突然咒骂起来,直直坐起身:"依蓝德,那是微风!"

"什么?!"依蓝德说道,"你确定?"

"没错!有人在追他。弓箭手骑马跟着他。"

歪脚骂骂咧咧地对附近的传令兵挥挥手:"快派骑兵出动!截断追他的人!"

传令兵狂奔而去,但纹摇摇头。"他们来不及的。"她几乎是自言自语地说:"那些弓箭手会逮到他,至少会射杀他,连我都跑不了那么快。但,或许……"

依蓝德皱眉,抬头看着她:"纹,就算是你,也跳不了这么远。"

纹低头看了他一眼,一笑,从城墙一跃而下。

纹准备好硬铝,之前虽然已经服用过一些,但还没使用,时机未到。希望能奏效,她心想,寻找合宜的锚点。她身边的高塔顶端有加强的铁栏杆,是再合适不过的选择。

她以铁拉住栏杆,将自己硬拖到高塔顶端,立刻再次跳跃,强迫自己跳得越高越好,远离城墙,再熄灭钢跟白镴以外的所有金属。

然后一面继续钢推栏杆,一面燃烧硬铝。

突然,一股力量冲撞她的身体,强到她相信要不是有同样强大的白镴力量与之制衡,她的身体早就被撕裂成碎片。她猛地从堡垒飞射而出,横越天际,仿佛被巨大的无形神祇抛过天空,速度快到空气在她耳边轰隆作响,突然遽增的压力让她一时无法思考。

MISTBORN: THE WELL OF ASCENSION

纹一阵惊慌，四肢仿佛失去控制，幸好之前挑对了路线，她直直冲向微风跟追赶他的人。

不知道微风做了什么，但铁定大大激怒了某人，因为足足有两打人在追着他，人人张弓搭箭，准备将他射倒。

纹向地面坠落，在硬铝引发的骤烧中，钢跟白镴燃烧殆尽，她连忙抽出腰间的小瓶一口喝尽，但就在她抛下瓶子的同时，一阵奇特的晕眩乍现。她不习惯在大白天跳跃，看到地面朝她冲来有点奇怪，身后没有迷雾披风飘随也有点奇怪，更奇怪的是没有雾在……

领先的骑士放低了弓，瞄准微风，两个人似乎都没注意到从上方宛如鹰隼般扑下的纹。好吧，不能说是扑下，应该算是直直坠下。纹突然回神，马上燃烧白镴，朝逼近的地面抛下一枚钱币，再反推一把好减缓坠势，同时让自己往旁边一偏，恰好重重落在微风跟弓箭手之间，激起漫天黄土。

弓箭手松开了张满的弓弦。

纹落地又弹起，尘土在她周遭飞扬。她伸出手，将自己反推入空中，朝流失直直扑去，施力反推。箭尖往后撕裂，将箭身一剖为二，木屑四散，然后深深埋入弓箭手额头。

男子从马上摔下。纹则稳稳落地，施放力量，猛推向领头的人身后两匹坐骑的马蹄铁，使得它们脚下猛然踉跄，反作用力也将她往后一抛。马儿吃痛的嘶鸣与身体倒地的声音交错响起。

纹继续前推，悬空数尺沿着路面向前飞行，很快便追上微风。他微胖的身躯一震，发现纹居然悬浮在他奔驰的马匹旁，衣袍还随着疾风猎猎作响，不由得露出惊愕的神情。纹对他俏皮地眨眨眼，探出力量，拉扯另一名骑士的盔甲。

反作用力顿时止住她的身形，身体肌肉抗议突如其来的强力拉扯，但她刻意忽略涌上来的痛楚。被她扯住的人好不容易才没摔下马背，却被纹脚先头后的并腿飞踹给踢了下去。

迷雾之子
卷二·升华之井 [珍藏版]

她稳稳落在黑土地面,方才的骑士同时翻滚落地。不远处,剩下的骑士们终于拉住马匹,硬生生在几尺之外停下。

卡西尔大概会进攻吧。对方人数虽然多,却都穿着盔甲,马脚上也都套了马蹄铁。但纹不是卡西尔。她成功拖延了骑士的追赶,让微风得以脱逃,这就够了。

纹探出力量,用力推向一名士兵,顺势向后飞蹿,让骑士们有机会把受伤的同伴扶起,但那些士兵毫不领情,直接又抽出以石为尖的箭来。

纹看着那群人再度瞄准,烦躁地吐口气。好吧,各位老兄,我建议你们要抓紧了。

她轻轻地推向他们,然后燃烧硬铝,突来的力量让胸口宛如受到重击,腹部突如其来的温热,咆哮的狂风,一切如她所预期。她没料到的是,她的锚点们居然连人带马被打得四下飞散,如狂风扫落叶。

这力量以后得更小心点用,纹心想,咬紧牙关,在空中快速旋转身体。她体内的钢跟白镴又再度用完,逼她得吞下身边最后一瓶。以后她要多准备些。

一落地,她立刻狂奔,用白镴保持身体平衡,即使飞奔也不会绊倒。她暂时放慢速度,等微风的坐骑赶上后,立刻再次加快速度,恣意狂奔,让白镴的力量跟平衡感维持身体的直立,跟疲累的马匹并肩而行。一人一马你追我赶,马不时斜眼瞄她,似乎对于居然被人类赶上这事感觉有点着恼。

没多久,两人终于回到城市,铁门一开始有动静,微风便拉停马匹,但纹懒得等,直接抛下一枚钱币后反推,让身体的惯性带着她冲向高墙,随着闸门大开,她第二次反推门上的铁钉,利用推力直飞向上,堪堪掠过城墙顶端,穿过两名被惊吓到的士兵,这才落到另一边的中庭里,伸手轻扶着沁凉的石板地稳住身势。微风此时也通过了闸门。

纹站起身,微风拿着手帕擦擦额头,让马匹小快步来到她身旁。他的头发比上次见到时更长了,服帖地梳到脑后,发梢微微搔弄着领口。虽然

MISTBORN: THE WELL OF ASCENSION

已经年过四十，他的头发却没有半点斑白，头上没戴帽子，应该是被吹掉了，身上惯常的华丽套装跟丝质背心，如今因为方才的快奔而沾满黑灰。

"啊，纹，亲爱的。"微风说道，跟马一起喘着大气，"我得说，你来得正是时候，而且你的出场实在非常华丽。我虽然不喜欢强迫别人来救我，但如果真要被救，好歹也要这么有型。"

纹笑着看他下马，动作证明了他绝对不是广场中身手最矫捷的人。马夫们上前来照料马匹。依蓝德、歪脚和欧瑟一起下楼来到中庭，微风又擦了擦额头。应该有传令兵找到了哈姆，因为他正朝中庭跑来。

"微风！"依蓝德说道，上前来与对方四臂交握。

"陛下。"微风说道，"陛下身体跟心情可否一样安泰？"

"身体是好。"依蓝德说道，"心情嘛……你也知道外面蹲了支军队。"

"是两支才对。"歪脚一拐一拐地上前抱怨。微风折起手帕。

"啊，是亲爱的克莱登先生，你还是这么乐观啊。"

歪脚冷哼一声。欧瑟不疾不徐地走到纹身边坐下。

"还有哈姆德。"微风瞄着他，后者脸上露出灿烂的笑容，"我差点成功让自己忘记回来时，还会有你在这里。"

"你就承认吧。"哈姆说道，"你很高兴见到我。"

"见到，或许。但听到？绝不可能。这段时间少了你在我旁边永无停歇、烦不胜烦地絮絮叨叨一堆假设，我的日子过得挺美好的。"

哈姆的笑容变得更灿烂。

"我很高兴见到你，微风。"依蓝德说道，"但你来的时机如果能更好一点就好了。我原本希望你能阻止一部分军队朝我们进攻。"

"阻止他们？"微风说道，"好家伙，我为什么要这么做？我才刚花了三个月说服塞特应该把他的军队带来这里。"

依蓝德一愣，纹暗自皱眉，站在众人之外。微风一脸沾沾自喜的样子，不过这表情对他是家常便饭。

"所以……塞特王是站在我们这边的？"依蓝德满怀希望地问道。

"当然不是。"微风说道,"他来搜刮你的城市,顺便要夺走传说中的天金库。"

"是你。"纹说道,"在外面散播谣言说统御主有天金库在这里的人,是你?"

"当然。"微风看着终于来到的鬼影。

依蓝德皱眉:"可是……为什么?"

"亲爱的老兄,请看看你的城墙外面。"微风说道,"我知道你父亲一定会举兵攻打陆沙德,就算我口才再好也无法打消他这个想法,所以我开始在西方统御区散播谣言,然后让自己成为塞特王的幕僚之一。"

歪脚闷哼,"计划不错。简直是疯子才会想到,但不错。"

"疯子?"微风说道,"我的精神状态完全没问题,歪脚。这一步可不是疯子的决定,而是极高明的妙招啊。"

依蓝德一脸迷惘:"微风,我不是要侮辱你的妙招……但带着一支敌方军队来城外,为什么是件好事?"

"这是基本谈判法,老兄。"微风解释,接过马夫递来的决斗杖,指着城外的塞特军队,"当谈判的参与者只有两方,而有一方远强过于另一方时,会让较弱的一方,也就是我们,很难与之抗衡。"

"我明白。"依蓝德说道,"但就算有三方,我们还是最弱的。"

"是的。"微风说道,"但另外两方势均力敌。史特拉夫可能强一些,但塞特的人数较多。如果任何一方攻击陆沙德,他的军队都会蒙受损失,足以令他无法抵抗另外一支军队的攻击——攻击我们就是暴露出弱点。"

"所以就进入互相掣肘的局面。"歪脚说道。

"一点也没错。"微风说道,"相信我,依蓝小子。在这种情况下,两个强敌远比一个强敌好太多。在三方谈判中,最弱的一方往往能掌握主动权,因为投诚到任何一方都能造成该方的最终胜利。"

依蓝德皱眉:"微风,两方我们都不想投诚。"

"我知道。"微风说道,"可是我们的对手不会知道。带来第二支军队代表我们可以有更多腾挪的时间,那两大军阀都认为他们可以先到,但他们却同时抵达,所以现在他们必须重新评估情势,我猜最后会是长期围城战,至少持续一两个月。"

"但你还是没解释该怎么样把他们赶走。"依蓝德说道。

微风耸耸肩:"我把他们弄来这里,你该去想怎么处理他们,而且我得告诉你,要让塞特准时抵达可真是不容易。他原本会比泛图尔整整早到五天,幸好几天前有某种……整个军营的人都染上了急病,据说是有人在主要水源下了毒,让整个军营的人腹泻不止。"

站在微风身后的鬼影吃吃笑了起来。

"没错。"微风看着男孩,"我就知道你会喜欢这个主意。你还是那个说话没人听得懂的烦人鬼影吗?"

"是那里没。"鬼影说道,改回他的东方街头方言。

微风轻哼。"大半时候你说话还是比哈姆德的话好懂。"他嘟囔,转过身面向依蓝德,"难道没有人要找马车来带我回皇宫吗?我差不多已经安抚了你们这群不知感恩的家伙将近五分钟,尽力让自己看起来又可怜又疲倦,结果你们这群没良心的居然没有一个来关心我!"

"你一定退步了。"纹微笑说。微风是安抚者,燃烧黄铜的镕金术师,能够安抚另一个人的情绪。技巧高超的安抚者能够完全压制一个人多余的情绪,只留下他想要的感情,等同于能操控对方的想法,在纹所认识的安抚者中,无人能出微风之右。

"其实……"依蓝德说道,转过身看着高墙,"我正希望能回城墙去多研究一下军队。你在塞特的军队中待了那么久,一定能告诉我们很多事。"

"可以,会的。但我不要爬那些台阶。你们看不出来我有多累吗?"

哈姆哼了一声,往微风肩头用力一拍,激起一片灰尘:"你怎么会累?跑的是你那匹可怜的马。"

"我的情绪极端疲惫,哈姆德。"微风说道,拿手杖敲敲他的头,"我离开的方式令人不太舒服。"

"到底发生了什么事?"纹问道,"塞特发现你是间谍吗?"

微风一脸尴尬:"就是……塞特大人跟我……闹翻了。"

"他逮到你跑到他女儿床上了,是吧?"哈姆说道,引起众人一阵哄笑。微风绝对不是个好色的人。虽然他擅长操纵他人情感,但纹认识他这么久,从来没听他说过对任何风花雪月有兴趣。多克森曾说过微风太自我中心,不会去考虑这类事情。

微风对哈姆的话翻翻白眼:"说实话,哈姆德,我觉得你年纪越大,笑话越不好笑了。我认为一定是你练习的时候把头给敲坏了。"

哈姆微笑,依蓝德则召来两辆马车。众人在等待的同时,微风开始讲述他的见闻。纹低头看着欧瑟。她仍然没找到机会跟其他人提起欧瑟换了身体的这件事,也许微风回来后,依蓝德会想跟他的私人幕僚们开个会,趁那个时间点应该不错。不过,这件事不能惊动太多人,因为她希望皇宫里的侍从们都认为她把欧瑟遣走了。

微风继续说故事,纹带着笑意聆听。他天生擅长辞令,而且能够十分巧妙地运用镕金术,她几乎感觉不到他在操控自己的情绪。过去纹曾觉得他的入侵令她十分不悦,但如今她已经明白,碰触他人的情绪是微风的本性,就像美丽的女子凭天生的脸蛋与身材去吸引众人的目光,微风吸引他人注意力的方式则是下意识地使用黄铜力量。

当然,他仍然是个混账家伙,最喜欢用驱使他人为自己服务的方式来占便宜,只不过纹已经不会对他选择用镕金术来达到这个目的而生气。

马车终于到来,微风发出满意的叹息,这时候才看看纹,对欧瑟点点头:"那是什么?"

"一条狗。"纹说道。

"你讲话还是这么直爽。"微风说道,"那你为什么会有一条狗呢?"

"我送的。"依蓝德说道,"她想要狗,我就买了一只送她。"

"结果你挑了只狼獒?"哈姆好笑地问道。

"你也跟她打过架的,哈姆。"依蓝德笑着回答,"你会送她什么?贵宾犬吗？"

哈姆轻笑："我不会。这只狗其实还蛮合她的。"

"不过它几乎和她一样大。"歪脚补上一句，眯着眼睛打量她。

纹伸出手，摸着欧瑟的头。歪脚说得没错，她挑的动物体型即便以狼獒而言也相当巨大，它的肩膀离地足足有三尺高。纹亲身体验过那身体有多重。

"这么乖的狼獒不多见。"哈姆点点头说，"你挑得很好，阿依。"

"好了好了。"微风开口，"我能不能拜托大家回皇宫去了？聊什么军队啊狼獒的当然是好事，但我认为现在晚餐比较重要。"

"我们为什么不跟其他人说欧瑟的事情？"依蓝德问道。马车载着他们三个一路颠回泛图尔堡垒，其他四人则乘坐另外一辆。

纹耸耸肩。欧瑟坐在她跟依蓝德对面的座位上，静静地看着两人交谈。"我早晚会跟他们说。"纹说道，"这种事情总觉得不应该在人来人往的广场谈。"

依蓝德微笑："保密这个习惯很难打破，对吧？"

纹脸上一红。"我不是故意不跟别人说它的事，我只是……"她没说完，低下头。

"不要难过，纹。"依蓝德说道，"你一直以来都是过着只能靠自己，无人可以信任的日子。不会有人要你一眨眼就改变。"

"已经不只眨眼之间了，依蓝德。"她说道，"都已经两年了。"

依蓝德一手按着她的膝盖。"已经越来越好了。其他人都在说你变了好多。"

纹点点头。换作是别人，一定会担心我是不是也有秘密没告诉他，但依蓝德只是一心想要减少我的罪恶感。他好得超过她配得上的。

"坎得拉。"依蓝德说道，"纹说你很能赶上她的脚步。"

"是的，陛下。"欧瑟说道，"这具骨肉虽然让人厌恶，却很适合追踪跟快速移动。"

"如果她受伤了呢？"依蓝德问道，"你有办法把她拖到安全的地方吗？"

"我没有办法迅速办到，陛下。可是我能去求救。这具骨肉有诸多限制，但我会尽力遵守契约。"

依蓝德瞄到了纹挑起的眉毛，轻笑出声："它会实践它的承诺，纹。"

"契约是一切，主人。"欧瑟说，"它不只要求单纯的服务，而是要求时时刻刻的警惕与专注。这就是坎得拉。服从契约就是坎得拉一族的原则。"

纹耸耸肩。他们三个都安静下来。依蓝德从口袋中掏出一本书，纹靠着他，欧瑟则趴下，身体占据整排座位。终于，马车驶进泛图尔中庭，纹发现自己居然期待能去泡个热水澡，但在下马车的同时，一名侍卫向依蓝德冲来，虽然他开口时她来不及上前，锡力仍让她听得一清二楚。

"陛下。"侍卫低声说道，"我们派去的信差找到您了？"

"没有。"依蓝德皱眉说道，纹走近两人身侧。士兵看了她一眼，口中却没停下。所有士兵都知道纹是依蓝德的贴身侍卫跟主要亲信，但此刻看着她的士兵脸上却出现分外担忧的神色。

"我们……这，不想要打扰您。"士兵说道，"所以没张扬这件事。我们只是想知道……您是否一切安好？"他边说边看着纹。

"你在说什么？"依蓝德问道。

侍卫转身面对国王："是纹贵女房间内的尸体。"

"尸体"其实是一具骨骸。一具干干净净的白骨，光洁的表面上没有半点血迹或皮肉，但很多根骨头都断了。

"对不起，主人。"欧瑟说道，声音低到只有她听得见，"我以为你会处理掉。"

纹点点头。那具尸体当然就是在她将动物身体给欧瑟之前，他用的那具。

女仆们发现纹的房门没关。按照纹的习惯，这代表她需要人打扫，因此她们进了房间。纹将骨头塞在一个篮子里打算之后再处理,但女仆们显然决定要看看篮子里有什么东西,结果大吃一惊。

"没事的,队长。"依蓝德对年轻的侍卫说道。他是德穆队长,皇宫侍卫队的第一副官。虽然哈姆对制服避之唯恐不及,但这个人似乎认为保持制服笔挺光鲜是种荣耀与坚持。

"你没张扬是对的。"依蓝德说道,"我们知道这些骨头的事。不必担心。"

德穆点点头。"我们也猜想这是刻意的。"他没有看纹。

刻意的,纹心想。这下可好,天知道那家伙以为我做了什么。鲜少有司卡知道坎得拉是什么,德穆一定看不出来那具残骸的秘密。

"你能悄悄帮我把那些处理掉吗,队长?"依蓝德对骨头点点头。

"当然,陛下。"侍卫队长说道。

他大概认为是我把那个人吃了一类的,纹叹口气心想。甚至还把骨头上的肉吸得半点不剩。

这个猜测跟事实其实相差不远。

"陛下。"德穆说道,"你要我们也把另外一具尸体处理掉吗?"

纹全身一僵。"另一具尸体?"依蓝德缓缓问道。

侍卫队长点点头。"当找到这具骨骸时,我们又找了几只狗去四处闻闻,狗没找到杀手,但找到另外一具尸体,跟这具一样,只有骨头,完全没有半点肉。"

纹跟依蓝德交换一个眼神。"带我们去看看。"依蓝德说道。

德穆点点头,领着他们出房间,对他的人低声下了几道命令,四个人——三个人加一只坎得拉——沿着皇宫走廊走了一小段路,来到较不常使用的客房区。德穆让守在一扇门边的士兵退下,领着他们进入。

"那具尸体没有放在篮子里,陛下。"德穆说道,"它被塞在后面的橱柜里。没有狗的话,我们绝对找不到。那些狗轻易地便找到踪迹,我不知道是怎么办到的,这些尸体完全没有皮肉。"

果然又有另外一具尸体，跟先前那具一样，堆在书桌边。依蓝德瞥向纹，然后转向德穆："能请你先离开一下吗，队长？"

年轻侍卫队长点点头，走出房间关上门。

"如何？"依蓝德说道，转向欧瑟。

"我不知道它是从哪里来的。"坎得拉说道。

"但这是一具被坎得拉吃掉的尸体。"纹说道。

"毫无疑问，主人。"欧瑟说道，"狗会找到它们是因为我们的消化液残留在刚被排出的骨头上，会散发一种独特的气味。"

依蓝德跟纹对看一眼。

"而且不只如此。"欧瑟说道，"这不是你们所想的那样。这个人可能是在远处被杀死的。"

"什么意思？"

"这是被遗弃的骨头，陛下。"欧瑟说道。

"坎得拉留下的骨头……"

"因为他找到新身体了。"纹接着说。"是的，主人。"欧瑟说道。

纹看着皱起眉头的依蓝德。"多久以前？"他问道，"也许这是一年多前，我父亲的坎得拉所留下的。"

"有可能，陛下。"欧瑟说道，但听起来没有很确定。它走上前，嗅嗅骨骸。纹也拾起一根骨头，放在鼻子前闻了闻。在锡力的帮助下，她轻易地闻到类似呕吐物的味道。

"味道很重。"她看着欧瑟说道。

它点点头："这些骨头颇新，陛下。最多几小时，甚至更短。"

"意思是皇宫某处有另一只坎得拉。"依蓝德说道，脸上浮现焦虑，"皇宫有侍从被……吃掉且取代了。"

"是的，陛下。"欧瑟说道，"看不出来是谁的骨骸，因为这些是被遗弃的。那只坎得拉已经带走了新骨头，吃下肉后穿上那个人的外皮。"

依蓝德点点头，站起身，迎上纹的目光。两人四目相交，她知道他们

MISTBORN: THE WELL OF ASCENSION

想着同一件事情。皇宫中很有可能已经有侍从被取代，意思是安全网中有小漏洞，但还有一个更危险的可能性。

坎得拉是无与伦比的演员。欧瑟模仿的雷弩大人完美到连他的熟人都被骗过，以同样的能力去模仿贴身女侍或一般仆人绰绰有余，但是，如果想要派间谍进入依蓝德的核心会议，就必须取代更重要的人。一定是我们过去几个小时中没看到的人，纹心想，抛下骨头。从议会结束后，她、依蓝德和欧瑟大半个下午跟傍晚都在城墙上，自从第二支军队抵达后，城市跟皇宫便陷入混乱，信差花了好大一番力气才找到哈姆，她不知道多克森在哪里，而在歪脚刚刚到城墙加入他们之前，她也一直没见到他。最后到的则是鬼影。

纹低头看着一堆骨骸，从心底升起一阵不安。很有可能，他们的核心团队，也是前卡西尔团队的成员中，如今有了冒牌货。

第贰章

雾中鬼魂
Ghost in the Mist

迷雾之子
卷二·升华之井 [珍藏版]

直到多年后，我才确信，艾兰迪就是永世英雄，永世英雄：克雷尼恩语中称之为拉布真（Rabzeen），永世者（Anamnesor）。

12

阴暗混沌的暮色中，一座碉堡的轮廓浮现。

它坐落于地面上一大块凹陷地区的正中央，宛若陷在火山口之中。两旁山壁陡峭，下方谷地宽广到让沙赛德相信，就算是在白天，他应该也不太看得清楚谷地的另一侧在哪里。逼近的夜色隐藏在层层雾气之下，巨大凹地的彼岸只剩下一道深深的阴影。

沙赛德对策略跟战术可说近乎无知，虽然他的金属意识里藏着几十本相关内容的书，但他已把内容全部忘光，好腾出空来创建书目纪录。以他有限的知识看来，瑟蓝集所不容易防守。除了舍弃高地的优势之外，环状的山崖更提供敌人使用投石器密集攻击的绝佳位置。不过这栋碉堡建造的目的不是防御外敌，而是为了遗世独立。它深藏在谷地中，不易被外人发觉，尤其是谷地周围略微拱起的一圈小丘，外人除非走到谷地边缘，否则绝无可能发现下方的秘密。一路上没有任何道路或路标，一般旅人更是无法爬下陡峭的山壁。审判者们并不想要有访客。

"怎么样？"沼泽问道。

他跟沙赛德一起站在谷地的北面，脚下悬崖直落数百尺。沙赛德利用积蓄视力的锡意识库提高原本的眼力范围，虽然周围变得一片模糊，但正前方的影像却放大逼近。他再多用了一分力，刻意忽略过度压缩影像带来的反胃感。

增强的眼力让他得以细细研究瑟蓝的外观，仿佛他就站在正前方，看

MISTBORN: THE WELL OF ASCENSION

得清平实宽广的岩石高墙上的每一道凹痕，锁在外墙上的大钢片上每一分铁锈，所有长满苔藓的转角跟沾满灰烬的平台。那里没有半扇窗户。

"我不知道。"沙赛德缓缓开口，停止使用锡意识库，"从这里看不出来碉堡里是否有人。没有动静也没有光线，审判者们或许只是躲在里面。"

"不。"沼泽说道，冷硬的声音在夜空中显得很响亮，"他们不在了。"

"他们为什么要离开？我觉得这里有极大的力量，也许无法抵御军队进攻，但绝对可以将眼下的混乱时代阻挡在外。"

沼泽摇头。"他们不在了。"

"你怎么这么确定？"

"我不知道。"

"那他们去哪里了？"

沼泽看看他，转过头望向肩后，"北边。"

"朝陆沙德去？"沙赛德皱眉问道。

"不只。"沼泽说，"来吧，我不知道他们是否会回来，但机不可失。"

沙赛德点点头，毕竟这正是他们来的原因，但他心里有部分迟疑。他是以学识与服侍贵族为生的人，拜访荒野中的乡村小镇已经濒临他的极限，现在还要他潜入审判者的重镇……

沼泽显然毫不在乎同伴的内心挣扎。已然是审判者的他转过身，直直朝谷地边缘走去。沙赛德将包袱甩过肩头，跟了上去。终于，两人看到一座类似笼子的器械，显然是靠下方的绳索与滑轮牵动。笼子锁在悬崖顶端，沼泽站在旁边，却没进去。

"这是用滑轮操作。"沼泽说道，"意思是笼子需要下方的人力来拉。"

沙赛德点点头，发现他说得对。沼泽上前一步，推动一支操纵杆。笼子落下。绳索开始冒烟，滑轮发出尖锐的摩擦声，巨大的笼子一鼓作气地朝谷地坠下。不一会儿，隐约传来回荡的撞击声。

沙赛德心想，如果下面有人，全都会知道我们来了。

沼泽面向他，眼中尖刺的圆底在夕阳的余晖中隐隐发光。"想办法跟上。"他说，然后将一条绳索绑死，开始沿着绳索爬下。

沙赛德踏上平台边缘，看着沼泽攀着悬挂的绳索深入满是阴影与雾气的深渊。然后，沙赛德跪下，打开背包，除下上臂与前臂的巨大金属臂环，这是他主要的金属意识库，里面装满守护者的记忆，横跨数世纪的知识。他敬重地将臂环放在一旁，拿出一对小一点的金属环，一个是铁，一个是白镴。战士的金属意识库。

沼泽知道沙赛德在这方面的经验有多欠缺吗？不是光力大无穷就能成为战士。即便如此，沙赛德还是将一对金属环扣在左右脚踝上，然后拿出一锡一红铜的两只戒指，套在手指上。

他束起包袱，甩过肩头，拾起他的主要红铜意识环，小心翼翼找了一个隐秘的地点——两个岩石间的狭小空隙——放了进去。无论下面会发生什么，他都不想冒这对臂环会被审判者发现并销毁的险。

为了要将红铜意识库装满记忆，沙赛德必须听另一个守护者将他所有记录的历史、事实、掌故都念一遍，记下每一句，然后将这些记忆塞入红铜意识库，以供日后存取。沙赛德对过程本身几乎没有印象，但他可以取得任何他想要的书籍或文章，放回自己的意识库中，就像第一次读到一般鲜明地回忆。只是他手上一定要有臂环。少了红铜臂环，他觉得相当紧张，却只能摇摇头，走回平台。沼泽三步并作两步地去到谷地下方，他跟所有审判者一样，都拥有迷雾之子的能力，但他如何得到这些能力，以及脑袋被一对尖刺凿穿却为何能活着，仍然是个谜团。沼泽从未回答过沙赛德这方面的问题。

沙赛德喊着沼泽，引起他的注意力，然后举高背包往下扔。沼泽伸出手，背包一震，跟里面的金属一起被拉入沼泽的手中。审判者将包袱甩过肩头后，继续往下。

沙赛德点头感谢，然后从平台跳下，一面降落，一面探入铁意识，汲取其中的力量。装满金属意识向来要付出代价：为了要储存视力，沙赛德

111

MISTBORN: THE WELL OF ASCENSION

必须忍受几个礼拜的近视,在那段期间,他会手上戴着一只锡手环,将额外的视力储藏,好供日后使用。

铁跟其他的金属不一样,里面不是储藏视力、力气、耐力,甚至不是记忆。里面存的是完全不同的东西:重量。

今天,沙赛德不是运用铁意识库的能力——那只会让他变得更重——而是开始储存铁意识,让它吸走体重,他感觉到一阵熟悉的轻盈感,他的身体不像平常那么沉重。

他降落的速度减慢了。泰瑞司哲人对使用铁意识库一事有许多论述,根据他们的解释,这力量并不会改变一个人的体型,而是改变了地面拉引他们的方式。降落速度放缓不是因为沙赛德减轻了体重,而是因为相对于如此轻盈的身体,他暴露在风中的面积显得更大,风阻也相对变强了。

不管科学的解释如何,沙赛德的速度没有那么快了。腿上的细金属环是他身上最重的东西,因此能保持他的双脚向下。他举起双手,微微压低身体,让身体逆风而行,虽然降的速度不像是叶子或羽毛般缓慢,却也不是全速下坠,而是以受控制,优哉游哉的方式落下。他平举着双臂,衣角在风中猎猎作响,他超过沼泽的进度时,后者正好奇地看着他。

接近地面时,沙赛德用白镴意识库施放一丝力量,因为他的身体如此轻盈,落地时几乎没有任何震动感,甚至不需要弯曲膝盖吸收最后一丝冲击力。

他停止储存铁意识与使用白镴,静静地等着沼泽。在他身边,载人的笼子四分五裂地散落一地。沙赛德不自在地看着一地破碎的铁扣环与锁链。显然有些来瑟蓝的人不是自愿的。

沼泽抵达谷地时,空气中已满是迷雾。沙赛德一辈子都在与雾气共处,从来没感觉过半点不安,但他现在开始觉得迷雾会呛死他,就像杀死他先前看到的可怜的老杰德一样。

沼泽跃下最后十尺,以镕金术师特有的灵敏着陆。即使跟迷雾之子相处了这么久,沙赛德仍然相当佩服镕金术的能力。当然,他从来没有嫉妒过。虽然镕金术在战斗中的效果比较好，却不能扩张意识，让人撷取上千年文化的梦想、希望和信仰，给不了医疗知识，也不能教导贫困的村庄如何使用现代施肥技术。

藏金术的金属意识库并不华丽，却对社会有更长远的贡献。

况且，沙赛德也知道几个使用藏金术的小伎俩，会让最老到的战士也吃到苦头。

沼泽将包袱递给他："来吧。"

沙赛德点点头，拾起背包，跟着审判者穿过满是岩石的地面。走在沼泽身边感觉很奇怪，因为沙赛德不习惯见到和他一样高的人。泰瑞司人原本就高，沙赛德更是高挑——手臂跟双腿与身体比起来有点太长，可能是因为他年纪很小时就被阉割。统御主虽然死了，他的统治与生育计划对泰瑞司文化的影响仍会残存良久。他试图用种种方法让泰瑞司一族失去能使用藏金术的血脉。

瑟蓝集所耸立在黑暗中。沙赛德如今身在谷地，碉堡看起来更显阴森，沼泽站在正门的右方，沙赛德在他身后，其实并不害怕。恐惧在沙赛德的人生中向来不占多少分量，但他会担心，世界上的守护者已经所剩无几。如果他死了，就又少了一个能旅行，能重拾失去的真实和教导众人的人了。

虽然我现在也不是在做那些事……

沼泽看了看巨大的铁门，用尽全身力气扑上去，显然正在燃烧白镴增强力量。沙赛德加入他的行列，用力推。门纹丝不动。

沙赛德从白镴意识库中汲取力量，心中暗叹可惜。这次用的力量远胜过落地时所需，他的肌肉立刻膨胀数倍。藏金术跟镕金术不同，经常是直接影响施用者的身体。袍子里，沙赛德的身体变成一副专业战士的健壮身躯，比原本的他力气要大了两倍。在两人合作之下，门终于被推开。

门没有发出任何声音，只是缓慢且平稳地向内滑动，展露出一条漫长、阴暗的长廊。

沙赛德放掉白镴意识,成为原本的自己。沼泽踏入瑟蓝,脚步扰乱了从洞开的大门涌入的迷雾。

"沼泽?"沙赛德出声。审判者转身。

"我什么都看不到。"

"你的藏金术……"

沙赛德摇摇头:"它只能增强我的夜视力,但至少需要一点光线,况且用这么多视力会让我很快耗尽锡意识。我需要灯笼。"

沼泽停下脚步,点点头,在黑暗中转身,很快就消失在沙赛德的视线中。

沙赛德心想,原来审判者不需要光线就能见物。他不意外,因为金属锥塞满了沼泽的眼眶,完全摧毁了他的眼球。无论审判者的视力是运用何种奇怪力量,漆黑跟光明显然都没有差别。

数分钟后,沼泽回来了,手中提着一盏灯笼。沙赛德从刚才的笼子判定审判者们养着为数不少的一群奴隶跟仆人来服侍他们,那些人到底去了哪里?都逃走了吗?

沙赛德从背包中拿出打火石点亮灯笼,朦胧的光线照耀一条阴暗漫长的走廊。他踏入瑟蓝,举高灯笼,开始储存手指上的小红铜指环,将它变成红铜意识。

"大房间。"他低语,"没有装饰。"其实不需要开口,但他发现靠口述比较能形成清晰的回忆,好存入红铜意识库。

"审判者们显然很喜欢钢。"他继续说道,"意料中的事,因为他们的宗教中心经常被描述成钢铁教廷。两旁墙上挂着巨大的金属片,和外墙上的差别是没有铁锈。这里的许多钢片并非完全光滑,而是在表面上刻……或者说是打磨出了许多特殊的花纹。"

沼泽皱起眉头:"你在做什么?"

沙赛德举起右手,让他看到手中的红铜戒指:"我必须记录此次造访。下次有机会时,我会需要将这个经验重现给其他守护者。我认为这里有许多可以学习的地方。"

沼泽别过头:"你不应该在乎审判者。他们不配让你记录。"

"配不配不是重点,沼泽。"沙赛德说道,举起灯检视一根粗壮的石柱,"所有宗教的知识都是宝贵的,我必须确定这些事情会延续下去。"

沙赛德看了石柱片刻,然后闭起眼睛,在脑海中组成影像,储存在红铜意识库中。影像记忆没有口述那么清晰,因为一旦从红铜意识库中取出,影像往往消散得很快,容易被理解扭曲。况且,影像无法传达给别的守护者。

沼泽没有回应沙赛德对宗教的看法,只是转过身继续走入建筑物中。沙赛德亦步亦趋地跟着,自言自语地将描述储存在红铜意识中。这是个很不一样的经验,因为他每说一句话,就感觉到每个念头被吸走,只留下空洞。他不记得自己方才确切说了些什么,但一旦他完成将记忆储存入红铜意识的工作之后,日后他随时能绝对清晰地取回这些记忆。

"屋顶很高。"他说道,"里面有几根柱子,也是包裹在钢铁中,粗短而呈方形,并非圆形。我直觉认为创造这个地方的人不在乎细节,而是偏重整体线条跟绝对对称。

"顺着主要信道深入,建筑物的结构仍然不变,墙上没有绘画,也没有木头装饰或地板贴砖,只有线条严酷的深长宽广走廊,地面会反射光线。每块地板都是钢片,大约有几尺见方,触感……冰冷。

"陆沙德的建筑物大多充斥着织锦、彩绘玻璃、石雕,这里却一无所见,令我感到相当奇怪。这里也没有螺旋或拱门,只有方形跟长方形。到处是直线……好多直线,没有半点柔软感。没有地毯,没有软垫,没有窗户。住在这里的人跟平常人有迥然不同的世界观。

"沼泽直直走在这条宽广的走廊上,仿佛对里面的设计毫无所觉。我先跟着他,之后再回来记录。他似乎跟随着某种……某种我无法感觉到的东西。也许是……"

沙赛德转个弯,看到沼泽站在一个大房间的门口,突然说不出话来,

MISTBORN: THE WELL OF ASCENSION

灯火随着他的手臂不断颤抖。

沼泽找到仆人们了。

他们死去已久,因此沙赛德直到靠近才闻到臭味。也许沼泽就是跟着这气味走:燃烧锡能让嗅觉大幅增强。

审判者们下手干脆利落。这是场屠杀的遗迹。房间很大,但只有一个出口,尸体在后方高高堆起,似乎是被凶猛的刀剑或斧头所劈死。仆人们死时在房间后方缩成一团。

沙赛德别过头。

但是沼泽仍站在门口。"这里的气味不对。"他终于说道。

"你现在才注意到?"沙赛德问道。

沼泽转过身,瞥向他,眼神冷硬:"我们不应该在这里久留。背后的走廊尽头有楼梯,我要上去,里面是审判者的住所。如果这地方有我要找的信息,一定就在那里。你可以留下,或是下楼,但不能随我来。"

沙赛德皱眉。"为什么。"

"我必须独处。我无法解释。你看到审判者的暴行了吧,我无所谓,只是……不想这时在你身边。"

沙赛德放下灯,让光线回避眼前可怕的景象。"好。"

沼泽转身从沙赛德身边经过,消失在黑暗的走廊中。留下沙赛德一人。

沙赛德试图不要提醒自己这件事,折返回大厅,对红铜意识描述了屠杀的景象后,他再继续详述此处的建筑跟艺术——如果钢片上的花纹能被称为艺术的话。

沙赛德持续工作着,声音回荡在冷硬的建筑物间,灯笼在平滑的墙上倒映出微弱的光线,他的目光不由得被走廊远处吸引。那里有一池阴暗。一道通往楼下的台阶。

他转过身继续描述墙上的灯座,知道自己早晚会走向那团黑影。这就是他的好奇心,对未知的渴望。身为守护者的他便是被这股渴望驱使,找到卡西尔的团队。他对真实的追求永无止境，无法忽略，因此他终于转过身走向台阶，只有自己低语的声音是唯一的同伴。

"这些台阶跟我在走廊中看到的很像，既宽且深，像是通往庙廷或皇宫的台阶。但眼前这些通往地下，深入黑暗中。每一道都很大，像是在石头中刻凿出来后以钢片垫上，每一阶的落差很大，需要大步踏行。

"我一面走，一面猜想不知道是什么样的秘密让审判者们认为需要藏在地下碉堡的地窖中。这整栋建筑物都是一个秘密，他们在这些宽广的走廊跟空旷的房间中做什么？

"楼梯的尽头又是一间方形的大房间。我注意到一件事，这里的出入口都没有门扉，每个房间都是开放式，能让外面的人看见。我一边走，一边窥看着地面下的房间，发现巨大的空屋少有家具。没有图书室，也没有休息室，很多房间里有巨大的金属块，可能是祭坛。

"这个在楼梯后方的房间有点不同。我不确定这是什么。也许是处刑室？地面上焊着金属桌，上头都是血迹，不过没有尸体。干涸的血块碎片跟粉末散在我的脚边。我想，这个房间里死过不少人。不过这里似乎没有什么行刑器具，只有……

"锥子。像是审判者眼睛里面的锥子。很大，很重，像是拿大铁锤敲入地面的金属锥，有些的尖端沾满鲜血，我觉得最好不要去碰，其他的……看起来跟沼泽眼眶中的一模一样，但有些的金属材质不同。"

沙赛德将金属锥放在桌上，金属相交敲击出声。他浑身颤抖，再次环顾房间。也许这是制造审判者的地方？他的脑中突然窜过一个可怕的念头——在闭关于瑟蓝的这几个月内，审判者从原本的几十人膨胀至更多倍。

不过似乎不对。他们向来隐秘且自视甚高，所以要去哪里找到他们认为有足够资格加入他们行列的人？为什么不干脆把楼上的仆人都变成审判者，而是杀了他们？

沙赛德长久以来便怀疑，能改造成审判者的人必须已经是镕金术师。

MISTBORN: THE WELL OF ASCENSION

沼泽的状况支持这个推论：他原本是搜寻者，拥有燃烧青铜的能力。沙赛德再次低下头，看着血迹、尖锥和桌子，确定自己并不是很想知道怎么制造新的审判者。

沙赛德正要离开房间时，手上的灯光照亮后方。还有一道入口。

他走上前去，试图忽略脚边的血迹。他进入一间令人望而生畏、风格迥异的房间。它直接凹陷入石壁，通往一道非常扭曲的台阶。沙赛德好奇地沿着被许多人的脚步打磨光滑的台阶走去。从进入这里以来，这是他第一次感觉到空间很狭隘，来到楼梯终点时，他还得弯下腰，这才进入一间小房间。挺起身体，他举高灯火，看到了……

一面墙。他的灯光照耀在墙上，跟之前一样，这里也有面钢片，但这片有五尺宽，几乎也有五尺高，上面全是文字。沙赛德的好奇心再次被撩拨起。他放下背包走上前去，举高了灯笼想看清墙壁最顶端的文字。

是泰瑞司语。

的确是古方言，但就算不用语言红铜意识，沙赛德也识得这些字。他越看，手越颤抖。

我将这些文字写于钢铁上，除此之外的，均不可信。

我开始怀疑，也许只剩下我还存有理智。其他人难道看不出来？他们急着想要英雄出现，实现泰瑞司预言的承诺，所以直接作出结论，认为所有的传说跟故事都适用于同一个人。

我的弟兄们忽略其他事实。他们无法将其他发生的奇特事件串连起来。他们对我的反对听而不闻，对我的发现视而不见。

也许他们说得对。也许我发疯了、嫉妒了，或只是笨。我的名字是关，哲人、学者、叛徒。我是发现艾兰迪的人，也是第一个声称他是永世英雄的人。我是开始一切的人。

而我也是背叛艾兰迪的人，因为如今我知道，他绝对不被允许完成他的征途。

迷雾之子
卷二·升华之井 [珍藏版]

"沙赛德。"

沙赛德一惊,手中的灯差点掉下。沼泽站在他身后的入口,身影威严,诡异,阴森。他和这个地方冷酷刚硬的线条相得益彰。

"楼上的房间是空的。"沼泽说道,"这趟旅程完全浪费时间。我的兄弟们把所有有用的东西都带走了。"

"不是浪费,沼泽。"沙赛德说道,转身回去继续读钢片。他还没读完,根本才刚开始。笔迹又小又挤,满布整面墙壁。虽然时光久远,钢却将文字完整保存下来。沙赛德不由得心跳开始加速。

这是在统御主时期之前便留下来的文字,是泰瑞司哲人所写的片段。这是个圣人。在十个世纪的追寻后,守护者们仍然没有实现最初成立时的目的:他们仍未发现泰瑞司的宗教。

统御主刚掌权便压制了泰瑞司一族的传道,在他漫长的统治时期中,没有一族遭受到如此严厉的迫害,仅有泰瑞司族——他自己的族人——因此对于他们一族的信仰,守护者们只找到了很模糊的片段。

"我得把这些文字抄下来,沼泽。"沙赛德说道,手摸向背包。用视觉记忆没有用,不可能有人同时盯着这么多文字,还能将文字记下来。也许他能将它们录入自己的金属意识库,但他想要一个实体纪录,能够完美地保存字里行间的段落结构与标点符号。

沼泽摇摇头:"我们不能留在这里。我甚至认为我们不该来。"

沙赛德停下动作,抬起头,然后从背包中抽出几大张纸。"好吧。"他说道,"我把它拓印。我想这也比较好,能让我看到文字写下来时的原貌。"

沼泽点点头,于是沙赛德拿出他身边的炭块。

他兴奋地想,这个发现……就像是找到拉刹克的日记。我们越来越贴近真相了!

就在他一面拓印,一面双手小心翼翼精准移动的同时,脑中又闪过另一个念头。拥有这样一份文件后,他的责任感将不再允许他在村庄间游走,而是必须回到北边去分享他所发现的一切,以免他死去时,这份资料也随之消失。他必须回泰瑞司。

或是……去陆沙德。从那里他可以送信到北方,更有合理原因能回到事件的中心,再次见到那些团员。

但是,为什么这让他更有罪恶感?

当我终于意识到,所有期待经的征象都指向他身上时,我多么兴奋。但当我对其他世界引领者宣告我的发现时,众人均不屑一顾。

我多希望当初我听了他们的话。

13

迷雾盘旋回荡,像是灰白色彩在画布上溶成一片。光线晕落在西边,夜晚正式登场。

纹皱眉:"你会觉得……雾提早出现了吗?"

"提早?"欧瑟混浊的声音传来。坎得拉变成的狼獒跟她一起坐在屋顶上。

纹点点头:"之前雾只会在天黑后才出现,对吧?"

"现在已经天黑了,主人。"

"但它们早就出现了。太阳还没完全下山,雾就已经开始聚集。"

"我看不出来这有什么,主人。也许雾就跟其他天候一样,也有不同变化。"

"你不觉得有奇怪的地方吗?"

"你要我觉得有点奇怪的话,我可以这么想,主人。"欧瑟说道。

迷雾之子
卷二·升华之井 [珍藏版]

"我不是那个意思。"

"我道歉,主人。"欧瑟说道,"告诉我你的意思,我绝对会依你的命令去相信。"

纹叹口气,揉揉额头。真希望沙赛德能回来……她心想。可是,这是个不可能的愿望。就算沙赛德在陆沙德,他也不会是她的侍从官。泰瑞司人再也没有主人。她只能拿欧瑟凑合。至少这只坎得拉能提供沙赛德不知道的信息,前提是她能让它松口才行。

"我们必须找到那个冒牌货。"纹说道,"那个……取代别人的。"

"是的,主人。"欧瑟说道。

纹向后一躺,靠在歪斜的屋顶上,手臂懒懒地放在屋瓦上:"那我需要对你有更多认识。"

"我吗,主人?"

"应该说是对坎得拉一族。要找到这个冒牌货,我必须了解它的思考方式,了解它的动机。"

"它的动机很简单,主人。"欧瑟所说,"它一定是在遵照契约指示行动。"

"如果没有契约呢?"

欧瑟摇摇狗头:"坎得拉永远都有契约。没有契约便不准进入人类社会。"

"绝对没有例外?"纹问道。

"绝对没有。"

"如果这是只私自行动的坎得拉呢?"纹说道。

"那种东西不存在。"欧瑟坚定地说道。

哦?纹怀疑地想,但她没追问下去。没有主人的坎得拉没理由渗透皇宫,比较有可能是依蓝德的敌人派来的,也许是其中一名军阀,或是圣务官。就连城市中的其他贵族都有监视依蓝德的好理由。

"好吧。"纹说道,"这只坎得拉是个间谍,被派来搜集另一个人的资料。"

"是的。"

"等一下。"纹说道,"如果它真的取得了皇宫中某人的身体,那个人也不会是它杀的。坎得拉不能杀人类,对不对?"

欧瑟点点头:"我们都受制于这条规定。"

"所以,有人溜入皇宫,杀死一个人,然后让他们的坎得拉接收身体。"她安静下来,试图厘清头绪,"最危险的可能——也就是他变成了团队成员这件事,必须列为优先考虑。幸好人是昨天死亡的,我们可以排除微风,因为他当时在城外。"

欧瑟点点头。

"我们也可以删去依蓝德。"纹说道,"他昨天跟我们一起在城墙上。"

"这范围仍然很大,包括了团队中的大多数人,主人。"

纹皱眉,重新靠了回去。她试图为哈姆、多克森、歪脚、鬼影找出可靠的证明。可是每个人都有好几小时消失的时间,久到足以让坎得拉消化他们,取代他们。

"好吧。"她说,"那我要怎么找出那个冒牌货?我怎么在众人之间辨识它?"

欧瑟静静地坐在雾中。

"一定有办法的。"纹说道,"它的模仿不可能天衣无缝。弄伤它有用吗?"

欧瑟摇摇头:"坎得拉模仿身体是完美的,主人。血、肉、皮肤、肌肉。你见过我的皮肤裂开时的样子。"

纹叹口气,站起身跨过屋顶的尖端。迷雾已经完全笼罩城市,夜晚迅速陷入漆黑。她开始沿着屋檐来回踱步,镕金术师的平衡感让她不会跌落。

"也许我能看出谁有奇怪的举动。"她说,"大多数的坎得拉都像你这么擅长模仿吗?"

"在坎得拉中，我的能力属于中等。有些比较差，有些更强。"

"但没有演员是完美的。"

"坎得拉鲜少犯错，主人。"欧瑟说道，"但那也许是没有办法的办法。可是，请你小心，我的族人在这方面傲视群伦。"

纹一怔。不会是依蓝德，她用力告诉自己。他昨天一整天都跟我在一起。除了早上。

时间差太远了，她想。我们在城墙上站了好几个小时，而这些骨头才刚刚被吐出来。况且，如果是他的话，我一定会知道……是吧？

她摇摇头。"一定有别的方法。我能用镕金术认出坎得拉吗？"

欧瑟没有立刻回答。她在黑夜中转过身，端详狗脸。"怎么了？"她问道。

"这件事不足为外人道。"

纹叹口气。"我还是要知道。"

"这是命令吗？"

"我真的不想命令你任何事。"

"那我可以离开了吗？"欧瑟问道，"你不愿意命令我，所以我们的契约解除了？"

"我不是这个意思。"纹说道。

欧瑟皱眉——那是个跟狗脸很不协调的表情。"如果你能尝试清楚表达你的意愿，对我来说会简单许多，主人。"

纹恼恨得咬紧牙关："你为什么对我充满了敌意？"

"我并没有敌意，主人。我是你的仆人，按照你的命令行事。这是契约的一部分。"

"随便你。你都是这样对待主人的吗？"

"大多数主人都是要求我担任某个特定身份。"欧瑟说道，"我有骨头可模仿，可以成为一个人，需要接受特定的人格。你没有给我任何指示，只有这副……动物骨头。"

原来是这件事，纹心想。它不高兴是因为这具狗的身体。"这些骨头其实不重要，你还是同样的你。"

"你不了解。坎得拉是谁不重要，坎得拉变成谁才重要。它所取用的骨头，它所模仿的角色，这才是重点。我以前的主人从来没有这样要求过我。"

"那你得接受我跟其他主人不一样。"纹说道，"言归正传。我问了你一个问题。我能用镕金术分辨出谁是坎得拉吗？对，我命令你告诉我。"

欧瑟的眼中闪过一丝胜利的光芒，仿佛它很满意终于能强迫她重回她的角色。"坎得拉不受意志镕金术影响，主人。"

纹皱眉："一点都不？"

"是的，主人。"欧瑟说道，"你可以试着煽动或安抚我们的情绪，但不会有任何效用。我们甚至不知道你正试图操控我们。"

像是在燃烧红铜的人。"这不是最有用的信息。"她说道，缓步走过坎得拉身边。镕金术师不会读心术，也不能探知对方的情感。安抚或煽动都只是希望对方能按照自己的意愿行事。

欧瑟看着她踱步："如果能很轻易就看出谁是坎得拉，那我们就不会是杰出的模仿者了，不是吗，主人？"

"你说得有道理。"纹承认。不过，再思考一下它刚说的话，她又想到另一件事："坎得拉能用镕金术吗？如果被吃掉的是镕金术师？"

欧瑟摇摇头。

那这就是另一个方法了，纹心想。如果我发现任何集团成员在燃烧金属，就知道他不是坎得拉。当然，这也无法洗刷多克森或皇宫侍从的嫌疑，但至少能让她删除哈姆跟鬼影。

"还有一件事。"纹说道，"之前我们跟卡西尔一起行动时，他说我们不能让你靠近统御主跟他的审判者。为什么？"

欧瑟别过头："这件事不能说。"

"我命令你。"

"那我必须拒绝回答。"欧瑟说道。

"拒绝回答?"纹问道,"你可以这么做?"

欧瑟点点头。"我们无需吐露涉及坎得拉本质的秘密,主人。这是……"

"契约条文。"纹帮他说完,皱着眉头。我必须花点时间再读一次那东西。

"是的,主人。也许我已经说太多了。"

纹背向欧瑟,望着城市。迷雾继续盘旋。纹闭上眼睛,以青铜搜寻,试着想要找出附近是否有镕金术师燃烧金属的迹象。

欧瑟站起,走到她身边,然后再次在倾斜的屋顶上坐下:"主人,你不是该去国王正在举行的会议吗?"

"也许晚一点吧。"纹睁开眼睛说道。在城市外,军队的篝火点亮天际。泛图尔堡垒在她右方,是黑夜中的一盏光亮。在里头,依蓝德正跟其他人在开会。许多政府中最重要的人都坐在同一个房间里。她坚持要在外面守着,防备奸细跟杀手。依蓝德会说她疑神疑鬼,没关系,他要怎么说她都可以,只要他能活着。

她重新坐下。她很高兴依蓝德挑选了泛图尔堡垒当皇宫,而不是搬入克雷迪克·霄,统御主的皇宫。那里太大,不易防守,更会让人想到他——统御主。

她最近经常想起统御主,或者该说是拉刹克,那个成为统御主的人。身为泰瑞司人,拉刹克杀了原本应该在升华之井取得能力的那个人,而且……

而且什么?他们仍然不知道。那个英雄踏上征途,是为了寻找令子民免受深黯之侵害的方法。可有关那段历史的记录却消失了,大量的知识被刻意毁损了。关于那段过去,最好的信息来源是一本古老的日记,是永世英雄在被拉刹克杀死之前写下的。可是,里头关于他的征途却只有极少的线索。

我为什么还要担心这种事？ 纹心想。深黯已经被遗忘上千年，依蓝德跟其他人担心更迫在眉睫的事情，这本是对的。

然而，纹仍然觉得她无法完全适应他们的思考模式。也许这就是为什么她选择在外头探查的原因，不是她不担心即将来攻的大军，而是觉得那问题跟她之间有某种……疏离感。例如此刻，虽然她想着威胁陆沙德的军队，思绪却立刻又回到统御主身上。

你不知道我为人类做了什么，他当时是这么说的。*就算你们看不出来，我仍然是你们的神。杀了我，你们是自取灭亡*。这是统御主的遗言，当他躺在他的皇殿地板上，生命一点一滴地流逝时说出的。这些话困扰着她，直至今日，仍让她全身发寒。

她需要让自己分心。"你喜欢什么样的东西，坎得拉？"她转向仍然坐在她身边的狗问，"你喜好什么，又讨厌什么？"

"我不想回答。"

纹皱眉："不想还是不需要？"

欧瑟一顿。"是不想，主人。"它的意思很明显。*你得命令我*。

她几乎要这么做了，但某件事阻止了她，是它的眼神……虽然不是人类的双眼，坎得拉的眼中却有某种熟悉的神色。她认得这样的厌恶。在她还小时，每当她必须臣服于以威势恫吓下属的首领，都有同样的感觉。在犯罪集团中，所有人都必须依令行事，尤其是像她那样一个小女孩，没有地位，更无威胁他人的能力。

"你如果不想说就算了。"纹说道，转身背对坎得拉，"我不会强迫你。"

欧瑟沉默。

纹吸入雾气，它的沁凉潮湿搔弄着她的喉咙与肺部。"你知道我喜爱什么吗，坎得拉？"

"不知道，主人。"

"是雾。"她说道，双臂平举，"力量。自由。"

迷雾之子
卷二·升华之井 [珍藏版]

欧瑟缓缓点头。纹的青铜让她感觉到附近有一阵隐约的鼓动。很安静，但出奇地令人不安。和她几个晚上前在泛图尔堡垒顶端感受过的诡异鼓动一样。当时她没有足够的勇气去探查那是什么。

该是处理的时候了，她下定决心。"你知道我痛恨什么吗，坎得拉？"她低声说道，同时伏低身体，检查匕首跟金属。

"不知道，主人。"

她转过头，迎向欧瑟的双眼："我痛恨恐惧。"

她知道其他人认为她很敏感，疑神疑鬼。她跟畏惧共存的时间太久，久到她曾经以为那是自然的。像是灰烬、太阳，或是脚下的土地。

卡西尔带走了她的恐惧。如今她仍然小心翼翼，但已经不会随时都感到惊恐。幸存者给了她一个不同的人生：所爱之人不会背叛的人生。而且卡西尔让她看到比恐惧更好的东西——信任。如今她知道了这些，绝不会轻易放弃。无论是面对军队、杀手……或是鬼魂。

"想办法跟上来。"她低声说，然后从屋顶跳下，落到下方的街道。

纹沿着因雾气而湿润的街面向前直冲，让逐渐加速的双腿推着她奔跑，快到她来不及害怕。青铜鼓动的来源很接近了，就在前方那条街的建筑物中。她判断不是在顶楼，而是三楼一扇晦暗，百叶窗大开的窗户。她抛下一枚钱币，跃入空中直直飞起，靠反推对街的窗锁调整角度，最后落在面前的窗沿上，双手攀抓窗框，骤烧锡，让眼睛习惯空房中的深深黑暗。

它果然在。整个身影都是以雾气所组成，宛如户外的迷雾一般翻腾旋转，轮廓在阴暗的房间中显得模糊。它站的位置正好能清楚看见纹跟欧瑟刚刚交谈的屋顶。

鬼魂不会偷看人……是吧？司卡从来不提灵魂这类的事，这类话题太像宗教，而宗教是贵族独有的特权。祭拜任何东西对司卡而言都是死罪，当然有些人仍然义无反顾，但盗贼太实际，不可能做这种事。

在司卡的传说中只有一项东西符合这个怪物——雾魅。传说中，晚上

MISTBORN: THE WELL OF ASCENSION

蠢到敢出门的人,灵魂会被雾魅偷走,可是现在纹知道雾魅是什么,它们是坎得拉的表亲,奇特、有些许智能的生物,会使用吞下的骨头合出新的器官。的确是很怪异的生物,却不是鬼魅,看起来甚至不太危险。夜晚中没有阴森的鬼魅,不散的幽魂或是吃人的鬼怪。

至少卡西尔是这么说的。在黑漆漆的房中,随着雾气扭动的身躯似乎是强而有力的反证。她紧握窗沿,恐惧宛如许久不见的老友重新来访。

跑。逃。躲。

"你为什么偷窥我?"她质问。

那东西没有动。它的身形似乎会拖着雾气走,因此迷雾仿佛被风吹过一般,不断飘动回旋。

我可以靠青铜感觉得到它,所以它在用镕金术,而镕金术会吸引雾。

那东西上前一步。纹全身紧绷。

然后,鬼魅消失了。

纹愣在原地,皱起眉头。就这样?她以为……有东西抓住她的手臂。某个冰冷、可怕,但非常真实的东西抓住她,一阵痛楚窜过她的脑中,仿佛是从耳朵刺入直至头颅。她大喊出声,却发现没有声音。随着无声的呻吟和颤抖不停的手臂,她向后跌出窗户。

她的手臂依然冰冷,她可以感觉到那东西就在身边的空气中挥动,似乎在散发着冰冷的寒气,雾像流连不去的云朵般自她身边飘过。纹骤烧锡。痛楚冲入脑海,冰冷而潮湿的空气令神志变得清醒,在落地的最后一瞬间,她终于能够翻身,骤烧白镴。

"主人?"欧瑟从阴影里冲出。

纹摇摇头,手撑着地站起,手掌下湿漉漉的石板地冰凉。她的左臂仍然可以感觉到流连不去的寒意。

"要我去找人帮忙吗?"狼獒问道。

纹摇摇头,强迫自己歪歪倒倒地站起,抬起头望向迷雾彼方的黑暗窗户。

迷雾之子
卷二·升华之井 [珍藏版]

她全身颤抖，肩膀因撞击到地面而疼痛，身侧尚未恢复的瘀青也隐隐作痛，但她可以感觉体力渐渐恢复。她离开建筑物，依然仰着头。空中幽深的浓雾显得……隐含凶兆，似乎在藏匿着什么。

不。她下定决心。迷雾是我的自由，夜晚是我的家乡！这是我的地方，经过卡西尔的教诲后，我再也无须畏惧黑暗。

她不能失去这些。她不会回到恐惧的怀抱。但她挥手要欧瑟跟上，一同离开建筑物的时候，脚步仍然不自觉地加快了。她没有对坎得拉解释自己奇怪的行为。

它也没有要求解释。

依蓝德将第三叠书放在桌上，抵着另外两叠，结果反而让所有书籍一阵滑动，摇摇欲坠。他连忙将书稳住，然后抬起头。

穿着一套正装的微风带着笑意看着桌子，啜着酒。哈姆跟鬼影正在玩跳石，等着会议开始。鬼影占了上风。多克森坐在房间角落，在笔记本上写些什么。歪脚则是坐在一张有着厚垫的椅子上，以他惯常的瞪视打量着依蓝德。

他们之中任何一个人都可能是冒牌货，依蓝德心想。他仍然没有办法接受这个念头。他能怎么办？不跟他们进行任何讨论吗？不，他太需要他们了。

唯一的选择是装作一切正常，继续观察他们。纹告诉他要试着找出他们反常的地方。他打算尽力而为，但事实是他不确定自己能看出几分。这比较属于纹的特长。他需要担心的是军队。

想起她，他瞥向书房后方的彩绘玻璃，意外地发现天色已暗。

已经这么晚了？依蓝德心想。

"我亲爱的朋友……"微风开口，"当你跟我们说你只是需要'拿几份重要的参考数据'时，应该先警告我们，你预计要离开整整两个小时。"

"呃……是的。"依蓝德说道,"我一不小心就忘记时间……"

"两个小时?"

依蓝德尴尬地点点头:"因为要拿书。"

微风摇摇头:"要不是中央统御区正处于危急关头,而且我也乐得看哈姆德把一整个月的薪水都输给那小子,我早在一个小时前就走了。"

"呃,知道了,那我们现在就开始吧。"依蓝德说道。

哈姆边笑边站起身。"其实这跟以前很像。阿凯也是每次都晚到,而且他喜欢晚上聚会。迷雾之子就爱熬夜。"

鬼影微笑,钱包胀鼓鼓的。

我们的货币仍然使用统御主的盒金制,依蓝德心想。早晚得处理这件事。

"不过我倒怪想念那块黑板的。"鬼影说道。

"我可不想。"微风回答,"阿凯的字根本不能见人。"

"绝对不能见人。"哈姆微笑,又坐了回去,"不过很有特色。"

微风挑起一边眉毛:"真要这么说也行。"

卡西尔,海司辛幸存者,依蓝德心想。就连他的笔迹也有神话般的地位。"言归正传,"他说道,"谈正事要紧。城外还有两支军队等着我们处理。除非想出对策,否则今晚绝不散会!"

众人交换眼色。

"其实,陛下……"多克森开口,"我们已经讨论过该如何应对这个问题了。"

"哦?"依蓝德讶异地问。不过,他们的确已经在这里晾了两个小时。"说来听听。"

多克森站起来,将椅子拉近好加入众人。哈姆开始解释。

"阿依,情况是这样的。"哈姆开口,"有了两支军队,我们不需担心任何一方会立刻展开攻击,但我们仍处于绝对的危险之中,他们可能会展开拖延战术,耗尽对方的资源。"

"也在等我们的粮食耗尽。"歪脚说道,"在发动攻击前,让我们跟对方的军队都已经被疲累拖垮。"

"正是如此。"哈姆继续说,"所以我们陷入了两难的局面,因为我们撑不了太久。这个城市本来就已经快闹饥荒了,外面那些敌军的主子可能很清楚这点。"

"所以?"依蓝德缓缓问道。

"陛下,我们必须跟他们之一结盟。"多克森说道,"他们也很清楚,凭他们自身的力量无法击败对方,但有了我们的帮助,就可以打破势均力敌的状况。"

"他们会夹攻我们,"哈姆说道,"把我们逼急了,最后不得不跟他们其中之一结盟。我们别无选择,否则就要让人民挨饿。"

"所以,结论就是这样。"微风说道,"我们撑不过他们,所以必须要选择让谁来占领陆沙德,而且我建议大家尽早决定,而不是等到补给品耗尽。"

依蓝德站起身:"跟任何一方结盟都意味着我们要将王国拱手让人。"

"确实如此。"微风敲敲杯子,"可是我带来第二支军队的目的就是要让我们有谈判空间,至少能以我们的王国换来某种报偿。"

"这有何用?"依蓝德问道,"我们还是输定了。"

"聊胜于无啊。"微风说道,"我认为我们可以说服塞特让你担任陆沙德的临时总督。他不喜欢中央统御区,觉得这里又贫瘠又平坦。"

"城市的临时总督。"依蓝德皱眉,"这跟中央统御区之王颇为不同。"

"是没错。"多克森说道,"可是每个王都需要优秀的人才来为他们管理手中的城市。你不会是王,但你跟我们的军队接下来几个月可以平安无事,而陆沙德也不会被劫掠。"

哈姆、微风、多克森坚定地挺坐,直视他的双眼。依蓝德低头看着自己的一叠书,想到他的学问跟研究。一文不值。从多久以前开始,他们就知道这是唯一的解决方法?

集团众人似乎认定依蓝德的沉默便是默许。

"塞特是最好的选择吗？"多克森问道，"也许史特拉夫会比较愿意跟依蓝德达成协议，毕竟他们是一家人？"

他当然会，依蓝德心想，而且一有机会就会违约，但是……另一个选择呢？将城市交给塞特？如果是他来做主，这块土地，这些子民会遭受什么样的命运？

"我认为塞特是最好的。"微风说道，"他非常愿意交给别人来管理，只要名声跟金钱是他的就好。问题在天金。塞特认为这里有天金，如果他找不到——"

"我们就让他搜城。"哈姆说道。

微风点点头："你得说服他，天金这件事是我刻意误导他的。这应该不难，反正他对我的评价已经……这是另外一件小事。你得告诉他我已经被处理掉了。也许他会认为依蓝德发现是我挑唆军队围城，于是把我处决掉了。"

众人点点头。

"微风。"依蓝德开口，"塞特大人对他领土上的司卡如何？"

微风一静，然后别过头："恐怕不太好。"

"那得再想想。"依蓝德说道，"我认为我们得考虑该如何保护人民。如果把一切就这么交给塞特，我是保住了，代价却是牺牲整个统御区的所有司卡。"

多克森摇摇头："依蓝德，你没有背叛他们。毕竟这是唯一的方法。"

"说得简单。"依蓝德说道，"可是最后良心要背负谴责的人是我。我不是要完全弃置你的提议，但我也有几个提案，可以一起来讨论讨论……"

众人面面相觑。歪脚跟鬼影一如往常在这类讨论中保持沉默，歪脚只有在绝对必要时才会开口，鬼影则偏好完全不参与讨论。终于，微风、哈姆、多克森一起转头面对依蓝德。

"这是你的国家,陛下。"多克森谨慎地说道,"我们只是提议。"不过提的是非常好的意见,他的语气如此暗示。

"是的,当然。"依蓝德很快地挑出一本书,手忙脚乱之下,弄倒了其中一叠。书塔哗啦啦地倒下,一本还跌入微风的怀中。

"抱歉。"依蓝德看着翻翻白眼,将书放回书桌上的微风说。打开手中的书,他开口:"这本书里面提到一些关于军队行动和安排相关的知识,相当值得研究。"

"呃,阿依?"哈姆皱着眉头开口,"那看起来像是在讲谷类运输的书。"

"我知道。"依蓝德说,"图书室里没多少讲战略的书籍,我想这是上千年来没有战争的必然结果,但这本书的确提到,要让最后帝国的数支军队有充足的补给需要多少谷类。你们知道一支军队需要多少食物吗?"

"你说得有道理。"歪脚点头,"要喂饱士兵通常是愁死人的事情,在前线经常有争夺补给品的问题,而我们只能派小队去处理这类偶发叛乱。"

依蓝德点点头。歪脚不常提起他过去在统御主军队中的事情,集团中的人也鲜少问起。

"所以,"依蓝德开口,"我敢打赌,塞特跟我父亲完全不熟悉这么多人该如何调度,他们绝对会有补给的问题,尤其是塞特,因为他行动得太快了。"

"不一定。"歪脚说道,"两方都掌握着通往陆沙德的水路,这让他们很轻易就可获得补给。"

"不只如此。"微风补充,"虽然塞特的领土中有多处在闹反叛,但他仍掌握哈佛富雷克斯,那是统御主的谷仓地之一。塞特的谷粮很容易跟上。"

"那我们只需破坏运河,"依蓝德说道,"想办法阻止补给北上。运河的确让补给变得相当方便,但因为我们知道他们的运粮路线,所以也漏洞百出。只要拿走他们的食物,也许会逼得他们回家去。"

"还有一个可能。"微风说道。"就是逼得他们冒险攻击陆沙德。"

依蓝德一顿。"这也是有可能的。"他说道，"但是，这个，我一直在研究该如何守城。"他探向桌子另一边的书。"这是詹戴拉所著的《现代城市管理》。里头提到陆沙德难以督管的原因是因为城市过大，又有太多司卡贫民区，所以他建议利用城市巡逻队。我想我们在战斗时可以借用他的方法。我们的城墙太长，无法靠人多紧密防守，但如果有小组人马可以灵活调度——"

"陛下。"多克森打断他。

"嗯？什么事？"

"我们只有一群受训不到一年的小孩跟男人，而且我们面对的不是一支，而是两支阵容庞大的队伍。我们无法靠武力赢得这场战争。"

"噢，当然。"依蓝德说道，"这是自然的。我只是说，如果真的要打，我有些策略——"

"我们只要打，必输无疑。"歪脚说道，"我们输定了。"

依蓝德一时回不上话。"这，我只是——"

"不过，攻击运河是个好主意。"多克森说道，"我们可以秘密进行，可以雇用附近的土匪集团攻击补给船队。也许这不足以让塞特或史特拉夫打道回府，但可以让他们的处境艰难到愿意与我们联手。"

微风点点头："塞特一直很担心后院起火。我们应该先派一个使者去找他，让他知道我们对联盟有兴趣。如此一来，一旦他的补给出了问题，他立刻会想到我们。"

"我们甚至可以送信通知他微风被处决一事。"多克森说道，"就当作是示好。这么一来——"

依蓝德清清喉咙。其他人一怔。

"我，呃，还没说完。"依蓝德说道。

"抱歉。陛下请。"多克森说道。

依蓝德深吸一口气："你们说得对。我们无法与两军直接交战，但我认为我们需要想办法去挑拨他们互斗。"

"老兄啊，你的想法是不错。"微风说道，"可是要说服他们开战，可不像要鬼影帮我斟酒那么容易。"他转过身，举起空杯。鬼影起先愣了一下，接着叹口气，起身去拿酒瓶。

"是没错。"依蓝德说道，"虽然没有多少书在讲述战略，倒是有许多书都在讲述政治。微风，你昨天才说过在三方僵持的局面中，身为最弱方的我们反而有更多主动权。"

"没错。"微风说道，"我们的决定会直接影响他们两方的战争结果。"

"对。"依蓝德摊开书，"如今三方对峙的局面已经不是战争，而是政治角力，就像家族间的竞争一样。在家族斗争中，就连最强大的家族都需要结盟。小家族们势单力薄，但只要他们团结一体，便会被视为强大的竞争对手。

"我们现在的处境就像是一个小家族。如果想要取得赢面，就得让敌人先忘记我们，至少把我们当成无足轻重的卒子。如果他们都自认为可以先把我们当枪使，之后再收拾也绰绰有余，那他们就会转而针对对方。"

哈姆搓搓下巴："依蓝德，你是想渔翁得利，这可是要冒不少风险。"

微风点点头："只要他们之间的势力消长一出现变化，我们就得立刻转向较弱的那方。即便如此，仍然没有把握最后的赢家会弱到能被我们击败。"

"更不要提我们的粮食问题。"多克森说道，"你的提议要实行得花不少时间，陛下。在这段期间，我们仍困于城内，食粮会日渐减少。现在已经是秋天，冬天就快来了。"

"这个计划确实不容易执行，"依蓝德同意，"而且非常冒险，但我认为大家办得到。我们要让他们都认为我方是盟友，但不提供实际的支持，而是鼓励他们攻击对方，同时消磨他们的士气，破坏他们的补给，强迫他们开战。当尘埃落定之时，也许我们就能击败败残存的那一方。"

微风沉思。"的确很巧妙。"他承认，"而且听起来蛮好玩的。"

多克森微笑："只要是让别人出力而我们获益的事，你都觉得好玩。"

微风耸耸肩："操弄他人本来就是获利颇丰的事情，如今把它运用在政治上，有何不可？"

"大多数的统治结构其实都是这样。"哈姆自言自语道，"政府组织存在的目的，不就是理所当然地给别人分配各种工作吗？"

"呃，那计划呢？"依蓝德问道。

"我没法决定，阿依。"哈姆坦言，"听起来像是阿凯的计划，冲动、勇敢，而且有点疯狂。"他的语气似乎在暗示他很讶异依蓝德会提出这样的意见。

说到冲动，我可不会输给别人，依蓝德气愤地想，但瞬间便制止了自己。再想下去，好像不是什么好事……

"这么一来，我们可能会惹上很严重的麻烦。"多克森说道，"只要有任何一方厌倦跟我们再玩下去——"

"就会毁了我们。"依蓝德说道，"可是，诸位，你们都是赌徒。我不相信你们会放弃这个计划，直接对塞特俯首称臣。"

哈姆跟微风对望一眼，似乎开始考虑这个可能性。多克森翻翻白眼，但似乎只是习惯性地反对。

没错，他们不愿意选择更安全的方法。他们是胆敢挑战统御主的人，曾经以诈欺贵族为生的人。从某些角度看来，他们做事非常小心，面面俱到，时时刻刻不忘隐藏自己的行踪，保护自己的利益，同时他们也经常愿意为了达到目标而豪赌一把。

不对，不只是愿意，根本就是乐意之至。

很好，依蓝德心想。我的内阁成员根本是一群热衷于刺激的自虐狂。更可怕的是，我居然决定要加入他们的行列。可是，自己还有别的选择吗？

"我们至少该考虑一下。"微风说道，"听起来是很刺激。"

"微风，请等等，这个……我提议的原因不是因为这个做法很刺激。"

依蓝德说,"我从少年时就在计划,一旦成为家族领导者,要如何让陆沙德变成更好的城市。我不会一遇到阻碍就舍弃我的梦想。"

"那议会呢?"哈姆问。

"这正是整个计划的精髓。"依蓝德说道,"他们在两天前的会议中已经投票赞成我的提议,所以在我跟父亲会面和谈之前,他们不得自行开启城门。"

众人静静坐在原处思考片刻。终于,哈姆转身面向依蓝德,大摇其头:"我真的没法决定,阿依。听起来是很诱人。我们在等你的时候其实也讨论了几个大胆的计划,跟你的提议有颇多雷同之处,可是……"

"可是什么?"依蓝德问。

"老兄,这样一个计划的成败关键会压在你身上。"微风啜着酒说道,"跟对方国王会面的人必须是你,你必须说服他们双方都相信,我们是他的盟友。我不是要挑剔你,但你真的没有骗人的经验。要我们同意让新加入的人担任计划的关键人物,实在有困难。"

"我办得到。"依蓝德说,"真的。"

哈姆瞥向微风,两人双双转头望向歪脚。驼背的将军耸耸肩:"那小子想试,就让他去。"

哈姆叹口气,回过头来:"我想,我是同意的,只要你真的觉得自己能办到,阿依。"

"我认为我办得到。"依蓝德掩饰着自身的紧张道,"我只知道我们不能轻言放弃。也许这个计划不会成功,也许在被围攻两个月后我们仍然必须要献城,但那至少能给我们两个月,在这期间会发生很多事。在投降前,我认为值得冒一次险,或许会有转机的。利用这段时间等待,还有计划。"

"那就说定了。"多克森说道,"给我们一些时间来详细规划下,陛下。过几天我们可以再讨论细节。"

"好。"依蓝德说道,"听起来不错。接下来,我想——"

门口传来敲门声。依蓝德应声后,德穆队长推开门,脸上显现一丝尴尬的神情。"陛下?"他开口,"很抱歉,但是……我们逮到有人在偷听你们的会议。"

"什么!"依蓝德说道,"是谁?"

德穆转向一旁,挥手示意两名侍卫上前。两人领入一名女子,依蓝德对她依稀有些印象。她跟大多数泰瑞司人一样,身材高挑,穿着颜色鲜艳但剪裁相当利落的裙装,耳垂被许多耳环拉扯而下垂。

"我认得你。"依蓝德说道,"前几天,就在议会厅里,你那时一直在看我。"

女子没有回答。虽然双手被缚,但仍然背脊直挺,甚至是高傲地站着,眼光扫射过房间中的众人。依蓝德从未见过泰瑞司女子,只见过从小被阉割后培育成仆人的泰瑞司侍从官。不知为何,他总以为泰瑞司女人应该是更怯懦的。

"她躲在隔壁房间里。"德穆说道,"对不起,陛下。我不知道她怎么溜进来的。我们发现她躲在墙边偷听,但我怀疑她听到的不多,毕竟墙壁是石头做的。"

依蓝德与女子四目对望。她年纪不小,应该有五十左右,虽不美丽,却也不平凡。她的四肢结实,长方脸,五官端正,目光坦然而坚定,让依蓝德无法长久与她对视。

"女人,你想偷听什么?"依蓝德问道。

泰瑞司女子无视于他,而是转身面对其他人,以略带口音的声音说道:"我要与王单独对谈。你们其他人可以退下了。"

哈姆微笑:"至少她胆子很大。"

多克森对泰瑞司女子开口:"你凭什么以为我们会让我们的王与你独处?"

"你们的王跟我有要事相商。"女子以公事公办的语调说道,仿佛对自己囚犯的身份浑然不觉,或是毫不在乎,"你们无须担心他的安危,我很确定躲在窗外的年轻迷雾之子绝对能轻易地把我制服。"

依蓝德瞥向一旁大幅彩绘玻璃窗旁边的小透气窗。那个泰瑞司女人怎么知道纹正在那里监视他们？她的耳力必须相当敏锐才行，也许敏锐到能够隔着石墙听见他们的会谈内容？

依蓝德回过头，面向女子："你是守护者。"她点点头。

"沙赛德派你来的吗？"

"我是因为他才前来此处。"她说道，"但我不是被'派'来的。"

"哈姆，没事的。"依蓝德缓缓说道，"你们可以先离开。"

"你确定吗？"哈姆皱眉问道。

"如果你们想的话，可以不用松开我的手。"女子说道。

依蓝德心想，如果她真是藏金术师，就算双手被绑也不会对她有任何妨碍。当然，如果她真是藏金术师，而且跟沙赛德一样是个守护者，那他们根本无须担心她会害人。至少理论上是如此。

众人缓缓从房间离开，肢体语言透露他们对依蓝德的决定充满怀疑。虽然他们已经不是盗贼，但依蓝德个人以为，他们跟纹一样，永远泯除不了那段时间所带来的影响。

"我们就在外面，阿依。"最后一个离去的哈姆说道，然后关上门。

然而，任何了解我的人都知道，我是个不轻言放弃的人。一旦被我找到值得探索的目标，不达目的绝不放弃。

14

泰瑞司女子扯断绑缚她的绳索，绳子落到地上。

"呃,纹?"依蓝德开口,开始怀疑跟这名女子会面是否明智,"也许你该进来了。"

"其实她不在。"泰瑞司女子轻描淡写地说道,上前数步,"她几分钟前去巡察了,所以我才让自己被抓住。"

"噢,原来如此。"依蓝德说道,"我现在要叫守卫们过来了。"

"别傻了。"泰瑞司女子说道,"如果我想杀你,在他们到达之前,我早就已经得手了。你先安静一会儿。"

依蓝德很不自在地站在原处,看着女子缓缓地绕行桌子一周,像是商人在检视待价而沽的家具一样审视他。终于,她停下脚步,双手叉腰。

"站直。"她命令。

"抱歉,你说什么?"

"你弯腰驼背的。"女子说道,"就算在朋友面前,王仍然应该随时保持庄严的神态。"

依蓝德皱眉:"虽然我很感谢你的建议,但我不——"

"不对。"女子说道,"不要推托。下命令。"

"对不起,你说什么?"依蓝德又问了一次。

女子上前一步,一手按上他的肩膀,稳稳地将他的背向前推,矫正他的站姿,接着退后一步,满意地点点头。

"请你明白,"依蓝德开口,"我不——"

"不对。"女子打断他,"你说话的方式应该更强势。你的外在表现,包括你的用词遣句、举手投足、肢体语言,都会决定别人怎么评断及回应你。如果你的每句话都以迟疑和温和的词句开头,那会显得你软弱而迟疑。你要更强势!"

"你到底在干什么?"依蓝德终于忍不住气急败坏地质问。

"就是这样。"女子说道,"你终于听懂了。"

"你说你认得沙赛德?"依蓝德问道,抗拒驼背的冲动。

"以前就认识。"女子说道,"我的名字是廷朵。你之前说对了,我是

迷雾之子
卷二·升华之井 [珍藏版]

泰瑞司的守护者。"她的脚板不耐烦地在地上打着拍子，然后摇摇头。"沙赛德提醒过我，说你的外表相当邋遢，但我还以为不可能真有王者会无能到无法管理自身的形象。"

"对不起，你说什么？"依蓝德问道，"我邋遢？"

"停止这种用词。"廷朵呵斥，"不要问问题，直接表达你的意思。如果你要反对，就直接反对，不要让我有猜测的余地。"

"好吧，你说的话的确蛮有意思的。"依蓝德说道，走向门口，"不过我今晚不想再被侮辱了，所以如果你不介意的话——"

"你的人民认为你是笨蛋，依蓝德·泛图尔。"廷朵冷静地说道。

依蓝德停下脚步。

"你一手组建的议会无视于你的权威。司卡认定你绝对无法保护他们。就连你的内阁们都在你不在场时自行策划，就好像那无所谓。"

依蓝德闭上眼睛，缓缓深吸一口气。

"你想法很好，依蓝德·泛图尔。"廷朵说道，"展现皇家气度的想法。可是，你不是王者。只有被众人认可的领袖才能领导他人，他能拥有的权势也受众人愿意赋予的权力所限制。如果没有人听，世界上再好的想法都成就不了你的王国。"

依蓝德转身："过去一年，我读遍了四大图书室中每一本关于领导与驭人的书。"

廷朵挑起一边眉毛："那么，我猜你浪费了许多时间躲在房间里，没有站在公众场合被你的人民注视，学习如何切实当一个统治者。"

"书中自有黄金屋。"依蓝德说道。

"坐而论道不如起而行之。"

"那我该从哪里学起？"

"我这里。"

依蓝德一时之间不知该如何反应。

"你可能已经知道，每个守护者都有自己精通的领域。"廷朵说道，

MISTBORN: THE WELL OF ASCENSION

"虽然我们都会记忆同样的一组知识库,一个人的精力却只能允许他研究跟理解其中的一部分。我们的朋友,沙赛德,花时间在钻研宗教上。"

"那你的专长是什么?"

"传记。"她说道,"我研究你从未听说过的将军、国王、皇帝的一生。依蓝德·泛图尔,了解政治与领导学的理论,跟了解这些人是如何用人生落实他们的原则,是完全两回事。"

"所以……你能教会我该如何效法那些人吗?"

"也许。"廷朵说道,"我尚未确定你是否无药可救,但我既然已经来了,自会尽一分力。几个月前,我收到沙赛德寄来的一封信,里头解释了你的困境。他没有要求我来训练你,但沙赛德可能也该学习如何更强势。"

依蓝德缓缓点头,迎向泰瑞司女子的注视。

"所以,你愿意接受我的指导吗?"她问道。

依蓝德思索片刻。如果她跟沙赛德一样,那么……我的确是需要有人帮我。"我愿意。"他说道。

廷朵点点头:"沙赛德也提到你是个很谦逊的人。这可能是你的优势,但你必须懂得节制。我想,你的迷雾之子回来了。"

依蓝德转身面向旁边的窗户。百叶窗已经打开,雾气开始散入房间,显露出蹲在窗台上,身着披风的身影。

"你怎么知道我在?"纹平静地问道。

廷朵微笑。依蓝德第一次看到这个表情出现在她脸上。"沙赛德也提到了你,孩子。我想,你跟我应该尽快私下谈谈。"

纹溜入房间,引来雾气尾随其后,她关上百叶窗,挡在依蓝德跟廷朵之间,毫不掩饰她的敌意跟怀疑。"你为什么来这里?"纹质问。

廷朵再次微笑:"你的国王花了几分钟才问出这个问题,但你瞬间就提出来了。我想,你们会是很有意思的一对。"

纹的双眼不友善地眯起。

"不过,似乎到了我告退的时候。"廷朵说道,"我们会有再见面的机会吧,陛下?"

"当然。"依蓝德说道,"呃……我有没有什么可以开始练习的地方?"

"有。"廷朵说道,走向门口,"从不要说'呃'开始。"

"噢,好。"

廷朵一开门,哈姆的头就探了进来。他立刻注意到绑住她的绳子已经落在地上,但他什么都没说,大概认为是依蓝德解开的。

"我想今晚到此告一段落。"依蓝德说道,"哈姆,能否请你在皇宫内安顿廷朵女士?她是沙赛德的朋友。"

哈姆耸耸肩:"好吧。"他朝纹点点头,然后离去。廷朵离开时,并未向任何人道晚安。

纹皱眉,然后瞥向依蓝德。他似乎……心不在焉。"我不喜欢她。"她说。

依蓝德微笑,叠起桌上的书。"你向来不喜欢初次见面的人,纹。"

"我喜欢你。"

"这证明你很没有看人的能力。"

纹一愣,接着露出笑容。她走到桌边,开始翻检书名。这些不是依蓝德平常看的书,远比他常看的题目实际多了。"今晚如何?"她问道,"我没有什么时间来听。"

依蓝德叹口气,转身坐在桌边,抬头看着房间后方的玫瑰窗。天色已暗,鲜艳的色彩隐约浮现在黑色的玻璃中。"我想,还算可以吧。"

"我就说他们会喜欢你的计划。那正是他们会觉得充满挑战的东西。"

"我想是吧。"依蓝德说道。

纹皱眉。"好了。"她说道,纵身跃起站到桌上,然后在他身边坐下,"怎么了?那女人说了什么吗?她到底想干什么?"

"她只是给了我一些建议。"他说道,"你知道守护者是什么样的,他们总想要有人听他们讲课。"

"也许吧。"纹缓缓说道。她从来没看过依蓝德忧郁的样子,但他有时确实会灰心。他有这么多的想法，这么多的计划跟希望，她有时候不禁揣想，他是如何样样厘清的。她觉得他缺乏专注力。瑞恩总说专注力是让小偷活着的唯一理由。可是，依蓝德的梦想跟他本人息息相关。她认为他不太可能抛弃梦想，她也不希望他这么做，因为她爱他的这一部分。

"他们同意计划了，纹。"依蓝德仍然望着窗外，"如你所说，他们甚至看起来很兴奋。只是……我忍不住认为他们的提议比我的更合理。他们希望跟其中一支军队结盟，交换条件是任命我为陆沙德的临时统治者。"

"那是放弃。"纹说道。

"有时候，放弃比失败好。我的计划将使城市陷入持久战，意思是在一切结束前，城市里的人都要挨饿，甚至是陷入饥荒。"

纹按上他的肩膀，有点手足无措地看着他。通常都是他在扮演安慰者的角色。"这个方法仍然比较好。"她说，"其他人提出较安全的计划，可能只是因为他们认为你不会同意更大胆的做法。"

"不对。"依蓝德说道，"纹，他们并不是想讨好我，而是衷心认为进行策略性结盟是个安全、完善的计划。"他说到一半突然停下，直视着她。"那些人什么时候居然成为我政府中的理性派了？"

"他们必须要成长。"纹说道，"担负如此重责大任后，他们不能再像过去那样恣意而为。"

依蓝德转身面向窗户："纹，坦白跟你说，我担心的是，也许他们的计划也不理性，甚至是有点大胆，也许光是结盟就已经够困难了。但这么一来，我的提案根本就是个笑话。"

纹捏捏他的肩膀："我们打败了统御主。"

"那时候有卡西尔。"

"你又来了。"

"抱歉。"依蓝德说道，"可是，纹，我是认真的，也许我想要继续把持住这个政府的计划根本就是自我膨胀的结果。你是怎么描述你的童年的？当你身处盗贼集团，所有人都比你壮，比你强大，更比你凶恶时，你是怎么做的？你反抗过首领吗？"

回忆在她脑海中一闪而过。躲藏，不敢抬头，软弱的回忆。

"那是过去。"她说道，"你不能允许别人永无止境地压迫你。这是卡西尔教会我的，这是我们为何要对抗统御主的原因，也是司卡反抗军为何多年来不断违抗最后帝国，就算没有胜算也从不放弃的理由。瑞恩教我反抗军都是傻子，但瑞恩死了，最后帝国也灭亡了，况且——"

她弯下腰，直视依蓝德的双眼。"你不能放弃，依蓝德。"她静静说道，"这种决定在你身上留下的阴影，不是我所乐见的。"

依蓝德想了想，缓缓露出笑容："你有时候真的很睿智。"

"你真的这么认为？"

他点点头。

"这样啊。"她说道，"那你显然跟我一样，非常不会看人。"

依蓝德大笑，伸手将她紧搂在身侧："你今晚的巡逻应该一切都顺利吧？"

那雾灵。她从楼上跌落，纹仍然记得那时的冰寒，即便现在只有在手臂上残存的隐约感觉。"对。"她说道。她上次跟他提及雾灵时，他立刻认定是她的错觉。

"看。"依蓝德开口，"你该来开会的。我很希望你在场。"

她一语不发。

两人并肩坐了几分钟，望着夜色中的玻璃窗展露出奇异的美态。少了背光，色彩已然无法分辨，但如此一来却让人能专注于玻璃上的花纹。小碎片、细长条、圆弧形、大片玻璃在金属的框架间交织合一。

"依蓝德？"她终于开口，"我担心。"

"你不担心的话，我反而要担心了。"他说道，"外面的军队让我担心到几乎无法思考。"

"不是。"纹说道，"不是这件事。我担心其他的事。"

"例如？"

"例如……我一直想着统御主在我杀了他之前最后说的话。你记得吗?"

依蓝德点点头。他不在现场,但她告诉过他。

"他跟我说了他对人类的贡献。"纹说道,"故事里都说他从深黯的威胁里把我们救了回来。"

依蓝德点点头。

"可是,深黯是什么?"纹说道,"你是贵族,你有权信教。钢铁教廷的教义是如何解释深黯跟统御主的?"

依蓝德耸耸肩:"其实没提到多少。宗教不是禁忌,却也不被鼓励。教廷总在暗示他们会处理好一切,仿佛他们的管辖领域不容侵犯,也无须我们担心。"

"但还是教导过别的事情吧?"

依蓝德点点头:"他们的传道主要都是在讲述为何贵族拥有特权,而司卡受到了诅咒。我想他们是希望我们理解我们有多幸运,说实话,我向来觉得他们的传道让人有点不安,因为根据他们的说法,是因为在统御主升华前,我们的祖先支持他,所以后代的我们变成了贵族,这就意味着我们的特权来自于别人的作为,这算不上公平吧?"

纹耸耸肩:"世界上没有公平这回事。"

"可是,你不会生气吗?"依蓝德说道,"看到贵族拥有这么多,但你只有这么少,不会让你愤怒吗?"

"我没想过。"纹说道,"贵族拥有很多,我们才有机会从他们身上取得财物,我为什么要担心他们的钱财是从哪里来的?有时候我有食物,但别的盗贼把我打了一顿,将食物抢走。我是如何拿到食物重要吗?最后还不是被人抢走。"

依蓝德一愣。"你知道吗?有时候我忍不住去想,我读过的政治理论家如果碰见你,不知道会说什么。我感觉他们会气得撒手不管。"

她戳戳他的腰:"你谈够政治了没?跟我说说深黯的事。"

"我想是某种怪物,某个又黑又邪恶,几乎摧毁世界的东西。统御主去到升华之井,在那里获得打败深黯跟团结人类的力量。城里有几座雕像都在讲这件事。"

纹皱眉:"是没错,但它从来不会解释深黯到底长什么模样,在绘画中也只是统御主脚边的一团。"

"没办法,最后一个亲眼见过深黯的人在一年多前死了,看来也只能勉强接受那些雕像的说法。"

"除非它回来了。"纹低声说道。

依蓝德皱眉,再次注视她。"这是你担心的事情吗,纹?"他的表情微微一柔,"光是两支军队还不够?你还得担心世界的命运?"

纹自觉不好意思地低下头,依蓝德大笑出声,将她抱入怀中。"唉,纹啊,我知道你天性多疑,眼前的情势连我都开始疑神疑鬼,但我想那不是你需要担心的问题。我尚未接获任何邪恶化身肆虐乡里的报告。"纹点点头,依蓝德向后一靠,自认为已经回答了她的问题。

她则是心想,永世英雄前往升华之井去击败深黯,但所有的预言都说,英雄不该将井的力量据为己有,他应该要将力量献出,相信这股力量自有办法摧毁深黯。

拉刹克并没有这么做,而是将力量据为己有。这不就意味着深黯从未被打败吗?那么,世界为什么尚未被摧毁?

"红色太阳跟褐色植物。"纹说,"那也是深黯的影响吗?"

"你还在想这件事?"依蓝德皱眉,"红色太阳跟褐色植物?如果不是,那还可能是什么颜色?"

"卡西尔说太阳曾经是黄色,植物是绿色。"

"好难想象。"

"沙赛德同意卡西尔的说法。"纹说道,"所有的传说都说在统御主王朝的初期,太阳变色,灰烬开始自空中落下。"

"这样啊……"依蓝德说道。"深黯有可能跟此事有关,不过我真的不知道。"他静坐沉思片刻。"绿色的植物？为什么不是紫色或蓝色？好奇怪……"

永世英雄北行前往升华之井，纹重拾思绪。她微微转身，眼光被远处的泰瑞司山脉吸引。井还在那里吗？

"你成功从欧瑟口中套出什么信息了吗？"依蓝德问道，"能帮我们抓出间谍的信息？"

纹耸耸肩："它告诉我坎得拉不能用镕金术。"

"那你就能找到我们的冒牌货了？"依蓝德精神一振。

"也许。"纹说道，"至少我可以测试鬼影跟哈姆。一般人会比较困难，但坎得拉不会受到安抚影响，也许这能帮助我找到间谍。"

"似乎很有希望。"依蓝德说。

纹点点头。她心中永远存在的小偷的那一部分——也是依蓝德常拿来开玩笑的部分——心痒难耐地想要对他使用镕金术，看看他对推或拉是否会有反应，但她却制止自己。这是一个她信任的人。她会测试其他人，但不会质疑依蓝德。某种程度上，她宁愿信任他，万一真的错了再来处理后果，也不愿意胡思乱想，让自己忧虑不堪。

我终于了解了，她猛然一惊。卡西尔，我了解你跟梅儿的问题出在哪里了。我不会重蹈你的覆辙。

依蓝德正在看她。

"看什么？"她问道。

"你在笑。"他说道，"我能知道是哪里好笑吗？"

她紧拥他。"不行。"她一口拒绝。

依蓝德微笑。"好吧。那你去测试鬼影跟哈姆，但我蛮确定冒牌货不是我们中的一员，我今天跟他们都说过话，感觉每个人一切正常。我们应该要搜查皇宫工作人员。"

他不知道坎得拉的模仿有多逼真。敌方坎得拉可能花了好几个月研习它要模仿的对象，学习跟记忆他们举手投足的细节。

"我跟哈姆和德穆都谈过，"依蓝德说，"身为皇宫侍卫队的成员，他们都知道发现骨头的事，哈姆还猜到那是什么东西，希望他们能够在不打草惊蛇的情况下厘清可能的对象，找到冒充者。"

纹直觉地对依蓝德容易信任他人的天性感到不安。算了，她心想。就让他保持对人性本善的信任吧，他要烦的事情已经够多了，况且也许坎得拉模仿的是我们核心团队以外的人。依蓝德可以朝那个方向去搜寻。如果，它冒充了我们团员之一……那就是我多疑的天性派上用场的时候了。

"好吧。"依蓝德站起身，"趁还没太晚，我还有几件事要去查一查。"

纹点点头，依蓝德吻了她，缠绵许久，然后才离开。她在桌边又坐了一会儿，不再看巨大的玻璃窗，而注视着旁边刻意留下一丝缝隙的小窗，通往夜晚的门户。迷雾在黑夜中翻滚，试探地送入一<u>丝丝</u>雾气，旋即在室内的温暖中蒸发。

"我不怕你。"纹低声说道，"我会找出你的秘密。"她从桌边跳下，出了窗户，打算跟欧瑟会面，再巡一次皇宫。

※

我很确定，艾兰迪就是永世英雄，而且下定决心要证明这件事。我早应该服从众人的意志，不应该坚持与艾兰迪同行，好亲眼见证他的旅程。

艾兰迪发现我对他身份的判定是迟早的事。

15

离开瑟蓝的第八天，沙赛德醒来时发现只剩他一个人。

他站起身，掀开棉被，抖落夜间覆盖其上的一层薄灰。树荫下原本沼

MISTBORN: THE WELL OF ASCENSION

泽睡的地方空无一人，但一片暴露在外的泥土显示他原本睡的位置。

沙赛德站起身，跟随沼泽的脚印走入刺眼的红色阳光下。少了树荫的保护，这里的灰烬深了许多，吹起灰烬的风势也强劲许多。沙赛德环顾着强风扫掠的大地。没有沼泽的踪影。

他回到营地。这里是东方统御区的核心地带，生长着扭曲纠结的树木，树枝粗且宽，层层重叠，上面都是密密麻麻的褐色针叶，提供了颇好的遮蔽，不过对无孔不入的灰烬来说也起不了什么作用。

沙赛德煮了一道简单的汤作为早餐。沼泽没有回来。沙赛德在附近的小溪中洗了自己的衣袍。沼泽也没有回来。沙赛德补了袖子上的一道裂缝，为靴子刷油，剃头。沼泽还是没有回来。他拿出在瑟蓝做的拓印，誊写了几个字，然后强迫自己将纸张收起。他担心若是纸张摊开时间太长，或是上面沾到灰烬，会让拓印晕开，最好等到他有张正常的书桌跟干净的房间时再来做这件事比较好。沼泽依然没有回来。

终于，沙赛德离开了，心中充满不知名的急迫感，一部分是想要分享他所发现的一切，一部分是想看看纹跟那个年轻的依蓝德·泛图尔王在陆沙德的状况如何。

沼泽知道路。他会跟上的。

沙赛德举起手，遮挡了红色阳光，从山顶的高处往下望。大道的东边天际有一抹黑。他从舆志红铜意识库中汲取出关于东方统御区的描述。

知识在他脑中涌现，赐予他宝贵的记忆。那抹黑是一个叫做兀邦的村庄。他在目录中翻找相应的舆志。目录已经变得模糊，其中的信息复制起来也有些困难，因为它被来回在红铜意识库与身体意识间搬移过太多次。虽然储存在红铜意识库中的意识永远会是完美无瑕的，但只要一进入他的脑子，就算只有片刻，这份知识就会开始凋零。他晚点得重新背诵一次目录。

他找到需要的信息，将正确的记忆灌注入脑海。舆志对兀邦的描述是"景色如画"，意思大概是某个重要贵族决定要在那里搭设他的宅邸。舆志也提到兀邦的司卡都是牧人。

沙赛德抄下刚才的信息,然后将舆志记忆重新收好。手边的笔记会告诉他,他已经忘记的事情。舆志的记忆跟目录一样,因为在他的脑海中盘留过,所以略有折损,幸好他在泰瑞司还藏有另外一份红铜意识库,那是为了将他的知识传递给另一名守护者留下的备份。目前随身携带的这套红铜意识库是供他日常使用的,不能应用的知识就好比空中楼阁。

他背起背包。前往村庄对他会有帮助,就算会因此拖慢他的行程。他的肚子也很赞同这个决定。那些农民应该没有多少食物,但也许他们能给他清汤以外的东西,况且,他们可能会有陆沙德的消息。

他从小山坡走下,选择较窄的东边岔路。过去最后帝国里没有多少往来的旅人,统御主禁止司卡离开他们所属的土地,只有盗贼跟叛徒胆敢忤逆他。可是大多数的贵族都是靠商业贸易为生,所以兀邦这种小村庄可能会习惯不速之客。

沙赛德立刻注意到不寻常之处。山羊在路边的野地间四处乱走,无人看顾。沙赛德停下脚步,从包袱中掏出一个红铜意识库,边走边找寻。一本关于畜牧的书声称牧人们有时会放任他们的动物们自行觅食,但他仍然感到紧张,于是加快了脚步。

南边是司卡的住所,他心想,可是这里的牲畜有多到不够人力来看管的地步吗?他们不害怕牲畜被盗贼或野兽攻击吗?小村庄出现在远处。沙赛德很难说服自己,毫无动静的村庄,毫无动静的街道,空无一人的房间与在微风中摇曳的百叶窗,都是因为他的来访,也许这些人怕到都躲了起来,或者人都去照料牲口了……

沙赛德停下脚步。风向的变化从村庄带来警示的气味。那些司卡不是在躲藏,也不是逃跑了。那是腐烂尸体的味道。

沙赛德猛然翻找出一个小戒指,戴上拇指,这是贮存嗅觉的锡意识。风中传来的是死亡的味道,是腐败、酸臭的尸体,还有排泄物的味道。他逆转锡意识的使用,开始存储而非汲取,让自己的嗅觉变得非常微弱,以

MISTBORN: THE WELL OF ASCENSION

免当场反胃吐出来。

他继续前进,小心翼翼地进入村庄。兀邦的设计跟大多数司卡村庄一样,规划得很简单,有十个大草屋,略围成圆形,中央有一口井。建筑物都是以木材搭起,屋顶也以长满针叶的树枝扎成。管理者的小屋跟一栋精致的贵族宅邸在山谷更深处。

要不是那股味道,还有诡异的空旷感,沙赛德或许会同意舆志对兀邦的描述。以司卡的住处而言,这些草屋看起来状况不错,村庄则位于山谷间的一处低洼。

他走得更近,终于找到第一批尸体,躺在最近的草屋的门口,大概有六具。沙赛德小心翼翼地上前,看得出来这些人都已经死了几天了。他跪在第一个人旁边,是个女人,看不出明显的死因。其他人也都一样。

沙赛德很紧张,却强迫自己举起手,拉开草屋的门,里面的臭气浓重到他即便逆向使用锡意识,也仍然闻得到。

这间草屋与其他司卡住所一样,都只有一个房间,里面都是尸体,大多数包裹在薄棉被中,有些背靠着墙,腐烂的头颅软软地从脖子上垂下,身体干瘦,皮包骨头,只有干巴巴的四肢跟突出的肋骨,干涸的脸庞中有着茫然的双眼。

这些人是死于饥饿跟脱水。

沙赛德跌跌撞撞地离开小屋,低垂着头。他不认为在其他建筑物中会看到不同的景象,但他还是去检查,看见同样画面不断上演。没有伤口的尸体躺在外面的地上,里头更多尸体缩成一团,苍蝇成群结队地嗡嗡旋飞,遮蔽了死人的脸庞,在几间房子里他甚至看到被啃蚀过的人骨。

他跌跌撞撞走出最后一间小屋,用嘴巴大力呼吸。上百人原因不明地死去。为何这么多人会只是坐着,躲在家里,等待食物跟水耗尽?当外面还有这么多乱走的牲畜时,怎么可能会饿死?而那些躺在灰烬中的尸体又是因何而死?他们似乎不像里面的尸体那么瘦弱,但腐烂得太严重,他不敢断言。

迷雾之子
卷二·升华之井 [珍藏版]

我一定想错了,这些人不会是饿死的,沙赛德告诉自己。这一定是某种瘟疫,某种疾病。这个解释合理多了。他在医学红铜意识中搜寻一遍,认为一定有快速发作的疾病,让染上的人很快地虚弱,而幸存者一定都逃了,留下他们的家人,不带任何牲口……

沙赛德皱眉。他觉得他好像听到声响。

他转身,从听觉意识汲取听力,那是呼吸跟动作的声音,来自他造访过的一间小屋。他冲上前拉开大门,再次看到可怜的死者。尸体躺在原处。沙赛德很仔细地逐具检视,直到发现一具微微起伏的胸膛。

被遗忘的诸神啊……沙赛德心想。那个人已经离死亡不远,头发全掉光,眼眶深凹,但是他看起来并不是特别饥饿。沙赛德刚才一定是因为他脏得像一具尸体而错过了他。

沙赛德上前一步。"我是不是坏人。"他静静地说。那个人动也不动地躺着,沙赛德皱眉,上前一步,轻按那人的肩膀。

男子的眼睛猛然睁开,他大喊一声,跳起,跌跌撞撞地爬过尸体,躲到房间的最后面,缩成一团,盯着沙赛德。

"请听我说。"沙赛德放下背包,"别害怕。"他手边除了高汤香料以外的食物就剩一点肉,但他拿了一些出来。"我有食物。"

男子摇头。"没有食物。"他低声说道,"我们都吃掉了,除了……那个食物。"他的眼光瞄向房间中央,是沙赛德先前注意到的骨头。没有经过烹煮,有啃咬的痕迹,堆在一块破布下,仿佛主人要将它藏起来。

"我没有吃食物。"男子低声说道。

"我知道。"沙赛德上前一步,"可是有别的食物,在外面。"

"不能出去。"

"为什么?"

男子一语不发,然后低下头:"雾。"

沙赛德瞥向门口。太阳即将行至天边,但大概还有一个多小时才会落下。没有雾。至少现在没有。

沙赛德感到一阵冰寒。他慢慢转过身，看着那人。"白天……有雾？"

男子点点头。

"没有散掉？"沙赛德问道，"不是几个小时后就散去？"

男子摇摇头："好几天。好几个礼拜。都是雾。"

统御主啊！沙赛德想，然后连忙惊醒。他已经很久没有以那个怪物的名字咒骂，就算在心底亦然。

如果能相信这个人的说法，白天出现了雾，而且滞留不去，甚至长达数个礼拜……沙赛德可以想象司卡全都害怕地躲在草屋里，千年来的恐惧、传统、迷信让他们不敢外出。

可是在里面躲到饿死？就算对雾的恐惧深植心中，也不足以让他们宁愿饿死吧？

"你们为什么不离开？"沙赛德低声询问。

"有人走了。"男子似乎自言自语地点点头，"阿杰。你知道他有什么下场吗……"

沙赛德皱眉："死了？"

"被雾带走。天哪，他抖得好厉害。你知道的，他很固执。老阿杰就是这样。天哪，他抖得好厉害。被它带走时一直挣扎。"

沙赛德闭起眼睛。我在门外找到的尸体。

"有些逃走了。"男子说道。

沙赛德猛然睁开双眼："什么？"

发疯的村民点点头："有人跑了。他们离开村庄后对我们大喊。说没事了，他们没有被带走。不知道为什么。可是它杀了其他人。有些只是被它甩到地上，但他们之后又爬起来了。有些被杀死了。"

"雾让一部分人活下来，但又杀了其他人？"

男子没有回答。他又坐了下来，然后重新躺倒，无神地看着天花板。

"拜托你。"沙赛德说道，"你必须回答我。它杀了谁，又放了谁？他们之间有什么不同？"

男子转身面向他。"该吃东西了。"他说道，然后站起身，走到一具尸体边，扯着一只手臂，撕下一块腐烂的肉。很显然这就是他没有像其他人那样饿死的原因。

沙赛德压下一阵反胃，踏步跨过房间，抓住男子的手臂，不让他将血腥的肉放入口中。男子全身一僵，然后望向沙赛德。"不是我的！"他大喊，抛下骨头，跑到房间后方。

沙赛德站在原处片刻。*我必须要快，赶紧回到陆沙德。这个世界上有比盗贼跟军队更严重的问题。*

疯狂的男子极度恐惧地看着沙赛德，后者背起背包，然后又将背包放下，拿出最大的白镴意识库，将宽金属臂环套入前臂，转身走向村民。

"不要！"男子尖叫，试图冲到旁边。沙赛德从白镴意识库中汲取出一股力量，感觉肌肉膨胀，袍子绷紧，他一把扯住从他身边跑过的男子，伸直了手臂，以免男子伤到彼此。

然后，他将那人带出了屋子，那人一进入阳光便停止挣扎，抬起头，仿佛第一次见到阳光。沙赛德将他放下，停止汲取白镴意识库的力量。

男子跪下，抬头望着太阳，然后转过去看沙赛德。"统御主……他为何遗弃我们？他为何离开？"

"统御主是个暴君。"

男子摇头。"他爱我们。他统治我们。现在他走了，雾就能杀我们。雾恨我们。"

他以出奇的灵敏跳起来，冲向离开村庄的道路。沙赛德上前一步，但又停了下来。*他能做什么？把那个人一路拖回陆沙德吗？这里有水井，也有动物可以吃。*沙赛德只能祈祷那可怜人会想办法活下来。

沙赛德叹口气，回到房屋拿起背包，出门的同时又停下脚步，拿出一个钢意识库。钢储存着最难储存的特性：速度。他花了好几个月填满这个钢意识库，因为某一天，他可能需要以非常非常快的速度跑到某处。

现在，他戴上了钢意识库。

MISTBORN: THE WELL OF ASCENSION

是的，在此之后，所有的谣言都是他在推波助澜。我绝对无法像他那样说服全世界，让所有人都相信他的确是英雄。我不知道他自己是否相信这件事，但他让所有人都坚信不疑。

16

纹鲜少使用她的房间。依蓝德分配给她一间非常宽敞的大房，也许这就是问题的根源。她从小就在角落、密屋、小巷道里长大，一下子多了三间房间，让她一时无法适应。

可是那其实不重要。她醒着的时候，不是跟依蓝德，就是跟迷雾在一起。她的房间只是为了让她有地方睡而已。以目前的状况看来，还多了一个让她随意摆弄的地方。

她坐在主间的地板上。依蓝德的侍从官很在意纹这里家徒四壁，所以坚持要为她的房间摆设装潢。今天一早，纹便把许多家具推到一边，把地毯跟椅子堆在一角，好让她能抱着书坐在沁凉的石地板上。

这是她拥有的第一本真正的书，虽然只是纸张松散地被装订起来的册子，但她喜欢这样，简单的封装让她撕得更顺手。

她坐在一叠叠纸张之间，讶异着一本书被拆开来之后，里面居然有这么多页。纹坐在其中一堆旁边，翻弄着内容，摇摇头，然后爬到另一堆旁，浏览了书页后，挑出其中一张。

*有时候我不禁想，我是否发疯了。*书页如此写道。

压力也许是来自于知道我必须承担全世界重担的这一认知。也许是来自于我见过的死亡，我失去的朋友。我被迫要杀死的朋友。

迷雾之子
卷二·升华之井 [珍藏版]

无论如何,有时候我会看到有影子跟着我。那是我不了解,也不想了解的黑暗怪物。也许它们是我用脑过度后的想象?

纹坐在原处,反复阅读这几段,然后爬到另外一叠旁边,抽出一张来。欧瑟趴在房间一边,头枕在爪子上看着她。当她把书页放下时,它终于开口:"主人,我已经观察你两小时了,我得承认我看得一头雾水。请问你在做什么?"

纹爬到另一堆纸边:"我以为你不在乎我怎么打发时间。"

"我是不在乎。"欧瑟说道,"可是我会无聊。"

"显然还会心浮气躁。"

"我喜欢了解周遭正在发生什么事。"

纹耸耸肩,指着一叠叠的书页:"这是统御主的日记,不过不是我们认识的那个统御主,而是那个原本应该是统御主的人。"

"原本应该?"欧瑟问道,"你是说他原本应该要征服世界,却没成功?"

"不是。"纹回答,"我是说原本在升华之井取得力量的人,应该是他。写书的这个人,虽然我们不知道他叫什么,是某种预言中的英雄。至少……大家都是这么以为。总而言之,后来成为统御主的拉刹克,是这个人的挑夫。你不记得当初你在模仿雷弩时,我们谈过这件事?"

欧瑟点点头。"记得一点。"

"我跟卡西尔潜入统御主皇宫中找到的书,就是这一本。我们以为是统御主写的,后来才发现是统御主所杀死并取代的那个人写的。"

"是的,主人。"欧瑟说道,"请问一下,你到底为何要把它撕碎呢?"

"我没有要撕碎它。"纹说道,"我只是把封皮拆下来,好方便重整页面的顺序。这有助于我思考。"

"我……明白了。"欧瑟说道,"那你在找什么?统御主死了,主人。如果我记得没错,是你杀了他。"

我在找什么?纹心想,拾起另一页。**雾中的鬼魂**。她缓缓地读着这页。

MISTBORN: THE WELL OF ASCENSION

它不是影子。

这个跟在我身后的黑色东西，只有我能看得见——它不是影子。它又黑又透明，但没有影子有形的轮廓，存在感相当薄弱。像是黑雾。

或是迷雾。

纹放下书页。我也看过它，她心想。她记得一年多前读到这段时认为英雄一定开始发疯了。他身上被加诸了这么大的压力，会发疯也不足为奇吧？

但她现在更了解这位无名的日志作者。她知道他不是统御主，并且开始了解他应该是怎么样的人。一个不确定自己在世界中的地位，却被强迫要参与重要的事件，于是决定要尽自己所能的人。某种程度上也算是个理想主义者。

而雾灵追着他是什么意思？看到它对她而言有什么意义？

她爬向另一堆书页。她花了一整个早上翻找日志中关于那个雾中怪物的线索，但除了这两段她已经熟悉的段落之外，并没有找到其他信息。

她将任何提到奇怪或超自然内容的页面堆成一叠，将提到雾灵的页面也叠成一小摞。她也特地将提到深黯的书页堆在一起，但讽刺的是，那是最大也最无用的一堆。

日志作者很习惯提到深黯，却不常讲到细节。

深黯很危险，这是很清楚的。它肆虐大地，杀了数千人，所到之处都造成混乱，带来毁灭跟恐惧，但人类军队无法打败它，只有泰瑞司预言跟永世英雄能提供希望。

他为什么不讲清楚点！纹烦躁地想，翻弄着书页。可是日志的作用并非为了承载信息，只是为了发泄抑郁。英雄这本书是写给自己看的，为了维持自己的理性，他将恐惧跟希望放在纸上。依蓝德说他有时候会因为类似的理由写东西。纹觉得用这种方法来处理问题有点蠢。

她叹口气，转向最后一叠纸，是她还没读过的书面。她再次趴到石板地上开始阅读，寻找有用的信息。

迷雾之子
卷二·升华之井 [珍藏版]

这是很花时间的工作。她的阅读速度本来就慢，还一直分心。她之前就读过日志，因此其中的暗示跟句子不断提醒她当时身在何处。两年前，在费里斯，简直就像是在另一个世界，她刚从跟钢铁审判者交手所带来的濒死伤势中恢复，被强迫要假扮成法蕾特·雷弩，一名年轻却无社交经验的乡下贵族仕女。

当时，她仍然不相信卡西尔的计划能推翻最后帝国。她留在集团里是因为她在乎他们给她的陌生事物：友谊、信任、镕金术的课程，而非因为接受他们的目标。她当时绝没想到，这个决定居然让她开始出现在舞会跟宴会中，并有一点点习惯了自己伪装的贵女身份。

可是那只是个骗局，只是几个月的伪装。她强迫自己不再去想那些花哨的服饰跟舞会。她需要专注在实际的事情上。

但……这算实际吗？她不禁心想，将书页放在其中一叠上。研读我几乎不了解的东西，害怕没有人注意，甚至没有人在乎的威胁？

她叹口气，趴在地上，下巴搁在交叠的双臂上。她真正担忧的是什么？是深黯会重返吗？她只不过是在雾里碰到几次诡异的影子，甚至有可能如同依蓝德的暗示一样，那只是她过度丰富想象力的产物。而更重要的是另一个问题，如果深黯是真的，她能怎么办？她不是英雄、将军，也不是领袖。

噢，卡西尔，她拾起另一页。我们真的很需要你。卡西尔是与众不同的人……一个似乎能扭转现实常理的人。他以为牺牲自己来推翻统御主，就能为司卡取得自由，但如果他的牺牲开启了通往更大危险的大门，这危险大到足以让统御主的高压统治相形见绌，那该怎么办？

她终于读完了手中的一页，将它归类到无用信息的那叠，然后停下动作。她甚至不记得她刚才读了什么。她叹口气，重拾页面，再次从头读起。依蓝德是怎么办到的？他可以将同样的书看过一遍又一遍。可是对纹而言，那很困难——

突然，她的思绪被打断。*我必须相信我没有发疯*，书页写道。*如果*

MISTBORN: THE WELL OF ASCENSION

我不相信的话，我将再也无法带着理性的自信，继续我的征途。因此，跟在我身后的东西，必定是真的。

她坐起身。她隐约记得日志中的这段。那本书是以日记方法依次写成，却没有明确日期，而且经常是漫无目的的长篇大论，英雄很喜欢耗费极多篇幅描述他的不安。这段特别无聊。

可是，就在抱怨的独白中间，出现了一线信息。

我相信，如果可以，它会杀了我。接下来的段落继续写道。

影子跟浓雾所组成的东西有种邪恶的感觉，一碰到它，我的肌肤便立刻想缩回，但它所能做的似乎有限，尤其是对我。

可是它能够影响这个世界。它插入费迪克胸口的匕首证明了这点。我不确定哪件事让费迪克更为震惊，是伤口，还是对他下手的东西。

拉刹克散播是我刺伤费迪克的传言，因为只有费迪克跟我能够提出关于那晚的证言，但我必须做出决定。我必须下定决心，我没有发疯。如果不这么想，我唯一的选择就是承认刀子是我刺的。

不知为何，知道了拉刹克对这件事的看法，反而让我更轻易地下定决心。

接下来的一页继续讲着拉刹克的事情，后来几篇也没再提到雾灵，但纹发现就算只有这寥寥数段，也让她兴奋万分。

他做了决定，她心想。我也必须做出相同的决定。她从未担心自己疯了，但她认为依蓝德的想法是很合理。如今，她不承认依蓝德的想法了。雾灵不是她的压力跟对日志的印象所造成的产物。它是真的。

这不一定代表深黯回来了，也不一定代表陆沙德已陷入某种超自然的危险，但两者均有可能。

她将这一页跟另外两篇明确提到过雾灵的页面放在一起，然后继续研究，下定决心要读得更仔细。

迷雾之子
卷二·升华之井 [珍藏版]

军队开始扎营了。

依蓝德站在城墙上,看着他的计划轮廓逐渐开始成形。史特拉夫在北边建立起防御阵线,守卫通往邬都的运河。邬都离这里不远,是他的家乡与首都。塞特则在城的西方扎营,防守陆沙戴文运河,它通往他在哈佛富雷克斯的罐头工厂。

罐头工厂。依蓝德真希望他在城市里也有一座。这种技术比较新,大概只有五十年,但他读过。学者们认为它主要的用途是为在帝国边境战斗的士兵提供便于运输的粮食,他们没想过罐头可以囤积起来应付围城战,尤其适用于陆沙德,但谁会想得到这种事?

在依蓝德的注视下,两军开始派出巡逻队,有些负责看守两方间的界线,更多是去防守其他的运河,跨越香奈瑞河的桥梁,还有通往陆沙德以外境域的道路。在短时间内,城市感觉被完全包围了,与世隔绝,人民再也无法进出。敌人希望疾病、饥饿,还有其他原因会让依蓝德屈服。陆沙德围城战终于开始。

这是件好事。他跟自己说。要让计谋奏效,他们必须认为我已走投无路,他们必须绝对确信我愿意投靠他们,甚至不会去想我也在跟他们的敌人合作。

依蓝德看到有人正爬楼梯要上到城墙。是歪脚。将军一拐一拐地走到独自站在墙头的依蓝德身边。"恭喜你。"歪脚说道,"看起来你碰上十足的围城战了。"

"很好。"

"我想这能让我们有喘息的空间。"歪脚说道。然后,他以惯常的凶恶神色看了依蓝德一眼,"小子,你最好别把事情搞砸了。"

"我知道。"依蓝德低语。

"你让自己成了焦点。"歪脚说道,"除非你跟史特拉夫正式会面,否则,议会不能打破围城局面,而那些王不可能跟集团中除你以外的人会面,所以一切都是以你为主。我想,这正是适合王者的位置。如果他是个

MISTBORN: THE WELL OF ASCENSION

优秀的王。"

歪脚陷入沉默。依蓝德望着两军。泰瑞司女子廷朵对她说的话仍然让他不安。你是个傻瓜,依蓝德·泛图尔……

截至目前为止,没有一方国王响应依蓝德的会面要求,不过集团成员们都认为他们很快就会有反应。他的敌人们想先等一下,让依蓝德紧张一阵。议会刚要召开另一次集会,可能是想试着逼迫他解除之前对他们的约束。依蓝德找了个托辞没去参与会议。

他看着歪脚:"歪脚,你觉得我是个优秀的王吗?"

将军看着他,依蓝德看到他眼中冷硬的智慧。"我碰过更差的领导人。"他说道。"但我也认识很多更好的。"

依蓝德缓缓点头:"我想要当个优秀的王,歪脚。其他人不会愿意去关照司卡的需要。塞特、史特拉夫,他们都只会让这些人重新沦为奴隶。可是,我……我想要超越我的理想。我想要,我需要,成为一个别人可以依靠的对象。"

歪脚耸耸肩:"我的经验是,时势造英雄。在深坑几乎击垮卡西尔前,他只不过是个自私的纨绔子弟。"他瞥向依蓝德。"这场围城战会是你的海司辛深坑吗,依蓝德·泛图尔?"

"我不知道。"他诚实地回答。

"那我们只好走着瞧了。现在,有人要跟你说话。"他转身,朝下方四十尺外的街道点点头,那里站着一名身着鲜艳泰瑞司袍的高挑女子。

"她要我来叫你下去。"歪脚说道。他想了想,瞥向依蓝德,"很少碰到认为自己能指使得动我的人。而且还是个泰瑞司女人。我以为那些泰瑞司人都乖顺善良。"

依蓝德微笑:"我们大概被沙赛德宠坏了吧。"

歪脚嗤哼一声。"所以育了一千年的种,也不过如此嘛。"

依蓝德点点头。

"你确定她安全吗?"歪脚问道。

迷雾之子
卷二·升华之井 [珍藏版]

"确定。"依蓝德说道,"我已经证实了她的说辞。我们从城里找了几个泰瑞司人,每个人都知道也认出了廷朵,她在家乡似乎是个蛮重要的人。"

况且,她在他面前使用过藏金术,变得更强壮以解放双手,这表示她不是坎得拉。全部因素加起来,意味着她是可以信任的,就连仍然不喜欢她的纹也这么承认。

歪脚对他点点头,依蓝德深吸一口气,然后走下台阶去找廷朵再上一轮课。

"今天,我们要处理你的衣着。"廷朵说道,关起通往依蓝德书房的门。一名有着短白发的圆润裁缝师等在房间里,一群年轻的助手尊敬地站在一旁。

依蓝德看看身上的服装。其实不坏啊。他的外套跟背心还算蛮合身的,长裤不像一般贵族的笔挺,但是他现在是王了,流行不是该由他来定义吗?

"我看不出哪里有问题。"他说道。廷朵正要开口,被他举手打断:"我知道这套衣服不像别人的那么正式,但它适合我。"

"它简直是耻辱。"廷朵说道。

"我不觉得——"

"不要跟我争辩。"

"可是你那天才说过——"

"依蓝德·泛图尔,王不与人争辩。"廷朵坚定地说,"他们只会下令,而你下令的一部分能力来自于你的仪态。邋遢的衣着会引来其他邋遢的习惯,例如你的姿势。我想,这点我已经提点过了。"

依蓝德叹口气,看着廷朵一弹指便开始在她们带来的大箱子中翻箱倒柜的裁缝师与助手们,翻了翻白眼。

"真的没有必要。"依蓝德说道,"我已经有更合身的套装。我在正式场合中会那样穿。"

"你以后不能再穿套装。"廷朵说道。

"对不起，请问你说什么？"

廷朵强势地看着他，依蓝德叹口气。

"解释清楚！"他说道，试图使用命令的语气。

廷朵点点头："你保留了最后帝国皇帝许可的贵族装扮，某种程度而言，这是个好主意，让你维持了跟过去政府的联系，不至于突兀。但现在你身处于不同的状况，你的人民陷入危机中，因此光靠外交怀柔手段的时代已经过去了。现在正处于战时。你的衣着应该反映这点。"

裁缝师挑了一套衣服，拿到依蓝德身边，助手们则忙着架起更衣屏风。

依蓝德迟疑地接下了衣服。全套白而笔挺，外套前似乎是以扣子一路扣到高硬的领口。整体而言，看起来像是……"制服。"他皱着眉头说道。

"没错。"廷朵说，"你要你的人民相信你能保护他们吗？王不只是裁定法律之人，他也是一名将军。如今你该展露出符合头衔的作风了，依蓝德·泛图尔。"

"我不是战士。"依蓝德说道，"这套制服是个谎言。"

"第一点即将改变。"廷朵说道。"第二点是错的。你指挥中央统御区的军队，无论你懂不懂怎么挥剑，你就是军人。现在，去更衣。"

依蓝德耸耸肩表示接受。他绕到更衣屏风后，推开一堆靴子腾出空间，开始更衣。白长裤很贴身，小腿直挺，虽然有衬衫，但完全隐藏在宽大却笔挺的外套下，上面有军装式的肩徽，还有一排扣子。他注意到所有的扣子都是木头，而非金属，右胸上方还有一个奇特的盾牌形花纹，上面似乎绣有某种箭头或矛。

虽然很挺直，而且不紧绷，设计也很少见，依蓝德发现它出奇地合身。"大小刚好。"他系上腰带，拉直长达臂部的外套下摆。

"我们从你的裁缝师那里取得了你的尺寸。"廷朵说道。

迷雾之子
卷二·升华之井 [珍藏版]

依蓝德从更衣屏风后走出，几名助手上前来，其中一人礼貌地示意要他穿上一双闪亮的黑靴子，另一人在他肩膀系上白披风，最后一人递给他一把硬木的决斗杖与杖套。依蓝德将决斗杖勾在腰带上，然后让尾端穿过外套上的一道开口，悬在外面。他至少还知道该怎么带决斗杖。

"很好。"廷朵上下打量他一番后说道，"一旦学会如何站挺，这套衣服将对你的整体形象大有帮助。现在，坐下。"

依蓝德开口想要反对，但旋即打消了这个念头。他坐了下来，一名助手上前，在他的肩膀上围了一块布。她掏出一把剪刀。

"等等，等等。"依蓝德说道，"我知道你要做什么。"

"那你该出声反对。"廷朵说道，"讲话不要这样吞吞吐吐！"

"好吧。"依蓝德说道，"我喜欢我的发型。"

"短发比长发容易打理。"廷朵说道，"你已经证实你无法管理自己的仪容。"

"不准剪我的头发。"依蓝德坚定地说。

廷朵停下动作，点点头。学徒退后，依蓝德站起身，扯掉布巾。裁缝师架起了一大面镜子，依蓝德走上前去检视自己。

他全身一僵。

简直是天壤之别。他这辈子都自认为是学者跟社交名流，但也带点傻气。他是依蓝德，很友善、好相处，满脑子奇思妙想。人们也许会忽视他，却很难去恨他。

眼前的人绝非宫廷中的纨绔子弟。他是个严肃的人，正经的人。一个不可轻忽的人。制服让他想要站得更挺，手搭在决斗杖上。他头两旁跟上方略微卷曲、略长的头发，被墙垛上的风吹得凌乱，跟衣服完全不搭配。

依蓝德转身。"好吧。"他说道，"剪吧。"

廷朵微笑，点头要他坐下。他照做，静静地等着助手完成。当他再次站起时，发型跟衣着相得益彰。不像哈姆的头发那么短，但整齐利落。一名助手上前，递给他一只漆成银色的木环。他皱眉，转向廷朵。

"王冠？"他问道。

"不是很奢华的装饰。"廷朵说道,"跟过去相比,现在是低调的时代。王冠不代表财富,而是权势的象征。从今天起,无论是在私人场合或是公开露面,你都得戴着。"

"统御主没戴王冠。"

"统御主不需要提醒别人他才是掌权的那个。"廷朵说道。

依蓝德想了想,戴上了王冠。上面没有珠宝,也没有装饰,只是个很简单的环。他早该猜到,它非常合适。他转身面向廷朵,后者正挥手要裁缝师收起东西退下。"你的房间里面有六套一样的制服。"廷朵说道,"在围城战结束前,这是你唯一的穿着。如果想有点变化,就把披风换个颜色。"

依蓝德点点头。裁缝师跟她的助手从他身后的门口悄悄离去。"谢谢你。"他告诉廷朵,"我起初有点迟疑,但你是对的。这么做的确有差别。"

"至少暂时足以欺瞒过其他人。"廷朵说道。

"欺瞒？"

"当然。你以为就这么简单吗？"

"这——"

廷朵挑起眉毛："才这么几堂课,你就觉得全会了？这甚至不算开始。你还是个傻瓜,依蓝德·泛图尔,只不过外表看起来不像而已。希望我们的骗局能弥补之前被你毁掉的部分声誉,但在你能以不让自己蒙羞的方式与他人互动之前,还有好些课要上。"

依蓝德涨红了脸。"你是什么……"他停下来,"告诉我你打算教我什么。"

"首先,你必须学会走路。"

"我走路的方式有问题？"

"被遗忘的诸神啊,当然！"廷朵好笑地说,但唇上不见半丝笑意,"你的语言结构也需要调整。除此之外,自然就是你不懂如何使用武器。"

"我已受过一些训练。"依蓝德说道,"你可以去问纹,是谁在崩解的那晚上将她从统御主的皇宫里救出来的。"

"我知道。"廷朵说道,"根据我得到的消息,你还活着简直是奇迹。幸好那女孩在场,可以处理所有的战斗。你显然颇为倚赖她帮你处理这类事宜。"

"她是迷雾之子。"

"那不是你武艺拙劣的借口。"廷朵说道,"你不能一直靠你的女人来保护你。这不只很丢脸,而且你的人民,你的士兵,都认为你该与他们并肩作战。你应该一辈子都成不了会领军冲锋陷阵的领袖,但如果后方营地受到攻击,你至少应该要能战斗。"

"所以你要我在纹跟哈姆的练习时间,加入他们的对战吗?"

"大神啊,当然不要!你难道猜不出来,被你的下属们看到你在公众场合被人打得落花流水,对士气会有多大的影响吗?"廷朵摇摇头,"不,我们要请决斗大师对你进行秘密训练,在几个月后,你的剑技跟杖技应该还能看,希望你这场小围城战能撑到那时,不要提前开打。"

依蓝德再次满脸涨红:"你一直用轻蔑的态度对我说话,好像在你眼中我根本不是王,只是某个替代品。"

廷朵没有回答,但她的眼神闪烁着满意之色,表情似乎在说,这句话可是你自己说的。

依蓝德的脸更红了。

"依蓝德·泛图尔,也许,你能学会该如何当王。"廷朵说道,"在那之前,你只能先学会该如何伪装。"

依蓝德愤怒的反应被敲门声打断。依蓝德一咬牙,转身应道:"进来。"

门打开。"有消息。"德穆队长说道,年轻的脸庞满是兴奋之色,"我……"他浑身一僵。

依蓝德歪着头:"什么事?"

"我……呃……"德穆迟疑着,再次上下打量过依蓝德一遍才继续说:

"陛下，哈姆大人派我过来。他说其中一名国王的使者到了。"

"是吗？"依蓝德说道，"塞特的？"

"不，陛下。是您父亲的。"

依蓝德皱眉："去跟哈姆说我一会儿就到。"

"是的，陛下。"德穆迟疑了片刻，又说："呃，我喜欢您的新制服，陛下。"

"谢谢你，德穆。"依蓝德说道，"你知道纹贵女在哪吗？我一整天都没见到她。"

"我想她在自己的住所里，陛下。"

她的住所？她从来不待在那里的。她生病了吗？

"你要属下去叫她吗？"德穆问道。

"不，谢谢。"依蓝德说道，"我去找她。请哈姆带使者先去歇息。"

德穆点点头，退下。

依蓝德转身面对廷朵，后者脸上浮现一抹满意的笑容。依蓝德从她身边挤过，抓起他的笔记本："我要做到比'伪装'更好，廷朵。"

"再看看吧。"

依蓝德锐利地瞥了一眼身着彩袍，戴着珠宝的中年泰瑞司女子。

"继续练习刚才那种表情。"廷朵指示，"说不定就能办到。"

"难道就只有这样？"依蓝德问道，"表情跟服装？这就是王？"

"当然不是。"

依蓝德停在门边，转回身："那，什么才是？你觉得要有什么样的特质才能被称为是优秀的王，泰瑞司的廷朵？"

"信任。"廷朵说道，与他四目相望，"优秀的国王被他的人民所信任，且不愧对那份信任。"

依蓝德想了想，点点头。他承认，这是个好答案。一拉开门，他便冲出去找纹。

> 要是对泰瑞司宗教以及期待经的信仰没有散播到我们族人以外的地方就好了。

17

随着纹在日志中找到越来越多她想要单独分析跟背下的线索,旁边的书页堆也不断增殖。关于永世英雄的预言是什么？日志的作者怎么知道要去哪里,他认为去了以后要做什么？

终于,躺在一叠叠以奇怪角度交错放置的书页间,纹被迫承认她很不愿意接受的事实。她得要做笔记了。

叹口气,她站起身走到房间的另一边,小心翼翼地跨越几堆书页,来到房间的书桌前。她从来没用过书桌,甚至还跟依蓝德抱怨过。她要书桌做什么？

话说得太早了。她选了一支笔,拿出一小瓶墨水,回忆起瑞恩教她写字时的情景。他很快就对她的信笔涂鸦不耐烦,抱怨纸张跟墨水很昂贵。他教会她阅读,好让她能看懂契约,伪装成贵族仕女,但他认为写作没有大用。纹基本上赞同他的看法。

但显然写作这项技能对不是文书员的人也很有用。依蓝德经常写笔记跟备忘来提醒自己,她很佩服他写字的速度居然这么快。他是如何这么轻易就让那些文字出现的？

她抓起两张白纸,走回她一叠一叠的书页间,盘腿坐下,转开墨水瓶盖。

"主人。"欧瑟说道,依旧趴在地上,"你应该不会没发现你离开书桌坐到地上来吧?"

纹抬起头:"怎么了吗?"

"书桌就是拿来书写用的。"

"可是我的书页都在这里。"

"我相信书页是可以被移动的。如果书页太重的话,你可以燃烧白镴增强力气。"

纹一面打量它满是笑意的脸庞,一面在笔尖蘸起墨水。至少它不像以前那样,只是一味地讨厌我而已。"可是我觉得地板比较舒服。"

"只要是主人说的话我都相信。"

她一愣,不确定它是不是在嘲笑她。那张狗脸真讨厌,她心想,根本什么端倪都看不出来。

叹口气,她弯下腰,开始写第一个字,一笔一画都得很仔细,以免墨水晕开,还得经常停下动作,靠读音来猜测字的拼法。写了几行,就有人来敲门。她皱着眉头抬头。是谁来打扰她?

"进来。"她喊道。

她听到外间的门被打开,依蓝德的声音响起:"纹?"

"在里面。"她说道,继续开始写字,"你为什么要敲门?"

"你有可能在换衣服啊。"他边走入边说道。

"那又怎么样?"纹问道。

依蓝德轻笑:"两年了,你还是没有什么个人隐私的观念。"

纹抬起头:"我是有——"

有一瞬间,她以为他变成了别人,直觉瞬间超越理智,她反射性地抛下笔,跳起身来,骤烧白镴。

然后她恢复神志,停下动作。

"有这么大的改变啊?"依蓝德问道,平举双臂好让她看得更清楚。

纹按着心口,震惊到一脚踩上她的书页堆。是依蓝德,却也不是。雪白的制服,利落的线条与坚实的身躯,看起来跟平常穿着松垮外套和长裤的他迥然不同。他显得更有威严，更尊贵。

"你剪头发了。"她说道，缓缓绕着他，研究他的衣装。

"廷朵的主意。"他说道，"你觉得呢？"

"少了一样让别人打斗时能拉住你的东西。"纹说道。

依蓝德微笑："你只想得到这些吗？"

"不是。"纹心不在焉地说道，伸手去扯他的披风。披风一下就松脱，她赞许地点点头。迷雾披风也是一样，在打斗时，依蓝德无须担心披风被人拽住。

她退后一步，双手环抱在胸前："意思是我也可以把我的头发剪短吗？"

依蓝德瞬间愣住。"纹，你想要做什么都可以。可是，我有一点觉得你长头发比较漂亮。"

好，那就不剪了。

"所以呢？"依蓝德问道，"你赞成吗？"

"绝对赞成。"纹说道，"你看起来像王了。"不过她猜想，有一部分的她会想念头发纠结，衣装凌乱的依蓝德。过去的他既认真干练，却也迷糊恍惚。那样的组合，自有其……可爱之处。

"很好。"依蓝德说道，"因为我认为我们需要这个优势。有使者刚——"他的话说到一半，便发觉四周都是一摞摞的纸张。"纹？你在进行研究吗？"

纹面上一红："我只是在翻找日志里面提到深黯的部分。"

"是吗？"依蓝德兴奋地上前一步，让她懊恼的是，他立刻眼疾手快地找到她才开始写的粗浅笔记。他拾起纸张，然后转头看着她："这是你写的？"

"对。"她说道。

"你的字好漂亮。"他说道，语气中带着讶异，"你为什么没跟我说过，你的字写得这么好？"

"你不是说有使者来吗?"

依蓝德放下纸张,表情居然像是以自己的女儿为傲的父亲。"是有使者来,我父亲派来的。我故意要他等,我觉得显得太急切反而不是好事,现在差不多是时候了。"

纹点点头,朝欧瑟挥挥手。坎得拉站起身,走到她身边,一起离开了她的房间。

书跟笔记就是有这点好处。永远可以等着她晚点再继续。

使者在三楼的中庭等着他们。纹跟依蓝德同时走入,但她立刻停下脚步。

是他。那个窥探者。

依蓝德上前一步欢迎对方,却被纹一把抓住。"等等。"她低语。依蓝德不解地转身。

纹惊慌地心想,如果那个人有天金,依蓝德就死定了。我们都死定了。

窥探者静静地站着,看起来不像使者,更不像朝臣,从头到脚连手套都是一身漆黑,穿着长裤跟丝衬衫,没有披风或短披肩。她记得那张脸。就是他。

可是……她心想,如果他想杀掉依蓝德,早就动手了。虽然这个念头让她惊骇不已,却必须承认是事实。

"怎么了?"依蓝德问道,跟她一起站在门口。

"小心。"她低声说道,"他不仅仅是名使者。那个人是迷雾之子。"

依蓝德皱眉思索片刻,转身继续面向静立的使者,后者正背负着双手,一派自信。没错,他是迷雾之子,只有这种人在进入敌方皇宫,周遭守卫环伺的情况下,仍然神情自若。

"好。"依蓝德说道,走入房间,"史特拉夫的手下。你给我带来了什么信息?"

"不只是信息,陛下。"窥探者说道,"我的名字是詹,我算是……大使。令尊对联盟的邀约很感兴趣，很高兴您终于回心转意。"

纹研究着窥探者，这自称是詹的人。他有什么把戏？他为什么亲自前来？他为何要暴露自己的身份？

依蓝德点点头，与詹保持距离。"两支军队。"依蓝德说道，"通通守在我的大门口——想忽视也很难。我希望与父亲会面，讨论未来的可能性。"

"我想这也是他乐见的。"詹说道，"他已经许久未与您见面，吾王对之前的嫌隙深表遗憾，毕竟您是他的独生子。"

"我们双方都很遗憾。"依蓝德说道，"也许我们能在城外的帐篷中会面？"

"恐怕这是不可能的。"詹说道，"吾王担心会有人想暗杀他——这不无可能。如果您希望与他会面，他很乐于在泛图尔营地的大帐中款待您。"

依蓝德皱眉："这不合理。如果他担心暗杀的话，我也一样。"

"我很相信在他的营地中，他绝对有能力保护您，陛下。"詹说道，"您无须害怕塞特的杀手。"

"我明白了。"依蓝德说道。

"恐怕吾王对这点相当坚持。"詹说道，"是您期待与他结盟。如果您想要与他会面，您必须亲自去找他。"

依蓝德瞥向纹，她仍继续盯着詹。男子与她对视后，开口道："我听说过陪伴着泛图尔继承人的美丽迷雾之子，是她杀了统御主，而且曾经是由幸存者亲自训练。"

房间一时陷入沉默。依蓝德最后开口："告诉我的父亲，我会考虑他的提议。"

詹终于停止看纹。"吾王希望我们能定下时间跟日期，陛下。"

"我做出决定后会回复他。"依蓝德说道。

"好的。"詹说道，微微欠身，他利用这个动作重新引起纹的注意力。然后他朝依蓝德一点头，让侍卫领他离去。

傍晚的冰凉雾气中,纹等在泛图尔堡垒的矮墙上,欧瑟坐在她身侧。

雾气很安静,她的思绪却如泉涌。

他还为谁工作?她想。他当然是史特拉夫的手下之一,这就解释了很多事情。他们会面之后便没有其他动静,纹原本以为她不会再见到窥探者了。

他们还会再交手吗?纹试图压抑兴奋,想告诉自己她想找到这个窥探者只是因为他是个威胁,但在雾里再一次激战的刺激,与另一名迷雾之子较量的机会,让她整个人因期待而紧绷。

她不认得他,也绝对不信任他,这只让可能到来的战斗显得更刺激。

"我们为什么等在这里,主人?"欧瑟问道。

"只是在巡逻而已。"纹说道,"在找寻杀手或间谍。不过是每天晚上的例行公事。"

"你要命令我相信这句话吗,主人?"

纹不友善地瞪了他一眼:"你要怎么想都可以,坎得拉。"

"好的。"欧瑟说道,"你为什么不告诉王,你跟那个詹交手过好几次?"

纹恢复对黑雾的观察。"杀手跟镕金术师是我的问题,不是依蓝德的,没必要让他担心,他手边的麻烦已经够多了。"

欧瑟坐下:"我明白了。"

"你认为我说得不对?"

"我要怎么想都可以。"欧瑟说道,"这不是你方才对我的命令吗,主人?"

"随便你。"纹说道。她正燃烧青铜,很努力地试着不要去想那个雾灵。她可以感觉到它正等在她右方的黑暗中。她没有转头。

日志没有提及那个雾灵后来的下落。它几乎杀死了英雄的同伴之一,在此之后,几乎就没有任何描述。突然,她的青铜感官察觉到另一个镕金术的来源。改天晚上再担心这个问题,她心想。这个来源比其他的都强烈,也更熟悉。

迷雾之子
卷二·升华之井 [珍藏版]

詹。

纹跳到城垛上，对欧瑟点头告别，跃入黑夜。

雾气在空中扭动，被不同方向的微风吹成无声的白流，像是空中的河川。纹从其上掠过，从其间穿过，宛如水漂石般弹跃飞掠，很快便来到她上次与詹分道扬镳的地方，那条空旷无人的街道。

他站在街心等她，依旧是一身黑。纹落在他面前的石板地上，迷雾披风的布条纷纷扬扬。她站直身。

他从来不穿披风。为什么？

两人面对面地静立片刻。詹一定知道她想问什么，却没有自我介绍，没有打招呼，也不解释，最后只是从口袋中掏出一枚钱币，抛在两人之间的街道上。钱币弹跳数下，金属敲击着石头，终于落地。

他跃入空中，纹同时跃起，两人一起反推钱币，两人的重量抵消了彼此的冲力，因此都向后方跃出，像是V字形的两边。

詹转身，朝背后抛掷一枚钱币，撞上建筑物的侧边，让他能反推，冲向纹。她突然感觉到一阵力量冲击她的钱袋，威胁要将她抛回地面。

今天晚上要玩什么呢，詹？她边想边扯着钱袋的系绳，让它从腰带上落下，同时钢推，让钱袋被她的重量逼得笔直落地，抵达地面的瞬间，纹有了更多向上跃力，因为她反推着正下方的钱袋，詹的力量只来自侧面。纹向上冲，在沁凉的夜风中穿过詹，以全身重量反推他口袋中的钱币。

詹开始下坠，却抓住钱币，不让它们撕裂衣服，同时下推她的钱袋，整个人凝固在空中——纹正从上往下推他，而他则靠着地上的钱袋将自己从下往上推。因为他静止在空中，所以纹的钢推反而让她向后飞去。

纹放开詹，让自己落下，但詹却没有这么做，而是将自己反推入空中，开始跳跃移动，从不让双脚碰触屋顶或石板地。

他想强迫我落地，纹心想。所以规则是先落地的人就输了？纹一面翻滚，一面在空中转身，小心翼翼地将钱袋拉回，然后重新抛向地面，将自己反推入空中。

MISTBORN: THE WELL OF ASCENSION

在飞跃的瞬间,她将钱袋重新拉引回手里,朝詹的方向跃去,肆无忌惮地穿过夜晚,想要追上他。在黑暗中,陆沙德似乎比在白天时要干净许多。她看不见沾满灰烬的建筑物,阴暗的磨坊,或是铁炉的烟雾,有些豪华的宅邸被赐予低阶贵族,有些则成了政府建筑,剩下的被依蓝德下令劫掠一空后被废弃,彩绘玻璃窗一片漆黑,拱门、建筑物、壁画无人问津。

纹不确定詹是刻意要前往海斯丁堡垒,还是她只是刚好在那里赶上他。无论如何,在抵达那巨大的建筑物时,詹发现她正尾随在后,马上一转身掷来一把钱币。

纹试探性地反推,果不其然,她一碰上钱币,詹便骤烧钢,更用力地前推。如果她的力气使得更大,他的攻击会将她推后,但如今她反而能轻易地将钱币拨到一旁。

詹立刻再度钢推她的钱袋,让自己沿着海斯丁堡垒的高墙飞起,纹早就预料到他会如此反应,马上骤烧白镴,双手握住钱袋,一扯两半。

钱币在空中四散,被詹反推的力量直压落地,她挑了一枚,反推自己,待钱币一落地,她的速度也随即攀升。虽面向上方,但锡力增强的听觉告诉她一阵金属雨已经落在下方的石头上。如此一来,她仍然能取用钱币,但不需要将钱都带在身边了。

她冲向詹,堡垒的外围高塔在她左方耸立。海斯丁堡垒是城市中最华美的堡垒之一,中间有一座高耸庄严的圆塔,顶端是舞池,四周等距围绕着六座较小的塔,以厚墙相互连接。那是座优雅、壮丽的建筑物。她猜詹是因为这个原因才挑中这里。

纹仔细观察,他反推的力量随着他远离地面上的锚点而转弱。他在她正上方转身,一个黑色的身影映着空中不断流动的雾气,依然离城墙顶端甚远。纹从地面用力抓取几枚钱币到空中,以备不时之需。

詹朝她直坠,纹反射性地反推他口袋中的钱币,但在同时意识到这可能正是他的目的,能让他上升,并强迫她落下,因此她放开他的钱币,任凭自己下坠,很快便经过她拉引入空中的一堆钱。她将一枚拉入手中,同

迷雾之子
卷二·升华之井 [珍藏版]

时反推另一枚,让它撞上墙壁。

纹冲向一旁,詹从她身边呼啸而过,拨乱了雾气,但很快又弹了回来,大概是利用下方的钱币,然后他朝她甩来两把钱。

纹转身,再次打乱钱币的攻势,让它绕过她身侧,她听到几枚撞击入后方的雾气。后面也是墙。她跟詹正在堡垒的两座外塔之间交手,两人身边各有一面侧斜的墙,中央的高塔离它们不远。他们战斗的位置就在石墙交错的三角形尖端附近。

詹冲向她,纹想以自身重量反推他,却惊讶地发现他身上已经没有钱币,他正反推着自己身后的某样东西,应该是纹刚推上墙壁的那一枚钱币。她将自己推入空中,想要避开,但他却也同时朝上斜飞。

詹撞上她,两人同时开始坠落,在一起滚落的途中,詹握住她的双手上臂,贴近她的脸庞。他看起来不生气,甚至不强势。

而是一脸平静。

"这就是我们,纹。"他轻声说道,风跟雾跟随着他们的坠落,纹的迷雾披风上的布带包围着詹,"你为什么要玩他们的游戏?为什么要让他们控制你?"

纹轻轻地按上詹的胸口,然后反推她掌心中握着的钱币。推力将她扯离他的掌握,也让他在空中一阵后滚翻,纹自己则趁离地面还有数尺的距离时钢推落下的钱币,重新飞起。

她在黑夜中经过詹,看到他的脸上出现一丝笑意。纹锁定下方延伸向地面的蓝线,骤烧铁,一次将蓝线来源全部扯起,钱币在她身侧窜过,也飞快地闪过讶异的詹身边。

她将几枚钱币拉入手中。*我倒要看看你这样还能不能待在空中*,纹带着笑容心想,往外一推,将其他钱币撒入夜空。詹继续跌落。

纹也开始坠落。她朝两侧各抛掷一枚钱币,然后反推。钱币冲入空中,飞向两侧的石墙。钱币击中石头,纹猛然在空中停住。她用力钢推,保持身体静止,预计下方将来传来拉引的力量。*如果他拉引,我也同样会*

拉，她想。我们会一起下落，而我可以保持钱币夹在我们之间的空中。他会先落地。

钱币从她身边飞过。

什么！他从哪里拿到的钱币？！她很确定她把下方的每一枚钱币都推走了。

钱币以弧形轨迹飞过雾中，在她镕金术师的眼里画出一条蓝线，落在她右上方的墙壁顶端，纹低下头，正好看到詹的坠势减缓，然后往上冲，拉引着被石栏杆卡在墙壁顶端的钱币。

他带着自得的表情经过她。

哼，很了不起吗。

纹放掉左方的钱币，改成只推右方，猛然往左飞起，就在几乎要撞上墙壁的时候，又朝墙壁抛掷一枚钱币。她反推这枚，让自己弹向右上方。再一枚钱币让她飞往左上方，她不断左蹦右跳，直到抵达城墙顶端。

她在空中一回身，露出笑容。站在墙垛上方空中的詹赞许地朝经过他的纹点点头。她发现他抓起了几枚被她抛下的钱币。

轮到我攻击了，纹心想。

她用力一推詹手中的钱币，让她得以直飞，但詹仍然推着城垛上的钱币，因此他没有下跌，而是悬挂在两方力量之间的空气中，他自身的力量推他向上，纹的力量则逼他向下。

纹听到他哼了一声，显然颇为吃力，她推得更用力，专注到几乎没看见他张开另一只手，朝她射出一枚钱币。她原本打算反推钱币，幸好他没瞄准，钱币射偏了几寸。

话说得太早了。钱币突然绕个弯，朝下一坠，击中她的背。詹猛力拉引，金属块卡入纹的皮肤，她惊喘出声，骤烧白镴阻挡钱币穿透她的身体。

詹没有松手。纹咬紧牙关，但他的体重胜过她许多。她在夜晚中逐渐被拉向他的方向，纹耗尽力气保持两个人的距离，钱币死死地压在她背上,很痛。

纹,绝对不要跟别人硬碰硬,卡西尔如此警告过她。你的体重不够,必输无疑。

她停止钢推詹手中的钱币,立刻坠下,被她背后的钱币拉引,她顺势反推钱币,让自己多一点下坠之力,然后将最后一枚钱币丢到旁边。它在纹要撞上詹之前的最后一瞬间磕到旁边的墙上,纹的推力让她从詹跟他的钱币之间闪过。

詹的钱币击中自己的胸口,令他闷哼一声。他显然原本的计划是要让纹再次跟他撞成一团。纹微笑,拉引詹手中的钱币。

这可是他自找的。

他转过身,只来得及看到她双脚在前,猛蹬上他的胸口,纹一转身,感觉到他软瘫在她脚下。她喜不自禁,忍不住在城墙上方翻了个跟斗,这时,几条蓝线消失在远方。纹注意到詹把他们所有的钱币都推走了。

她焦急地抓了其中一枚钱币,想要将它拉回来,但已经太迟了。她慌乱地寻找附近是否有更近的金属,但只碰到石头或木头。一阵晕眩中,她撞上石头城墙,在迷雾披风里翻滚一阵后,才靠着石栏杆停下。

她摇摇头,骤烧锡,在一阵痛楚跟其他感官的多重刺激之下,神志恢复清明。詹的情况一定也好不到哪里去。他一定也跌落——

詹悬挂在几尺外的空中。出乎她的意料,他找到一枚钱币,不断反推着它,但他没有飞走,而是飘浮在墙垛上方几尺高的地方,仍因纹的一踢而缓缓翻滚着。

在纹的注视下,詹缓慢地在空中翻身,双手伸向下方,宛如高柱上的灵巧杂耍艺人,脸上浮现极端专注的表情,手臂、脸庞、胸口紧绷,全身的肌肉缩成一团。他在空中旋转,直到面对她。

纹赞叹地看着。理论上是有可能在反推钱币时,稍稍调节被往后抛的力量,但在实际操作时难以实现,连卡西尔都不太擅长。大多数时候,迷雾之子只靠一阵较大的力量来调整。例如当纹落地时,她会靠抛下一枚钱币，快速且猛力地反推，来抵消冲劲。

她从来没见过如詹一般施力巧妙的镕金术师。他微操钱币的能力在实战斗中作用不大，而且需要花费很多精力，但其中带着优雅，动作中的美感表达出纹亦能理解的心情。

镕金术不是只能用来战斗跟杀戮。它可以用来展现技巧、优雅，以及美丽。

詹旋转身体，直到风度翩翩地站直，然后落到墙垛上，双脚轻拍石面。他看着仍然躺在石头上的纹，表情不带任何鄙夷。

"你的技巧很好。"他说道，"力量也很强大。"

他的身材高大，令人印象深刻，有点像……卡西尔。"你今天为什么来皇宫？"她问道，站起身。

"来看看他们待你如何。告诉我，纹。迷雾之子为什么拥有这么多能力，却愿意当别人的奴隶？"

"奴隶？"纹问道，"我不是奴隶。"

詹摇摇头。"他们利用你，纹。"

"有时候有用是件好事。"

"没有安全感的人才会这么说。"

纹一愣，然后打量他："你最后是从哪里得到钱币的？附近半枚都没有。"

詹微笑，张开口，吐出一枚钱币，当的一声落在地上。纹睁大眼睛。一个人人身体里的金属不会受到另一名镕金术师的操控……这是个好简单的伎俩！我为什么没想到？

卡西尔为什么没想到？

詹摇摇头："我们不该跟他们为伍，纹。我们不属于他们的世界。我们属于这里，在雾里。"

"我属于爱我的人。"纹说道。

"爱你？"詹静静问道，"告诉我。纹，他们了解你吗？他们能够了解你吗？人能爱不了解的东西吗？"他看着纹片刻。没有收到她的回答。他略略朝她点头，反推之前抛下的钱币，跃回迷雾中。

纹让他离开。他的话远比他所说的更深刻。我们不属于他们的世界……他不可能知道她正好在思考自己的位置，不知自己是贵族仕女、杀手，还是别的什么人。

詹的话很重要。他觉得自己是外人。有点像她。这绝对是他的弱点。也许她能说服他背叛史特拉夫。他愿意跟她交手，他愿意说出真心话，都代表有这个可能性。

她深吸入沁凉的雾气，心脏仍因跟可能比她优秀的人交手对战剧烈跳动。站在荒废堡垒的墙顶，她决定了一件事。她要和詹再次交手。

如果深黯没有在那时出现，成为将众人的行为跟信仰都逼入绝境的威胁就好了。

18

"杀了他。"神低语。

詹静静地悬吊在雾中，透过依蓝德·泛图尔大开的阳台门往内望。迷雾在他身边环绕，不让王发现他的踪迹。

"你应该杀了他。"神又说了一次。

某种意义上说，虽然詹在今天之前没有见过依蓝德，但他恨他。依蓝德得到了詹原本应有的一切。上天的偏爱，特权环身，备受纵容。他是詹的敌人，是他通往统御一切道路上的绊脚石，也是唯一阻止史特拉夫拥有中央统御区的理由，连带误了詹的事。

但他也是詹的兄弟。

詹让自己从雾间坠下，安静地落在泛图尔堡垒外的园地。他将锚点拉引入手，那是他用来保持自己浮空的三条小金属棒。纹很快就要回来了，他不希望她回来时自己还在堡垒附近。她有一种奇特的能力，能知道他在哪里，她的感官之敏锐远胜于他所认识或战斗过的任何镕金术师。当然，她是幸存者亲手训练出来的。

真希望我有机会认识他，詹想着，安静地越过中庭。幸存者了解身为迷雾之子的力量，他是一名不让他人控制自己的男子。

一名会不择手段，达到必要目的的人。至少传说是这么说的。

詹站在外圈城墙的一根托柱下，弯腰掀开石板，找到潜入泛图尔堡垒的间谍所留下的讯息。

他既不偷偷摸摸，也不肯弓身潜行，鬼鬼祟祟隐匿行踪。他不喜欢躲藏。

所以他大剌剌地直朝泛图尔营地走去。他觉得迷雾之子浪费了大半人生在躲藏上。的确，无人认得他的身份这点能提供有限的自由，但是以他的经验，他们受到的限制反而更多，他们只能受制于人，并让众人假装他们不存在。

詹走向一个守卫据点，两名士兵正坐在一大簇火边。他摇摇头，他们的视觉早被火光刺伤，根本没用，看不见他。一般人害怕雾，因此他们较无价值。这不是他的自大，而是浅显的事实。镕金术师比较有用，比平凡人更有价值，所以詹让锡眼观察黑夜。这些普通的士兵只是拿来做做样子。

"杀了他们。"神对走向守卫据点的詹下令。詹忽略掉那个声音，虽然这么做日渐困难。

"站住！"一名守卫喊道，平举着矛，"是谁？"

詹毫不在乎地钢推矛，让矛头挑起。"还会是谁？"他斥责，走入火光之中。

"詹大人！"另外一名士兵说道。

"传唤国王。"詹经过侍卫据点时说道，"叫他在指挥帐中等我。"

"可是，大人……"侍卫说道，"时间很晚了。陛下可能已经——"

詹转身，冷冷地瞪了侍卫一眼。迷雾在两人之间盘旋。詹甚至不需要对士兵使用情绪镕金术，那个人立刻行礼，然后朝黑夜深处冲去，要完成他的命令。

詹大步穿过营地，没有穿制服或迷雾披风，但士兵都停下脚步对他行礼。本该如此。他们认得他，知道他是什么样的人，知道要尊敬他。

然而，有一部分的他承认，如果史特拉夫没有隐瞒有詹这个私生子的事实，今天的詹可能不会是如此强大的武器。这个秘密让詹被迫生活拮据，但他同父异母的兄弟，依蓝德，却养尊处优。虽然关于史特拉夫手下迷雾之子的传言不断，但鲜少人意识到，詹其实是史特拉夫的儿子。

况且，艰苦的生活教会詹该如何独立。他变得冷酷，强大。他认为那是依蓝德永远不会了解的事。很不幸的是，童年带来的另一个影响是他变成了一个疯子。

"杀了他。"神在詹经过另一名侍卫时悄悄说道。每次他看到一个人，那个声音就会响起，随时在詹身旁，好像一名安静的伴侣。他明白他是疯子。这不难判断。正常人不会听到奇怪的声音。但詹会。

不过他认为疯狂不是任性妄为的借口。有些人是瞎子，有些人脾气不好，还有人会听到奇怪的声音。最后，都是一样的。要判定一个人，不是看他的缺陷，而是看他如何克服。

因此，詹忽略那个声音：他只有在想杀时才会杀人，而不是按照它的命令行事。在他的推估中，他其实算蛮幸运的，其他疯子会看见幻象或分不清想象与现实的差异，至少詹还能够控制自己。大部分时间可以。

他钢推指挥帐上扣着布门的金属夹。布门向后飞翻，敞开迎接，两边的士兵冲他行礼。詹弯腰进帐。"大人！"值夜指挥官说道。

"杀了他。"神说道，"他不太重要。"

MISTBORN: THE WELL OF ASCENSION

"纸。"詹命令,走到房间里的大桌前。军官忙不迭跑向一旁,抓了一大叠纸回来。詹拉引一支笔的笔尖,它翻滚着飞过房间,落入他的手中。军官端来墨水。

"这些是军队的营地跟夜晚巡逻队的路线与时间。"詹说道,在纸上写下一些数字跟图形,"是我今晚在陆沙德搜集到的。"

"太好了,大人。"士兵说道,"我们感谢您的帮助。"

詹停下动作,然后继续缓缓写字。"士兵,你不是我的上级。你甚至不是我的同级。我不是在'帮'你。我是在照料我的军队。明白了吗?"

"当然,大人。"

"很好。"詹说道,写完笔记,将纸交给士兵,"出去,否则我会按照某个朋友的建议,用笔刺穿你的喉咙。"

士兵接下纸条,快速退下。詹很不耐烦地等着。史特拉夫没来。最后,詹静静咒骂两声后,钢推开帐门,快步走出帐外。史特拉夫的帐篷在黑夜中像一盏红色的明灯,被无数灯笼点亮。詹走过侍卫身边,径自进入帐篷。他们很清楚,他是拦不得的。

史特拉夫正在用餐。他是个高大的男子,有着褐色的头发,他的两个儿子,或者该说,他的两个宝贝儿子有着跟他一样的发色。他的双手细致,符合贵族的身份,此时正以优雅的动作进食。詹进屋时,他无动于衷。

"你来迟了。"史特拉夫说道。

"杀了他。"神说道。

詹双拳紧握。那声音发出的命令中这道最难忽略。"对。"他说道,"我来晚了。"

"今晚发生了什么事?"史特拉夫问道。

詹瞥向仆人。"我们应该在指挥帐中再说。"

史特拉夫继续啜饮着汤,留在原地,暗示詹没有命令他的力量。他的反应令人恼怒,却非意料之外。不久前,詹几乎用了一模一样的方法对付值夜将领。他有一名最优秀的老师。终于,詹叹口气坐下,手臂靠在桌上,懒洋洋地甩弄着餐刀,看他父亲用餐。一名仆人上前去问詹要不要吃点东西,但他挥手要那人退下。

"杀了史特拉夫。"神命令,"你应该取代他的位置。你比他强壮。你比他有能耐。"

但我的精神没有他正常,詹心想。

"怎么样?"史特拉夫问道,"他们到底有没有统御主的天金?"

"我不确定。"詹说道。

"那女孩信任你吗?"史特拉夫问道。

"她开始要信任我了。"詹说道,"我的确看过她使用天金,就是她跟塞特的杀手对战那次。"

史特拉夫若有所思地点点头。他真的很有能力。因为他,北方统御区免于像最后帝国的其余区域那样陷入混乱。史特拉夫的司卡仍在他的控制之下,他的贵族们乖巧顺服。当然,他被强迫要处决不少人来树立他的权威,但他做了必要之事。这是詹最尊敬的特性。

尤其是他自己很难展现这项特质。

"杀了他!"神大喊,"你恨他!他让你身无分文,强迫你从小就要为生存而奋斗。"

他让我变得强壮,詹心想。

"那就用那个力量杀死他!"

詹抓起桌上的切肉刀。史特拉夫从盘子前抬起头,看着他在自己的手臂上割出一道长长的口子,看着他因为痛楚而微微颤抖。痛楚能帮助詹抵抗声音的魔力。

史特拉夫看了他片刻,然后挥手要仆人帮詹拿条毛巾来,免得他的血滴到地毯上。

"你必须要逼她继续用天金。"史特拉夫说道,"依蓝德也许能够取得一两颗珠子。除非她用完,否则我们永远不会知道真相。"他想了想,继续进餐。"其实你要做的，应该是要她告诉你那堆天金藏在哪里，前提是他们有的话。"

詹坐在桌前，看着血从前臂的伤口汩汩渗出："她比你想的更有能力，父亲。"

史特拉夫挑起眉毛："詹，不要告诉我你相信那些故事？那些关于她跟统御主的谎言？"

"你怎么知道那是谎言？"

"因为依蓝德。"史特拉夫说道，"那孩子是个傻瓜。他能控制陆沙德只是因为有点儿脑子的贵族都提前逃出了城市。如果那个女孩强到能打败统御主，那我真心怀疑你兄弟能赢得她的忠诚。"

詹又往手臂上割出一道伤口。他割得不深，不会造成真正的伤害，痛楚也又一次奏效。史特拉夫终于吃完饭，隐藏起不安的神情。詹心中某个扭曲的小部分对于他父亲的眼神感到满意。也许这是他精神失常的一部分。

"言归正传。"史特拉夫说道，"你见到依蓝德了吗？"

詹点点头，转向一名女仆。"茶。"他挥着完好的手臂说道，"依蓝德很惊讶。他想要跟你会面，但他显然不喜欢前来你的营区。我不觉得他会来。"

"也许吧。"史特拉夫说道，"可是，不要低估那男孩的愚蠢程度。无论如何，也许他现在终于了解了该如何经营我们之间的关系。"

他甚至懒得敷衍，詹心想。史特拉夫在送信息的同时也做出了决定：他不会因为依蓝德而听从于他人的指示，或是忍受任何一丝不便。

不过被强迫开始围城战的确造成了你的不便，詹带着笑意心想。史特拉夫原本希望能直接发动攻击，在没有和谈或协商的情况下占领城市。第二支军队的到来让整项计划化为乌有。如果他现在攻击，绝对会被塞特打败。

意思是他只能一面等，一面进行围城战，直到依蓝德能看清事实，自愿与他的父亲联手，但史特拉夫向来不喜欢等待。詹不是很在意这点，这会让他有更多与那女孩交手的时间。他微笑。

茶送来的同时，詹闭起眼睛，然后燃烧锡来增强感官。他的伤口猛然苏醒，小痛变成剧痛，神志猛然清醒。

有一件事他没有告诉史特拉夫。她已经开始信任我了，他心想。而且，她有一点不同。她跟我很像。也许……她能了解我。

也许她能拯救我。

他叹口气，睁开眼睛，用毛巾清理手臂。他的疯狂有时会吓到自己，但在纹身边时，症状似乎减弱许多。在此刻，这是他手中握有的唯一可能。他从女仆——长辫子，坚挺的胸脯，平凡的五官——手中接下茶，啜了一口热肉桂。

史特拉夫端起杯子，迟疑了下，仔细嗅了嗅。他瞄着詹："詹，这是毒茶吗？"

詹一语不发。

"而且还是毒桦。"史特拉夫继续评论，"你居然用了这么老旧的手法，真让人沮丧。"詹一语不发。

史特拉夫用力一挥手。女孩恐惧地抬起头，看着史特拉夫的侍卫朝她走来。她瞥向詹，期待他会帮她，但他只是别过头。侍卫将她拖出去，一路上女孩惨号不断。

她想要杀他，詹心想。我告诉过她这八成不会奏效。

史特拉夫只是摇着头。虽然他不是迷雾之子，却是锡眼。但即使对此类镕金术师来说，能从肉桂中闻出毒桦的气味仍然相当令人佩服。

"詹啊詹，"史特拉夫说道，"如果你真的杀了我，你要做什么？"

詹心想，我会用刀，不会用毒，但他没有纠正史特拉夫的想法。国王认定会有人想暗杀他，所以便由詹来做这个人选。

史特拉夫举起某样东西，一小颗天金。"我原本要把这个给你，詹，但看起来得等等了。你需要停止想杀我的愚蠢行动。如果你成功了，你要去哪里拿你的天金?"

史特拉夫当然不了解,他以为天金像是毒品,以为迷雾之子会对使用天金上瘾。

因此,他以为他可以靠这个来控制詹。詹让史特拉夫保有误解,从来不解释他自己早已有私藏。

不过这件事强迫他面对主宰他毕生的问题。神的低语声随着痛楚消失后再次浮现,而在那声音低语着说要杀的人之中,史特拉夫是最该死的。

"为什么?"神问道,"你为什么不杀了他?"

詹低头看着自己的脚。因为他是我父亲,他心想,终于承认自己的懦弱。其他人能做该做的事。他们都比詹坚强。

"你疯了,詹。"史特拉夫说道。

詹抬头。

"你真的以为你杀了我,就能自己征服帝国吗?你身上有……病,就算只是个城市,你觉得你能统治好吗?"

詹别过头:"不行。"

史特拉夫点点头:"我很高兴我们有此共识。"

"你应该直接进攻。"詹说道,"只要控制了陆沙德,我们就能找到天金。"

史特拉夫微笑,啜着茶。有毒的茶。

詹忍不住一惊,直直坐起。

"不要以为你能看清我要做什么,詹。"他父亲说道,"你了解到的远不如你以为的那么多。"

詹静静地坐着,看着他父亲将最后一点毒茶喝完。

"你的间谍呢?"史特拉夫问道。

詹将笔记放在桌上:"他担心那边开始怀疑他了。他找不到关于天金的信息。"

史特拉夫点点头,放下空杯:"你要回到城中,继续争取那女孩的好感。"

詹缓缓点头，转身离开帐篷。

史特拉夫觉得他已经可以感觉到毒桦的作用渗透他的血管，让他全身颤抖。他硬是压下对毒药的生理反应，等了一下。

确定詹走远后，他唤来侍卫。"把爱玛兰塔带来！"他命令，"快点！"

士兵冲出去执行主子的命令。史特拉夫静静地坐着，帐篷帆布在夜风中窸窣作响，在帆布门被打开的瞬间，一丝雾气溜了进来。他燃烧锡，增强感官。没错——他可以感觉到体内的毒，麻痹着他的神经。但他有时间。大约一个小时，他安下心来。

作为一个声称不想杀死史特拉夫的人而言，詹绝对花了许多力气来尝试。幸好，史特拉夫有一个连詹都不知道的工具，是个女人。史特拉夫微笑，锡力增强的耳朵听到轻柔的脚步声在夜色中逼近。

士兵直接放行让爱玛兰塔进来。史特拉夫这趟没有带所有的情妇同行，只有十五名最得宠的女子，其中除了用于暖床的女人外，还有一些是因为能力特殊才被他挑中。像是爱玛兰塔。十年前她还蛮有魅力的，如今她已经年近三十，胸部开始因为怀孕生子而下垂，而且每次史特拉夫看着她，就注意到她额头跟眼睛周围出现的皱纹。大多数女人在到达这个年纪之前，老早就被他送走了。

可是这个女人的能力对他有用。如果詹听说今晚史特拉夫召幸了女人，他会认为史特拉夫只想要她的身体。他绝对猜不到真相。

"主上。"爱玛兰塔跪下。她开始脱衣。

至少她天性乐观。他以为四年没被叫到床上会让她明白。女人难道不明白她们已经老得没有魅力了吗？

"穿上衣服，女人。"他斥骂。

爱玛兰塔顿时泄了气，双手静置在腿上，衣服半褪，露出一边胸部，仿佛要以她不再青春的裸体诱惑他。

"我需要你的解药。"他说道，"快点。"

MISTBORN: THE WELL OF ASCENSION

"哪一个，主上？"她问道。她不是史特拉夫手下唯一的药师，他从四个不同的人身上学会辨认气味跟味道，但爱玛兰塔是最优秀的。

"毒桦。"史特拉夫说道，"还有……别的，我不确定是什么。"

"用综合解毒剂吗，主上？"爱玛兰塔问道。

史特拉夫简短地点头。爱玛兰塔站起身，走向他的毒柜。她点亮旁边的火炉，煮沸一小锅水，快速混合药粉、草药、液体。这剂药是她的独门配方，综合她所知的所有基本毒药解毒剂、中和剂，还有修复剂。史特拉夫怀疑詹用毒桦来掩饰别的毒药，不过无论那是什么，爱玛兰塔的药剂一定能治好，或至少她能辨识。

史特拉夫身体不适地等着半裸的爱玛兰塔结束工作。这一剂药每次都得重新煮制，但等待是值得的。终于，她为他端来一个热气腾腾的杯子。史特拉夫一口气饮尽，强迫自己吞下苦涩难耐的液体。立刻就觉得身体舒服许多。

他叹口气，又避过了一个陷阱，但他仍把整杯喝下，以防万一。爱玛兰塔再次期待地跪下。

"下去。"史特拉夫命令。

爱玛兰塔静静地点头，将手臂套回衣服的袖子里，然后从帐篷退出。

史特拉夫强压怒气，坐在帐篷里，空杯子在他手中渐渐发凉。他知道目前他占上风。只要他在詹面前还显得够强悍，那个迷雾之子将会继续服从他的命令。

也许。

如果多年前我在找寻助手时，没有挑中艾兰迪就好了。

19

沙赛德解下他最后一枚钢意识库。他将它举起，手环形状的金属在红色的阳光下闪闪发光。在别人眼中看来，它似乎是颇为贵重的珠宝，但对沙赛德而言，如今它只是一个空壳，不过是只普通的钢手环。如果他想，可以将手环重新装满，但以他现在的目标而言，这手环只是负担。

叹口气，他抛下手环，它发出当啷一声，激起地上一阵乱飞的灰烬。我花了五个月的时间，每五天就得存储一天的行动速度，举手投足都像是绑了绳索，现在，全没了。

不过，他的损失换来了很宝贵的东西。六天内，在偶尔使用钢意识库的情况下，他完成了步行需六礼拜的旅程。根据他的舆志红铜意识库，不出一个礼拜，他就能抵达陆沙德。沙赛德觉得这些耗费都很值得，也许他在那个南方小村庄看到的景象让他反应过度，也许他根本无须赶路，但那个钢意识库本来就该被拿来用的。

他背起背包，比之前轻了许多。虽然他很多金属意识库都不大，加起来的重量仍然挺可观。他在奔跑的同时也决定要抛下一些不那么贵重，或是不那么满的金属意识库，就像他留在身后灰烬中的钢手环。

他绝对已经进入了中央统御区。他刚经过了法理司特跟特瑞安，位于北方的两座灰山。特瑞安在遥远的南边仍然隐约可见，突兀地耸立于平地上，顶端被切平，一片漆黑。一路行来，地形越发平坦，树种从偶尔可见的咖啡色针叶林，换成陆沙德附近常见的细瘦白杨木，如骨骸般从黑土间长出，灰白的树皮满是疤痕，树干扭曲。它们——

沙赛德停下脚步。他站在中央运河边，这是通往陆沙德的主要路径之一。目前运河没有船只，近来旅人并不多，甚至比最后帝国时代更罕见，因为盗贼横行，远胜以往。沙赛德跑往陆沙德这一路上就险被好几团盗贼

MISTBORN: THE WELL OF ASCENSION

包围。

只身旅人非常少见,军队则常见多了,而且根据前方的数十道烟雾来看,他碰上其中一支,就挡在他跟陆沙德中间。

他静静地想了片刻,灰烬开始轻轻地在他身边落下。正午时分,如果那支军队有探子的话,沙赛德将很难避过他们,而且他的钢意识库已经空了。他将无法逃出生天。

然而,有军队驻扎在离陆沙德一个礼拜的路程外……那是谁的,有什么样的威胁?他的好奇,学者的好奇,催促着他要找到一个好地方研究军队的情况。他能搜集到的任何信息都会帮上纹跟其他人的大忙。

做出决定后,沙赛德找到一座长满巨大白杨木的山丘。他将背包放在一棵树下,掏出一个铁意识库,开始灌注它。体重减轻的熟悉感觉再次出现,他很轻易地就能爬上树顶。如今他已经轻到不需要多少力气就能拖着身体攀上。

他挂在树梢,从锡意识汲取力量,一如往常,他的视野边缘开始模糊,但他可以看到前方山坳里,有一大群人聚集,清晰可辨。

他猜得没错,的确是一支军队,但他错在以为那是人类的军队。

"被遗忘的诸神啊……"沙赛德低语,震惊到差点松手。军队的阵形是最原始,最简单的方式,没有帐篷,没有交通工具,没有马匹。只有上百簇篝火,周遭围满了身影。

蓝色的身影。大小不一,有的只有五尺高,有的则是超过十尺的巨硕身影,但沙赛德知道,它们仍属于同一族。克罗司。那种怪物的外形与人类相似,但它们从不停止成长,只会随着时间逐渐变大,直到心脏再也无法支持巨硕的身躯,那时才会被成长的身体活活压死。

可是,在它们死前,会长得非常大,而且非常危险。

沙赛德从树上落下,身体轻盈得悄无声息,他快速在红铜意识库间翻找一阵,找到想要的一件,系在左上臂,然后重新爬回树上。

他快速在目录中翻找。有段时间他为了研究那些怪物是否有宗教，从一本关于克罗司的书中抄下笔记，之后找了个人将笔记念给他听，好让他能将一切储存在红铜意识库中。他当然也把整本书存下了，但将这么多信息直接放入他的心智中会毁掉——

找到了，他心想，将笔记从红铜意识库中取出，知识突然填满脑袋。

大多数克罗司身体在二十岁前就会垮掉，比较"老"的克罗司通常为十二尺高，有强壮、巨硕的身体，但鲜少有克罗司得享如此高寿，不只是因为它们心脏的问题，更是因为它们的社会组织虽然原始，却极端暴力。

一阵兴奋感超越了他的担忧。沙赛德再次以锡补强他的视力，在上千具蓝色人形间搜索，试图找到证据，想印证他所读到的知识。发生打斗的地方很容易找，火堆边就经常有人在打斗，但有趣的是，打斗的双方通常都有相似的体型。

沙赛德进一步加强他的视觉，紧抓住树干克服涌上的晕眩，终于第一次看清克罗司长什么样子。

他看到的克罗司是比较小的一只，大概六尺高，有着人类的外型，两只手、两只腿，但脖子短得几乎看不到，全身光裸无发，最怪异的特征是它满是皱褶的蓝色肌肤，看起来像是一个原本很胖然后突然消瘦的人，只留下松垮的肌肤。

而且⋯⋯那个皮肤似乎贴合得不是很好，在怪物如鲜血般赤红的眼睛周围，皮肤软塌，展现其下的脸部肌肉，嘴巴周围也是如此，皮肤垂在下巴之下，足有几寸长，下颚跟牙齿完全暴露在外。

这副景象足以令人反胃，尤其是看在一个已经想吐的人眼里。怪物的耳朵低垂至下巴边，鼻子没有任何软骨支撑，毫无形状，只是一团软肉。手臂跟双腿的皮肤也软垂松垮，全身上下唯一的衣物就是简陋的丁字裤。

沙赛德转个方向，挑选更大的一只来研究，它大概有八尺高。这只怪物身上的皮肤没有那么松，但看起来仍然很不合身，鼻子的方向歪斜，过大的头颅骨将鼻子拉扯至完全平贴脸上，脖子又粗又短。怪物转身对同伴龇牙咧嘴，它嘴巴周围的皮肤同样不服帖：嘴唇无法密合，眼眶太大，露出下方的肌肉。

像是……穿着皮肤做成的面具，沙赛德心想，想要克服恶心感。所以……他们的身体会成长，但皮肤不会。

他的想法在看到一只十尺高的克罗司晃进原本的一群克罗司时，获得了证实。身型较小的怪物在新加入者的面前四散，后者脚步沉重地迈向巨大的火堆，里面正烤着几匹马。

最大的这一只，身上的皮肤紧绷到已经出现裂口。沙赛德看见它眼睛周围、嘴角、胸肌上没有半根毛发的光滑蓝色皮肤都出现了裂痕，隐隐露着血丝，即便是没有被撕裂的地方，例如鼻子跟耳朵，也绷得死紧，几乎没有半点突起。

突然，沙赛德的研究不再是单纯对知识的寻求。克罗司来到了中央统御区。它们是极端残暴凶猛的怪物，就连统御主都不得不将它们圈养在远离人类文明的地方。沙赛德熄灭了锡意识库，乐于回复正常的视力。他得想办法赶回陆沙德去警告别人。如果它们……

沙赛德全身一僵。增强视力的一个问题就是会暂时失去观看近距离事物的能力，所以他没有注意到包围他那棵白杨木的克罗司巡逻队。

被遗忘的诸神啊！他紧握住树梢，脑筋转得飞快。几只克罗司已经挤入树林间。如果他跳到地上，根本来不及逃跑。依照他的习惯，身上必定戴有白镴意识库，轻轻松松就能获得等同十名成年人的力气，而且可以维持好一段时间。也许他能打赢它们。

可是，那些克罗司身上都配有做工粗糙却巨大的剑，沙赛德的笔记、记忆和知识都同意一件事：克罗司是非常危险的战士。无论是否有等同于十人的力气，沙赛德在技巧上都赢不了它们。

"下来。"一个低沉混浊的声音喊道，"现在，下来。"

沙赛德望着下方。一只皮肤开始绷紧的大克罗司站在树下，摇了树干一下。

"现在下来。"怪物又说了一次。

它的嘴唇不太灵活,沙赛德心想。听起来像是没有用嘴唇在讲话的人。他不意外那东西能说话,他的笔记记录过这点,但让他诧异的是,它的语气很镇静。

我可以逃跑,他心想。他可以从树梢逃走,把身上的金属意识库丢下,跳跃过白杨木丛间的空隙,试着飞离,但这么做非常困难,后果难测。

而且,他得抛下他的红铜意识库,长达数千年的历史纪录。

所以,沙赛德将白镴意识库准备在手边,放开树干。沙赛德猜测是头领的克罗司以赤红的注视看着他坠落到地面,眼睛眨都不眨。沙赛德忍不住猜想皮肤绷得这么紧,它到底能不能眨眼。

沙赛德躺到树边的地面,伸手要拿背包。

"不行。"克罗司呵斥,手臂以超越人类的速度一挥,抓起背包,抛给另外一名克罗司。

"我需要那个背包。"沙赛德说道,"我会配合,只要你……"

"安静!"克罗司大吼,突来的怒气让沙赛德猛然一退。泰瑞司人很高,泰瑞司阉人尤其高,所以被这个超过九尺高,皮肤蓝黑,落日色眼睛的怪物从上往下盯看,让他格外不安。他禁不住吓得退了一步。

这似乎是该有的反应,因为克罗司头头点点头,转身离开。"来。"它口齿不清地说道,摇摇晃晃地踏出了小小的白杨木森林,另外大约七只克罗司跟在后面。

沙赛德不想知道违抗命令会有什么下场。他选了一个叫做度斯的神——他专门保佑疲累的旅人——快速无声地向他祈祷。然后,他快步向前,跟着一群克罗司走向营地。

至少它们没有马上杀掉我,沙赛德心想。根据他读过的资料,这点算是在他预期之外,但书中的知识很有限。几世纪以来,克罗司都远离人类居住,统御主只在有极大危机的时候才会调拨它们镇压反叛,或是征服在内岛上发现的人群。根据史上记载,克罗司所到之处必会留下绝对的摧毁跟杀戮。

这些记载会不会夸大其词？沙赛德心想。也许克罗司没有我们以为的残暴。

沙赛德身边的其中一只克罗司突然愤怒地咆哮。沙赛德转身，看到那只克罗司跃向它的同伴之一，没有动身后的剑，而是以巨大的拳头挥向对方的头。其他人停下脚步，转身观看战斗，但没有人露出担心的表情。

沙赛德惊恐地看着攻击者不断挥拳攻击它的对手，另一方试图要保护自己，抽出匕首，在对方手臂划上了一刀。攻击者的双手掐上敌人厚重的头颅，用力一扭。蓝色的皮肤撕裂，渗出鲜红色的血。

断裂的声音响起。防守的一方不动了。先动手的那方从死者身上抽出剑，绑在自己的武器旁边，取下上面系着的小袋子。

"为什么？"

受伤的克罗司转身。"我恨它。"它说道。

"走！"克罗司头头对沙赛德呵斥。

沙赛德强迫自己站起来。受伤的克罗司无视于手背上的伤口，一行人重新上路，任由尸体躺在路中间。那个小袋子，他心想，试图将注意力从刚才目睹的暴力景象转移。它们都有那个小袋子。克罗司都将剑直接拿皮绳绑在背上，袋子则系在那些皮绳上。有时候只有一个，不过这群人中最大的两只则有几个袋子。

看起来像是钱袋，沙赛德心想，但克罗司没有经济体系，也许里面放的是私人物品？但这样的怪物会重视什么？

它们走入营地，边境似乎没有守卫。何必要有守卫呢？人类根本很难溜入这个营地。

一群体型比较小，大概五尺高的克罗司一看到它们便冲了上来，杀人的克罗司将额外的剑抛给其中之一，但袋子仍留在自己身边，然后它指着后方，那群小克罗司沿着小径朝尸体的方向冲去。

负责埋葬尸体吗？沙赛德猜想。

迷雾之子
卷二·升华之井 [珍藏版]

他不安地跟着抓住他的人一起深入营地，篝火上烧烤着各式各样的动物，不过沙赛德不认为其中有人类，而且营地里的地面没有半根植物，仿佛被极端凶猛的羊啃食过。

根据他的红铜意识库，这与事实相差不远。克罗司似乎吃什么都能活，偏好肉类，但也可以吃植物，甚至连杂草也不放过。有些报告甚至说它们会吃泥土跟火山灰，但沙赛德觉得这个说法不太可信。

他继续走着。营地满是烟雾、脏污，还充斥着沙赛德觉得是克罗司体臭的骚味。它们似乎只有两种情绪，他心想，接着被一旁火堆旁，突然尖叫跳起来攻击同伴的克罗司吓到。不是满不在乎，就是极端愤怒。

要什么样的事情才能让它们集体爆发？而且……会造成多大的灾难？他紧张地重新调整他原本的想法。不，这些关于克罗司的形象并非是夸大，他所听说过的故事——关于克罗司在至远统御区无人管束地乱跑，造成广大毁灭与死亡的消息——显然是真的。

可是，有某件事让这群克罗司服从最基本的纪律。统御主能控制克罗司，但没有书本解释为什么。大多数作者单纯接受这是统御主神力的一环。他是长生不老的，相较之下，其他力量似乎都很平凡。

可是他的长生不老只是一种技巧，沙赛德心想。只是很巧妙地结合了藏金术跟镕金术。统御主不过是个凡人，不过确实有罕见的能力与机会。

即便如此，他是如何掌控克罗司的？统御主是不同的，不只是他的力量。他在升华之井的作为永远地改变了世界，也许他控制克罗司的能力也是由此而来。

沙赛德的逮捕者无视于火堆边偶发的打斗。营地里似乎没有任何雌性的克罗司，即使有，看起来跟雄性也并无不同，但沙赛德注意到其中一个火堆边躺着一具被遗忘的克罗司尸体，全身被扒皮，蓝皮肤龟裂松散。

这种社会怎么能维持下去，他又惊又怒地想。他看过的书里面都说克罗司繁殖快，成熟也快，对它们来说算是一件好事，尤其以他已经亲眼见识过的死亡速度而言。即便如此，他仍觉得这个种族自相残杀的程度远超生存所需。

但是它们仍然继续了下去。很不幸。他身为守护者的那一面深信一切都不该失去，每个社会都值得被记得，但克罗司营地的残暴，无视于自己身上裂痕的伤员，一路上被扒光皮的尸体，突来的怒吼及接下来的仇杀打败了他的信念。

他的逮捕者带他绕过地面上的一座小丘，眼前出乎意料的景象让沙赛德停下脚步。一座帐篷。

"去。"克罗司头头指着前方说道。

沙赛德皱眉。帐篷外有几个人类，每个人都握着矛，打扮像是皇家侍卫。帐篷很大，后面是一排方形的马车。"去！"克罗司大吼。

沙赛德照做。在他身后，其中一名克罗司满不在乎地将沙赛德的背包抛向人类侍卫。

里面的金属意识库落在满是灰烬的地面，发出脆响，沙赛德缩了缩身子。士兵以警戒的眼神看着克罗司退后，然后一人拾起背包，另一人拿矛指着沙赛德。

沙赛德举起双手："我是沙赛德，泰瑞司守护者，曾经是侍从官，如今是名老师。我不是你们的敌人。"

"无所谓。"侍卫说道，依然看着离去的克罗司，"你还是得跟我来。"

"我能拿回我的东西吗？"沙赛德问道。这块空地似乎没有克罗司，显然人类士兵想要跟克罗司保持距离。

第一名士兵转向他正在搜查背包的同伴。后者抬起头，耸耸肩。"没有武器。只是一些手环跟戒指，可能有点价值。"

"里面都不是贵重金属。"沙赛德说道，"只是守护者的工具，对我以外的任何人都没什么价值。"

第二名侍卫耸耸肩，将袋子交还给第一人，两人都是标准中央统御区长相，黑色头发，浅色皮肤，看体型身高就知道他们从小衣食无忧。第一名侍卫年纪较长，很显然是负责的人。他从同伴手中接过袋子："等看陛下怎么指示。"

"陛下？沙赛德心想。"那我们跟他谈谈吧。"

侍卫转身，推开帐门，示意沙赛德进去。沙赛德从沐浴红色阳光的户外进入一间设施齐备，装饰简单的房间。主间很大，里面有更多侍卫。沙赛德目前大概算出有十二名。

领头的侍卫上前一步，头探入后方的房间。片刻后，他挥手要沙赛德上前，拉开帐门。

沙赛德进入第二间。里面的人穿着陆沙德贵族的长裤与外套，虽然年纪轻轻，却已开始秃头，顶上只剩几根发丝。他站起身，紧张地敲敲腿边，沙赛德的进入让他略略一惊。

沙赛德认得那个人："加斯提·雷卡。"

"雷卡王。"加斯提斥责，"我认得你吗，泰瑞司人？"

"我们没有见过，陛下。"沙赛德说道，"但我想我跟您的朋友有过往来。陆沙德的依蓝德·泛图尔王？"

加斯提心不在焉地点点头："我的手下说是克罗司把你带来的。它们发现你在营地附近探头探脑？"

"是的，陛下。"沙赛德小心翼翼地回答，看着加斯提开始踱步。他很不满意地心想，这个人不比他领导的军队更稳定。"您是怎么说服那些怪物服从您的？"

"你是我的囚犯，泰瑞司人。"加斯提斥骂，"不准问问题。依蓝德派你来当间谍的吗？"

"没有人派我来。"沙赛德说道，"我和您只是刚好同路而已，陛下。我毫无恶意。"

加斯提停下脚步打量沙赛德，然后重新开始踱步："没关系。我好一段时间没有真正的侍从官了。你现在要来服侍我。"

"我很抱歉，陛下。"沙赛德略略鞠躬，"但这不可能。"

加斯提皱眉："你是侍从官，你的袍子显示你的身份。依蓝德这个主

MISTBORN: THE WELL OF ASCENSION

人伟大到你愿意拒绝我?"

"依蓝德·泛图尔不是我的主人,陛下。"沙赛德说道,迎向年轻国王的双眼。"我们自由之后,泰瑞司人不再会称呼任何人为主人,我无法当您的仆人,因为我不会当任何人的仆人。如果必要,您可以将我视为您的犯人,但我不会服侍您。很抱歉。"

加斯提又停下脚步,但他没有生气,只是露出尴尬的神情:"我明白了。"

"是的,陛下。"沙赛德平静地说道,"我明白您命令我不得提问,因此我只能提出我的见解。您似乎处于非常不利的处境。我不知道您如何控制那些克罗司的,但我不得不认为您的掌控并不完美,您身处危险之中,而且似乎下定决心要将这个危险扩散到其他人身上。"

加斯提涨红了脸:"你的'见解'有瑕疵,泰瑞司人。这支军队处于我的掌控下。它们完全听命于我。你看到过其他贵族召集克罗司军队吗?没有,只有我成功了。"

"它们看起来并不乖顺,陛下。"

"是吗?"加斯提问道,"它们找到你时把你撕裂了吗?因为好玩就把你打死了吗?拿棍子刺穿你,把你放在火上烤了吗?没有。它们没这么做是因为我下令它们不得轻举妄动。你可能不觉得这有多大不了,泰瑞司人,但相信我,这些克罗司展现出了极大的自制跟服从。"

"讲文明的克罗司也还是克罗司,陛下。"

"不要挑衅我,泰瑞司人!"加斯提呵斥,手梳过残存的头发。"这些是克罗司,你对它们的要求不能太高。"

"但您把它们带来陆沙德?"沙赛德问道,"就连统御主都害怕这些怪物,陛下。他让它们远离城市,您却将它们带来最后帝国人口最密集的区域!"

"你不懂。"加斯提说道,"我试着要和谈,但除非你有钱或军队,否则没有人会听你的,现在我有军队,很快将得到另一个。我知道依蓝德坐在一堆天金上,我只是要来……来跟他结盟。"

"结盟的结果是由你掌控城市?"

"胡说!"加斯提挥手说道,"依蓝德并没有掌控陆沙德,他只是暂时坐着那个位置,等更强大的人来而已。他是个好人,但他是个纯真的理想派,他的王位早晚会落入某支军队的手中,至少我给他的选择绝对远胜过于塞特或史特拉夫。"

塞特?史特拉夫?小泛图尔给自己惹上什么麻烦了?沙赛德摇摇头:"我很怀疑'更好的选择'会跟克罗司有关,陛下。"

加斯提皱眉:"泰瑞司人,你这张嘴可真厉害。你是——你的整族人是一种象征,代表了这个世界的问题。我以前很尊敬泰瑞司人,能当个好仆人没什么可耻的。"

"但也没多少值得骄傲的。"沙赛德说道,"可是,我仍要为我的态度道歉,陛下。这不是泰瑞司独立精神的表现。我想,我向来不知道什么是适可而止。我向来不是最好的侍从官。"或是最好的守护者,他告诉自己。

"算了。"加斯提说道,重新开始踱步。

"陛下。"沙赛德开口,"我必须继续前往陆沙德。那里有……我需要处理的事。无论您对我的族人有何看法,您一定知道我们很诚实。我所做的工作超越了政治跟战争,皇位跟军队。这是对全人类都很重要的工作。"

"学者都这么说。"加斯提说道,"依蓝德总是这么说。"

"即便如此——"沙赛德继续说道,"我必须获得离开的准许。为了交换我的自由,如果您愿意,我会为您传达讯息给依蓝德陛下。"

"我自己随时都可以派使者!"

"让身边保护您的人再少一个?"沙赛德说道。

加斯提瞬间僵住。

嗯,他的确怕它们。很好。至少他不是疯子。

"我要走了,陛下。"沙赛德说道,"我无意冒犯,但我看得出来您没有留置犯人的人手。您可以放我走,或是把我交给克罗司,但我会建议不要轻易让它们养成杀人类的习惯。"

加斯提上下打量他一眼。"好吧。"他说道,"那你帮我带个讯息。告诉依蓝德,我不在乎他是否知道我要去,我甚至不在乎你把我们的人数报告给他,但你一定要正确传达我的信息!我的军队中有两万名以上的克罗司。他无法打败我,他也打不败其他人,但如果我能进入城市……我可以为他挡下另外两支军队。叫他理性点,如果他把天金给我,我甚至会让他保住陆沙德。我们可以当邻居。当盟友。"

有人会财务破产,但这人可算是常识破产,沙赛德心想。"好的,陛下。我会跟依蓝德王说。除此之外,请归还我的东西。"

雷卡王烦躁地挥挥手,沙赛德退下,静静地等着侍卫首领再次进入房间,听取命令。他一面等着士兵作出发准备,一面庆幸背包重回自己身边,同时思索加斯提刚说的话。塞特或史特拉夫。到底有几方等着将依蓝德的城市抢到手?

如果沙赛德想找个能安静作研究的地方,他显然跑错方向了。

几年后,我才注意到征象。身为泰瑞司世界引领者,我们熟知预言,但不是每个人都笃信教义,例如我。我向来对其他主题比较有兴趣。但在跟艾兰迪相处的那段时间里,我不由得对期待经更有兴趣。他似乎与征象完全吻合。

20

"这很危险,陛下。"多克森说道。

"这是我们唯一的选择。"依蓝德说道。他站在桌子后方,桌上如同往常般叠满书籍，书房窗户透过的光线从后方点亮他的身影，鲜艳的光线投射在他的白制服上，将它染成鲜艳的暗红色。

他穿这套衣服看起来果然有威严多了，纹想着，坐在依蓝德软厚的读书椅中，欧瑟很有耐心地趴在她身边。她仍然不是很确定该如何看待依蓝德的改变，她知道他的改变大多数浮于表面的，新的衣服，新的发型，但又似乎不只如此。他说话时站得更挺，更有权威，甚至正在接受剑跟决斗杖的训练。

纹瞥向廷朵。泰瑞司女子坐在房间后方的硬实椅子上，看着众人讨论。她的仪态完美无缺，鲜艳的裙子跟衬衫穿在她身上反而显得端庄大方。她不像纹一样盘腿而坐，而且从来不穿长裤。

她到底有什么特别的？纹心想。我花了一年试图叫依蓝德练剑。廷朵才来不到一个月，就已经说服他和别人上场对打了。

纹为什么觉得心中有怨气？依蓝德不会改变那么多吧？她试着要压下自己心中那份担心，担心眼前这个全新的自信又衣装笔挺的君王，担心他会变成另一个人，不再是她爱的那个。

如果他不再需要她怎么办？

她看着依蓝德继续对哈姆、老多、歪脚和微风说话，不自觉地在椅子里缩得更深。

"阿依。"哈姆说道，"你要知道，如果你深入敌营，我们是无法保护你的。"

"我不觉得你在这里就能保护我，哈姆。"依蓝德说道，"外面可是有两支军队几乎要贴上我们的城墙。"

"是没错。"多克森说道，"可是我担心，你一旦进了他们的营区，就再也出不来。"

"除非我失败。"依蓝德说道，"如果我按照计划说服父亲与我们结盟，他会让我回来的。我年少时没有花太多时间处理政治，但我的确知道该如何摆弄我父亲。我很了解史特拉夫·泛图尔，我知道我能打败他。况且，他不要我死。"

"我们能确定这点吗?"哈姆摸搓着下巴说道。

"确定。"依蓝德说道,"毕竟他还没有派过杀手来对付我,但塞特已经做了。这很合理。有什么比自己的儿子更适合留下来控制陆沙德呢?他认为他能控制我,他认定自己能强迫我献上陆沙德。只要稍稍推波助澜,我应该能说服他去攻击塞特。"

"这么说是有道理……"哈姆沉吟。

"没错。"多克森说道,"可是要怎么样阻止史特拉夫直接绑架你,强行进入陆沙德?"

"他背后还有塞特在虎视眈眈。"依蓝德说道,"如果他跟我们战斗,会失去很多人,非常多人,而且让自己腹背受敌。"

"可是老兄,他手上会抓着你。"微风说道,"他不需要攻击陆沙德,他可以强迫我们屈服。"

"你们可以下令无视我的生死。"依蓝德说道,"这就是为何我要设立议会,它有权能再选新王。"

"可是为什么?"哈姆问道,"为什么要冒这个险,阿伊?我们再多等一下,看看能否让史特拉夫愿意跟你在更中立的地方会面。"

依蓝德叹口气。"你们得听我的。哈姆,无论我们是否被包围,都不能在这里坐以待毙,否则就会饿死,或是其中一支军队终于决定要出兵,希望能在拿下陆沙德之后立刻转身御敌。这不容易,但有可能发生,而且如果我们不从现在就开始让那两个王争斗,这件事绝对会发生。"

房间陷入沉默。众人缓缓转向歪脚,他点点头。同意了。

做得好,依蓝德。纹心想。

"必须要有人跟我父亲会面。"依蓝德说道,"那个人必须是我。史特拉夫认为我是个傻子,所以我能说服他我不具威胁,然后我会去找塞特,表明我是站在他那边的。当他们刀兵相向时,会各自认为我们站在他们那方,到时我们只要退兵,作壁上观就好。胜利的那方绝对没有足够的力量将城攻下。"

哈姆跟微风点点头，但多克森摇头："这个计划听起来没问题，但要你只身进入敌方阵营？这段听起来太愚蠢了。"

"听我说。"依蓝德说道，"我认为这对我们有利。我父亲坚信控制与统御的重要性。如果我走入他的营地，等于告诉他，我同意他控制我。我会示弱，他会认定我将任他摆布。这的确风险很大，但如果不这么做，我们都会死。"众人对望一眼。

依蓝德站得更挺，双手在身侧握成拳。他一紧张就会这么做。

"这件事恐怕不容讨论。"依蓝德说道，"我已经做出决定。"

他们不会接受这种独断的决定，纹心想。这群人向来特立独行。

出乎意料的是，没有人反对。

多克森终于点点头。"好吧，陛下。"他说道，"你必须小心地把握分寸，既让史特拉夫觉得他可以仰仗你的支持，又要让他相信，他随时可以背叛我们。你要让他既想要得到我们的武力，又认为我们的力量无足轻重。"

"不只如此。"微风补充，"你还不能让他发觉你在两边儿讨好。"

"你办得到吗？"哈姆问道，"依蓝德，说实话，真的可以吗？"

依蓝德点点头："我办得到，哈姆。过去一年来，我对操弄政治颇有心得。"他很有信心地这么说，但纹注意到他的双手仍紧握成拳。他得改掉这个动作。

"也许你了解政治。"微风说道，"但这是诈欺。朋友，你得面对事实，你诚实得一塌糊涂，没事就把保护司卡权益这类的事情挂在嘴边。"

"你这么说就太不公平了。"依蓝德说道，"诚实跟善良是完全两回事。要说会骗人，我可不输——"他顿了顿。"我为什么要争论这件事？我们认同这是该做的事，也都清楚该是我来做这件事。老多，能否请你起草一封给我父亲的书信？告诉他我很乐意拜访他。另外……"

依蓝德看了看纹，然后继续说道："另外，告诉他我想跟他讨论陆沙德的未来，还有想介绍一个很特别的人给他认识。"

哈姆轻笑："没什么比带女孩子回家给父母认识这个理由更好的了。"

"更何况她是中央统御区中最强大的镕金术师。"微风补上一句。

"你觉得他会同意带她去吗？"多克森说道。

"他不同意就拉倒。"依蓝德说道，"要确保他知道这点。我认为他会。史特拉夫习惯低估我，大概我自己也有不少问题，但我敢打赌，他会用同样方法看待纹，直接认定她不如其他人所说的厉害。"

"史特拉夫有他自己的迷雾之子。"纹补充，"那是他的保镖。所以依蓝德带着我也算公平，而且如果我在的话，出事时我可以把他带出来。"

哈姆又笑了起来："这种退兵的法子可能让你面子挂不太住，你会被挂在纹的肩膀上抱回来。"

"比死来得好。"依蓝德说道，很显然是想保持风度，但仍然不禁脸上一红。

他爱我，但他仍然是个男人，纹心想。他只是个普通人，但我却是迷雾之子，这一点不知道有多少次刺伤了他的自尊？要不是他心胸如此宽大，怎么能够爱我。

但是，他是不是应该有一个他可以保护的恋人？一个比较……女人的女人？

纹再次缩回椅子上，寻求丰厚布料提供的温暖，这张正巧是依蓝德书房里的读书椅。也许一名能分享他的兴趣，不会觉得阅读很辛苦的女子才配得上他？还能跟他讨论他出色的政治理论？

我最近为什么这么动不动就在思考我们两人的关系？纹心想。

詹说过，我们不属于他们的世界。我们属于雾里。

你不该跟他们在一起……

"我还想提一件事，陛下。"多克森说道，"你应该参加议会了。他们开始有点等不及要被你垂询了，似乎是跟陆沙德中出现伪币有关。"

"我现在真的没有时间处理城内的政事。"依蓝德说道，"我设立议会的主要目的就是让他们处理这种问题。送个讯息给他们,告诉他们我信任他们的决定,替我向他们致意,跟他们解释我正在处理城市的防务。"

多克森点点头,做了些笔记。"不过,还是有一件事要考虑。"他提醒,"你跟史特拉夫会面等同于失去对议会的钳制。"

"这不是正式和谈,"依蓝德说道,"只是非正式会面。之前的决议应该仍然维持原议。"

"我必须实话实说,陛下。"多克森说道,"我非常怀疑他们会这么想。你知道他们对于在你进行和谈前无权行动这件事有多愤怒。"

"我知道,"依蓝德说,"但值得冒险。我们需要跟史特拉夫会面,希望我能带着好消息回来面对议会,到时就可以说服他们当初的决议条件尚未达成。会面将继续进行。"

的确更有决断力了,纹心想。他开始在改变……

她不能一直想这些事,所以她决定转移注意力。众人开始讨论依蓝德该用何种方法去操弄史特拉夫,每名集团成员轮流告诉他一些骗术技巧,但纹则在观察他们的个性是否有异常之处,想发现是否他们其中有一人是坎得拉间谍。

歪脚有比平常安静吗?鬼影的语言模式改变是因为日渐成熟,还是因为坎得拉无法模仿他的俚语?哈姆是不是太兴奋了些?他似乎不像往常那样,喜欢谈论一些令人摸不着边际的哲学问题。这是因为他现在更认真了,还是因为坎得拉不知道该如何正确地模仿他?

没有用。想太多的结果是谁看起来都有问题,但同时,他们每个人看起来也都与平常无异。人的复杂性是无法被简化成单纯的个性特质的,况且那坎得拉一定是非常擅长于模仿,花了毕生时间接受训练,这次渗透行动可能已经计划许久。

结论就是得靠镕金术。可是现在外有围城,内有关于深黯的研究,她一直没有机会测试她的朋友。她想了想,承认这不是什么好借口。事实是,她一直拿别的事情来分散自己的注意力,因为光是想到成员里,更是

MISTBORN: THE WELL OF ASCENSION

她的第一群朋友里有冒牌货,就令她非常焦虑。

她得要克服这点。如果他们之中真有间谍,那他们就完了。如果敌方国王发现依蓝德在策划的阴谋……

一念至此,她尝试性地燃烧青铜,立刻感觉到从微风身上传来镕金脉动,她亲爱的无可救药的微风。他在镕金术上的造诣高到连纹大多数时间都感觉不到他的施用,但他也经常情不自禁地使用镕金术。

可是他施用的对象不是她。她闭上眼睛,专注心神。很久以前,沼泽试图要教导她青铜的细微之处,用来阅读镕金术的脉动,当时她并不知道他为自己开启了一门多深奥的学问。

当镕金术师在燃烧金属时,会发出一种隐形的鼓动,像是鼓声,不过只有燃烧青铜的镕金术师才能感应到,而这些脉动的节奏、速度、韵律,都能让青铜的使用者分辨出到底是哪种金属正被施用。

这需要练习,而且很困难,但纹在判读脉动上近来渐渐小有心得。她集中注意力,微风正在燃烧黄铜,是内部意志推力金属,而且……

她更用力集中,感觉一股节奏朝她席卷而来,像是每次鼓动都带着两次快速的咚咚声,方向似乎是朝向她右方,正朝另一个将脉动吸入的方向拍打。

依蓝德。微风的施用对象是依蓝德。这是意料中事,毕竟他们正在讨论这个话题。微风向来会用镕金术推挤跟他互动的人。

纹满意地靠回椅背,但又想了想。沼泽说青铜的效用之广泛远超过大多数人的理解。也许……

她紧闭双眼,不管其他人会不会觉得她举止怪异,重新开始集中在镕金术鼓动上,燃烧青铜,专注到她觉得自己快要头痛了。她感觉到的鼓动还带有一种……颤抖,可是她不确定该如何解读。

集中精神!她告诉自己,但鼓动固执地拒绝透露更多讯息。

好吧,她心想。我作弊。她关闭几乎随时都在微微燃烧的锡,探入体内的第十四金属。硬铝。

迷雾之子
卷二・升华之井 [珍藏版]

镕金术的脉动变得十分响亮……十分强大……脉动几乎要将她整个人都震散了，像是身边有个大鼓，不断地在敲打，但她感觉到了额外的情绪。

焦虑、紧张、担忧、不安、焦虑、紧张、担忧……

消失了。她的青铜猛烈骤烧，全部用尽。纹睁开眼，房间里除了欧瑟以外，没有人在看她。

她觉得全身力气耗尽，之前预料过的头痛一股脑儿涌上，脑子里像有镕金脉动在不断敲打，但她终于得到了新的信息，不是语言，而是情绪。她一开始害怕是微风让那些焦虑、紧张、担忧出现，但她立刻想到，微风是个安抚者，如果他专注于某些情绪，那必定是他正在压制的目标。

她看看他，看看依蓝德。所以……他其实是在帮依蓝德变得更有自信！如果依蓝德现在站得更挺，那是因为微风正悄悄地帮助他，安抚掉他的焦虑跟担忧，同时微风也没有停止争论，并发出惯常的嘲笑。

纹无视于头痛，开始端详那个富态的男子，心中涌现全新的赞赏之情。她一直不太理解微风为何是组织的成员之一。其他人在某种程度上来说都是理想主义者，就连歪脚在她眼里都是彻头彻尾的面恶心善。

微风不同。他喜欢操弄他人，有点自私，他加入的原因似乎是为了挑战，不是因为他真心想帮助司卡，但卡西尔向来声称他挑选成员时非常小心，挑中的对象不只是技巧杰出，更是品德高尚。

也许微风不是特例。纹看着他一面说着风凉话，一面拿手杖指着哈姆，但他的内心是完全不同的。

你是个好人，微风，她心道，暗自微笑。你只是很努力要隐藏这点。

而且他也不是冒牌货。她原本就知道这点，当坎得拉替换身体时，微风根本不在城里，但第二重的保险让她心中的重担又轻了些。如果她能再剔除掉其他几个人就好了。

依蓝德在会议后跟众人告别。多克森去写信，哈姆去检视保安，歪脚回去训练士兵，微风试图安抚议会，让他们不要对依蓝德的缺席感到愤怒。

纹慢慢走出书房，瞥了依蓝德一眼后，打量起廷朵。纹还是怀疑她吧？依蓝德好笑地心想。他安抚地点点头，纹皱眉，看起来有点气。他愿意让她留下，但是……光一个人面对廷朵就够尴尬了。

纹离开房间，狼獒坎得拉跟在她身侧。看起来她跟那东西越来越亲近了，依蓝德满意地心想。知道有人在照顾她就好。

纹在身后把门带上，依蓝德叹口气，揉揉肩膀。几个礼拜以来的剑与决斗杖训练让他体力快速流失，觉得全身上下无一处不痛，他试图不让痛楚显现在脸上，至少不让廷朵看见。至少我证明我学到了东西，他心想。她不可能看不出来我今天表现得有多好。

"怎么样？"他问道。

"你让人觉得丢脸。"廷朵站在椅子前面说道。

"你总是这么说。"依蓝德说道，上前一步开始将书叠起。廷朵说他应该要让仆人来收拾他的书房，但那是他向来抗拒的提议。杂乱的书堆跟纸张让他有安心的感觉，他可不想有任何人来乱动。

可是，她就在面前，自己很难不为眼前的杂乱感到尴尬。他将另一本书堆上。

"你一定注意到我表现得多好。"依蓝德说道，"我说服他们让我去史特拉夫的营地。"

"你是王，依蓝德·泛图尔。"廷朵说道，双臂交叠在胸前，"没有人'让'你做任何事。你的改变一定要从自身态度开始，不能老是想着需要追随者的许可或同意。"

"王应该在子民的拥护下带领他们。"依蓝德说道，"我不愿成为另一个统御主。"

"王应该要强势。"廷朵坚定地说道，"他接受他人的提议，但必须是他主动要求，他让众人清楚，最后的决定权属于他，而不属于他的幕僚。你需要能更全面地控制你的幕僚。如果他们不尊重你，那你的敌人也不会尊重你，子民们更不会。"

"哈姆跟其他人都尊重我。"

廷朵挑起眉毛。

"他们尊重我！"

"他们怎么称呼你？"

依蓝德耸耸肩："他们是我的朋友，可以直呼我的名字。"

"或是类似的小名，对不对，'阿依'？"

依蓝德脸上一红，将最后一本书叠起。"你要我强迫我的朋友们以头衔称呼我？"

"是的。"廷朵说道，"尤其在公众场合。他们应该以'陛下'，或至少以'主上'来称呼你。"

"我认为哈姆不会接受。"依蓝德说道，"他跟权贵处不来。"

"他会克服的。"廷朵说道，手指抹着书柜。她不需要举起手，依蓝德就知道指尖上一定有灰尘。

"你呢？"依蓝德挑战地问道。

"我？"

"你叫我'依蓝德·泛图尔'，而不是'陛下'。"

"我不一样。"廷朵说道。

"我不觉得有何不同。从现在起，你可以称呼我为'陛下'。"

廷朵狡诈地微笑："很好，陛下。你可以松开拳头了。你得改掉这个习惯，君王不该透露出紧张的小动作。"

依蓝德低头看看，松开拳头。"好。"

"不只如此。"廷朵继续说道，"你的用词仍然太过笼统，让你显得胆怯且迟疑。"

"我正努力改善。"

"除非是别有用意，否则不要道歉。"廷朵说道，"而且不要找借口。你不需要借口。众人衡量领袖的标准往往是他是否有担当。身为王，王国中所发生的一切，都是你的错，无论是谁犯下的罪行，就连无可避免的意外，像是地震或暴风雨，也都是你负责。"

"军队也是。"依蓝德说道。

廷朵点点头："军队也是。你的工作就是要处理这些事，如果出了问题，就是你的错。你必须接受这点。"

依蓝德点点头，拿起一本书。

"我们现在来谈罪恶感。"廷朵自行坐下，"不要再收东西了。那不是王的工作。"

依蓝德叹口气，放下书本。

"罪恶感，不是王该有的情绪。"廷朵说道，"你必须停止自怨自艾。"

"你刚刚才跟我说，王国里发生的任何意外都是我的错！"

"的确是。"

"那我怎么能没有罪恶感？"

"你必须相信你的所做所为都是最好的。"廷朵解释，"你必须知道无论情况有多严重，没有了你，情况会更糟。当意外发生时，你要负责，但不可沉浸于悲伤或陷入忧郁的情绪。那对你太奢侈。罪恶感是普通人才能拥有的，你只需要达成众人对你的期待。"

"什么期待？"

"改善现况。"

"太棒了。"依蓝德不甚友善地说道，"如果我失败了呢？"

"那你要负责，然后再试一次来改善现况。"

依蓝德翻翻白眼："如果我永远无法改善现况呢？如果我真的不是君王的适当人选呢？"

"那你要自己退位。"廷朵说道，"比较好的做法是自行了断，不过先决条件是你有继承人。优秀的王知道大统不可乱。"

"当然。"依蓝德说道，"所以你是在说我该自杀了。"

"不。我在告诉你，要有自信与自傲，陛下。"

"听起来不像是这么一回事。你每天都告诉我,我这个王做得有多差劲,我的人民会如何因此而受苦!廷朵,我不是最适当的人选。最适当的人被统御主杀了!"

"够了!"廷朵呵斥,"陛下,无论你信不信,你都是最适当的人选。"

依蓝德轻哼一声。

"你是最适当的人选。"廷朵继续说道,"因为王座现在属于你。跟资质平庸的国王比起来,混乱更可怕,如果你没有取得王位,这个国家早就已经陷入混乱。贵族跟司卡都接受你,也许不信任,但是接受你。你现在退位,甚至是意外身亡,都会带来混乱、崩解、毁灭。无论你是否接受过妥善训练,无论你个性是否软弱,无论你是否受尽众人嗤笑,你是这个国家仅有的选择。你是王,依蓝德·泛图尔。"

依蓝德想了想。"我……不是很确定你这样说会让我更有自信,廷朵。"

"这跟——"

依蓝德举起手:"我知道。这跟我的感觉无关。"

"你没有感到罪恶感的时间。接受你是王,接受你无力改变这件事,接受你的责任。无论你做什么,都要有自信,如果你不在这里,一切将陷入混乱。"

依蓝德点点头。

"要骄傲,陛下。"廷朵说道,"成功的领袖都有一个共同特质——他们相信在所有选择中,他们是最好的。怀抱谦逊之心看待自己的责任跟义务是好事,但在做决定时,不可置疑自己。"

"我会努力。"

"很好。"廷朵说道,"现在我们或许可以继续下一个话题。告诉我,你为什么还没娶那个女孩?"

依蓝德皱眉。没想到她会问这个……"这是很私人的问题,廷朵。"

"很好。"

依蓝德的眉头锁得更紧,但她坐在那里,以咄咄逼人的目光死盯着他。

"我不知道。"依蓝德终于说道,他坐回椅子里,叹口气,"纹跟别的女人都……不一样。"

廷朵挑起一边眉毛,语气略柔:"我想,陛下认识的女人越多,越会发现这句话的正确性。"

依蓝德懊恼地点点头。

"无论如何,现状并不好。"廷朵说道,"我不会再深究你的隐私,但如同我们先前所讨论的,体面对王而言是很重要的。被人民认为你有情妇这件事并不妥当。我理解对贵族而言这种行为稀松平常,但是司卡想要看到你是比那些贵族更高尚的王。也许是因为许多贵族的私生活非常随便,所以司卡向来重视一夫一妻的关系。他们极端希望你能重视他们的价值。"

"他们得对我们有点耐心。"依蓝德说道,"我是想娶纹,但她不答应。"

"你知道为什么吗?"

依蓝德摇摇头:"她的理由经常不合理。"

"也许她不适合你这种身份地位的人。"

依蓝德猛然抬头:"什么意思?"

"也许你需要出身更好的人。"廷朵说道,"我相信她是很杰出的保镖,但身为淑女,她——"

"住口!"依蓝德呵斥,"纹这样非常好。"

廷朵微笑。

"笑什么?"依蓝德质问。

"陛下,我一整个下午都在侮辱你,你几乎没动半点脾气,但只要对你的迷雾之子稍稍有一点微词,你就打算要把我轰出去了。"

"所以呢?"

"所以,你爱她吗?"

"当然。"依蓝德说道,"我不了解她,但我爱她。"

廷朵点点头:"我道歉,陛下。我得确认这件事。"

依蓝德皱眉，身体略微放松："所以刚才是你的测试？你想看我对你说纹的坏话做何反应？"

"你面前的所有人都会不断地测试你，陛下。你还是早点习惯的好。"

"但是你为什么关心我跟纹的关系？"

"爱情对王而言不容易，陛下。"廷朵以难得的温和声音说道，"你会发现，你对那女孩的感情将带来远比我们讨论过的任何事都更严重的麻烦。"

"所以这是放弃她的理由？"依蓝德带着怒意问。

"不。"廷朵说道，"我不这么认为。"

依蓝德想了想，端详面目方正，姿势笔挺，气质高贵的泰瑞司女子。"这句话由你说来显得很……奇特。王的责任跟体统怎么办？"

"偶尔也该有特例。"廷朵说道。

有意思，依蓝德心想。他没想到她是会接受有"特例"的人。也许她比我以为的要更睿智。

"接下来，我们来谈另外一件事。"廷朵说道，"你的战技训练进行得如何？"

依蓝德揉揉酸疼的手臂："还算可以吧，不过——"

敲门声打断他。片刻后，德穆队长进入房间："陛下，塞特王的人来访。"

"使者吗？"依蓝德站起身问。

德穆一时没回答，露出些微尴尬的神情。"呃……算是吧。她说她是塞特王的女儿，来找微风。"

◎

他出身寒微，却娶了国王的女儿。

MISTBORN: THE WELL OF ASCENSION

21

年轻女子的昂贵裙装以浅红色的丝绸所制,搭配披肩跟蕾丝袖子,原本让她显得高贵不已,但她一看到微风进入房间便快步朝他冲去,把自己的形象破坏殆尽。西方人的浅色秀发随着她一把搂住微风脖子的动作在空中划出快乐的弧线。

她大概才十八岁。

依蓝德瞥向一旁瞠目结舌的哈姆。

"看来微风跟塞特女儿之间的事情真的被你说中了。"依蓝德悄声说道。

哈姆摇摇头:"我没想到……我只是说笑,因为那可是微风啊,但我没想到真会被我料中!"

被年轻女子抱着的微风露出尴尬至极的表情。他们站在皇宫的中庭,正是依蓝德与他父亲的使者会面的地方。午后的阳光从落地窗射入,一群仆人站在房间一侧,等候依蓝德的命令。

微风与依蓝德对视,脸色绛红。我从来没看过他脸红成这样,依蓝德心想。

"亲爱的。"微风清清喉咙说道,"也许你该先向国王做个自我介绍?"

女孩终于放开微风,退后一步,以贵族仕女的优雅仪态朝依蓝德行礼。她体态丰腴,发型是崩解时期后流行的长发,脸颊因兴奋而通红,基本上算是个很可爱的女孩子,受过宫廷生活的绝佳训练,正是依蓝德年轻时避之不及的类型。

"依蓝德。"微风开口,"请让我向你介绍奥瑞安妮·塞特,西方统御区之王灰侯·塞特之女。"

"陛下。"奥瑞安妮说道。

依蓝德点点头。"塞特贵女。"他顿了顿,然后以期待的口气问道,

迷雾之子
卷二·升华之井 [珍藏版]

"你父亲派你作为大使前来吗?"

奥瑞安妮一时语塞。"呃……他并没有派我来,陛下。"

"天呐。"微风说道,掏出手帕来擦擦额头。

依蓝德瞥向哈姆,再看看女孩。"也许你该解释一下。"他说道,朝中庭的座位示意。奥瑞安妮热切地点点头,紧挨着微风身边坐下。依蓝德挥手要仆人送上凉酒。

他有预感自己需要酒精的帮助。

"我寻求政治庇护,陛下。"奥瑞安妮一股脑儿说了出来,"我不得不离开。微风一定跟您说过我父亲是个什么样的人!"

微风很不自在地坐着,奥瑞安妮亲昵地一手按上他的膝盖。

"你父亲是怎么样的人?"

"他心机很重,"奥瑞安妮说道,"要求又高。他把微风逼走,我别无选择,只能跟来。我绝对不会在他的营地里多待片刻。战场营区耶!他把我这样一名年轻淑女带来战场!您知道被每个经过的士兵色眯眯地看着是什么感觉吗?您知道住在帐篷里是什么感觉吗?"

"我们几乎没有清水。"奥瑞安妮继续说道,"我甚至不能好好洗个澡,因为害怕有士兵会偷看!在旅程中除了整天坐在马车中,不断、不断、不断地上下颠簸外,完全没有半点事做。在微风来之前,我好几个礼拜都没有办法跟文明人交谈了。结果,父亲还将他赶走……"

"因为什么?"哈姆迫不及待地问道。

微风咳嗽两声。

"我必须离开,陛下。"奥瑞安妮说道,"您必须提供我政治庇护!我知道很多对您有帮助的事,像是我看过我父亲的营地,您一定不知道他从哈佛富雷克斯的罐头厂得到补给品!这很有帮助吧?"

"呃……很宝贵的情报。"依蓝德迟疑地说道。

奥瑞安妮肯定地点点头。

"所以你来找微风?"依蓝德问道。

217

MISTBORN: THE WELL OF ASCENSION

奥瑞安妮脸色微红,眼光投向一旁,但语出惊人:"我必须要再见到他,陛下。他好迷人,好……出色。我认为父亲根本无法了解他这样的人。"

"我明白了。"依蓝德说道。

"求求您,陛下。"奥瑞安妮说道,"您必须收留我。我离开父亲之后,无处可去了!"

"你可以留下,最少留一阵子。"依蓝德说道,对走入中庭的多克森点头表示欢迎,"但你这趟旅程显然颇为辛苦。也许你会想要梳洗一下?"

"能这样的话就太好了,陛下!"

依蓝德瞥向跟其他仆人们一起站在墙边,名叫卡登的侍从,他点点头。房间已准备好了。"那好吧。"依蓝德站起身说道,"卡登会带你去休息。我们今晚七点可以一起用餐,到时候再谈。"

"谢谢陛下!"奥瑞安妮说道,从椅子上跳起,又紧抱了微风一下,然后上前一步,似乎是打算以同样方式对待依蓝德,幸好她最后一瞬间反应过来,让侍从领她径直离开。

依蓝德坐下。微风深深叹口气,疲累地靠回椅背,多克森则上前坐了女孩的位置。

"这真是……出人意料。"微风说道。

一阵尴尬的沉默,中庭的树木随着从阳台吹进的微风轻轻摇曳,之后,哈姆爆笑出声。依蓝德一惊,虽然四周危机重重,虽然问题极端严重,他却发现自己也笑了出来。

"拜托。"微风气呼呼地抱怨,却只是让他们笑得更高兴。也许是因为这情况实在太荒谬,可能是因为他需要放松,依蓝德发现自己笑得差点从椅子上摔下来。哈姆也没冷静多少,就连多克森都忍不住露出一丝微笑。

"我不觉得这情况有任何有趣之处。"微风说道,"塞特王,亦是正在围攻我们家园的人,他的女儿刚才要求我们的庇护。如果塞特之前没下定决心要把我们杀光,他现在一定已经决定了!"

"我知道。"依蓝德深呼吸，"我知道，只是——"

"看到你刚被那宫廷的绣花枕头紧紧搂住……"哈姆说道，"我想不出来有什么比你被这样一个不讲理的小妞儿逼到墙角更尴尬的情况了！"

"这让情况更复杂了。"多克森评论道，"不过我不太习惯这种问题居然是你引上门的，微风。真的，阿凯不在以后，我以为我们总算能躲过女性的苦苦纠缠。"

"这不是我的错。"微风没好气地说道，"那女孩的青睐投错对象了。"

"这话说得一点也没错。"哈姆嘟囔道。

"好了。"一个新的声音说道，"我刚在走廊遇到的粉红色东西是什么？"

依蓝德转身，看到纹站在中庭的门口，双手环抱在胸前。好安静。她为什么连在皇宫里走路都这么蹑手蹑脚？她从来不穿会发出声响的鞋子，从来不穿会摩擦出声的裙子，甚至身上从来不戴会发出敲击声或能被镕金术师钢推的金属。

"那不是粉红色，亲爱的。"微风说道，"那是红色。"

"差不多。"纹走入房间，"她一直对佣人唠叨说洗澡水要多热，还要他们记得抄下她最喜欢的食物。"

微风叹口气："的确是奥瑞安妮。我们可能得请新的甜点师傅，再不然就是从外面订甜点送进来。她对甜点很挑剔。"

"奥瑞安妮·塞特是塞特王的女儿。"依蓝德对无视于椅子，选择坐在他椅子旁的一个植物花盆边，一手按着他肩膀的纹解释，"她跟微风据说是一对。"

"什么？"微风气呼呼地问道。

可是纹却皱起鼻子："微风，你好恶心。你这么老，她很年轻。"

"我们没有关系。"微风怒道，"况且，我没那么老，她也没那么年轻。"

"她说话听起来像十二岁。"纹说道。

MISTBORN: THE WELL OF ASCENSION

微风翻翻白眼："奥瑞安妮是在乡下宫廷长大的孩子，有点天真，有点被宠坏，但你不该这样说她。在某些情况下，她的反应其实很灵敏。"

"所以，你们之间到底有没有些什么？"纹逼问。

"当然没有。"微风说道，"嗯，其实算不上有，全都不是真的，但还是有可能会被人误会。其实她父亲发现后，他就误会了……况且，你有什么资格说话？我记得几年前有某个年轻女孩暗恋老卡西尔。"

依蓝德耳朵竖了起来。

纹脸上一红："我才没有暗恋卡西尔。"

"一开始也没有吗？"微风问道，"怎么可能，他那么帅气的男人？他从集团首领的拳头下把你救出，收留了你——"

"你这人真变态。"纹宣告，双臂抱胸，"卡西尔就像我父亲一样。"

"也许之后是如此。"微风说道，"可是——"

依蓝德举起手。"够了。"他说道，"这个讨论毫无意义。"

微风哼了一声，却没有接话。廷朵说得对，依蓝德心想。如果我表现出他们应该听我的样子，他们就会听我的。

"我们必须决定要怎么做。"依蓝德说道。

"手中握有威胁我们的人的女儿，可以是很有价值的筹码。"多克森说道。

"你是说把她当成人质？"纹眯着眼睛说。

多克森耸耸肩："总要有人提出这个显而易见的问题，纹。"

"算不上是人质。"哈姆说道，"她来找我们的。但让她留下和把她当成人质有一样效果。"

"这会冒激怒塞特的风险。"依蓝德说道，"我们原本的计划是要让他认为我们是他的盟友。"

"我们可以把她还回去。"多克森说道，"有助于我们的谈判。"

"那她的要求呢？"微风问道。"那女孩在她父亲的营地中并不快乐。我们难道不该考虑一下她的愿望吗？"

所有人的目光转向依蓝德。他有点惊讶。不过几个礼拜前，他们会继续不断争论，但现在他们这么快就会寻求他的决定，感觉很奇怪。

他是谁？一个一不小心坐上王位的人？一个无法取代他们杰出领袖的人？一个没想过自己的理论会带来何种危险的理想主义者？傻瓜？天真的孩子？冒牌货？

他们最好的选择。

"留下她。"依蓝德说道，"暂时保持现状。也许我们早晚会被逼着要将她奉还，但这有助于让塞特的军队分神。让他们紧张一阵子，为我们争取更多时间。"

众人点点头，微风露出松一口气的神情。

我会尽力，按照我的信念做决定，依蓝德心想。然后接受后果。

他能跟最优秀的哲人辩论，记忆力惊人，几乎跟我一样好。但他不好辩。

22

混乱与稳定，迷雾两者皆是。在陆地上有帝国，帝国中有十几个分崩离析的王国，在王国中有城市、小镇、乡村、庄园。在一切之上，在一切周围，是雾，比太阳更恒常，无法被云朵遮挡，比暴风雨更强大，因为它能耐过任何气候的肆虐。它总是存在。随时都在改变，却永恒。

纹对白天发出迫不及待的叹息，等着夜晚，但当黑暗终于降临时，纹发现雾气不像往常那般能让她平静。

似乎已经没有不变的事物。夜晚曾经是她的庇护所，如今她发现自己

MISTBORN: THE WELL OF ASCENSION

不断瞥向后方,寻找鬼魅般的身影。依蓝德曾经能带给她平静,但他开始改变了。曾经她能够保护她所爱的一切,但她越发害怕了,逼近陆沙德的力量超出了她能处理的范围。

没有什么比自己的无能更让她害怕。在她的童年时期,她相信自己无力改变事情,但卡西尔教导她要相信自己。

如果她无法保护依蓝德,那她有什么用?

还是有些我可以做的事情,她强迫自己这么想。她静静地蹲在屋檐边,迷雾披风的布条垂挂在一旁,在风中微微摇晃,脚下数组泛图尔堡垒前的火把光芒摇曳不定,照亮哈姆手下的两名侍卫。他们警醒地站在盘旋的雾气中,展现令人佩服的尽忠职守。

侍卫看不到她正坐在他们上方。在浓雾的笼罩下,目力几乎不会超过二十尺之外,他们不是镕金术师。集团成员以外,依蓝德手边只有不到六名迷雾人,在镕金术的资源上,跟最后帝国里的大多数新王相比,他显得格外弱小。纹的存在应当补起这段实力差距。

火把随着门打开而闪烁,一个身影走出皇宫。哈姆的声音静静回荡在雾气中,他正在跟手下的侍卫打招呼。这些侍卫如此勤勉的原因,甚至是唯一原因,可能就是哈姆。他在心里也许是有点偏向无政府主义,但如果他手边只有一小队人,他也可以成为很优秀的领导者。虽然他的侍卫不是纹所见过最有纪律、最光鲜的士兵,但他们绝对是最忠诚的。

哈姆跟那些人说了一会儿话,然后挥手道别,走入迷雾中。堡垒跟城墙间的小中庭有两个守卫站跟巡逻队驻防战,哈姆会一一造访。他大胆地走在夜色中,仰赖稀薄的星光照亮他的道路,而不是令人目眩的火把。小偷的习惯。

纹微笑,静静跳到地上,快步跟在哈姆身后。他继续前进,无觉于她的存在。

只有一种镕金术力量会是什么感觉?纹心想。能让自己更强壮,但耳力却跟任何普通人一样差?这两年来,她已经如此依赖自身的镕金术能力。

迷雾之子
卷二·升华之井 [珍藏版]

哈姆继续前进。纹悄悄地跟上,直到他们碰上埋伏。纹全身一僵,骤烧青铜。

欧瑟突然咆哮,从一堆箱子后跳出,在黑夜中只是一抹黑影,就连纹听着它非人的吠叫都忍不住一阵心悸。哈姆转身,低声咒骂连连。

他直觉性地燃烧白镴,全神贯注于青铜的纹可以确定那股镕金脉动绝对来自于他。哈姆转过身,眼光在黑暗处搜寻,看到欧瑟落地的身影。纹笑了。哈姆使用镕金术意味着他不是冒牌货,她的名单上又少了一人。

"没事的,哈姆。"纹开口,走上前去。

哈姆一愣,放下了决斗杖。"纹?"他眯着眼睛想看清雾中的身影。

"是我。"她说道。"对不起,你吓到我的狗了。它晚上很容易紧张。"

哈姆全身放松:"我们大家应该都是吧。今晚有什么动静吗?"

"现在似乎没有。"她说道,"有事情我会通知你。"

哈姆点点头:"谢谢,不过我觉得你应该不会有问题。我是侍卫队队长,但实际做事的人都是你。"

"你比你以为的更宝贵,哈姆。"纹说道,"依蓝德什么事情都会告诉你。自从加斯提跟其他人离开他后,他其实更需要朋友。"

哈姆点点头。纹转身,望向雾中坐得直挺挺的欧瑟。它似乎越来越适应这具身体。

一旦知道哈姆不是冒牌货,她便立刻决定要跟他讨论这件事。"哈姆。"她开口,"你对依蓝德的保护远比你以为的要重要。"

"你是在说那个冒牌货。"哈姆静静说道,"阿依叫我在皇宫侍从间搜查一遍,看是否能找出那天有谁消失了几个小时。那是件很困难的工作。"

她点点头:"还有一件事,哈姆。我的天金没了。"

他站在雾中,有一瞬间全无动静,然后她听到他咒骂一声。

"下次跟迷雾之子对打时,我会死。"她说道。

"那也得要对方有天金。"哈姆说道。

"有谁会派没有天金的迷雾之子来对付我?"

223

他迟疑了。

"哈姆，我需要有对付燃烧天金的人的方法。"她说道，"告诉我你知道该怎么做。"

哈姆在黑夜中耸耸肩："纹，有很多这方面的理论。我曾经跟微风讨论过这件事，但他大部分时间都在抱怨，我快烦死他了。"

"那怎么样呢？"纹问道，"我能怎么办？"

他搓搓下巴："大多数人都同意，杀死有天金的迷雾之子最好的方法，就是出其不意的攻击。"

"如果他们先出手这招就没用了。"纹说道。

"如果撇开突袭不谈……那就没什么别的手段了。"哈姆说道，"有些人认为，也许能用封死一切退路的办法杀死使用天金的迷雾之子，有点像是下棋。有时候吃下一子的唯一方法就是将它逼到死角，无论它怎么跑，都是死路一条。

"不过要将迷雾之子逼到这地步相当困难，因为天金让迷雾之子能看到未来，他知道何处有陷阱，所以他能避开，那金属据说也能增强他的思考能力。"

"的确是。当我在燃烧天金时，我经常甚至还没察觉对方的攻击，就已经闪过了。"

哈姆点点头。

"那么，还有吗？"纹问道。

"就这样了，纹。"哈姆说道，"打手经常讨论这个话题，因为我们都怕攻击迷雾之子。你只有两个选择：突围或击倒对手。我很遗憾。"

纹皱眉。如果有人要偷袭她，这两个选项都没有用。"好吧，我得走了。如果我又弄出新的尸体，我答应一定会告诉你。"

哈姆大笑："你直接避免需要弄出新尸体的状况好不好？天知道如果我们没有你，这王国会怎么样……"

纹点点头，不过她不知道一片漆黑中哈姆到底能看到她多少动作。她对欧瑟挥挥手，朝堡垒外墙跑去，留下哈姆一人站在街上。

两人来到城墙顶时，欧瑟开口问道："主人，能否告诉我为何要这样惊吓哈姆德主人？你这么喜欢吓朋友吗？"

"为了测试。"纹在墙垛边缘停下，俯瞰城市。

"主人，什么测试？"

"看他会不会用镕金术。这样我就知道他是不是冒牌货了。"

"啊。"坎得拉说道，"很聪明，主人。"

纹微笑。"谢谢。"她说道。一名侍卫正朝他们走来，纹懒得跟他们多啰唆，便朝墙顶守卫住的石屋点点头。她跳起身，反推一枚钱币，落在石屋顶端。欧瑟跟着她一起跃起，利用坎得拉奇特的肌耐力跃起十尺高。

纹盘腿坐下，打算好好想想这问题。欧瑟走到她身边趴下，两只脚掌垂挂在屋檐边。坐着坐着，纹突然想到一件事。欧瑟告诉我，坎得拉不会因为吃掉镕金术师而取得镕金术能力……但坎得拉自己就能是镕金术师吗？这个话题我们一直没谈完。

"我靠这件事就能知道那人是不是坎得拉，对不对？"纹转身询问欧瑟，"你们一族没有镕金术能力，对不对？"

欧瑟没有回答。

"欧瑟？"纹又问了一次。

"我不需要回答这个问题，主人。"

啊，对，纹心里叹口气。那个契约。如果欧瑟不回答我的问题，我要怎么去抓另外那只坎得拉？她心烦意乱地向后靠，望着无尽的迷雾，用身上的迷雾披风枕着头。

"你的计划会奏效的，主人。"欧瑟低声说道。

纹一愣，转过头去看它。它把头摆在前脚上，凝视着城市："如果你感觉到对方身上传来镕金术力，那个人就不是坎得拉。"

纹可以听出它语气中的迟疑，而且它没有看她，仿佛这话说得不情不愿，仿佛他正在提供一项它宁可保密的信息。

可真是秘密,纹心想。"谢谢。"她说道。

欧瑟耸耸狗肩。

"我知道你宁可不要跟我打交道。"她说道。"我们都宁可跟对方保持距离,但在这个情况下,我们只能尽力合作。"

欧瑟再次点点头,略略转过头去看她:"你为什么恨我?"

"我不恨你。"纹说道。

欧瑟挑起一边狗眉。纹很讶异地发现它眼中蕴含着智慧,其中有着她从未见过的体谅。

"我……"纹一时说不下去,别过头,"我只是一直没法接受你吃了卡西尔的身体。"

"不是这个原因。"欧瑟说道,回过头去看城市,"你很聪明,不会一直执着于这件事。"

纹气愤地皱眉,但坎得拉没看她。她别过头去望着天上的雾。它为什么要提起这件事?她在心中暗想。我们正开始能好好相处。她原本情愿忘记这件事的。

你真的想知道?她心想。好。

"因为你知道。"她低语。

"请问这是什么意思,主人?"

"你知道。"纹依然望着雾,"在集团中,只有你一个人知道卡西尔会死。他告诉你他会让自己被杀死,要你吃下他的骨头。"

"噢。"欧瑟轻轻回答。

纹对它投以指控的目光:"你为什么什么都没说?你知道我们对卡西尔的感情。你考虑过要告诉我们那个白痴打算要自杀吗?你曾想过我们也许能阻止他,也许能找到别的方法吗?"

"你的问题很尖锐,主人。"

"是你想要知道的。"纹说道,"他刚死时,你按照他的命令来担任我的仆人,那时最严重。你甚至没有提过你做了什么。"

迷雾之子
卷二·升华之井 [珍藏版]

"都是契约,主人。"欧瑟说道,"也许这不是你想听到的,但我也受契约束缚。卡西尔不愿让你们知道他的计划,所以我无法告诉你们。你要恨就恨我吧,但我不后悔。"

"我不恨你。"我已经想开了。"可是,你难道不会为了他好而打破契约吗?你服侍卡西尔两年。知道他要死了,你难道不难过吗?"

"我为什么会在乎是哪个主人要死呢?"欧瑟说道,"总有下一个主人来取代他的位置。"

"卡西尔不是那种主人。"纹说道。

"他不是吗?"

"不是。"

"那我道歉,主人。"欧瑟说道,"你命令我相信什么,我就相信。"

纹开口要反驳,却猛然闭上。如果它下定决心要继续这种蠢蛋的想法,那是它的权利。它可以继续厌恶它的主人,就像……

就像她厌恶它,只因为它谨守诺言,履行它的契约。

从我认识它起,我从来就没给过好脸色,纹心想。首先是它当雷弩时,我反抗它的高傲态度,但那不是它自己的态度,那只是它扮演的角色,之后它成了欧瑟,我一直躲避它,甚至憎恨它,因为它放任卡西尔死去。我还强迫它使用动物的身体。

在认识它两年后,我只有在需要多了解它的族人用于找出冒牌货的情况下,才会询问它的过去。

纹看着雾。在集团中的所有人里,只有欧瑟是外人。它从未被邀请参加他们的会谈,它没有得到政府中的职位,但它提供的帮助不比他们任何一个人少,并且扮演了关键的角色——卡西尔的"鬼魂"——用死而复生来激起司卡进行最后的反抗。可是,当其他人有头衔、友谊和责任时,欧瑟从推翻最后帝国得到的,只有另一个主人。

而且是恨它的主人。

难怪它会是这种态度,纹心想。卡西尔的遗言涌上她心头:关于友谊，你还有很多要学的，纹……阿凯跟其他人邀请她，平等地对待她，给她友谊，即使当时她并不配得到那些。

"欧瑟，"她开口说道，"你被卡西尔征召前的生活是怎么样的？"

"我不了解此事与找出冒牌货有何关系，主人。"欧瑟说。

"完全无关。"纹说道，"我只是想也许我该更了解你一些。"

"很抱歉，主人，但我不想要你了解我。"

纹叹口气。没办法了。

可是……当她对卡西尔跟其他人无礼时，他们也没有摒弃她。欧瑟的语调带着某种熟悉感，是她认得的情绪。

"隐藏自己。"纹低声说道。

"主人？"

"隐藏自己。就算在其他人身边，仍然要低调，随时都安静地躲在一旁，强迫自己疏离一切，至少情感上要能做到这件事。这是生存的方式。为了保护自己。"

欧瑟没有回答。

"你必须服从主人。"纹说道，"主人严酷却又畏惧你的能力，唯一让他们不会恨你的方式是确保他们不要注意你，所以你让自己看起来软弱无力，不会构成威胁，但有时候还是会说错话，或露出反抗的神色。"

她转身面向他。它正在看她。"是的。"它终于说道，转过头望着城市。

"他们恨你。"纹静静说道，"他们恨你是因为你的能力，因为他们不能逼你违反诺言，或是因为他们担心自己控制不了你们。"

"他们开始怕你。"欧瑟说道，"在利用你的同时也变得疑神疑鬼，畏惧万分，担心你会取代他们的位置，即使有契约，即使知道没有坎得拉会违反它神圣的誓言，他们还是怕你，而人们憎恨让人害怕的东西。"

"是的。"纹说道，"所以，他们找到打你的理由。有时候，就连努力表现出无害的样子都会激怒他们。他们憎恨你的能力，他们憎恨找不到打你的理由,所以打你。"

欧瑟再次转身面向她。"你怎么会知道这种事?"他质问。

纹耸耸肩:"这不只是他们对待坎得拉的方式,欧瑟。集团首领也会用同样的方式对待一个小女孩,因为她在地下盗贼集团的男人世界中属于异类,那孩子有奇怪的能力,会让怪事发生,能影响他们,听到她不该听的事情,比其他人的动作更安静、快速。一个工具,却同时又是威胁。"

"我……没发现。主人……"

纹皱眉。它怎么会不知道我的过去?它知道我是个流浪儿,可是……它真的知道吗?纹第一次意识到两年前她第一次见到它时,欧瑟眼中的她是什么样子。它大概一直以为她跟其他人一样,多年来都是卡西尔团队中的一员。

"跟你见面的前几天,卡西尔才第一次招募我。"纹说,"其实说招募不对,应该说是拯救我。我的童年是在一个又一个的盗贼集团中度过,总是为名声最糟、最危险的人工作,因为只有这种人会收留我哥哥跟我这样的流浪司卡。聪明的首领都知道我是很好的工具,我不确定他们是否猜出我是镕金术师,也许有些人知道,其他人只是认为我运气很好。无论如何,他们需要我,这也让他们憎恨我。"

"所以他们打你?"

纹点点头:"尤其是最后一任。那时我正开始弄懂该如何用镕金术,虽然我并不知道那是什么,不过凯蒙知道,而他在利用我的同时更憎恨我。我想他害怕有一天我会学会如何驾驭我的力量,而在那一天,他担心我会杀了他。"纹转过头,看着欧瑟。"杀了他,取代他成为首领。"

欧瑟静静地坐着,脊椎笔挺,凝望着她。

"人类虐待的不只是坎得拉。"纹静静说道,"我们也很擅长迫害彼此。"

欧瑟哼了哼:"打你时,他们至少得克制,害怕把你杀了。你有被知道无论怎么打,都打不死你的主人打过吗?他只需要弄来一副新骨头,隔天我们就又能服侍他们。我们是终极的仆人,早上我们被打死后,晚上仍然能为他送上晚餐。全然的虐待，却无须付出代价。"

纹闭起眼睛："我了解。我不是坎得拉，但我有白镴。我想凯蒙知道他能以比平常更狠的力道来打我。"

"你为什么不逃？"欧瑟问道，"没有契约束缚着你。"

"我……不知道。"纹说道，"人类很奇怪的，欧瑟，我们的忠诚往往也是扭曲的。我留在凯蒙身边因为我熟悉他，而我害怕离开，远胜于留下。那团盗贼是我所拥有的一切。我哥哥不在了，我非常害怕只剩下自己一个人。现在回想起来，似乎有点奇怪。"

"有时候一个很糟的情况仍然比另外的选择更好。为了生存，有时不得不如此。"

"或许吧。"纹说道，"但的确有更好的选择，欧瑟。在卡西尔找到我之前我不知道，但人生的确不需如此，不需要花很多年充满疑虑地躲在阴影中，与众人疏离。"

"如果是人类，或许吧。但我是坎得拉。"

"你还是可以去信任。"纹说道，"你不需要憎恨你的主人。"

"我不是每个都恨，主人。"

"可是你不信任他们。"

"这不是私人恩怨，主人。"

"是私人的。"纹说道，"你不相信我们，因为你害怕我们会伤害你。我明白，我跟卡西尔相处了好几个月，仍不停在想我什么时候又会被他们伤害。"

她顿了顿，继续说道："可是欧瑟，没有人背叛我们。卡西尔说得对。直至今日，我仍然不敢相信。但是，这集团里的每个人，哈姆、多克森、微风……他们都是好人，即使他们之中有人背叛了我，我仍然宁可信任他们，因为这样我晚上能睡得着。欧瑟，我可以感觉到平静，我可以笑。人生不一样，变得更好了。"

"你是人类。"欧瑟固执地说道，"你能有朋友是因为他们不担心你会吃了他们，或是类似这样的蠢事。"

"我没有这样想你。"

"没有吗，主人？你刚才承认你因为我吃了卡西尔所以憎恨我，除此之外，你憎恨我遵从了我的契约。至少你是诚实的。

"人类觉得我们很诡异。他们憎恨我们会吃他们的同类，即使我们只吃已经死掉的尸体。你们对于我们能取得人类的形体而感到不安，不要告诉我你没听过任何关于我们种族的传说。他们把我们称为雾魅，进入雾中的人会被我们偷去形体。你认为这样的怪物，用来吓小孩的传说，在你的社会中能为人所接受吗？"

纹皱眉。

"这就是为何需要契约，主人。"欧瑟说道，模糊的声音透过狗唇听来非常严厉。

"你没想过我们为何不逃走吗？融入你们的社会，消失其中？我们试过，很久以前，当帝国新成立时。你们找到了我们，开始摧毁我们，利用迷雾之子来猎捕我们，因为当年的镕金术师人数更多。你们恨我们，因为担心我们会取而代之。我们几乎被灭族，然后我们想出契约这个办法。"

"这有什么差异？"纹问道，"你们还是在做同样的事情，不是吗？"

"对，但我们现在是按照你们的命令行事。"欧瑟说道，"人类喜欢力量，更喜欢控制强大的东西。我们提供服务，我们也发明了具有束缚力的契约，每只坎得拉都要发誓遵从。我们不会杀人。我们只会在接受命令的情况下取得骨头。我们会以绝对的服从服侍我们的主人。我们开始这么做之后，人类停止猎杀我们。他们仍然憎恨、畏惧我们，但他们也知道他们能指挥我们。"

"我们成为你们的工具，只要保持乖顺的样子，主人，我们就能活下去。这就是为什么我会服从。打破契约等同于违背我的人民。当你们还有迷雾之子时，我们不能对抗你们，因此我们必须服侍你们。"

迷雾之子。迷雾之子为什么这么重要？它刚似乎是在说他们能找到坎

MISTBORN: THE WELL OF ASCENSION

得拉……

她没有再提起这件事,感觉得出来如果让它意识到,它会闭口不提。所以她坐起身,在黑暗中与它对视。"如果你希望,我可以跟你解约。"

"这又能改变什么?"欧瑟问道,"我只是又会得到一纸契约。按照我们的律法,我必须等十年后才有自由的时间——为时只有两年——在那段期间我不得离开坎得拉领域。不这么做会被别人发现。"

"那至少请你接受我的道歉。"她温言说道,"我因为你遵从契约而厌恶你是我太笨。"

欧瑟想了想:"这仍然于事无补,主人。我仍然得穿着这身该死的狗皮。我仍然没有人格或是身体能模仿!"

"我以为你会喜欢可以做自己的机会。"

"我觉得很赤裸。"欧瑟说道。它静坐片刻,然后低下头:"可是……我必须承认这具身躯有其优点。我没想过它会让我这么融入环境。"

纹点点头:"我曾经愿意付出一切将自己变成狗,可以不受任何人注意地度过一生。"

"可是现在不同了?"

纹摇摇头。"至少大多数时刻是如此。我曾经以为每个人都像你所说,如此令人憎恨,只想伤害我,但这世界上仍有好人,欧瑟。我多希望能向你证明这点。"

"你是在说那个王。"欧瑟说道,朝堡垒瞥了一眼。

"是的。"纹说道,"还有别人。"

"你吗?"

纹摇摇头:"我不是。我不是好人,也不是坏人,我只是个杀人的人。"

欧瑟看了她片刻,再次趴下。"即便如此,你不是最坏的主人。"他说道,"……这句话在我的族人间也许可以算是称赞。"

纹微笑,但她自己的话在她脑海中阴魂不散。只是个杀人的人……

她瞥向城外军队的光亮,一部分的她——被瑞恩训练的部分——偶尔仍然会用他的声音在她脑海中低语。有另外一种方法可以对抗这些军队。不靠政治跟和谈,他们可以利用你。选个静谧无人的夜晚,留下死去的国王跟将军。

但她知道依蓝德不会赞成。他反对利用恐惧做武器,即便是对敌人也是一样。他会指出,如果她杀了史特拉夫或塞特,他们会被其他人取代——对城市更有敌意的人。

即便如此,这似乎是个非常残酷但合理的解决方法。有一部分的纹迫不及待想这么做,起码可以做些什么,而不是只浪费时间在等待跟空谈上。她不是擅长打围城消耗战的人。

不,她心想。这不是我的风格。我不需要像卡西尔那样冷酷,不给人任何妥协的余地。我可以做得更好。我可以相信依蓝德的方法。

她压下想去暗杀史特拉夫跟塞特的念头,转而将注意力投入燃烧青铜上,寻找周围任何使用镕金术的迹象。虽然她喜欢跳来跳去"巡逻"这一区,但事实是她就算只待在一个地方守株待兔,效果也是一样。杀手很有可能会来勘查前门,因为那是巡逻的起点,也是最多士兵聚集的地方。

可是,她发现自己仍然忍不住胡思乱想。这世界上有不同的力量在相互较劲制衡,纹不确定她是否想成为其中一员。

我属于哪一边?她暗想。她找不到自己的位置,无论是她假扮法蕾特·雷弩的时候,或是以保镖的身份保护她所爱的人的现在,感觉都不确实。

她闭上眼睛,燃烧锡跟青铜,感觉到被风吹来的迷雾贴上她的皮肤,奇特的是——还能感觉到某种非常隐约的镕金震动,来自远方,微弱到她差点错过。

跟雾灵的脉动很像,而且她听见它来自很近的地方。在城里某栋建筑物顶端。在没有选择的情况下,她开始习惯雾灵的存在,如果它只是在一旁观看,没有问题。

它试图杀害英雄的同伴之一,她心想。它不知用什么方法刺杀他。至少日记是这么说的。

可是……远方传来的震动是什么？很微弱……却强大。像是远方的鼓声。她紧闭起眼睛，全神贯注。

"主人？"欧瑟突然警戒了起来。

纹猛然睁开眼："怎么了？"

"你没听到吗？"

纹坐起身。"什么——"然后，她听见了。不远处的围墙外有脚步声。她靠得更近，注意到有一个黑色的身影沿着街道走向堡垒。她过度专注于使用青铜，以至于完全屏蔽掉真实世界的声音。

"做得好。"她说道，走到守卫站的屋顶边缘，此时才发觉一件很重要的事。欧瑟主动提醒她有危险靠近，不需她特别下令。

这是件小事，但似乎相当重要。

"你觉得如何？"她低声问道，看着人影逼近。他手中没有火把，走在雾里却看起来很自在。

"镕金术师？"欧瑟问道，蹲在她旁边。

纹摇摇头："没有镕金术的脉动。"

"意思是如果他是镕金术师的话，那他就是迷雾之子。"欧瑟说道。他仍然不知道她能看穿红铜雾，"他太高，不会是你那个叫詹的朋友。小心点，主人。"

纹点点头，抛下一枚钱币，跃入雾中。欧瑟紧跟着她从屋顶上跳到城垛，然后跃下到二十尺外的地面。

它似乎很喜欢实验那副骨头的极限，她心想。当然，如果不会被摔死，她对那样的勇气十分理解。

她靠拉引木屋顶上的铁钉引导自己的去向，落在离黑暗身影不远的地方，抽出匕首，备好金属，确认体内仍有硬铝，然后安静无声地横越街道。

要出其不意，她心想。哈姆的建议仍然让她很紧张，她不能一直倚靠让对方出乎意料的攻击。她跟着那人,研究他的身影。他很高,非常高,而且穿着袍子,那件袍子……

纹停下脚步。"沙赛德?"她惊愕地问道。

泰瑞司人转身,在她经过锡力增强的眼中,五官清晰可见。"啊,纹贵女。"他以熟悉的、睿智的声音说道,"我开始在想你到底要多久才能找到我。你是——"

纹兴奋地一把搂住他,打断他的话:"我没想到你这么快就会回来!"

"我原本没有打算要回来,纹贵女。"沙赛德说道,"可是事态的发展让我不能再置身事外,来吧,我们必须跟陛下谈谈。我有些令人不安的消息。"

纹放开他,抬头看着他和善的脸庞,注意到他眼中的疲累。精疲力竭。他的衣着肮脏,闻起来都是灰尘跟汗水的味道。就算沙赛德在旅程途中,通常也非常注重仪表整洁。"怎么了?"她问道。

"出事了,纹贵女。"他平静地说道,"麻烦的事。"

泰瑞司人起先抗拒他,最后还是接受了他的领导。

23

"雷卡王号称他军中有两万头怪物。"沙赛德轻声说道。

两万!依蓝德震惊地想。跟史特拉夫的五万人一样危险,可能更甚。

桌子周围的人陷入沉默,依蓝德警向其他人。他们都坐在城堡的厨房里,两名厨师正急急忙忙地为沙赛德准备宵夜。白色的房间在一旁有个小隔间,里面有一张供仆人用餐的饭桌。依蓝德自然从未在此用过餐,但沙

MISTBORN: THE WELL OF ASCENSION

赛德坚持不愿为了在主餐厅里用餐而叫醒仆人，即使他很明显一整天都没吃过东西。

于是所有人便跟着一同坐在低矮的木板凳上，等候厨师烹调。厨师的位置够远，不必担心他们听到隔间里的密谈。纹坐在依蓝德身边，一手搂着他的腰，她的狼獒坎得拉趴在她身边的地板上，另一边则坐着微风，看起来衣装不整，他被叫醒时充分地表达了他的不满。哈姆则原本就还醒着，依蓝德亦然。他需要再写一个提案，送去议会通知他们，他和史特拉夫进行的是非正式会谈，而不是正式和谈。

多克森拉来一张椅子，一如往常选择坐在离依蓝德有一段距离的地方。歪脚则斜倒在他的板凳上，依蓝德看不出来这姿势是因为累，还是因为天生的坏脾气。然后就是鬼影，他坐在一段距离外的餐桌上，双脚垂晃，不时从厨师那里偷点东西吃，惹得厨师相当不快。依蓝德好笑地看着他试图勾引一名睡眼惺忪的厨房女佣，却不甚成功。

最后就是沙赛德。他坐在依蓝德正对面，散发出独有的沉稳气息。他的外袍满是灰尘，少了缤纷耳环的脸庞让人看了不大习惯，但依蓝德猜测他是为了不引起盗贼注意，所以将耳环取下。即便如此，他的脸跟手都很干净。虽然一路奔波风尘仆仆，沙赛德仍给人整洁的感觉。

"我很遗憾，陛下。"沙赛德说道，"可是我不认为雷卡大人值得信赖。我明白在崩解时期前你们是朋友，但他目前的心理状况似乎……不太稳定。"

依蓝德点点头："你觉得他用了什么方法来控制它们？"

沙赛德摇摇头："我猜不透，陛下。"

哈姆摇摇头："我的军队里有在崩解之后从南方来的人，他们是士兵，都在一个克罗司营地附近的军营里服役。统御主死后不到一天，那些怪物就都发狂了，攻击那附近所有的东西，包括村庄、军营和城市。"

"西北也是。"微风说道，"塞特王的国境里充满了逃离克罗司居住处的难民。塞特试图要征召离他的国境不远的克罗司军营，而且它们的确也跟随了他一段时间,但最后不知被什么激怒,克罗司一起攻击了他的军队,所以他只好将它们全部杀死,损失了将近两千名士兵才杀死克罗司一支五百人的营队。"

众人再度陷入沉默,厨子们的交谈与烹调声从不远处传来。五百名克罗司杀了两千个人,依蓝德心想。加斯提的军队里有将近两万名那种东西。统御主的……

"还有多久?"歪脚问道,"还有多远?"

"我花了一个礼拜多才到这里。"沙赛德说道,"不过雷卡王看起来在那里驻扎一段时间了。他绝对正朝这方向前进,但我不知道他的行军速度会有多快。"

"可能他没料到会有另外两支军队居然比他先到。"哈姆如此判断。

依蓝德点点头:"那我们该怎么做?"

"我想不出来有什么对策,陛下。"多克森摇头说道,"根据沙赛德的报告,对加斯提晓之以理似乎没什么希望,而我们又正被夹攻,能做的事并不多。"

"他可能会转身离开。"哈姆说道,"这里已经有两支军队……"

沙赛德脸上露出迟疑的神情:"他知道这两支军队的事情,哈姆德大人。他似乎相信他的克罗司军队绝对能击败人类。"

"两万名克罗司?"歪脚说道,"他要击败任何一方都不是问题。"

"但要同时击败双方就不容易了。"哈姆说道,"如果我是他,这件事绝对足以让我仔细思考。他带着一群随时可能暴乱的克罗司出现,塞特跟史特拉夫很可能会决定联手抗敌。"

"正中我们下怀。"歪脚说道,"越多人混战,对我们越有利。"

依蓝德靠回椅背。他觉得焦虑如乌云笼罩在头顶,幸好有纹搂着他,让他比较安心,即使她什么也没说。有时候,光是因为她在,他就觉得自己更坚强。两万克罗司。这个威胁比外面的军队更让他害怕。

"这可能是好事。"哈姆说道,"如果加斯提在陆沙德附近失去了对这些怪物的控制，很有可能它们会转而攻击其中一支军队。"

"同意。"微风疲累地说道，"我认为我们该继续拖延，让围城战持续到克罗司军队出现。多一支军队来搅局只会对我们有利。"

"我不希望见到克罗司出现在这里。"依蓝德说道，身体微微发颤，"无论它们能带来多大的优势，万一它们攻城……"

"万一真的发生这个问题，到时候再想办法吧。"多克森说道，"目前我们应该按照原定计划进行。陛下将去与史特拉夫会面，试图引诱他同意跟我们结成秘密同盟。运气好的话，克罗司即将出现这件事会让他更愿意妥协。"

依蓝德点点头。史特拉夫同意会面后，两人将日期定在几天后。议会很生气他没有跟他们讨论时间跟地点，但他们对于此事并无多大选择余地。

"好吧。"依蓝德终于叹口气说道，"沙赛德，你说你还有别的消息？我希望是好一点的消息？"

沙赛德想了想。一名厨子终于走了过来，在他面前放下一盘食物：清蒸薏仁、牛排肉条，还有一些辣拉吉豆，香得让依蓝德都忍不住胃口大开。他对不顾时间已晚，坚持要亲自下厨的御厨点头致意，后者挥挥手，示意他的助手们一起退下。

沙赛德静静地坐着，等到仆人们都走远了才开口："我不知该不该说这件事，陛下，因为你的负担已经很重了。"

"你还是跟我说的好。"依蓝德说道。

沙赛德点点头："我们在杀死统御主时，可能将某个东西放入了世界。这是始料未及的。"

微风疲累地挑挑眉毛："始料未及？你是说除了肆虐的克罗司、利欲熏心的小王、纵横的土匪以外的东西？"

沙赛德有点愣住，之后才说："呃，是的。我说的东西恐怕比较虚幻。雾出问题了。"

坐在依蓝德身边的纹突然竖起耳朵:"什么意思?"

"我一直在追踪一连串的事件。"沙赛德解释,边说话边低着头,仿佛很尴尬,"——可以说我开始调查一件事。起因是,我听说数起白天就有迷雾出现的传言。"

哈姆耸耸肩:"这不罕见,尤其是秋天时,白天容易起雾。"

"我不是这个意思,哈姆德大人。"沙赛德说道,"我们所说的雾跟一般的云雾是有差别的,也许不明显,但仔细观察就可看出差异。迷雾比较浓,而且……该怎么说……"

"它的形态变化比较大。"纹低声开口,"就像空中的河流,从不会滞留在一个地方,总是随风飘荡,几乎像是风是被它带起的。"

"而且它不能进入建筑物,"歪脚说道,"或是帐篷。一进来很快就蒸发。"

"是的。"沙赛德说道,"当我第一次听说白天就起迷雾时,以为那些人只是过度迷信。我知道有很多司卡在普通有浓雾的白天都会拒绝出门,但我对这些报告很有兴趣,因此一路追踪到南方的一个村庄,在那里教学了一段时间后,仍然无法确认这些故事,所以我离开那里。"

他顿了顿,微微皱眉:"陛下,请不要认为我疯了。在旅程中,我路过一个隐蔽的峡谷,我敢发誓,我看到的是迷雾,而不是水雾。它当时浮在地面上,渐渐朝我袭来,那时却是大白天。"

依蓝德瞥向哈姆。他耸耸肩:"不要看我。"

微风轻蔑地一哼:"老家伙,他是在询问你的意见。"

"我就是没意见。"

"那你算哪门子的哲学家啊!"

"我又不是哲学家。"哈姆说道,"我只喜欢想事情。"

"那你就去想想这件事吧。"微风说道。

依蓝德瞥向沙赛德:"这两个人一直都这样吗?"

"说实话,我不确定,陛下。"沙赛德脸上泛起微微笑意,"我认识他们的时间不比你久。"

"他们向来如此。"多克森轻轻叹气,"近年来甚至变本加厉。"

"你不饿吗?"依蓝德朝沙赛德的盘子点点头。

"我们讨论完后就吃。"沙赛德说道。

"沙赛德,你不是仆人了。"纹说道,"你不需要担心这种事。"

"这不是服不服侍的问题,纹贵女。"沙赛德说道,"这是礼貌。"

"沙赛德。"依蓝德说道。

"是的,陛下?"

他指着盘子:"先吃。你改天再有礼貌。现在你看起来快饿死了,而且我们都是你的朋友。"

沙赛德一愣,对依蓝德投以奇特的眼神:"是的,陛下。"他拾起一副刀子与汤匙。

"那我们继续谈。"依蓝德重新回到正题。"你白天看到雾这件事有何关系?我们知道司卡说的都不是真的,没有必要害怕雾。"

"司卡可能比我们以为的要睿智,陛下。"沙赛德小心翼翼地细嚼慢咽,"迷雾似乎开始杀人了。"

"什么?"纹身体前倾,急迫地问道。

"我从未亲眼见过,纹贵女。"沙赛德说道,"可是我看过事发后的现场,也搜集到不同来源的报告,全都声称雾在杀人。"

"胡说八道。"微风说道,"雾是无害的。"

"我之前也这么以为,拉德利安大人。"沙赛德说道,"可是几个报告都相当详细。这些事件都在白天发生,每次雾都会缠绕在某些不幸的人身上,之后那人便会死亡,通常是抽搐而死。这些都是我亲自访问证人所得到的描述。"

依蓝德皱眉。同样的话从别人口中说出,他绝对不会放在心上,但沙赛德……他说的话绝不可轻忽。坐在依蓝德身后的纹兴趣浓厚地看着他们交谈,咬着下唇。奇怪的是,她没有反驳沙赛德的话,不过其他人的反应倒与微风如出一辙。

"这不合理啊，沙赛德。"哈姆说道，"盗贼、贵族、镕金术师在雾中走动长达数世纪了。"

"确实如此，哈姆德大人。"沙赛德点头说道，"我想到的唯一解释只能跟统御主有关。在崩解时期前，我从未听说过如此确切的迷雾杀人事件报告，但崩解后，这些报告比比皆是，一开始集中在外围统御区，但似乎逐渐开始向内移动，我几个礼拜前在南边，发现一个非常令人……毛骨悚然的事件，整个村庄的人似乎都被雾困在屋里。"

"可是统御主之死跟雾又有何关系？"微风问道。

"我不确定，拉德利安大人。"沙赛德说道，"可是这是我唯一能假设的关联。"

微风皱眉："你能不能不要用那个名字叫我。"

"我很抱歉，微风大人。"沙赛德说道，"我一直习惯以全名称呼他人。"

"你的名字是拉德利安？"纹问道。

"很不幸，是的。"微风说道，"我一直不喜欢这名字，亲爱的沙赛德还在后面加了'大人'二字……这种敬称让这名字听起来更难听了。"

"是我的错觉吗？"依蓝德说道，"我怎么觉得今天晚上我们谈话比平常还容易跑题？"

"累的时候就会这样。"微风边打呵欠边说道，"无论如何，我们这位泰瑞司老兄一定弄错了。雾不会杀人。"

"我只能回报我发现的事实。"沙赛德说道，"我需要更进一步研究。"

"所以你要留下来吗？"纹一脸期盼地问。沙赛德点点头。

"那教学的事情怎么办？"微风问道，挥挥手，"当你离开时，我记得你说要花下半辈子四处行脚什么的，总之是这一类的胡说八道。"

沙赛德脸上微微泛红，又低下了头："恐怕这个工作得要再搁置一下了。"

"沙赛德，你要留在这里多久，我们都欢迎。"依蓝德一边说，一边瞪了微风一眼,"如果你所言属实,那这些研究带来的好处将远超过你去四处开课。"

"也许吧。"沙赛德说道。

"不过,你真该挑个更安全的地方落脚。"哈姆笑着说,"至少挑个没被两支军队跟两万只克罗司推来抢去的城市。"

沙赛德微笑,依蓝德附和地轻笑出声。他说雾正朝内陆移动,朝王国中心移动。朝我们移动。又多了一件要担心的事情。

"你们在做什么啊?"一个声音突然问道。依蓝德转身望向厨房门口,那里站着衣衫凌乱的奥瑞安妮。"我听到有人在说话。有人在办宴会吗?"

"我们只是在谈国事而已,亲爱的。"微风连忙说道。

"另外那个女孩也在这里。"奥瑞安妮指着纹说道,"为什么没邀请我?"

依蓝德皱眉。她听到有人说话的声音?客房离厨房有好大一段距离,而且奥瑞安妮身上穿着一件剪裁简单的贵族仕女长裙,一身整齐,所以她花时间换掉了睡衣,却任由自己一头乱发?也许是为了让自己看起来更无辜?

我开始跟纹一样了,依蓝德叹口气在内心自言自语。仿佛听到他的心事,他注意到纹正眯着眼研究新来的女孩。

"亲爱的,你回房去吧。"微风安抚地说道,"不要打扰陛下了。"

奥瑞安妮夸张地叹口气,但仍然乖乖地转身,消失在走廊中。依蓝德转身面对沙赛德,后者正好奇地研究那女孩。依蓝德对他使了个"晚点再问"的眼色,他便再度动起刀具。不一会儿,众人开始四散,纹一直留在依蓝德身边,直到所有人都离去。

"我不相信那女孩。"纹说道。两名仆人上前拿了沙赛德的背包,领他离开。

依蓝德微笑,转过身低头看着纹:"要听我的评价吗?"

她翻翻白眼:"我知道,'纹,你谁都不信任。'但这次我没说错。她衣装整齐，但头发凌乱，一定是故意的。"

"我也注意到了。"

"你也发现了？"她听起来很是佩服。

依蓝德点点头："她一定是听到仆人把微风跟歪脚叫起来，所以她也醒了，意思是她偷听了大半个小时，还故意不梳头发，好让我们以为她刚刚才下来。"

纹刚想开口便打住，皱起眉头端详着他。"你变厉害了。"她最后说道。

"再不然就是奥瑞安妮小姐的演技太差。"

纹微笑。

"我还在想为什么我们没听到她。"依蓝德思索。

"因为有厨师在。"纹说道，"噪音太多，况且我因为沙赛德说话而分神。"

"你有何看法？"

纹想了想。"我晚点再告诉你。"

"好吧。"依蓝德说道。趴在纹身边的坎得拉站起身，伸展了狼獒的四肢。她为什么坚持要把欧瑟带来开会？他暗自心想。几个礼拜前她不是还无法忍受那东西吗？

狼獒转身，望着厨房窗户。纹沿着它的目光看过去。

"又要出去？"依蓝德问道。

纹点点头："今晚我不放心。我不会离你的阳台太远，以免出问题。"

她亲了亲他后便离开。看着她离去的身影，他不禁猜想她为何对沙赛德的故事这么有兴趣，到底她有什么事情没告诉他。

不要想了，他告诉自己。也许他受她影响太深了。在皇宫的所有人中，纹是他最不需要猜疑的人，但每次他刚觉得自己终于懂了纹一点，就立刻发现自己对她的了解是多么地少。

一念至此，心头上的所有事显得更令人沮丧。他叹口气，转身去自己

MISTBORN: THE WELL OF ASCENSION

的房间，那里有封写给议会的信正等着他。

也许我不该提雾的事情，沙赛德心想，跟着一名仆人走上楼梯。现在我让王因为可能只是我幻想的事情忧虑了。

两人来到台阶终点，仆人问他是否想泡个澡。沙赛德摇摇头。如果不是在这种情况下，他会很高兴终于有机会能把自己打理干净，但一路跑回中央统御区，又被克罗司抓到，还以急行军的速度返回陆沙德，让他整个人突破疲累的极限，连吃饭都很费力。现在，他只想睡觉。

仆人点点头，领着沙赛德走向旁边的一条走廊。

会不会他想象中的关联性根本不存在？每个学者都知道，研究中会遇到的最大危险就是对答案的渴求。他搜集到的证词不是妄想，但会不会他夸大了证词的重要性？他手中到底握有多少真凭实据？一个看到朋友抽搐而死，因而吓得要命的人所说的话？一个精神失常，以人为食的疯子？事实摆在眼前，沙赛德并未亲眼看到迷雾杀人。

仆人领着他来到一间客房，沙赛德感激地向对方道晚安，看着那人离去，他手中只握着一根蜡烛，油灯留给沙赛德使用。沙赛德的大半辈子都属于仆族，因为尽忠职守且礼仪完美而受到贵族喜爱。他一直负责管理宅邸与家族大屋，像刚才为他领路的下仆就属于沙赛德的监管对象。

另一段人生，他心想。他向来有点不满身为侍从官的生活让他没有多少读书的时间。如今他终于协助推翻了最后帝国，却发现自己的空闲时间反而变得更少，真是极大的讽刺。

他伸手要推开房门，却几乎是立刻冻结在原地。他的房间里面已经有灯光。

他们刻意为他留一盏灯吗？他猜想。缓缓地，他推开门。有人在等他。

"廷朵。"沙赛德轻声说道。她坐在房间的书桌边，一如往常冷静自持，衣着整齐。

"沙赛德。"她回答,看他踏入房间,关上门。他突然比平常更清楚地意识到自己的袍子有多脏。

"你回应了我的请求。"他说道。

"你却无视于我的。"

沙赛德不敢看她。他走到一旁,将手中的油灯放入房间的柜子上:"我注意到王的新服装,他的态度似乎也跟衣着相得益彰。我觉得你做得很好。"

"这才刚开始。"她不置可否地说道,"你对他的评论没错。"

"泛图尔王是个很好的人。"沙赛德说道,走到水盆边洗了把脸。他需要冰水的刺激,跟廷朵打交道一定会让他比现在更累。

"好人可能是很差的国王。"廷朵评论。

"可是坏人当不了好国王。"沙赛德说道,"先挑个好人,再来努力其他部分应该是比较好的做法。"

"也许吧。"廷朵说道。她以惯常的冷酷表情看着他。其他人认为她很冰冷,甚至严厉,但沙赛德从不这么想。知道她历经过的一切,今天的她能如此有自信,令他相当佩服,甚至惊奇。她是怎么办到的?

"沙赛德,沙赛德……"她说道,"你为什么回到中央统御区?你知道席诺德给你的指示。你该待在东方统御区,教导炎地边境的人民。"

"我本来在那里。"沙赛德说道,"不过现在我到这儿来了。我想南方没有我短期内也不会出事。"

"哦?"廷朵问道,"那谁来教他们灌溉技术,好让他们能生产足够食物来度过冬天?谁来跟他们解释基本的法令原则,好让他们能自治?谁来让他们明白该如何找回失去的信心跟信仰?你对于这些事向来热情。"

沙赛德放下洗脸布:"当我确定自己没有更重要的工作之后,我会回去教导他们。"

"能有什么更重要的工作?"廷朵质问,"这是我们毕生的责任,沙赛德。这是我们全族人民的工作。我知道陆沙德对你很重要,但这里没有你能插手的地方。我会照顾你的王。你必须离开。"

"我很感谢你帮泛图尔王的忙。"沙赛德说道,"不过我要干的事跟他没有太大关联。我有其他研究要进行。"

廷朵皱眉,冷冷地看着他:"你还在找寻那根本不存在的关联,净说些跟雾有关的蠢话。"

"真的有不寻常之处,廷朵。"他说。

"不。"廷朵叹气,"你还看不出来吗,沙赛德?你花了十年的时间在推翻最后帝国,如今你无法满足于普通的工作,因此只好想象某个威胁大陆的天大危机。你怕自己变得不再重要。"

沙赛德低下头:"也许。如果你说得对,我会寻求席诺德的原谅。也许我无论如何都免不了要去请罪。"

"唉,沙赛德。"廷朵轻摇着头说道,"我不了解你。维德然跟林戴那种毛头小伙儿会反对席诺德的意见是意料之中,但你?你根本是泰瑞司精神的化身,如此冷静,如此谦卑,如此小心翼翼,敬重万物。如此睿智。为什么不断反抗领导者的人,也总是你?这实在不合理。"

"我没有你想的睿智,廷朵。"沙赛德轻声说道,"我只是个必须实践心中所想的人。现在,我相信雾是危险的,所以必须依循自己的直觉查到水落石出,也许这都是我的自大与愚昧,但我宁愿被说成自大愚昧,也不愿拿大地上的人民性命冒险。"

"你什么都找不到的。"

"那我就是错的。"沙赛德说道,转过身,望着她的双眼,"但请你记得,上次我违抗席诺德的结果,是最后帝国的崩溃与我们一族的自由。"

廷朵紧抿嘴唇,额上出现深深的纹路。她不喜欢提起这件事。没有守护者喜欢提起这件事。他们认为沙赛德不该违抗命令,却又不能因为他的成功而惩罚他。

"我不了解你。"她再次低声说道,"你应该是我们一族中的领袖之一,沙赛德,不是我们最大的反抗者与异议分子。每个人都想以你为榜样,却都不能仿效你。你真的必须反抗每个命令吗?"

他疲累地笑了,却没有回答。

廷朵叹口气,站起身走向门口,经过他身边时停住脚步,握住了他的手。她凝视着他的双眼片刻,然后他将手抽出。

她摇摇头,然后离去。

他能对国王们下令。虽然他并无建立帝国的意图,却走到了史无前例的高位。

24

一定有问题,纹坐在泛图尔堡垒顶端的浓雾中想着。

沙赛德不是会夸张事实的人。他做事巨细靡遗,光从他的举手投足、仪容仪表,甚至是他的用词遣字都可见一斑。而且,当他研读材料时,只会更仔细。纹倾向相信他的发现。

她也绝对在迷雾中看到了些什么。很危险的东西。雾灵的存在能解释沙赛德所碰上的命案吗?但若是如此,为什么沙赛德没提到雾中的人影呢?

她叹口气,闭起眼睛,燃烧青铜,可以感觉到那雾灵正在附近观察她,而且再次听到远方传来的那份奇特鼓动声。她睁开眼,继续烧着青铜,安静无声地摊开口袋中掏出的东西:一本日记的书页。借着依蓝德下方阳台传来的光线跟锡力,她可以看清书页上的字。

我每天晚上只睡几个小时。我们必须前进,每天尽量赶路,但当我终于躺下时,却发现全无睡意。白天因扰我的念头在夜晚只是变本

MISTBORN: THE WELL OF ASCENSION

加厉。

除此之外，我还能听到上面传来的撞击声，山里传来的鼓动声，每一下都将我拉得更近。

她全身轻颤。她请依蓝德手下的一名搜寻者燃烧青铜，但他声称并没有从北方听到任何脉动。要么他是坎得拉，骗她自己已经燃烧过青铜，要么就是纹能听到没有别人听得到的鼓动声。只有已经死了千年的那个人才听过。

一个每个人都认为是永世英雄的人。

你别傻了，她告诉自己，将纸折起。别这么急着下定论。她身边的欧瑟磨蹭了一下，又静静趴下，望着城市。

可是，沙赛德的话在她脑海里盘旋不去。雾的确正在改变。绝对出问题了。

詹在海斯丁堡垒顶端没找到她。

他停在雾中，原地不动。他以为会看到她在等他，因为这是他们上次对打的地方，光是想象就让他因期待而全身紧绷。

两人已交手数月，每次他都在前一晚追丢她的地方和纹重会，但这次他一连几个晚上回到同样的地方，却再没发现她的踪迹。他皱眉，想着史特拉夫的命令，还有无可转圜的必然。

他早晚会被下令要杀掉这女孩。他不确定哪件事让他更在意，是他日渐踌躇的心意，还是担心到时候他其实无法打败她。

可能就是她，他心想。能让我抗拒，能说服我……离开。

他无法解释为何离开还需要原因。他心里的某个地方认为这只是自己精神不正常的表象之一，但理性告诉他，这是个拙劣的借口。在心底深处，他承认史特拉夫是他所知的一切，除非他找到另一个可以倚靠的对象，否则他根本走不了。

他转身离开海斯丁堡垒。他等够了。该是找她的时候。詹抛下一枚钱

迷雾之子
卷二·升华之井 [珍藏版]

币,在城市里跳跃穿梭一阵,果不其然,她人就在这里:坐在泛图尔堡垒上,守着他那笨蛋兄弟。

詹绕到堡垒后方,躲到就连她经过锡力增强的视力都无法看到的范围。他轻落在屋顶的后方,无声无息地走上前去,看着她坐在屋顶的边缘。空气静默无声。

终于,她转过头,微微一惊。他敢发誓,她不该有办法察觉他的存在,但她却仍然感应到了他。

无论如何,他被发现了。

"詹。"纹没好气地说道,轻易辨认出他的身影。他穿着惯常的一身黑,没有迷雾披风。

"我一直在等。"他低声说道,"在海斯丁堡垒顶。希望你会来。"

她叹口气,小心不让他出了视线范围,但略略放松:"我现在真的没有交手的心情。"

他凝视着她。"真可惜。"他终于说道,走上前去,迫使纹小心翼翼地站起。詹停在屋顶边缘,看着依蓝德明亮的阳台。

纹瞥向欧瑟,后者全身紧绷,来回观察着她跟詹。"你好担心他。"詹低声说道。

"依蓝德?"纹问道。

詹点点头:"即使他利用你。"

"我们之前不是才谈过这件事。他没有利用我。"

詹抬起头,迎向她的双眼,挺拔自信地站在黑夜里。

他很强悍,她心想,如此自信,很不一样,尤其比起……

她打住这个念头。

詹转过身。"告诉我,纹。"他说道,"在你小时候,你曾希望拥有力量过吗?"

纹偏着头,因不解这奇特的问题而皱起眉头:"什么意思?"

"你在街头长大。"詹说道,"当你年纪小一点时,希望自己拥有力量吗?你幻想过要解放自己,杀掉那些欺侮你的人吗?"

"当然有。"纹说道。

"那现在你有力量了。"詹说道,"如果孩提时期的纹看到现在的你,会怎么说?一名屈服于他人意志的迷雾之子?强大,却仍然具有奴性?"

"我不是以前的我了,詹。"纹说道,"这些年来我学会了一些事情。"

"我发现孩子的直觉往往比较诚实。"詹说道,"是最自然的。"

纹没有回答。

詹静静转过身,看着城市,似乎不在意自己的后背暴露在她眼前。纹打量他,然后抛下一枚钱币。金属屋顶上一声清响。他立刻回过头看她。

没错,她心想,他不信任我。

他又转了回去,轮到纹观察他。她其实明白他的意思,因为她曾经跟他有同样的想法。不由自主地,她开始想象如果她得到力量,却没有同时赢得卡西尔一团人的友谊跟信赖时的情形。

"你会怎么做,纹?"詹说道,转身面向她,"如果你没有任何限制?假设你无论做什么都不用承担后果?"

去北方。她的念头来得又急又快。**找出发出鼓动之声的原因**。可是她没说出口。"我不知道。"她只这么说。

他转身,仔细看着她。"你没有认真地听我说话。我明白了。抱歉浪费你的时间。"

他转身离开,直接从她跟欧瑟之间通过。纹看着他,突然一阵担忧。他来找她,愿意只是交谈而不是对打,但她却浪费了这机会。如果不跟他谈谈,她绝对没有机会说服他投靠他们这边。

"如果我可以随心所欲地使用力量?"纹问道,"没有后果?我会保护他。"

"你的王?"詹转身问道。

纹用力点头:"那些带领军队来攻击他的人,包括你的主人,还有那个叫做塞特的人,我会杀了他们,我会利用我的力量确保没有人能威胁依蓝德。"

詹静静点头，她看到他眼中的敬意。"那你为什么不动手？"

"因为……"

"我看到你眼中的困惑。"詹说道，"你知道杀死那些人的直觉是对的，但你却克制自己。因为他。"

"因为会有后果，詹。"纹说道，"现在外交手段可能仍然可以奏效，但如果我杀了那些人，他们的军队可能会直接发动攻击。"

"也许吧。"詹说道，"但某天他或许就会叫你去为他杀人。"

纹轻哼一声。"依蓝德不是这种人。他不会对我下令，而我只杀先对他下手的人。"

"哦？"詹说道，"你也许不会按照他的命令行事，但你绝对会避免违背他的意思。你是他的玩物。我这么说不是想侮辱你，因为我跟你一样也是个玩物，我们都无法自由——如果只靠自己的力量。"

纹抛下的钱币突然飞入空中，朝詹射去。她全身戒备，但钱币只是落入詹等待的掌心。

"很有意思的一件事。"钱币在他指间翻飞，"很多迷雾之子已经看不到钱币的价值，对我们而言，那只是用来跳跃的东西。太常使用一件东西，就会忘记它的价值。当它变得普通且方便时，它就变成……只是一个工具。"

他弹起钱币，让它射入黑夜。"我得走了。"他说道，转身。

纹抬起手。看着他使用镕金术，让她意识到自己想要跟他说话的另一个原因。她已经好久没有跟另外一名迷雾之子交谈，一个能了解她的力量，一个像她的人。

可是，她觉得自己想要他留下的心情过于急迫。于是，她让他离开，自己继续守夜。

MISTBORN: THE WELL OF ASCENSION

他从未生子，但大地上的所有人都成为他的子民。

25

纹从小时候起，睡眠就很浅。盗贼集团内合作关系并不稳固，守不住自己财物的人，会被他人视为待宰的肥羊。纹原本就身处盗贼阶级的最底层，虽然她没有多少东西需要保护，但身为男性居多的环境中唯一的年轻女孩，她有很多不能深眠的理由。

所以，一声警告的轻吠就足以将她唤醒。她甩开棉被，立刻抓住床头柜上的玻璃瓶。睡觉时，她向来不在体内留任何金属，因为大多数镕金术用的金属都对人体有害。平常是不得已，但她总是记得每天就寝前要把残余的金属烧光。

她一面掏着藏在枕头下的黑曜石匕首，一面一口喝光了玻璃瓶内的液体。寝室大门猛然被推开，廷朵走了进来。泰瑞司女子看到纹蹲在几尺外的床脚边，匕首亮出，浑身紧绷。

廷朵挑起一边眉毛："原来你醒着。"

"现在醒了。"

泰瑞司女子微笑。

"你在我的房间里做什么？"纹质问。

"我来叫醒你。我打算找你去购物。"

"购物？"

"是的，亲爱的。"廷朵说道，走上前去拉开窗帘。纹平常不会那么早起。"就我所知，明天早上你要去会见陛下的父亲。我想，在这种场合下，你会需要一件适宜的礼服吧？"

"我不穿礼服了。"你到底在玩什么把戏？

廷朵转身，瞄着纹："你和衣而睡？"

纹点点头。

"你没有任何侍女？"纹摇摇头。

"好吧。"廷朵说道，转身离开房间，"先洗澡更衣。你好了我们就出发。"

"我不用听你的命令。"

廷朵停在门边，转过身，脸上表情一柔："我明白，孩子。你可以想想要不要跟我来，这是你的选择。但是，你真的想穿长裤跟衬衫去与史特拉夫·泛图尔会面？"

纹迟疑了。

"至少去看看。"廷朵说道，"可以让你散散心。"

良久后，纹点点头。廷朵再次微笑，出了房间。

纹瞥向坐在她床边的欧瑟："谢谢你的警告。"

坎得拉耸耸肩。

曾经，纹根本无法想象住在泛图尔堡垒这样的地方。当时的纹习惯于隐藏的密室、司卡的小茅屋，还偶尔睡在小巷里。如今，她住在一间以彩绘玻璃装点的闪亮建筑物中，四周高墙环绕，拱门迎人。

当然，很多事情都是我没想到的，纹边下楼梯边想，为什么现在我会想起这些呢？

最近，在盗贼集团中的童年记忆经常浮现她的脑海。詹的话，虽然荒谬，却不断在她脑海中骚动。纹真配得上这座宏伟的堡垒吗？她有许多技能，但罕有适合美丽走廊的技能，比较像是⋯⋯在充满脏污灰烬的小巷中使用的技能。

她叹口气，欧瑟跟着她一路走到南边的入口。廷朵说要在那里跟她会面。这里的走廊变得又宽又壮观，直接面向中庭。马车经常直接驶到入口来接人，如此一来贵族不会受到坏天气的侵扰。

她上前来，锡力让她听到不同的声音。一个是廷朵，另一个是——

"我没带多少钱。"奥瑞安妮说道，"只有两百盒金左右，但我真的需要衣服，我不能一直穿借来的衣服啊！"

纹停在最后的一段走廊边。

"国王的礼物绝对足够你买礼服的，亲爱的。"廷朵说，然后注意到纹，"啊，她来了。"

满脸怨色的鬼影跟两名女子站在一起。他穿着皇宫侍卫的制服，却没将外套扣起，长裤也穿得松松垮垮。纹缓缓上前："我没想到还会有别人要一起来。"

"小奥瑞安妮受过贵族仕女的训练。"廷朵说道，"她知道现在流行什么，能够提供很多采购建议。"

"鬼影呢？"

廷朵转身，打量男孩："苦力。"

这就解释他脸色为什么那么难看了，纹心想。

"来吧。"廷朵走到中庭。奥瑞安妮以轻快、优雅的步伐快速跟上。纹瞥向鬼影，后者耸耸肩，也一起跟上。

"你怎么被牵扯进来的？"纹对鬼影低声问道。

"醒太早，偷吃东西。"鬼影抱怨，"那个爱威胁人的小姐注意到我，露出狼獒的微笑，跟我说'年轻人，今天下午我们需要你的协助'。"

纹点点头："保持警戒，继续烧锡。记得，我们现在正处于战时。"

鬼影乖乖地照做。站在这么近的距离，纹轻易感觉到他的锡力。他不是间谍。

名单上又少了一个，纹心想。至少这趟旅程不是完全浪费时间。

一辆马车在正门口等她们。鬼影坐到车夫旁边，女性们则全坐在后面。纹坐了下来，欧瑟上了马车，坐在她旁边。奥瑞安妮跟廷朵坐在她对面。奥瑞安妮皱着眉头打量欧瑟，鼻子皱成一团："那只动物一定要跟我们一样坐在椅子上吗？"

"对。"纹说道，此时马车已经开始缓缓移动。

奥瑞安妮显然还在等着她解释，但纹没再说什么。最后，奥瑞安妮转身望着车窗外："廷朵，你确定我们只带一名男仆出门安全吗？"

廷朵瞅了纹一眼："我想没问题的。"

"啊，对了。"奥瑞安妮说道，转身望着纹，"你是镕金术师！那他们说的事情都是真的吗？"

"什么事情？"纹轻声问道。

"他们说你杀了统御主。而且你有点……呃……这个……"奥瑞安妮咬咬下唇，"就是，有点阴晴不定。"

"阴晴不定？"

"而且危险。"奥瑞安妮说道，"可是，那一定不是真的嘛，毕竟你不是要跟我们一起去购物了吗？"

她是故意要惹怒我吗？

"你向来都穿这样的衣服吗？"奥瑞安妮问道。

纹正穿着标准的灰裤子与米色衬衫。"这样方便战斗。"

"是没错，可是……"奥瑞安妮微笑，"我想，这就是为什么我们今天要出门了，是吧，廷朵？"

"是的，亲爱的。"廷朵说道。整段对话中，她都在研究纹的神情。

你喜欢你看到的样子吗？纹心想。你到底想要什么？

"你一定是我见过最奇怪的贵族仕女了。"奥瑞安妮宣称，"你是在远离宫廷的地方长大的吗？我就是，可是我妈很重视教育问题，当然，她只是想把我打造成能给父亲换来一门好联姻的商品。"

奥瑞安妮微笑。纹已经有一阵子不需跟这种女人打交道了。她想起过去在宫廷里一坐就是好几个小时，不断微笑，假装是法蕾特·雷弩。想起那段日子时，她经常记起其中不愉快的片段——宫廷贵族的恶毒，还在扮演那个角色时的不自在。

MISTBORN: THE WELL OF ASCENSION

但也有好事。依蓝德是其中之一。如果她没有装成贵族仕女,那绝无遇见他的机会。还有舞会——鲜艳的色彩、音乐、礼服,总有令她着迷不已的魅力。优美的舞蹈,优雅的互动,装饰华美的房间……

那些都不在了,她告诉自己。当统御区面临崩塌的危机时,我们没有时间花在无聊的舞会跟聚会上。

廷朵仍然在研究她。

"怎么样?"奥瑞安妮问道。

"什么事?"纹问道。

"你长大的地方离宫廷很远吗?"

"我不是贵族,奥瑞安妮。我是司卡。"

奥瑞安妮脸色一白,随即涨红,然后指尖举到唇边:"噢!你好可怜!"纹增强的耳力听到旁边传来的声响,是欧瑟在轻笑,只有镕金术师才听得到。

她抗拒瞪坎得拉一眼的冲动。"没那么惨。"她说道。

"是啦,但,难怪你不知道该怎么穿衣服!"奥瑞安妮说道。

"我知道要怎么穿衣服。"纹说道,"我甚至有几件礼服。"虽然我已经好几个月都没穿了……

奥瑞安妮点点头,不过显然一点也不相信。"阿风也是司卡。"她轻声说道,"至少是半个司卡。他告诉我的。幸好他没有告诉父亲。父亲对司卡向来不好。"

纹没有回答。

终于,他们到了坎敦街,人头攒动,马车无法继续前进。纹先下车,欧瑟跟她一同跳下。街道车水马龙,却没有她第一次造访时那么拥挤。纹一面瞥着附近店家的售价,一面等着其他人下车。

五盒金只能买一桶干巴巴的苹果,纹不满地心想。食物的售价已经涨到天价。幸好依蓝德早安排了存粮,但在围城战时,又能维持多久?绝对撑不过这个冬天,尤其外围农庄里有这么多谷粮尚未收割。

时间也许是我们的朋友，纹心想，可是时间早晚会用完。得尽快让那两支军队开打，否则不需要士兵攻城，城里的人早就已经因饥饿而死。

鬼影从马车上跳下，走到他们身边，廷朵则环顾街道。纹瞅着拥挤的人潮。所有人似乎正努力无视外在的威胁，想要继续维持正常的生活。他们还能怎么办？围城战已经维持好几个礼拜了。日子总是要过。

"那里。"廷朵指着一间裁缝店。

奥瑞安妮连走带跑地向前奔去。廷朵跟在后面，仪态端庄。"真是个着急的小东西，是吧？"泰瑞司女子说道。

纹耸耸肩。金发的贵族女子早已引起鬼影的注意，他正快步跟在她身后，当然，要引起鬼影的注意不难，只要有胸，闻起来又香就可以了。后者有时甚至不是必要条件。

廷朵微笑："也许只是因为她跟父亲的军队一同行动了几个礼拜，一直没有购物的机会。"

"你听起来像是觉得她吃了很多苦。"纹说道，"就只是因为没机会买东西。"

"她显然很喜欢这个活动。"廷朵说道，"你一定能了解被硬生生地从自己喜爱的事物中带走的感觉。"

纹耸耸肩，两人走到店前："我无法同情觉得跟自己的裙装分离是件惨事的绣花枕头。"

廷朵一面走入店中，一面微微皱眉，欧瑟则在店外坐着等她们。"不要对那孩子太严厉。她是这样被养大的，你也是。如果你靠她的个人喜好来评价她，那就跟那些以貌取人评断你的人并无两样。"

"我喜欢别人以貌取人。"纹说道，"如此一来，他们对我就不会有太多的期望。"

"我明白了。"廷朵说道，"所以你完全不想念这些？"她朝店铺内点点头。

纹停下脚步。房间里绽放着色彩——布料、蕾丝、丝绒，贴身上装与

MISTBORN: THE WELL OF ASCENSION

裙摆。一切都沾染了轻柔的香气。站在身着鲜艳洋装的人形衣架前,纹有一瞬间回到了当年的舞会,回到了她是法蕾特的时候,回到了她有借口能当法蕾特的时候。

"他们说你喜欢贵族社会。"廷朵轻松地说道,走上前去。奥瑞安妮已经站在房间最里面,一手摸着一匹布,以坚定的语调跟裁缝师交谈。

"谁告诉你的?"纹问道。

廷朵转过身:"当然是你的朋友们啊。整件事蛮令人好奇的。他们说,崩解后过了几个月,你就不再穿裙装了,他们不知道为什么。你朋友们都觉得你似乎喜欢穿女装,但他们大概猜错了吧。"

"不。"纹静静说道,"他们说得对。"

廷朵挑起一边眉毛,站在穿着亮绿色服装的人偶边。礼服以蕾丝缀边,下摆垫着几层衬裙。

纹走上前来,看着华美的衣装:"我开始喜欢这种穿着。这正是问题所在。"

"我看不出有什么问题,亲爱的。"

纹背向裙装:"那不是我。那从来都不是我,只是一个伪装。穿着这样的裙装时,太容易忘记自己到底是什么人。"

"而这些裙装不能是你的一部分?"

纹摇摇头。"裙装跟礼服是她那种人的一部分。"她朝奥瑞安妮点点头,"我需要不一样的身份。更冷硬的身份。"我不该来这里。

廷朵一手按上她的肩膀:"孩子,你为什么不嫁给他?"

纹锐利地瞪她一眼:"这是什么问题?"

"诚实的问题。"廷朵说道,看起来不像纹之前看到的她那么严厉。当然,那些时候她都在对依蓝德说话。

"这个话题与你无关。"纹说道。

"王要我帮他修正形象。"廷朵说道,"而我觉得自己的责任不止于此,如果可以,我想让他成为真正的王。我认为他很有潜力,但他无法改制自己的潜力，除非他对人生中的一些事情更有把握。尤其是你。"

"我……"纹闭上眼睛，想起他的求婚。那晚，在阳台上，灰烬轻轻在夜间落下。她记得自己的恐惧。她当然知道两人的关系会走到这一步。她为何那么害怕？

那天开始，她不再穿裙装。

"他不应该问的。"纹冷静说道，睁开眼睛，"他不能娶我。"

"他爱你，孩子。"廷朵说道，"某种层面来说，这很不幸。如果他不是这么想，一切都会简单许多，可是现在——"

纹摇摇头："我不适合他。"

"原来如此。"廷朵说道，"我明白了。"

"他需要的不是我。"纹说道，"他需要更好的。一个能当皇后，而不只是保镖的女人。一个……"纹的胃一阵紧缩。"一个比较像她的女人。"

廷朵瞥向奥瑞安妮，后者正被丈量她身材的年迈裁缝师逗得咯咯发笑。

"他爱的人是你，孩子。"廷朵说道。

"他爱的是像她那样的我。"

廷朵微笑："不管你多努力练习，我都很怀疑你能扮得像奥瑞安妮。"

"也许吧。"纹说道，"无论如何，他爱的都是我的宫廷模样。他不知道真实的我是怎么样。"

"如今他知道了，他嫌弃你了吗？"

"是没有。可是……"

"所有人都比第一眼看上去更复杂。"廷朵说道，"举例而言，奥瑞安妮很积极且年轻，可能有点太口无遮拦，但她对宫廷的了解其实远超过许多人的揣想，而且她似乎很擅长看出一个人的优点。这是许多人缺乏的天赋。"

"你的王是一名谦逊的学者跟思想家，但他的意志力有如战士。他有战斗的决心，而且我认为，他更优秀的一面尚未展现。安抚者微风是个世故、刻薄的人，但他望向小奥瑞安妮时，他整个人都柔软下来，让人不觉猜想，他冷酷的无谓到底有几分是装出来的。"

廷朵顿了顿，望向纹："还有你。孩子……真实的你，远超过你愿意接受的自己。为什么你只愿看见一部分的自己，但依蓝德看到的却是更完整的你？"

"这就是你的目的？"纹问道，"你想把我变成依蓝德的皇后？"

"不，孩子。"廷朵说道，"我想帮你成为你自己。先去让那人量量你的身材，试试看他们现成的一些衣服吧。"

成为自己？纹皱着眉头，但她让高挑的泰瑞司女子推着她前进，直到年迈的裁缝师拿出卷尺，开始丈量。过了一阵子，进出一趟更衣间后，纹走回房间，穿着回忆中那样的礼服。蓝色丝绸搭配白色蕾丝，腰部、胸部贴身，下方却敞开，裙摆迤逦。数层衬裙让它外散成三角形，双脚完全隐藏在曳地的裙摆中。

真是太不实用了。她每走一步就会摩擦出声，她得很小心自己走动的方向，以免裙摆被勾住，或是碰到肮脏的地面；但礼服很美，让她觉得自己也很美，她几乎听见乐队开始演奏，沙赛德像是保护她的侍卫般站在她的肩后，依蓝德出现在远方，倚靠着墙边，翻动书页，望着下方共舞的俪人双双。

纹走动几步，让裁缝师检查礼服哪里太紧或太松。一看到纹，奥瑞安妮立刻发出"天啊"的赞叹声。年迈的裁缝师靠在拐杖上，对年轻的助理吩咐修改细节。"请多移动一些，贵女。"他要求，"让我看看您不是走直线时，它是否仍然合身。"

纹轻轻地单脚旋转，试图记起沙赛德教导她的舞步。

我从来没跟依蓝德跳过舞，她突然想到，同时侧踏一步，仿佛听到了自己隐约记得的音乐。他总是有躲避的借口。

她一转身，开始习惯礼服的重量。她以为直觉早已随时间萎缩，但礼服一上身，她便发觉原来回复当时的习惯是这么容易——轻巧地踏步，微微转身,好让裙摆就这样微微地散开……

她停下脚步。裁缝师停止嘱咐助理,只是静静地看着她,脸上露出微笑。

"怎么了?"纹满脸通红地问道。

"对不起,贵女。"他说道,转身轻敲助理的笔记本,手一指便让男孩退下,"只是,我想我从未见过有人有如此优雅的举止。您像是……一阵气息般轻掠过。"

"你过奖了。"纹说道。

"不是的,孩子。"廷朵站在一旁说道,"他说得没错。你的优雅让大多数女子只能望而兴叹。"

裁缝师再度微笑,回过头看着助理带着一叠方形布料上前。老人以年迈的手指开始翻动,纹走到廷朵身边,双拳紧握在身侧,试着不让背叛她的礼服再度勾引她上当。

"你为什么要对我这么好?"纹低声质问。

"我为什么不能对你好?"廷朵问道。

"因为你对依蓝德很坏。"纹说道,"不要否认,我听过你授课。你花很多时间在侮辱跟批评他,但现在你假装对我很好。"

廷朵微笑:"我没有假装,孩子。"

"那你为什么要对依蓝德那么坏?"

"那小子前半辈子都是豪门望族中的掌上明珠。"廷朵说道,"如今成了王,我认为他需要听进一些严酷的事实。"她顿了顿,低头瞥着纹。"我可以感觉到你的人生中并不缺那些。"

裁缝师带着布料样本上前,摊在矮桌前。"好了,贵女。"他说道,弯曲的手指指着一叠布料,"我认为以您的肤色跟发色,深色系特别适合您。暗红色如何?"

"黑色呢?"纹问道。

"天哪,不行。"廷朵说道,"孩子,你绝对不能再穿黑色或灰色了。"

MISTBORN: THE WELL OF ASCENSION

"那这个呢?"纹问道,拉出一片宝蓝色,跟她许久前第一次与依蓝德见面时的礼服颜色相仿。

"啊,选得好。"裁缝师说道,"那个颜色衬着您白皙的皮肤跟深色头发,非常的美。嗯,没错。接下来,要挑礼服样式了。那位泰瑞司女士说,您明晚就需要这件礼服?"

纹点点头。

"好吧,那我们得改掉一件现成的裙装,我想我有一件正是这个颜色。我们得将那件礼服改小不少,但为了您这样的美女,要我们彻夜工作也没有问题,是吧,小子?至于样式嘛……"

"我想这件就可以了。"纹低头说道。这件礼服是她在先前的舞会中所穿的标准样式。

"我们希望的效果可不是'可以了'就能算数的,是吧?"裁缝师微笑着说道。

"把衬裙拿掉几层如何?"廷朵说道,轻拉纹的裙装侧边,"还有,把下摆改短一点,让她行动能更自由?"

纹一愣。"可以这样吗?"

"当然可以。"裁缝师说道,"那小子说,南方比较流行薄裙摆,虽然那边的时尚流行向来比陆沙德晚些。"他想了想。"不过我不知道陆沙德是否还能称得上有时尚流行这回事。"

"把袖口做得宽些。"廷朵说道,"顺便缝几个口袋,让她能放私人物品。"

老人点头,安静的助理将廷朵的建议抄下。

"胸口跟腰可以紧,但不能过紧。"廷朵继续说道,"纹贵女需要能自由地移动。"

老人一愣。"纹贵女?"他问道,更仔细地打量了一下纹,眯起眼睛,转身面对助理。男孩静静点头。

"我明白了……"老人说道,手的颤抖比原先厉害了一些。他按着手

迷雾之子
卷二·升华之井 [珍藏版]

杖,仿佛想借此得到一些慰藉。"如果先前有冒犯的地方,我……我很抱歉。我不知道。"

纹再次脸红。这是我不来购物的另一个原因。"不会的。"她安抚地说道,"没事的,你没有冒犯我。"

他微松了一口气。纹此时发现鬼影正缓步靠近。

"看来我们被找到了。"鬼影朝前窗点点头说道。

纹望向人偶跟布料后方,看到外面聚集的人群。廷朵好奇地望着纹。

鬼影摇摇头:"你为什么这么受欢迎?"

"我杀了他们的神。"纹低声说道,转身躲到模特后方,想躲过数十道偷窥的视线。

"我也有帮忙。"鬼影说道,"我的名字甚至是卡西尔亲自取的!但是没人在乎可怜的鬼影。"

纹环顾四周,寻找窗户。这里一定有后门,当然,小巷里可能也会有人。

"你在做什么?"廷朵问道。

"我得走了。"纹说道,"躲开他们。"

"你为什么不出去跟他们讲讲话?"廷朵问道,"他们显然很乐于看到你。"

奥瑞安妮从更衣间走出,穿着一件蓝黄相间的礼服,夸张地转了个圈,却发现自己连鬼影的注意力都吸引不了,她露出了不满的神情。

"我才不要出去。"纹说道,"我有什么理由要这么做?"

"他们需要希望。"廷朵说道,"你能给他们希望。"

"一个虚伪的希望。"纹说道,"这只会让他们把我当成某个崇拜的偶像而已。"

"才不是这样。"奥瑞安妮突然出声说道,走上前来,大方地望向窗外,"躲在角落,穿得奇奇怪怪,行动神神秘秘,这才是你会有那种名声的理由。如果他们知道你有多普通,就不会发疯似的要看你了。"她顿了顿，然后转过头："我……呃，我不是那个意思。"

纹满脸通红："我不是卡西尔，廷朵。我不要他们崇拜我。我只想静静的一个人就好。"

"有些人别无选择，孩子。"廷朵说道，"你打倒了统御主。你是幸存者一手训练出来的，更是王的另一半。"

"我才不是他的另一半。"纹的脸涨得更红，"我们只是……"他统御老子的，连我都不了解我们的关系是什么，更甭提还要我去解释了！

廷朵挑起一边眉毛。

"好吧。"纹叹口气，上前一步。

"我跟你一起去。"奥瑞安妮说道，像是闺蜜般握住纹的臂膀。纹想挣扎，却想不出有什么方法能不动声色地摆脱她。

两人踏出店门外。前面早就围着一群人，周围陆续有更多人上前来观看。大多数是司卡，穿着褐色、沾满灰烬的工作服，或是简单的灰色裙装。前面的人随着纹的出现而退后一步，让她有一圈小空间，众人间散布着敬畏的低语声。

"天啊。"奥瑞安妮低声说道，"人可还真多……"

纹点点头。欧瑟坐在离先前那门不远的地方，以奇特的表情看着她。

奥瑞安妮朝众人微笑，突来的迟疑让她一阵不知所措："如果情况失控，你，呃，可以打退他们，对吧？"

"不会失控的。"纹说道，终于将手臂从奥瑞安妮的钳握中抽出，并对人群施以了一点安抚，好让他们能冷静下来，之后，她上前一步，试图压下心中骚动的紧张感。她终于习惯出门时不需躲躲藏藏，但站在这么一大群人面前……她几乎要转身，溜回裁缝师的店里。

可是一个人的声音阻止了她。说话的人是一名中年男子，长着沾满灰烬的大胡子，手中紧张地握着一顶脏污的黑帽子。他很强壮，也许是谷仓的工人。他安静的声音跟强壮的身躯有着强烈的对比："继承者贵女。请问我们会变成什么样？"

迷雾之子
卷二·升华之井 [珍藏版]

壮硕男子声音中的恐惧，担忧——如此可怜，让纹迟疑了。他跟大多数人一样，带着期待的眼神望着她。

好多人，纹心想。我以为幸存者教会的人数很少。她看着绞扭着帽子的男子。她张开口，可是……办不到。她无法告诉他自己不知道会发生什么事，她不能对那双眼睛解释，她不是他需要的救世主。

"一切都会好起来。"纹听到自己这么说，同时增强了安抚好带走他们的恐惧。

"可是继承者贵女，外面都是军队啊！"一名妇女说道。

"他们只是要吓唬我们。"纹说道，"可是王不会允许这种事。我们的围墙坚固，士兵亦然。我们撑得过去的。"

众人沉默。

"其中一支军队是由依蓝德的父亲，史特拉夫·泛图尔所率领。"纹说道，"依蓝德和我明天晚上要去跟史特拉夫会面。我们会说服他成为我们的同盟。"

"王会投降！"一个声音大喊，"我听说了。他要拿城市换取他的性命。"

"不。"纹说道，"他绝不会这么做！"

"他不会为我们战斗！"一个声音喊道，"他不是军人。他是政客！"

其他声音开始附和。一些人开始大喊他们的担忧，其他人则要求获得协助，方才的崇敬气氛荡然无存。反对者不断叫嚣着对依蓝德的不满，呐喊说他根本无力保护他们。

纹举手遮住耳朵，试着挡住群众混乱的声浪。"住口！"她大喊，以钢跟黄铜推出。几个人踉跄地从她身边退开，她看到人群随着纽扣、钱币、扣环被突然往后推，引发一阵波动。

人民全部突然安静下来。

"我不允许你们公然反对他！"纹说道，骤烧黄铜，增强安抚，"他是个好人，更是个好领袖。他为你们牺牲了许多，你们如今的自由都靠他耗

MISTBORN: THE WELL OF ASCENSION

费许多时间撰写法令,你们的生计都靠他辛劳地和商人斡旋,并努力保障商队的路途安全。"

许多人低下头。可是前方的大胡子继续扭绞着帽子,望着纹:"他们只是害怕,继承者贵女。真的很害怕。"

"我们会保护你们。"纹说道。我在说什么?"依蓝德跟我会找出保护你们的方法。我们阻止了统御主。我们可以阻止这些军队……"她没再说下去,觉得自己好愚蠢。

可是,群众对她的话起了响应。有些人显然仍然不满,但大多数人似乎都因此冷静下来。人群开始散开,但有一些人开始牵着或抱着小孩上前。纹紧张地一僵。卡西尔以前经常与司卡的小孩们会面,抱着他们,仿佛是在赐于他的祝福。她连忙跟众人道别,弯腰牵着奥瑞安妮躲回店铺中。

廷朵在里面等着,满意地点点头。

"我说了谎。"纹说道,关起门。

"你没有。"廷朵说道,"那是乐观。你说的话是真是假,尚未见分晓。"

"不会发生的。"纹说道,"就算有我帮忙,依蓝德仍然打不败军队。"

廷朵挑起一边眉毛:"那你就该走。快逃,让那些人自己去面对军队。"

"我不是这个意思。"纹说道。

"那你快点做决定。"廷朵说道,"要不然就是放弃城市,再不然就是相信自己的话。我说真的,你们两个人啊……"她摇摇头。

"我以为你不会对我那么严厉。"纹想了想说。

"我有时克制不住自己。"廷朵说道,"来吧,奥瑞安妮。快把衣服选好。"

众人开始准备完成手边的事,但就在同时,仿佛是在嘲笑纹居然敢不自量力对其他人承诺一般,城墙上响起擂鼓示警。

迷雾之子
卷二·升华之井 [珍藏版]

纹全身一僵,立刻望向窗外焦虑的人群。

外面某支军队开始攻击了。

她一边诅咒身上衣服这么臃肿繁复,浪费她宝贵的时间,一面冲向后方的更衣间。

依蓝德连跑带跳地冲上通向城墙顶的台阶,差点被自己的决斗杖绊倒。一个踉跄,他几乎是从楼梯间扑上城墙,边骂边调整身侧的决斗杖。

城墙顶陷入一片混乱。守军四处乱跑,相互呼唤,不少人手无寸铁。跟在依蓝德身后冲上楼梯间的人数多到将那里塞满,他无助地看着手下围堵在下方的开口,造成中庭更为拥挤。

依蓝德转身,看着上千名的史特拉夫士兵朝东方的白镴门冲来。

"弓箭手!"依蓝德大喊,"士兵们,你们的弓呢?"

可是他的声音淹没在众人的杂沓呐喊中。小队长们来来去去,想要将士兵组织起来,但太多步兵跑上了城头。依蓝德站在北方的锡门边,离史特拉夫的军队最近。他可以看到有一支单独的军队冲去攻击困在下方中庭里的弓箭手。

为什么?依蓝德慌乱地心想,望着冲上前来的军队。为什么要现在攻击?我们约好明天要会面的!

难道他听说了依蓝德借刀杀人的计策?也许他的团队里真的出现了间谍。

无论是何种原因,依蓝德都只能无助地看着敌军兵临城下。一名队长好不容易指挥士兵射出一道小得可怜的箭雨,但收效甚微。军队靠近的同时,飞箭开始射回城墙,其间夹杂着钱币。史特拉夫在那群人里安排了镕金术师。

依蓝德咒骂,躲在一块突出的岩石下,钱币叮叮咚咚地敲击在石板地上。几名士兵倒下。依蓝德的士兵,为他骄傲得不肯将城市拱手让人而死。

MISTBORN: THE WELL OF ASCENSION

他小心翼翼地探出头。看到一群抱着攻城槌的人正上前来，身着铁甲的士兵为其护航。如此小心的架势，意味着那些人可能是打手。城门传来的撞击声证实了他的猜测。这不是凡人应有之力。

接下来飞钩被下方的射币一一射上，远比抛掷来得准确许多。士兵上前要将钩子取下，却被随即而来的钱币击退，几乎是每上前一人便被打倒一人。城门继续传来撞击的声音。他怀疑城门撑不了多久。

我们就要垮了，依蓝德心想。我们脆弱得不堪一击。

他无能为力，觉得自己渺小不堪，只能不断弯腰躲避，免得白色制服让他成为靶子，他所有的政治手腕，所有的准备，所有的梦想跟计划。消失了。

此时，纹出现了。

她落在城墙上的一群伤员间，呼吸沉重。靠近她的钱币跟箭矢全部被弹回，士兵以她为中心，重新集结成队，拆除飞钩，将伤者拉至安全处。她的匕首不断切断绳索，抛回下方。纹用坚定的眼神迎向依蓝德，她站起身，似乎准备越过高墙，与抱着攻城槌的打手一决胜负。

"纹，等等！"歪脚大吼，猛然冲上墙头。

她停下脚步。依蓝德从未听过佝偻的将军发出这么有威严的命令。

箭矢停止飞窜。敲击声静默下来。

依蓝德迟疑地站在墙头，皱眉看着军队撤过满是灰烬的战场，回到原本的营区，留下了几具尸体：依蓝德的士兵也用几支箭射中了少数几个敌人。他自己的军队则损失更为惨重：二十几名伤兵。

"怎么回事？"依蓝德不解地转向歪脚。

"他们没有搭起云梯。"歪脚端详着后撤的军队，"这不是真正的攻击。"

"那是什么？"纹皱眉问道。

"试探。"歪脚说道，"这是常见的战术，用速攻方式来看敌人会如何应变，探查对方的战略跟准备状况。"

依蓝德转身，看着散乱的士兵一一前去寻找医官来救治伤员。"试探。"他说道,瞥向歪脚,"我想我们的表现不太好。"

歪脚耸耸肩:"比意料中差太多了。也许这能吓吓那群小伙子们,让他们操演时更用心。"他没再继续说下去。依蓝德看得出他想隐藏的情绪——担忧。

依蓝德瞥向城墙外正在撤退的军队,恍然大悟。果然是他父亲惯用的手法。

跟史特拉夫的会面会如期进行,但在那之前,史特拉夫要依蓝德知道一件事。

我随时都可以把城市攻下来,这场攻击似乎如是说。无论你做什么,它都是我的。记住这一点。

他因为误解而被逼上战场,也向来声称他不是战士——可是到最后,他的功夫却不输任何人。

26

"这不是好主意,主人。"欧瑟直挺挺地坐着,看着纹打开一个扁平的盒子。

"依蓝德认为这是唯一的办法。"她将盒子打开。华贵的宝蓝色礼服躺在里面,她将衣服拿出,发现布料比预料中的更轻盈。她走到更衣屏风后,开始脱衣服。

"那昨天城墙上的攻击又怎么说?"欧瑟问道。

"只是警告,"她说道,继续解纽扣,"不是认真的。"但显然已经把议会吓坏了。也许这正是重点。歪脚将下马威的理论说得多口沫横飞也没有

MISTBORN: THE WELL OF ASCENSION

用,史特拉夫仍然为陆沙德带来更多的恐惧与混乱。

围城才不过几个礼拜,城市的神经已经紧绷到极限。食物是天价,依蓝德已经被迫要动用城里的存粮。人民全神戒备。有人将这次攻击视为陆沙德的胜利,认为军队被"击退"是个好兆头,但大多数人只是比以前更害怕。

可是,纹又陷入两难的局面。面对这么强大的威胁,要怎么样应对呢?是该躲躲藏藏,还是装作若无其事地过日子?史特拉夫是试探性地攻城,但他大部分的军队仍然保持原地不动,以免塞特打算趁乱攻击。他想要信息,也想要威吓城里的人。

"我还是不确定这次会面是个好主意。"欧瑟说道,"先不提昨天的事情,史特拉夫本身就不值得信任。当我准备要成为雷弩时,卡西尔命令我研究城里的每个主要贵族。就算以人类的标准而言,史特拉夫也称得上是诡计多端,冷酷无情。"

纹叹口气,脱下长裤,套上礼服的衬裙。它不像以前穿过的一些衬裙那么挤,让她的大腿跟小腿有很多挪动的空间。看起来还不错。

欧瑟的反对很有道理。她在街道上混时,学到的第一课是永远都要自己留条后路。她的每分直觉都在抗拒走入史特拉夫的营区。

可是依蓝德已经做出决定。而纹也明白她需要支持他。事实上,她开始同意这个行为。史特拉夫想要恐吓整座城市,但他其实没有外表上那么具有威胁性,他还需要担心塞特。

纹这一生已经受够别人的压迫。史特拉夫的攻城行为反而加强她利用他达成目的的决心。乍听之下,孤身入虎穴似乎是很冲动,但她越想越同意这是他们靠近史特拉夫唯一的机会。他必须将纹他们视为不堪一击的对手,必须认为自己欺侮他们的策略成功了。这是他们能成功的唯一方法。

意思就是,她得去做自己不喜欢的事情。意思就是,她必须在被敌人团团包围的情况下,深入虎穴。可是,如果依蓝德能安全将他们带出,这会给军队注入一支强心剂,让哈姆跟集团其他成员对依蓝德更有信心。卡西尔在时不会有人质疑他要深入敌阵的决定,他们甚至会觉得卡西尔不但能平安离去,更能说服史特拉夫投降。

我只需要确定依蓝德能安然无恙地回来就好,纹心想,套上礼服。史特拉夫要如何耀武扬威都随便他,只要他的行为都在我们的掌控中,这些都无所谓。

她暗自点头,抚平了礼服上的皱褶,从换衣屏风后走出,在镜子里端详自己的投影。虽然裁缝师是以传统设计为蓝本,礼服的形状却不是完全的三角形,而是沿着她的大腿往内收了一些,领口裁到了肩膀处,配合贴身的袖子跟宽松的袖口,再加上灵活的腰身剪裁,让她上半身的活动颇为自由。

纹伸展四肢,尝试跳跃、转身,讶异于礼服其实十分轻盈,便于行动。当然,在战斗时,任何裙摆都是累赘,但这跟她去年穿去舞会的笨重设计已有着天壤之别。

"怎么样?"她原地旋转一圈问道。

欧瑟挑起一边眉毛:"什么怎么样?"

"你觉得呢?"

欧瑟歪着头:"为什么问我?"

"因为我在意你的看法。"纹说道。

"礼服很漂亮,主人。不过说实话,我一直觉得这种衣服有点可笑。用了一大堆布跟颜色,看起来真的不太实际。"

"对,我知道。"纹说道,用一对蓝宝石发夹将头发别好,不让它们遮住脸,"可是……我都快忘记穿这种衣服有多好玩了。"

"我无法理解有何好玩,主人。"

"因为你是男人。"

"其实我是坎得拉。"

"但你是雄性。"

"你怎么知道?"欧瑟问道,"我们这一族不容易区分性别,尤其是我们可以随意变化形体。"

纹看着它，挑起一边眉："我就是知道。"她继续在首饰匣里挑选。她的东西不多，虽然当她装成法蕾特时，集团的人给了不少首饰，但她大部分都交给了依蓝德，让他拿去用作各种活动的资金。她把最喜欢的几件都留了下来，仿佛知道有一天会重披女装。

我只穿这么一次，她心想。这仍然不是我。

她扣上一只蓝宝石手环。跟她的发夹一样，手环上也没有任何金属，只是将蓝宝石镶入厚硬木，之后以木制卡榫扣好。她身上唯一的金属就是钱币、金属瓶，还有单只耳环。这是卡西尔的建议，让她在紧急时还有一点金属可以用。

"主人。"欧瑟说道，以爪子从她床下钩出了什么东西。一张纸。"你开盒子时，它掉出来了。"它以出奇灵敏的两只前爪将纸捏起，递给她。

纹接下纸，上面写着：

继承者贵女，我让胸口跟上身特别贴身，以提供支撑，同时改变了裙摆的剪裁，这样就算您需要跳跃，它也不会膨胀飘起。在袖子里面有夹缝，可供您放置金属液瓶，前臂部分也多加了皱褶，好让您挡住系在手臂上的匕首。希望您对于我的修改觉得满意。

裁缝师，费狄

她低下头，注意到又宽又厚的袖口，两旁多出来的装饰布料正是隐藏东西的绝佳位置，上臂的袖子紧贴，前臂却较为宽松，让她一眼就能看出该将匕首系在哪个位置。

"他似乎曾经替迷雾之子做过礼服。"欧瑟推断。

"很有可能。"纹说道，走到梳妆镜前，打算上个淡妆，这才发现有几件化妆品都干掉了。又一件我有阵子没做的事……

"我们什么时候要出发呢，主人？"欧瑟问道。

纹想了想。"其实，我没有打算要带你去。我还是不想让皇宫里的人看穿你的伪装，如果这次去我还带着宠物，应该看起来有点可疑。"

迷雾之子
卷二·升华之井 [珍藏版]

欧瑟沉默片刻。"原来如此。"他说道,"有道理。那祝你好运了,主人。"

纹感到非常轻微的一阵失望,她以为它会更大力反对的。她压下这股情绪。她凭什么怪它?它说得没错,深入敌营绝对是很危险的事情。

欧瑟只是趴了下来,头靠在前爪上,看着她继续上妆。

"阿依,这……"哈姆开口。"你至少该让我们用自己的马车送你去。"

依蓝德摇摇头,拉挺了外套,看着镜子:"那我还得带着车夫,哈姆。"

"没错。"哈姆说道,"那人就是我。"

"多带一个人不会让我们更容易逃出对方阵营,而我带的人越少,纹跟我需要担心的人就越少。"

哈姆摇摇头:"阿依,我……"

依蓝德按住哈姆的肩膀:"谢谢你的关心,哈姆。可是,我办得到。如果这世界上有一个我深知如何对付的人,那一定就是我父亲。我会让他觉得,陆沙德无异已经是他的囊中物。"

哈姆叹口气:"好吧。"

"噢,还有一件事。"依蓝德迟疑地说道。

"什么事?"

"你介不介意叫我'依蓝德',而不是'阿依'?"

哈姆轻笑:"这事倒简单。"

依蓝德感激地笑了。这跟廷朵的要求不同,但也相差不远。叫"陛下"这回事,来日方长吧。

门打开,多克森走了进来。"依蓝德,这封信刚送来给你的。"他捻起一张纸。

"议会送来的?"依蓝德问道。

多克森点点头:"他们不高兴你今天晚上又要错过会议。"

MISTBORN: THE WELL OF ASCENSION

"我不能因为他们想要提前一天跟我开会，就更改跟史特拉夫会面的时间。"依蓝德说道，"跟他们说，我回来时会尽量去拜访他们。"

多克森点点头，后面一阵窸窣声引得他转过头去。他往旁边让了一步，脸上出现古怪的神情。

纹出现在门口。

她穿着一件礼服，一件美丽的宝蓝色礼服，样式远比常见的宫廷服饰要来得利落，黑色头发中闪烁着一对蓝宝石发夹，整个人显得……不同了。更为女性化，或是对女性化的自己更有信心。

从我刚认识她到现在，她变了好多啊，依蓝德微笑地心想。几乎已经过了两年，当时她是个少女，虽然有着与年龄不相称的老练。如今她是个女人，一个非常危险的女人，但仍然以有点迟疑，有点不安心的眼神看着他。

"好美。"依蓝德低语。她露出笑容。

"纹！"哈姆转身说道，"你穿裙子！"

纹满脸通红："要不怎么办？你不会以为我会穿着长裤跟北方统御区的国王会面吧，哈姆？"

"这……"哈姆说道，"其实，我原本是这么想的。"

依蓝德轻笑："你坚持只穿便服，不代表别人都只穿便服。说实话，你每天就穿这件背心，不会腻吗？"

哈姆耸耸肩："方便省事。"

"而且冷。"纹摩挲着手臂说道，"幸好我要求要有袖子的衣服。"

"你该感谢老天。"哈姆说道，"围攻我们的人可是比你现在要冷上好几倍。"

依蓝德点点头。按时间算，已经入冬了。这天气可能不会差到让人觉得不适的地步，因为中央统御区鲜少下雪，但寒冷的夜晚对于士气绝无鼓舞之用。

"走吧。"纹说道，"这事早了早好。"

迷雾之子
卷二·升华之井 [珍藏版]

依蓝德上前一步,泛着笑意,牵起了纹的手。"非常谢谢你这么做,纹。"他轻声说道,"你的确太迷人。要不是我们快被逼上穷途末路,我真想下令今晚在此举办舞会,好大大炫耀一番。"

纹微笑:"被逼上穷途末路让你这么兴奋啊?"

"我跟你们这集团相处太久了。"他俯身想吻她,但她却惊呼一声,往后跳。

"我花了快一小时才把妆化好。"她怒斥,"不准亲!"

依蓝德轻笑。德穆队长将头探入房间:"陛下,马车到了。"

依蓝德看看纹。她点点头。

"走吧。"他说道。

踏入史特拉夫派来接他们的马车,依蓝德看到一群严肃的人站在墙头,正目送他们离去。太阳快下山了。

他命令我们在傍晚去见他,这样我们就得在起雾时出发,依蓝德心想。用这方法来点明他对我们的掌控,心机真重。

这是他父亲的行事作风,可以说跟昨天的攻城行动相当类似。对史特拉夫而言,声势是一切。依蓝德看过他父亲在宫廷里的样子,圣务官都躲不过他的算计。史特拉夫·泛图尔手中握有管理统御主天金矿坑的契约,他设的局也远比其他贵族的游戏更危险,但史特拉夫是游戏的个中高手。他没意料到卡西尔会突然出现,把一切都弄乱了,但谁能预料到这点?

自从崩解以来,史特拉夫成了最后帝国内最稳定、最强大的势力。他心机深沉,步步为营,知道如何借由他人的恐惧达到自己的目的。依蓝德此行的目的就是要骗过这个人。

"你看起来很担心。"纹说道。她坐在马车的对面,姿势端庄优雅,仿佛穿上礼服也同时为她带来了新的习惯跟气质。或者该说,回复了以前的样子——当年她扮演的贵族仕女甚至足以骗过依蓝德。

"我们不会有事的。"她说道,"史特拉夫不会伤害你,就算大事不妙,他也不会冒险让你成为慷慨就义的英雄。"

"噢,我不担心我的安危。"依蓝德说道。

纹挑起一边眉:"为什么?"

"我有你啊。"依蓝德笑着说,"纹,你等于是一支军队。"

这说法似乎并没有安慰到她半分。

"过来。"他说道,往旁边挪了挪,要她坐到自己的身边。

她站起来,朝他走来,却在半途停下脚步,瞅着他:"我的妆。"

"我会小心。"依蓝德保证。

她点点头,坐下来,让他一手搂着她。"头发也要小心。"她说道,"还有你的外套,小心不要沾到东西。"

"你什么时候这么注重仪表啦?"他问道。

"都是这件礼服。"纹叹口气说道,"我一穿上,沙赛德教我的东西就全回来了。"

"我真的很喜欢你穿这件礼服的样子。"依蓝德说道。

纹摇摇头。

"怎么了?"依蓝德问道。马车上下颠簸,将她推得更靠近自己。新的香水,他想着。至少这个习惯她还保留着。

"这不是我,依蓝德。"她轻声说道,"这件礼服,这些举止,都是谎言。"

依蓝德静坐半晌。

"不反驳吗?"纹说道,"大家都认为我这么说是胡说八道。"

"我不知道该怎么说。"依蓝德诚实地说,"换上新衣服让我觉得自己像是个不同的人,所以你的说法我可以理解。如果穿裙装让你觉得不舒服,那你不需要穿。我只要你快乐,纹。"

纹微笑,抬头看着他,然后撑起上身,吻了他。"你不是说不可以亲?"他说道。

"是你不可以。"她说,"我是迷雾之子。我们的动作精准多了。"

依蓝德微笑,虽然他一点也开心不起来,不过交谈的确让他停止了无谓的操心。"我穿着这身衣服时，有时觉得很不自在。我每次穿，别人对我的期待就高出很多。他们期待的是一名王者。"

"我穿礼服时，他们期待见到一名淑女。"纹说道，"结果发现是我，就失望了。"

"任何对你失望的人，根本是不可救药的傻瓜。"依蓝德说道，"纹，我不要你跟他们一样。他们不诚实。他们不在乎。我喜欢你现在的样子。"

"廷朵认为我可以两者皆是。"纹说道，"既是女人，又是迷雾之子。"

"廷朵很睿智。"依蓝德说道，"虽然有点不留情面，但很睿智。你应该听她的话。"

"你刚刚才跟我说，你喜欢我的样子。"

"我是喜欢。"依蓝德说道，"可是无论你是什么样子，我都喜欢。我爱你。问题是，你喜欢什么样的自己？"

这句话让她愣了半晌。

"一个人不会因为衣装而真正改变。"依蓝德说道，"但衣装会改变别人对他的反应。这是廷朵说的。我想……我想诀窍就在于，要说服自己，接受得到的反应。纹，你可以穿礼服，但要让它变成你的一部分，不要去担心你没有达成别人的期望，而是要展现出真正的你，这样就足够了。"他想了想，微笑，"对我来说，这样就够了。"

她报以一笑，小心翼翼地靠回他身边。"好吧。"她说道，"这件事先讲到这里。我们来整理一下等一下要说的事情。跟我说说你父亲的个性。"

"他是一名完美的帝国贵族。无情、聪明，着迷于权力。你记得我十三岁时的……经验？"

纹点点头。

"父亲非常喜欢司卡妓院。我认为，知道那女孩子会因为他的行为而死，反而让他感觉自己更强大。他同时养着几十名情妇，如果她们有任何让他不满意的地方，就会被除掉。"

纹低声骂了几句。

"他对待政敌也是一样。没有人能与泛图尔联盟，只能同意被泛图尔掌控。如果不愿意当我们的奴隶，那绝对拿不到我们的契约。"

纹点点头："我认识这样子的集团首领。"

"那当他们的眼光望向你时，你是怎么活下来的？"

"假装自己不重要。"纹说道，"每次他们经过时，我立刻趴在地上，让他们永远找不到挑战我的理由。这正是你今晚的计策。"

依蓝德点点头。

"小心。"纹说道，"不要让史特拉夫觉得你在嘲笑他。"

"我知道。"

"也不要承诺太多。"纹说道，"假装你想强出头，让他觉得自己把你逼得不得不同意他的要求，他会因此而满意。"

"看来你对这件事也颇有经验。"

"太多了。"纹说道，"但那些你都听过了。"

依蓝德点点头。他们一而再，再而三地反复推演这次会面，如今他只需要照其他人的教导行事即可。让史特拉夫认为我们很弱，暗示我们会把城市交给他，但他得先帮助我们抵抗塞特。

依蓝德从窗外的景色看出他们正靠近史特拉夫的军队。好大！他心想。父亲从哪里学来要如何管理这样的军队？

依蓝德原本希望，他父亲在军事经验上的不足会导致他的军队管理不良，但帐篷仍然以精准的队形排列，士兵穿着整洁的制服。纹靠向窗边，热切地望着外面，显露出一般贵族仕女不敢表示的好奇。"你看。"她指着某处。

"什么？"依蓝德靠过去问道。

"圣务官。"纹说道。

依蓝德搭上她的肩头，看见一名前皇家祭司，他眼睛周围的皮肤上刺着一大片的刺青，正在指使一个营帐外的士兵。"原来如此。他利用圣务官来为他管理。"

纹耸耸肩:"很合理。他们轻车熟路。"

"也知道要如何提供补给。"依蓝德说道,"这是个好主意,但我还是蛮意外,他仍然需要圣务官,意味着他仍然服从统御主的权力机关。大多数国王一有机会就甩掉了圣务官。"

纹皱眉:"你不是说你父亲喜欢掌权?"

"是没错。"依蓝德说道,"但他也喜欢强大的工具。他随时都养着一只坎得拉,而且有与危险的镕金术师来往的记录。他相信他能控制住他们。他对圣务官大概也是同样。"

马车减缓速度,停在一座大帐篷旁。史特拉夫·泛图尔片刻后走了出来。

依蓝德的父亲向来是个壮硕的男人,身体结实,浑身散发着威严。他新留的胡子更是强调了这个效果。他穿着一套利落、合身的套装,正如他以前希望依蓝德穿上的那种。也是在那时,依蓝德开始他邋遢的打扮——半开的扣子,松垮的外套,一切细节都被用来加大他与他父亲之间的差异。

可是依蓝德的反抗从来都没有太大意义。他的小把戏跟他无伤大雅的愚行,都只能让史特拉夫困扰而已。都不重要。

直到最后一夜。陆沙德陷入火海,司卡反抗行动失去控制,整座城市面临覆灭的危险。一个混乱与毁灭的夜晚,纹却被困于城中某处。

那时,依蓝德挺身而出,反抗史特拉夫·泛图尔。

*我不是随你左右的小孩了,父亲。*纹紧握一下他的手臂,等车夫一开门,依蓝德便爬出马车。史特拉夫静静地等待着,看着依蓝德伸手协助纹下车,脸上露出古怪的神情。

"你来了。"史特拉夫说道。

"你很讶异,父亲。"

史特拉夫摇摇头:"小子,我看你还是一样的笨。你现在已经落到我手中了,我只需要动动手,你就死定了。"他举起手臂,仿佛正打算这么做。

MISTBORN: THE WELL OF ASCENSION

就是现在,依蓝德心想,心跳如擂鼓。"我一直没有逃出你的手心,父亲。"他说道,"你好几个月前就可以派人来杀了我,或者随便动个念头就可以夺走我的城市。我看不出现在有什么区别。"

史特拉夫迟疑了。

"我们是来共进晚餐的。"依蓝德说道,"我希望有机会能让你见见纹,希望我们能讨论某些对你而言特别……重要的事情。"

史特拉夫皱眉。

这样就对了,依蓝德心想。快猜我是不是还有所保留,你知道先揭底牌的人通常会输。

史特拉夫不会放弃任何获利的机会,即便机会渺茫,例如现在。他可能认为依蓝德不可能说出多重要的话。但他怎么能确定?听听有何不可?

"告诉我的厨子晚餐有三位。"史特拉夫吩咐一名仆人。依蓝德微松一口气。"那女孩就是你的迷雾之子?"史特拉夫问道。

依蓝德点点头。

"可爱的小东西。"史特拉夫说道,"叫她不要再安抚我的情绪了。"纹满脸通红。

史特拉夫朝帐篷点点头。依蓝德领着纹走上前去,但她不断地回头,显然不喜欢将后背暴露在史特拉夫面前。

现在才担心有点太迟了……依蓝德心想。

帐篷内的陈设一如依蓝德所预料,的确符合他父亲的喜好:里面塞满了靠枕与豪华家具,即使大多数对史特拉夫而言并无用处。史特拉夫所选择的陈设都是为了展现他的实力,一如巨大的陆沙德堡垒,贵族的生活环境反映出他的重要性。

纹跟依蓝德一起站在房间的中央,她安静、紧张地等待。"他很厉害。"她低声说道,"我尽力小心,但他注意到我的碰触了。"

依蓝德点点头。"他是锡眼。"他以正常的声音说道,"所以现在大概在听我们讲话。"

迷雾之子
卷二·升华之井 [珍藏版]

依蓝德望向门口。片刻后，史特拉夫走了进来，脸上不动声色，看不出来纹刚才说的话有没有被他听去。几名仆人稍后进了房间，抬入一张大餐桌。

纹猛抽一口凉气。那些仆人是司卡，而且是遵从旧时传统的帝国司卡，全身褴褛，衣服只不过是件破破烂烂的罩袍，身上满是青紫，显示最近才被打过，眼神只敢看着地面。

"小女孩，为什么会有这么大的反应？"史特拉夫问，"噢，对了，你是司卡，对不对？虽然你穿着这样一件漂亮的礼服。依蓝德真好心，我可不会让你穿那种东西。"你连衣服都穿不上，他的语气如此暗示。

纹瞪了史特拉夫一眼，朝依蓝德靠近，抓住他的手臂。史特拉夫的话只是为了强调自己的地位：他可以很残忍，但都是为了达到自己的目的。他想让纹觉得不安。

而他似乎成功了。依蓝德皱眉，低下头，发现纹唇边一抹稍纵即逝的狡黠笑意。

微风告诉过我，纹对镕金术的操控比大多数安抚者都要高明，他回想起来。父亲很厉害，但要能感觉到她的碰触……

当然是她故意的。

依蓝德转回头去看史特拉夫，他刚打了一名正要出去的司卡仆人。"我希望他们都不是你的亲戚。"史特拉夫对纹说道，"他们最近不太勤快。我可能还处决了其中几个。"

"我已经不是司卡了。"纹低声说道，"我是贵族。"

史特拉夫只是大笑。他已经不将纹视为威胁。他知道她是迷雾之子，也一定听说过她的危险，但却认定她很软弱，无足轻重。

厉害，依蓝德由衷地感慨。仆人开始端入菜肴，就现在的环境看来，可称得上一场盛宴。史特拉夫一面等待，一面朝他的助理下令："叫荷赛儿来，叫她快点。"

他似乎比我记忆中更为大胆了，依蓝德心想。在统御主时期，优秀的

MISTBORN: THE WELL OF ASCENSION

贵族在公开场合里必定死板且自制，不过大多数人私底下却是纵情声色。例如在舞会上，他们会跳舞，安静地用餐，但会在夜半时再享用酒色。

"父亲，为什么要留胡子？"依蓝德问道，"就我所知，这不流行。"

"流行现在是由我决定的，小子。"史特拉夫说道，"坐。"

依蓝德注意到纹恭敬地等着自己坐下后，才跟着坐下，但仍流露出紧张：她会与史特拉夫对视，但总会反射性地微微一惊，仿佛她心里的某个地方想要将视线转移。

"好了。"史特拉夫说道，"告诉我你的来意。"

"我以为这很明显，父亲。"依蓝德说道，"我是来谈论我们联盟的事。"

史特拉夫挑起眉毛："联盟？我们刚刚才达成共识，你的命是我的。我不觉得有跟你联盟的必要。"

"或许。"依蓝德说道，"可事情没那么简单。你应该没料到塞特的到来吧？"

"塞特不重要。"史特拉夫说道，注意力转向他的餐点：几乎全生的大块牛肉。纹皱起鼻子，但依蓝德看不出来那是否是她伪装的一部分。

依蓝德切着牛排："他手下的军队人数几乎跟你的一样多，不能称之为'不'重要，父亲。"

史特拉夫耸耸肩："一旦我入城，他就再也无法干涉我。你所说的联盟应该是指会将城市交给我，是吧？"

"然后换来塞特的攻击？"依蓝德说道。"或许你跟我可以在城内抵抗他，但为什么要防守？为什么要容许他软化我们的防御工事，将这场战争拖延到你我弹尽粮绝？我们应该主动出击。"

"你在急什么？"史特拉夫问，眯起眼睛。

"因为我需要证明自己。"依蓝德说道，"我们都知道你会夺走我的陆沙德，但如果我们先行攻击塞特，别人会认为联盟是计划的一部分，我把城市交给你时，面子上也比较过得去，我可以解释成是我请父亲来联手抗敌。你得到城市，我则再次成为你的继承人，前提是塞特必须死。"

史特拉夫想了想，依蓝德看得出来，他的话起了一些作用。就是这样，他心想。尽管认为我仍然是那个被你丢下的男孩。古里古怪，为了愚蠢的原因反抗你。而且，在意面子是泛图尔的标准作风。

"不。"史特拉夫说道。

依蓝德一惊。

"不。"史特拉夫再次说道，继续开始用餐，"我不打算这么做，小子。我来决定我们什么时候，甚至要不要去攻打塞特。"

刚刚那招应该奏效的！依蓝德心想。他端详着史特拉夫，想要猜出是哪里出了差错。他父亲似乎有点迟疑。

我需要更多信息，他心想。瞥向身侧的纹，她手中正轻轻转着东西。她的叉子。两人四目相望，她轻轻地敲了敲叉子。

金属，依蓝德心想。好主意。他看着史特拉夫。"你是为天金而来。"他说道，"你不需要征服我的城市，就能得到它。"

史特拉夫向前倾身："你为什么没把它花掉？"

"没什么比鲜血更能引来鲨鱼，父亲。"依蓝德说道，"卖掉大笔天金等于昭告天下我手中的确握有天金，这不是什么好主意，光是要压下那些谣言已经很难了。"

帐篷前方突然一阵骚动，一名局促不安的年轻女孩很快进入房间。她穿着一件红色的礼服，头发梳成一束长长的马尾。大约十五岁。

"荷赛儿。"史特拉夫说道，指着他身旁的椅子。

女孩顺从地点点头，快步上前，在史特拉夫身边坐下。她化了浓妆，礼服领口开得很低。依蓝德非常确定她与史特拉夫是何种关系。

史特拉夫微笑，冷静且绅士地咀嚼食物。那女孩看起来有一点像纹，同样的杏脸，相近的深发色，类似的精致五官，身材苗条。他想表示：你的女人，我也可以弄到一个类似的，而且更年轻，更漂亮。他又在彰显自己的能力。

那一瞬间，史特拉夫眼神中的轻蔑嗤笑让依蓝德深切地重新体会，他为何如此憎恨自己的父亲。

"也许我们可以谈个条件，小子。"史特拉夫说道，"把天金交给我，我会去处理塞特。"

"交到你手上会花点时间。"依蓝德说道。

"为什么？"史特拉夫问，"天金很轻。"

"有很多。"

"没有多到你不能将它堆成一车，直接运出来。"史特拉夫说道。

"远比你想的复杂。"依蓝德说。

"我不认为。"史特拉夫微笑，"你只是不想交给我。"

依蓝德皱眉。

"我们没有。"纹低语。史特拉夫转头。

"我们一直没找到。"她说道，"卡西尔推翻统御主就是为了想拿到天金，但我们一直找不到天金被藏在哪里，可能从来就不在城中。"

我没预料到她会这么说……依蓝德心想。当然，纹做事向来凭直觉，据说跟卡西尔很像。只要有纹在，天底下规划得再缜密的计划都可能被她抛诸脑后。不过她本能行事的结果也往往比原先的计划还要好。

史特拉夫坐着，想了片刻。他似乎真的相信纹。"所以你真的什么都给不了我。"

我要显得很软弱，依蓝德此时记起。要让他以为他随时都能占领城市，却又觉得现在不值得耗费这番力气。他开始以食指轻敲桌面，试图摆出紧张的样子。如果史特拉夫觉得我们没有天金……那他大概不会冒险攻击城市，那样收益太小了。所以纹刚刚才那么说。

"纹胡说。"依蓝德说道，"就连她都不知道天金存在哪里。父亲，我很确定我们一定能达成某种协议。"

"原来如此。"史特拉夫说道，听起来语带笑意，"你真的没有天金。詹说过……可是，我当时不相信……"

史特拉夫摇摇头，继续用餐。他身边的女孩没吃东西，只是静静坐着，扮演好装饰品的角色。史特拉夫大喝一口酒，满意地叹口气，看着他不比孩子大多少的情妇。"下去。"他说道。

她立刻遵照他的命令。"你也是。"史特拉夫对纹说道。

纹全身微微一僵，望向依蓝德。

"没关系的。"他缓缓说道。

她想了想，点点头。史特拉夫对依蓝德的危险不大，而且她是个迷雾之子。如果真出了什么事，她可以很快将依蓝德接出来，况且，如果她出去，正好能达成他们原本的目的，让依蓝德显得更软弱，更适合与史特拉夫交涉。

希望如此。

"我在外面等你。"纹轻轻说道，然后离开。

※

他不是普通的士兵。他是所向披靡的领袖，似乎是连命运都支持的人。

27

"好了。"史特拉夫放下叉子，"我们打开天窗说亮话，小子。我差一点就要把你杀了。"

"你要杀死你的独生子？"依蓝德问道。史特拉夫耸耸肩。

"你需要我。"依蓝德说道，"你需要有人帮忙你对抗塞特。你可以杀我，但你什么都得不到，你仍然需要靠武力取得陆沙德，之后就会败给塞特。"

MISTBORN: THE WELL OF ASCENSION

史特拉夫微笑，双手抱胸，向前倾身直到半身都笼罩在桌面上方："你两样都猜错了，小子。首先，我认为我杀了你之后，陆沙德的下任领袖会更愿意配合。我在城内的眼线证实了这点。第二，我不需要你帮我对抗塞特。他跟我已经达成了共识。"

依蓝德一惊："什么？"

"你以为我过去这几个礼拜都在做什么？光坐在这里苦等你们吗？塞特跟我相互问候过了。他对城市没有兴趣，只想要天金。我们同意将陆沙德的战利品一分为二，然后合作攻下最后帝国的剩余土地。他拥有西方与北方，我坐镇南方与东方。塞特是个很乐意配合的人。"

他在骗人，依蓝德几乎可以确定。他的话不符合他的行事作风，他根本不会与他势均力敌的人合作。史特拉夫太害怕被背叛。

"你认为我会相信吗？"依蓝德问道。

"你爱信什么随你。"史特拉夫说道。

"那朝此前来的克罗司军队呢？"依蓝德问道，亮出手中的一张王牌。这件事让史特拉夫也不得不重新思考。"如果你想要趁克罗司来之前夺下陆沙德……"依蓝德开口，"我建议你跟愿意献上你所需要的一切的人合作。我只要一件事。让我获得一场胜利。让我跟塞特交手，确保我的继承权，到那时城市随你处置。"

史特拉夫想了想，久到让依蓝德开始觉得自己可能有成功的机会。可是，最后史特拉夫仍然摇摇头："我想，还是算了。我赌塞特一把。我不知道他为什么愿意把陆沙德给我，但他看起来确实不在意。"

"你呢？"依蓝德问道，"你知道我们没有天金，那你为什么还在乎那城市？"

史特拉夫更往前倾了一点。依蓝德可以闻到他的气息，仍然带着晚餐香料的气味。"这点你就猜错了，小子。就算你答应要将天金交给我，你今晚也绝对走不出这营地。我一年前犯了错误。如果我留在陆沙德，坐在王位上的人会是我，如今，却变成了你。我完全想不出来为什么，大概是

迷雾之子
卷二·升华之井 [珍藏版]

一个软弱的泛图尔仍然比其他的选择好。"

史特拉夫代表了旧帝国中,依蓝德所痛恨的一切。自大。残酷。高傲。

软弱,依蓝德心想,让自己镇静下来。*我不能具有威胁性*。他耸耸肩:"那只是座城市,父亲。从我的角度看来,它甚至不及你的军队一半重要。"

"它不单单是一座城市。"史特拉夫说道,"它是统御主的首都,里面还有我的领地。我的堡垒。我知道你将它当做你的皇宫。"

"我没有别处可去。"

史特拉夫继续用餐。"好吧。"他边切牛排边说,"一开始,我觉得你是太傻了才会来,但现在我看出来了。你一定也知道大势已去。"

"你比我强。"依蓝德说道,"我无法与你对抗。"

史特拉夫点点头:"你让我对你刮目相看,小子。穿着体体面面,身边还有个迷雾之子做情妇,帮你维持对城市的控制。我要让你活下来。"

"谢谢。"依蓝德说道。

"可是,交换的条件是,你要把陆沙德给我。"

"只要塞特被处理掉。"

史特拉夫大笑:"游戏不是这么玩的。我们不可能和谈。你要服从我的命令。明天,我们一起进城,你下令大开城门。我会率领我的军队进驻,掌控全局,陆沙德会成为我王国的新首都。如果你乖乖地听我话,我会恢复你的继承权。"

"不能这么做。"依蓝德说道,"我下令城门无论如何都绝对不会为你而开。"

史特拉夫一愣。

"我的幕僚们认为你可能会尝试将纹扣为人质,强迫我放弃城市。"依蓝德说道,"如果我们一起去,他们就会默认你在威胁我。"

史特拉夫脸色一沉:"你最好希望他们不会这么想。"

"他们会的。"依蓝德说道,"我了解这些人,父亲。他们巴不得有借口把城市从我手中夺去。"

"那你为何要来？"

"就如我刚才所说。"依蓝德说道，"要跟你和谈，联手共同对抗塞特。我可以将陆沙德交给你，但我需要时间。我们先把塞特处理了吧。"

史特拉夫一把抓起餐刀，用力往下一戳："我刚才说过这不容讨论！小子，你胆敢跟我讨价还价。我可以叫人杀了你！"

"我只是说出事实，父亲。"依蓝德连忙说道，"我不想死。"

"你变圆滑了。"史特拉夫眯起眼睛说道，"你到底想玩什么游戏？来我的营地，两手空空，什么都拿不上台面……"他想了想，然后继续说道，"除了那女孩。她是个漂亮的小东西。"

依蓝德满脸涨红："你不可能用这种方法进入城市。记得，我的幕僚认为你会威胁她。"

"好！"史特拉夫呵斥，"你死。我用武力夺取城市。"

"塞特会从背后攻击你。"依蓝德说道，"将你困在他的军队跟我们的城墙中间，关门打狗。"

"他会得到教训。"史特拉夫说道，"他在那之后不可能继续占领城市，更遑论守住它。"

"就算会损兵折将，他从我们手中夺走城市的机会，也远比乖乖等到你占领城市，再从你手中夺走的机会大。"

史特拉夫站起身。"这个险值得冒。我之前把你留下来过，这回不会再允许你乱跑了，小子。那些该死的司卡应该要把你杀了，让我能摆脱你。"

依蓝德也站了起来，但他看得出史特拉夫眼中的坚定。

没用，依蓝德心想，开始惊慌起来。这个计谋本来就是要赌一把，但他没想过他会失败，反而以为自己大局在握。可是，出了问题，某个他没预料到，也不理解的问题。史特拉夫为什么这么抗拒？

我真的是太嫩了，依蓝德心想。讽刺的是，如果他小时候接受他父亲的教导,也许他现在会知道自己哪里做错了,而不是事到临头才发现事情的严重性,身边被敌军包围,纹也被挡在外面。

他要死了。

"等等!"依蓝德焦急地喊道。

"啊。"史特拉夫微笑着说道,"你终于发现自己陷入多大的麻烦了吧?"史特拉夫的微笑带着满意。急切。史特拉夫向来乐于伤害别人,虽然依蓝德鲜少看到他在自己身上实现这种乐趣。礼仪规范向来能限制史特拉夫的行为——统御主强制的礼仪规范。在此刻,依蓝德看到他父亲眼中的杀意。

"你根本不打算让我活着离开。"依蓝德说道,"就算我把天金给你,就算我让你一起入城。"

"我决定行军至此时,你就已经死了。"史特拉夫说道,"傻小子。不过谢谢你把那女孩带来给我。我今晚就会占有她。看看到时她喊的是我的名字还是你的名字,我要——"

依蓝德笑了。

那是绝望的笑声,笑这个他自找的局面,笑他突然涌上的担忧与恐惧,但最主要是在嘲笑史特拉夫想强迫纹。"你根本不知道刚才的话有多愚蠢。"依蓝德说道。

史特拉夫满脸通红:"就为了你这句话,我会对她格外粗暴。"

"你是头猪,父亲。"依蓝德说道,"一个变态、恶心的人。你以为自己是个杰出的领袖,但你根本一无是处。你差点毁了我们的家族,只因为统御主死了你才幸免于难!"

史特拉夫召来侍卫。

"你或许能占据陆沙德。"依蓝德说道,"可是你守不住它!也许我不是个合格的王,但你糟糕透顶。统御主是个暴君,但他也是天才。你两者都不是。你只是个自私的人,只会一味索取,最后死于非命。"

史特拉夫指着依蓝德,士兵一涌而入。依蓝德没有半丝惧色。从他小时候起,这个人就在他的生命里。依蓝德被他养大,被他折磨,但从未试过像现在这样一吐为快。他青少年时胆怯地反抗过,却从未说出事实。

感觉很好。感觉很对。

也许在史特拉夫面前示弱是错的。他向来喜欢摧毁东西。

突然,依蓝德知道自己该怎么做了。他微笑,直视史特拉夫的双眼。"父亲,你可以杀了我。"他说道,"但你也活不了。"

"父亲,你可以杀了我。"依蓝德说道,"但你也活不了。"

纹停下动作。她站在帐篷外,黑夜刚降临。她原本跟史特拉夫的士兵站在一起,但一听到他的命令,他们全都冲了进去。她走入黑暗中,如今站在帐篷的北边,看着里面的人影晃动。

她刚刚差点就要冲进去了。依蓝德的状况不太好,不是因为他不擅长谈判,只是他秉性诚实,不难看出他什么时候在虚张声势,熟悉他的人更是如此。

可是这个新宣言完全不同。依蓝德没有试图用诡计,也不像之前那样暴怒失控。突然间,他变得冷静且强势。

纹静静地等着,匕首闪烁,她僵硬地蹲在明亮帐篷外的雾中。直觉告诉她,该多给依蓝德一些时间。

史特拉夫面对依蓝德的威胁,笑了。

"你很愚蠢,父亲。"依蓝德说道,"你以为我是来协商的?你以为我愿意跟你这种人合作?不。你很了解我。你知道我永远不会屈服于你。"

"那是为什么?"史特拉夫问道。

她几乎可以听到依蓝德的微笑:"我是来接近你……将我的迷雾之子带到你阵营的中心。"

沉默。

终于,史特拉夫大笑:"你拿那个小不点儿女孩来威胁我?如果她就是我所听过的陆沙德迷雾之子,那我真是大大失望了。"

"她是故意的。"依蓝德说道，"想想吧，父亲。你之前充满疑心，那女孩也证实了你的怀疑。可是，如果她如传言一般优秀呢？我知道你听说过那些传言，如果它们是真的，那你怎么会感觉得到她在碰触你的情绪？

"你发现她在安抚你，当场揭穿她，然后你就再也没有感觉到她的触碰，自认为她被你吓住了。在那之后，你开始觉得有自信、安逸，你不再认为纹是威胁，可是有哪个神志清楚的人会忽视身边的迷雾之子——无论她有多娇小、多安静？我以为娇小、安静的杀手，才是你最应该注意的。"

纹微笑。真聪明，她心想，同时探出力量，激发史特拉夫的情绪，骤烧金属，挑起他的愤怒。他惊呼出声。你要明白我的暗示，依蓝德。

"恐惧。"依蓝德说道。

她安抚了史特拉夫的怒气，转而激发恐惧。

"热情。"

她依言照做。

"冷静。"

她将一切安抚下来，看到帐篷里史特拉夫的影子突然僵硬地站直。镕金术师无法强迫对方做任何事，通常对情绪强烈的拉引或推挤都不太有效，因为会让目标人物感觉到有哪里不对劲。可是在这个状况里，纹要史特拉夫知道她正盯着他。

她微笑，熄灭了锡，然后燃烧硬铝，以巨大的压力将史特拉夫所有的情绪都安抚下去，泯除他的一切情感。在这波攻势下，史特拉夫的影子晃了晃。

她的黄铜片刻后便燃烧殆尽，于是她重新开启锡，看着帆布上的黑影。

"她很强大，父亲。"依蓝德说道，"她比你所知的任何镕金术师都强大。她杀了统御主。她是海司辛幸存者一手调教出来的迷雾之子。如果你杀了我，她会杀了你。"

史特拉夫站直身体，帐篷再次陷入沉默。

夜雾中出现熟悉的身影。"我为什么每次都不能避免被你发现？"詹低声问道。

纹耸耸肩，转身面对帐篷，但也改变了一下角度，以便能同时监视詹。他走到她身边蹲下，看着影子。

"这个威胁没什么用。"史特拉夫的声音终于传了出来，"就算你的迷雾之子真杀了我，你也死了。"

"啊，父亲。"依蓝德说道，"你对陆沙德的兴趣，我判断错了，可是，你也看错了我。你一直看错我。我不在乎死，只要能让我的子民安全。"

"我不在了，塞特会占有城市。"史特拉夫说道。

"我认为我的人能挡得住他。"依蓝德说道，"毕竟他的军队比较小。"

"这简直愚不可及！"史特拉夫斥骂，可是他没有命令士兵上前一步。

"杀了我，你也死定了。"依蓝德说道，"不只是你。你的将军，你的队长，就连你的圣务官也是。她会杀了你们所有人。"

詹上前一步，脚步让地面的硬草发出一阵窸窣声。"啊。"他低声说道，"很聪明。无论你的敌手有多强，如果被你的刀抵着，他就不能攻击了。"

詹靠得更近。纹抬头看他，彼此呼吸相闻。他在柔和的雾中摇头。"可是告诉我，为什么每次总是你跟我这种人要当那把刀呢？"

在帐篷中，史特拉夫开始担心。"没人有这么强大，小子。"他说道，"就连迷雾之子亦然。也许她杀得掉我的一些将领，可是她绝对杀不了我。我有自己的迷雾之子。"

"哦？"依蓝德问道，"那他为什么没攻击她？也许他害怕攻击她？如果你杀了我，如果你敢对我的城市轻举妄动，她就会开始屠杀，让你的人像是处决日死在喷泉前的尸首般一个个倒地。"

"你说过他不屑做这种事。"詹说道，"你说你不是他的工具。你说他不会把你当成杀手使用……"

纹不安地动了动。"他在虚张声势，詹。"她说道，"他不会真的这么做。"

"她是你从未见过的强大镕金术师，父亲。"依蓝德说道，声音因隔着帐篷而模糊，"我看过她跟其他镕金术师对打，他们甚至不能近身。"

"真的吗？"詹问道。

纹想了想。依蓝德从未看过她攻击其他镕金术师。"他看过我和一些士兵对战，我跟他转述过跟镕金术师的对战情形。"

"啊。"詹轻声说道，"所以那是个小谎言。当王的可以不拘小节，对他们而言很多事情都可以接受。利用一个人好拯救整个王国？这么划算的买卖什么领袖不会做？你的自由就能交换他的胜利。"

"他没有利用我。"纹说道。詹站起身。纹微微转身，小心翼翼地看着他走入雾中，离开了帐篷、火把、士兵。他停在不远处，抬起头。就算有着帐篷跟火光，营地仍然被白雾占据，四处都包围着雾。隔着雾气透出的火把跟营火的光芒显得渺小，宛如逐渐熄灭的木炭。

"这对他有何意义？"詹轻声说道，一手挥舞着，"他能了解雾吗？他有可能了解你吗？"

"他爱我。"纹说道，转头看着人影。他们安静了下来，史特拉夫显然正在衡量依蓝德的威胁。

"他爱你？"詹问道，"还是他爱拥有你？！"

"依蓝德不是那样的人。"纹说道，"他是个好人。"

"无论好不好，你跟他都不一样。"詹的声音在她经过锡力增强的耳里听来，宛如在整个夜晚中回荡，"他能了解身为我们这种人的感觉吗？他能知道我们所知的事，在乎我们所爱的事吗？他见过这些吗？"詹指着上方的天空，在离雾气遥远的地方，光芒在天空中闪耀，像是小雀斑。星星，普通眼睛看不见的光芒。只有燃烧锡的人能穿透白雾，看到星辰。

她记得卡西尔第一次带她看星星的时候。她记得当时她有多震惊，发现原来星星一直都在，隐藏在雾后……

詹继续指着上方。"统御主啊！"纹低语，踏离帐篷一小步。隔着盘旋的雾气，在帐篷投射出的火光中，她可以看见詹的手臂。

皮肤上满是白线。疤痕。

詹立刻放下手臂，以袖子掩藏起满是疤痕的肌肤。

"你原本在海司辛深坑。"纹低声说道，"跟卡西尔一样。"

詹别过头。

"我很遗憾。"

詹回过头，在夜晚中微笑，那是个坚定、自信的笑容。他上前一步："我了解你，纹。"

然后，他朝她微微行礼，跳开，消失在雾中。在帐篷里，史特拉夫对依蓝德开口了。

"走。离开这里。"

马车驶离。史特拉夫站在帐篷外，无视于雾气，仍然觉得有点震惊。

我放他走了。我为什么放他走？

可是，即便在此刻，他仍然能回忆起她的碰触撞上他的感觉。一种接着一种的情绪，像是体内背叛他的风暴，最后是……空无。像一只巨大的手，抓住了他的灵魂用力一捏，让他在剧痛中屈服。正如他想象中的死亡。

不可能有这么强大的镕金术师。

詹尊敬她，史特拉夫心想。所有人都说她杀了统御主。那个小东西。不可能。

似乎不可能，但这正是她想让别人以为的。

一切都很顺利。詹的坎得拉间谍所提供的信息很正确：依蓝德的确想要联盟。最可怕的是，要不是他的间谍先送了消息来，史特拉夫原本会同意，认为依蓝德无足轻重。

即便如此，依蓝德仍然打败了他。史特拉夫甚至早预料到他们会假装示弱，但他还是被骗过了。

迷雾之子
卷二·升华之井 [珍藏版]

她太强……

一个黑色的身影从雾中走出,来到史特拉夫身边。"你看起来像是见到鬼了,父亲。"詹带着微笑说道,"是你自己的鬼魂吗?"

"外面有别人吗,詹?"史特拉夫问道,心神不宁得忘记了反唇相讥,"也许有另外两个迷雾之子在帮她?"

詹摇摇头:"没有。她真的这么强。"他转身走回雾中。

"詹!"史特拉夫呵斥,让他停下脚步,"我们要改变计划。我要你杀了她。"

詹转身。"但是——"

"她太危险。况且,我们从她身上得到了信息。他们没有天金。"

"你相信?"詹问道。

史特拉夫想了想。今天晚上他被彻底骗倒了,所以他不会再相信任何先前自以为知道的事情。"不相信。"他决定,"可是我们有别的方法找到天金。我要那女孩死,詹。"

"那我们要真的攻城了?"

史特拉夫几乎当场下令,命令军队准备早上发起攻击。先前的佯攻很顺利,显示城市的守卫根本不足为虑。史特拉夫可以攻下城墙,然后以此防御塞特。

可是依蓝德今天晚上离开前,最后撂下的话让他打消这个念头。派你的军队来攻城,父亲,你会死。那小子是这么说的。你见识过她的力量,你知道她的能力。你可以躲,甚至可以占领我的城市,但她会找到你。然后杀了你。

你唯一的选择就是等待。我的军队准备好要攻击塞特时我会再联络你。就照我们先前所说,联手攻击。

史特拉夫不能完全相信这话。那男孩变了,变得更强大。如果史特拉夫跟泛图尔联手,下一个很快就转到他了。可是只要那女孩活着,他就不能攻击陆沙德。因为他清楚她的力量,感觉到她如何操纵他的情绪。

MISTBORN: THE WELL OF ASCENSION

"不。"他终于回答詹的问题,"我们不会攻击。得等你先杀了她才行。"

"你说得简单,父亲。"詹说道,"我需要有人帮忙。"

"哪种帮忙?"

"暗杀小队。身份无法被追踪的镕金术师。"

詹口中所指的小队是一群很特殊的人。大多数镕金术师很容易被人发觉身份,因为他们都有贵族血统,但史特拉夫有一些特殊的资源可以取用,这就是为什么他有几十名情妇。有些人以为那是因为他色欲熏心。

完全不是。更多情妇意味着更多子嗣,而他有如此高贵血统,这就意味着会有更多的镕金术师。他只有一个迷雾之子,却生出许多迷雾人。

"可以。"史特拉夫说道。

"父亲,他们可能无法活着回来。"詹警告,仍然站在雾中。

可怕的感觉回来了。一片空无,同时又清楚且恐惧地知道,有人能够彻底地掌握他的情绪。没有人可以如此完全地掌控他。尤其不该是依蓝德。

他应该要死。他来找我。我却让他走了。

"把她除掉。"史特拉夫说道,"不惜代价,詹。不惜一切代价。"

詹点点头,志得意满地缓步离去。

史特拉夫回到帐篷,派人把荷赛儿找来。她长得神似依蓝德的女孩。他该提醒自己,大多数时间里,事情都在他的掌控之中。

依蓝德坐在马车里,有点震惊。我还活着!兴奋之情节节攀升。我办到了!我说服史特拉夫不要动我的城市。

至少暂时如此。陆沙德的安全倚靠史特拉夫对纹的恐惧,但……任何胜利对依蓝德而言都是巨大的胜利。他没有令他的子民失望。他是他们的王,虽然他的计划听起来超越常理,却奏效了。头上的小王冠似乎没有先前那么沉重。

纹坐在他对面,表情没有她该有的兴奋。

"我们办到了,纹!"依蓝德说道,"这跟我们的计划不同,但成功了。史特拉夫现在不敢攻击城市。"

她静静地点点头。

依蓝德皱眉:"呃,这城市能够安全,完全是因为你,你知道的,对不对?如果你不在……当然,如果不是有你,整个最后帝国仍然会受到他的奴役。"

"因为我杀了统御主。"她轻声说道。

依蓝德点点头。

"但靠着卡西尔的计策、集团的协作,还有人民的意志力,帝国才得以解放。我只是那把刀。"

"你把它说成一件小事,纹。"他说道,"一点也不小!你是最出色的镕金术师。哈姆说,就算是他施尽全力,也打不败你。你让皇宫没有杀手出没,整个最后帝国里,你是独一无二的!"

奇怪的是,他的话让她更往角落里缩去。她转身,望着窗外,双眼凝视迷雾。"谢谢。"她柔声说道。

依蓝德皱起眉头。每次我以为自己终于弄懂她在想什么,她都……他靠了过去,一手搂住她:"纹,怎么了?"

她沉默片刻,终于摇摇头,挤出一丝微笑:"没事,依蓝德。你应该要很高兴。你做得太棒了,我想甚至连卡西尔都没有办法这样骗过史特拉夫。"

依蓝德微笑,将她拉近自己,不耐烦地等着马车来到黑暗的城市前。锡门迟疑地打开,依蓝德看到一群人站在中庭里。哈姆在雾中举高了灯笼。

依蓝德没等马车停下,速度一缓下来,他便打开门跳了出来。他的朋友们开始期待地微笑。大门关起。

"成功了?"哈姆迟疑地问着上前来的依蓝德,"你办到了?"

"算是吧。"依蓝德带着微笑说道,跟哈姆、微风、多克森,最后是鬼影——握手。就连坎得拉欧瑟都在。它走到马车边，等着纹。"一开始不太顺利，我父亲没有上当，但我告诉他，我会杀了他！"

"等等，这怎么会是个好办法？"哈姆问道。

"朋友们，我们都忽略了我们最伟大的资产之一。"依蓝德对从马车中爬下的纹说道。他转身，朝她挥手："我们有他们无法匹敌的武器！史特拉夫以为我会去求他，他也准备好要掌控这个状况，但当我提起如果激怒纹，他跟他的军队会有什么下场……"

"好家伙。"微风说，"你跑去最后帝国内势力最强大的国王阵营里面，结果还威胁他？"

"一点也没错！"

"太聪明了！"

"对吧！"依蓝德说道，"我告诉父亲，他要让我安全离开他的营地，也不准碰陆沙德，否则我会派纹去杀了他，还有他军队里的每个将军。"他一手抱着纹，她则朝众人微笑，但他看得出来她仍然心神不宁。

她不觉得我做得好，依蓝德发现。她知道更好的能操控史特拉夫的方法，却不想要扫我的兴。

"好吧，那我们应该不需要新王了。"鬼影带着笑意说道，"我原本有点期待接下这份工作的……"

依蓝德微笑："我不打算这么快让出这个职位。我们该让人民知道，史特拉夫被吓倒了——即便只是暂时的，这样能振作士气，然后我们来处理议会的事情。希望他们能同意等着我跟塞特会面，就像跟史特拉夫会面一样。"

"我们回皇宫再庆祝好不好？"微风问道，"虽然我也喜欢雾，但我不认为该在中庭里讨论这些事情。"

依蓝德拍拍他的背，点点头。哈姆跟多克森和他跟纹坐入一辆马车，其他人则原车返回。依蓝德瞄了多克森一眼。通常他会选择不跟依蓝德同车的。

"真的，依蓝德。"哈姆边坐下边说，"我非常佩服。我以为我们要杀入敌阵才能把你救出来。"

依蓝德微笑，瞅着多克森，后者马车一动，便坐了下来，打开包包，拿出一个密封的信封。他抬起头，迎向依蓝德的视线："议会成员不久前将这封信送来给你，陛下。"

依蓝德想了想，然后接过来，弄破封蜡："什么事？"

"我不确定。"多克森说道。"可是……我已经开始听到传言。"

纹靠近他，越过依蓝德的手臂，跟他一起浏览信件内容。里面写着：

陛下：

见信如晤，议会在多数表决通过之下，决定行使不信任条款之权利。我们感谢您对城市的贡献，但恐陛下之才无法应付眼下的局面。此举并非出自对您个人的敌意，乃是无奈之举。我们别无选择，必须以陆沙德之利益为优先考虑。

很遗憾，我们必须以此封信件通知此事。

议会二十三名成员，每个人都签了名。

依蓝德放下信纸，震惊无比。"怎么了？"哈姆问道。

"我被迫退位了。"依蓝德轻声说道。

第叁章

王者
King

他苏醒后留下了毁灭,却被众人遗忘。他创造了众多王国,却又在重新改造世界的同时,将其全数摧毁。

28

"我得先确定我没有误解。"廷朵开口,表面上一派冷静、礼貌,却仍然给人严厉且不赞许的感觉,"这个王国的法律里,有一条是议会能推翻国王?"

依蓝德微微瑟缩了一下。"是的。"

"而且法律是你自己写的?"廷朵质问。

"大多数是。"依蓝德承认。

"你在自己的法律里写了让自己被逼退位的方法?"廷朵又问了一次。

除了原本就在马车上的人以外,如今歪脚、廷朵、德穆队长,全部都聚集在依蓝德的书房,人多到椅子不够坐,于是纹静静地坐在一叠依蓝德的书上,她一回来便换回了长裤跟衬衫。廷朵跟依蓝德站着,但其他人坐着。微风姿势端正,哈姆放松,鬼影试图以两根椅脚保持平衡。

"我刻意将这个条款纳入。"依蓝德说道。他站在房间最前方,一手靠着巨大的彩绘玻璃窗,抬头望着暗色玻璃。"过去一千年来,这片大地在高压的暴君统治下逐渐凋零。在那时期,哲学家跟思想家梦想着有一个不靠流血就能移除不良统治者的政府。我在难以言说的奇妙因缘之下得到了这个王位,因此我不认为应该将自己的意志,或我子孙的意志强行加诸在人民身上。我想要建立一个帝王需要对人民负责的政府。"

有时候他说话的方式像是他读的书,纹心想。不像是一般人说的话……而是书页上的文字。

詹的话回到她脑海。你跟他不一样。她推开这个念头。

"我无意冒犯,陛下。"廷朵开口,"但这必定是我所见过的领袖行为中,最愚蠢的之一。"

"这是为了王国好。"依蓝德说道。

"根本是愚蠢至极。"廷朵斥骂,"王不需臣服于另一个统治机构。他对人民之所以宝贵,正是因为他是绝对的权威!"

纹从未看过依蓝德如此悲伤,他眼中的难过让她为之心疼,但她心中的某个角落却叛逆地在高兴。他不是王了。也许不会有人这么努力要杀他。也许他能变回依蓝德,他们可以离开,去某处,一个事情没有那么复杂的地方。

"即便如此。"安静下来的房间内,多克森说道,"我们还是必须采取行动。讨论他的决定正确与否已经与现状无关。"

"同意。"哈姆说道,"议会试图要把你赶走。我们该怎么办?"

"当然不能让他们得逞。"微风说道,"人民去年才刚推翻了一个政府!我认为这不是什么好习惯。"

"我们需要准备回击,陛下。"多克森说道,"揭露他们欺瞒的行为——在你为城市的安危协商时,从背后捅刀子。回想起来,很显然他们特意趁你无法到场为自己辩护时,安排了这次的会议。"

依蓝德点点头,仍然抬头望着暗色玻璃:"你应该不需要再叫我陛下了,老多。"

"胡说。"廷朵说道,双臂抱胸,站在书架边,"你仍然是王。"

"我失去了人民对我的授命。"依蓝德说道。

"对。"歪脚说道,"但我手下的军队仍然是你的,所以无论议会怎么说,你仍然是王。"

"一点也没错。"廷朵说道,"把愚蠢的法律先放一旁,你仍然身居要位。我们需要起兵,戒严,占据战略要地,将议会成员软禁,不让你的敌人有机可乘。"

迷雾之子
卷二·升华之井 [珍藏版]

"天亮之前,我就可以让我的士兵们在街道上完成部署。"

"不。"依蓝德平静说道。一阵沉默。

"陛下?"多克森询问,"这真的是最好的应对。我们不能让反抗你的行为声势高涨。"

"这不是反抗行为,老多。"依蓝德说道,"他们是议会的代表。"

"老兄,这是你组成的议会。"微风说道,"他们的权力是你赋予的。"

"法律给了他们权力,微风。"依蓝德说道,"你我都不能例外。"

"胡说八道。"廷朵说道,"身为王,你就是法律。一旦我们掌握城市,你可以召集议会成员,跟他们解释你需要他们的支持,把那些有异议的人关起来,直到危机解除。"

"不。"依蓝德更坚定地说道,"我们不可以这么做。"

"那就这样?"哈姆问道,"你要放弃?"

"我不是放弃,哈姆。"依蓝德说道,终于转身望着众人,"可是我不会利用军队来威胁议会。"

"你会失去王位。"微风说道。

"你要讲理,依蓝德。"哈姆点点头。

"我不会让自己成为唯一例外!"依蓝德说道。

"不要傻了。"廷朵说道,"你应该——"

"廷朵,"依蓝德开口,"你要如何看待我的想法是你的自由,但不准再叫我傻子。我不允许你因为我表达自己的意见就贬低我!"

廷朵一愣,嘴巴打开,然后紧抿起嘴唇,坐下。纹感觉到一阵满意。你一手调教出来的,廷朵,她微笑着心想。现在他开始反抗你,又能怪谁?

依蓝德上前一步,双手按着书桌,环顾众人。"是,我们会回应。老多,你写一封信,告诉议会我们感到遗憾且认为被背叛,同时告知他们我们跟史特拉夫协谈成功,尽量加重他们的罪恶感。

"剩下的人要开始拟写计划。我们会取回王位。正如我所说,我很熟

MISTBORN: THE WELL OF ASCENSION

悉律法,这种情况可以处理,但方法不是派出军队来镇压城市。我绝不会像那些要将陆沙德夺走的暴君一样!即使知道怎么样对人民是最好的,我仍然不会强迫他们屈服于我的意志。"

"陛下。"廷朵小心翼翼地开口。"在混乱时期,集权是正当的行为,因为在这样的时期,人民是不理性的,这就是为什么他们需要强而有力的领导。他们需要你。"

"他们必须自发地选择我,廷朵。"依蓝德说道。

"原谅我,陛下。"廷朵说道,"我觉得你的话过于天真。"

依蓝德微笑:"也许吧。你可以改变我的衣装跟行为举止,但你不能改变我的灵魂。我会做我认为对的事情,其中包括允许议会逼我退位,如果这是他们的选择。"

廷朵皱眉:"如果你不能通过合法的途径夺回王位呢?"

"那我接受现实。"依蓝德说道,"同时尽全力帮助王国。"

两人一起离开看来不可能了,纹心想。可是,她忍不住要微笑。她爱依蓝德的一部分理由是他的真诚。他对陆沙德人民有纯粹的爱,他坚持要为他们做对的事情,这让他与卡西尔大大不同。即使在为人民牺牲的时候,卡西尔仍然展现了一丝自大。他行事时确保了自己会得到众人的怀念跟追思。

可是依蓝德不同,管理中央统御区对他而言与名声或功勋无关。她第一次彻底地、真诚地相信,依蓝德远比卡西尔适合当王。

"我……我对这个体验不知该做何感想,主人。"一个声音在她身边低语。纹一愣,低下头,发现自己不自觉地开始搔抓欧瑟的耳朵。

她一惊之下抽回手。"抱歉。"她说道。

欧瑟耸耸肩,头又靠回脚爪上。

"议会有一个月的时间可以选出新王。"依蓝德解释,"法律中没有规定新王与旧王不得是同一人,而且在期限内如果候选人无法获得半数以上的投票,那王位会自动归还,为期至少一年。"

"真复杂。"哈姆搓着下巴说道。

"你早该料到。"微风说道,"法律就是这样。"

"我不是说法律条文。"哈姆回答,"我说的是要议会选依蓝德,或者谁都不选,是件难的事。若不是他们心中早有人选,一开始就不会逼他退位。"

"那倒不一定。"多克森说道,"也许他们只想给他一个警告。"

"有可能。"依蓝德说道,"各位,我认为这是一个征兆。我一直忽视议会,以为让他们签下让我前去和谈的同意书,就万事大吉。但我们从未想过,他们只要选一个新王,然后再指挥新王就能轻松推翻之前的议案。"

他叹口气,摇摇头:"我必须承认,我从来不擅长于处理议会,他们不认为我是王,而是同僚,因此,他们很轻易就认为自己可以取而代之。我敢打赌,其中一名议员已说服其他人让他继位。"

"那我们让他消失就可以了。"哈姆说道,"我相信纹一定……"

依蓝德皱眉。

"我只是开玩笑,阿依。"哈姆说道。

"你知道你的问题在哪里吗?"微风开口,"你的笑话唯一的笑点,就是没有笑点。"

"你会这么说是因为通常都是你在做那个笑点。"

微风翻翻白眼。

"我真的认为……"欧瑟低声开口,显然是相信只有用锡的纹才能听到,"如果忘记邀这两个人,这些会议会更有效率。"

纹微笑。"没那么严重吧。"她低语。

欧瑟挑起一边眉毛。

"好吧。"纹承认,"他们是让我们的讨论比较发散。"

"你需要的话,我随时都可以吃掉一个。"欧瑟说道,"这样讨论应该可以进行得快些。"

纹愣住。

MISTBORN: THE WELL OF ASCENSION

不过欧瑟的唇边浮上一个奇特的笑容。"坎得拉笑话。对不起，主人。我们的笑话都比较阴沉一点。"

纹微笑："他们可能不会太好吃。"

"这倒不一定。"欧瑟说道，"毕竟有一个叫做'哈姆①'，另一个嘛……"他朝微风手中的酒杯点头。"他似乎很喜欢用酒腌肉。"

依蓝德翻着书，找出了几本跟法律相关的书籍，包括他自己所撰写的陆沙德律法。

"陛下。"廷朵说道，在头衔上特别加重语气，"你的门口已经有两支军队，另一群克罗司正朝中央统御区前进。你真的认为你有时间进行漫长的法律攻防战吗？"

依蓝德放下书籍，将椅子拉到桌边。"廷朵。"他说道，"我门口有两支军队，克罗司的出现会对他们施加压力，我本人是阻止城市的政要们将王国交给其中一个入侵者的最大阻碍。你真的认为我现在被逼退位是巧合吗？"

集团中有几人一听，顿时警觉起来，纹则偏着头思索。

"你认为这事情背后是有某人在布局？"哈姆摩挲着下巴问道。

"如果你是他们，你会怎么做？"依蓝德打开一本书，"不能攻城，因为会损失太多士兵。围城战已经持续好几个礼拜，天气越来越寒冷，多克森雇用的人一直在攻击货运船，威胁补给线。而且，你知道有一大支克罗司军队正朝这个方向挺进……这很合理。如果史特拉夫跟塞特的间谍有点能耐，就会知道军队伴攻那时，议会差点就要屈服，献出城市。杀手杀不了我，但如果可以用别的方法除掉我……"

"没错。"微风说道，"这的确听起来像是塞特的作风。让议会背叛你，另选亲近他一派的党羽即位，再打开大门。"

依蓝德点点头："而且我父亲今晚似乎不愿意合作，仿佛他觉得自己另有进入城市的方法。我不确定是不是谁在背后操作，但我们绝对不能忽

---

① "哈姆"与英文"火腿"同音。

视这个可能性。这不是声东击西，而是自从那些军队到达起我们就被卷入其中的围城方略。如果我能重回王位，那史特拉夫跟塞特就会知道他们只能跟我合作。到那时他们可能也不得不跟我合作了，考虑到那些克罗司正日渐逼近的话。"

说完，依蓝德开始翻书。他的忧郁似乎因为新的思考方向而逐渐散去。"法律中可能有其他几个相关的条款。"他半是自言自语地说道，"我得多花点时间研究一下。鬼影，你邀了沙赛德来吗？"

鬼影耸耸肩："我叫不醒他。"

"他正在恢复旅程中消耗的体力。"廷朵说道，转开研究依蓝德跟他书籍的目光。"这是守护者的问题。"

"他需要补充金属意识库？"哈姆问道。

廷朵一顿，脸色变得难看："他跟你们说过？"

哈姆跟微风齐齐点头。

"原来如此。"廷朵说道，"无论如何，他无法在这个问题上提供助力。陛下，我在政务上能给你一些帮助，是因为我的职责在于帮助领导者了解过去的知识，但像沙赛德这种旅行守护者不会在政治议题上选择立场。"

"政治议题？"微风轻松地问道，"你是指像推翻最后帝国这种事情吗？"

廷朵闭上嘴，抿起嘴唇。"你们不应该鼓励他违背誓言。"她终于说道，"如果你们真的是他的朋友，我想你们该同意这点。"

"是吗？"微风说道，以酒杯指指她，"我个人认为你们只是觉得尴尬，因为他违背命令，最后却解放了你们全族人。"

廷朵眯着眼睛瞪了微风一眼，姿势僵硬。两人如此对峙了一会儿。"你要怎么样推我的情绪都可以，安抚者。"廷朵说道，"我的感觉只属于我，你不可能成功。"

微风终于重新开始喝酒，似乎在嘟囔着"该死的泰瑞司人"之类的句子。

MISTBORN: THE WELL OF ASCENSION

可是依蓝德没有在注意他们的争执。他已经在桌前摊开了四本书,正翻着第五本。纹笑着看他,想起不太久之前,他追求她的方法经常是一屁股坐在她旁边的椅子上,摊开一本书。

他还是同样的他,她心想。那个灵魂,那个人,是在知道我是迷雾之子之前,就爱我的人。就算发现我是盗贼,以为我要抢劫他时,他仍然爱我。我得记得这点。

"来吧。"她对欧瑟低声说道,站起身来,无视重新开始辩论的微风跟哈姆。她需要时间思考,白雾才刚刚涌现。

如果我不是这么擅长制定律法就好了。依蓝德觉得有点好笑地心想,翻动着书。我把制度规划得太完善了。

他的指尖划过一个段落,重新读了一遍。众人渐渐散去。他不记得是否说过他们可以退下。廷朵可能会因此责怪他。

这里,他心想,敲敲书页。如果议会有成员迟到或是投废票,我可能有理由要求重新投票。要国王退位的投票必须全体通过,当然不包括被退位的国王本人。

他突然停下动作,注意到有动静。房间里只剩下廷朵一个人。他无奈地抬起头。我自找的……

"陛下,刚才对你有不敬之处,我很抱歉。"她说道。

依蓝德皱眉。没想到她会这么说。

"我习惯把别人当成小孩子。"廷朵说道,"我想我不应以此为傲。"

"这是……"依蓝德打住自己的话。廷朵教他,不要为别人的失败找借口。他可以接受他人犯错,也可以原谅他们,但他如果为问题找借口,那犯错的人永远不会改变。"我接受你的道歉。"他说道。

"你学得很快,陛下。"

"我别无选择。"依蓝德微笑说道,"只是还是不够快,无法满足议会。"

"你怎么会让这种事发生的?"她轻声问道,"虽然我们对于政府该如何施政有歧见,但我也觉得那些议员应该是支持你的人。你赋予他们权力。"

"我忽视了他们,廷朵。无论是不是朋友,强者都不喜欢被忽视的感觉。"

她点点头:"不过,也许我们应该多花点时间来探讨你的成功,而非只专注于你的失败。纹跟我说你和你父亲的会谈非常顺利。"

依蓝德微笑:"我们把他吓得要跟我们合作。对史特拉夫大呼小叫让我心情很好,但我也许因此得罪了纹。"

廷朵挑起眉毛。

依蓝德放下书,手臂平压在桌上,向前倾身:"她回来时有点怪怪的,几乎不愿意跟我讲话,我想不出来是为什么。"

"也许她只是累了。"

"我觉得纹是不会累的人。"依蓝德说道,"她总是在动,总是在做些事。有时候我担心她会觉得我很懒惰,也许这就是为什么……"没说完,他便摇摇头。

"她不认为你很懒惰,陛下。"廷朵说道,"她拒绝嫁给你是因为她觉得自己配不上你。"

"胡说。"依蓝德说道,"纹是迷雾之子,廷朵。她知道她配得上十个我这种人。"

廷朵挑起眉毛:"你对女人的了解很少,依蓝德·泛图尔,尤其是年轻女人。对她们而言,她们的能力跟自我价值的认知,两者并不画等号。纹很没有安全感。"

"她觉得她不配跟你在一起,不是说她觉得她这个人配不上你,而是她不相信自己有快乐的权利。她的人生一直相当艰辛、混乱。"

"你有多确定这件事?"

"我养大了好几个女儿,陛下。"廷朵说道,"我不是信口开河。"

"女儿?"依蓝德问道,"你有小孩?"

"当然有。"

MISTBORN: THE WELL OF ASCENSION

"我只是……"他只认识沙赛德那样的泰瑞司阉人。廷朵属于泰瑞司女人,自然情况不同,但他总认为统御主的育种计划也会影响到她。

"总而言之,你必须做出决定,陛下。"廷朵单刀直入,"你跟纹两人之间的关系绝非易事。她的一些问题是一般女性所没有的。"

"我们已经讨论过这件事。"依蓝德说道,"我不要'一般女性'。我爱纹。"

"我不是在说你不该爱她。"廷朵平静地说道,"我只是在履行自己指导你的使命。你需要判断,跟那女孩的感情对你有多大影响。"

"你为什么觉得我会受到影响?"

廷朵挑起眉毛:"我刚你今天晚上跟泛图尔王的会谈是如何成功的,但你只想要谈纹在回家的路上是什么样的心情。"

依蓝德迟疑了。

"哪个对你而言比较重要,陛下?"廷朵问道,"对这女孩的爱,还是人民的福祉?"

"我拒绝回答这种问题。"依蓝德说道。

"也许你早晚都得选择。"廷朵说道,"恐怕这是大多数国王最后都必须面对的问题。"

"不。"依蓝德说道,"没有理由只能选择其一。我研究过太多假设,这种迷思影响不了我。"

廷朵耸耸肩,站起身。"你可以这样希望,陛下。可是,我已经看到眼前的两难局面,不觉得这是一个假设。"她尊敬地轻点头,离开房间,留下书本陪伴他。

有其他证据能将艾兰迪跟永世英雄连接在一起,都只是小事,只有熟读期待经的人才会注意到。他手臂上的胎记。他还不到二十五岁，头发就已灰白。他说话的方式，他待人接物的方式，他挥斥方道的方式。都是万般吻合。

29

"请告诉我，主人。"欧瑟头搁在爪子上，懒洋洋地开口，"我跟人类相处很多年了，一直以为人类需要正常睡眠。我一定是弄错了。"

纹坐在石墙上的屋檐边，一腿曲起抵着胸口，另一腿在墙边的空中晃荡。海斯丁堡垒深潜于雾中的高塔分别在她的左右侧。"我睡过了。"她说道。

"偶尔而已。"欧瑟打了个呵欠，嘴巴大张，舌头伸得长长的。它开始模仿狗的动作了吗？

纹别过头不看坎得拉，而是望向东方，沉睡中的陆沙德。远处有火光，亮到不可能是一个人的火把。清晨来临。又过了一个夜晚，离她跟依蓝德造访史特拉夫的军队已经有将近一个礼拜。詹仍然没出现。

"你在燃烧白镴，对不对？"欧瑟问道，"好保持清醒？"

纹点点头。在少许白镴的影响下，她的疲累只带来了些许不适。如果真的集中精神去感受，她可以察觉到身体的疲累，但没到会影响她行动的程度。她的感官很敏锐，身体很强壮，就连夜晚的寒意都影响不了她。可是她熄灭白镴的瞬间，绝对将会感觉到无比的疲累。

"这不健康，主人。"欧瑟说道，"你每天只睡三四个小时，无论是迷雾之子、凡人，或坎得拉，都无法长时间维持这样的作息。"

纹低头。她该如何解释自己奇特的失眠？她早就不该失眠了，因为现在无须害怕身边的成员，但近来无论她有多累，都发现自己越来越难睡着。远方的鼓动声一刻不停，她要怎么睡得着？

不知道为什么，感觉像是那鼓动声越靠越近，变得越来越强了。日记

MISTBORN: THE WELL OF ASCENSION

上说：我听到来自上方，来自高山的鼓动声。

在雾中的雾灵诡异而憎恨地看着她，要她怎么睡得着？有军队威胁要屠杀她的朋友，依蓝德的王国被夺走，她所知、所爱的一切日渐迷乱，要她怎么睡得着？

……当我终于躺下时，我发现睡眠仍然离我遥远。白天让我烦忧的念头，只因夜晚的沉默而变本加厉……

欧瑟打个呵欠。"他不会来的，主人。"

纹皱眉转身："什么意思？"

"这是你跟詹对打的地方。"欧瑟说道，"你在等他来。"

纹一愣。"跟人打一架应该不错。"她终于说道。

东方逐渐明亮，缓缓点亮了白雾，但白雾却不愿在阳光前就此退却。

"你不该让那个人一直影响你，主人。"欧瑟说道，"我不认为真实的他跟你以为的相同。"

纹皱眉："他是我的敌人，除此之外，我还能怎么想？"

"你没有把他当敌人，主人。"

"因为他没有攻击依蓝德。"纹说道，"也许詹不是完全服从史特拉夫。"

欧瑟静静地坐下，头趴在脚掌上，转过脸去。

"怎么了？"纹问道。

"没事，主人。你怎么说，我怎么信。"

"少来这一套。"纹说道，转过头去看它，"你不要又给我那个借口。你在想什么？"

欧瑟叹口气："主人，我是在想，你对詹的执着让人很忧心。"

"执着？"纹说道，"我只是在留意他而已。我不喜欢我的城市里有另一名迷雾之子跑来跑去，无论他是不是敌人。天知道他会做出什么事。"

欧瑟皱眉，却一语不发。

"欧瑟，"纹开口，"有话就直说啊！"

"我很抱歉,主人。"欧瑟说道,"我不习惯跟我的主人们闲聊。尤其不习惯开诚布公地聊。"

"没关系,你把你的想法说出来就好。"

"好吧,主人。"欧瑟将头抬起来,"我不喜欢这个詹。"

"你对他有什么了解?"

"不比你多。"欧瑟承认,"可是,大多数坎得拉都很擅长察言观色。像我这样长期练习模仿他人的话,就容易看透人心。我不喜欢我看到的那个人。他似乎过于自负。他想博得你的友谊的手法太刻意。他让我觉得不舒服。"

纹双腿开开地坐在屋檐边,双手按在身前的沁凉石头上。也许它是对的。

可是,欧瑟不曾跟詹一同飞翔,不曾跟他在雾中对打。这不是欧瑟的错,但它跟依蓝德一样,都不是镕金术师。他们都不了解,因为钢推而翱翔,因为骤烧白锡而突然五感增强,到底是什么感觉。他们不知道。他们不了解。

纹往后靠,在逐渐增强的光线中端详着狼獒。有件事她一直想提,现在感觉是个好时机。"欧瑟,你想的话,可以换身体。"

狼獒挑起眉毛。

"我们有那副在皇宫中找到的骨头。"纹说道,"如果你当狗当烦了,可以用那些。"

"不行。"欧瑟说道,"我没有消化过那具身体,不会知道该怎么排列肌肉跟器官才能跟那个人看起来一模一样。"

"这样啊。"纹说道,"那我们可以找个罪犯给你。"

"我以为你喜欢我用这具身躯。"欧瑟说道。

"我是喜欢。"纹说道,"可是我不要你不情不愿地留在这具身体里。"

欧瑟轻哼:"我的心意无关紧要。"

"可是我在意。"纹说道,"我们可以……"

"主人。"欧瑟打断她。

"什么事?"

"我要留下这具身体,我已经习惯了,经常改变形体是很麻烦的。"

纹迟疑了一会儿。"好吧。"她终于说道。

欧瑟点点头。"不过,既然讲到了身体。"它继续说道,"主人,我们到底有没有打算要回皇宫呢?不是所有人都有迷雾之子的体魄。他们有些偶尔还是需要睡眠跟食物的。"

它的抱怨现在变得挺多的了,纹心想。可是,她觉得这是个好迹象,这表示欧瑟开始习惯跟她相处,越发自在,乃至于它觉得她的行为实在太愚蠢时,能够直截了当地告诉她。

我为什么还要烦心詹的事情?她心想,站起身望向北方。白雾仍然颇浓,她几乎看不清守在北方运河边的史特拉夫军队,它们像是蜘蛛,等待着合适的攻击时机。

依蓝德,她心想。我应该多想想依蓝德。他尝试要取消议会决议,或是强迫他们重新表决,却都失败了。因为他完全照章办事,所以依蓝德还在不断地尝试。他仍然认为自己有机会说服议会选他为王,至少不要选别人。

所以他努力撰写讲稿,不断跟微风和多克森讨论,也没太多时间陪纹。这是对的。他不该因为她而分心。这是她帮不上忙的事,是她打不走也吓不跑的事。

他的世界是纸、书、法律、哲学,她心想。他驾驭理论和文字,如同我驾驭白雾。我总是在担心他不了解我……但我真的能了解他吗?

欧瑟站起身,伸伸懒腰,双脚踩在城墙的栏杆边撑起,跟纹一同望向北方。

纹摇摇头:"有时候,我真希望依蓝德不要这么的……高洁。这座城市不该陷入这样的混乱。"

"他是对的,主人。"

"你这么想吗?"

"当然。"欧瑟说道,"他立了契约。他的责任就是无论如何都要恪守契约。他必须服侍他的主人,也就是这座城市,即使这个主人要他去做很不愉快的事情。"

"非常坎得拉式的观点。"纹说道。

欧瑟抬头看她,挑起狗眉,仿佛在问,这不是理所当然的事情吗?纹微笑。每次看到它的狗脸上出现这种表情,她都忍不住想笑。

"来吧。"纹说道,"回皇宫去吧。"

"好极了。"欧瑟说道,四肢着地,"我放在外面的肉应该正好能吃。"

"除非又被女仆们找到了。"纹笑着说。

欧瑟脸色一沉:"我以为你会去提醒她们。"

"你要我怎么说?"纹觉得万分好笑地问道,"请不要把这块腐肉丢掉,我的狗喜欢吃?"

"有何不可?"欧瑟问道,"我模仿人的时候,几乎从来都吃不到什么好东西,但狗有时候会吃熟成的肉,不是吗?"

"我真的不知道。"纹说道。

"熟成的肉非常美味。"

"你讲的是'腐败'的肉。"

"熟成。"欧瑟坚定地说。她把它抱了起来,准备将它带下城墙。海斯丁堡垒的顶端有一百尺高,欧瑟跳不下去,唯一的通道又在废弃堡垒的内部,还是抱着它跳好。

"熟成的肉就像熟成的酒,或熟成的奶酪一样。"欧瑟继续说道,"放了几个礼拜后,味道比较好。"

这大概就是跟食腐类动物有血缘关系的副作用了,纹心想。她跳到墙边,抛下几枚钱币。就在她准备要抱着欧瑟跳下的时候,她迟疑了。她最后一次转身,望着史特拉夫的军队,它们的轮廓如今已完全暴露出来,太阳在地平线上慢慢升起,但空中仍然有几丝坚决不离去的白雾,仿佛想要

MISTBORN: THE WELL OF ASCENSION

抗拒太阳,想持续笼罩城市,阻挠白日的光芒……

他统御主的!纹心想,突然涌现一个新的念头。这个问题她已经想了许久,让她烦躁不已,结果就在她决定不想的时候,答案就这么出现了。仿佛她的潜意识一直在分析这个问题。

"主人?"欧瑟问道,"你还好吗?"

纹略略张开嘴,歪过头:"我想我刚才发觉深黯是什么了。"

我不能耽溺于细节,撰写的空间有限。其他的世界引领者前来找我,承认他们的错误时,一定认为自己谦卑无比。即便如此,我已经开始质疑自己原本的预言。可是,我太骄傲。

30

沙赛德读到:我现在要写下这些纪录,将之刻在一块金属板上,因为我害怕。为我的安危感到害怕。是的,我承认我只是凡人。如果艾兰迪真的能从升华之井返回,我很确定他的首要目标会是我的性命。他不是个邪恶的人,却是个无情的人。我想,他会这样,都是因为他所经历的事。

可是,我也害怕,我所知道的一切,我的故事,会被遗忘。我害怕未来的世界。害怕艾兰迪会失败。害怕深黯带来的末日。

一切都回到可怜的艾兰迪头上。我为他感到难过,因为他被强迫要承受的一切,因为他被强迫要成为的样子。

可是,让我从头说起。我在克雷尼恩初见艾兰迪,当时他还是个毛头小伙子，尚未因为长达十年的领事生涯而扭曲。

我第一次见到他时，最先注意到的是他的身高。他虽然个子不高，却似乎凌驾于所有人，令人不由自主地心生敬意。

奇特的是，一开始是艾兰迪的纯真引起了我的注意。他才来到这座大城市几个月，我便雇用他成为我的助手。

直到多年后，我才确信，艾兰迪就是永世英雄。永世英雄，克雷尼恩语中称之为拉布真，永世者。

救世主。

当我终于意识到，所有期待经的征象都指向他身上时，我多么兴奋。但当我对其他世界引领者宣告我的发现时，众人均不屑一顾。我多希望当初我听了他们的话。

然而，任何了解我的人都知道，我是个不轻言放弃的人。一旦被我找到值得探索的目标，不达目的决不放弃。我很确定，艾兰迪就是永世英雄，并且下定决心证明这件事。我早应该服从众人的意志，不应该坚持与艾兰迪同行，好亲眼见证他的旅程。艾兰迪发现我对他身份的判定是迟早的事。

是的，在此之后，所有的谣言都是他在推波助澜。我绝对无法像他那样说服全世界，让所有人都相信他的确是永世英雄。我不知道他自己是否相信，但他让所有人都坚信不疑。

要是对泰瑞司宗教以及期待经的信仰没有散播到我们族人以外的地方就好了。如果深黯没有在那时出现，成为将众人的行为跟信仰都逼入绝境的威胁就好了。如果多年前我在寻找助手时，没有挑中艾兰迪就好了。

沙赛德停止翻译拓印的工作。还有很多要誊写，他很讶异于关在这么一小片金属上居然塞了这么多字。

他检视自己的手稿。整趟北上的路程中，他都在期待能开始翻译拓印，他心里的某个地方又很担心。当他坐在明亮的房间时，这些话仍然像当时在瑟蓝集所的地窖里所认定的那么重要吗？

他浏览过另一段文字，重点读了几个段落，尤其是他自觉特别难以理解的段落。

可是，身为发现艾兰迪的人，我变成重要的人。最重要的世界引领者。

在期待经里，有我的位置。我认为我是宣告者——预言中发现永世英雄的先知。当众宣告放弃对艾兰迪的支持，等同于放弃我的新地位，放弃众人对我的接纳。因此，我没有这么做。

可是现在，我要这么做。让所有人都知道，我，泰瑞司的世界引领者，关，是个骗子。

沙赛德闭上眼睛。世界引领者。他知道这个名词。守护者一族是因为泰瑞司传说中的片段与盼望而形成。当时，世界引领者是老师，是在各个大陆间往来穿梭，传递知识的藏金术师，是守护者秘密教派的主要灵感源头。

而他手边正有一本一名世界引领者亲手写下的文稿。

廷朵绝对会对我十分生气，沙赛德心想，睁开眼睛。他多希望将整份拓印都读一遍，但他需要时间来研读、记忆，与其他文件交叉比对。光这些文字——即使加起来差不多只有二十页——已经足以让他忙上好几个礼拜，甚至好几年。

他的百叶窗发出声响。沙赛德抬起头。他住在皇宫里属于他的居所——一间装潢美丽的房间，对一个毕生都是仆人的人而言，实在太过华丽奢侈。

他站起身，走到窗户边，打开了窗闩，拉开百叶窗，看到蹲在窗台外的纹时，露出笑容。

"呃……你好。"纹说道。她的灰衬衫跟黑长裤外套着迷雾之子披风。虽然已经是清晨，但很显然她在夜间巡察后仍然尚未就寝。"你不该把窗子锁上,这样我就进不来了。我拆了太多副窗锁,依蓝德好生气。"

"我会试着记住这点,纹贵女。"沙赛德说道,示意她进来。

沙赛德灵巧地跳过窗户,迷雾披风一阵窸窣。"试着记住?"她问道。"你向来是大小事都记得,甚至不需要金属记忆。"

她比以前大胆了许多,他心想,看着她走到书桌边,研究他的手稿。

我才离开几个月,变化就这么大。

"这是什么?"纹问道,仍然看着书桌。

"我在瑟蓝集所找到的东西,纹贵女。"沙赛德上前说道。能穿干净的袍子,有个安静舒适的地方做研究,真是愉快。难道不想旅行就让他成了罪大恶极的人了吗?

一个月,他心想。我给自己一个月的时间研究,然后就把所有工作交给别人。

"这是什么?"纹拾起一张拓印。

"拜托你,纹贵女。"沙赛德忧心忡忡地说,"那张纸很脆弱,拓印可能会糊掉……"

纹点点头,放下纸张,一眼扫过他的誊写。过去她对于任何跟枯燥写作相关的事,向来避之不及,如今却饶富兴味地看了起来。"这提到了深黯!"她兴奋地说道。

"不只如此。"沙赛德来到她身边。他坐了下来,纹走到房间中一张厚软的矮黑椅子旁,却不像正常人一样坐下,而是跳到椅子上,坐在椅背的最上面,脚踩着椅垫。

"怎么了?"她问道,显然是注意到了沙赛德的笑容。

"只是觉得迷雾之子真有趣,纹贵女。"他说道,"你们向来无法好好坐着,总喜欢蹲在什么东西上面。我想这跟你们无与伦比的平衡感有关。"

纹皱眉,却没有反驳。"沙赛德,深黯是什么?"她问道。

他双手交握在身前,一面看着年轻女子,一面思索。"深黯吗?这是

MISTBORN: THE WELL OF ASCENSION

一个引起了诸多讨论的议题,据说是某个广阔强大的东西,但有些学者认为整个传说都是统御主捏造的。我想这个理论也有其道理,因为关于那个时代所留下来的纪录全都得经过钢铁教廷的审核。"

"可是日记里提到深黯。"纹说道,"你正在翻译的东西也有。"

"确实如此,纹贵女。"沙赛德说道,"但即便是相信深黯真正存在的人,彼此之间也有极大的歧见。有人坚信统御主的官方说法,深黯是某种可怕、超自然的怪物,或者可以称之为邪神。其他人不同意这个极端的解读,他们认为深黯没有那么玄妙,而是某种军队,也许是从别的大陆来的入侵者。在升华时期前,据说至远统御区有几个颇为好战的原住民。"

纹正在微笑。他疑惑地看看她,她只是耸耸肩。"我对依蓝德问过同样的问题。"她解释,"可是他给我的答案少得可怜。"

"陛下研究的学术领域不同。即便是他可能也觉得升华时期以前的历史太过枯燥。况且,任何向守护者询问过去之事的人,都该要有进行长时间讨论的心理准备。"

"我可没有抱怨。"纹说道,"继续啊。"

"就差不多这些了,或者该说,还有很多相关的讯息,但我怀疑它们到底与深黯有多深的关联。深黯是军队吗?有些人推论,深黯也许是克罗司的第一次攻击,有可能吗?如果真是如此,那很多疑问的确可以解答。大多数故事一致同意,统御主在升华之井得到某种打败深黯的力量,也许他得到克罗司的支持,因此可以支使它们,让它们成为自己的军队。"

"沙赛德。"纹开口,"我不认为深黯是克罗司。"

"哦?"

"我认为是雾。"

"这个理论有人提出过。"沙赛德点头说道。

"有吗?"纹问道,听起来有点失望。

"当然,纹贵女。在最后帝国统治的一千年以来,鲜少有未曾被讨论过的可能性。迷雾理论被提出过,但其中有几个大问题。"

"例如?"

沙赛德回答:"首先,据说统御主打败了深黯,但迷雾很显然还在这里。如果深黯只是雾的话,为什么要用这么模糊不清的名讳称呼它?当然,也有人指出我们对于深黯所知的许多讯息都是口耳相传,经过世世代代反复传播,原本很普通的事情也可能面目全非。因此'深黯'指的可能不只是迷雾,更包括它的来临,或是它改变的东西。"

"可是迷雾理论最大的问题是恶意。如果我们相信那些人的叙述——我们也别无其他信息来源——深黯既可怕又充满毁灭性。迷雾似乎并没有展现这种危险性。"

"但它现在开始杀人了。"

沙赛德顿了顿。"是的,纹贵女。显然是如此。"

"那如果它以前就曾这么做,但统御主不知用什么方法……阻止了它?你自己说过,你认为我们杀死统御主时,带来了某种影响,改变了迷雾。"

沙赛德点点头:"我在探查的问题的确蛮可怕,但我不认为它们跟深黯所造成的问题是同一层级。有些人被迷雾杀死,但许多人都年迈或是身体不好,还有很多人不受影响。"

他想了想,碰碰拇指:"可是,为实事求是,我必须承认,这个理论是有些道理的,纹贵女。也许光是几起死亡就足以造成恐慌。反复传诵后,危险程度可能被夸大,也可能以前迷雾的杀戮范围较大,不过我还没搜集到足够的资料来证实这件事。"

纹没有回答。糟糕了,沙赛德暗自悔恨,叹口气。我让她觉得无聊了。我在用词遣字上真的得多注意些,我跟司卡相处够久了,早应该……

"沙赛德?"纹开口,语带思索,"我们看问题的角度,会不会是错的?如果在迷雾中的这几起死亡根本不是问题?"

"什么意思,纹贵女?"

她静坐片刻,一只脚懒洋洋地在椅子靠背上打着拍子。良久,终于抬起头,与他四目交望:"如果迷雾在白天来临,而且永远不走了?"

沙赛德思索片刻。

"没有光线。"纹继续说道,"植物会死,人会饥饿,会有死亡……和混乱。"

"有可能。"沙赛德,"也许这个理论有道理。"

"这不是理论。"纹说道,从椅子上跳下来,"就是这样。"

"你已经这么确定?"沙赛德带着笑意问道。

纹简单地点点头,跟他一起站在书桌前。"我是对的。"她以一贯的直截了当作风说道,"我确定。"她从口袋里掏出一样东西,拉了张板凳,坐在他身边,摊平了皱缩的纸张,放在桌上。

"这是我从日记本上抄下来的。"纹说道。她指着一个段落:"统御主在这里说,军队无法抵抗深黯。我一开始以为他的意思是,军队打不败它,但看看他描述的方法——他说的是'军队的剑对它是无用的'。有什么比拿剑砍迷雾更无用?"

她指着另一段。"'它在身后留下毁灭',对不对?无数人因它而死,但他从未说深黯攻击过他们,他只说他们'因它而死'。也许我们一直想错了方向。那些人不是被压碎或被吃掉的。他们是饿死的,因为土地逐渐被迷雾吞食。"

沙赛德研究着她的纸张。她看起来十分笃定。她真的对正确的研究程序一无所知吗?她真的不知道该如何提问、研究、假设、推理吗?

她当然不知道,沙赛德责骂自己。她在街上长大的,她不会按理出牌。她只用直觉,而且通常是对的。

他再次压平纸张,阅读上面的段落:"纹贵女?这是你自己写的吗?"

她脸上一红:"为什么每个人都惊讶成这样?"

"因为这似乎跟你的个性不合,纹贵女。"

"我是被你们带坏的。"她说道,"你看,这张纸上没有半句话跟深黯是迷雾的想法抵触。"

"没有抵触跟证明理论是对的是两码事,纹贵女。"

她满不在乎地挥挥手:"我是对的,沙赛德。我知道我是对的。"

"那这点呢?"沙赛德指着一行字,"英雄说他可以感觉到深黯有意识。迷雾不是活的。"

"它会绕着镕金术士打转。"

"我想这不一样的。"沙赛德说道,"他说深黯疯了……是疯狂的,具有毁灭性。邪恶的。"

纹顿了顿。"还有一件事,沙赛德。"她承认。他皱起眉头。

她指着另外一段纪录:"你记得这几段吗?"

它不是影子,书上如此写。

这个跟在我身后的黑色东西,只有我能看得见——它不是影子。它又黑又透明,但没有影子的有形轮廓,存在感相当薄弱。像是黑雾。

或是迷雾。

"认得,纹贵女。"沙赛德说道,"英雄看到有怪物跟着他,后来攻击了他的一名同伴,我记得。"

纹直视他:"我看过它,沙赛德。"

他浑身一寒。

"它在那里。"她说道,"每天晚上都在雾中,看着我。我可以用镕金术感觉到它。而且如果我靠得够近就可以看到它,它仿佛是从雾里长出来的,非常模糊,却货真价实。"

沙赛德静坐片刻,不知道该做何感想。

"你认为我发疯了。"纹指控。

"不,纹贵女。"他轻声说道,"发生了那些事之后,我不认为我们任何人有资格说这种事是疯言疯语,只是……你确定吗?"

她坚定地点点头。

"可是,就算是真的,仍然无法回答我的问题。"沙赛德说道,"日记作者和你看到同样的东西,却没称之为深黯。深黯是另外一样,危险,而且他能感觉到是邪恶的东西。"

"这就是个秘密了。"纹说道,"我们得搞明白他为什么这么称呼迷雾,然后我们就会知道……"

"知道什么,纹贵女?"沙赛德问道。

纹想了想,然后别过头,没有回答,直接换了话题:"沙赛德,英雄并没有完成他该做的事。拉刹克杀了他,而当拉刹克在井边取得力量时,他没有像预定那样放弃,而是据为己用。"

"没错。"沙赛德说道。

纹又一时没答话。"迷雾又开始杀人,开始在白天出现,就像是……事件又重演。所以……也许这意味着永世英雄又得再次出现。"

她回望他,看起来有点……尴尬?啊……沙赛德心想,明白了她的意思。她看到迷雾里的东西。前任英雄也看到类似的东西。"我不确定这段演绎是否合理,纹贵女。"

她哼了哼。"你为什么不能跟一般人一样,直接说'你错了'?"

"我道歉,纹贵女。我受过许多作为仆人的训练,而且我们被教育不能与人正面起冲突。即便如此,我不认为你是错的,但我认为也许你没有完全想清楚自己的立论。"

纹耸耸肩。

"你为什么认为永世英雄会再度出现?"

"我不知道。因为一些发生的事情,一些我感觉到的东西。迷雾又来了,总得有人阻止它。"

沙赛德以指尖划过他翻译的拓印,读着文字。

"你不相信我的话。"纹说道。

"不是这样的,纹贵女。"沙赛德说道,"只是我不习惯直接下定论。"

"可是你也考虑过永世英雄的问题,对不对?"纹说道,"他是你的宗教的一部分,是泰瑞司人失落的宗教,正是你们守护者教派成立的原因,也是你们想发现的真相。"

"此话不假。"沙赛德承认,"可是我们对先人用以找到英雄的预言并不熟悉,况且我最近读到的文件似乎暗指他们的解读有误。如果升华前时期,最伟大的泰瑞司神学家都无法正确辨认出英雄的身份,我们又能如何?"

纹静静坐了片刻。"我不该提起这件事的。"她终于说道。

"纹贵女,请不要这么想,我要向你道歉。你的理论很有价值,只是我已经习惯以学者的思维去质疑所有取得的信息。恐怕我的缺点就是太爱与人辩论。"

纹抬起头,浅浅微笑:"又一个你当不好泰瑞司侍从官的理由?"

"毋庸置疑。"他叹口气说道,"我的观点也经常与族中其余人的想法相左。"

"像是廷朵?"纹问道,"当她发现你跟我们说过藏金术的时候,看起来不是很高兴。"

沙赛德点点头:"就一个以知识为己任的组织而言,守护者对自身力量来源的知识讳莫如深。当统御主还活着的时候,众人都在猎捕守护者,因此我想如此谨慎的态度确实有其必要性,但如今我们均已被解放,我的兄弟姊妹们似乎仍然无法摆脱保密的习惯。"

纹点点头:"廷朵似乎不太喜欢你。她说她是因为你的建议所以才来,但每次有人提到你,她整个人似乎就……冷下来。"

沙赛德叹口气。廷朵不喜欢他吗?他反倒认为也许廷朵的问题是没有办法不喜欢他。"她只是对我失望而已,纹贵女。我不确定你对我的过去知道多少,但在卡西尔招募我之前,我已经从事反统御者工作十年之久,其他守护者认为我的举动是置我的红铜意识库与族人于危险之中,他们相信守护者应该静候统御主失败的那天,而不是一手促成它。"

"听起来有点贪生怕死。"纹说道。

"这可是非常谨慎的做法,纹贵女。如果我被抓住了,我可能会吐露许多事,包括其他守护者的名字,我们密屋的位置,能够隐身于泰瑞司文化幕后的秘诀。我的同胞们花了几十年才让统御主相信藏金术终于被他灭绝，我的现身会毁掉那一切。"

"除非我们失败了，否则不可能发生这种事。"纹说道，"我们没有失败。"

"我们当时有可能失败。"

"我们没有失败。"

沙赛德一愣，不禁微笑。有时候，在充满辩论、质疑、自我怀疑的世界中，纹单刀直入的陈述更让人耳目一新。"即便如此，廷朵也是席诺德的一员。"他说道，"那是统御门派的长老们所组成的议会。我过去反抗过席诺德数次，回到陆沙德的行为又再次反抗了他们。她不满意我的行为是理所当然。"

"但我觉得你做得对。"纹说道，"我们需要你。"

"谢谢你，纹贵女。"

"我觉得你不需要听廷朵的话。"她说道，"她往往言过其实。"

"她非常睿智。"

"她对依蓝德很严苛。"

"那大概是因为她觉得这是为他好。"沙赛德说道。"孩子，不要太苛责她。如果她显得难以亲近，也是因为她的人生太过辛苦。"

"辛苦？"纹说道，将笔记又塞回口袋。

"没错，纹贵女。"沙赛德说道，"因为廷朵大部分人生都是一名泰瑞司母亲。"

纹手插在口袋，半晌说不出话来，一脸讶异。"你是说……她是'种母'？"

沙赛德点点头。统御主的育种计划包括选择少数几个特殊的人用于繁殖后代，目的是阻止藏金术的基因遗传下去。

"按最后一次统计的数字，廷朵生了二十多个小孩。"他说道，"每个小孩的父亲都不一样。廷朵生第一胎时才十四岁，一辈子都需要反复与陌生男子交合，直到怀孕。同时，由于育种官强迫她吃多产药，她经常生下双胞胎或三胞胎。"

"原来如此。"纹轻声说道。

"有个艰难童年的人不只是你而已，纹贵女。廷朵可能是我所认识的女人中，最坚强的一个。"

"她怎么能忍受？"纹低声问道，"要是我……要是我可能已经自杀了。"

"她是个守护者。"沙赛德说道，"她忍下了种种耻辱，只因为她知道自己正在对族人做出极大的贡献。藏金术是遗传得来。廷朵身为母亲，能确保未来我们的人民中仍然能有藏金术师。讽刺的是，她正是育种官应该要禁止繁衍的人。"

"可是，这种事情怎么会发生？"

"育种官以为藏金术已经消失了。"沙赛德说道，"他们开始想在泰瑞司人中创造出其他的特质，例如乖顺、容忍。他们把我们当成良驹般培育，因此席诺德成功让廷朵被选上，是一个极大的胜利。"

"当然，廷朵没有受过多少藏金术的训练。幸运的是，她得到一些守护者专属的红铜金属，因此在她被关起来的多年间，她能够研究与阅读传记。过去这十年，她过了生育年龄，这才得以加入其他守护者的行列。"

沙赛德顿了顿，摇摇头："相较之下，我们其他人则是自由了一辈子。"

"太棒了。"纹口齿不清地说，站起身大打呵欠，"你又多了一个自责的理由。"

"你该去睡了，纹贵女。"沙赛德说道。

"也不过就几小时而已。"纹说道，走向门口，让沙赛德独自继续他的研究工作。

到头来，也许就是我的骄傲，导致了我们的灭亡。

31

费伦·傅兰敦不是司卡。他从来就不是司卡。司卡是制造东西或种植东西的人。费伦卖东西。两者间的差异很大。

当然，有些人叫他司卡，即便至今，他仍然能在有些议会成员的眼神中看到这个词。他们对费伦和其他商人的鄙夷，与对议会中另外八名司卡工人的并无不同。他们看不出来这两种人是完全不同的吗？

费伦在椅子上动了动。议会厅难道不该有舒服点的椅子吗？他们还在等几名成员，角落的大钟显示还有十五分钟，会议才会开始。奇特的是，其中一名尚未抵达的人是泛图尔本人。依蓝德王通常会早到。

他已经不是王了，费伦带着笑容暗自心想。只是叫依蓝德·泛图尔的普通人，这名字还真小家子气，跟费伦的名字差得远了。当然，一年半前他也只不过叫"林"。费伦·傅兰敦是他在崩解后为自己取的名字。令他高兴的是，其他人不假思索地承认了这个新名字。不过，他不是原本就该配一个大气的名字吗？一个贵族的名字？费伦跟那些趾高气昂地坐在一旁的贵族，不都是同一类人吗？

他们当然是平起平坐的。他甚至比他们更优秀。对，他们叫他司卡，但这么多年来，贵族们都不得不因各自的需要去找他，所以他们骄傲的鄙夷并没有多少实质的力量。他看穿了他们的不安。他们需要他。一个他们称之为司卡的人——也是名商人，一名不是贵族的商人。在统御主完美的小帝国中，不该出现的人。

可是，贵族商人需要跟圣务官打交道，而有圣务官的地方，就不可能会有不法交易。因此才需要费伦。他是……中介，能将有意合作，却又因为种种原因不愿意受到圣务官监视的形形色色客人联系到一起。费伦不是盗贼集团的成员，那太危险，也太普通。

他天生就擅长理财跟经商，给他两块石头，他一个礼拜内就能造出石矿厂；给他一把轮轴，他就能将它换成一组马车。两颗玉米，他就能让一大批谷料运往至远统御区的市场。这些交易台面上的买卖双方都是贵族，但在背后牵线的都是费伦，那是他的广大王国。

可是，贵族不明白，费伦的套装跟他们的一样优秀。在他能公开交易后，费伦成为陆沙德最富有的人之一。可是，贵族们无视于他，因为他出身不佳。

今天他们就会改观了。在今天的会议之后……对，他们一定会改观。费伦望向人群，焦急地寻找他藏匿于其中的人。安下心后，他望向议会中的贵族，他们全部都坐在不远处聊着天。他们之中的最后一个人，费尔森·潘洛德大人刚到，走上议会的讲台，经过每个议员，一一招呼。

"费伦。"潘洛德注意到他，"新的套装啊。红背心很适合你。"

"潘洛德大人！你看起来精神很好。那天的小毛病已经好了吗？"

"是的，我恢复得很快。"贵族点了点满是银发的头颅，"只是腹部有点不舒服。"

真可惜，费伦微笑着心想。"好吧，那我们也该就座了。那个小泛图尔还没到啊……"

"好。"潘洛德说道，皱起眉头。他是最难被说服给泛图尔投反对票的人，他还蛮喜欢那孩子的，但最后他仍然改变了意见。所有人都被说服了。

潘洛德继续往前走，加入其他贵族。那老笨蛋可能以为他能当上国王，但费伦有别的计划。坐在上面的当然不会是费伦自己的屁股，他对于管理一个国家没有兴趣，那看起来并不像是赚钱的好方法。卖东西才是好方法，比较稳定，比较没有掉脑袋的危险。

可是，费伦有别的打算。他向来有别的打算。他得要强迫自己不要一再望向观众席。

费伦转而开始端详议会众人。他们都到了，只差泛图尔。七名贵族，八名商人，八名司卡工人：包括泛图尔在内一共二十四个人。这将势力一分为三的方法按理会让平民得到最多力量，因为他们的人数表面上超过贵族。但就连泛图尔都没有明白，商人不是司卡。

费伦皱皱鼻子。虽然司卡议员在参加会议之前，通常都会梳洗过一遍，但他仍然能闻得到他们身上的臭味，来自铸铁厂、磨坊、店铺。制作东西的人。一旦这一切结束，费伦得找办法让他们认清自己的地位。议会是个有趣的主意，但成员应该只限于有资格的人。像是费伦这种人。

费伦"大人"，他心想。要不了太久了。

希望依蓝德会迟到，也许就不用听他的演说，反正费伦也想象得出他会说些什么。

呃……这个嘛，这，实在不公平。我应该是王。让我读本书告诉你们为什么。现在，呃，能不能请你们捐更多钱给司卡？

费伦微笑。

他身旁的人，葛楚，推推他："你觉得他会出现吗？"

"可能不会吧。他一定知道我们不要他。我们把他踢出去了，不是吗？"

葛楚耸耸肩。自从崩解时期之后，他胖了。胖了很多。"我不知道，林。我是说……我们不是这个意思。只是他这军队……我们得有个强势的王，对不对？某个能保住城市的人？"

"我们做的事情是对的。"费伦说道，"而且我的名字不是林。"

葛楚满脸通红："抱歉。"

"我们做的事情是对的。"费伦又说了一次，"泛图尔是个软弱的人。是个傻子。"

"我可不觉得。"葛楚说道,"他有些很好的想法……"葛楚不安地低下头。

费伦嗤笑,看看钟。时间已到,但人声嘈杂,听不到钟声。泛图尔下台后,议会开议时围观的人很多。椅子四散在舞台前,长凳上坐满了人,大多数是司卡。费伦不知道他们为什么有资格参与。毕竟他们又不能投票什么的。

又是件泛图尔干的蠢事,他心想,摇摇头。在人群后方,舞台对面,是房间入口,两扇大门洞开,射入红色的阳光。费伦朝一些人点点头,他们将门关起。众人安静下来。

费伦站起身,要对议会讲话:"那么——"

门突然被大力打开。一名全身雪白的人跟一小群人站在一起,逆着红色阳光而立。依蓝德·泛图尔。费伦偏过头,皱起眉头。

前任国王踏步向前,白色的短披风在身后飞扬。他的迷雾之子跟往常一样在他身边,但她穿着一件洋装。费伦跟她说过几次话,所得到的印象是她穿贵族礼服应该会很笨拙。但如今看来,她似乎跟那身服装很搭配,步伐优雅,甚至看起来很迷人。

至少,费伦一开始是这么想的——直到迎上她的目光。她看向议会众人的眼中不带一丝暖意。费伦别开眼神。泛图尔把他身边所有镕金术师都带来了,他们原本通通是幸存者的手下。依蓝德显然要提醒所有人,他的朋友是谁。强大的人。可怕的人。弑神的人。

而且,依蓝德身边不仅有一名,而是有两名泰瑞司人,其中一名还是个女子。费伦从未见过泰瑞司女子,但即便如此,她仍然很令人印象深刻。所有人都听说过,崩解时期之后,每个侍从官都离开了他们的主人,拒绝再做仆从。泛图尔是从哪里找来两个这些穿着色彩鲜艳外袍的侍从官服侍他?

众人静静坐下,看着泛图尔。有些人看起来局促不安。他们应该要怎么面对这个人?其他人似乎被……震慑住了?他没看走眼吧?谁会被依蓝德·泛图尔震慑住？即使这个依蓝德·泛图尔下巴光滑，头发整齐，还穿着新衣服。费伦皱眉。王身边带着的是决斗杖吗？身边还有一匹狼獒？

他已经不是王了，费伦再次提醒自己。

依蓝德踏上议会讲台，转身示意他的人——总共八名——去跟侍卫坐在一起，然后他转身，看着费伦："费伦，你有话要说吗？"

费伦发现自己原来还站着。"我……我只是……"

"你是议会议长吗？"依蓝德问道。

费伦一愣。"议长？"

"国王要主持议会。"依蓝德说道，"我们现在没有王，所以根据法令，议会应该要选出议长来决定发言顺序，调整议程，以及在双方票数相同时，投下决定的一票。"他顿了顿，瞅着费伦："需要有人来引导，否则就会一片混乱。"

费伦不由自主地开始觉得紧张。泛图尔知道策划退位投票的人是费伦吗？不，他不知道，不可能，他不会知道。泛图尔一一轮流看向议会成员，和他们四目相望。他已经不是先前来参加会议时，那个好脾气好打发的男孩了。如今在他们面前，穿着军装，坚定而果决……他看起来几乎像是变了一个人。

你似乎找到了老师，费伦心想。有点迟了，你等着看吧……

费伦坐了下来。"其实我们还没机会选出议长。"他说道，"我们才刚开始。"

依蓝德点点头，脑子里反复播放着十几个指示。保持视线对望。利用细微却坚定的表情，不要显得慌张，也不要显得迟疑。坐下来时不要扭动，不要手足无措，背脊挺直，紧张时手不要握成拳头。

他快速一瞥廷朵。她对他点个头。

继续啊，阿依。他告诉自己。让他们感觉到你的变化。

他走到自己的位置边坐下，对议会中另外七名贵族点点头。"好吧。"他说道，领先发言，"那我能提名议长人选吗？"

迷雾之子
卷二·升华之井 [珍藏版]

"你吗?"佳戴说道,他是一名贵族,在依蓝德的记忆里,他脸上似乎永远都保持着厌恶之色。对于一个五官如此锐利,有一头着黑发的人而言,这表情还蛮适合的。

"不。"依蓝德说道,"我在今天的议程中不能算是站在绝对公正的立场,所以我提议潘洛德大人。他的道德操守在我们之中算是一等一的,我相信我们能够仰赖他来协调我们的讨论。"

众人安静片刻。

"这似乎很合理。"海特,一名铸铁厂工人终于说道。

"赞成的请举手。"依蓝德说道,举起手。总共有十八只手。所有的司卡,大部分的贵族,只有一名商人。不过仍达到票数。

依蓝德转向潘洛德大人:"我相信这代表你是议长了,费尔森。"

庄重的男子感谢地点点头,站起身来,正式开始主持会议,这以前是依蓝德的工作。潘洛德的态度很圆滑,姿势强而有力,身着笔挺的套装。依蓝德忍不住觉得有点嫉妒,看着潘洛德无比自然地展露自己正努力学习的特质。

也许他比我适合当王,依蓝德心想。也许……

不,他稳住心神。我必须要有信心。潘洛德是个好人,也是完美的贵族,但这些不足以代表他就会是优秀的领导者。他没有读过我读的书,他也不像我这般理解法律理论。他是个好人,但仍然是旧社会的产物。他不认为司卡是牲畜,但绝对无法将他们视为与自己同等的人。

潘洛德结束自我介绍,转向依蓝德:"泛图尔大人,此次会议是由你召集,因此按照律法,你有权对议会成员发表开场白。"

依蓝德点点头致谢,站起身。

"二十分钟够吗?"潘洛德问道。

"应该够。"依蓝德说道,与潘洛德交换位置,站在讲台上。他的右方站满了不断交头接耳、咳嗽、脚步挪移的群众。房间气氛很紧绷,这是依蓝德第一次与背叛他的众人同处一室,正面交锋。

MISTBORN: THE WELL OF ASCENSION

"如同你们许多人所知,我刚结束与史特拉夫·泛图尔的会面。"依蓝德对二十三名议会成员说道,"很不幸,那名军阀亦是我的父亲。我想为各位报告一下面谈结果。由于这是公众会议,因此我的报告将不涉及敏感的国家安全议题。"

他顿了顿,看到众人脸上一阵迷惘之色,正如他所预期。终于,商人费伦清了清喉咙。

"请说,费伦。"依蓝德问道。

"说这些也未尝不可,依蓝德。"费伦说道。"可是我们聚集在此不是为了讨论别的议题吗?"

"费伦,我们聚集在此是为了讨论如何保持陆沙德的安全跟繁荣。"依蓝德说道,"我认为人民更担心城外军队的动向,因此我们的重点应该摆在他们关切的问题上。统治权的问题可以先搁置一旁。"

"我……明白了。"费伦显然丈二金刚摸不着头脑。

"时间是你的,泛图尔大人。"潘洛德说道,"请自便。"

"谢谢你,议长。"依蓝德说道,"我想让各位清楚一点:我的父亲不会攻城。我可以了解为什么大家都很关切,尤其是上礼拜还发生了一次城墙攻防战。但是那只是一场测试,史特拉夫担心腹背受敌,没那个胆子投入所有战力。"

"在我们的会面中,史特拉夫告诉我,他与塞特达成了联盟,我相信那是虚张声势,但仍不可小觑。我相信他原本的计划是:虽然外有塞特,但他仍然打算冒险攻击我们。但这个计划被破坏了。"

"为什么?"一名工人代表问道,"因为你是他的儿子?"

"并不是。"依蓝德说道,"史特拉夫不会让家族血缘关系阻挠他的决心。"依蓝德顿了顿,瞥向纹。他开始意识到她不喜欢成为抵着史特拉夫喉咙的利刃,但她允许他在演说中提及她。

可是……

她说没问题,他告诉自己。我不是将自己的责任看得比她重要。

"好了，依蓝德。"费伦说道，"别在那边神秘兮兮的了。你到底对史特拉夫作了什么承诺，让他同意放弃攻城？"

"我威胁他。"依蓝德说道，"众位议员，当与父亲面谈时，我发现我们所有人都忘记了我们最伟大的资源之一。我们自诩为具有荣誉心的团体，因为人民的嘱托而生，但我们今天能站在这里，并不是因为自己做的任何事。我们能有如今的地位只有一个原因，这个原因就是——海司辛幸存者。"

依蓝德望着议会众人的眼睛，继续说道："有时，我感觉幸存者是个传奇，相信你们亦然，无人能仿效。他对公众的影响力远超于我们所有人，虽然他已经不在世上。我们很嫉妒，甚至没有安全感。这理所当然。跟普通人一样，领导者亦会有这种感觉，甚至更为强烈。"

"各位，我们不能再继续如此思考。幸存者的遗爱不只属于一群人，甚至不限于这个城市。他是我们的国父，所有在这片大陆上，获得自由的人之父。无论你接不接受他的教义，都必须同意，没有他的勇敢跟牺牲，我们无法享受现有的自由。"

"这跟史特拉夫又有什么关系？"费伦没好气地问道。

"万分相关。"依蓝德说道，"因为，虽然幸存者不在了，他仍遗爱人间，特别是他的门徒。"依蓝德朝纹点点头。"她是世界上最强大的迷雾之子，史特拉夫很清楚这点。各位，我了解我父亲，只要他担心会有自己无法阻止的力量对他进行报复，他就不会攻击。如今他已明白，如果发动攻击，将会引来幸存者继承人的愤怒，而那就连统御主都无法抵挡。"

依蓝德安静下来，听着流窜在众人间的耳语。他所说的一切将会散播到城市里，为众人带来力量，也许甚至会透过间谍——依蓝德知道他必定在场——流传到史特拉夫的军队中。他注意到他父亲的镕金术师，那名叫做詹的人，也坐在台下。

当史特拉夫的军队听到这个消息后，可能在接到攻击命令时，会有所迟疑。谁想要面对摧毁统御主的力量？这是个微小的希望，史特拉夫军队里的人可能根本不信陆沙德传出的谣言，但每减弱一丝敌人的士气都会有所帮助。

依蓝德让自己跟幸存者的联系更紧密一些，也不是坏事。他只需要克服自己的不安。卡西尔是个伟大的人，但他不在了。依蓝德必须尽力确保幸存者的理想不灭，这对他的人民而言是最好的。

纹坐在那边听着依蓝德的演讲，胃部一阵痉挛。

"你能接受吗？"哈姆靠着她低问，听着依蓝德详细描述他跟史特拉夫会谈的情况。

纹耸耸肩："只要能帮到王国。"

"你向来不喜欢阿凯试图在司卡间建立起的形象，我们也是。"

"这是依蓝德需要的。"

坐在他们前方的廷朵转过身，瞪了她一眼。纹以为她是要责怪他们不该在议会讨论时私下交谈，但显然泰瑞司女子想教训他们的事情与此无关。

"王——"她仍然这样称呼依蓝德，"需要保持与幸存者之间的联系。依蓝德没有什么个人权威能倚仗，而卡西尔是目前中央统御区中最受爱戴、最受尊敬的人。暗示政府是幸存者所建立起来的，会让其他人不敢随便搅局。"

哈姆深思地点点头，但纹却看着地上。怎么了？我之前还在想自己是不是永世英雄呢，结果现在却担心起依蓝德给我加上的这些虚名？

她不安地坐着，燃烧青铜，感觉远方的鼓动，越来越大声……

停下来！她告诉自己。沙赛德不认为英雄会回来，他比任何人都了解这些历史故事，传说本来也就是个愚蠢的希望。我需要专注于眼前的事物。

毕竟，詹坐在观众席里。

纹在房间后方找到他，她烧了一点点锡，不到让光线过度刺眼的程度，却足以让她看清他脸上的表情。他没有看她，而是在看议会。他是因为史特拉夫的命令而来，还是自己要来的？史特拉夫跟塞特一定安插了间谍，哈姆一定也安插了侍卫。可是詹仍然让她很紧张。他为什么不转头看她？难道……

詹迎向她的目光。他微微浅笑，继续研究起依蓝德。

纹忍不住打了个哆嗦。所以，这意思是他没有躲避她？专注！她告诉自己。你需要注意听依蓝德在说什么。

他快说完了。最后，依蓝德讲了几句他认为能让史特拉夫不安的方法，当然，他不能过分强调细节，否则会泄露太多秘密。他瞥向角落的大钟，比预定提早了三分钟结束。他准备要走下讲台。

潘洛德大人清清喉咙："依蓝德，你忘了一件事吧？"

依蓝德迟疑了片刻，转过头去看议会："你们要我说些什么？"

"你难道没有反应吗？"一名司卡工人说道，"关于……上次会议发生的事？"

"你们都收到了我的信。"依蓝德说道，"你们都知道我对这件事情的想法。可是，公众场合不是指责或谩骂的地方。议会的权威不容被冒犯。我由衷期望议会没有选在如此危急的时刻提出它的关切，但木已成舟，我只能接受。"

他再次准备坐下。

"就这样？"一名司卡说道，"你甚至不打算为自己辩护，说服我们重新选择你？"

依蓝德又想了片刻。"不，"他说道，"我不打算这么做。你们已经让我了解了你们的意见，我很失望。可是你们是人民选出的代表。我认同你们被赋予的权利。"

"如果你们有疑问，或是想质询，我很乐于为自己辩护，但是我不会站在那里宣扬自身的优点。你们都认识我。你们都知道我的能耐，也知道我打算如何服务这座城市跟附近的子民。就把这当作我的辩护吧。"

他回到椅子上。纹看得出廷朵脸上有一丝不满。依蓝德没有按照他们

MISTBORN: THE WELL OF ASCENSION

两人计划的讲稿发言,那个讲稿正是回应议会期待的辩论稿。

为什么要改变?纹心想。廷朵显然不觉得这是个好做法,但奇特的是,纹发现自己偏向相信依蓝德的直觉,而非廷朵的。

"这样啊。"潘洛德大人说道,再次走到讲台边,"感谢你的正式报告,泛图尔大人。我不确定我们是否还有其他议题要讨论……"

"潘洛德大人?"依蓝德开口。

"请说?"

"也许你应该举行提名?"

潘洛德大人皱眉。

"王的候选提名,潘洛德。"费伦没好气地喝道。

纹顿时注意到这商人。他似乎有自己的计划,她心想。

"是的。"依蓝德也在打量费伦,"要让议会选出新王,必须至少提前三天完成提名。我建议我们现在进行提名,才能尽快投票。没有领袖的每一天都让城市处境更加艰辛。"

依蓝德顿了顿,然后微笑:"当然,除非你们打算让一个月过去,不选新王……"

很好,暗示他仍然想要王座,纹心想。

"谢谢你,泛图尔大人。"潘洛德说道,"我们现在就来处理这件事……那程序里应该如何呢?"

"每个议员有权提出一名人选。"依蓝德说道,"为了不要让选择过多,我建议大家都仔细思考,顺从内心,择优而选。如果你有提名,可以起立,对众人宣告。"

潘洛德点点头,回到座位,但他几乎一坐下就有一名司卡起身:"我提名潘洛德大人。"

依蓝德一定预料到了这件事,纹心想。但他仍提名潘洛德为议长。为什么要让他的王位最大竞争对手拥有这么多的权利呢?

答案很简单。因为依蓝德知道潘洛德大人是议长的最佳人选。有时候，他太在意荣誉，纹不是第一次作此感想。她转身去研究那名提议潘洛德的司卡议员。这司卡为什么这么快就愿意站在贵族身后呢？

她认为这一切都还太早了。司卡习惯被贵族领导，即使他们拥有自由，却仍然是传统的拥护者，甚至比贵族还传统。潘洛德这样一个贵族，冷静、威严，看在司卡眼里，必定比司卡更适合国王的头衔。

他们早晚得克服这点，纹心想。至少，如果他们想实现依蓝德所看到的潜力，必须要克服这点。

房间一阵静默，没有别的提议。几个人在观众席中咳嗽，就连交头接耳的声音也都消失。终于，潘洛德大人本人站起。

"我提名依蓝德·泛图尔。"他说道。

"啊……"一个人在她身后低语。

纹转身，瞥向微风。"什么？"她低问。

"高招。"微风说道，"你看不出来吗？潘洛德是个有荣誉心的人，至少是贵族间最有荣誉心的人之一，意思是他也会坚持让众人认为他很有荣誉感。依蓝德提名潘洛德做议长——"

这样潘洛德同样会觉得有提名依蓝德为国王的义务，纹此时发现。她瞥向依蓝德，注意到他唇角的一丝笑意。这是他一手促成的吗？这招巧妙到就算说是出自微风之手也不为过。

微风赞赏地甩甩头："依蓝德不需要提名自己，那会让他显得走投无路，而他现在让议会所有人认为，他们尊重且最有希望的候选人，宁可让依蓝德即位。高招啊。"

潘洛德坐下，房间仍是一片沉默。纹怀疑，潘洛德提出这个人选是为了避免自己不选而胜。整个议会可能都默认依蓝德该有重获王位的机会，但只有潘洛德有足够的荣誉感，愿意开口表达这个意见。

可是，商人呢？纹心想。他们一定有自己的计划。依蓝德认为策划整个废黜投票的人应该就是费伦，他们希望让自己的人坐上王位，再将大门敞开给背后操纵他们的国王，或是出价最高的国王。

MISTBORN: THE WELL OF ASCENSION

她端详那八个人,他们穿着似乎比贵族还要精致的西装,似乎在等一个人的表态。费伦在计划什么?

一名商人想要站起,但费伦狠瞪他一眼。那人放弃了。费伦静静地坐着,贵族的决斗杖放在腿上。终于,当大多数房间里的人都注意到那商人一直看着他时,费伦缓缓站起。

"我也要提名。"他说道。

司卡区传来一声耻笑。"现在是谁在那边神秘兮兮的啊,费伦?"一名议员说道。"你就说吧,提名自己。"

费伦挑起眉毛:"其实,我不是要提名自己。"

纹皱眉,也看到依蓝德眼中的迷惘。

"不过,我很感谢大家的抬举。"费伦继续说道,"我只是个平凡的商人。我认为,王的头衔,应该属于有特殊专长的人。请告诉我,泛图尔大人,王必须出自议会成员吗?"

"不。"依蓝德说道,"王不必是议会成员。我本身就是在议会成立之后才就任的王。王的工作是立法且执行,议会的工作是监督辅佐。王本身可能是任何人,不过头衔仍是相同的。我没想到这一条会这么快被用上。"

"果然如此。"费伦说道,"那就再好不过。我认为,这个头衔应该交给比较有经验的人,一个曾经展现领导才能的人。因此,我提议灰侯·塞特大人为我们的王!"

什么?纹震惊地心想,看着费伦转身朝观众大手一挥。一名坐在那里的壮汉脱下了他的司卡披风,拉下头罩,露出一套西装以及满面胡髭。

"糟了……"微风说道。

"真的是他?"纹不敢相信地问道,众人也交头接耳了起来。

微风点点头。"真的是他。塞特王本人。"他顿了顿,然后直直看着她,"我们可能有大麻烦了。"

迷雾之子
卷二·升华之井 [珍藏版]

> 我的同侪向来不在意我,他们认为我的工作跟我的兴趣不符合世界引领者的身份。他们不明白,我对自然而非宗教的研究,造福了十四国的人民。

32

纹安静、紧绷地坐着,眼神扫过人群。塞特不可能自己来,她心想。

她很快便发现了她在找的对象的身影。一群穿着司卡衣服的士兵在塞特的座位周围形成保护圈。塞特没有起立,但他身旁的一个年轻人站了起来。

大概三十名侍卫,纹心想。他也许没有笨到会单独来,但……亲自进入他正在围攻的城市?这是个很大胆的举动——逼近愚蠢。但依蓝德拜访史特拉夫军营的行为也是一样。

只不过,塞特的立场与依蓝德大不相同。他没有被逼入绝境,没有冒着失去一切的风险,只是……他的军队比史特拉夫的军队弱,克罗司又即将到来,如果史特拉夫真的取得传说中的天金,塞特身为西方领袖的地位很快便将不保。进入陆沙德可能不是走投无路的行动,但绝对不是稳操胜券的人会做出的事情。塞特在赌。

而且他似乎乐在其中。

塞特微笑,屋内陷入沉默。议员跟观众都震惊面面相觑。终于,塞特对他几名乔装的士兵挥了挥手,他们抬起塞特的椅子,端到舞台上。议员们相互交谈,转向助理或同伴确认塞特的身份。大多数贵族静静地坐着,纹觉得光这一点就应该足以证实塞特的身份。

MISTBORN: THE WELL OF ASCENSION

"他跟我所预期的不同。"纹悄悄对微风说道,看着士兵爬上高台。

"没人告诉你他脚残废了?"微风说道。

"不只这样。"纹说道,"他没有穿套装。"他穿着一条长裤跟衬衫,却没穿贵族的套装外套,而是一件老旧的黑外套。"还有那胡子。他不可能一年之内长出这么大把胡子,那一定是崩解前就有的。"

"你只认得陆沙德的贵族,纹。"哈姆说道,"最后帝国地域辽阔,有很多不同的社会。不是所有人都按照这里的习惯穿着打扮。"

微风点点头:"塞特是他那一区中最强大的贵族,所以他不需要担心传统与行为惯例,一切随心所欲,当地的贵族都会巴结奉承他。在帝国中,有上百个不同的宫廷,里面各自有上百个'小统御主',每个区域都有自己的施政纲领。"

纹转向舞台。塞特坐在椅子上尚未发言。

终于,潘洛德大人起身:"真是出人意料,塞特大人。"

"对!"塞特说道,"这才是重点!"

"你希望发言吗?"

"我以为我已经在发言了。"

潘洛德清清喉咙,纹经过锡力增强的耳朵听到有贵族鄙夷地说了一声"西方人"。

"你有十分钟的时间,塞特大人。"潘洛德说道,坐下。

"很好。"塞特说,"跟那边那小子不同,我打算切切实实告诉你们,为什么该选我当王。"

"为什么?"一名商人议员说道。

"因为我在你们家的门口有支军队!"塞特大笑着说。

议会集体露出震惊的神情。

"这是威胁吗,塞特?"依蓝德平静地说道。

"不,泛图尔。"塞特回答,"这是诚实,你们这些中央统御区的贵族似乎怎么都不愿说实话。威胁其实是一种变相的承诺。你跟那些人说了什么?你的情妇用刀子抵着史特拉夫的喉咙?所以你在暗示如果他们不选你,你就会叫你的迷雾之子退出,任凭城市被摧毁?"

依蓝德满脸涨红:"当然不是。"

"当然不是。"塞特重复道,声音洪亮,毫无收敛之意,态度强势,"我不会假惺惺,也不会躲躲藏藏的。我的军队在这里,我打算要占领这座城市,不过我宁愿你们把城市直接交给我。"

"陛下,您,是个暴君。"潘洛德不带一丝情绪地指出。

"那又怎么样?"塞特问道,"我是有四万名士兵的暴君,比你们守墙的人头多了一倍。"

"我们为何不能直接抓你当人质呢?"另一名贵族问,"你似乎已经好好地把自己交到我们手中。"

塞特大笑:"如果我今天晚上不回到营地去,军队就会直接攻击、摧毁陆沙德,不计代价!他们之后可能会被老泛图尔杀死,但那对你我都不重要了!我们都已经死干净了。"

议会厅陷入一片沉默。

"看到没,泛图尔?"塞特问道,"威胁太有用了。"

"你真的认为我们会立你为王?"依蓝德问道。

"没错。"塞特说道,"你手头的两万士兵加上我的四万,很轻易就能瓦解史特拉夫入侵,甚至可以挡住克罗司军队。"

低语声立刻响起,塞特挑起浓密的眉毛,转向依蓝德:"你没跟他们说克罗司的事情?"

依蓝德没有回应。

"他们反正早晚会知道。"塞特说道,"总之,你们除了我之外,别无他选。"

"你不是个有荣誉感的人。"依蓝德直接地说,"人民期待他们的领导者有更好的表现。"

"我没有荣誉感?"塞特带着笑意说,"那你就有了?我直说了吧,泛图尔。在这次会议中，你的镕金术师在安抚议会成员吗？"

依蓝德想了想，瞥向一旁，看到微风。纹闭起眼睛。依蓝德，不要说——

"有。"依蓝德承认。

纹听到廷朵低声叹息。

"再来，"塞特继续说，"你能诚实地说：你从未质疑过自己的能力？从未想过你是否是个好王？"

"我认为每个领袖都会思考这些事。"依蓝德说。

"我可没有。"塞特说道，"我一直知道自己天生就是领导者，而且我一直尽全力把权力攥在手心。我知道如何让自己强大，意思是我也知道如何让与我合作的人强大。"

"我的条件是这样。你们把王位给我，我会开始负责这里。你们都能保有自己的头衔，议会中没有头衔的人也能得到一个。同时，还能保住项上人头，我跟你们保证，光这一点就是史特拉夫不会开出的价码了。

"人民可以继续工作，我会确保他们冬天有东西吃。一切回到老样子，这一年多来日子简直疯了。司卡工作，贵族管理。"

"你认为他们会回到那样的生活里？"依蓝德问道，"在我们奋斗这么久之后，你认为我会允许你强迫人民重返奴隶生涯？"

塞特在大胡子下露出笑容："我不认为这是由你来决定的，依蓝德·泛图尔。"

依蓝德沉默了。

"我想跟你们一对一单独会谈。"塞特对议会说道，"如果你们允许的话，我想带着一些手下入驻陆沙德。就来个……五千人吧，好让我觉得安全，也不会对你们造成真正的危险。我会挑一座无人的堡垒居住，等到你们下礼拜做出决定，在这段期间，我会跟你们一一会面，解释选我当国王能对你们带来的……好处。"

"贿赂。"依蓝德啐了一口。

"当然。"塞特说道,"我要贿赂整个城市的人民,第一个要给的贿赂就是和平。你实在很爱给人扣大帽子,依蓝德,什么'奴隶'啦,'威胁'啦,'荣誉'啦。'贿赂'只是一个词。你可以换个角度看,贿赂也只不过是换个说法的承诺而已。"塞特微笑。

议员们均陷入沉默:"我们是否该投票,表决应不应当允许他进入城市?"潘洛德问道。

"五千太多。"一名司卡议员说道。

"同意。"依蓝德说道,"我们不能允许这么多外来士兵进入陆沙德。"

"我一点也不喜欢这个做法。"另一人说道。

"为什么?"费伦说道,"对我们来说,有个王在我们的城里,总比在外面安全得多,不是吗?况且塞特承诺要给我们所有人封号。"

这点让所有人陷入沉思。

"你们干脆今天就把王冠给我算了。"塞特说,"开门迎接我的军队。"

"不行。"依蓝德立刻说道,"除非有国王在,或是大家一致通过表决。"

纹微笑。只要依蓝德在议会上有席位,一致通过就不可能发生。

"呿。"塞特说道,但他的手段足够圆滑,知道不该再侮辱整个立法团队,"那就让我住在城里吧。"

潘洛德点点头:"赞成塞特大人住在城里,随行……一千名士兵的人,请举手?"

总共有十九名议员举手。依蓝德不是其中之一。

"就这么决定。"潘洛德说道,"我们休会两个礼拜。"

不可能发生这种事,依蓝德心想。我以为潘洛德会是我主要的竞争对手,费伦次之,可是……一个正在威胁城市安危的暴君?他们怎么能这么做?他们怎么会去考虑他的提议?

依蓝德站起身,抓住转身要走下高台的潘洛德。"费尔森。"依蓝德低声说道,"这太过分了。"

"我们必须考虑这个选择，依蓝德。"

"考虑将我们的人民出卖给一个暴君？"

潘洛德的表情一凝，甩开依蓝德的手。"听着，小伙子。"他低声说道，"你是个好人，但你向来就是理想主义者。你花了大部分时间沉浸在书本跟哲学里，我则是花了一辈子跟宫廷成员钩心斗角。你了解理论，我了解人。"

他转身，朝众人点点头："看看他们，小伙子。他们吓坏了。当他们挨饿受冻时，你的梦想有什么用？当两支军队正准备践踏他们的家园时，你却在高谈自由跟正义。"

潘洛德转身直视依蓝德的双眼："统御主的系统是不完美，却能保障这些人的安全。我们现在甚至连这点保障都没有了。你的理想打不败军队。塞特或许是暴君，但在他跟史特拉夫之间，我会选塞特。如果你没有阻止我们，也许我们好几个礼拜前就将城市交给他了。"

潘洛德朝依蓝德点点头，转身加入几名正要离开的贵族行列。依蓝德静立片刻。

我们在试图脱离最后帝国，寻求自治的反抗群体中，观察到一个奇特的现象，他回想起依凡提司在《革命研究》中的评论。几乎所有的案例中，统御主派的军队都不需要动手征服叛军。当他的军队抵达时，叛军集团已经自动瓦解。

似乎反抗军觉得混乱比他们从前熟悉的暴政更难接受。他们欢欣喜悦地重回权威的怀抱——即便是压迫性的权威——因为对他们而言，不确定更为痛苦。

纹跟其他人和依蓝德一起站在舞台上，他搂着她的肩膀，静静地看着众人缓缓从室内离去。塞特坐在原处，周围聚集着一小群议员，等着安排与他们的会面。

"好啦。"纹低声说道，"我们知道他是迷雾之子。"

依蓝德转向她："你感觉到他在用镕金术？"

纹摇摇头："不。"

"那你怎么知道？"依蓝德问道。

"你看看他。"纹挥手说道，"他装作一副不会走路的样子，一定是在遮掩什么。有什么比当个残废更无辜的？你能想到更好的隐藏迷雾之子身份的方法吗？"

"纹……亲爱的……"微风说道，"塞特从童年起就因为疾病导致双腿无法走路了。他不是迷雾之子。"

纹挑起一边眉毛："这绝对是我听过最好的伪装故事之一。"

微风翻翻白眼，依蓝德只是微笑。

"怎么办，依蓝德？"哈姆问道，"塞特进城了，我们显然不能用之前的办法处理。"

依蓝德点点头："我们得继续计划。先——"他没说完，因为发现一名年轻人离开塞特的身边朝自己走来，正是之前坐在塞特身边的那位。

"塞特的儿子。"微风低声说道，"奈容汀。"

"泛图尔大人。"奈容汀说道，微微鞠躬。他的年纪和鬼影差不多。"父亲想知道你希望何时与他会面。"

依蓝德挑起一边眉毛："我不打算加入等待塞特贿赂的议员行列，小子。告诉你的父亲，我们没有什么好谈。"

"没有吗？"奈容汀问道，"那我姐姐呢？你绑架的那一个？"

依蓝德皱眉："你知道事情并非如此。"

"我的父亲仍然希望讨论这件事。"奈容汀说道，充满敌意地瞥了微风一眼，"况且，他认为你跟他之间的对话将对城市的未来有极大的帮助。你在史特拉夫的阵营中与他会面，请不要告诉我，你不愿在自己的城市中对我父亲如此礼遇。"

依蓝德沉默。忘记你的偏见，他告诉自己。你需要跟那个人谈谈，就算当成是搜集情报也好。

"好吧。"依蓝德说道，"我会跟他会面。"

MISTBORN: THE WELL OF ASCENSION

"一个礼拜后,共进晚餐?"奈容汀问道。

依蓝德简单地点点头。

可是,身为发现艾兰迪的人,我变成重要的人。最重要的世界引领者。

33

纹趴在地上,双臂交叠枕着头,细细研读搁在前方地板上的纸张。经历了过去几天的混乱,她意外地发现,重拾她的研究是如此让人舒心的事情。

不过效果仍然有限,因为她的研究本身就是一个大问题。深黯回来了,她心想。即便迷雾杀人只是偶然事件,但迷雾的确开始再次露出敌意。这意思是指永世英雄又该出现了,不是吗?

这人真的会是她吗?越仔细想,越觉得荒谬,但她脑中听见鼓声,也看到雾里的鬼魅。

还有,一年前跟统御主决斗时发生的事,又该如何解释?那晚她吸入了迷雾,把它当成金属般燃烧,不是吗?

这不够,她告诉自己。这是我再也无法复制的偶发事件,不代表我就是某个宗教里的神秘救世主。她甚至对提到英雄的预言内容到底是什么都一无所知。日记提到他的出身背景应该十分卑微,但是这种描述符合最后帝国里的每个司卡。据说他其实拥有贵族血统,但城市里面每个混血儿也都是如此。她敢打赌,大多数的司卡血统中至少都藏着一两个贵族祖先。她叹口气,摇摇头。

"主人？"欧瑟转头问道。它站在一张椅子上，前脚搭着窗台，望向城市。

"预言、传说、征兆。"纹说道，一手拍上整叠笔记，"有什么意义？泰瑞司人为什么会相信这种东西？宗教难道不该教导一些比较实际的知识？"

欧瑟坐在椅子上："有什么事比知道未来更实际？"

"如果预言真的是说些有用的事情，那我会同意，但就连日记里都承认，泰瑞司预言可以用许多方式解读。能随意被阐述的诺言，有什么意义？"

"不要因为你不相信就轻易贬低别人的信仰。"

纹轻哼。"你怎么说话越来越像沙赛德了。我心里的某个部分甚至觉得这些预言跟传说只是那些神棍们编出来想混口饭吃的。"

"只有一部分？"欧瑟问道，声音满是笑意。

纹想了想，点点头："是生长于街头，总觉得有人会骗我的那部分。"不愿意承认自己有其他新想法与感觉的那部分。

鼓动声越发强烈。

"预言不一定是骗局，主人。"欧瑟说道，"甚至不一定是关于未来的承诺，很可能只是表达出某种希望。"

"你懂什么。"纹漫不经心地说道，将纸张摆在一旁。

一阵沉默。"当然什么都不懂，主人。"欧瑟最后说道。

纹转向狗："对不起，欧瑟，我不是那个意思……我只是，最近经常恍神。"

咚。咚。咚……

"你无须对我道歉，主人。"欧瑟说道，"我只是坎得拉。"

"你还是有人格。"纹说道，"虽然也有狗的口臭。"

欧瑟微笑："骨头是你挑的，主人。你得自行承担后果。"

"这可能跟骨头有关。"纹站起身来说道，"但我不认为你吃的那些烂肉有助于改善口气。说真的，哪天我们真该找些薄荷叶来给你嚼嚼。"

欧瑟挑起他的狗眉："口味芳香的狗就不引人注目？"

"除非你刚好亲了人，否则谁会发现。"纹说道，将一叠纸放回书桌。

欧瑟以狗的方式轻笑了两声，继续端详城市。

"车队走完没？"

"走完了，主人。"欧瑟说道，"虽然这里蛮高的，但还是看不太清楚，不过塞特王似乎搬好家了。他带来的车队还真浩大。"

"他是奥瑞安妮的父亲。"纹说道，"那女孩虽然没事就抱怨军中住宿质量不好，但我敢打赌，塞特喜欢让自己过得舒舒服服的。"

欧瑟点点头。纹转身靠着书桌，看着它，想着它刚说的话。表达出某种希望……

"坎得拉有宗教，对不对？"纹猜测。

欧瑟立刻转身。光这点就证实了她的想法。

"守护者们知道吗？"纹问道。

欧瑟以后脚站立，前脚靠着窗台："我不该说的。"

"没什么好怕的。"纹说道，"我不会泄露你的秘密，但我想不出来为什么这件事需要是秘密。"

"这是坎得拉的习惯，主人。"欧瑟说道，"别人不会有兴趣知道。"

"当然有。"纹说道，"你没想过吗，欧瑟？守护者们相信，最后一支独立宗教在好几个世纪前就被统御主摧毁了。如果坎得拉保留了自己的信仰，意味着统御主对最后帝国的宗教控制并非绝对。这一定有很重大的意义。"

欧瑟歪着头想了想，仿佛从来没从这个角度思考过。

统御主的宗教控制不是绝对的？纹心想，对于自己的用词遣字感到有些意外。他统御老子的，我连讲话都开始像沙赛德跟依蓝德了。最近真是书读太多了。

"主人，即便如此，"欧瑟说，"我还是希望你不要对你的守护者朋友们提起这件事。他们可能会开始问一些让人尴尬的问题。"

"他们的确会。"纹点头说道,"你们到底有什么预言?"

"你大概不会想知道的,主人。"

纹微笑:"是跟推翻我们有关,对不对?"

欧瑟坐了下来,她几乎看得出它的狗脸满面通红:"我的……族人长久以来都受到契约的束缚。主人,我知道你不太能了解我们为何选择以如此沉重的方式生活,但对我们而言这是必须的。但是,我们的确梦想着有一天能够无须如此。"

"当所有人类都臣服于你们时?"纹问道。

欧瑟别过头:"其实是当他们都死光了的时候。"

"哇。"

"这些预言不能从字面上的意义来了解,主人。"欧瑟说道,"它们是比喻,用来表达某种期望,至少我向来是这么解读的。也许你看的泰瑞司预言也是一样?表达一种信仰,如果人民陷入危险时,神会派英雄来保护他们?若真是如此,那预言的暧昧之处就是刻意且合理的。预言不是用来指某个特定的人,而是表达一种普遍的感觉,普遍的希望。"

如果预言不是明确的,那为什么只有她能感觉到鼓动?

停止,她告诉自己。不能太快下结论。"当所有人类都死了,是吧。"她说,"我们怎么死的?被坎得拉杀死?"

"当然不是。"欧瑟说道,"即便在宗教里,我们仍然恪守契约。宗教预言里说到,你们会毁在自己手上,因为毕竟你们属'灭',坎得拉属'存'。我记得,你们应该是会……利用克罗司为卒子,摧毁世界。"

"你居然听起来很同情它们。"纹笑着说道,有了新发现。

"坎得拉其实对克罗司颇有好感,主人。"欧瑟说道,"我们之间有某种关联,因为我们都了解身为奴隶的感受。我们都是被最后帝国文化排挤在外的两族,我们都存——"

它突然停了下来。

MISTBORN: THE WELL OF ASCENSION

"怎么了？"纹问道。

"我能不能不要再说了？"欧瑟问道，"我已经说太多了。你让我失去自制，主人。"

纹耸耸肩。"每个人都需要有自己的秘密。"她瞥向门口，"不过有一个秘密是我必须要找出来的。"

欧瑟从椅子上跳下来，跟她一起出了房间。

皇宫里某处仍有间谍。她被迫忽视这点已经太久了。

依蓝德深深望入井里。黑色井口开得很大，好让许多司卡都能同时往来使用，仿佛像是一张张开的大嘴，石头嘴唇正准备将他一口吞下。依蓝德瞥向一旁跟一群医者在说话的哈姆。

"一开始会注意到这件事，是因为有许多人来找我们时都提到下痢跟腹痛。"医者说道，"他们的病症出奇顽固，大人。我们因为这种病症已经……失去好几名病人了。"

哈姆皱着眉头瞥向依蓝德。

"每个生病的人都住在这一区。"医者继续说道，"而且都从这口井或隔壁广场的井取水用。"

"潘洛德大人跟议会知道这件事吗？"依蓝德问道。

"呃，没有，大人。我们想您……"

我已经不是王了，依蓝德心想。可是他说不出这些话，尤其是对眼前这位向他求助的人。

"我来处理。"依蓝德叹口气说道，"你们回去照顾病人吧。"

"我们的诊所已经人满为患了，大人。"他说道。

"那就找一间无人的贵族宅邸用。"依蓝德说道，"附近多得很。哈姆，带几名我的侍卫去帮他搬动病人，再整理一下屋子。"

哈姆点点头，挥手招来一名士兵，叫他从皇宫带二十名值班的士兵去跟医者会合。医者微笑，露出安心的表情，向依蓝德鞠躬施礼后才离开。

哈姆走上前来，跟依蓝德一起站在井边："意外？"

"不太可能。"依蓝德焦躁地抓住石井边缘，"问题是，谁下的毒？"

"塞特刚进来。"哈姆揉着下巴说道，"派几个士兵来偷偷放毒很容易。"

"这比较像是我父亲会做的事。"依蓝德说道，"用意是要增加我们的压力，报复我们在他的军营里摆了他一道。况且，他有个迷雾之子，下毒再容易不过。"

当然，同样的事也发生在塞特身上过。微风在回来之前，也在塞特的饮水中下了毒。依蓝德咬紧牙关，他真的判断不出来是谁下的手。

无论如何，有毒水的井意味着问题。城里当然有别的井，但同样暴露在外，人民可能得开始仰赖河水，但河水污秽，又受到军营跟城市所抛出的废弃物污染，非常地不健康。

"派侍卫守住这几口井。"依蓝德挥手说道，"封起来，贴上警告，告诉所有的医者要仔细注意是否有别的疫情。"

形式越来越不妙了，他看着点头的哈姆心想。再这样下去，冬天结束之前，我们必定会崩溃。

晚餐后，纹先绕道去看望了几名生病的仆人，他们让她颇为担心；之后她去看望依蓝德，他刚跟哈姆从城市里回来。最后，纹跟欧瑟继续他们原本的计划：找多克森。

他们在皇宫图书室中找到他。这里原本是史特拉夫的私人书房。依蓝德似乎觉得这房间的新用途很有趣。

纹个人觉得，图书室的位置还没有它的藏书来得有趣。或者该说，有趣的是它稀少的藏书数量。虽然房间四面都是书柜，但看起来早就已经被依蓝德扫掠过，一排排的书中间总有落寞的空洞，同伴一一被带走，仿佛依蓝德是某种猛兽，将整群温驯的动物鲸吞蚕食过。

纹微笑。大概要不了多久，依蓝德就会偷走小图书室里的每一本书，

MISTBORN: THE WELL OF ASCENSION

将它们全都搬入他的书房里,然后又不经意地混入书堆中——显然并不准备归还。不过这书房里的书仍然不少,大多数是账本和与数学相关的书,有财务上的注记——都是些依蓝德兴趣缺缺的话题。

多克森坐在图书室的一张桌子前,在笔记本上振笔疾书。他注意到她的来访,笑着瞥了她一眼,手下却没停,显然是不想打断思绪。纹等他写完,欧瑟坐在她身侧。

在所有的团员之中,过去一年来,变得最多的似乎就是多克森。她记得在凯蒙的密屋时,第一次见到他的印象。当时多克森是卡西尔的左右手——两人之间比较"务实"的那一个——但多克森带有幽默感,让人感觉他喜欢扮演自己的角色。他不会妨碍卡西尔,反而是弥补了他的不足。

卡西尔已死。多克森该怎么办?他一如往常地穿着贵族服装,在所有的集团成员中,似乎他最适合如此的打扮。如果他将短胡子剃掉,就跟贵族别无二致,不是富有的高官,而是一名中年贵族,毕生都在某个大族族长的指挥下,负责家族的商务贸易。

他在写笔记,这是他一贯的工作。他仍然是集团中最尽责的那一个,所以,改变发生在哪里?他仍然是同样的人,做着同样的事,只是感觉不一样了。笑意消失了,他不再暗自享受周遭人物各自的怪异之处。少了卡西尔,多克森似乎从温和变成了……无趣。

这正是引起她怀疑的地方。

我必须这么做,她心想,对多克森微笑,看着他放下笔,挥手请她坐下。

纹坐了下来,欧瑟站到她椅子边。多克森看着狗,微微摇头。"纹,你的狗真是教养出色啊。"他说道,"我想我从来没见过这样的狗……"

他知道了吗?纹震惊地想。坎得拉认出了另一只伪装成狗的坎得拉吗?不可能。否则欧瑟早就帮她找到冒牌货了。所以,她只是再度微笑,拍拍欧瑟的头:"市场中有个驯犬师,他专门教导狼獒要如何留在幼童身边,保护他们不受危险。"

多克森点点头:"来找我有什么事?"

纹耸耸肩:"只是好久没聊天了,老多。"

多克森靠回椅背:"现在可能不是最适合聊天的时候。我得准备皇家财务报表,万一依蓝德的选举不成功,这些都得移交给别人。"

坎得拉有办法记账吗?纹猜想。有,它们一定早就知道,早就已经准备好了。

"对不起。"纹说道,"我不是要来打扰你,只是依蓝德最近很忙,沙赛德又有自己的研究……"

"没关系。"多克森说道,"我可以停个几分钟。你在想什么?"

"你记得我们在崩解前的那次对话吗?"

多克森皱眉:"哪次?"

"你知道的……就是关于你童年的那次。"

"噢。"多克森点点头,"怎么了?"

"你还是那样想吗?"

多克森沉思地想了想,手指缓缓敲着桌面。纹等着,试图不要展现她的紧张。这个对话是他们两人之间的事情,当时,多克森第一次提到他有多痛恨贵族。

"应该不同了。"多克森开口道。"我已经不这么想了。阿凯一直说,你对贵族太宽容了,纹。可是,直到最后,你都一直在慢慢改变他。我不认为贵族社会必须完全被摧毁,他们也不全都是我们以为的禽兽。"

纹安下心来。他不只知道他们谈论什么,更知道其中的细节,当时在场的只有她一人,这一定代表他不是坎得拉,对吧?

"都是因为依蓝德,对不对?"多克森问道。

纹耸耸肩:"算是吧。"

"我知道你希望我们能处得更好,纹。可是,就各方面来讲,我认为我们已经算是关系不错,他是个好人,我也承认这点,但他有些身为领袖的缺点:不够大胆,不够有气势。"

MISTBORN: THE WELL OF ASCENSION

不像卡西尔。

"可是,我不想看到他失去王位。"多克森继续说,"以贵族而言,他确实是以相当公允的态度面对司卡。"

"他是个好人,老多。"纹轻声说道。

多克森别过头:"我知道。可是……唉,每次我跟他说话,就会看到卡西尔站在他身后,对我摇着头。你知道阿凯跟我梦想推翻统御主想了多久吗?其他的成员都以为卡西尔的计划是突来的热情驱动的一时兴起,是他在深坑里突然想到的,但它远比那早得多,纹。早得太多了。"

"阿凯跟我向来憎恨贵族。当我们还年轻,计划第一次行动时,我们是想致富,但也想伤害他们,报复他们夺取了自己无权占有的东西。我的爱人……卡西尔的母亲……我们偷的每分钱,在小巷中杀的每个贵族,都是我们战争的一部分,是我们惩罚他们的方式。"

纹静静坐着。就是这些故事,这些阴魂不散的过去,让她在卡西尔身边时总有一点不安,也包括他希望她成为的样子。即使她的直觉不断教唆她应该趁夜晚带着匕首去教训史特拉夫跟塞特,但那些感受总让她裹足不前。

多克森有同样的冷酷。阿凯跟老多都不是坏人,但他们的报复心很强。无论多少的和平、创新和补偿,都无法抹去长久以来受的压迫在他们身上留下的痕迹。

多克森摇摇头:"结果我们让他们之一坐上了王位。我忍不住想,我让依蓝德统治,阿凯会生我的气,无论依蓝德是多好的人。"

"卡西尔最后改变了。"纹静静说道,"你自己也这么说的,老多。你知道他救了依蓝德一命吗?"

多克森转过头来看她,皱着眉头:"什么时候?"

"最后那一天。"纹说道,"在跟审判者打斗时,阿凯保护了来找我的依蓝德。"

"他一定以为他是囚犯之一。"

纹摇头:"他知道依蓝德是谁,知道我爱他。在最后,卡西尔愿意承认,一个好人是值得保护的,无论他的父母是谁。"

"我很难接受这点,纹。"

"为什么?"

多克森迎向她的双眼:"因为,如果我接受依蓝德不应担下他的族人对我的族人所犯下的恶行——那我就必须承认,我对他们的所作所为,让我成为了禽兽。"

纹颤抖。在那双眼睛里,她看见多克森改变的真相。她看到他的笑意是如何死去。她看到他的罪恶感。那些谋杀。

这个人不是冒牌货。

"纹,这个政府无法为我带来喜悦。"多克森轻轻说道,"因为我知道,为了创造它,我们做了什么事。重点是,如果再给我一次机会,我仍然不会改变。我告诉自己,这是因为我相信司卡应该获得自由。在夜里,我独自安静地躺着时,仍然会因为我们对前任统治者所做出的一切感到满意。他们的社会被瓦解了。他们的神死了。如今,他们明白了。"

纹点点头。多克森低下头,仿佛很羞愧,这是她鲜少在他身上看到的情绪。两人之间,似乎再无话可说。多克森安静坐着,任由纹离去,笔跟账本被遗忘在书桌上。

"不是他。"纹说道,走在空旷的皇宫走廊中,她试图摆脱仍然回荡在她脑海中的多克森的声音。

"你确定吗,主人?"欧瑟问道。

纹点点头:"他知道我在崩解时期前,跟多克森有过的一番私密对话。"

欧瑟沉默片刻。"主人,"它终于开口,"我的同胞在做这种事时,往往很彻底。"

"我知道,但他怎么会知道那些事?"

"我们经常在取得骨头前会先访谈那个人,主人。"欧瑟解释,"我们

MISTBORN: THE WELL OF ASCENSION

会在不同的场合中和那个人会面，找到方法谈论他们的生活，也会谈论朋友跟熟识的人。你有跟任何人提起你跟多克森的对话吗？"

纹停下脚步，靠着石头走廊。"也许跟依蓝德说过。"她承认，"我想那之后我随即就去找了沙赛德，告诉了他这事。那几乎已经是两年前的事了。"

"这样可能就够了，主人。"欧瑟说道，"我们无法全盘了解那人的事情，但我们会试图找出这类信息，例如私下的对话、秘密、为人守的密，好在适当的时间提起，增强可信度。"

纹皱眉。

"而且……不只这样，主人。"欧瑟说道，"我不希望你想象你的朋友在受苦，但我们的主人往往也是下手的那个人，而且会对他们挑定的对象施予酷刑，好取得信息。"

纹闭起眼睛。多克森感觉好真实……他的罪恶感，他的反应……这假装不了吧？

"可恶。"她低声说道，睁开眼睛，转过身，叹口气，推开走廊窗户的百叶窗。外面一片漆黑，迷雾在她面前盘旋。她趴在石窗台前，望着两层楼下方的中庭。

"老多不是镕金术师。"她说道，"我怎么能确定他是否是冒牌货？"

"我不知道，主人。"欧瑟说道，"这向来不是简单的事。"

纹静静地站着，不自觉地扯下她的青铜耳针——这是她母亲的——耳针在手指间翻动，折射出光芒。原本这上面镀着银，但大部分都已褪去。

"我真的很厌恶这样。"她终于低声说道。

"什么事，主人？"

"这样……不信任。"她说道，"我不喜欢怀疑我的朋友。我以为我再也不需要怀疑身边的人。现在的感觉就像是我肚子里插了一把刀，每次跟集团中的人会面，就戳得更深。"

欧瑟在她身边坐定，歪着头："可是，主人，你已经洗刷几个人的嫌疑了,不是吗?"

"是的。"纹说道,"但只是将范围缩小,让我更清楚,他们之中到底有谁可能已经死了。"

"而那不是件好事。"

纹摇摇头:"我不希望是他们之中的任何人,欧瑟。我不想怀疑他们,我不想发现我们是对的……"

欧瑟起初没有反应,让她一个人盯着窗外,迷雾渐渐流散到她身旁的地面上。

"你是认真的。"欧瑟终于说道。

她转过头:"我当然是认真的。"

"对不起,主人。"欧瑟说道,"我不是要侮辱你,我只是……唉,我担任过许多人的坎得拉,太多人对周遭的人充满怀疑跟恨意,我开始以为你们人类缺乏信任的能耐。"

"太蠢了。"纹说道,转回去面对窗外。

"我知道。"欧瑟说道,"但如果有足够的证据,人类往往会相信很蠢的事情。无论如何,我要道歉。我不知道你的哪位朋友过世了,但我很遗憾我的族人让你如此痛苦。"

"无论它是谁,它只是在遵守它的契约。"

"是的,主人。"欧瑟说道,"是契约。"

纹皱眉:"你有办法知道哪只坎得拉在陆沙德有契约吗?"

"对不起,主人。"欧瑟说道,"这是不可能的。"

"我猜也是。"她说道,"不管它是谁,你有可能认识吗?"

"坎得拉是个很紧密的族群,主人。"欧瑟说道,"而且我们的人数很少。很有可能我跟它很熟。"

纹敲着窗台,试图判断这个信息是否有用。

"我仍然不觉得是多克森。"她终于说道,将耳针塞回,"我们先跳过他。如果没有其他线索,再回头……"她话没说完,因为有东西引起了她的注意。有人在中庭里走动,却没拿灯火。哈姆?她心想。但那走路的姿势不对。

她钢推不远处挂在墙上的一盏灯。灯罩突然闭起、晃动,走廊陷入一片漆黑。

"主人?"欧瑟问道,看着纹爬上窗户,骤烧锡,眯眼端详黑夜。

绝对不是哈姆,她心想。

她第一个想到的是依蓝德,突然害怕她在跟多克森说话时有杀手潜入,但现在时间还早,依蓝德一定还在跟他的幕僚们谈话,不像是刺杀的好时间。

而且,只有一个人?身高看起来不像是詹。

可能只是个侍卫,纹心想。我为什么总是这么疑神疑鬼?

可是⋯⋯她看着那人走入中庭,直觉立刻作出反应。他的动作很诡异,仿佛他不太自在,仿佛他不想被人看到。

"到我怀里。"她对欧瑟说道,将一枚裹了布的钱币抛出窗外。

它配合地跃起,她则从窗台跃下,坠落了二十五尺,跟钱币同时落上地面,纹放下欧瑟,朝迷雾点点头。欧瑟紧跟在她身旁,他们一起潜入黑夜,压低身子,试图看清那个人是谁。他走得很快,正朝皇宫的侧面前进,那里是仆人的路口。经过时,她终于看到他的脸。

德穆队长?她猜测。

她跟欧瑟一起蹲在附近一小叠木箱旁边。她对德穆了解多少?他是将近两年前被卡西尔招募的司卡反抗军之一,担负起指挥的责任,很快就获得晋升,是其余士兵跟着叶登被歼灭时,留守下来的忠心士兵之一。

在崩解后,他就跟集团在一起,最后成为哈姆的副手,受过不少相关训练,这能解释为何他没带火把或灯笼就在黑夜里行走,但即便如此⋯⋯

如果我要取代集团中的某个人⋯⋯纹开始猜想,我不会挑选镕金术师,这样太容易引人注意,我会挑个普通人,一个不需要做决定,也不需要引起注意的人。

一个接近集团核心，却不一定是其中一员的人，一个总是在重要集会附近，但是其他人并不太熟的对象……

她感到一阵激动。如果冒牌货是德穆，那就代表她的好朋友当中没有人死，也就是那坎得拉的主人比她猜想的还要聪明。

他绕过堡垒，她静静跟随其后，但无论他今晚要做什么，他都已经完成工作，因为他走过建筑物一侧的入口，跟守门的士兵打了招呼。

纹坐回阴影中。他跟侍卫交谈，所以他不是偷溜出去的，但是……她认得那种弯腰驼背的姿势，紧张的动作。他因为某件事而紧张。

就是他，她心想。他就是间谍。

可是，现在她该怎么办？

在期待经里，有我的位置。我认为我是神圣第一见证人——预言中发现永世英雄的先知。当众宣告放弃对艾兰迪的支持，等同于放弃我的新地位，放弃众人对我的接纳。因此，我没有这么做。

34

"这不成。"依蓝德说道，摇摇头，"我们需要全员一致通过——当然不包括那个被逼退出的人——才能遣退一名议会成员。我们绝对不可能说服全部的商人。"

哈姆看起来有点气馁。依蓝德知道哈姆自认为直觉精准，他的确也擅长抽象思考，但他不是学者。他喜欢发想问题跟答案，却没有仔细研读文字，找出其中意义的经验。

MISTBORN: THE WELL OF ASCENSION

依蓝德瞥向一旁的沙赛德,他坐在不远处,面前摊着一本书。守护者四周至少堆了十几本书,但有趣的是,他的书堆都很整齐,书背朝向同一个方向,封面贴齐,而依蓝德的书堆则是杂乱不已,到处都有便笺以不同的角度露在外头。

如果不需要到处走动,一个房间内能塞入的书本数量是颇为惊人的。哈姆坐在地板上,身边也有一小堆书,不过他大多数时间都在提不同的想法。廷朵有张椅子,却没有读书。她觉得训练依蓝德当国王完全没有问题,但拒绝和大家一起研究、提议他要如何保住王位。这件事在她眼中,似乎跨越了某条教育者与政客之间的无形界线。

幸好沙赛德不像那样,依蓝德心想。如果他像那样,统御主可能还在当权。事实上,纹跟我可能已经都死了。当她被审判者抓住时,救了她的人是他,不是我。

他不喜欢多想那件事。他拯救纹的失败似乎代表了他一生中从未成功的事。他总是有好意,但鲜少能实现。这一点,即将改变。

"这个呢,陛下?"说话的是房间唯一的外人,一名叫做诺丹的学者。依蓝德试图忽视那人眼睛周围的复杂花纹,那显示诺丹原本是名圣务官。他戴着大眼镜,试图要隐藏他的刺青,可是他原本身居钢铁教廷要职,他可以放弃信仰,但刺青永远消除不掉。"你找到了什么?"依蓝德问道。

"一些关于塞特大人的信息,陛下。"诺丹说道,"我在您从统御主皇宫中取来的一本笔记簿中找到的。塞特似乎不像他表面展现给我们看的那样,对陆沙德政治如此无动于衷。"诺丹轻笑。

依蓝德从来没有见过这样笑意盈盈的圣务官。也许这就是为什么诺丹不像他的许多同僚那样离开了城市,他似乎真的与他们格格不入。他是依蓝德找来担任王国中书记官跟其他行政职位的其中一人。

依蓝德浏览了诺丹的书页。虽然里面写满了数字而非文字,但他天生属于学者的头脑很快便解读了这个信息。塞特跟陆沙德有许多交易往来,大多数都由地位较低的家族出面协商,也许骗得过贵族,却骗不过参与每笔交易的圣务官。

诺丹将笔记簿递给沙赛德，后者快速看过一遍数字。

"所以，"诺丹说道，"塞特大人想要装出与陆沙德毫无关联的样子，他的胡子与态度只是为了强化别人的印象，但其实他一直在不动声势地插手这里的事务。"

依蓝德点点头："也许他发现，假装不参与政治是避免不了政治的。没有牢固的政治关系，他绝对无法掌握如此大的权力。"

"所以我们从中得知什么？"沙赛德说道。

"塞特实际上远比他装的更擅长这个游戏。"依蓝德说道，跨过一堆书，走回自己的椅子，"我认为他昨天操纵我跟议会的手法也展现了这点。"

诺丹轻笑："真可惜你们看不到自己的样子，陛下。塞特出现时，有几名贵族议员甚至在位子上弹跳了一下！我认为你们其他人是惊讶到——"

"诺丹？"依蓝德说道。

"是的，陛下？"

"请你专注于手边的工作。"

"呃，是的，陛下。"

"沙赛德？"依蓝德问道，"你觉得呢？"

沙赛德从书前抬起头来，那本书是依蓝德所写的《城市法律规章注释版》。泰瑞司人摇摇头："你写得很好。如果塞特大人被任命，我找不出多少阻止他即位的方法。"

"聪明反被聪明误？"诺丹问道。

"可惜我很少出这种问题。"依蓝德说道，坐在原处揉着眼睛。

纹经常是这种感觉吗？他猜想。她睡得比他还少，而且随时都在动来动去，奔跑，打斗，探查，但她精神向来很好。依蓝德光是努力读了两天书，就开始觉得精神不济了。

专注,他告诉自己。知己知彼,百战百胜,天无绝人之路。

多克森仍然在给其他议员写信。依蓝德想跟愿意与他会谈的人见面,很不幸的是,他觉得人数不会太多。他们投票逼他退位,如今又有了一个似乎能轻易解决问题的选择。

"陛下……"诺丹缓缓开口,"您会不会觉得,也许,我们应该让塞特坐上王位?毕竟,他能有多糟糕?"

依蓝德浑身一僵。他雇用这位前圣务官正是因为诺丹能从完全不同的角度思考。他不是司卡,也不是高阶贵族,更不是盗贼,只是个喜好研究的平凡人,因为不想当商人,所以加入了教廷。

对他而言,统御主之死是无妄之灾,摧毁了他原本的生存方式。他不是个坏人,却对司卡的苦难一无所知。

"你觉得我定的法律如何,诺丹?"依蓝德问道。

"聪明至极,陛下。"诺丹说道,"很敏锐地呈现了古代哲学家的理念,能与时俱进,贴合现实。"

"塞特会尊重这些法律吗?"依蓝德问道。

"我不知道,我并不那么了解他。"

"你的直觉呢?"

诺丹迟疑了。"不。"他终于说道,"他不是会受到律法约束的人。他习惯任性而为。"

"他只会带来混乱。"依蓝德说道,"看看他家乡跟他征服的地方所传出来的信息。那些地方完全陷入混乱,留下了一堆未尽的盟约跟保证,只靠武力的威胁将暂时控制着局面。把陆沙德交给他,只会带来下一次的城市崩坏。"

诺丹抓抓脸颊,深思着点点头,继续读书。我可以说服他,依蓝德心想。如果我也能说服议员们就好了。

但是诺丹是学者,他想事情的方法跟依蓝德一样。逻辑和事实对他而言已经足够,稳定的承诺重要性远超于财富。议会则完全不同。贵族想要回到原本的生活方式中，商人只看到有机会能得到他们一直羡慕且想拥有的头衔，而司卡满心担忧可能发生惨烈的屠杀。

然而，这样的说法也算是以偏概全。潘洛德大人自认为是城市的大家长，最高阶的贵族，需要监督他们处理问题的方法，避免太过极端。齐奈勒，一名钢铁工人，认为中央统御区需要跟周围的王国建立起关系，因此也觉得跟塞特联盟是保护陆沙德的长远之计。

二十三名议员，个个有自己的理想、目标、问题。这正是依蓝德的目的：在这样的环境中尽量引发不同想法，他只是没预料其中有那么多都与他的相左。

"你说得对，哈姆。"依蓝德转身说道。

哈姆抬起头，挑起眉毛。

"一开始你跟其他人就想和其中一支军队结盟，将城市交给他，交换条件是不让城市落入另一支的军队手中。"

"我记得。"哈姆说道。

"这就是人民想要的。"依蓝德说道，"无论有没有我的同意，他们似乎都想将城市交给塞特。我们早该遵照你的计划行事。"

"陛下？"沙赛德轻声开口。

"什么事？"

"很抱歉，"沙赛德说道，"但你的职责不是要照人民的想法去做。"

依蓝德皱眉："这好像是廷朵会说的话。"

"我鲜少认识有如她一般睿智的人，陛下。"沙赛德说道，瞥向她。

"我不同意你们两人的话。"依蓝德说道，"统治者的统治权必须来自于他的人民。"

"我不反对这点，陛下。"沙赛德说道，"至少，我相信这个说法的理论。然而，我仍然不相信你的责任是按照人民的希望去做事。你的责任是尽最大所能去领导人民，跟随道德的指引。你必须忠于自己与理想中的自己，陛下。如果那个人不是人民想要的人，那他们会选择别人。"

MISTBORN: THE WELL OF ASCENSION

依蓝德想了想。这是当然的。如果我必须跟所有人一样遵从我制定的法律，那自然也该遵从我自己的道德感。

沙赛德的话其实只是换种方法在说，要相信自己，但沙赛德的解释似乎更好。更诚恳。

"我认为，试图猜测人民对你的要求只会带来混乱。"沙赛德说道，"你无法让所有人满意，依兰德·泛图尔。"

书房的小气窗被推开，纹挤了进来，带入一丝迷雾。她关上窗户，环顾房间。

"又有？"她不敢相信地问道，"你们又找到更多书了？"

"当然。"依蓝德说道。

"这天底下到底有多少书啊？"她气呼呼地问。

依蓝德张开口，然后看到她眼中促狭的光芒，再也没说话。最后，他叹口气。"你真是无可救药。"他转身继续去写他的信。

他听到身后一阵窸窣声，片刻后，纹落在他的一堆书上，站得稳稳的，迷雾披风布条垂下，晕湿了他信纸上的墨水。

依蓝德叹口气。

"噢！"纹说道，拉起迷雾披风，"抱歉。"

"你真的有必要这样跳来跳去的吗？"依蓝德问道。

纹跳了下来。"对不起。"她又说了一次，"沙赛德说是因为迷雾之子喜欢站得很高，好看清楚所有发生的事。"

依蓝德点点头，继续写信。他偏好亲笔写信，但这封得叫书记员重抄一遍了。

他摇摇头。好多事情要做……

纹看着依蓝德振笔疾书。沙赛德坐在椅子上看书，另一个人是依蓝德的书记员，是名前任圣务官。她打量那人，他立刻更缩回椅子中。他知道她永远不会信任他。神职人员都挺悲观。

她很跃跃欲试地想告诉依蓝德她发现德穆的事，但又迟疑了。附近有太多人,她手边也没有证据,只有直觉,所以她克制自己,看着那堆书。

房间里有一种沉闷的安静。廷朵的眼神有点呆滞,大概正在研读脑中的某个古老传记,就连哈姆都在读书,虽然他只是胡乱翻阅,在不同的主题间跳跃。纹觉得她也该开始研究些什么,她想到自己所抄下的关于深黯跟永世英雄的笔记,却觉得拿不出手。

她不能说德穆的事,但她还发现了别的事情。

"依蓝德。"她轻声开口,"我有事情要告诉你。"

"嗯?"

"欧瑟跟我去吃饭时,我听到仆人们在谈话。"纹说道,"他们认识的一些人最近生病了,人数不少,我认为也许有人对我们的食物动了手脚。"

"没错。"依蓝德说道,继续写字,"我知道,城里面几口井被下了毒。"

"真的吗?"

他点点头:"你之前来找我时我没告诉你吗?哈姆跟我就是去调查那件事。"

"你没告诉我。"

"我以为我说了。"依蓝德皱眉说道。纹摇摇头。

"我道歉。"他说道,抬起头亲亲她,继续抄写。

光亲一下就没事了?她不满地心想,坐回那叠书上。

其实是件小事,依蓝德也没有必要马上告诉她,可是他们的对话让她觉得哪里怪怪的。以前,他会请她处理这个问题,如今他似乎自己就能搞定。

沙赛德叹口气,合起手上的大书:"陛下,我找不到漏洞。你的法律我已经反复读了六遍。"

依蓝德点头:"这正是我所担心的。我们唯一能做的就是刻意曲解。但我不想这么做。"

"你是个好人,陛下。"沙赛德说道,"如果你看到法律漏洞,一定会修正。就算你没抓到瑕疵，你询问我们的意见时，我们中也有人会提出。"

他允许他们称呼他"陛下"，纹心想。他以前曾经想阻止他们，为什么现在还让他们使用这个头衔？

奇特的是，在王位被夺走后，他开始自认为是王。

"等等。"廷朵的眼神恢复清明，"沙赛德，这部律法通过前你就读过？"

沙赛德满脸通红。

"他读过。"依蓝德说道，"沙赛德的建议跟想法协助我完成了目前的版本，他功不可没。"

"原来如此。"廷朵紧抿着嘴唇。

依蓝德皱眉："廷朵，没有人请你前来参加此次会议，我们只是容许你在此。我们欢迎你提出建议，但我不会允许你侮辱我的朋友跟我的客人，即使你表现得比较含蓄。"

"我道歉，陛下。"

"你道歉的对象不该是我。"依蓝德说道，"你要向沙赛德道歉，否则就离开。"

廷朵坐了片刻，然后站起身，离开房间。依蓝德看起来并不生气，只是继续写信。

"你不需要这么做，陛下。"沙赛德说道，"我认为廷朵并非无的放矢。"

"只要是我觉得应该的事情，我就会去做，沙赛德。"依蓝德继续写信，"我无意冒犯，我的朋友，但你似乎习惯允许别人以不友善的方式对待你。这我不允许这种事发生在我的家宅里。你因为协助我撰写律法而被她侮辱，就等于侮辱我。"

沙赛德点点头，伸手拾起另一本书。

纹沉默坐在原处。他变得好快。廷朵才来多久？两个月？依蓝德说话的内容没有改变，但方式变了。他坚定的语气让别人更重视他的发言。

都是因为他失去了王位，还有军队带来的威胁，纹心想。他的压力正强迫他改变，不是成为真正的领导者，就是被击溃。他知道毒井的事。还有多少事情是他知道却没有告诉她的？

"依蓝德？"纹说道，"我对深黯又有新的想法了。"

"很好啊，纹。"依蓝德对她微笑说，"可是我现在真的没有时间……"

纹点点头，对他微笑，但心里更焦虑了。他不像过去那样经常感到彷徨，因此也不再那么需要仰赖别人。

他不需要我了。

这是个愚蠢的想法。依蓝德爱她，她知道的。他的能力增长不会让她对他的重要性降低，但是，她的忧虑却挥之不去。他曾经离开过她一次，那时他正试图在家族对他的需求与他对她的爱之间作抉择，那个决定几乎毁了她。

如果他现在遗弃她，要怎么办？

他不会的，她告诉自己。他不是会做这种事的人。

可是，好人也会有失败的感情，不是吗？两人之间会出现隔阂，尤其是一开始就如此不同的两个人。虽然她不断安慰自己，却仍然止不住脑海深处的一个微小声音。

那是她以为早就被驱逐，再也不会听见的声音。

先离开他，她的哥哥瑞恩似乎在脑海中低语。**这样会伤得比较轻**。

纹听到外面传来声响，如临大敌，但那声音低到其余人都听不见，所以，她站起身，走到气窗边。

"你要回去巡逻吗？"依蓝德问道。

她转过身，点点头。

"也许你该去看看塞特在海斯丁堡垒的防御工事。"依蓝德说道。

纹再次点点头，依蓝德对她微笑，然后继续写信。纹拉开窗户，踏入黑夜。詹站在雾里，双脚以微乎极微的力道踮在窗台上，身体则斜伸入黑夜。

MISTBORN: THE WELL OF ASCENSION

纹瞥向一旁,注意到詹正用拉引金属来维持站姿,这再次展现了他的能耐。黑夜里的他对她微笑。

"詹?"她悄声说道。

詹瞥向上方,纹点点头。一秒后,两人一同落在泛图尔堡垒的金属屋顶上。纹转向詹:"你去哪里了?"

他突然攻击。

纹惊讶地往后一跃,避开一身黑的詹的旋转攻击,他的匕首发出晶光。她的脚半踩在屋顶边缘,全身紧绷。所以要打一架吗?她心想。

詹出手攻击,她往旁一闪,匕首险些逼近她的脖子。他今天的攻击不太一样。似乎更有威胁。

纹咒骂,抽出自己的匕首,躲开另一波攻击,在她移动的同时,詹的匕首划过空气,切断她迷雾披风上的一条布带。

她转身面对他。他朝她走来,如闲庭信步,显得自信满满,却又毫不在意,仿佛只是来探访老友,而不是来战斗的。

好啊,她心想,往前一跳,挥舞着匕首。

詹轻松地向前一步,微微侧转,轻易地闪过一把匕首,他伸出手,毫不费力地抓住她另一只手,阻止了她的攻击。

纹浑身一僵。不可能有人这么厉害。詹低头看着她,眼神深邃晦暗。似乎毫不在意。毫不担心。

他在燃烧天金。

纹抽出手,往后一跳。他让她离开,看着蹲下的她额头上冒出点点汗珠。她突然感觉到一阵原始的、尖锐的恐惧。自从知道有天金这种金属后,她就一直害怕这天的到来,无论她的能力跟技巧再高超,在天金面前仍然毫无还手之力。这是知道自己即将死亡的恐惧。

她转身要跳走,但在还未行动之前,詹就往前一跃,甚至在她知道自己要做什么之前,他就已经知道了。他从后方抓住她的肩膀,往后一拽,推倒在屋顶。

纹重重撞上金属屋顶，因痛楚而惊呼。詹站在她上方，低头看着她，仿佛在等待。

我绝不会以这种方式被打倒！纹孤注一掷地想。我绝不会像被困住的老鼠一样被人杀死！

她挥刀对他的小腿攻击，却只是徒劳。他微微将腿后挪，只差毫厘，但她的攻击却已到极限，只够到他的裤脚。她像是被巨大、强壮的敌人伸长了手臂抓起的小孩。普通人在跟她打斗时，一定就是这种感觉。

詹站在黑夜里。

"干吗？"她终于质问。

"你们真的没有。"他低声说道，"统御主的天金。"

"没有。"她说道。

"一点都没有？"他直截了当地问道。

"我上次跟塞特的杀手打斗时，把最后一点用掉了。"

他站在原处片刻，然后转过身，离开她身边。纹站起身，心跳加速，双手微微颤抖。她强迫自己站起，然后弯腰拾起掉落的匕首。匕首在撞上红铜屋顶时碎裂了。

詹回身面向她，迷雾中一片沉默。

詹在黑夜里看着她，看到她的恐惧，以及她的决心。

"我的父亲要我杀了你。"詹说道。

她站在原处，看着他，眼神里仍然有恐惧。她很坚强，没有让它轻易流露。间谍的消息，纹在拜访史特拉夫时说的话，通通是真的。城里没有天金了。

"你是因为这样所以没来？"她问道。

他点点头，背向她。

"所以呢？"她问道，"为什么让我活着？"

"我不知道。"他承认，"我还是可以杀你，但是……不需要。不需要用这种方法来贯彻他的命令。我可以把你带走，效果也是一样。"

他回转身看她。她正皱着眉,却只不过是雾中一个小小的身影。

"跟我来。"他说道,"我们两个都可以离开。史特拉夫会失去他的迷雾之子,依蓝德也一样,我们可以让他们都没有工具可利用。这么一来,我们就都自由了。"

她没有立刻回应。终于,她摇摇头:"我们之间的……关系,不是你想的那样。"

"你是什么意思?"他问道,上前一步。

她抬起头,看着他:"詹,我爱依蓝德。我真的爱他。"

你以为这就代表你对我不会有感觉?詹心想。那我在你眼中看到的渴望是什么?这件事没你以为的那么简单,不是吗?

事情向来不是。

然而,他以为还能有什么样的结果?他转过身:"有道理。向来如此。"

"这是什么意思?"她质问。

依蓝德……

"杀了她。"神低语。

詹紧闭双眼。她不会被骗,她是在街头长大,与盗贼和骗子为友的女人。这是最困难的地方,她必须知道什么让詹如此恐惧。

她必须要知道事实。

"詹?"纹问道。她似乎仍因为他的攻击而震惊,但她向来恢复得很快。

"你看不出来我们很相像吗?"詹问道,转过身,"同样的鼻子,同样的脸形?我的头发剪得比他短,但也有同样的卷度。有这么难以看出来吗?"

她的呼吸一滞。

"史特拉夫·泛图尔还会信任谁当他的迷雾之子?"詹问道,"他为什么要让我靠得这么近,他为什么放心让我知道他的计划?"

"你是他的儿子。"纹低语,"依蓝德的兄弟。"

詹点点头。

"依蓝德……"

"不知道我的存在。"詹说道,"他也知道我们父亲的性事偏好有多乱来。"

"他跟我说过。"纹说道,"史特拉夫喜欢养情妇。"

"原因不只一个。"詹说道,"更多女人意味着更多小孩。更多小孩意味着更多镕金术师。更多镕金术师意味着有更高的概率生出迷雾之子。"

微风将迷雾吹到两人身上。远处,巡逻士兵的铁盔甲发出敲击声。

"只要统御主在世一天,我就无法被承认。"詹说道,"你知道圣务官有多严厉。我在没有人眷顾的情况下,在阴影中长大。你在街头长大,我想应该是很惨的,但想想看,在自己家里还要偷偷摸摸地取食,父亲完全不承认你,被像是乞丐一般对待。看到跟你同年的兄弟养尊处优地长大,看着他鄙夷你渴望拥有的一切——舒适的生活,悠闲的生活,有人爱的生活……"

"你一定很恨他。"纹低声说。

"恨?"詹问,"不。我为什么要恨那个天生就是如此的人?依蓝德从未直接对我做过什么。况且史特拉夫最后还是找到需要我的理由,就在我绽裂之后,他终于得到过去二十年来他一直冒险想得到的东西。我不恨依蓝德,但有些时候我的确嫉妒他。他拥有一切,但是……我总觉得他似乎不珍惜。"

纹静静地站在原处:"我很遗憾。"

詹猛力摇头:"女人,不要同情我。如果我是依蓝德,我就不是迷雾之子,我无法了解雾,也不会明了独自成长,被憎恨围绕的感觉是什么。"他转身,望入她的眼睛。"你难道不认为,一个被强迫长久过着无爱生活的人,更能体会和珍惜爱吗?"

"我……"

詹转过身。"话说回来,"他说道,"我今晚来不是要来追悼我的童年。

我是来警告你的。"

纹全身紧绷。

"不久前,"詹说道,"我父亲放了几百名难民通过他的防线,让他们靠近城市。你知道克罗司军队的事吗?"

纹点点头。

"它们刚刚劫掠了绥纳城。"

纹一阵战栗。绥纳离陆沙德只有一天的距离。克罗司很近了。

"难民去找我父亲求助。"詹说道,"他要他们来找你们。"

"他要让城里的人更害怕。"纹说道,"而且还能加快我们的食物消耗。"

詹点点头:"我想要警告你,无论是难民或是父亲的命令。想想我的提议,纹。想想这个声称爱你的人。你知道他不了解你。你离开,对你们两个人都好。"

纹皱眉。詹对她轻轻点头,然后跃入夜中,反推着金属屋顶。她仍然不相信他对依蓝德的评价。他从她眼神里可以看得出来。

反正证据即将要出现了。她很快就会明白。她很快就会知道,依蓝德·泛图尔对她真正的想法。

可是现在,我要这么做。让所有人都知道,我,泰瑞司的世界引领者,关,是个骗子。

35

感觉像是她又要去舞会了。

美丽的酒红色礼服就算穿去崩解前几个月经常举行的舞会,也是绝对合适。礼服摆脱了传统时尚,却仍然很有设计感,所有的改变只让礼服显得更独一无二。

修改礼服是为了让她能更自在地行动,让她走路的姿势更优雅、更自然,因此也让她觉得自己更美丽。站在镜子前面,纹想象穿着这件礼服去参加真正的舞会会是什么样子。单纯做她自己,不是与众人格格不入的乡下贵族法蕾特,甚至不是司卡盗贼纹。只是她自己。

至少,是她想象中的自己。因身为迷雾之子而自豪;因身为杀死统御主之一而自信;因身为国王的爱人而自信。

也许我能同时扮演好几个角色,纹心想,双手抚过礼服,感觉绸缎的柔软。

"你看起来很美,孩子。"廷朵说道。

纹转身,迟疑地微笑:"我没有任何珠宝,最后几件也给了依蓝德去喂饱难民,不过那些珠宝的颜色也跟这件礼服不搭。"

"许多女人试图利用珠宝来掩饰她们的平庸。"廷朵说道,"你不需要。"

泰瑞司女子双手交握在身前站着,一如往常,戒指跟耳环闪闪发光,但她的首饰都没有宝石,而是以普通的金属制成。铁、红铜、白镴。藏金术的金属。

"你最近没有去找依蓝德。"纹说道,继续面对镜子,用木质发夹梳理头发。

"王快要不需要我的指导了。"

"有这么快吗?"纹问道,"这么快就和你的传记中的那些人一样了?"

廷朵笑了:"当然不是,孩子,他还差得远了。"

"可是?"

"我说的是他快要不需要我的指导了。"廷朵说道,"他开始明白不能完全仰仗别人的话,必须靠自己的力量学习。孩子,你会发现,要成为优秀的领袖，其实很大程度上得靠经验。"

"我觉得他变得很不一样了。"纹低声说道。

"他是不一样了。"廷朵说道，上前一步，按着纹的肩膀，"他即将成为他心目中理想的自己，只是他不知道该如何达成。虽然我对他很严厉，但我认为就算我没来，他早晚也会找到途径。一个人跌跌撞撞久了，不是学会站起，就是跌倒后再也爬不起来。"

纹看着镜中穿着酒红色礼服的漂亮身影："这是我为了他必须成为的样子。"

"为了他。"廷朵赞同，"也为了你自己。在你被其他事情分心之前，你早已经朝着这个方向前进。"

纹转身："你今天晚上要跟我们一起去吗？"

廷朵摇摇头："那不是我该去的地方。去跟你的国王会合吧。"

这一次，依蓝德不打算只身深入敌阵。两百名士兵站在中庭，等着要陪他前去参加塞特的晚宴，全副武装的哈姆担任他的保镖。鬼影则充当依蓝德的车夫。最后剩下微风，他自然对于参加晚餐这件事感到有点紧张。

"你不需要去。"依蓝德对在泛图尔中庭里等待出发的微胖男子说道。

"我不需要去吗？"微风说道，"好吧，那我就留在这里。好好享用你的晚餐啊！"

依蓝德停下脚步，皱起眉头。

哈姆拍拍依蓝德的肩膀："你早该知道不能让那个人有任何逃脱的机会的，依蓝德！"

"我是认真的。"依蓝德说道，"我们的确需要安抚者，但他如果不想去，其实可以不用去。"微风看起来松了一口气。

"你完全没有一丝罪恶感，对不对？"哈姆问道。

"罪恶感？"微风双手按在决斗杖上问道，"亲爱的哈姆德，你什么时候听见我表达过这种无趣且毫无新意的情感？况且我觉得没有我在场，塞特反而会比较友善。"

说不定他是对的,依蓝德心想,看着马车停在面前。

"依蓝德,"哈姆开口,"你不觉得带两百名士兵……有点太明目张胆了吗?"

"塞特不是说要威胁人就该光明正大地威胁?"依蓝德说道,"我认为,以我对那个人信任的程度,带两百个人还算保守了,即便是如此,我们仍然是以一敌五。"

"可是他身边没多远就坐着一名迷雾之子。"一个轻柔的声音在他身后响起。

依蓝德转身,朝纹微笑:"你穿着那样的礼服,行动怎么还会这么安静?"

"我练习过。"她握住他的手臂。

她可能真的练习过,他心想,深吸一口她的香味,想象纹身着臃肿的礼服,偷偷摸摸地在皇宫的走廊间走动。

"我们该出发了。"哈姆说道,示意要纹跟依蓝德坐入马车,留下微风一人等在皇宫的台阶上。

过去一年经过海斯丁堡垒时,它的窗户总是一片漆黑,如今再次看到明亮的门窗,令人倍感熟悉。

"你知道吗?"坐在她身边的依蓝德开口,"我们一直没有一起参加过舞会。"

原本正专心看着前方堡垒的纹听了这话,转过身来。马车伴随着数百只脚踩踏般的巨大响声颠簸前进,夜色刚刚降临。

"我们几次都是在舞会中见面,"依蓝德继续说道,"但从来没有正式一起参加过。我一直没有机会用马车去接你。"

"这很重要吗?"纹问道。

依蓝德耸耸肩:"这是整个仪式的一部分,至少以前是如此。一切都按照正规的流程进行,其实是颇令人安心的。首先是男方陪同女方一起抵达,所有人聚在一起,看着你们走入,对两个人品头论足。我陪过几十个女人几十次，但从未与会让整个经验变得特别的那个人一起入场过。"

纹微笑："你觉得有一天我们会重新举办舞会吗？"

"我不知道，纹。就算我们大难不死⋯⋯有这么多人在挨饿时，舞能跳得下去吗？"他可能又想到了那数百名难民，除了旅程奔波劳累之外，还被史特拉夫的士兵夺走了所有食物跟行李，只能缩在依蓝德为他们找到的仓库里。

你以前也跳舞，她心想，那时也很多人挨饿。可是，时代不同了。依蓝德当时不是王。不过仔细想想，她记得他从未真的在舞会中跳过舞。他去舞会都是在读书或跟朋友会面，计划如何创造出更好的最后帝国。

"一定有两全其美的方法。"纹说道，"也许我们能举办舞会，邀请前来参加的贵族捐钱帮忙喂饱那些人。"

依蓝德微笑："我们花出去的钱大概会是捐款的两倍。"

"但我们的钱可以全花在司卡商人身上。"

依蓝德开始思考起来，纹暗自得意洋洋地微笑了。真奇怪，我居然跟城里唯一一个节俭的贵族在一起。他们真是相配的一对——对于需要浪费钱币才能跳跃而感到满心罪恶的迷雾之子，配上觉得舞会太奢侈的贵族。多克森居然能从他们身上挖出足以维持城市运作的钱，真是神奇。

"这件事我们之后再讨论。"依蓝德对着大开的海斯丁大门说道，门后出现一排笔挺的士兵。

那些士兵似乎在暗示，你要带什么人来随便你，但我们的人更多。其实，他们眼前的状况还颇能反映出陆沙德的处境。依蓝德的两百人如今被塞特的千人包围，但后者又被陆沙德的两万人包围，但当然城市本身又被近十万士兵包围，层层叠叠，所有人都神经紧绷，一声令下就会交火。舞会跟宴会的念头从她脑海中消失。

塞特没有在门口迎接他们，只有一名身着制服的士兵在等他们。

"你的士兵们可以在这里等。"那个人对走入门口的他们说。有着高挑梁柱的宽敞房间曾经挂满了精致的壁毯与挂毡，但依蓝德将它们全部取了下来，换作了政府的经费。塞特自然没有自备装饰品，因此堡垒的内部看起来颇为简单，与其说是豪宅，不如说是前线的战堡。

依蓝德转身，朝德穆挥手。后者命令手下在室内等着。纹站在原地片刻，强迫自己不要瞪着德穆。如果他真如她的直觉所警告那样，是坎得拉，那让他靠太近会很危险。她心里有个部分很想把他直接丢入地牢。

可是，坎得拉不能伤害人，所以他不是直接的威胁，只是一个传递信息的间谍而已。况且他早就知道了他们最关键的秘密，现在攻击他已经没什么意义，只会打草惊蛇。如果继续等下去，看到他溜进城市时是去了哪里，也许她就能知道他到底是在向哪支军队报信，又传出了多少讯息。

所以，她克制自己，等待着。会有更好的时机。

哈姆跟德穆安顿好手下后，一支人数较少的荣誉护卫队聚集在一起，留在纹跟依蓝德身边，其中包括哈姆、鬼影和德穆。依蓝德对塞特的手下点点头，士兵带他们走入一条岔路。

我们不是在走向升降梯，纹心想。海斯丁舞厅设在堡垒中央高塔的顶端。以前每次来参加舞会时，她都是坐四座人力升降梯其中之一上去。要么海斯丁不想要浪费人力，要么……

他挑了城中最高的堡垒当做据点，也是窗户最少的一座。如果塞特将所有的升降梯都固定在上方，入侵的军队想要攻下堡垒并不容易。

幸好，今天晚上他们似乎不需要一路绕到塔顶。他们爬了两道蜿蜒的扭曲石头台阶，纹得将礼服两侧拉紧，以免裙摆被石头表面磨损。向导带着他们来到一间宽广、圆形的房间。房间周围全部有彩绘玻璃，偶尔夹杂支撑屋顶的石柱。这间房间几乎跟塔身一样宽敞。

这是第二间舞厅吗？纹一边猜想，一边欣赏眼前的美景。玻璃没有点亮，但她猜想外面应该有留下放强光灯的凹槽。塞特似乎不在意这种事情。他在房间正中央放了一张桌子，坐在上面。

"你迟到了。"他对依蓝德喊道，"所以我不等你，先开始吃了。"

依蓝德皱眉。看到他的表情，塞特发出洪亮的笑声，取起一只鸡腿：

MISTBORN: THE WELL OF ASCENSION

"小子，我带军队来要打你，你没什么反应，但看到我不等你就吃饭，反应倒挺大？你们陆沙德人就是这样，来，趁全部被我吃完之前，你们赶紧坐吧。"

依蓝德伸出手臂让纹轻搭，领她来到窗边。鬼影在楼梯间附近站着，锡眼的耳朵在注意着动静。哈姆带着十个人，站到可以观察整个房间的位置，也就是楼梯跟佣人所用的厨房中间。

塞特不在乎士兵。他自己有一大群贴身保镖站在房间另一边的墙旁，但他似乎不介意哈姆的人数比他们多出几个。那天陪同他出席议会的年轻人，据说是他儿子，也静静地坐在他身旁。

他们两人之中，必定有一个是迷雾之子，纹心想。我还是认为是塞特。

依蓝德先送她入座，然后也在她身旁坐下，两人正好面对塞特，仆人送上纹跟依蓝德的餐点，但塞特进食的动作丝毫未减缓。鸡腿，纹心想，还有酱汁煮蔬菜。他故意要这一餐吃得脏兮兮的。他想让依蓝德觉得很不自在。

依蓝德没有立即开动，而是坐在那里研究塞特，面带思索之色。

"见鬼了。"塞特说道，"真好吃。行军时要好好吃一顿，简直是难上加难啊！"

"你为什么想要跟我谈话？"依蓝德问道，"你知道我不可能被你说服，投票给你。"

塞特耸耸肩："我有兴趣见见你。"

"跟你女儿有关吗？"依蓝德问道。

"他统御老子的，当然没有！"塞特大笑说道，"那傻丫头，你要就留着，我这个月没高兴几天，她跑走的那天倒是可以算上一次。"

"如果我威胁要伤害她呢？"依蓝德问道。

"你不会。"塞特说道。

"你确定？"

塞特的笑容出现在大胡子之后，他靠向依蓝德："我很了解你，泛图尔，我观察、研究了你好几个月，而且你居然还好心地派个朋友来我这里当间谍。我从他身上得知很多关于你的事！"

依蓝德脸上出现恼色。

塞特大笑："说真的，你以为我会认不出幸存者的手下？你们陆沙德贵族都是这样，以为城外的所有人都是笨蛋！"

"可是你还是听了微风的话。"依蓝德说道，"你让他加入你的行列，听取他的建议，在发现他跟你女儿过从甚密时才将他赶走，却又声称你不在意那个女儿。"

"他是这样告诉你的吗？"塞特大笑问道，"因为我逮到他跟奥瑞安妮在一起？天呐，那女孩引诱他，关我什么事？"

"你认为是她诱惑他的？"纹问道。

"当然。"塞特说道，"说实话，我跟他在一起只相处了几个礼拜，就连我都知道他对女人有多不行。"

依蓝德波澜不惊地听着这一切，微眯起眼睛，仿佛要看穿塞特："那你为什么赶走他？"

塞特往后靠："我想要说服他为我工作。他拒绝了。我觉得杀他比让他回去找你们来得好，但没想到他那身材居然可以这么灵活。"

如果塞特真是迷雾之子，那他一定是故意放跑微风，纹心想。

"所以啊，泛图尔，你该明白了。"塞特说道，"我了解你。也许比你自己更了解你，因为我知道你的朋友们都怎么想你。只有非常出色的人，才能赢得微风那种老狐狸的忠诚。"

"所以你认为我不会伤害你的女儿。"依蓝德说道。

"我知道你不会。"塞特说道，"你很诚实，我很喜欢你这点。不幸的是，诚实的人很容易被人利用，举个例子，上次我知道你会承认微风在安抚议会那群人。"塞特摇摇头。"小伙子，诚实的人不该当王。实在是他妈的可惜，但这是事实，所以我必须从你手中夺走王位。"

依蓝德沉默片刻，终于望向纹。她拿来他的盘子，以镕金术师的嗅觉闻了闻。

塞特大笑："你觉得我会下毒吗？"

"其实不觉得。"依蓝德说道，纹正放下盘子。她在这方面不是最杰出的，但她也记得几种最明显的气味。

"你不会用毒。"依蓝德说道，"那不是你的风格。你似乎也是个蛮坦诚的人。"

"我是直率。"塞特说道，"这两点是不同的。"

"我还没听过你说谎。"

"那是因为你对我不够了解，无法分辨而已。"塞特说道，举起几只油腻的手指，"我今晚已经跟你说了三次谎，小子。你可以随便猜。"

依蓝德想了想，端详他："你在戏弄我。"

"当然啊！"塞特说道，"这样还不明白吗，小子？这正是你不该当王的原因。你应该让清楚自己堕落的人做这工作，别让它毁了你。"

"这关你什么事？"依蓝德问道。

"因为我不想杀了你。"塞特说道。

"那就别做。"

塞特摇摇头："小子，没这么简单。如果有机会稳固权力地位，或是取得更多权力，我他妈的就该这么做。而且我会的。"

整桌人再度沉默。塞特看看纹："迷雾之子没什么要说的？"

"你很爱骂脏话。"纹说道，"在淑女面前不该这么做。"

塞特笑了："陆沙德就是这点奇怪，小妞，每个人都非常在意自己在其他人眼里的'形象'，但在同时，又觉得宴会结束时去强暴一两个司卡女人没什么大不了。至少我可是当着你的面在骂。"

依蓝德仍然没有碰他的食物："如果你坐上王位，会发生什么事？"

塞特耸耸肩："说实话？"

"尽管说。"

迷雾之子
卷二·升华之井 [珍藏版]

"首先,我会派人暗杀你。"塞特说道,"不能让旧王留着。"

"如果我退位呢?"依蓝德问道,"退出选举?"

"先退位。"塞特说道,"再投票支持我,然后离开城市,我会让你活下来。"

"议会呢?"依蓝德问道。

"解散。"塞特问道,"他们是负担。让任何形式的委员会得到权力,结果都会是一团混乱。"

"议会赋予人民权利。"依蓝德说道,"政府成立的目的正是如此。"

令他意外的是,塞特没有笑,而是往前靠,一手靠着桌子,抛下了他吃到一半的鸡腿:"这就是重点,小子。当一切顺利时,让人民统治是很好的,但当有两支军队挡在门外时,你该怎么办?当有一堆发疯的克罗司在摧毁前线村庄时,要怎么办?这种时候,你不能有议会在一旁等着逼你退位。"塞特摇摇头。"代价太高了。小子,当自由跟安全不能兼得时,你选哪一个?"

依蓝德沉默。"我做出自己的选择。"他终于说道,"我也让别人做出他们的选择。"

塞特微笑,仿佛早知道会有这样的答复。他开始啃起另一条鸡腿。

"假设我离开,"依蓝德说道,"然后你得到了王位,保护了城市,解散了议会,然后呢?人民呢?"

"你为什么在意?"

"你还需要问吗?"依蓝德问道,"我以为你'了解'我。"

塞特微笑:"我会让司卡回到统御主时代的工作方式,没有工资,废除提升的农人阶级。"

"我无法接受这点。"依蓝德说道。

"有何不可?"塞特说道,"这是他们要的。你给他们选择,结果他们选择把你驱逐,现在他们会选择将我放上王位。他们知道统御主的方法是最好的。一群人统治,另一群人服侍,总要有人去种食物跟到铸铁

385

厂工作。"

"也许吧。"依蓝德说道,"但有一件事你说错了。"

"什么事?"

"他们不会投票给你。"依蓝德站起身说道,"他们会选择我。在自由跟被奴役之间,他们会选择自由。议会的人是城市里最杰出的一群人,他们会为人民做出最好的选择。"

塞特一愣,最后大笑:"你最棒的一点啊,小子,就是可以正经八百地说这种话!"

"我要走了,塞特。"依蓝德对纹点点头。

"噢,坐下来,泛图尔。"塞特说道,朝依蓝德的椅子挥挥手,"不要因为我说了实话就这么生气。我们还有事情要讨论。"

"例如?"依蓝德问道。

"天金。"塞特说道。

依蓝德站着片刻,显然是在压下自己的烦躁。塞特没有立刻开口,依蓝德终于坐下,开始吃东西。纹一面静静地拨弄着食物,一面研究塞特手下士兵与仆人的表情。这里面一定有镕金术师——知道藏了几个镕金术师,可能对依蓝德有帮助。

"你的人民快饿死了。"塞特说道,"如果我的间谍真的值那么多钱的话,你几个月之内会再收到一拨难民。这场围城战,你撑不了多久了。"

"所以?"依蓝德问道。

"我有食物。"塞特说道,"很多食物,远超过我的军队所需,都是罐头,以统御主发明的新方法包装,可以久放不坏,真的是神奇的技术。我愿意跟你交易……"

依蓝德正要送入嘴中的叉子突然停在半空中,又被放了下来,他笑着说:"你还是以为我有统御主的天金?"

"你当然有。"塞特皱眉说道,"否则天金都去哪里了?"

依蓝德摇摇头,咬了一口满是浓酱的马铃薯:"绝对不在这里。"

"可是，谣言都说——"塞特说道。

"那是微风散布的谣言。"依蓝德说道，"我以为你猜出了他为什么去找你们。他要你来陆沙德，好阻止史特拉夫夺取城市。"

"可是微风尽了全力阻止我来这里。"塞特说道。"他压下传言，试图引我分神，他——"塞特的话说了一半，猛然大笑。"我还以为他只是间谍而已！看来我们都低估对方了。"

"你的食物对我的人民来说还是有用的。"依蓝德说道。

"如果我是王，就少不了他们的份儿。"

"他们现在就在挨饿。"依蓝德说道。

"那他们的苦难会是你的重担。"塞特说道，面色冷硬，"我知道你对我做出了判断，依蓝德·泛图尔。你认为我是好人。你错了。我虽诚实，但仍是暴君。我屠杀了数千人来巩固自己的统治，我压榨司卡的方式会让统御主的手段显得温和，我不择手段确保自己的地位。我在这里也会一如既往。"

他陷入沉默，依蓝德继续进餐，但纹只是翻搅她的食物，如果饭里真有某种她没有察觉的毒物，至少要有一个人保持清醒，她仍然想找到那些镕金术师，现在只有一个方法。她关掉了红铜，开始燃烧青铜。

附近没有红铜云。塞特显然不在乎是否有人认出他的手下是镕金术师。他有两名手下在燃烧白镴，但都不是士兵，而是伪装成端来食物的仆人。另外一个房间也传来一阵锡眼的脉动，应该是在偷听。

为什么要打手伪装成仆人，却不用红铜掩饰他们的脉动？除此之外，房间里没有安抚者或煽动者。没有人在尝试影响依蓝德的情绪。塞特跟他的年轻随从也都没有在燃烧任何金属，要么是他们并非镕金术师，要么就是害怕暴露出自己的身份。为了确定，纹骤烧青铜，试图看穿任何附近可能隐藏的红铜云。她可以想象塞特以明显可见的镕金术师作为诱饵，将另一群人藏在红铜云中。

她什么都没找到，终于安下心来，继续拨弄着食物。我这个刺穿红铜

MISTBORN: THE WELL OF ASCENSION

云的能力救了我多少次?她已经忘记被别人阻挠,无法感受到镕金脉动是什么感觉。这个小把戏看似简单,却极为有用,而统御主跟他的审判者可能从一开始就办得到。她还有什么技巧是没学会的,还有什么秘密是随着统御主一起死去的?

他知道深黯的真相,纹心想。他一定知道。在最后,他尝试着想警告我们……

依蓝德跟塞特又开始说话。

她为什么一直不能将注意力集中在眼前的问题上呢?

"所以你手边没有半点天金?"塞特说道。

"起码没有多到我们愿意交易。"依蓝德说道。

"你搜索过整个城市了?"塞特问。

"十几次。"

"那些雕像。"塞特说道,"也许统御主将天金熔化后,重新铸造成别的东西藏匿它。"

依蓝德摇摇头:"我们想过了。那些雕像不是天金,也不是中空的,否则那里确实是隐藏金属不让镕金术师发现的好地方。我们以为它会被藏在皇宫中某处,但就连尖塔都是普通的铁。"

"洞穴?地道?"

"都没找到。"依蓝德说道,"我们让镕金术师去巡逻,寻找大量聚焦的金属。除了在地上挖洞之外,想得到的,我们都做了。相信我。在这个问题上我们已经花了好一段时间。"

塞特叹口气,点点头。

"所以把你抓着也换不来赎金了?"

依蓝德微笑。

"我甚至不是王,塞特,你这么做只会增加议会的反感而已。"

塞特大笑。"看样子我得放你走了。"

迷雾之子
卷二·升华之井 [珍藏版]

> 艾兰迪从来就不是永世英雄。我过度夸大他的德行，无中生有地创造出了一个英雄。最糟的是，我们相信的一切，都可能被篡改过。

36

曾经，这个仓库里满是刀剑跟盔甲，像是传说中的宝藏一般堆成一座座小山，四散在各处。沙赛德记得他当时穿梭于其中，赞叹卡西尔居然能在他的同伴毫无察觉的情况下，做了这么多准备工作。这些武器让反叛军在幸存者死后得以起义，取得城市。

如今，这些武器都被收在柜子里跟武器室中，取而代之的是一群绝望、疲累的人，躲在他们能找到的每条布料之下。男人很少，而且都不是能作战的体格。史特拉夫强迫那些身强体壮的人从军。其余的——都是些体弱多病，满身伤痕的人——则被允许前往陆沙德。他知道依蓝德不会拒绝他们入城。

沙赛德走在他们之间，尽量提供安慰。他们没有家具，城里面也没多少人有额外的衣物。商人发现即将入冬，保暖会是第一要务，所以开始哄抬所有商品的价格——不只是食物而已。

沙赛德跪在一名哭泣的妇女身边。"没事了，珍奈德尔。"他说道，红铜意识库提供出她的名字。

她摇摇头。她在克罗司攻击中失去了三名孩子，在逃往陆沙德途中又失去两名，如今剩下的最后一个——是她一路抱在怀中的孩子——也生病了。沙赛德从她的怀里接过小孩，小心翼翼地研究他的症状，似乎并没有好转。

MISTBORN: THE WELL OF ASCENSION

"有希望吗,泰瑞司大人?"珍奈德尔问。

沙赛德低头看着衰弱,目光迷蒙的婴儿。希望不大,但他怎么能这样告诉她?

"亲爱的女士,只要有呼吸,就还有希望。"沙赛德说道,"我会请国王增加你的食物配给,你需要更多气力才能哺乳。注意保暖,尽量靠近火堆,就算他没吃饭,也要用湿布滴水在他的嘴巴里。他很需要液体。"

珍奈德尔垂头丧气地点点头,接回婴儿。沙赛德渴望他能给她更多的帮助。十几个不同的宗教闪过他的脑海。他花了一辈子试图说服别人要相信统御主以外的事物,但在此刻,他发觉自己无法传达任何一个给珍奈德尔。

在崩解前是不一样的。每次他提到宗教,就觉得自己在反抗着什么。就算他们不接受他教导的东西——他们鲜少接受——但起码沙赛德的话提醒他们,除了钢铁教廷的教义之外,以前还有别的信仰。

如今,没有反叛的对象。面对他在珍奈德尔眼中看到的巨大悲伤,他发现自己无法说出死去许久的宗教,被遗忘许久的神祇。密教无法安抚这女人的心痛。

沙赛德站起身,要走向另一群人。

"沙赛德?"

沙赛德转身。他没注意到廷朵走入了房间。建筑物的大门因为即将到来的夜晚而关起,火堆的光线昏暗不定。屋顶被打破了几个洞好让烟雾散出,抬起头就可看到几丝迷雾想偷溜入房间,但半途就烟消云散。

难民不常抬头。

"你几乎一整天都在这里。"廷朵说道。如此多人同聚在一间屋子里,却出奇地安静,只有炉火燃烧时的爆裂声,其余众人沉默地躺在地上,沉溺于痛楚中,或早已麻木。

"这里有许多受伤的人。"沙赛德说道,"我想,我是最适合照顾他们的人。况且,我不是独自一人,国王派了其他人来,微风大人也在此处,减轻人们的绝望。"

沙赛德朝一旁点点头,微风坐在一张椅子,表面上是在读书。他穿着精美的三件式套装,看起来与这里格格不入,但沙赛德觉得他光是出现在这里,已经是很了不起的事了。

可怜的人们,沙赛德心想。在统御主的统治下,他们的生活十分悲惨,如今所剩不多的一切又全部被剥夺殆尽,而他们只是极少的一部分——不过是四百人——相较于仍住在陆沙德的数十万人来说。

当最后的存粮用完时,他们要怎么办?水井被下毒的事情已经传开来,沙赛德刚听说他们储藏的食物也被破坏了一部分。这些人会怎么样?围城战要持续多久?

其实更该担心的是,围城战结束后会发生什么事?那些军队终于开始攻击、劫掠时会发生什么事?那些士兵为了找出天金会造成多大的毁损,多少的悲伤?

"你的确在乎他们。"廷朵上前来,低声说道。

沙赛德转身面向她,低下头:"可能没有我应该的那么在乎。"

"不。"廷朵说道,"我看得出来。你让我困惑,沙赛德。"

"这好像是我的天赋。"

"你看起来很累。你的青铜意识库呢?"

突然,沙赛德感到原本被他置于脑后的所有疲累,被她的话引动,如海浪般席卷而来,淹没了他。

他叹口气:"我跑到陆沙德的途中,用掉了大部分。我急着要来……"他的研究最近被搁下不少。城里问题很多,难民又接踵而至,他实在没有太多时间,况且,他已经誊写完所有的拓印。接下来的工作是要与其他文字交叉比对,寻找线索。他甚至可能没有时间……

他皱眉,注意到廷朵眼中奇特的神色。

"好吧。"她叹口气说道,"给我看。"

"给你看?"

MISTBORN: THE WELL OF ASCENSION

"看看你找到的东西。"她说道,"让你跑过两个统御区也要回到这里来的发现。给我看看。"

突然间,一切都轻松。他的疲累,他的担忧,就连他的悲伤也是。"乐意之至。"他轻轻地说道。

干得漂亮,微风心想,一面表扬自己,一面看着两名泰瑞司人离开仓库。

大多数人都对安抚有所误解,就连贵族也不例外。他们以为安抚是某种心灵控制,甚至那些更深入了解过的人也认为安抚具有入侵性,是种可怕的力量。

微风从来都不这么认为。安抚怎么会具有入侵性?如果真是如此,那日常生活间,人跟人的互动也可以被说成是具有入侵性了。使用得当的话,安抚对别人的影响,就跟女子穿上低胸礼服,或改变说话声调没什么两样。三者的用意都是在别人身上引起某种合情合理的反应,而且最重要的是,这些反应都是自然而然的。

拿沙赛德为例。让那个人不那么疲累,以便照顾别人,能称得上是"入侵"吗?微微安抚掉他的心痛,好让他能更好地面对周遭人的苦难,难道是错的?

廷朵是更好的范例。也许有人会说,微风你减轻她看见沙赛德时的责任感跟失望,根本是多管闲事,但被她过强的失望所压制的情绪也不是微风无端创造出来的。比如好奇。敬重。爱。

不,如果安抚只是"心灵控制",那两人一离开微风的影响范围,廷朵就会从沙赛德身边走远。但微风知道她不会。方才出现了一个关键性的决定,那决定不是微风代替她做的。那个瞬间已经酝酿了好几个礼拜,无论有没有微风,都会发生。

他只是推波助澜,帮忙加快速度而已。

微风暗自微笑,检查他的怀表。还有几分钟,所以他坐回椅子,送出

迷雾之子
卷二·升华之井 [珍藏版]

一波广泛的安抚，降低大家的悲伤跟痛楚。同时要专注于这么多人让他无法很精确，对有些人来说，这个力道可能大了些，会让他们觉得感情有些迟钝了。但就整个群体而言，这是好的。

他没有读书。说实话，他无法理解依蓝德跟其他人怎么能花这么多时间在书上。实在是无聊至极的东西。微风猜想自己大概只有在周遭无人的时候才能读书。因此，他其实是在继续沙赛德引起他的注意之前就在做的事情。他在研究难民，试图判别每个人的心情。

这是关于安抚术的另一个大误解。镕金术其实远不及观察能力来得重要。当然，细腻的技巧是有帮助，但安抚术不会让镕金术师看透别人的情绪，只能靠微风自己猜。

因此，一切都回归到——什么是自然的。如果意料之外的情绪开始出现，就连最没有经验的司卡都会知道，自己正在被安抚。极致的安抚是要鼓励自然的情绪，方法是让其他情绪退居其次。人是许多情绪的组合，通常他们自以为的"感觉"在那一瞬间只跟心中最强烈的情绪有关。

细心的安抚者能看到表面下的情感，了解一个人的心情，即便那个人自己并不了解，或并不承认那些情感。例如沙赛德跟廷朵。

那两个人真是奇怪的一对，微风心想，心不在焉地安抚其中一个司卡，好让他能更放松地入眠。其他人都相信这两个人是敌人，但恨意鲜少引发这么多的苦涩跟焦躁。不，这两个情绪完全来自于另一种问题。

当然，沙赛德不是应该是阉人吗？真不知道这到底是怎么发生的……

他的猜想被打开的仓库门打断。依蓝德走入房间，可惜的是，哈姆居然也在。依蓝德又穿了他的白制服，搭配白手套与剑。白是一个重要的象征。城市的灰烬跟炭灰这么重，穿白衣的人更是显眼。依蓝德的制服是以特别耐脏的布料所制成，却仍然需要每天刷洗一次。不过，这一切非常值得。

微风立刻专注于依蓝德的情绪，让他较不疲累，较不迟疑，不过他快不需要处理后者了，这有一部分是那个泰瑞司女人的贡献。微风很佩服她改变他人的能力,她甚至完全没靠镕金术。

微风没有影响依蓝德对眼前景象的反胃跟怜悯,因为就这环境而言,两者都是合适的,但他推了哈姆一下,让他不要那么好辩。微风现在没心情应付他的喋喋不休。

两人靠近时,他站起身,所有人看到依蓝德,都精神为之一振。光是他的出现,就为他们带来一阵希望,这感觉是微风无法靠镕金术模仿的。难民之间交头接耳,称呼依蓝德为王。

"微风。"依蓝德点头说道,"沙赛德在吗?"

"恐怕他刚走了。"微风说道。

依蓝德似乎心不在焉。"没关系。"他说,"我等一下再去找他。"依蓝德环顾房间四周,嘴角重重垂下。"哈姆,明天我要你把坎敦街上的服装商都找来,带他们来看看这副景象。"

"依蓝德,他们可能会不高兴。"哈姆说道。

"我就是希望他们不高兴。"依蓝德说道,"等他们来过之后,看看他们衣服是不是还卖那个价钱。我可以理解食物因为数量不多所以昂贵,但衣服让人买不起,纯粹只是因为商人贪婪而已。"

哈姆点点头,但微风看得出来他的肢体语言显示他有多不情愿。其他人知道其实哈姆出奇地不爱与人有冲突吗?他喜欢跟朋友争论,但痛恨跟陌生人争吵。微风总觉得这种特质出现在一个被雇来当打手的人身上,有点奇特。他稍稍安抚哈姆,让他不要一直担忧明天要去说服商人的事。

"你不会在这里坐一晚吧,微风?"依蓝德问道。

"统御老子啊,当然不行!"微风说道,"好家伙,你能说服我来已经算你好运了。这里根本不是绅士该来的地方。环境又脏,又让人忧郁,更不要提那个味道!"

哈姆皱眉:"微风,总有一天你得学着考虑到别人。"

"哈姆德,只要我能从长远考虑,我会很乐于这么做。"

哈姆摇摇头:"你真是无可救药。"

"你要回去了吗？"依蓝德问道。

"是啊。"微风看看怀表。

"需要搭车吗？"

"我自己带车来了。"微风说道。

依蓝德点点头，转向哈姆，两人按照原路返回，谈论着依蓝德跟其他议员的下一场会议。

微风不久后晃回皇宫，对门口的侍卫点点头，安抚掉他们精神上的疲累，让他们精神一振，更努力地重新监看迷雾深处。效果维持不了多久，但做这种事对微风而言已经是本能反应。

天色已晚，走廊里没几个人。他绕入厨房，轻推厨房里的清洁女工好让她们更愿意聊天，让他们感觉工作时间过得会更快些。厨房后面他找到一个小石室，里面只有两盏很普通的油灯，放在小桌上。这是皇宫里面几张隐蔽的餐桌之一。

歪脚坐在一个角落，有残疾的腿搁在长凳上，没好气地看着微风："你迟到了。"

"你早到了。"微风说道，坐上歪脚对面的长凳。

"都一样。"歪脚抱怨。

桌上有第二个杯子，还有一瓶酒。微风解开扣子，无声地吐了口气，帮自己满满斟上，两腿架在长凳上，往后一靠。

歪脚啜着酒。

"你在烧红铜？"微风问道。

"有你在？"歪脚说道，"当然。"

微风微笑，啜了一口酒，完全放松。他再也不需要使用他的力量，歪脚是烟阵。当他在燃烧红铜时，所有周遭的镕金术师使用镕金术的脉动，都不会被燃烧青铜的人发现。可是更重要的是——至少对微风而言——燃烧红铜让歪脚不会受到任何情绪镕金术影响。

"不知道为什么你会因此而高兴。"歪脚说道，"我以为你喜欢玩弄别人的情绪。"

"没错。"微风说道。

"那为什么每天晚上要来找我喝酒?"歪脚问道。

"你介意啊?"

歪脚的沉默,等于是在说他不介意。微风瞅着脾气不好的将军。大多数集团成员都对歪脚敬而远之,毕竟他是卡西尔最后一秒钟才引介进来的,因为他们原本的烟阵死了。

"你知道当安抚者是什么感觉吗,歪脚?"微风问道。

"不知道。"

"它让你能巧妙地控制众人。"

"听起来很美妙。"歪脚没好气地说道。

"但是,它还是会改变你。我花了大部分的时间在观察别人,不断地调整,推动,安抚,这改变了我。我无法……用一般人的方式去对待别人。当对方在我眼里只是该被影响跟改变的对象时,就很难单纯地跟他交朋友。"

歪脚闷哼一声:"所以我们从来没看过你跟女人在一起。"

微风点点头:"我克制不了。我总是碰触周围每个人的情绪,所以当女人爱上我时……"他认为自己没有刻意动手脚,但当有人说她爱他时,他要怎么相信?她们回应的到底是他,还是他的镕金术?

歪脚为他斟满酒杯:"你比表现出来的要傻多了。"

微风看着酒:"好笑的是,你差点就因为我而拒绝加入。"

"见鬼的安抚者。"歪脚喃喃自语。

"可是你不受我们影响。"

"对你的镕金术?是的。"歪脚说道,"但你们这些人不一定靠镕金术。在安抚者附近时,总得小心留神。"

"那你为什么同意我每天晚上都来找你喝酒?"

歪脚沉默片刻,微风几乎以为他不打算回答了。终于,歪脚低声开口:"你没其他人那么糟。"

微风大饮一口:"这算是我得过的最衷心的赞美之一了。"

"别毁了它。"歪脚说道。

"现在才要我小心已经来不及了。"微风将酒喝得一滴不剩,"这伙人……卡西尔的计划……早就已经让我彻底完蛋了。"

歪脚同意地点点头。

"我们到底中了什么邪,歪脚?"微风问道,"我是因为喜欢挑战所以加入阿凯的行列。我一直不知道你为什么要这么做。"

"钱。"

微风点点头:"他的计划被破坏,军队被毁灭,我们却仍留了下来。然后他死了,我们还是待了下来。依蓝德这该死的王国是注定灭亡的,你知道吧。"

"我们撑不过一个月。"歪脚说道。那不是心血来潮的悲观之词。微风很懂得看人,知道他是认真的。

"可是,我们还是在这里。"微风说道,"我花一整天让司卡们不要因为全家被屠杀而太难过;你花一整天训练一些无论你教了多少,两三下就会被敌人杀光的军队;我们跟随一个几乎还是男孩的国王,他甚至不知道自己的情况有多糟糕。为什么?"

歪脚摇摇头:"因为卡西尔。他把个城市丢给我们,让我们认为自己有责任保护它。"

"可是我们不是那种人。"微风说道,"我们是盗贼跟骗子。我们不该关心这些事情的。我是说真的……我居然已经惨到会去安抚厨房的清洁女工,只为了让她们能更快乐地工作!我干脆换穿粉红色衣服,随时抱束花算了,去参加婚礼一定会大捞一笔。"

歪脚哼了哼,然后举起杯子。"敬幸存者。"他说道,"去他妈的死鬼,居然比我们更了解我们。"

微风同样举杯。"去他妈的。"他轻声同意。

MISTBORN: THE WELL OF ASCENSION

两人陷入沉默。跟歪脚谈话经常会变成……不讲话。可是，微风总能感觉到全然单纯的满足。安抚很好，那是他的一部分，但也是工作。就连鸟也不能随时都在飞。

"你们在这里啊。"

微风双眼猛然睁开。奥瑞安妮站在房间入口，离桌子不远。她一身浅蓝——她到底去哪里弄到这么多洋装的？她的妆容自然是完美无瑕，头发还绑了缎带。长长的金发在西方很常见，但在中央统御区中简直是稀罕至极，还有那娇俏、诱人的身段。

欲望在瞬间被点燃。不行！微风心想。她大概只有你一半的年纪。你这个思想污秽的老男人。思想太污秽了！"奥瑞安妮。"他不自在地说，"你不是应该睡了吗？"

她翻翻白眼，挥手要他把腿移开，好让她能挨着他坐下："才九点而已，微风。我是十八岁，不是十岁。"

跟十岁也差不多，他心想，转过头去不看她，试图将注意力放在别处。他知道他应该更坚强，不该让女孩一靠近就影响到他，但当她贴在他身边，从他的杯中喝了一口酒时，他什么都没做。

他叹口气，搂住她的肩膀。歪脚只是摇摇头，嘴角露出一丝笑容。

"好啦。"纹轻声说道，"这至少回答了一个问题。"

"主人？"欧瑟说道，隔着桌子，坐在黑暗房间的对面。她靠着镕金术师的听觉，完全可以听到隔壁房间的所有声响。

"奥瑞安妮是镕金术师。"纹说道。

"真的？"

纹点点头："她一到就开始煽动微风的情绪，让他更受到她吸引。"

"我总觉得他应该会发现。"欧瑟说道。

"可不是。"纹说道。她也许不应该觉得这件事有这么好玩，那女孩可能是迷雾之子，但光是想象那个花拳绣腿的女孩子在空中飞翔，就让她觉得可笑至极。

有可能这正是她的意图,纹心想。我得记得克礼丝跟珊,她们两个居然都跟我原本以为的样子差了十万八千里。

"微风可能不觉得他的情绪有哪里反常。"纹说道,"他一定早就已经受她吸引。"

欧瑟闭起嘴巴,歪着头。这是狗皱眉的方法。

"我知道。"纹同意,"可是,至少我们知道他没有用镕金术诱惑她。无论如何,这都不是重点。歪脚不是坎得拉。"

"你怎么知道,主人?"

纹没有立刻反应。只要微风在,歪脚总会燃烧红铜,这是他难得会使用红铜的情况。燃烧红铜其实很难判别,毕竟如果他们开始燃烧红铜,自然也会隐藏起自己。

可是纹可以穿透红铜云,她可以感觉到奥瑞安妮的煽动,甚至可以感觉到歪脚身上传来一阵隐约的鼓动,正是红铜的镕金脉动。纹怀疑除了她自己跟统御主外,鲜少有人听过这种脉动。

"我就是知道。"纹说。

"主人你说了算。"欧瑟说道,"可是……你不是已经确定间谍是德穆了吗?"

"我还是想查查歪脚。"她说道,"趁我尚未做出彻底的行为之前。"

"彻底?"

纹静坐片刻。她没多少证据,但她有直觉,而直觉告诉她,间谍就是德穆。他那天溜出去的方式……选择他的合理性……一切都很吻合。

她站起身。情况变得太危险,太敏感,不容她再忽视。"来吧。"她说道,离开小房间,"该把德穆关起来了。"

"你说人跟丢了是怎么一回事?"纹问道,站在德穆的房间外。

仆人满脸通红:"对不起,贵女。我照您的吩咐一直看住他,但他出去巡逻了。我该跟着他吗？您不觉得这看起来会很可疑吗？"

纹暗自咒骂。可是，她知道她没有生气的理由。*我早该直接跟哈姆说的*，她恼怒地想。

"贵女，他几分钟前才离开。"仆人说道。

纹瞥向欧瑟，然后冲入走廊，一碰到窗户，纹便立刻跃入黑夜中，欧瑟紧跟在后，在不远处的中庭落下。

我上次看到他时，他正从大门回到皇宫，她心想，在雾中奔跑。她在大门那里找到几名守门的士兵。

"德穆队长朝这个方向来了吗？"她质问，冲入他们的火光中。

两人一开始被吓到，然后立即露出迷惘的神色。

"继承者贵女？"其中一人问道，"是的，他一两分钟前刚出去巡逻了。"

"就他一个人？"纹问道。

他们点点头。

"这不是有点奇怪吗？"

他们耸耸肩。"他有时候就是自己去。"一人说道，"我们不会质疑他。毕竟他是我们的上司。"

"往哪里去？"纹质问。

一人指了路，纹再次冲出去，欧瑟紧跟在她身后。*我应该把他看得更牢。我应该用真正的间谍看住他。我应该……*

她全身一僵。走在前方一条安静小路上的雾间身影，正是德穆。

纹抛下一枚钱币，跃入空中，翻过他头顶，落在一栋建筑物顶端，他毫无所知地继续前进。德穆——或坎得拉——无法使用镕金术。

纹掏出了匕首，准备要跳起，但是……她仍然没有真正的证据。被卡西尔改变的她，开始学会信任的她，想着她认识的德穆。

*我真的相信他是坎得拉吗？*她心想，*还是我希望他是坎得拉，如此一来就不用怀疑我真正的朋友们？*

迷雾之子
卷二·升华之井 [珍藏版]

他继续往前走，锡力增强的耳朵轻易就察觉到他的脚步声。欧瑟在她身后爬上了屋顶，走到她身边坐下。

我不能就这样攻击，她心想。我至少要看到他去了哪里，取得证据，也许可以顺道获得额外信息。

她对欧瑟挥挥手，一起安静地在屋顶上跟踪德穆。纹很快注意到一个奇怪的景象。前方出现火光，纹看到德穆走入一条小巷，朝火光前去。到底……

纹从屋顶上跃下。两三下起落后，她便来到光源处。一个不大的火堆在一个小广场的正中央燃烧着，火光点亮几个街道以内的迷雾，建筑物都被照出了黑影。

纹瞥向德穆。许多司卡缩在火堆旁取暖，因为身在雾中，所以显得有些害怕。纹很讶异看到他们，因为她自从崩解之后，再也没有看过司卡在夜里走入雾中。

德穆从一条侧边街道出现，跟几个人打了招呼，借着火光，她确定那人的确是他，或者至少是有着那张脸的坎得拉。

广场里大概有两百人。德穆似乎打算要坐在地上，但有人很快带着椅子上前来。一名年轻女子为他端来一杯热气腾腾的东西，他感激地接下。

纹跳到屋顶边，伏低身体以避免被火光暴露行踪。更多司卡出现，大多是集结成群的，但有些勇敢的人则只身前来。

她身后传来声响——欧瑟勉强跳过屋顶间的空隙，四肢费劲地攀爬，上了屋顶。它低头看看下方的街道，摇了摇头，走到她身边。她举起手指贴到唇边示意它噤声，朝下方逐渐扩大的人群点点头。欧瑟歪着头看着下方的景象，什么都没说。

终于，德穆站起身，手中捧着仍然在散发蒸汽的杯子。很多人聚集在一起，坐在冰冷的石头地上，缩在棉被或披风下。

"我们不该害怕雾，我的朋友们。"德穆说道。他的声音不属于强而有力的领袖或挥斥方遒的前线指挥官，而是属于一名经过历练的年轻人，有点迟疑，却能打动人心。

"这是幸存者教导我们的。"他继续说道，"我知道看到雾，要不记起雾魅或其他恐怖故事是很难的一件事，但幸存者将雾给了我们。我们应该尝试克服自己的恐惧，借此追念他。"

统御老子的……纹震惊地心想。他是幸存者教会的成员之一！她瞬间迟疑了，不知道该如何判断。他到底是不是坎得拉？坎得拉为什么会跟这样一群人会面？可是……德穆为什么要这么做？

"我知道，没有了幸存者，一切变得很困难。"德穆继续说道，"我知道你们害怕军队。相信我，我明白。我也看到了军队。我知道你们因为围城战而受苦，我……我甚至不知道是否该告诉你们不要担心。幸存者自身也受过极大的苦难，包括他妻子的死亡，他被囚禁在海司辛深坑，但是他让自己成为幸存的那一个。这才是重点，不是吗？我们必须要坚持活下去，无论这一切变得多艰难，我们最后必定会获得胜利，就如他一般。"

他站在原处，双手捧着陶杯，看起来跟纹见过的司卡传道士完全不同。卡西尔挑了一名满怀热情的人来开始他的宗教，或者该说，来开启创造宗教的革命行动。卡西尔需要的领袖必须能煽动支持者，激发出他们毁灭性的狂热。

德穆则完全不同。他没有大喊，只是侃侃而谈，可是所有人都在认真倾听。他们围在他身边的石地上，满怀希望，甚至是充满崇拜地看着他。

"继承者贵女。"其中一人低声说道，"她呢？"

"继承者贵女承担极大的责任。"德穆说道，"你们可以看见，她扛的担子有多重，也能看出她面对诸多棘手问题时有多焦急无奈。她是个直率的女子，而且我觉得她不是很喜欢议会的政治手段。"

"可是，她会保护我们，对不对？"一人问道。

"是的。"德穆说道，"我相信她会。有时候我觉得她甚至比幸存者更强大。你知道幸存者只当了两年的迷雾之子吗？现在她也才不过当了两年。"

纹别过头。每次都是这样,她心想。一开始都听起来很理性,直到提到我,然后就……

"有一天,她会为我们带来和平。"德穆说道,"继承者会带回太阳,阻止灰烬掉落,但在那之前,我们必须活下来,必须战斗。幸存者毕生的愿望就是要看到统御主死去,解放我们。如果今天军队一来,我们就全逃了,这算是什么回报?

"去告诉你们的议员,你们不要塞特王,甚至不要潘洛德大人当你们的王。一天后就要投票了,我们必须确保对的人被选上。幸存者挑选了依蓝德·泛图尔,那就是我们必须追随的人。"

这倒是个新方法,纹心想。

"依蓝德大人很软弱。"一人说道,"他不会保护我们。"

"纹贵女爱他。"德穆说道,"她不会爱软弱的人。潘洛德或塞特会像过去一样对待你们,所以你们觉得他们是强者,但那不是力量,只是压迫。我们必须战胜自己!我们必须信任幸存者的判断!"

纹靠着屋檐,紧绷的情绪微微有些松动。如果德穆真是间谍,他今晚是绝对不会给她任何证据的,所以她收起匕首,双臂交枕在屋顶边缘。火焰在沁凉的冬夜里发出啪啪声,散发出一阵阵烟雾,与迷雾混合。德穆继续以他安静、自信的声音说话,教导人民卡西尔的事迹。

这甚至不是宗教,纹边听边想。他们的神学理论实在太单纯,一点不像沙赛德以前说过的复杂信仰。

德穆的布道只谈论基本概念。他以卡西尔作为典范,诉说着要如何活下来,如何忍受艰苦的环境。纹可以理解这些浅白直接的字眼是如何打动司卡的。这些人其实只有两个选择:坚持,或是放弃。德穆的教诲给了他们一个继续活下来的理由。

司卡们不需要仪式、祈祷、教条。还不需要。他们对于宗教太没有经验,太害怕,根本不想要这些,但纹越听,越了解幸存者教会。这是司卡们需要的,将他们已经熟悉的、辛劳的生活,转换成一种更高、更乐观的

MISTBORN: THE WELL OF ASCENSION

境界。

而这些教义还在不断变化。卡西尔被神格化是她可以预料的，甚至对她的尊敬也是可以理解的，但德穆怎么会认为纹能阻止灰落，带回太阳？他为什么要描绘绿色的草与蓝色的天，形容出只有世界上最艰涩难懂的纪录才提到过的世界形貌？

他在描述一个充满色彩的美丽世界，一个奇异且难以想象，但却仍然美妙的地方。花卉跟绿色植物对那些人而言，都是匪夷所思的怪东西，就算纹听过沙赛德的亲口描述，也很难想象得出。

德穆正在给司卡们一个天堂。天堂必须与常规迥然不同，因为平凡的俗世不是充满希望的一个地方，尤其缺衣少粮的冬天即将来临，军队已兵临城下，政府也陷入了一片混乱。

德穆终于要结束会议时，纹往后退了一些，趴在原处片刻，试图厘清思绪。她原本很确定间谍就是德穆，但她的怀疑似乎没什么根据。他的确晚上偷溜了出来，但她现在知道他到底在做什么。他溜出去时看起来真的非常可疑，现在想想，她觉得坎得拉应该知道怎么以更自然的方式处理这种情况。

不是他，她心想。如果是他，那揭穿他的真面目也不会有我原先想的那么简单。她烦躁地皱起眉头。终于，纹能叹口气，站起身走到屋顶的另外一边。欧瑟跟了上来，纹瞥了它一眼。

"当卡西尔叫你拿走他的身体时，"她说道，"他要你做什么，你对那些人传过道吗？"

"主人？"欧瑟问道。

"他要你仿佛死而复生般出现？"

"是的。"

"你那时要说什么？"

欧瑟耸耸肩："很简单的事，主人。我告诉他们革命的时间到了。我告诉他们，我，卡西尔，死而复生，为了给他们胜利的希望。"

迷雾之子
卷二·升华之井 [珍藏版]

我代表你永远杀不死的东西，无论你多努力。那就是卡西尔临终前，面对着统御主说的话。我是希望。

"我是希望。"

无怪乎这个信念会是卡西尔教派的中心教条。"他要你传达我们刚才听到德穆说的那些话吗？"纹问道，"关于灰烬不再落下，太阳变成黄色？"

"没有，主人。"

"我想也是。"纹说道。这时，她听到下方传来脚步声，往旁边一看，正是德穆，在往回皇宫的路上走。

纹落到他身后。他居然听到了她的动静，转过身，手按着决斗杖。

"一切安好，队长。"她直起身子说。

"纹贵女？"他讶异地问道。

她点点头，上前一步，好让他能在夜里看清楚她。逐渐熄灭的火把仍然点亮了后方的天空，迷雾与阴影来回盘旋追逐。

"我不知道你是幸存者教会的成员。"她轻声说道。

他低下头。虽然他比她至少高了两个手掌宽，此时却似乎在她面前略略萎缩了。"我……我知道这让您觉得不舒服。对不起。"

"没关系。"她说道，"你是为了人民好。依蓝德知道你这么忠诚，会很感谢的。"

德穆抬起头："您一定要告诉他吗？"

"他需要知道人民相信什么，队长。你为什么不希望我提？"

德穆叹口气。"我只是……我不想让集团的人认为我在蛊惑民众。哈姆大人认为关于幸存者的布道很蠢，微风大人则说幸存者教会得以存在的唯一原因是它能让人民更乖顺。"

纹在黑暗中看着他："你真的相信，对不对？"

"是的，贵女。"

"可是你认得卡西尔。"她说道，"你几乎从一开始就跟我们在一起。你知道他不是神。"

德穆抬起头，眼神中带着一丝挑战："他为了推翻统御主而死。"

"他不会因此而变成神。"

"他教导我们要如何活下来，要有希望。"

"你们以前不靠他也活了下来。"纹说道，"在卡西尔被抛入深坑前，人们也都有希望。"

"跟现在不一样。"德穆说道，"况且……他有力量，贵女。我感觉得到。"

纹迟疑了。她知道当初发生的事。德穆在跟一名心存怀疑的士兵决斗时，卡西尔利用镕金术指引着德穆的攻击，让他看起来仿佛如有神助。

"噢，我现在知道那是镕金术。"德穆说道，"可是……我那天感觉到他在推我的剑，他在利用我时，让我超越了自己的能力界限。我觉得有时候我仍然能感觉得到他。增强我的臂力，引导我的剑……"

纹皱眉："你记得我们第一次会面的时候吗？"

德穆点点头："记得。当军队被摧毁那天，我们躲在山洞里，是您来找我们。我那时正负责守卫。您知道吗，贵女？即便那时，我也知道幸存者会回来找我们。我知道他会来找我们，带着忠于他的人，领着我们回到陆沙德。"

他去山洞是因为我逼着他去。他想要靠一己之力对抗一整个军队，根本就是自杀。

"军队被摧毁是个试炼。"德穆说道，抬头望着迷雾，"那些军队……现在的围城……都只是试炼，为了看出我们是否能存活下来。"

"那灰烬呢？"纹问道，"你从哪里听说灰烬会停止落下的？"

德穆转身面对她："这不是幸存者教导的吗？"

纹摇摇头。

"很多人都这么说。"德穆说道，"这一定是真的，大家的说法都一致，黄色的太阳，蓝色的天，植物……"

"我知道，但你是从哪里听说的？"

"贵女，我不记得了。"

你是从哪里听说这些转变会是我带来的？她心想，却无法逼自己问出口。无论如何，她已经知道答案：德穆不知道传闻的来源。谣言会不断扩散增殖。如今要追回源头，已经是困难至极。

"回皇宫去吧。"纹说道，"我得告诉依蓝德我看到的，但我会请他不要对别人说。"

"谢谢您，贵女。"德穆鞠躬退出，转身快步离开。一秒后，纹听到后方的落地声。欧瑟跳回了街上。

她转身："我原本确定就是他了。"

"主人？"

"那只坎得拉。"纹说道，转身面对消失的德穆，"我以为我发现它了。"

"结果呢？"

她摇头："就像多克森一样。我觉得德穆知道太多，不会是假装的。他感觉像是……真的。"

"我的族人——"

"技巧高超。"纹叹口气接下去说道，"我知道。可是我们不会逮捕他。至少不是今晚。继续看住他即可，但我不认为是他。"

欧瑟点点头。

"来吧。"她说道，"我想要去看一下依蓝德。"

我现在开始提出我的重点。很抱歉。就算是坐在这座冰冷的山洞里，将文字刻入钢板的同时，我仍然忍不住会离题。

MISTBORN: THE WELL OF ASCENSION

37

沙赛德瞥向百叶窗，发现光线正怯生生地透过缝隙射入。已经白天了？他心想。我们研究了一个晚上？真是难以置信。他没有用任何藏金金属，感觉却比过去几天来得精神，充满活力。

廷朵坐在他身边的椅子上。沙赛德的书桌堆满了纸张，同时备着两组墨水跟笔。桌上没有书，因为守护者不需要书。

"啊！"廷朵低呼，抓起一支笔开始书写。她看起来也不累，不过她大概用了青铜意识库里储存的清醒。

沙赛德看着她书写。她看上去就像是年轻时候的样子，自从十年前被育种人丢弃之后，就没看过她这么兴奋。当她伟大的工作结束那天，她终于能回到其他守护者身边。在她被关起来强迫生育的三十年中，将守护者所累积的所有知识交给她的人，正是沙赛德。

她没多久就在席诺德中取得了一席之地，但当时，沙赛德已经被放逐了。

廷朵终于写完笔记。"这一段是出自维德奈更王的传记。"她说道，"他是最后一名有规模地抵抗统御主的领导者。"

"我知道他是谁。"沙赛德微笑。

她一愣。"当然。"她显然不习惯跟一名和她一样知识充足的人一同研究。她将抄写出的段落推给沙赛德看。虽然他也有目录跟笔记，但由她来将段落写出，远比他在自己的红铜意识库里翻找来得快。

上面写着：最后几个礼拜中，我跟国王花了很多时间相处。可想而知，他十分焦躁。他的士兵抵挡不了征服者的克罗司，而自从落锥失守后，他的军队便节节败退。可是，国王并不怪罪他的士兵，他认为他的问题另有根源：粮食。

最后那几天，他提起过好几次这个想法。他认为如果有更多食物,他可以撑得更久,因此,他将这件事怪罪于深黯。因为虽然深黯被打败,或者至少被削弱,它的碰触也耗尽了达瑞耐国的食物存量。

他的人民无法一边种植食物,一边抵抗征服者的魔鬼军队。这是最后导致他们灭亡的原因。

沙赛德缓缓点头:"我们有多少相关的资料?"

"不多。"廷朵说道,"只有六七页。这是唯一提及深黯的段落。"

沙赛德静坐片刻,重新阅读一遍,良久后,抬头看着廷朵:"你认为纹贵女说得对,是吗?你也认为深黯就是迷雾。"

廷朵点点头。

"我同意。"沙赛德说道,"至少,我们称为'深黯'的东西是在雾中发生的变化。"

"你之前的论点呢?"

"是错的。"沙赛德说道,放下纸,"你的推论跟我的研究都证明了这点。我不希望这是真的,廷朵。"

廷朵挑起眉毛:"你再次反抗席诺德,就为了追查一件你甚至不愿意相信的事?"

他望入她的双眼:"害怕某样东西跟要不要追查它是两回事。如果深黯再次回来,我们可能会被摧毁。我不希望得到这样的结果,但我也不能放弃探查真相的机会。"

廷朵别过头:"我不相信这会摧毁我们,沙赛德。我承认你有了极大的发现。关的纪录很有价值,而如果深黯是雾,那我们对统御主的升华,就有了更深一层的认识。"

"那如果雾变得更强了呢?"沙赛德问道,"如果在杀死统御主的同时,我们也毁掉了束缚雾的力量,那又怎么办?"

"我们没有证据表明雾开始在白天出现,"廷朵说道,"至于杀人的可能性,也只存在于你的薄弱理论中。"

沙赛德转过头。他的手指抹晕了廷朵匆忙写下的字迹。"确实如此。"

他说道。

廷朵在昏暗的房间中，轻轻叹了口气："你为什么从来都不为自己辩护，沙赛德？"

"有什么好辩护的？"

"一定有。你总是道歉，寻求原谅，但你展现的悔意却从来不会改变你的行为！你难道没有想过，如果你更愿意发言，也许今天就是你在领导席诺德？他们把你逐出去的原因是因为你拒绝为自己辩护。但你却是我所认识的叛徒中，最自责的一个。"

沙赛德没有回答。他转过头，看到她关切的双眼。美丽的双眼。怎么会有这么傻的想法？他告诉自己，转过头。你早就明白，有些东西是别人可以有，但你永远不能拥有的。

"关于统御主的判断，你是正确的，沙赛德。"廷朵说道，"也许别人会选择跟随你，只要你能更……坚持。"

沙赛德摇摇头："我不是你的传记中的人物，廷朵。我甚至算不上是男人。"

"你是比他们更优秀的人，沙赛德。"廷朵轻声说道，"但可恶的是，我一直想不透为什么。"

两人沉默。沙赛德站起身，走到窗边，打开百叶窗，让光线射入，然后他熄灭了房间的油灯。

"我今天要离开了。"廷朵说道。

"离开？"沙赛德问道，"外面的军队不会放你通过的。"

"我不是要通过他们，沙赛德。我打算造访他们。我给了你的泛图尔王一些知识。我需要为他的敌手提供同样的协助。"

"原来如此。"沙赛德说道，"我了解。我早该猜到的。"

"我不觉得他们会像他那样愿意聆听。"廷朵说道，声音中出现一丝宠溺，"泛图尔是个很出色的人。"

"很出色的王。"沙赛德说道。

廷朵没有回答。她看着桌子，上面写满了笔记，来自于两人的红铜意识库，他们急急忙忙地写下，再交换给对方反复阅读。

这算什么样的夜晚？两人交换研究，分享心得跟发现的夜晚？

她仍然美丽。枫红色的头发逐渐泛灰，却仍然长而直。脸上刻画的痕迹，代表一生中从未击败过她的困境。还有她的眼睛……敏锐的眼睛，充满只有守护者能有的睿智，还有对学习的深爱。

我不应该想这些事，沙赛德再次心想。*没有意义。从来没有。*"那，你得走了。"他转身说道。

"你仍然拒绝辩论。"她说道。

"辩论有何用处？你是个睿智、坚定的人。你只能依从自己良心的指引。"

"有时候，一个人会显得意志坚定，只是因为没有人给他别的选择。"

沙赛德转向她。房间很安静，唯一的声音来自下方的中庭。廷朵半沐浴在阳光下，鲜艳的长袍随着褪去的阴影而逐渐明亮。她似乎在暗示些什么，一些他从不敢想会从她口中听到的事情。

"我不懂。"他说道，非常缓慢地坐了下来，"你身为守护者的责任怎么办？"

"是很重要。"她承认，"但是……在特定情况下，有时候，也该有例外。你找到的拓印……也许在我离开前，我应该更进一步研究它。"

沙赛德看着她，试图了解她的眼神。*这是什么感觉？*他不自觉心想。*是混乱？是不知所措？是害怕？*

"我无法成为你想要的人，廷朵。"他说道，"我不是男人。"

她不在乎地挥挥手："我这么多年来，受够'男人'还有怀孕生子了，沙赛德。我已经尽到对泰瑞司人民的责任。我想，我要远离他们一阵子。我心里的某个地方，因为发生在自己身上的事而排斥且厌恶他们。"

他想要开口，却被她举起的手制止。"我知道，沙赛德。这是我自愿担负的责任，我也很高兴能为人民服务。可是……我孤身一个人度过了许

MISTBORN: THE WELL OF ASCENSION

多岁月,只偶尔与其他守护者见面。而我觉得很恼怒,他们所有的计划,似乎都是为了保持被征服者的状态。"

"我只看过一个人想要推动席诺德朝主动的方向前进。当他们计划该如何隐藏自己时,有一个人想要攻击。当他们在讨论该如何骗过育种师的时候,有一个人在策划如何推翻最后帝国。当我重新加入我的族人时,我发现那个人仍然在奋斗。独自一人。因为他与盗贼和叛乱者往来,所以他被判有罪,但他静静地接受了所有的处罚。"

她微笑:"但那个人仍然继续努力,直到他解放了我们所有人。"

她握住他的手。沙赛德惊愕地坐在原处。

"那些我读过的人,沙赛德,"廷朵轻声说道,"他们都不是坐在那里计划该如何以最有效的方法躲藏起来。他们奋斗,他们追求胜利。有时候,他们不顾一切,其他人称他们为傻瓜。可是,当尘埃落定,评断功过是非时,还是那些人改变了一切。"

阳光完全射入房间,她仍坐在那里,捧着他的手。她似乎……很担心。他看过她身上出现这种情绪吗?她很坚强,她是他所认识的女人中,最坚强的一个。他在她眼中看到的,不可能是忐忑不安。

"给我一个理由,沙赛德。"她低声说道。

"如果你能留下,我会……很高兴。"沙赛德说道,一手被她握着,一手放在桌上,微微颤抖。

廷朵挑起一边眉毛。

"留下来。"沙赛德说道,"拜托你。"

廷朵微笑。"好吧——你说服我了。我们继续研究吧。"

依蓝德在晨光中漫步于城墙顶,他每跨一步,腰侧的剑便敲一下石头。

"你看起来几乎像个王了。"一个声音说道。

依蓝德转身,看着哈姆爬上最后几阶通往城墙顶端的台阶。空气中带有冷冽的寒意，白霜仍然在石缝间的阴影中闪烁发光。冬天快来了。也许已经来了。可是，哈姆仍然没披风，只穿着他惯常的背心、长裤和凉鞋。

说不定他甚至不知道冷是什么感觉，依蓝德心想。白镴，真是惊人的力量。

"你说我看起来几乎像个王。"依蓝德说道，转身继续沿着城墙边行走，哈姆跟在他身边，"廷朵的衣服真的对我的形象大有贡献。"

"我不是指衣服。"哈姆说道，"我是说你脸上的表情。你来多久了？"

"好几个小时。"依蓝德说道，"你怎么找到我的？"

"是那些士兵。"哈姆说道，"依蓝德，他们开始将你视为指挥官。他们会观察你在哪里，当你在附近时，他们会站得更挺一点，如果你走过，他们还会猛擦武器。"

"我以为你很少跟他们相处。"依蓝德说道。

"我从来没这么说。"哈姆说道，"我跟士兵打成一片，只是我的气势不够，当不了他们的指挥官。卡西尔一直要我当个将军。我想，在他的内心深处，他认为与人为友远不及领导他人。也许他是对的。很多人需要领导者，只是，我不想当那个人。"

"我想。"依蓝德说道，听到自己这么说也觉得很讶异。

哈姆耸耸肩："这可能是件好事。毕竟你是个王。"

"勉强算是吧。"依蓝德说道。

"王冠还是在你头上。"

依蓝德点点头："没戴着它，我觉得很别扭。我知道听起来很好笑，我也没戴几天，但人民需要知道，仍然有人为一切负责，至少接下来几天里需要如此。"

他们继续走着。依蓝德看到远方出现一道阴影：第三支军队终于追随着难民的脚步出现了。他们的探子不知道为什么克罗司花了这么久才抵达陆沙德，但村民们的悲惨经历透露出某些线索。

克罗司没有攻击史特拉夫跟塞特，而是在等待，显然加斯提对克罗司的控制足以让它们原地待命，又或者加入围城战——又是一只等着扑上来攻击陆沙德的猛兽。

当自由跟安全不能兼得时，你选哪一个？

"你似乎对于发现自己想当领导者这件事感到很讶异。"哈姆说道。

"我只是以前从来没说出口。"依蓝德说道，"真说出来的时候，我觉得听起来狂妄。我想当王。我不希望被别人取代。无论是潘洛德，或是塞特……谁都不行。这位置是我的。这城市是我的。"

"我不确定'狂妄'是适当的形容词，阿依。"哈姆说道，"你为什么想当王？"

"我想保护这些人。"依蓝德说道，"我想守护他们的安全还有他们的权利，但同时也要确定那些贵族不会被另一场革命屠杀。"

"这不是狂妄。"

"其实是，哈姆。"依蓝德说道，"只不过，这是一种可以被理解的狂妄。我想，没有这种态度，是不可能当领袖的。我想，这就是我在任时，一直缺乏的东西。骄傲。"

"自信。"

"同样的东西，换个好听的说法而已。"依蓝德说道，"我可以做得比任何人都好，只是我需要找到证明的方法。"

"你会的。"

"你很乐观，哈姆。"依蓝德说道。

"你也是。"哈姆评论。

依蓝德微笑："是没错，这工作开始改变我。"

"嗯，如果你还想留住这份工作，我们最好回去继续研究。只剩一天了。"

依蓝德摇摇头："我已经读遍所有的东西，哈姆。我不会钻法律漏洞，所以再找也没有用，而读其他书找灵感也没什么大用处。我需要时间思考。需要时间散步……"

于是，他们继续散步。突然依蓝德注意到远处有动静，一群敌军的士兵正在做些他看不清的事情。他挥手招来一名手下。

"那是什么？"他问道。

士兵手搭凉棚，仔细看了看。"似乎是塞特跟史特拉夫的士兵又打了起来，陛下。"

依蓝德挑眉："这种事常发生？"

士兵耸耸肩："最近越来越常发生了。通常是巡逻队正好碰上，就打了起来，退去的时候留下几具尸体。不是什么大事，陛下。"

依蓝德点点头，让那人退下。这事够大了，他心想。这些军队一定跟我们一样紧张。那些士兵不可能喜欢一直按兵不动，毕竟要入冬了。

快了。克罗司的到来只会造成更多混乱。如果他布局成功，史特拉夫跟塞特会被逼得正面开战。我只需要再多一点点时间！他心想，继续漫步。哈姆跟在他身边。

可是，首先他必须先赢回王位。少了这权力，他谁都不是——什么都不能做。

这个问题不断蚀咬着他的思绪。走着走着，别的事情引起了他的注意力——来自于围墙内，而非围墙外。哈姆说得对，士兵的确在依蓝德走近他们的岗位时站得更挺了些，向他敬礼，他则按照廷朵的指示，一手按着剑柄，对他们点点头。

如果我真能保有我的王位，都是因为她，他心想。当然，光是这么想就会被她责骂。她会告诉他，能保有王位是因为这是他应得的，因为他是国王。所谓的改变自己也不过就是利用手边原有的资源去克服困境。

他不确定这种想法对不对，但她昨天给他上的最后一课——他不知怎的就知道那是最后一课——只教了他一个新概念：王者之道，无迹可寻。他不会跟过去的王相似，一如他不会与卡西尔相似。

他就是依蓝德·泛图尔，于哲学中奠定基础，后世的人将称他为学者，他会尽力使这点成为他的优势，否则将无人记得他是谁。没有王能想承认自己的弱点，他们都明智地选择扬长避短。

那我的长处是什么？他自问。为什么该是由我来统治这个城市以及周边地区？

没错，他是学者，而正如哈姆所说，他是个乐天派。他不是剑术高手，虽然技巧正日渐进步。他也不是绝佳的外交人才，虽然与史特拉夫跟塞特的会面证明他可以坚守自己的立场。

那他是什么？

一个爱护司卡的贵族。即便是在崩解前，在遇到纹跟其他人之前，司卡一直是让他经常琢磨的存在，他最喜欢的哲学思考就是试图证明他们跟贵族出身的人并无两样。现在想想，听起来有点理想主义，甚至有点自命清高，而且说实话，他在崩解前对司卡的兴趣其实仅限于学术范围。因为他不了解司卡，所以他们在眼中显得格外新奇，有意思。

他微笑。如果有人告诉那些农庄司卡，有人认为他们很"新奇"，不知道他们会怎么想。

可是，崩解时期到来，他的书本中预言的革命行动真的发生了。他的信念不再只是学术辩证，而他开始了解司卡，不仅仅是纹跟集团的人，甚至包括工人跟仆人。他看到城市里的人，他们心中涌现了希望。他看到自尊与自重的苏醒，让他兴奋莫名。

他不会遗弃他们。

这就是我，依蓝德心想，停下脚步。理想主义者。一个夸张的理想主义者，虽然爱书跟爱学习，却从来当不了很好的贵族。

"怎么？"哈姆在他身边停下。

依蓝德转向他。"我有个主意。"他说道。

一切的问题都在于此。虽然我一开始相信艾兰迪，但后来我起了疑心。他似乎的确很符合征象，但该怎么解释？他是不是太过符合了？

38

我这么紧张的时候，他怎么还能看起来这么有自信？纹心想，站在依蓝德旁边，看着人群涌入议事厅。依蓝德说他希望亲自欢迎每一名入场的议员，来展现他对场面的掌控。

今天，是国王选举。

纹跟依蓝德站在舞台上，朝从侧门进入的议员们点头。大厅中央的长椅已经越发拥挤，前面几排一如往常都坐着侍卫。

"你今天看起来很美。"依蓝德说道，看着纹。

纹耸耸肩。她穿着一袭白色礼服，有流线型的修长线条，上面覆盖着几层白纱。礼服跟她其他的衣服一样，采取便于行动的设计，而且很搭依蓝德的新衣服，尤其是袖口上的深色刺绣。她没有戴珠宝，但倒是用了几个白色的木发夹来束发。

"感觉真奇怪。"她说道，"我居然这么快又觉得穿礼服很自然了。"

"我很高兴你换了衣服。"依蓝德说道，"长裤跟衬衫是你……这也是你。这是我记忆中，我们几乎不认识彼此时，在舞会上看到的你。"

纹惆怅地微笑，抬头看看他，拥挤的人群顿时被稍微遗忘。"你从来都没跟我跳过舞。"

"对不起。"他说道，轻轻地握住她的手臂，"我们最近没有什么时间好好相处，对不对？"

纹摇摇头。

"我保证，"依蓝德说道，"等这场混乱结束，等王位稳定后，我们就能回到两人的生活。"

纹点点头，突然注意到身后有动静，猛然回头。一名议员正横越舞台走来。

"你很紧张。"依蓝德微微皱眉说道，"甚至比平常还紧绷。是我忽略了什么呢？"

纹摇摇头："我不知道。"

依蓝德跟那名议员坚定地握手致意，他是司卡代表之一。纹站在他身边，先前的惆怅如迷雾般消散，全神贯注于此刻。到底什么事让我觉得这么不对劲？

房间挤满了人，每个人都想见证今天的决定。依蓝德不得已只好在门口安排守卫来维持秩序，但让她紧张的不只是人数，而是整个气氛……不对劲。人群像是聚集在腐烂尸体边的乌鸦。

"这是不对的。"纹说道，握着依蓝德的手臂，看着议员离去，"政府不应该因为讲台上的一席话就更换主人。"

"过去没发生，不代表它不应该发生。"依蓝德说道。

纹摇摇头："绝对会出问题，依蓝德。塞特会让你意外，或许潘洛德也会。他们那种人不会乖乖坐着，等待投票来决定他们的未来。"

"我知道。"依蓝德说道，"但能让人意外的不只是他们。"

纹不解地看着他："你有什么别的计划？"

他想了想，瞥向她："我……这个，哈姆跟我昨天晚上想出了一个计谋。我一直想找时间告诉你，但实在没有时间，我们当时分秒必争。"

纹皱眉，感觉到他的忐忑不安。她开口要说些什么，却硬生生打住，只是望入他的双眼。他似乎有点尴尬。"怎么了？"她问道。

"这……其实跟你有点关系，也跟你的名气有关。我原本是要先征得你的同意，但是——"

纹感觉到一阵冰寒。在他们身后，最后一名议员入席，潘洛德站起，准备主持会议。他瞥向依蓝德，清清喉咙。

依蓝德低声咒骂。"真的，我没时间解释。"他说道，"但也不是什么大事,可能甚至没办法帮我争取到几票,但是,我总得试试看,反正什么都不会改变。我是指我们。"

"什么?"

"泛图尔大人?"潘洛德问道,"你准备好会议了吗?"

大厅陷入沉默。依蓝德跟纹静静站在舞台中央,讲台跟议员座位之间。她看着他,陷入忧惧、迷惘,还有一丝丝被背叛的情绪。

你为什么没有告诉我?她心想。如果你不告诉我你在计划什么,我要怎么准备?而且……你为什么那样看我?

"对不起。"依蓝德说道,上前就座。

只剩下纹独自一人站在舞台上。过去,这么多人看着她会让她恐惧万分,现在她仍然不太自在,于是微微低头,走到后面的长椅处,那里有一个为她准备的空位。

哈姆不在。纹一面皱眉,一面听着潘洛德展开议程。在那里,她心想,发现哈姆平静地坐在观众席中,四周是一群司卡。那群人很显然正在低声交谈,但即使燃烧锡,纹也绝对无法在这么大的房间里一一分辨出他们的声音。微风跟一些哈姆的士兵一起站在房间后方。他们是否知道依蓝德的计划已经不重要,反正他们远到她无法盘问。

所以,她只能悻悻然拉好裙摆,坐了下来,她已经很久没有感觉这么无所适从,上一次是……

是一年前那晚,她心想,就在我们猜出卡西尔的计划之前,在世界在我身边碎裂之前。

也许这是个好迹象。依蓝德是不是在最后一瞬间想出某个妙招?他没跟她说其实不重要,她反正可能听不懂他的法律理论。

但是……他以前总会将他的计划说给我听。

潘洛德继续喋喋不休,大概是为了尽情利用他可以出现在议会成员面前的时间。塞特坐在观众席的最前面,身边有二十名士兵包围,露出志得意满的神情。这也不是没有道理。根据她所听到的消息,塞特很有可能轻

MISTBORN: THE WELL OF ASCENSION

而易举获胜。

可是依蓝德到底在计划什么？

潘洛德会投票给自己，纹心想。依蓝德也会。那就剩下二十二票。商人以塞特为首，司卡也是。他们太怕军队，不敢投票给别人。

只剩下贵族。有些会投给潘洛德，他是城市里最有权势的贵族，议会中许多成员长年以来都是他的政治盟友，但即使他能取得一半的贵族票数——光这样已经算多——塞特仍然会当选。塞特只需要三分之二的票数，即可取得王位。

八个商人，八个司卡。十六个人站在塞特那边。他已经要赢了。依蓝德能有什么办法呢？

潘洛德终于结束了他的开场白。"可是，在我们投票之前，"他说道，"我希望排出一点时间来让候选人做最后的演说。塞特王，你想先说吗？"

坐在观众席里的塞特摇摇头："我已经提出了自己的提议还有威胁，潘洛德。你们都知道得投票给我。"

纹皱眉。他似乎很自信，可是……她的眼光扫过人群，落到哈姆身上。他正在跟德穆队长说话。坐在他们身边的是在市场中跟过她的人。一名幸存者教会的祭司。

纹转身，端详议会。司卡代表们看起来相当不自在。她瞥向站起身准备在讲台前发言的依蓝德。他先前的自信回到身上，利落的白制服穿起来更显出他的尊贵气质。他仍然戴着王冠。

什么都不会改变，他这么说。我们之间……

对不起。

一件会利用她的名声来取得票数的事。她的名声就是卡西尔的名声，而只有司卡在意这件事，要能够影响他们，最简单的方法只有一个。

"你加入了幸存者教会，对不对？"她喃喃道。

司卡议员的反应，适合处理眼前情况的逻辑，依蓝德之前对她说的话，一切都串连起来。如果依蓝德加入教会，那司卡议员们可能不敢不投给他，而依蓝德不需要十六票才能取得王位，只要议会的投票没有明确的结果，他就赢了。有了八张司卡票跟他自己的票数，其他人永远都无法驱逐他退位。

"非常聪明。"她低声说。

这个计谋可能不会成功。端看幸存者教会对司卡议员的影响有多少，即使有些司卡投票反对依蓝德，仍然可能有贵族会投票给潘洛德。只要有足够的贵族这么干，那他仍然有机会可以制衡住投票结果，保住他的王位。

代价就是他的良心。

这话太重了，纹告诉自己。如果依蓝德加入幸存者教会，他会守住他所做出的每个承诺，而如果幸存者教会获得了官方支持，它在陆沙德中也许能获得跟钢铁教廷当年一样的地位。那么，这样会如何改变依蓝德看待她的方式呢？

什么都不会改变，他如此承诺。

她隐约听到他开始发言，他现在字字句句中有关卡西尔的暗示明朗了起来，但她唯一能感觉到的，就是些许的焦虑。正如詹所说。她是匕首，特别的匕首，但仍然是个工具，是依蓝德用来保护城市的工具。

她应该要愤怒，至少该痛心疾首，但为什么她的眼神不断闪向观众？为什么无法将注意力集中于依蓝德在说的话，在他如何抬高她的身份地位上？她为什么突然这么紧张？

那些人为什么正悄悄地沿着房间墙边移动呢？

"所以，"依蓝德说道，"我带着幸存者的祝福，请你们投票给我。"

他静静地等待。这是很戏剧化的决策：加入幸存者教会等于服从于一个外部团体的精神权威领导，但哈姆跟德穆都觉得这是个好办法。依蓝德花了大半天将他的决定告知司卡市民。

这个决定感觉是对的，他唯一担心的，就是纹。他瞥向她。她不喜欢她在幸存者教会中的地位，而依蓝德的加入，代表他至少表面上已经接受

MISTBORN: THE WELL OF ASCENSION

了她在教会神话中的地位。他试图与她对望,给她一个笑容,但她没有在看他,而是看着观众。

依蓝德皱眉。纹站起身。

观众中的一人突然推开前排的两名士兵,以超人的力量跃过不可能的距离,落在舞台上,抽出决斗杖。

什么?依蓝德震惊地想。幸好,在廷朵的命令下,他花了好几个月练习剑技,那给了他自己都没预料到的直觉反应。那打手冲上前来的同时,依蓝德弯腰翻滚,快手快脚地转过身,仰头看到壮硕的男子朝他冲过来,高举决斗杖。

白蕾丝与衣角飘过依蓝德的头顶。纹双腿用力,正面踢上打手的胸口,他整个人向后倒去,她则顺势一转圈,裙摆飞扬。

那人闷哼一声,纹则重重落在依蓝德面前。议会大厅突然冒出尖叫与咆哮。

纹将讲台踢到一旁。"待在我身后。"她低声说道,一柄黑曜石匕首在她的右手闪闪发光。

依蓝德迟疑地点点头,解开腰间的剑,同时站起。那打手不是独自一人。有三群全副武装的男子正在房间里移动,一人攻击前排,让那里的侍卫分神,另一组正爬上舞台,第三组似乎被什么人拦下了。塞特的士兵。

打手重新站起,看起来并没有因为纹的飞踢负伤。

杀手,依蓝德心想。可是,是谁派来的?

那人身边多出了五个同伴,他露出笑容。房间陷入混乱。议员们四散,保镖们包围在他们身边,但是在舞台前方的打斗阻断了前路,因此议员们全都挤在舞台侧面的出口,可是袭击者似乎浑不在意。

他们只要依蓝德。

纹维持半蹲姿势,等着他们先展开攻击,虽然身着蕾丝礼服,姿势却仍然充满威胁性。依蓝德觉得他甚至听到她发出低低的咆哮。

他们发动攻击。

纹冲上前，匕首挥向领头的打手，但他的手臂较长，一挥决斗杖便轻解松化了这波攻势。总共有六个人，其中三个显然是打手，另外三个应该是射币或扯手。很强大的金属控制组合。有人不想要她以钱币速战速决。

他们不明白，在这个情况下，她绝对不会使用钱币，尤其是依蓝德站得这么近，室内又有这么多人。钱币被打飞时是非常危险的，如果她朝敌人撒出一把钱币，无辜的人很有可能因此致命。

她得尽快解决他们，他们已经散开，包围了她跟依蓝德，两两一组，一个打手跟一个射币配成一对，试图从旁攻击，杀死她身后的依蓝德。

纹以铁往后拉引，将依蓝德的剑抽出剑鞘，金属发出响亮的蜂鸣，她握住剑柄，朝其中一组人抛去。射币将剑推回给她，她顺势将剑推向一旁的第二组镕金术师。

其中一人又将剑推了回来，纹则往后一拉，将依蓝德手中镶有金属的剑鞘抽出，射入空中。剑鞘与剑在空中擦身而过。这次，敌人的射币将两者推往一旁，射向奔逃的观众。

人们大喊大叫，相互践踏，迫不及待想挤出房间。纹咬紧牙关，她需要更好的武器。她将匕首掷向一组杀手，然后跳向另一组，一回身避开打手的武器。那射币身上没有任何她可以感觉到的金属，他的作用只是不让她杀死打手而已，可能以为纹少了发射钱币的能力，就不足为惧。

打手将决斗杖往地面一压，试图以末端扫向她，她一手握住决斗杖，往前一拉，然后再度跃起，反推身后的议会徽章，双腿踢上打手的胸口，搭配骤烧的白镴之力。在他闷哼的同时，纹用徽章中的钉子尽力将自己后拉。

打手勉强站住，似乎被纹抓着他的决斗杖跑走的行为吓了一跳。

纹落回地面，回身冲往依蓝德。他也找到一柄决斗杖，很聪明地贴墙站立。在她右边，几名议员缩在一起，周围是他们的保镖，房间太挤，出口又太小太窄，他们无法全数脱逃。议员们没人打算帮助依蓝德。

一名杀手突然大喊，指着纹，她正在推动徽章，朝他们射去，自己则

MISTBORN: THE WELL OF ASCENSION

挡在依蓝德身前。打手举起武器，想阻挡在空中回转的纹，纹拉引着一扇门的门闩，再次旋转，礼服轻飘飘地随着她落地的惯性飘动。

我真得谢谢那名裁缝师，她一面心想，一面举起决斗杖，她考虑过把礼服撕开，但那些打手已经冲了上来。她一次挡住两人，挤入他们中间，骤烧白镴，速度远超过他们。

一人咒骂，试图收回木杖，但纹在那之前已经打断了他的腿。他大吼一声倒地，纹则跳上他的背，强迫他趴在地上，同时越过头挥击第二名打手。他一挡，武器前推，想将她从同伴的背上赶下去。

依蓝德攻击了。可是相较于燃烧白镴的人而言，他的动作似乎拖泥带水，打手随便一挥，就把依蓝德的武器打飞。

纹在咒骂中跌落，将决斗杖掷向第二名打手，强迫他离开依蓝德的身边。纹落地，站起，掏出第二把匕首时，那人勉强弯腰闪到一旁，但她已经冲上前去。

一把钱币飞向她。她不能将钱币推回人群的方向，只能大喊一声，挡在依蓝德跟钱币中间，将钱币朝两侧推，尽量射向墙壁，但即便如此，她仍然感觉到肩上一阵疼痛。

他从哪里拿到的钱币？她恼怒地心想，可是瞥向一旁时，她看到那射币站在瑟瑟发抖的议员旁边，后者被迫交出了钱袋。

纹咬紧牙关，她的手臂还能动，这才是最重要的。她怒吼一声，扑向最近的打手，但原先被纹抛在一旁的第三名打手已经重拾武器，如今跟他的射币一起想从侧面绕到纹身后。

一次一个，纹心想。

最靠近她的打手挥舞武器，她需要攻其不备，所以不挡也不闪，只靠燃烧白镴和硬铝硬生生接下了一击。她的体内有东西断裂了，但在硬铝的影响下，她强壮到不会倒下。木头粉碎，她继续往前冲，匕首埋入了打手的脖子。

他倒地，露出身后惊讶的射币。纹的白镴随着硬铝一起消散，痛楚如日出般在身侧绽放。即便如此,她仍将匕首从倒地的打手脖子里抽出,飞快地将其插入射币的胸口。

纹踉跄地转身,轻轻喘息,捂住身侧,看着两人死在她脚边。

只剩一名打手,她仓皇地想,还有两名射币。

依蓝德需要我。她注意到旁边一名射币对依蓝德射去一把偷来的钱币。她大叫一声,将钱币推走,听到射币发出咒骂。

她转身——计算有几条蓝色钢线,以防射币又将别的东西射向她——从袖子里抽出备用金属瓶。它被牢牢地缝在布料中,不会被拉走,但在她拔起瓶塞的同时,瓶子却被人从她不再灵敏的手中拔走。第二名射币咧嘴大笑,推开她的瓶子,让金属液体洒在地上。

纹低吼,但她的意识已经开始模糊。她需要白镴,肩上裂开的大伤口已经染红她的袖子,还有腰侧的剧痛,也即将超过她的忍受范围。她几乎无法思考。

木杖朝她的头落下。她朝一旁闪避,翻滚,但已经没有了白镴力量所赋予的优美。她可以闪躲普通人的攻击,但镕金术师的攻击则不同。

我不该烧硬铝的!她心想。她赌了一把,让她杀死两名杀手,但也暴露了弱点。木杖朝她落下。

某个巨大的东西撞上打手,让他在爪子一阵飞舞的攻击中落地。纹躲开的同时,打手捶上欧瑟的头,打裂了它的头颅,但咒骂着的打手也见了红,木杖脱手。纹抓起木杖,站起身,咬紧牙关,将杖柄戳向那人的脸。他骂了一句,又忍了下来,一扫腿又将她踢倒。

她落在欧瑟身边,但那狼獒居然在微笑。它的肩膀上有个伤口。

不,不是伤口。是皮肉的开口,一瓶金属藏在里面。纹抓起瓶子,身体翻滚,不让站起身的打手发觉。她吞下里面的液体跟金属,眼前地板上的影子显示打手正举高木杖,准备用力挥下。

白镴在她体内燃起,伤口躲在不过是疥癣之疾。她往旁边一闪,落在地上,一阵碎木屑溅起。纹跳起身,一拳揍上讶异的敌人的手臂。

MISTBORN: THE WELL OF ASCENSION

　　这力道不足以打断他的骨头，但显然也够痛了。断了两枚牙齿的打手闷哼一声。纹看到一旁的欧瑟站起，狗下巴不自然地垂落。它对她点点头。打手一定认为它已经因为头颅挨那一下而死了。

　　更多钱币射向依蓝德，她头也不回地推开，在她眼前的欧瑟从后方攻击打手，让他在纹攻击的瞬间，讶异地转身。打手的木杖以一指之差掠过她的头，击中欧瑟的后背，纹的手则攻上那人的脸，可是她不是报以拳头，那对打手没什么用。

　　她伸出手指，以极佳的精准度，戳入打手的眼眶，眼球发出啵的一声，破碎了。

　　她往后一跃。他大喊出声，手捂向脸。纹再一拳击中他的胸口，让他仰天倒下。她跳过欧瑟软倒在地的身躯，从地上抓起匕首。

　　打手痛苦地抓着脸死去，她的匕首埋入他的胸口。

　　纹转身，焦急地找寻依蓝德的身影。只见他拾起一名打手的武器，正在抵挡剩余的两名射币。他们屡次发射钱币都被她阻挠，显然相当烦躁，终于改为抽出决斗杖，直接对依蓝德攻击。以依蓝德的武术水平能撑到现在，只是因为他的敌人们得分神注意纹，确保她不会利用他们被夺走的钱币展开攻击。

　　纹从倒地的敌人身边踢起木杖，抓在手中，低咆一声，舞了个棍花冲上前去，引起一名射币的惊呼。其中之一反应颇快，临时钢推了长凳，往后窜走，却仍然被纹的武器击中，飞往一旁。木棍再一挥，打倒原本想逃走的另一名同伙。

　　依蓝德站在一旁喘气，衣装凌乱。

　　纹暗自心想，他打得比我以为的还要好。她轻转着肩膀，试图想判断受伤有多严重。她的肩膀需要包扎，因为虽然钱币没有射中骨头，但不断流血，会……

　　"纹！"依蓝德大喊。

　　一股极大的力量从她身后抓住她，纹被往后一扯，掼倒在地上，一时被勒得喘不过气。是第一名打手。她打断他的腿之后就忘了这个人的存在。此时他双手勒着她的脖子，跪在上方用力挤捏，双腿抵着她的胸口，脸庞因愤怒而狂暴，双眼突出，使上了肾上腺素加白镴所激发出的每分力气。

纹挣扎着要喘气。她突然想起许多年前，被不同人拳打脚踢的景象。凯蒙、瑞恩，还有其他十几个不同的人。

不！她心想，骤烧白镴，猛烈挣扎，可是却被他压制得动弹不得，他的体型比她壮硕许多。若比蛮力，她敌不过身高体壮的男人。她试着想将自己从侧面拉引开，但那男子的钳握实在太强。如果不赶快杀死他，她的白镴将再度用完。

依蓝德用力捶门，向人救助，但他的声音听起来很遥远。打手的脸几乎要贴上纹，怒气清晰可见。在那一瞬间，她居然浮现一个想法——

我在哪里见过他？

她的视线越发黑暗。打手越捏越紧，身体也越靠越近，越靠越近，越靠越近……

她别无选择。纹燃烧硬铝，骤烧白镴，将敌人的双手甩开，头往他的脸上重重锤去。

男子的头跟先前那人的眼珠一样，轻易地炸开。

纹挣扎着喘气，将无头尸体从身上推开。依蓝德往后退后两步，衣服跟脸上都溅满鲜红血渍。纹跌跌撞撞地站起来，她的视线随着白镴的散去而模糊，但即便如此，她看得出依蓝德脸上的表情，一如雪白制服上的鲜血般触目惊心。

惊恐。

不要，拜托，依蓝德，不要……她心想，意识开始涣散。

她再也无法保持意识清醒，向前倒下。

依蓝德穿着破烂的制服，双手抵着额头，残败的议事厅诡异地空旷。

"她不会死的。"哈姆说道,"她的伤其实算不上多重……嗯,至少以纹来说,不太严重。只需要很多白镴再加上沙赛德的医治。他说她的肋骨甚至没断,只是有点裂开。"

依蓝德漫不经心地点点头。一些士兵正在清理尸体,其中有纹杀死的六个人,包括最后一名……

依蓝德紧闭起双眼。

"怎么了?"哈姆问道。

依蓝德睁开眼睛,手攥成拳头,不让颤抖被看出来。"哈姆,我知道你见过许多战斗。"他说道,"可是,我不习惯。我不习惯看到……"他别过头,看着士兵拖走无头尸体。

哈姆看着尸体渐渐远去。

"我之前只看过一次她作战的样子。"依蓝德轻声说,"一年前,在皇宫里。她那时只将几个人抛撞在墙上。跟现在这样……完全不同。"

哈姆在依蓝德身边坐下:"她是迷雾之子,阿依。你以为呢?光是一名打手就可以轻松打倒十个人,如果再配上一名射币,打倒几十个人都不是问题。迷雾之子啊……他们每个人都像是一支军队。"

依蓝德点点头:"我知道,哈姆。我知道她杀了统御主,她甚至告诉过我她跟几个钢铁审判者打过,可是……我从未看过……"

他再次闭上眼睛。纹最后倒向他时,美丽的白色礼服沾满脑浆尸块,来自她刚才用额头杀死的人……

她是为了保护我,他心想。可是,这并没有让我停止不安。

反而还因此更加不安。

他强迫自己睁开眼睛。他不能允许自己分心。他必须坚强。他是王。

"你觉得是史特拉夫派来的?"依蓝德问道。

哈姆点点头:"还会有谁?他们针对你跟塞特。我想你威胁要取史特拉夫性命的狠话,没我们以为的有效。"

"塞特怎么样?"

"勉强逃过一劫。他的半数士兵都被杀了。混乱中,德穆跟我甚至看不到你跟纹在台上发生了什么事。"

依蓝德点点头。当哈姆来到时,纹已经处理完了杀手。她只花了几分钟就把六人全数歼灭。

哈姆沉默了片刻。最后,他转向依蓝德。"我必须承认一件事,阿依。"他低声开口,"我相当佩服她。我没有亲眼目睹战斗,可是看到了现场的残迹。跟六名镕金术师对打是一回事,可是还要同时保护一个普通人就是另一回事了,甚至还得不危及到所有的旁观者……另外,最后那一人……"

"你记得她救微风的时候吗?"依蓝德问道,"那时虽然离得很远,但我发誓我看到她用镕金术把马都抛入空中。你见过这种力量吗?"

哈姆摇摇头。

依蓝德静坐片刻。"我认为我们需要开始计划。今天发生的这些事,我们不能……"

依蓝德没说完。哈姆抬起头:"怎么了?"

"有信使来了。"依蓝德朝门口点点头。

果不其然,那人向士兵表明身份后,便被带来台上。依蓝德站起身,走向身材矮小的男子,后者身上有潘洛德的家徽。

"陛下。"男子鞠躬,"我被派来通知您,投票将在潘洛德大人的宅邸进行。"

"投票?"哈姆问道,"你胡说八道什么?陛下今天差点被杀死了!"

"很抱歉,大人。"副官说道,"我只负责传递讯息。"

依蓝德叹口气。他原本希望在一片混乱中潘洛德会忘记期限。"哈姆,如果他们今天选不出新的领袖,那我就能保有王位。他们已经到了最后期限。"

哈姆叹口气。"如果还有杀手呢?"他轻声问道,"纹至少要躺几天。"

"我不能总是靠她保护我。"依蓝德说道,"走吧。"

"我投给自己。"潘洛德大人说道。

这是意料中的事,依蓝德心想。他坐在潘洛德舒服的酒吧间,身边一群人都是受惊的议员,幸好没有人受伤。好几个人手中都端着酒,边缘围绕着不少士兵,警戒地打量彼此。拥挤的房间中还有诺丹跟另外三名书记,根据法令,他们负责见证投票。

"我也投给潘洛德大人。"度卡雷大人说道。

一样不意外,依蓝德心想,我想知道潘洛德能拿几票。

潘洛德大宅不是座堡垒,却仍然装潢华丽。依蓝德身下柔软的座椅让疲累了一天的他,暂时得到身体上的休息,可是依蓝德担心它太过舒服。他说不定会就此睡着……

"我投给塞特。"哈伯伦大人说道。

依蓝德精神一振。这是投给塞特的第二票,他现在输给潘洛德三票。

所有人转向依蓝德。"我投给自己。"他说道,试图表现得沉稳,今天发生了这么多事情之后,这实在不容易。接下来是商人,依蓝德继续往后靠,猜想所有人都会投给塞特。

"我投给潘洛德。"费伦说。

依蓝德猛然坐起。什么!

下一名商人也投给潘洛德,接下来一名又一名商人都同样投给他。依蓝德不敢置信地听着他们的选择。我错过什么了吗?他心想,瞥向哈姆,后者也不解地耸耸肩。

费伦瞥向依蓝德,和善地微笑。依蓝德看不出其中包含的到底是怨恨还是满意。他们转向了?这么快?一开始将塞特偷渡进城的人,就是费伦。

依蓝德看着一排商人,无法判断他们的反应。塞特本人没有参加会议,他在海斯丁堡垒疗伤。

"我投给泛图尔大人。"豪司,司卡一派的领袖说道,引起房间一阵骚动。豪司与依蓝德四目对望,点点头。他是幸存者教会的虔诚信徒。

迷雾之子
卷二·升华之井 [珍藏版]

"我投给潘洛德大人。"贾司敦,一名运河工人说道。

"我也是。"他的同胞兄弟索特开口。

依蓝德一咬牙。他早就知道他们会是麻烦,他们从来都不喜欢幸存者教会。可是已经有四名司卡将票投给他。虽然教派中的不同传教士对于如何组织信徒已经产生分歧,但他们都同意王位上坐着一名信徒,会比将城市拱手交给塞特好。

这个联盟是有代价的,依蓝德听着司卡的投票心想。他们知道依蓝德素有诚信之名,他不会背叛他们的信任。

他告诉过他们,他会公开成为教派的信徒。他没有承诺一定会信仰,但他承诺不会半途变卦。他仍然不确定自己这样做到底有何影响,但他们双方都知道,他们需要彼此。

只剩下两票,表决很有可能会僵持不下。

"我投给泛图尔。"接下来一人说道。

"我也是。"最后一名司卡说道。依蓝德对叫斐特的人投以感谢的笑容。

结果是十五票投给潘洛德,两票投给塞特,七票投给依蓝德。僵局。依蓝德略略往后,靠着椅子厚软的靠垫,微微松了口气。

纹,你完成了你的任务。他心想。我也完成了我的。现在,我们只需要不让这个国家分裂就好。

"呃……"一个声音响起,"我可不可以换投给别人?"

依蓝德睁开眼睛。是哈伯伦大人,塞特的支持者之一。

"现在情势很清楚,塞特不会赢。"哈伯伦说道,脸色微微涨红。这名年轻男子是埃拉瑞尔家族的一个远亲,他大概就是因此得到这个席位。姓氏在陆沙德仍有力量。

"我不确定你是否能改投。"潘洛德说道。

"我宁可我这一票有意义。"哈伯伦说道,"毕竟只有两个人投给塞特。"

房间陷入沉默。议会中的人一个一个都转向依蓝德。书记诺丹与依蓝德四目交望。如果议长还没有正式宣布结束投票,有一个条款是允许投票人改变决定,而议长的确尚未宣布结束投票。

　　这个条款并不好懂。房间中可能只有诺丹对法律熟悉到足以解读它。他微微点头,仍然与依蓝德对望。他不会开口。

　　依蓝德静坐在屋内,身边都是在排斥他的同时,仍然信任他的人。他可以像诺丹那样,什么都不说,或说他不知道。

　　"是的。"依蓝德轻声说道,"法律允许你改变投票决定,哈伯伦大人。你只能改一次,而且必须在胜出者被宣告之前改变。每个人都有同样的机会。"

　　"那我投给潘洛德大人。"哈伯伦说道。

　　"我也是。"另一名投给塞特的修大人说道。

　　依蓝德闭上眼睛。

　　"还有人要改吗?"潘洛德问道。没有人开口。

　　"那么,我有十七票。泛图尔大人有七票。我正式结束表决,谨接受各位的任命,继任为王。我将全力以赴。"

　　依蓝德站起身,缓缓取下王冠。"拿去吧。"他将王冠放在壁炉的上方说道,"你会用得到。"

　　他朝哈姆点点头,再也不看舍弃他的人们一眼,转身离去。

第肆章

匕首
Knives

> 我知道你们的论点。我们提到期待经，提到古代最伟大的先知对我们许下的承诺。永世英雄当然会符合预言，完美地符合，这就是预言存在的意义。

39

史特拉夫静静地在迷雾满天的暮色中骑马。虽然他偏好马车，但他觉得骑马在士兵眼里看起来比较有威严。詹自然选择徒步，他在史特拉夫的马旁慢慢行走，身后领着五十名士兵。

即使有军队的保护，史特拉夫仍然觉得自己暴露在外，不只是因为雾，也不只是因为天黑，他仍然可以感觉到她在碰触他的情绪。

"你让我失望了，詹。"史特拉夫说道。

迷雾之子抬起头，史特拉夫燃烧锡，看清他脸上的表情。"失望？"

"依蓝德跟塞特还活着。除此之外，你派了我手下最优秀的镕金术师去送死。"

"我警告过你，他们可能会丧命。"詹说道。

"但要死得有价值，詹。"史特拉夫严厉地说道，"如果你只是要派人去一场公开集会送死，为什么需要一群身份隐秘的镕金术师？你可以认为我们有无限的资源，但相信我，这六个人无法取代！"

史特拉夫跟他的情妇们花了几十年的光阴才创造了这么多身份隐秘的镕金术师，虽然是件愉悦的工作，但仍然是工作。而詹毫不珍惜地毁掉了史特拉夫手下三分之一的镕金术师孩子。

"我的孩子们死了，我们的身份曝光，而依蓝德的那个丫头……那怪物居然还活着！"

"对不起，父亲。"詹说道，"我以为混乱跟拥挤的区域会让那女孩孤立无援，同时让她无法使用钱币，我真的以为会奏效。"

史特拉夫皱眉。他很清楚詹以为自己比他父亲更优秀，哪个迷雾之子不这么想？只有贿赂、威胁、操弄交织而成的密网才能控制住詹。

可是，无论詹怎么想，史特拉夫都不是傻瓜。在这一刻，他知道詹隐瞒了什么。为什么要派那些人去送死？史特拉夫想。他一定是打算让他们失败……否则他为什么不帮他们去攻击那女孩？

"不。"詹轻声说道，再次自言自语，这是他偶尔的习惯，"他是我的父亲……"他话没说完，又用力摇摇头："他们也不行。"

统御主啊，史特拉夫心想，低头望着身边喃喃自语的人。我给自己惹上什么麻烦？詹越发让人看不懂。他是因为嫉妒，还是因为想要报仇，或只是因为无聊才让那些人去送死？史特拉夫不认为詹会背叛他，但很难说。无论如何，史特拉夫不想再将计划的成败都押在詹一个人身上。他真的不想仰赖詹做任何事。

詹抬头看着史特拉夫，住了嘴。大多数时候，他还蛮会掩饰自己的异常，自然到史特拉夫有时候都忘记了。可是，他的疯狂潜藏在表相之下。詹是史特拉夫使用过最危险的工具。迷雾之子的便利让史特拉夫甘愿忽略他失控的风险。

但相差不远。

"不要担心，父亲。"詹说道，"那城市仍然会是你的。"

"只要那女人活着，城市就不可能是我的。"史特拉夫说道，打了个寒战。也许就是这么一回事。詹的行为明显到城里所有人都知道是我下的手，因此当那个身为迷雾之子的恶魔醒来时，她会来找上门报复。

如果那是詹的目的，为什么不直接动手杀了我？詹的行为不合常理，却也无须符合常理，也许这就是发疯的好处之一。

詹摇摇头："我想你会很意外的，父亲。无论如何，很快你就不需要担心纹的事了。"

"她认为我想刺杀她的宝贝国王。"

詹微笑:"我不认为。她太聪明了。"

聪明到看不清真相?史特拉夫如此心想。他透过锡力增强的听觉听到雾中传来的脚步声。他举起手,叫停了队伍,看到远方墙头隐约有火光闪耀。他们已经很靠近城市,近得让人不舒服。

史特拉夫的队伍静静等待,没过多久,前方的迷雾里出现一名骑在马背上的男人,身后也跟着五十名士兵。费尔森·潘洛德。

"史特拉夫。"潘洛德点点头说。

"费尔森。"

"你的人做得很好。"潘洛德说道,"我很高兴你的儿子不必死。他是个好孩子。很糟糕的王,但是个认真的人。"

费尔森,我今天死了很多儿子,史特拉夫心想。依蓝德还活着算不上幸运,该说是很讽刺。

"你准备好要把城市交给我了?"史特拉夫问道。

潘洛德点点头:"费伦跟他的商人们想要你承诺,他们得到的头衔将与塞特承诺的一样。"

史特拉夫无所谓地挥挥手。"你很了解我,费尔森。"以前每个礼拜你都会来我的宴会摇尾乞怜。"我向来遵守商业协议。白痴才会不满足那些商人的要求,这个统御区的税收都得靠他们了。"

潘洛德点点头:"我很高兴我们能达成协议,史特拉夫。我不信任塞特。"

"我也不觉得你信任我。"史特拉夫说道。

潘洛德微笑:"可是我了解你,史特拉夫。你是陆沙德贵族,是我们的一分子,况且你的辖区是所有统御区中最稳定的。那是我们唯一追求的目标,让这些人能有点稳定的生活。"

"你这话听起来很像我那个傻儿子。"

潘洛德想了想,摇摇头:"你的儿子不是傻子,史特拉夫。他只是个理想主义者。说实话，看到他的小乌托邦毁灭我很难过。"

"费尔森，如果你为他感到难过，那你也是个白痴。"

潘洛德全身一僵。史特拉夫迎上对方骄傲的注视，四目相望，直到潘洛德低下头。如此的对峙没有什么意义，却是个很重要的提醒。

史特拉夫轻笑："你得重新习惯当小角色的日子了，费尔森。"

"我知道。"

"高兴点。"史特拉夫说道，"如果权力转移真如你承诺的那样容易，没有人会丧命，谁知道呢，也许我会让你留住头上的王冠。"

潘洛德抬起头。

"很久以来，这片大地没有王。"史特拉夫低声说道，"它有的是更伟大的统治者。我虽然不是统御主，但我能当皇帝。你要留住你的王冠，成为我的附庸吗？"

"这要看得付出什么代价了，史特拉夫。"潘洛德谨慎地说道。

他还没完全被吓着。潘洛德向来聪明，还留在陆沙德的贵族中，他是最重要的一个，押这一注也赢了。

"代价极高。"史特拉夫说道，"高得荒谬。"

"天金。"潘洛德猜道。

史特拉夫点点头："依蓝德没找到，但天金必定在此。挖掘晶洞的人是我，我的人花了几十年采集天金，带来陆沙德。我知道我们采集了多少，也知道赐给贵族的量远不及产量。其余的天金必定在城市里某处。"

潘洛德点点头："我想办法找找看，史特拉夫。"

史特拉夫挑起眉毛："你得重新开始练习，费尔森。"

费尔森愣住，之后低下头："我想办法找找看，主上。"

"很好。关于依蓝德的情妇，你有什么消息？"

"她在战斗后就倒下了。"潘洛德说道，"我在厨师中有个间谍，她说她送了一碗汤到纹贵女的房间，拿回来时却是冷的。"

史特拉夫皱眉："你那女人可以偷喂那迷雾之子吃点什么吗？"

潘洛德脸色微微一白："我……不认为这是明智的举动，主上，况且，你也知道迷雾之子的体质不同。"

也许她真的被打倒了，史特拉夫心想。如果我们现在进驻……她碰触他情绪时的冰寒再次出现。麻木。空无。

"你不必这么害怕她，主上。"潘洛德说道。

史特拉夫挑起眉毛："不是害怕。我是谨慎。除非能确保我的安全无虞，否则我不会进驻城市，而在那之间，你的城市仍受到塞特的威胁——或更可怕怪物的威胁。如果克罗司决定攻城的话，你想想会发生什么事？我现在正与它们的领袖交涉，他似乎还能控制住它们——暂时。你见过克罗司屠杀后的惨况吗？"

他可能没有，史特拉夫也是最近才见识到。潘洛德只摇摇头："纹不会攻击你。如果议会投票让你掌控城市，所有的转交都会完全合法。"

"我怀疑她是否在乎合法。"

"或许吧。"潘洛德说道，"可是依蓝德在乎，而他的命令，她会遵从。"

除非他对她的控制一如我对詹的控制那般薄弱，史特拉夫心中暗自颤抖。无论潘洛德怎么说，史特拉夫绝对不会在那可怕的怪物被处理掉前进驻城市。在这件事上，他只能倚靠詹。

而这想法几乎跟纹一样令他害怕。

史特拉夫不再多废话，朝潘洛德挥挥手让他离开。潘洛德转身，带着一行人马回到迷雾中。即便是燃烧着锡，詹在史特拉夫身边落地的声音也几乎微不可闻。史特拉夫转身，看着迷雾之子。

"你真的认为他如果找到天金，会交给你吗？"詹轻声问道。

"也许吧。"史特拉夫说，"他一定知道，他没有留住天金这种宝贝的武力，如果他不把天金交给我……从他手中把天金夺走，可能比我自己去找来得简单。"

詹似乎觉得答案很令人满意。他等了片刻，望着迷雾，然后看看史特拉夫，脸上有着古怪的神色："几点了？"

史特拉夫看看怀表。这不是迷雾之子会带在身上的东西。太多金属。"十一点十七分。"

詹点点头，望向城市："应该开始奏效了。"

史特拉夫皱眉，接着突然开始冒汗，他骤烧锡，紧闭起眼睛。在那里！他心想，注意到体内一块虚弱之处。"又下毒？"他问道，强迫自己冷静下来。

"你怎么办到的，父亲？"詹问道，"我以为你一定发现不了这一种，可是你还站在这里，看起来好得很。"

史特拉夫开始全身酸软。"人不需要是迷雾之子，也可以很强，詹。"他反驳。

詹耸耸肩，以他独有的诡异笑容望向天空。他这个人真是出奇地聪明，却也怪异得难以掌控。终于，他摇摇头："你又赢了。"他冲上天空，一阵迷雾随着他的离去而翻滚。

史特拉夫立刻掉转马头，在维持仪态的同时，尽了力要赶回营地。他可以感觉到毒素在散播，偷走他的生命，在威胁他，消灭他⋯⋯

也许他走得太快了，不过人在快死时，实在很难维持强悍的态度。终于，他让马全速狂奔，抛下惊讶的侍卫们。史特拉夫无视于他们的抱怨，不断踢马腹，加快速度。

毒是不是正在减缓他的反应？詹用的是哪种毒？葛魅？不对，那种毒需要靠注射。也许是酮绯？还是——他找到一种史特拉夫不知道的毒？

他只能希望不是最后一种情况，因为如果这是史特拉夫不知道的毒，那爱玛兰塔可能也不会知道，她的万用解毒剂中自然不会包含这一项。

营地的灯火点亮迷雾，史特拉夫的冲入引起他手下们的一阵大喊，他差点被自己人瞄准他胯下马匹的长矛刺穿，幸好那人及时认出他，但即便士兵已经移开矛，史特拉夫仍然纵马将他踩倒。

史特拉夫一路冲入了帐篷，他所有的士兵都四散去了各处，准备迎接

迷雾之子
卷二·升华之井 [珍藏版]

武装入侵或是其他形式的攻击。这件事不可能瞒过詹。

我的死讯也不可能。

"主上！"一名士兵大喊，冲上来找他。

"去叫爱玛兰塔来。"史特拉夫说道，跌跌撞撞地下了马背。

士兵愣住了。"是指你的情妇吗，主上？"那人皱眉问道，"为什么——"

"现在就去！"史特拉夫命令，甩开帐门，走入里面。帐门的布帘一落下，他便停下脚步，双腿颤抖，迟疑地擦拭额头。太多汗了。

该死的家伙！他恼怒地心想。我得杀了他，监禁他……我得想个办法，我不能再这样下去！

可是要怎么办？

他想了好几夜，浪费了好多天，试图要决定该如何处理詹的问题。他用来贿赂那人的天金似乎已经没有很好的利诱效果。詹今天以冒着两败俱伤的风险刺杀依蓝德的情妇，结果却让史特拉夫的孩子们被屠杀，这种行为证明他不能被信任，就算再小的事都不行。

爱玛兰塔以出人意料的速度出现，立刻开始调制她的解毒剂。终于，史特拉夫吞下难吃至极的药剂，立刻感觉到它在起效，同时也作出令他不安的决定。

詹必须死。

可是，一切都太容易，几乎像是我们塑造了一个英雄来符合我们的预言，而不是让英雄自然而然地出现。这就是我的担忧。当我的弟兄们前来找我，终于愿意相信时，我应该要三思而后行。

MISTBORN: THE WELL OF ASCENSION

40

依蓝德坐在她的床边。

这件事让她安心。虽然她睡得不安稳,心里的某个地方却知道他正在照顾她。接受他的保护与照顾感觉有点奇怪,因为负责守护的人通常是她。

所以,当纹终于醒来时,不意外地发现他坐在床边的椅子上,借着柔和的烛光静静地读书。完全清醒过来,没有跳起身或紧张地环顾房间,而是慢慢坐起,将棉被夹在腋下,喝了一口放在桌边的水。

依蓝德合上书,转身面向她,微笑。纹搜寻着他的温柔注视,寻找那天她看到的惊恐。那恶心、恐惧、震惊。

他知道她是怪物。怎么还能这么温柔地微笑?

"为什么?"她柔声问道。

"什么为什么?"他反问。

"为什么要等在这里?"她说道,"我没有伤到濒死的地步——我记得这点。"

依蓝德耸耸肩:"我只想离你近一些。"

她什么都没说。角落一座煤炭炉正在燃烧,不过需要添炭了。冬天即将到来,看样子会是一个寒冬。她只穿了一件睡袍,原本她拒绝了女仆的这项提议,但那时沙赛德的药剂已经开始生效,她困得没有体力跟女仆争辩。

她将棉被拉得更紧,这时才注意到她早该发现的事:"依蓝德,你没穿制服。"

他低头看着身上的衣服,是他以前的贵族套装,酒红色的背心没有扣起,外套太大。他耸耸肩:"不需要继续伪装了,纹。"

"塞特当王了?"她以逐渐沉重的心情问道。

依蓝德摇摇头:"是潘洛德。"

"那没道理。"

"我知道。"他说道,"我们不确定商人们为何背叛塞特,但这其实已经不重要了。潘洛德本来就是个比较好的选择。比塞特或我都好。"

"你知道那不是真的。"

依蓝德面带思索地往后一靠。"我不知道,纹。我以为我是比较适合的人,但当我用尽心机阻止塞特登上王位时,我从未考虑过一个肯定能打败他的计划——也就是转向支持潘洛德,综合我们两个人的票数。如果我的骄傲让塞特当上王怎么办?我没有以人民的福祉为最优先。"

"依蓝德……"她说道,一手按上他的手臂。

他微微一缩。

动作很小,几乎无法发现,他也很快遮掩了过去,但伤害已经造成。她带来的伤害,伤了他的心。他终于看到她是什么,真正看清她。他爱上的不过是个谎言。

"怎么了?"他说道,看着她的脸。

"没事。"纹说道。她抽开手。内心某处痛不欲生。我好爱他。为什么?为什么我要让他看到?为什么我别无选择!

他会背弃你,瑞恩的声音在她脑海深处低声说道。**早晚所有人都会离开你,纹。**

依蓝德叹口气,瞥向房间中的百叶窗。它们全部都紧紧密合,不让雾气透入,但纹仍可以看到后方天色已暗。

"重点是,纹,"他轻声说道,"我从来没想过事情会这样结束。我信任他们,直到最后。那些人,他们选出的议员,我相信他们会做对的事。当他们没有选我时,我真的很意外。我不该意外的。大家都知道我胜算不大,毕竟他们已经投票罢黜过我,但我说服自己,他们只是在警告,在内心深处,我相信他们会重新立我为王。"

他摇摇头:"如今,只要我还相信他们,就得相信他们的决定。"

MISTBORN: THE WELL OF ASCENSION

这就是她爱的人：他的良善，他的诚实。这些特质对她这样一个司卡街头流浪儿而言，是如此奇特罕见，一如普通人眼中的迷雾之子一般罕见。即便在卡西尔集团的所有好人里，即便在最优秀的贵族中，她从来没有找到一个像依蓝德·泛图尔这样的人，居然愿意相信逼他退位的人民，其实是在做对的事情。

有时候，她觉得自己是个笨蛋，居然爱上了她认识的第一个贵族，但如今她明白，她对依蓝德的爱不是雏鸟情绪作祟，而是因为依蓝德这个人本身。他居然被她先找到，这可以算是她无与伦比的幸运。

如今……结束了。至少已经不能再像过去那样子了。但她一直都知道会以这种方式结束，所以一年多来从未接受他的求婚。她不能嫁给他。或者该说，她不能让他娶她。

"我明白你眼中的哀伤，纹。"依蓝德轻声说。

她愕然地看着他。

"我们可以渡过这个难关的。"他说道，"王位不是一切。也许这样对我们都更好。我们已经尽力了。现在，轮到别人试试看。"

她露出微弱的笑容。他不知道。他永远不能知道这件事伤她有多深。他是个好人。他会强迫自己一直爱我。

"可是，"他说，"你该多休息。"

"我觉得很好。"纹稍微伸展身体。身侧仍然疼痛，脖子也隐隐作痛，但白镴正在她体内燃烧，没有哪处的伤势会真正影响到她的行动。"我需要——"

话才说到一半，她突然想到一件事，立刻坐了起来，一下用力过猛，让她全身因疼痛而僵硬。前一天的情况仍然模糊，可是……

"欧瑟！"她说道，拉开棉被。

"它没事，纹。"依蓝德说道，"它是坎得拉，断几根骨头对它来说没什么。"

她动作到一半，听到他说的话也觉得自己似乎有点傻。"它在哪里？"

迷雾之子
卷二·升华之井 [珍藏版]

"正在消化新身体。"依蓝德微笑说道。

"你为什么笑?"她问道。

"我只是从来没听过谁这么关心一只坎得拉。"

"有何不可?"纹说道,爬回床上,"欧瑟为我冒了很大的风险。"

"它是坎得拉,纹。"依蓝德又说了一次,"我不觉得这些人能杀得了它。甚至可能连迷雾之子也办不到。"

纹一愣。连迷雾之子都不能……这句话是哪里让她觉得怪怪的?"那不重要。"她说道,"它还是会觉得痛。它替我挨了两下很重的攻击。"

"它只是遵守契约而已。"

它的契约……欧瑟攻击了人类。它打破了契约。为了她。

"怎么了?"依蓝德问道。

"没事。"纹连忙说道,"跟我说说军队怎么样了。"

依蓝德瞅着她,但还是任她改变了话题:"塞特仍然躲在海斯丁堡垒里。我们不确定他会作何反应。议会没选他不会是件好事,但他至今没有提出抗议,但他不可能不知道自己被困在这里了。"

"他一定是确信我们会选他。"纹皱眉说,"否则他进城来做什么?"

依蓝德摇摇头:"这举动从一开始就很奇怪。无论如何,我建议议会跟他达成协议,我认为他相信天金不在城里,所以他并没有得到陆沙德的必要。"

"可能是想让自己的地位进一步提升。"

"不值得为此失去他的军队。"依蓝德说道,"或是他的性命。"

纹点点头:"那你父亲呢?"

"毫无动静。"依蓝德说道,"很奇怪,纹。这不像他的作风。那些杀手的行动非常招摇,我不知道该怎么想。"

"那些杀手。"纹靠回床上,"你认出他们是谁了吗?"

依蓝德摇摇头:"没有人认得他们。"

纹皱眉。

"也许我们不如自己以为的那样熟悉北方统御区的所有贵族。"

不对，纹心想。不对。如果他们是来自邺都，史特拉夫的家乡，依蓝德至少会认得其中一个，是吧？"我觉得我认得其中一个。"纹终于说道。

"哪一个？"

"最后……那个。"

依蓝德半晌没接话。"嗯，我想反正现在我们也认不出他了。"

"依蓝德，我很抱歉，你必须看到那个景象。"

"什么？"依蓝德问道，"纹，我以前也看过人的死亡，我被强迫要参加统御主的处决仪式，记得吗？"他想了想。"当然，你的手法并不一样。"

当然。

"你实在太惊人了。"依蓝德说道，"如果你没阻止那些镕金术师，我大概已经死了，很有可能潘洛德跟其他议员也会遭遇同样的下场。你救了中央统御区。"

我们总是要当那把刀。

依蓝德站起身，微笑。"来。"他走到房间一边说道，"虽然已经冷了，但沙赛德说你醒来后应该把这个吃掉。"他带着一碗汤回来。

"沙赛德送来的？"纹怀疑地问道，"那就是下了药了？"

依蓝德微笑："他警告我不要尝试喝它。他说里面的安眠药足够让我昏倒一个月。你们这些烧白镴的人，需要很高的剂量才能对你们有影响。"

他将碗放在床头柜边。纹眯着眼睛打量着它。沙赛德可能担心不用这种方法，她会不顾身上的伤，坚持要到城里乱跑。他猜得没错。叹口气，纹接下汤一口一口慢慢地啜着。

依蓝德微笑。"我会派人帮你多拿点煤炭回来。"他说道，"我有些事要去做。"

纹点点头，他离开，在身后关上门。

再次醒来时，纹看到依蓝德还在，站在阴影中看着她。窗外仍然一片漆黑。她窗户的百叶窗已经大开，白雾铺满了房间地板。窗户是开的。

纹用力坐起，面向角落里的身影。不是依蓝德。"詹。"她没好气地说。

他上前一步，如今她知道他跟依蓝德是兄弟，两人间的相似之处变得显而易见。他们有同样的下巴，同样的波浪黑发，依蓝德开始健身之后，甚至两人的身形也相似起来。

"你睡得太熟了。"詹说道。

"迷雾之子的身体也需要睡眠才能愈合。"

"你一开始根本不该受伤。"詹说道，"你应该很轻松就能杀死那些人，却因为我的兄弟而分神，而且还要避免波及房间里的其他人。这就是他对你的影响，他改变了你，让你看不见该做什么事，只看得到他要你怎么做。"

纹挑起一边眉毛，偷偷摸了摸枕头下方。幸好，她的匕首还在。他没趁我睡觉时杀了我，她心想。这总该算是个好迹象吧。

他再次上前一步。她全身紧绷。"你到底在玩什么把戏，詹？"她说道，"你一开始说不打算杀我，然后派来一群杀手，现在呢？你打算亲自解决我吗？"

"那些杀手不是我们派的，纹。"詹轻声说道。

纹轻蔑地哼笑。

"你要怎么想随你。"詹说道，又上前一步，站在她的床边，高挑的身影漆黑而严肃，"可是，我的父亲仍然怕你怕得要死。他为什么要冒着被你报复的风险去杀依蓝德呢？"

"他在赌一把。"纹说道，"他希望那些杀手能杀了我。"

"那何必用他们？"詹问道，"他有我。为什么要在拥挤的房间内，派一群迷雾人来杀你？他大可让我趁晚上用天金杀死你。"

纹迟疑了。

"纹，"他说道，"我看到从议会厅中抬出去的尸体，我认得几个人，是塞特的手下。"

MISTBORN: THE WELL OF ASCENSION

没错！纹心想。被我打烂脸的打手，就是在海斯丁堡垒，趁我们在跟塞特用餐时从厨房偷窥我们的，假装是仆人的人。

"可是，那些杀手也攻击塞特……"纹停了口。这是盗贼的惯用手法：如果自己有一间作秘密据点的店面，却又想偷附近店家的东西，那要使自己不被怀疑的方法，就是别"漏偷"自己的店。

"那些攻击塞特的杀手都是普通人。"纹说道，"不是镕金术师。不知道他怎么跟他们说的，是战斗结束后，他们可以'投降'？可是为什么要伪装？他一开始就是被看好的候选人。"

詹摇摇头："潘洛德跟我父亲达成协议了，纹。史特拉夫给议会的财富远胜于塞特拿得出来的数字，所以商人们改换门庭。塞特一定听说了他们的背叛。他在城里的间谍不少。"

纹瞠目结舌地坐在原处。没错！"所以塞特认为能赢的唯一方法……"

"就是派杀手。"詹点头说道。

"他们应该要攻击三个候选人，杀死潘洛德跟依蓝德，但不能动塞特。议会会认定史特拉夫背叛他们，然后轮到塞特当王。"

纹以颤抖的手握住匕首。她开始厌烦政局中的阴谋诡计。依蓝德差点死掉。她差点失败了。

她心中的某个地方，情绪高涨，想要按照直觉行事——去把塞特跟史特拉夫杀掉——以最有效的方法解决问题。

不行，她坚定地告诉自己。那是卡西尔做事的方法，不是我的，不是……依蓝德的。

詹转过身，面向她的窗户，望着如瀑布一般流泻而下的一小撮雾。"我应该早点赶到现场的。我人在外面，跟那些到太晚来不及就座的人在一起。直到有人逃出来，我才知道发生了什么事。"

纹挑起一边眉毛："你的话听起来像是真的，詹。"

"我不想看到你死。"他转过身说道，"我也绝对不想看到依蓝德遭受伤害。"

"哦？"纹问道，"即使养尊处优的人是他，被关起来、饱受厌恶的人是你？"

詹摇摇头："不是这样。依蓝德很……纯净。有时候听他说话时，我忍不住会去想，如果我童年过得像他一样，是不是也能成为像他那样的人。"

他在黑暗的房间中与她对视："我……坏掉了，纹。我是疯子。我永远无法像依蓝德那样。可是，杀了他也改变不了我。他跟我分开长大其实是最好的安排，他不知道我的存在更好，最好他就是这个样子，这么纯净。"

"我……"纹不知该如何接话。她能说什么？她从詹的眼神看得出，他是真心的。

"我不是依蓝德。"詹说道，"我永远不会成为他——也永远不会成为他的世界的一部分，但我也不认为自己该这么做。你也不该。在战斗结束后，我终于挤入议事厅，我看到他最后站在你身边。我看到他的眼神。"

她别过头。

"他是这个样子的人，并不是他的错。"詹说道，"我说了，他很纯净。可是，也因此他与我们不同。我试过要解释给你听，我希望你能看到他那时的眼神……"

我看到了，纹心想。她不想记得，但她的确看到了。那令人无法承受的惊恐，是因为接触到了可怕、异类的东西，超越他理解范围的东西。

"我当不了依蓝德。"詹静静说道，"可是，你也不会希望我是他。"他伸出手，在她床头柜边放下一样东西。"下次，要准备好。"

纹抓起那东西，詹已经走向窗户。一球金属在她的掌心滚动，形状凹凸不平，触感却很光滑，像是一块金子。她不用吞就知道这是什么。

"天金？"

"塞特或许会派出别的杀手。"詹跳上窗台。

"你把它给我?"她问道,"这个量足够让我烧上整整两分钟!"这是笔不小的财富,光是在崩解前就价值两万盒金,在天金如此稀少的现在……

詹转头看她:"你要保重。"接着他跳入雾中。

纹不喜欢受伤。理智上她知道别人大概也是这么想的,毕竟谁喜欢疼痛跟四肢笨拙的感觉?可是别人生病时,她从他们身上感觉到的是烦躁,不是惊恐。

生病时,依蓝德会整天躺在床上读书。歪脚几个月前练习时重重挨了一下,那时他抱怨疼痛,主动休养了几天,减轻腿的负荷。

纹越来越像他们了。她如今可以像他们一样好好躺在床上,知道不会有人趁她虚弱得无法呼救时在她喉咙上割一刀。但她迫不及待想起身,让人知道她没有伤得很重,免得别人会另做他想,试图偷袭。

现在跟以前不同了!她告诉自己。外面天已经大亮。虽然依蓝德来看过她几次,但他目前不在身边,沙赛德来检查过她的伤势,拜托她在床上"至少多待一天也好",然后就回去继续进行他的研究。跟廷朵一起。

这两个人不是很恨对方吗?她不太高兴地想。我几乎没什么机会看到他。

门被打开。纹立刻全身紧绷,很满意地发现自己的直觉仍然敏锐。她手伸向匕首,受伤的一侧身体抗议突来的动作。

没有人出现。

纹皱眉,仍然紧绷,直到一颗狗头出现在床尾木板上方。"主人?"一个熟悉、半是咆哮的声音说道。

"欧瑟?"纹说道,"你又用狗的身体!"

"当然,主人。"欧瑟跳上床,"我还能有什么别的身体?"

"我不知道。"纹说道,收起匕首,"当依蓝德说你要他帮你弄具身体时,我以为你会要人类的身体,毕竟每个人都看到我的'狗'死了。"

"是的。"欧瑟说道,"可是要解释你有新宠物是很容易的。现在每个人都认为你身边就该有只狗,少了它反而会引起注意。"

纹静静地坐着。无视沙赛德的抗议,她又换回了长裤跟衬衫,礼服挂在另外一间房间,中间很明显地少了一件。有时候,她看着它们时,会以为自己看到了那件华美的白色礼服,上面溅满鲜血。廷朵错了。纹不能既是迷雾之子又是贵族仕女。她在议员们眼中看到的惊恐已经证明这点。

"你不需要使用狗的身体,欧瑟。"纹轻声说,"我宁可你让自己高兴。"

"没关系的,主人。"欧瑟说道,"我开始……喜欢上这种骨头。在我重新使用人类骨架之前,我想继续研究它们还能有哪些优点。"

纹微笑。它又挑了一头狼獒,身材又大又粗壮,毛色完全不同:偏黑而不是灰色,没有白毛。她很赞同它的选择。

"欧瑟……"纹说道,别过头,"谢谢你为我做的事。"

"我遵从了我的契约。"

"我打斗的次数不止这一次。"纹说道,"你从来没有介入过。"

欧瑟没有立刻回答。"没错。"

"为什么这次不同了?"

"我做了我认为对的事,主人。"欧瑟说道。

"即使它违背契约?"

欧瑟骄傲地坐挺身子。"我没有破坏契约。"它坚定地说道。

"可是你攻击了人类。"

"我没有杀死他。"欧瑟说道,"我们被告诫要避开战斗,以免一不小心造成人类死亡。我有很多同胞认为帮助他人杀人等同于杀人,因此也算破坏契约,但按照规定严格来讲,我没做错事。"

"但如果你攻击的人折断脖子呢?"

"那我会回到我的同胞身边,准备被处决。"欧瑟说道。

纹微笑:"所以你的确为我冒了生命危险。"

"勉强可以说是吧。"欧瑟说道,"不过我的行为会直接导致他死亡的概率微乎其微。"

"还是谢谢你。"

欧瑟低头，表示接受。

"处决。"纹说道，"所以，你能被杀死？"

"当然，主人。"欧瑟说道，"我们不是永生不死的。"

纹瞅着他。

"我不会透露细节，主人。"欧瑟说，"你应该可以理解，我不想披露族人的弱点。只能说，我们的确有弱点，抱歉我的解释只能到此为止。"

纹点点头，又皱起眉头，双膝曲在胸前。她仍然觉得有哪里不对劲，是依蓝德先前说的话，关于欧瑟的行为……

"可是，"她缓缓开口说道，"你不会被剑或木杖杀死，对不对？"

"没错。"欧瑟说道，"虽然我们的皮肤看起来跟你们的一样，也会有痛觉，但击打我们不会产生永久的影响。"

"那你们怕什么？"纹问道，终于理解她到底觉得哪里有问题。

"主人？"

"你的同胞为什么要定下契约？"纹说道，"为什么要服从于人类的指挥？如果我们的士兵伤不了你们，为什么还要担心我们？"

"你们有镕金术。"欧瑟说道。

"所以镕金术能杀死你们。"

"不行。"欧瑟摇摇头说道，"并不行，但也许我们该换个话题了。对不起，主人，这对我来说是很危险的讨论。"

"我明白。"纹叹口气说道，"我只是觉得很烦。我有好多事都不知道，不管是深黯，或是法律政治……甚至连我自己朋友的事都弄不清楚！"她往后坐，望着天花板。而且皇宫里还有间谍，可能是德穆或多克森。也许我该下令把他们两人抓起来关一段时间？依蓝德会肯吗？

欧瑟看着她，显然是注意到了她的烦躁。终于，它叹口气："也许我有些事还是可以说的，主人，只是要谨慎点。你对于坎得拉的起源有多少了解?"

纹突然精神一振:"什么都不知道。"

"我们在升华前并不存在。"他说道。

"你的意思是,统御主创造了你们?"

"我们的传说是这么说的。"欧瑟说道,"我们不确定自己存在的目的是什么。也许我们原本该是父君的间谍。"

"父君?"纹说道,"听到有人这么称呼他感觉很奇怪。"

"统御主创造了我们,主人。"欧瑟说道,"我们是他的孩子。"

"结果我杀了他。"纹说道,"我……我想我该道歉。"

"他是我们的父君,不代表我们接受他全部的所作所为,主人。"欧瑟说道,"应该也有人类在敬爱自己父亲的同时,也认为他不是好人吧?"

"也许吧。"

"坎得拉关于父君的神学理论非常复杂。"欧瑟说道,"即便是我们,有时候也很难了解。"

纹皱眉:"欧瑟?你几岁了?"

"很老了。"它简单地回答。

"比卡西尔还老?"

"老多了。"欧瑟说道,"但没你想的那么老。我不记得升华。"

纹点点头:"为什么告诉我?"

"因为你最初的问题,主人。我们为什么要遵从契约?那告诉我,如果你是统御主,拥有他的力量,你会创造没有控制机制的仆人吗?"

纹缓缓点头,有点摸着门道了。

"在他升华的第二个世纪以后,父君就没有再多花心思在坎得拉身上。"欧瑟说道,"我们尝试要独立,但正如我先前所解释,人类开始憎恨我们,害怕我们,而且他们之中有些人知道我们的弱点。因此,当我的祖先们思考未来的选择时,选了自愿成为仆佣,而非被强迫奴役。"

他创造了它们,纹心想。她对于统御主的看法总比较偏向卡西尔的态度，也就是认为他的人性高于神性，但如果他真能创造一整个新种族，那他必定拥有某种程度的神性。

那是升华之井的力量，她心想。他将力量占为己有，可是维持不久。它一定很快就被用完，否则他为什么还需要军队？

起初是一阵猛烈爆发的力量，能够创造、改变、甚至拯救的力量。他逼得迷雾不得不退散，虽然在过程中也造成了灰烬开始落下，太阳变红等后果。他创造坎得拉来服侍自己，可能克罗司也是。说不定镕金术师也是他创造的。

而在那之后，他变回一个普通人。至少大部分的他是。统御主仍然有极大的镕金术力量，同时也能控制住他的创造物，更能阻止迷雾杀人。

直到纹杀了他。在此之后，克罗司开始肆虐，迷雾返回，坎得拉当时已经不在他的直接控制之下，所以并无改变。可是他在创造它们时，就预留了控制它们的方法，以备不时之需，而这方法能强迫坎得拉服从于他……

纹闭上眼，以镕金术轻轻探测欧瑟。他说坎得拉不受镕金术影响，但她知道统御主跟其他镕金术师的不同，他超乎常人的力量允许他办到别人无法想象的事情。

像是穿透红铜云，以及影响一个人体内的金属。也许那就是欧瑟所说，控制坎得拉的方法，也是他们害怕迷雾之子的原因。

不是因为迷雾之子能杀了它们，而是因为迷雾之子有别的能力，能够奴役它们。纹尝试它刚才所说的话，以安抚探出，碰触欧瑟的情绪。什么都没发生。

我可以做到某些统御主能做到的事情，她心想。我可以穿刺红铜云，也许如果我推大力一点……

她集中精神，以强大的安抚推动它的情绪，还是什么都没发生，正如它之前说的。她想了一会儿，最后冲动地燃烧硬铝，尝试最后一次用尽全力地推动。

欧瑟立刻发出一阵野兽般的吼叫，突如其来的声响吓得纹跳起身，骤烧白镴。

欧瑟倒在床上，全身颤抖。

"欧瑟！"她说道，跪在地上，捧住它的头，"对不起！"

"说太多了……"它低声说，仍然全身颤抖，"我就知道我说太多了。"

"我不是故意要伤害你的。"纹说道。

颤抖开始退散，欧瑟动也不动地待了一段时间，静静地呼吸，最后，将头从她的怀里抽出。"你是否故意不是重点，主人。"它不甚友善地说，"错的仍是我。请你再也不要这么做了。"

"我答应你。"她说道，"对不起。"

它摇摇头，爬下床。"你甚至不应该有能力做到这种事。你跟别人不同，主人，反而比较像是古代的镕金术师，而不是现在这些血缘经过稀释的后裔。"

"对不起。"纹又说了一次，感觉手足无措。它救了我的命，差点打破它的契约，结果我居然对它做了这种事……

欧瑟耸耸肩："做都做了。我需要休息。我建议你也是。"

41

"'我现在要写下这些纪录，'"沙赛德大声朗诵，"'将之刻在一块金属板上，因为我害怕。为我的安危感到害怕。是的，我承认我只是凡人。如果艾兰迪真的能从升华之井返回，我很确定我的死亡会是他的首要目标。他不是个邪恶的人,却是个无情的人。我想,他会这样,都是因为他所经历的事。'"

"这符合我们从日记本中读到的艾兰迪。"廷朵说道,"假设那本书的作者真是艾兰迪。"

沙赛德瞥向他的一叠笔记,在脑海中浏览过一遍大纲。关是古代的泰瑞司学者,他发现了艾兰迪这个人,而根据他的研究,他认为此人应该就是永世英雄——一个泰瑞司预言中的人物。艾兰迪听从他的话,成为政治领袖,征服了大部分的世界,去到北方的升华之井,但当时关显然改变了主意,试图阻止他抵达升华之井。

很合理。即便日记作者从来没提及自己的名字,很显然他就是艾兰迪。"我想如此推断应该是稳当的。"沙赛德说道,"日记中甚至提到关,还有他们的争论。"

两人在沙赛德房间中并肩坐着。应沙赛德要求,他得到一张更大的书桌,好能安放两人共同的笔记跟急忙中写下来的理论。门边放着他们的午餐残肴,也不过就是他们急急忙忙吞下的一碗汤。沙赛德好想将盘子拿到楼下的厨房去,但他至今仍然无法使自己停下手边的工作。

"继续说。"廷朵要求,靠回她的椅背上,神情是沙赛德从未见过的轻松。沿着她耳朵边缘挂着的耳环颜色交错,金色或红铜色后接着锡白或铁灰色,很简单,却很美。

"沙赛德?"

沙赛德一惊。"对不起。"他说道,继续开始阅读,"'可是我也害怕,我所知道的一切,我的故事,会被遗忘。我害怕未来的世界。害怕我的计划会失败。害怕比深黯更可怕的末日。'"

"等等。"廷朵说道。"他为什么会怕这个?"

"为何不会?"沙赛德问道,"我们认为是迷雾的深黯正在屠杀他的族人。没了太阳,庄稼无法生长,牲口无法觅食。"

"可是如果关害怕深黯,他就不该反对艾兰迪。"廷朵说道,"艾兰迪要爬上山去找升华之井打败深黯。"

"是的。"沙赛德说道,"可是,那时候关已经相信艾兰迪不是永世英雄。"

"这有何关系?"廷朵说道,"阻止迷雾不需要特定的人。拉刹克的成功证明了这点。你先读最后一段,关于拉刹克的那段。"

"'我有一个年轻的侄子,叫做拉刹克。'"沙赛德读道,"他以令人羡慕的青春热情憎恨着克雷尼恩的一切,尤其憎恨艾兰迪。虽然两人从未见过面,可是,对我们的压迫者居然被选为永世英雄一事,拉刹克觉得遭受了背叛。"

"'艾兰迪需要向导带领他穿过泰瑞司山脉。我指派拉刹克,并且确保他和他的朋友们成为向导。拉刹克试图带领艾兰迪前往错误的方向,让他气馁,或是阻挠他的任务。艾兰迪不知道他被骗了。'

"'如果拉刹克无法将艾兰迪带离他的征途,我已经指示要那孩子杀了曾经是我朋友的他。这计划成功的希望渺茫。因为艾兰迪历经暗杀、战争、灾难,仍然存活至今。可是,我希望在冰冻的泰瑞司山脉,他的真面目会被揭露。我盼望奇迹的出现。'

"'艾兰迪不可抵达升华之井。他不能将力量占为己有。'"

廷朵往后一靠,皱着眉头。

"怎么了?"

"我觉得有哪里不对劲。"她说道,"可是我又无法明确点出是哪里有问题。"

沙赛德再次看过一遍文字。"那我们用简单的直述句来分析整件事。拉刹克,也就是日后成为统御主的人,是关的侄子。"

"对。"廷朵说道。

"关派拉刹克去误导,甚至计划杀死曾经是他的朋友的征服者艾兰迪,也就是进入泰瑞司山区寻找升华之井的人。"

廷朵点点头。

"关会这么做,是因为担心如果艾兰迪将井的力量占为己有后,会发生什么事。"

廷朵抬起手指:"他为什么会担心?"

"我觉得这是很合理的担忧。"沙赛德说道。

"过分合理了。"廷朵回答,"或者该说,乍一看十分完美。可是,沙赛德,告诉我,当你在阅读艾兰迪的日记时,你觉得他是那种会将力量占为己有的人吗?"

沙赛德摇摇头:"其实我的感觉正好相反,这一点让日记非常难以理解。因为我无法了解,里面的那个人怎么会做出我们认为他做过的事。事实上,他所有的行为,造成的所有死亡、毁坏、痛苦,都重重地伤害了他。"

"所以,关很了解艾兰迪。"廷朵说道,"也对他评价很高。理论上关也应该很了解他的侄子拉刹克。你明白我的问题了吗?"

沙赛德缓缓点头:"为什么要派一个脾气暴躁,满心憎恨与嫉妒的人,去杀一个你认为良善且人格高尚的人?这个选择的确很奇怪。"

"一点没错。"廷朵说道,手臂靠在桌子上。

"可是,"沙赛德说道,"关这里说他'怀疑如果艾兰迪去到升华之井,他会夺取力量,且会以顾全大局的理由拒绝放弃力量。'"

廷朵摇摇头:"这不合理,沙赛德。关写了好几次,他有多害怕深黯,但他却派出一名满怀恨意的年轻人,想要杀死一名受人尊敬,应该也是颇为睿智的领袖,在此同时更会破坏消灭深黯的希望。关基本上是为拉刹克铺好了夺权之路,可是如果让艾兰迪夺走力量使他这么忧心,他不也应该担心拉刹克会做一样的事?"

"也许我们是以后见之明在看整件事,所以很清楚。"沙赛德说道。

廷朵摇摇头:"我们少了某些线索,沙赛德。关是非常理性、非常仔细的人,光从他的叙述就可看出来这点。发现艾兰迪的人是他,第一个宣扬他是永世英雄的人也是他。他为什么会背弃艾兰迪?"

迷雾之子
卷二·升华之井 [珍藏版]

沙赛德点点头,翻阅他翻译过的拓印档案。在发现英雄后,关声名大噪,获得了他一直想要得到的地位。里面也写道:在期待经里,有我的位置。我认为我是宣告者——预言中发现永世英雄的先知。当众宣告放弃对艾兰迪的支持,等同于放弃我的新地位,放弃众人对我的接纳,因此,我没有这么做。

"一定发生了非常重大的事情。"廷朵说道,"一件会让他背叛朋友、放弃声名的事情。他的良心受到极大刺激,乃至于他愿意冒险反对世界上最强大的统治者,他害怕到赌上了万分之一的机会,派拉刹克进行谋杀行动。"

沙赛德翻弄着笔记:"他既害怕深黯,也害怕艾兰迪夺取力量后的结果。可是,他似乎无法决定,哪一个是较大的威胁,而他的描述中,也没有特别倾向于两者之一。没错,的确有问题。你觉得关会不会是想透过他自己反复无常的论点来暗示什么?"

"有可能。"廷朵说道,"这些资料太少了。不知道他的人生境遇,我实在很难判断那个人的个性是如何。"

沙赛德抬头,看看她。"也许我们努力过头了。"他说道,"要不要休息一下?"

廷朵摇摇头:"我们没有时间,沙赛德。"

他迎向她的目光。她说得一点没错。"你也感觉到了,对不对?"她问道。他点点头。"这个城市即将毁灭。四面逼近的力量……军队、克罗司、内政的混乱……"

"我担心它会比你的朋友们所想象的更加激烈,沙赛德。"廷朵低声说道,"他们似乎相信,他们仍然可以处理所有问题。"

"他们是很乐观的一群人。"他带着笑容说道,"不习惯被打败。"

"这会比革命更严重。"廷朵说道,"我专门研究这种事,沙赛德。我知道当征服者夺取城市时,会发生什么事。会死人。许多人。"

她的话引起沙赛德心中的寒意。陆沙德气氛紧绷,战争即将降临城

459

市。不知道哪支军队会在议会的同意下进入城市，但另外一方仍会攻击。围城战结束时，陆沙德的城墙将一片赤红。

而他担心，结局非常、非常快就要来临。

"你说得没错。"他说道，继续看着桌上的笔记，"我们必须继续研究。我们应该搜集更多升华前世界样貌的资料，好让你有足够的背景知识可以分析。"

她点点头，表现出接受命运的决心。以他们仅有的时间，是完成不了这个工作的。解读拓印的意义，拿它去与日记比对，然后再与那个时代的背景进行比对，需要经年累月的缜密研究。

守护者有很多知识，但在这种情况下，知识显得太多了。他们搜集、誊写了许久的纪录、故事、神话、传说，光要一名守护者将所有知识读给一名新任守护者，就需要好几年的时间。

幸好这些巨量的知识都有不同守护者所创建的索引跟大纲，而且还有每个守护者额外加注的笔记跟个人索引。但是，这些只能帮助守护者了解，他手边到底有多少信息。沙赛德自己花了一辈子在阅读、记忆、归纳宗教相关之事。每天晚上他在入睡前，都会阅读某个笔记或故事的一部分，他应该是世界上首屈一指的升华时期前宗教专家，但他仍然觉得自己所知极少。

更严重的是，他们的知识天生便有不确定性。很多知识都来自于普通人的口述，他们得尽力回想过去的生活，甚至还得回想他们祖父母辈的生活样貌。守护者直到统御主统治的第二世纪末才出现，在当时，许多宗教的原型早已被消灭。

沙赛德闭起眼睛，从红铜意识库中又取出一个索引放入自己的意识，开始搜寻。的确时间不多，但他跟廷朵是守护者。他们很习惯进行注定由别人完成的任务。

依蓝德·泛图尔，中央统御区过去的国王，站在堡垒的阳台上，看着面积宽广的陆沙德城。虽然初雪尚未降临,天气却已经转冷。他穿着一件前系带子的披风,但它无法为他的脸保暖。一阵风吹来,拉扯着他的披风,寒意刺痛他的双颊。烟雾自烟囱升起,如诡异的影子聚集在城市上方,然后逐渐上升,与灰暗的红天空融合为一。

没有炊烟的屋子是有炊烟的两倍。许多房屋都空旷无人,城市的居民数量跟以前相比大大锐减,但他知道很多屋子其实仍有住人,而且,正在受冻。

我应该要为他们做更多,依蓝德想,睁大眼睛面对刺骨的寒风。我应该能找到取得更多煤炭的办法。我应该有办法照顾到所有人的生活需求。

他不得不谦卑,甚至气馁地承认统御主做得比他还要好。虽然统御主是个无情的暴君,但他仍让极大部分的人都能温饱,同时整顿了军队,压制了犯罪率。

东北方的克罗司军队,正虎视眈眈,没有派使者入城,却比塞特或史特拉夫的军队更令人害怕。冰寒的天气吓不走它们。虽然克罗司皮肤很薄,却不把气候变化放在心上。最后抵达的军队是三者中最令人不安的,更危险,更无法预测,更无法处理。克罗司不与人交涉。

我们不够重视这个威胁,他站在阳台上心想。实在有太多事要做,太多事要担心,让我们无法专注于对我们、对我们的敌人都同样危险的军队。

而且,看起来克罗司会攻击塞特或史特拉夫的可能性越来越低。显然加斯提对它们的控制足以让它们耐下性子等着攻击陆沙德。

"大人。"一个声音从后方响起,"请您进来。这里风大,没必要把自己冻死。"

依蓝德转过身。德穆队长尽责地站在房间里,身边还有另外一名保镖。在刺杀行动之后,哈姆坚持依蓝德身边随时都要有人守卫。依蓝德没有抱怨,但他知道已经没有什么留神的必要。如今他不是王,史特拉夫不会想杀他。

MISTBORN: THE WELL OF ASCENSION

好认真的人，依蓝德心想，端详德穆的脸。我为什么觉得他好年轻？我们几乎同年。

"好吧。"依蓝德说道，转身回到房间。德穆关起阳台门时，依蓝德脱下披风。披风下的套装穿在身上令他觉得别扭，虽然他下令要人将衣服洗净烫平，但还是觉得衣服很邋遢。背心太紧——他的剑击练习让他的胸肌越发结实——外套却太松。

"德穆。"依蓝德开口，"下次幸存者聚会是什么时候？"

"今天晚上，大人。"

依蓝德点点头。正如他所担心。今天晚上，很寒冷。"大人。"德穆开口，"您仍然打算要参加吗？"

"当然。"依蓝德说道，"我答应要加入你们。"

"那是在您输掉选举之前，大人。"

"与那无关。"依蓝德说道，"德穆，我加入你的组织，是因为我认为那对司卡来说很重要，而我想了解我的……大家的想法。我答应过你会参与，就会去。"

德穆似乎有点不解，却没有再说话。依蓝德看看书桌，考虑是不是该读点书，但房间的温度很低，让他兴致缺缺，因此他推开门，走入走廊，侍卫跟在身后。

他阻止自己前往纹的房间。她需要休息，而他每半个小时就去看她一次，对她来说也没什么好处，所以他转向另外一条走廊。

泛图尔堡垒的佣人走廊狭窄、阴暗，由石头铺成一片交错繁杂的通道。也许是因为他从小就在这里玩耍，所以他觉得在这么阴暗、狭窄的地方非常自在，对于一个不想被人找到的小孩来说，这是完美的场所。现在他挑选这里则有另外一个原因：这些走廊适合长时间散步。他没有挑选特定方向，只是信步向前，用响亮的脚步声抒发自己的焦躁。

我解决不了城市的问题，他告诉自己。我得让潘洛德处理。他才是人民要的人。

这件事应该会缓和依蓝德的窘境,能让他专注于自身的问题,更能让他有足够的时间修补与纹的关系。她最近似乎有些异样。依蓝德试图告诉自己,那只是因为她受伤了,但他感觉问题的根源其实更深。她看他的方式,她响应他亲昵举止的样子都不同了,而他只能想到一个原因。

因为他不再是王了。

纹不肤浅。他们在一起的两年中,她专心一意地爱他,可是她怎么可能对他巨大的失败无动于衷,即便只是下意识的反应?在刺杀行动中,他观察她战斗的方式,第一次认真观察,直到那时,他才意识到她有多惊人。她不只是战士,不只是镕金术师,而是自然力量,如同雷电或狂风。她杀死最后一个人时,以自己的头撞破对方的头……

她怎么可能会爱我这样的人?他心想。我甚至保不住自己的王位。我写下了逼自己下台的法律。

他叹口气,继续行走,他觉得自己现在应该全心全意,不择手段让纹相信,他是配得上她的,但这种行为大概只会让他显得更无能。他已经无法改变过去的错误,而且他也看不出自己有哪里真的做"错"了。他已经尽力而为,只是仍然不够。

他停在交叉口。曾经,一头钻进书里能让他整个人放松、冷静,如今他觉得紧张、紧绷,有一点像是……他猜想纹平常会有的感觉。

也许我以她为范例,学到了点东西,他心想。要是纹是我,她会怎么做?她绝对不会只是到处乱晃,摆出一副愁眉苦脸的样子自怜自艾。依蓝德皱眉,看着一条只有半数油灯被点亮的走廊,接着踏步向前,以坚定的步伐走向一间房间。

他轻轻敲门,没有反应。良久后,他终于探入头,看到沙赛德跟廷朵静静地坐在一张堆满纸片跟笔记本的书桌前。两个人都目光呆滞地盯着前方,似乎什么都没看到,表情像是被吓傻的人一样空洞。沙赛德的手放在桌上,廷朵的手按住他。

沙赛德突然清醒过来,转身看着依蓝德:"泛图尔大人!对不起,我没听到你进来。"

"没事的，沙赛德。"依蓝德走入房间，此时廷朵也清醒过来，将手从沙赛德的手上抽回。依蓝德朝仍然跟在他身后的德穆和他的同伴点点头，示意要他们在外面等，然后关上门。

"依蓝德。"廷朵说道，声音带有惯常的不满，"你来打扰我们做什么？你已经很清楚地证明了你的无能，我不觉得我们有继续交谈的必要。"

"这里仍然是我的宅邸，廷朵。"依蓝德回答，"你再侮辱我一次，会立刻被驱逐出去。"

廷朵挑起眉毛。

沙赛德脸色一白。"泛图尔大人。"他连忙开口，"我不觉得廷朵是故意——"

"没事，沙赛德。"依蓝德举起手说道，"她只是在测试我是否又回到原本任人侮辱的状态。"

廷朵耸耸肩："我听说你像迷途的孩子一般，在皇宫的走廊里自暴自弃地乱晃。"

"确实如此。"依蓝德说道，"那不代表我完全放弃自尊了。"

"很好。"廷朵说道，朝一张椅子点点头，"请自便。"

依蓝德点点头，将椅子拉到两人身边："我需要建议。"

"我已经尽我所能地协助过了。"廷朵说道，"其实我可能给得太多了。我继续在这里，可能会让人以为我偏袒某一方。"

"我已经不是王了。"依蓝德说道，"所以，我不属于某一方。我只是在寻找真相的人。"

廷朵微笑："那你问吧。"

沙赛德饶富兴味地观察两人的互动。

我知道，依蓝德心想，我也不知道我们的关系到底算什么。

"那么问题来了，"他说道，"首先，我失去王位，基本上是因为我不愿意说谎。"

"请解释。"廷朵说道。

"我有机会隐藏一条法律。"依蓝德说道,"在最后一刻,我可以强迫议会接受我为王,但我告诉了他们正确的信息——代价是失去王位。"

"我毫不意外。"廷朵说道。

"我想也是。"依蓝德说道,"所以,你觉得我这么做很傻吗?"

"是的。"

依蓝德点点头。

"可是,"廷朵说道,"让你失去王位的并非那一刻,依蓝德·泛图尔。那一刻只是最后一根稻草,不能为你全面的失败负责。你失去王位是因为你不肯下令让军队封锁城市,是因为你给了议会太多自由,还因为你不使用杀手或其他施压的手段。简单来说,依蓝德·泛图尔,你失去王位是因为你是一个好人。"

依蓝德摇摇头:"难道一个人不能既符合良心标准,又是个好王吗?"

廷朵皱起眉头,陷入沉思。

"你问了自古以来就存在的问题,依蓝德。"沙赛德轻声说道,"一个君王、祭司,还有身负命运的谦卑之人总是不停探索的问题。我不认为有答案。"

"我应该说谎吗,沙赛德?"依蓝德问道。

"不。"沙赛德微笑说道,"同样处境,换作是别人,也许答案是肯定的,但一个人必须忠于自己。你为自己的人生做出抉择,而在最后一瞬间改变自己,说出谎言,会违背你的本性。我认为你的所作所为虽然让你失去王位,却仍是比较值得肯定的。"

廷朵皱眉:"他的理想很好,沙赛德。可是,人民怎么办?如果他们因为依蓝德泛滥的良心而死,那又当如何?"

"我不想跟你辩论,廷朵。"沙赛德说,"我只是提出个人看法,我觉得他的选择是对的。秉持自己的良心是他的权利,之后只能相信天道会弥补道德与逻辑之间的缝隙。"

天道。"你的意思是神。"依蓝德说道。

"是的。"

依蓝德摇摇头："沙赛德，神除了是圣务官所利用的幌子之外，还有什么意义？"

"那你为何做出这些选择，依蓝德·泛图尔？"

"因为那是正确的。"依蓝德说道。

"为什么是正确的？"

"我不知道。"依蓝德叹口气说道，往后一靠。他瞄到廷朵对他的姿势投以不赞许的一瞥，可是他装作没看见。他已经不是王了，有弯腰驼背的自由。"你刚说的是神，沙赛德，但你不是宣扬过上百种不同的宗教吗？"

"其实是三百种。"沙赛德说道。

"那你相信哪一种？"依蓝德问道。

"我都信。"

依蓝德摇摇头："这不合理。你只对我提过其中五六种，我就已经看出它们彼此并不兼容。"

"我没有资格判定什么是事实，泛图尔大人。"沙赛德微笑说道，"我只是容器。"

依蓝德叹口气。这些祭司……他心想。有时候沙赛德说话就像个圣务官一样。

"依蓝德，"廷朵语气一柔，"我想你这个情况处理得不对。可是，沙赛德说得也有道理。你忠于自己的信念，而我认为这是为王之道。"

"那我现在该怎么办？"他问道。

"随你的心意。"廷朵说道，"我从来都无法告诉你要怎么做，我只能告诉你，身处同样情况的人，在过去是如何做的。"

"那他们会怎么做？"依蓝德问道，"你知道的那些伟大领袖们，在我这个情况中会如何反应？"

"这个问题没有意义。"她说道，"他们不会碰到这种情况，因为他们一开始就不会失去自己的头衔。"

"所以这是重点?"依蓝德问道,"就是头衔?"

"我们不是在讨论这件事吗?"廷朵问道。

依蓝德没有回答。你觉得什么样的人才是好王?他曾经这么问过廷朵。信任,当时她这么回答。好的王者是受到子民信任,同时值得他们信任的人。

依蓝德站起身。"谢谢你,廷朵。"他说道。

廷朵不解地皱眉,转身面向沙赛德。他抬头直视依蓝德的双眼,微微歪着头端详他。然后,他笑了。"来吧,廷朵。"他说道,"我们应该继续我们的研究。我想陛下有他的工作要处理。"

依蓝德离开房间时,廷朵仍然皱着眉头。他快步走在走廊上,侍卫尾随在后。

我不会变回原来的样子,依蓝德心想。我不会继续担忧。虽然廷朵从未真的了解过我,但她教会我要成为更好的人。

不到半晌,依蓝德便回到自己的房间,直冲进去打开衣柜。廷朵为他挑选的衣服,国王的衣服,正在里面静静等待。

你们也许有人听说过我闻名于世的记忆力。确实如此。我不需要藏金术师的金属意识库,即可瞬间记住一张纸上的所有内容。

42

"很好。"依蓝德用一根炭棒在面前的城市地图上画了个圈,"这里呢?"

德穆抓抓下巴:"谷田?那是贵族住宅区,大人。"

"曾经是。"依蓝德说道,"谷田以前住满泛图尔的旁支。当我的父亲从城里撤退时,他们大多数也一同离开了。"

"那现在我们可能会发现里面住满了司卡。"

依蓝德点点头:"请他们搬走。"

"大人,请问这是什么意思?"德穆说道,两人站在泛图尔堡垒的马车停靠区。士兵在宽广的区域中忙碌地走动,大部分都没穿制服,因为这并不是正式的官方事务。依蓝德不再是王,但他们仍应他的要求而前来。

这点多多少少证明了一些事情。

"我们需要让司卡搬出那些地方。"依蓝德继续说道,"贵族的宅邸大多数是石屋,有很多小房间,但非常难保暖,需要每个房间都有单独的壁炉或火盆。司卡的通铺屋是不太愉快,但至少有巨大的壁炉跟打通的房间。"

德穆缓缓点头。

"统御主不会让他的工人受冻。"依蓝德说道,"这些通铺屋是以有限资源照顾一大群人的最有效办法。"

"我明白了,大人。"德穆说道。

"不要强迫他们,德穆。"依蓝德说道,"我的私人护卫之中就算有人来自军队,在城市里仍然没有官方权力。如果有人想要住在他们占据的贵族屋子里,就让他们去住,只要确保他们知道其实不需要受冻。"

德穆点点头,开始传达命令。一名使者上前来,引起了依蓝德注意。那个人绕过一堆在乱中有序地听取命令并行动的士兵。

依蓝德朝新来的人点点头:"你是破坏侦测小组的一员,对不对?"

男子点点头,鞠了一躬。他没穿制服,是一名士兵,却不是依蓝德的侍卫之一。他年纪比较轻,有着方正的下巴,渐秃的头,还有诚恳的微笑。

"我见过你吧?"依蓝德说道。

"我一年前帮过您，大人。"男子说道，"我带您进入统御主的皇宫，协助您拯救纹贵女……"

"葛拉道。"依蓝德想了起来，"你以前是统御主的私人侍卫。"

那人点点头："那一天之后，我就加入了您的军队。总觉得这么做是对的。"

依蓝德微笑："不再是我的军队了，葛拉道，可是我感谢你今天来帮我。你有什么要报告？"

"您说得对，大人。"葛拉道说道，"司卡已经抢光空屋子里的家具，可是没有多少人想到要拆墙壁。大半空屋里面都有木头墙壁，许多通铺屋也是以木头搭建，大多数都有木头屋顶。"

"很好。"依蓝德说道。他环顾周围聚集的人们。他没有跟他们说过自己的计划，只要求志愿者前来帮他进行一些劳力工作。他没想到会出现数百人。

"看起来我们召集了很大一群人，大人。"再次回到依蓝德身边的德穆说道。

依蓝德点点头，允许葛拉道退下。"那我们可以尝试进行比原本更庞大的计划。"

"大人。"德穆开口，"您确定要亲自动手拆城吗？"

"我们要么保不住建筑物，要么就保不住人民，德穆。"依蓝德说道。"我选择建筑物。"

"国王如果要阻止我们呢？"

"那我们就按照他的命令行事。"依蓝德说道，"但我不认为潘洛德王会反对。他忙着让议会通过他将城市献给我父亲的提案。况且，让这些人来工作而不是坐在军营里担心，对他来说也是好处多多。"

德穆没说话。依蓝德亦然。他们都知道现在的处境有多艰难。刺杀行动跟政权转移后，只过了一段很短的时间，整个城市余波未消。塞特仍然把自己关在海斯丁堡垒里面，他的军队已经蓄势待发。陆沙德就像是被人用匕首抵着脖子,每呼吸一次,就要见一次红。

我无能为力,依蓝德心想。我只能确保接下来几个晚上没有人冻死。虽然是大白天,人待在室内还穿着披风,他仍然感觉到十分寒冷。陆沙德的人很多,但如果他能找到足够的人手来拆除建筑物,也许还是能帮到大伙儿。

"大人!"

依蓝德转身,看到一名蓄着半长胡子的矮小男子上前来。

"啊,是你,柔皮。"他说道,"有消息吗?"

这个人正在调查食物被下毒的问题,重点在侦查城市的防线是如何被突破的。

探子点点头:"的确有,大人。我们用煽动者询问了一些难民,却什么都没发现,不过我在想,那些难民作为犯人似乎是过于明显了。城市里的陌生人?他们当然是我们最先怀疑的对象,所以我想,又是水井,又是食物什么的出问题,一定是有人在城里溜进溜出。"

依蓝德点点头。他们非常仔细地观察塞特在海斯丁堡垒里的士兵,但都不是他们下的手。史特拉夫的迷雾之子仍然是可能的对象,但纹从来都不相信是他下毒的。依蓝德希望这个线索会指向皇宫里的人,最好能揭露他的侍从中谁被坎得拉取代了。

"怎么样?"依蓝德问道。

"我盘问了做过墙道生意的人。"柔皮继续说道,"我不认为是他们的问题。"

"过墙道?"

柔皮点点头:"通往城外的秘密通道,通常是地道一类的。"

"有这种东西?"依蓝德惊讶地问道。

"当然,大人。"柔皮说道,"在统御主的统治时期中,司卡盗贼要在城市间往来非常困难。所有进入陆沙德的人都必须经过盘问跟调查,所以偷溜入城市的方法有很多。他们中的大多数已经停止营业,例如用绳子把

迷雾之子
卷二·升华之井 [珍藏版]

人吊上跟垂下城墙的那批人。还有几组人马在经营,只是我不认为他们曾让间谍进入过。第一口井被下毒之后,所有的过墙道贩子都开始疑神疑鬼,认为你绝对会对付他们,所以从那时候起,他们只让人出城,都是些想从被围困的城市中逃离的人。"

依蓝德皱眉,一时不知该如何看待有人违背他下达的封城令这件事。

"接下来,"柔皮说道,"我们去河里找了一遍。"

"我们也想过。"依蓝德说道,"但覆盖水面的铁盖都在。"

柔皮微笑:"的确如此。我派了一些人潜到水面下去找,结果找到了几个锁河盖的铁锁,沉在水底下方。"

"什么?"

"有人先把铁盖撬开,主上,"柔皮说道,"之后再将铁盖放回去,以免有人起疑,这样他们可以随时游进游出。"

依蓝德挑起眉毛。

"你要我们去把铁盖修好吗?"柔皮问道。

"不。"依蓝德说道,"先不要。你先拿新锁,把所有的旧锁都换掉,然后派人看着,下次那些下毒的人想要溜进城市时,我要你困住他们。"

柔皮点点头,面带微笑地离开。最近他的间谍专长难有施展空间,因此对于依蓝德交付任务一事相当开心。依蓝德暗自想着干脆让柔皮去查坎得拉间谍的事,不过这首先要柔皮不是那个间谍才行。

"大人。"德穆上前说道,"我对下毒还有一个看法。"

依蓝德转过身:"怎么说?"

德穆点点头,挥手要一个人进到房间里。那人年纪比较轻,十八岁左右,脸和手都和司卡工人一样脏兮兮的。

"这是拉恩。"德穆说道,"他是我的教会成员之一。"

年轻人对依蓝德鞠躬,全身散发着紧张。

"说吧,拉恩。"德穆说道,"告诉泛图尔大人你看到了什么。"

"大人,是这样的。"年轻人说道,"我想过去跟王说,我是指那个新

471

王。"他尴尬得满脸通红。

"没关系。"依蓝德说道,"继续说。"

"可是那些人叫我走,说王没时间见我,所以我去找德穆大人。我想他会相信我。"

"是什么事?"依蓝德问道。

"审判者,大人。"那人小声地说道,"我在城市里看到一个。"

依蓝德浑身发寒。"你确定?"

年轻人点点头:"我一辈子都住在陆沙德里,大人。我看过好几次处决。我认得那怪物。我看到他。眼睛里有尖刺,高高的,穿个袍子,在晚上鬼鬼祟祟地走来走去,就在中央广场附近,我是说真的。"

依蓝德跟德穆交换一个眼神。

"不只他看到,大人。"德穆低声说道,"我的教会中还有其他人也声称在克雷迪克·霄附近看见审判者。前几个人讲我还不信,但拉恩很值得信任,如果他说他看到一样东西,那绝对是真的看到了,他的视力几乎跟锡眼一样好。"

依蓝德缓缓点头,下令从他的私人侍卫队里拨一组人马巡逻刚才拉恩提到的区域。之后,他将注意力放在搜集木头的工作上。他颁布命令,将人分成不同小组,有些先被派去工作,其他人则去召集更多志愿者。少了燃料,城市里很多铸铁厂都关门休息,所以工人们都无所事事,现在能有点事情做也是好的。

依蓝德看到众人分头行动时,眼中闪烁的光,那是一种满足感——终于能有所作为,而非被动等待命运或国王的判决。

依蓝德转身继续研究地图,仔细地标记,眼角余光此时注意到哈姆大摇大摆地走了进来。"原来人都跑这里来了!"哈姆说道,"校场里没人。"

依蓝德微笑地抬起头来。

"你又穿起制服啦?"哈姆问道。

依蓝德低头看看自己的白衣,这是为了让他在被灰烬染黑的城市里特别显眼而专门设计的。"是的。"

"太可怜了。"哈姆叹口气说道,"制服这玩意儿就不该存在。"

依蓝德挑起一边眉毛。面对毋庸置疑的寒冬,哈姆终于愿意在背心下多加一件衬衫,仍然不穿披风或外套。

依蓝德转回去研究地图。"这套衣服适合我。"他说道,"穿起来就是适合,况且你的背心也算是制服。"

"才不是。"

"哦?"依蓝德问道,"没什么比大冬天不穿外套走来走去,更能向世人宣告你就是打手,哈姆。你用衣着来改变别人对待你的态度,让他们知道你是谁,还有你拥有什么身份,这基本上就是制服的功能。"

哈姆一愣。"这种看法很有趣。"

"什么?"依蓝德问道,"你从来没跟微风争论过这种事?"

哈姆摇摇头,转过头去观察其他几组人马,听着依蓝德指导拥有指挥权的人如何行动。

他变了,依蓝德心想。管理这座城市,处理这些大大小小的问题,连他都不得不改变。如今,这打手变得更严肃,更专注,不过这是当然的,城市的安危对他而言,比集团中任何人都来得重要。有时候很难记起这自由自在的人,其实有家室。哈姆不常谈起玛德拉或他的两个小孩。依蓝德猜测这是习惯,哈姆特意与家人保持距离,以保障他们的安全。

整个城市都是我的家人,依蓝德心想,看着士兵离去,准备开工。有些人也许认为搜集柴火是件平凡至极的工作,对于被三支军队威胁的城市来说无足轻重,但依蓝德知道受冻的司卡对柴火的需要,不亚于对保护他们的军队的需要。

事实上,依蓝德跟他的士兵们有类似的感觉。就算只是做小事,无论任何事,只要能帮助到其他人,就能让他感到满意,甚至兴奋。

"塞特如果攻击怎么办?"哈姆说道,仍然看着士兵,"军队里很多人现在都四散在城里。"

"就算我的队伍中有一千人,那对我们的整体兵力影响也不大,而且歪脚认为要召集他们花不了多少时间,我们安排了传令兵在等着。"

依蓝德继续研究地图:"况且,我不认为塞特会现在展开攻击。他关在那个堡垒中蛮安全的,我们绝对攻不进去,那么做会耗费太多守城需要的人力,暴露出我们的弱点,所以他唯一要担心的事情就是我父亲……"

依蓝德话没说完。

"怎么了?"哈姆说道。

"所以塞特人才在这里。"依蓝德讶异地眨眨眼睛,"你懂吗?他故意让自己别无选择。如果史特拉夫攻击,塞特的军队会跟我们并肩作战。他跟我们如今是一条船上的命运共同体。"

哈姆皱眉:"这招似乎有点破釜沉舟。"

哈姆点点头,回想起他跟塞特的会面。"'破釜沉舟'。"他说道,"你形容得不错。不知为什么,塞特已经别无选择,这是我仍然不解的地方,但他把自己困在这里,就必须和我们合作抵抗史特拉夫,无论我们想不想跟他结盟。"

"可是如果议会将城市交给史特拉夫怎么办?如果我们的人跟史特拉夫合作,攻击塞特呢?"

"这就是他的赌注。"依蓝德说道。塞特从来没打算从陆沙德的斗争中抽身。他是抱着宁为玉碎不为瓦全的决心来的。

他正在等待,希望史特拉夫会攻击,又担心我们直接投降,但只要史特拉夫还怕纹,这两件事就不会发生。如今是三方制衡的局面,而克罗司是无法预料的第四个因素。

需要有人出手打破僵局。"德穆。"依蓝德出声,"你可以接手吗?"

德穆队长望向他,点了点头。

依蓝德看着哈姆:"我有问题要问你,哈姆。"

哈姆挑起眉毛。

迷雾之子
卷二·升华之井 [珍藏版]

"你觉得自己现在有多不理智？"

依蓝德牵着马走出通道，进入陆沙德外面的崎岖郊野，转过身，想看看城墙，希望守城的士兵都收到了他的讯息，不会把他当成间谍或是敌方的探子。他可不要在廷朵的历史中，被记录成因为己方一支箭错手误杀的前任国王。

哈姆领着一名矮小、满是皱纹的妇女出了通道。正如依蓝德的猜想那般，哈姆轻而易举便找到连往城外的过墙道。

"好啦，你们到了。"年迈的妇女倚着拐杖说道。

"谢谢大婶。"依蓝德说道，"你今天帮了你的统御区一个大忙。"

老妇人轻蔑地哼了哼，挑起一边眉毛，不过依蓝德觉得其实她的视力跟瞎子差不多。依蓝德微笑，拿出一个钱袋递给她。她以弯曲却出奇灵活的手指探入钱袋，摸了摸，数出硬币。"多了三枚？"

"请你留在这里帮我们看守。"依蓝德说道，"等我们回来。"

"回来？"妇人问道，"你们不是要逃跑？"

"不是。"依蓝德说道，"我只是要跟对方谈点事情。"

老妇人再度挑眉。"好吧，不关我老婆子的事。"她嘟囔地说道，敲着拐杖走回洞里，"我用三个夹币可以雇一名孙子在外面坐几个小时等你们。统御老子的，我的孙子够多。"

哈姆看着她离开，眼中带着一丝关爱。

"你知道这个地方多久了？"依蓝德问道，看着两名壮硕的男子将石块拉回原位，关闭通道。这条地道是半挖土，半切割石块而成，建造规模算是相当惊人，即使柔皮已经跟他说过这种东西的存在，实际走过一条离泛图尔堡垒不到几分钟路程的隐秘通道，仍然很震撼。

哈姆看看他，身后的假通道关起。"噢，我知道这里好多年了。"他说道，"小时候希儿蒂奶奶常给我糖吃，当然她这么做只是想用一点甜头为她的过墙道作一些低调且准确的宣传。我长大后，都用这条路将溜进城来看我的玛德拉和孩子送出去。"

"等等。"依蓝德说道,"你在陆沙德长大的?"

"当然。"

"跟纹一样?"

哈姆摇摇头:"并不像纹那样。"

他以低沉的声音说道,眼光扫过城墙:"我想没有人的成长经历能与纹的相比。我有司卡父母,我的祖父是贵族。虽然我一直跟地下活动有关联,但我大半童年都有父母照顾,况且,我是个男孩,而且还很壮。"他看看依蓝德。"我想这应该有很大的差异。"

依蓝德点点头。

"你会关闭这地方吧?"哈姆问道。

依蓝德惊讶地转身:"我为什么要这么做?"

哈姆耸耸肩:"这不像是你会赞同的正当行业,每天晚上应该都有人从这个洞里逃出去。希儿蒂奶奶以收费低廉著名,虽然是唠叨了一点。"

哈姆的话其实也颇有道理。大概这就是为什么在我主动明确问起之前,他没跟我说过这个地方。他的朋友们拿捏着非常微妙的分寸,一面维系着与过去地下组织的关系,一面却又努力建造着他们牺牲许多才成立的政府。

"我不是王。"依蓝德说道,牵着马离开城市,"希儿蒂奶奶做什么都不关我的事。"

"噢。"哈姆跟在他身边,松了一口气。可是,随着他们逐渐接近出城的目的地,依蓝德可以看出哈姆越发不安。"我不喜欢这件事,阿依。"

两人停下来,依蓝德上了马:"我也是。"

哈姆深吸一口气,点点头。

我过去的贵族朋友们会试图劝阻我,依蓝德好笑地想。为什么我身边现在都是对幸存者忠诚的人呢?他们认定领袖就是会冒不合理的风险。

"我跟你一起去。"哈姆说道。

"不。"依蓝德说道,"没关系的。你留在这里等着我回来,如果我没回来,去跟纹说发生了什么事。"

"好啊,我去跟她说。"哈姆半开玩笑地说,"说完以后就等着把插在我胸口的匕首拔出来吧。你一定得回来,知道吧?"

依蓝德点点头,已经心不在焉,双眼注视着远方的军队。一支没有帐篷、马车、粮车、仆人的军队。一支会将附近植物吃到连草根都不剩的军队。克罗司。

汗水让依蓝德手中的缰绳湿滑。这跟他前往史特拉夫的军营和塞特的堡垒那两次都不同。这次,只有他孤身一人。如果情况恶化,纹无法救他出来,她的伤势尚未康复,也只有哈姆知道依蓝德要去做什么。

我欠这个城市的人什么?依蓝德心想。他们背弃了我。我为什么还坚持要保护他们?

"我认得你这个表情,阿依。"哈姆说道,"我们回去吧。"

依蓝德闭上眼,静静叹口气,又猛地睁开眼,一踢马腹,绝尘而去。

他已经好多年没看过克罗司,上一次还是因为他父亲坚持要他同行。史特拉夫不信任那些怪物,他从来不喜欢它们驻扎在北方统御区——离他的家乡邬都只有几天的距离。那些克罗司是统御主的提醒跟警告。

依蓝德纵马狂奔,仿佛要让速度坚定他的意志。除了短暂造访过邬都克罗司军营外,他对那些怪物的所有知识都来自于书籍,但廷朵的教导让他对书籍天真的绝对信任减弱了。

也只能如此,依蓝德心想,看着逼近的营地,一咬牙,放慢了速度,来到一群随意乱走的克罗司小队附近。

一切正如他的记忆。一只巨大的怪物,皮肤恶心地爆开,沿着拉扯的痕迹龟裂,还有几只中型的怪物,只有嘴角跟眼角周围有血痕,几只更小的,眼睛跟手臂下方松垮的皮肤垂挂,陪同在大克罗司的附近。依蓝德拉停马匹,又策马小跑步来到最大一只怪物身边:"带我去找加斯提。"

"下马。"克罗司说道。

MISTBORN: THE WELL OF ASCENSION

依蓝德直视怪物的双眼，骑在马背上的他与克罗司将近同高："带我去找加斯提。"

克罗司以圆滚滚的眼睛打量他，神情难以捉摸。它的两只眼睛中间有裂痕，还有一道裂痕延伸到一边鼻孔，鼻子本身则是紧绷到已经变扁扭曲，偏离原本位置好几寸。

就是这瞬间。书本说那怪物要么会遵照命令，要么就会马上攻击。依蓝德紧绷地坐着。

"过来。"克罗司呵斥，转身要走回营地。其余的怪物包围了依蓝德的马匹，马儿紧张地踩了踩地面。依蓝德抓紧缰绳，示意要马匹前进。它的反应仍然紧张。

他应该为这小小胜利而高兴，但他只是更加紧绷了。一行人走入克罗司营地，像是被海浪，或是被山崩吞没一般。经过时，大大小小的克罗司轮流抬头，以赤红、不带情感的眼睛看他，另外也有很多克罗司只是站在营火边，毫无反应，像是天生愚笨呆滞的人。

其他的则在打斗。它们在毫不在意的同伴身旁以摔跤的方式扭打成一团，意图杀死对方。没有哲人、科学家或是学者能判定，克罗司到底为何会暴动。贪婪似乎是个好动机，但它们仍会在有很多食物的时候攻击，只为了同伴手中的一块牛肉而杀死它。显然痛楚是另一个很好的动机，对权威的挑战也是。除了这些原始、野蛮的原因，有时候他们也会在毫无理由或征兆的情况下攻击。

在攻击之后，它们会以平静的语调解释自己方才的行为，仿佛刚刚发生的一切都是再合理不过。依蓝德听到大吼声，开始颤抖，告诉自己，找到加斯提之前，他应该没事。克罗司通常只攻击彼此。

除非它们已经杀红了眼。

他推开那个念头，专注于沙赛德描述的克罗司营地景象。那些怪物身上配带着粗糙的宽剑，一如沙赛德的描述。克罗司长得越大，武器也越大。当一名克罗司长到需要更大的剑的体型时，它只有两个选择：找一柄被丢下的剑,或是杀了某一名同族,把它的剑夺走。因此,只要控制剑的数量,就可以大致控制一群克罗司的总数。

一如沙赛德的解释,这些克罗司的剑带上也绑着奇怪的小袋。那是什么?依蓝德"心"想。沙赛德说他看到最大的克罗司有三四个,但领着我的这一群克罗司几乎都有二十个袋子,就连最小的那一只也有三个。

这就是差别,他心想。袋子里的东西会不会就是加斯提用来控制这些怪物的方法?

除非要求看某只克罗司的袋子,否则他不可能知道,但他不觉得它们会让自己看。

他一面走着,一面注意到另一个奇怪的景象:有些克罗司穿衣服。以前他只看过它们穿兜裆布,跟沙赛德的报告符合,但这里有许多克罗司都穿着裤子与衬衫,或穿着裙子。它们挑的衣服并不讲求尺寸,有些紧到已经被扯烂,有些则松到需要被绑在身上。依蓝德看到几只比较大的克罗司有头巾一样的东西绑在头上或手臂上。

"我们不是克罗司。"领头的克罗司突然说道,转向依蓝德,脚下不停。

依蓝德皱眉:"请继续。"

"你认为我们是克罗司。"它以紧绷到已经无法正常运作的嘴唇说道,"我们是人类。我们要住在你们的城市里。我们要把你们杀光,夺取城市。"

依蓝德颤抖,突然明白了那些衣服的来源,它们来自克罗司攻击过的村庄,也就是进入陆沙德的难民的家乡。这似乎是克罗司思维的进步——还是说向来如此,只是被统御主压制着?依蓝德身为学者的部分对此发现极想要深入研究,其余部分则是惊恐万分。

他的克罗司向导在一小堆帐篷前停下,这是营地中唯一类似居住区的地方,紧接着,领头的克罗司转身大喊,惊吓了依蓝德的马。依蓝德挣扎着不让马匹将他抛下,而那只克罗司则扑跳上前攻击它的一名同伴,以巨大的拳头揍向对方。

依蓝德赢得了他的争斗,但领头的克罗司却没有。

依蓝德下了马,拍拍马脖子,被打的克罗司则将它的剑从原本的首领胸口抽出。存活下来的克罗司皮肤上多出了几道不是因为自然崩裂而出现的开口,它弯腰将绑在尸体背后的小袋子拾起。依蓝德目不转睛地看着那克罗司直起身。

"他从来都不是一个好领袖。"它口齿不清地说道。

我不能允许这些怪物攻击我的城市,依蓝德心想。我得想办法。他牵着马上前,背向克罗司,进入几个身着制服的年轻人守卫着的营区。依蓝德把缰绳交给其中一个人。

"帮我照顾一下。"依蓝德说道,大踏步向前。

"等等!"一名士兵说道,"停!"

依蓝德猛然转身,面向较矮的男子,后者一面以矛指着依蓝德,一面又紧张地瞄着克罗司。依蓝德无意显得严厉,他只想控制住自己的焦虑,同时也不想停下脚步。但无论如何,结果就是他瞪着那士兵的眼光,应该足以让廷朵都感到佩服。

士兵猛然停下脚步。

"我是依蓝德·泛图尔。"依蓝德说道,"听过这个名字?"

那人点点头。

"你可以去跟雷卡王宣告我的到来。"依蓝德说道,"只要你能比我先到帐篷。"

年轻人急奔而去,依蓝德跟在他身后,踏步走向帐篷,其他士兵则是迟疑地站着。

身边随时都围满了克罗司,己方人手又不占优势,这对他们造成了什么样的影响啊?依蓝德心想,突然感觉到一阵怜悯,于是没有要强行进入帐篷,而是以伪装的耐性等在门外,直到里面有人喊着:"让他进来。"

迷雾之子
卷二·升华之井 [珍藏版]

依蓝德径自从士兵身边走过,翻开帐门。

过去这几个月的时光并没有善待加斯提·雷卡。不知为什么,他头上残存的几根毛发看起来比全秃的时候还要可怜,衣服邋遢脏污,眼睛下方是两个深深的眼袋。他正在来回踱步,依蓝德走入时还让他惊跳了一下。

然后他睁大了眼睛,半晌动弹不得,良久后才抬起手,拨开他已经失去的头发。"依蓝德?"他问道,"统御主的,你发生了什么事?"

"重担在肩啊,加斯提。"依蓝德轻声说道,"显然我们都没有准备好。"

"出去。"加斯提说道,对他的侍卫们挥手。他们拖着脚步从依蓝德身边离开,在他身后关上了帐门。

"好久不见了,依蓝德。"加斯提虚弱地笑道。

依蓝德点点头。

"我记得以前,"加斯提说道,"在你或我的小地方,我们常跟泰尔登一起喝一杯。我们当时很天真,对不对?"

"天真,"依蓝德说道,"但充满希望。"

"你想喝点什么吗?"加斯提说道,转向房间里的书桌。依蓝德端详堆在房间角落的酒瓶与罐子,全是空的。加斯提从书桌里取出一瓶尚未开过的酒,替依蓝德倒了一小杯,酒杯大小跟透明的酒液显示这不是单纯的佐餐酒。

依蓝德接下了小杯子,却没有喝。"发生了什么事,加斯提?我认识的聪明、体贴的哲学家怎么变成暴君了?"

"暴君?"加斯提斥骂,一口气喝光杯中的酒,"我不是暴君。你父亲才是暴君。我只是现实主义者。"

"坐镇克罗司军队似乎不太现实。"

"我可以控制它们。"

"那绥纳呢?"依蓝德问道,"它们屠杀的村庄?"

加斯提犹疑了。"那是个不幸的意外。"

MISTBORN: THE WELL OF ASCENSION

依蓝德看着手中的酒,突然将它丢开,酒浆洒在满是灰尘的帐篷地面。"这不是我父亲的屋子,我们也已经不再是朋友。领着这样的东西来攻击我的城市的人,我不会称他为朋友。你的荣誉感去哪里了,加斯提·雷卡?"

加斯提轻蔑地哼了哼,看着洒在地上的酒:"你总有这个问题,依蓝德。总是笃定,总是乐观,总是自以为是。"

"我们都乐观。"依蓝德上前一步,"我们想要有所改变,加斯提,而不是有所破坏!"

"是吗?"加斯提反问,显露出依蓝德从未在他朋友身上看过的怒气,"你想知道我为什么在这里吗,依蓝德?你在陆沙德玩乐时,你知道南方统御区发生了什么事吗?"

"我对你家人的遭遇感到遗憾,加斯提。"

"遗憾?"加斯提一把抓过书桌上的酒瓶,"你很遗憾?我执行了你的计划,依蓝德,我按照我们谈论过的一切去实行,自由、坦承,我信任了我的盟友,而不是压榨他们,要他们臣服。结果发生了什么事,你知道吗?"依蓝德闭起眼睛。

"他们杀了所有人,依蓝德。"加斯提说道,"登上王位时,就应该这么做。杀光你的敌人,还有敌人的家人,就连女孩和婴儿都不放过,还留下他们的尸体作为警告。这就是好政治。这就是保持权力的方法!"

"在胜利时要相信一件事是很容易的,加斯提。"依蓝德说道,睁开眼睛,"判定一个人是否有信念,靠的是失败。"

"失败?"加斯提质问,"我的妹妹是个失败?"

"不,我的意思是——"

"够了!"加斯提呵斥,一把将酒瓶重重放回桌上,"来人!"

两个人掀开帐门,走入房间。

"把这位陛下关起来。"加斯提说道,手颤抖地一晃,"派使者去城市,告诉他们,我们要谈判。"

迷雾之子
卷二·升华之井 [珍藏版]

"我已经不是王了,加斯提。"依蓝德说道。

加斯提安静了下来。

"如果我是王的话,你以为我还会来让你抓住吗?"依蓝德问道,"他们逼我退位了,议会举行不信任投票,选了新王。"

"你这个天底下最大的白痴。"加斯提说道。

"这是失败,加斯提。"依蓝德说道,"我的失败没有你的那么艰难,但我想我懂你的感受。"

"好吧,"加斯提说道,一手扒过头发,"你花哨的衣服跟发型也救不了你,是吧?"

"带着你的克罗司离开吧,加斯提。"

"听起来像是威胁。"加斯提说道,"你不是王,你甚至没有军队,而且我也没看到你的迷雾之子。你现在凭什么威胁我?"

"它们是克罗司。"依蓝德说道,"你真的要它们进城去吗?那是你的家,加斯提,至少以前是。里面有成千上万的人!"

"我可以……控制住我的军队。"加斯提说道。

"不,我怀疑你是不是真的可以。"依蓝德说道,"发生了什么事,加斯提?是不是它们决定要个国王?它们决定既然这是'人类'做事的方法,它们也该这么做?那些袋子里有什么?"

加斯提没有回答。

依蓝德叹口气:"万一它们其中之一失控,攻击你怎么办?"

加斯提摇摇头。"对不起,依蓝德。"他轻声说,"我不能让史特拉夫取得天金。"

"那我的人民呢?"

加斯提迟疑了瞬间,然后低垂眼神,朝侍卫挥手,一人按上依蓝德的肩膀。

依蓝德的反应甚至出乎他自己的意料。他以手肘捶向那人的脸,打碎了他的鼻子,然后往后一踹那人的腿,令他倒下,在加斯提还来不及喊出

483

MISTBORN: THE WELL OF ASCENSION

声前,依蓝德便往前一跃。

依蓝德将纹给他的黑曜石匕首抽出靴子,抓住加斯提的肩膀,扭着哼哼唧唧的他转身,把他推倒在书桌上,几乎想都没想,就将匕首插入了他老朋友的肩膀。

加斯提发出一声可怜的尖叫。

"如果杀你有用的话,加斯提,"依蓝德低吼,"我现在就会动手!但我不知道你怎么控制那些东西,我也不想让它们乱跑。"

士兵们挤入房间,依蓝德没有抬头,只甩了加斯提一巴掌,阻止他继续哀号。

"给我听好。"依蓝德说道,"我不在乎你是否被人伤害过,我不在乎你是否已经不相信那些哲理,我甚至不在乎你被史特拉夫和塞特的政治手段玩死。"

"可是,你威胁我的人民,我在乎。我要你带着军队离开我的统御区,你可以去攻击史特拉夫的家乡或塞特的,两边都没有军队防御。我向你保证,我不会让你的敌人得到天金。

"而且,身为你的朋友,我要给你一点忠告。想想你肩上的伤,加斯提。我原本是你最好的朋友,结果连我都差点杀了你。你还该死地待在一群发疯的克罗司之中干吗?"

士兵包围了他。依蓝德站起身,将匕首从加斯提的身体抽出,转而抵在他的喉咙上,再让那人转过身。

侍卫们全都僵住了。

"我要走了。"依蓝德将迷惘的加斯提推在面前,走出帐篷,注意到人类士兵的数量不超过十二个。沙赛德看见的人数更多,加斯提把那些人弄到哪里去了?

依蓝德没看到他的马,所以他一边戒备着,一边将加斯提拉往人类营地跟克罗司营地之间的隐形界线。依蓝德来到边界时转身,将加斯提推往向的手下。他们接住他,一人为他包扎伤口,其他人仿佛想要追依蓝德,却都迟疑地停了下来。

依蓝德已经进入克罗司营地的范围。他静静地站着，看着那团少得可怜的年轻士兵，加斯提站在中间。他们照顾他的同时，依蓝德可以看见加斯提的眼神——充满恨意。他不会退兵。依蓝德认识的那个人已经死了，被这个新时代变成了一个陌生人，对于哲学家跟理想家毫无好感。

依蓝德转过身，走在克罗司之间，一群克罗司很快上前来。是同样一组吗？他不确定。

"带我出去。"他命令，对上最大一只克罗司的双眼。要不是依蓝德现在更有威严了，就是这克罗司很容易被威吓，因为对方并没有争辩，只是点点头，开始拖着脚步往营地外走，它的小队包围着依蓝德。

来这一趟根本是浪费，依蓝德烦躁地心想。我只是激怒了加斯提而已。我冒着生命的危险，却一无所获。

要是我能知道那袋子里有什么就好了！

他打量身边的一群克罗司。这一团的成员组成很标准，十尺高到五尺高的克罗司都有，通通没精打采地走着……

依蓝德手中仍然握着匕首。

这太蠢了，他心想，但仍挑选了最小的一只克罗司，深吸一口气，展开攻击。

其余的克罗司停下来观战。依蓝德挑选的怪物转身，却转错方向，面向了体型跟它最近的克罗司，而依蓝德趁此时冲上前去，刺入它的后背。

虽然它只有五尺高，而且体型偏小，但仍然是无比强壮，它将依蓝德甩开，痛得大吼，但依蓝德仍然手中紧握匕首。

不能让它抽出剑，他心想，重新站起身，将匕首再次戳入怪物的大腿。克罗司重新倒地，一手捶向依蓝德，另一手伸向剑。依蓝德接了在胸前的这一拳，倒回满是灰烬的地面。

他惊喘出声，克罗司已经把剑抽了出来，却站不稳，两道匕首伤口都在流血，似乎比人类的血更灿烂、更闪亮，但那可能只是因为跟深蓝色

MISTBORN: THE WELL OF ASCENSION

皮肤映衬的结果。

克罗司终于站起,依蓝德此时才意识到他的错误。他让跟加斯提对峙时的肾上腺素,还有无法阻止军队的焦躁影响了自己。他最近的确经常练习对战,却绝对不是打得过克罗司的料。

可是现在担心这件事也来不及了。

一把粗壮如棒槌的剑往地上猛砍,依蓝德一个打滚避了开来,直觉压过了惊恐,他也几乎避开了后续的一挥。那一挥在他身侧微微割开一道口子,洁白的制服染上鲜血,但他几乎没有感觉。

跟拿剑的人比武时,光靠匕首只有一种赢法,依蓝德心想,握紧了匕首。奇特的是,这个念头并非来自于他的教练,甚至也不是纹。他也不知道这个念头从何而来,但他信任它。

近身一搏,速战速决。

于是依蓝德出击了。克罗司也趁此时挥砍,依蓝德看得到它的攻击,却无法招架,只能往前扑,举高匕首,咬紧牙关。

他将匕首刺入克罗司的眼睛,勉强躲进那怪物的怀里,即便如此,剑柄仍然击中他的腹部,双方一起倒地。

依蓝德轻声呻吟,慢慢意识到坚硬如铁,沾满灰烬的土地,并且吃到杂草的草根。一根小树枝刮中他的脸颊。奇怪,他的胸口痛成这样,居然还会留意脸颊上这么小的触感。他摇摇晃晃地站起。被他攻击的克罗司没有起身。它的同伴们站在身边,似乎不将整件事放在心上,不过每只克罗司的眼睛都在注视他,似乎想要他做些什么。

"他吃了我的马。"依蓝德说道,说出他混沌脑袋里能想到的第一个理由。

那一群克罗司点点头。依蓝德蹒跚地上前,一面晕眩地擦拭脸颊上的灰烬,一面跪倒在死去的怪物身边,拔出匕首,收回靴子里。接下来,他解开它的小袋,这只克罗司有两个。

最后,他不确定为什么,但仍然抓起怪物的大剑,扛在肩膀上。这剑重到他几乎扛不动,绝对也挥不动。这么小的怪物是怎么用这种东西的?

克罗司们不发一语地看着他动手,也领着他出了营地。它们一退后,依蓝德便掏出其中一个小袋,看向里面。

他不该对里面找到的东西感到意外。加斯提决定以最传统的方式控制他的军队。

他付钱。

其他人说我疯了。如同我先前所说,可能确实如此。

43

迷雾涌入黑暗的房间,如瀑布般散落在站在洞开的阳台门口的纹身边。依蓝德在离她不远的床上睡成一团。

欧瑟的解释是,主人,据说他只身进入克罗司营地。你那时正在睡觉,我们没有人知道他在做什么。我想他没能说服那些怪物不要攻击城市,但他的确带了很宝贵的情报回来。

欧瑟坐在她身边。它没有问纹为什么要来依蓝德的房间,为什么她站在黑夜里,静静地看着前任国王。

她保护不了他。她很努力,但保护一个人的困难,如今显得分外真实,分外清晰,清晰到让她想吐。

依蓝德出去是对的。他是他自己的主人,极有能力,有帝王的气度。依蓝德做的事情只是会让他陷入更多危险,而恐惧已经长久伴随在她身边,她早已习惯,鲜少引发她生理上的反应——但看着他安静的睡颜,她发现自己的双手背叛了她,抖个不停。

MISTBORN: THE WELL OF ASCENSION

我从刺客的手中救了他,我保护他,我是个强大的镕金术师,为什么我仍感觉如此无助?这么孤独?

她上前一步,赤脚无声地踩在地上,来到依蓝德的床前,他没有醒。她就这么站了好久,看着他平静地熟睡。

欧瑟发出轻声咆哮。

纹转身。有人站在阳台上,背脊挺直,一身黑,即便她的视力有锡的增强,也难以看清。迷雾落在他身前,堆积在地板上,如半透明的青苔。

"詹。"她轻声说道。

"他不安全,纹。"他说道,缓缓进入房间,推开身前的一片雾。

她回望依蓝德:"他永远不会安全。"

"我来告诉你,你们之中有叛徒。"

纹抬起头:"谁?"

"那个叫德穆的人。"詹说道,"他在刺杀行动前联络了我父亲,提议要打开城门,献出城市。"

纹皱眉。不合理。

詹上前一步:"这都是塞特所为,纹。即使是在上层贵族中他也是条毒蛇,我不知道他用什么贿赂了你的人,但我知道德穆试图让我父亲在投票时发动攻击。"

纹想了想。如果史特拉夫在那时攻击,就会让人深信刺客的确是他派来的。

"该死的是依蓝德跟潘洛德。"詹说道,"议会陷入一片混乱之后,塞特就可以大权在握,带着士兵——还包括你们的士兵——一起攻击史特拉夫的军队。他会成为从入侵者手下保护陆沙德的救世主……"纹静立于黑暗中。詹这么说不代表这就是实话,虽然她的探查结果也指向德穆是叛徒。

她认出了议会中的刺客,那人是塞特的随从,所以她知道至少有一件事情詹是说对的。况且,塞特有派镕金术师杀手的先例:他好几个月前派来一批时,纹用了最后一点天金。当晚是詹救了她。

她握紧拳头,烦躁在胸中骚动。如果他是对的,那德穆已经死了,敌人的坎得拉早就潜伏在皇宫中很久,离依蓝德只有数步之远;即使詹在说谎,我们的城内和城外也还各有一名暴君,还有一群克罗司迫不及待想吞食我们的人民。依蓝德也不需要我。

因为我无能为力。

"我看见你的烦躁。"詹低声说道,来到依蓝德的床前看着熟睡中的兄弟,"你一直听他的。你想要保护他,但他却不让你保护。"詹抬起头,迎向她的双眼。她看出其中的暗示。

有一件事是她可以做的,她心里的某个部分一直想这么做。她被训练可以做的事。

"塞特几乎杀了你爱的人。"詹说道,"你的依蓝德可以随心所欲,让我们也来随你所欲。"他望入她的双眼。"我们当别人的刀太久了,我们该让塞特看看,他为什么该惧怕我们。"

她的愤怒,她对围城战的焦躁,渴望按照詹的建议来行动,但她仍然摇摆不定,思绪混乱:她杀过人——彻底地杀人——就在不久之前,那件事让她惊恐不已。可是……依蓝德进行这种冒险,毫不合理的冒险,只身深入克罗司军队,这感觉像是背叛。她这么努力要保护他,将自己逼到极限,暴露出自己的弱点,结果在几天后,他却自己跑去找一堆怪物。

她咬咬牙。她心里有个声音在低语,如果依蓝德不肯远离危险的话,她只能消除一切对他的威胁。

"走吧。"她低声说道。

詹点点头。"你得明白,"他说道,"我们不能只是暗杀。另一个军阀会取代他的位置,领导他的军队。我们得全力攻击,让军队如惊弓之鸟,无论是谁接下指挥位置,他们都会怕到不敢留下来,只想快速离开。"

纹一惊,别过头,指甲掐入掌心。

"告诉我。"他说道,上前一步靠近她,"你的卡西尔此时会叫你怎么做?"

答案很简单。卡西尔根本不会出现这种问题。他是个很冷酷的人,对于任何威胁他所爱之人的危险毫无耐心。塞特跟史特拉夫不可能在陆沙德安然度过一天,他们立刻就会感觉到卡西尔的匕首。

她在某种程度上叹服于他强大的力量,极致又实际的暴力。

有两个方法可以保你平安,瑞恩的声音低语。安静无害到别人无视你,或者危险到他们畏惧你。

她迎上詹的双眼,点点头。他微笑让开,跳出窗外。

"欧瑟。"他一走,她便低声说道,"我的天金。"

狗想了想,走上前来,肩膀裂开。"主人……"它缓缓说道,"不要这么做。"

她瞥向依蓝德。她无法保护他不受一切伤害,但她可以有所作为。

"塞特威胁了我所爱的一切。"她低声说道,"他很快就会明白,这世界上有比他的刺客更致命的人。比他的军队更强大,比统御主本人更可怕的东西。"

"而且就要找上他的门。"

他们称此为迷雾班。

每个士兵都得轮流站在黑暗里,手里握着一支忽明忽灭的火把。总得有人把守。总得有人盯着那些不断移动,鬼魅的迷雾,猜想那里是不是有东西正在看着他们。

威伦知道有。

他知道,但他从不提起。士兵取笑这种迷信。他们得深入迷雾,他们习惯了,早知道没什么好怕的。理论上是如此。

"嘿。"嘉路说道,来到城墙边缘,"阿威,你有没有看到什么?"

他当然没有。他们跟几十个人一起站在海斯丁堡垒的边缘,从外围城墙守卫，大概离地十五尺，环绕在堡垒外。他们的工作就是在雾里找寻任何可疑的东西。

"可疑。"他们是这么形容的。什么都很可疑，毕竟是雾。一片随时在移动的黑暗，充满混乱与恨意的空洞，威伦从不信任雾。他知道他们就在那里。

有东西在黑暗中移动。威伦往后退，盯着虚空，心跳开始加速，手掌冒汗，他举高了矛。

"有。"嘉路说道，眯起眼睛，"我敢发誓我看到了——"

果不其然，嘉路的想法成真了。它来了。如大热天出现的上千蝼蚁，如一整军发射的箭雨，钱币散过墙头，一波闪耀的死亡，上百枚钱币穿过迷雾，金属打在石头上，有人发出痛喊。

威伦往后退，举高矛，嘉路则大喊示警。但话音未落就已经成了尸体，一枚钱币射穿他的嘴，打断一根牙齿，最后从脑后射出。嘉路倒地，威伦躲开尸体，知道来不及跑了。

钱币停下。沉默笼罩着空气。人们七歪八倒，呻吟不止。

接着，他们来了。黑夜中的两道死亡暗影。迷雾中的乌鸦。黑布擦过威伦。

最后只剩他一人。曾经有四十个人的小队中，除了他之外，只剩尸体。

纹蹲在地上，赤足踩在沁凉的海斯丁中庭石板上。詹则是站立着，玉树临风，散发出无与伦比的自信。

白镴在她体内燃烧，让她的肌肉充满上千倍的蓄势待发的能量，她很轻易地忽略了身侧的疼痛，唯一一颗天金在腹里，但她没有使用。还没有使用，除非她证明自己的猜测，证实塞特是迷雾之子。

"我们从下往上。"詹说。

纹点点头。海斯丁堡垒中央的高塔有许多楼层，不可能知道塞特到底在哪一层楼。如果他们从下往上找，他必定逃不掉。

MISTBORN: THE WELL OF ASCENSION

况且，从下往上比较困难。纹四肢中的能量渴望被释放。她已经紧张地等待了太久，厌烦了必须示弱，厌烦了被束缚。好几个月的时间里她被当成一把匕首，动也不动地被比在别人的喉咙前。

该是真正划一刀的时候了。

两人往前冲，塞特有一部分的人马驻扎在中庭，此时都被警示唤醒，拿着火把围了上来。帐篷松倒、坍塌，众人惊讶地大喊，寻找前来攻击的军队。但来的东西比军队更可怕。

纹笔直跃入空中，詹则一转身，在身体四周撒了一袋钱币，数百枚铜片在她下方的空中发出晶亮的光芒，对于农人来说已经是一笔不小的财富。

纹轻声落地，两人一同前推，力量将钱币往外送。被火把点亮的飞射铜片穿过营地，让讶异、睡眼惺忪的人们不支倒地。

纹和詹继续攻向中央高塔，一群士兵聚集在塔的前面，仍然显得手足无措，虽睡意未散，却也已经全副武装，穿的是金属盔甲跟钢铁武器。如果他们的对手真的是一支军队，那这样的装备也合理。

詹跟纹潜入士兵中央。詹往两人之间抛了一枚钱币，纹探出力量反推，感觉詹的重量从另一侧袭来，两人在保持钱币平衡的同时，再各自朝钱币的反方向推出，用全身重量之力攻往两旁的士兵。骤烧着白镴，他们相互支撑、稳住身体，所有士兵像是被巨手拍打一般被推散。矛和剑在夜里扭曲，叮叮咚咚地落在石板地上，被推开的胸甲拖着尸体离开。

纹一感觉到詹将力量从钱币上收起，也熄灭了她的钢，闪闪发亮的一片金属落在两人之间的地上。此时，詹一转身，手朝唯一一个直接挡在詹跟堡垒大门之间的士兵推了过去。

一群士兵冲向詹，却因为钢推的力量而定在原地，所有反作用力都攻向孤身站立于门前的士兵。那不幸的人被一击打飞，重重撞上堡垒大门，骨头发出断裂声。士兵跌入后方的房间中，大门被打开，詹弯腰窜入洞开的大门，纹流畅地跟在他身后，赤足离开了粗糙的石板地，踩上光滑的大理石。

士兵在里面等着。他们没有穿戴盔甲，手中握着大木盾准备抵挡钱币，武器则是木棍或是黑曜石剑。

杀雾者——专门被训练来杀镕金术师的人。总数大概有五十个。

现在才是认真的，纹心想，跃入空中，反推门轴。

詹则一上场便继续钢推他用来开门的人，将尸体抛给杀雾者。士兵撞上他们时，纹落在第二群人中央，一个伴随白镴之力的扫堂腿绊倒了四个人。其他人要攻击时，她钢推钱袋里的一枚钱币，让它撕裂布料后落下，自己则顺势往上飞，在空中翻个筋斗，抓起被绊倒士兵抛下的木杖。

黑曜石剑砍上她原本站着的白色大理石地板。纹带着自己的武器呼啸而下，以超越凡人的速度，击中耳朵、下巴、喉咙。头颅破碎，骨头断裂，十个人全部倒地时，她却几乎连大气都没喘。

十个人……卡西尔是不是跟我说过，有一次他遇上六名杀雾者就觉得有点麻烦了？

没有时间多想。

一大群士兵朝她冲来。她大喝一声，朝他们跳去，将木杖抛向领头人的脸上，其他人讶异地举高了盾牌，但纹却在落地的同时抽出一柄黑曜石匕首，戳入面前两人的大腿，旋身绕过他们，随机攻击身边人的弱点。

眼角余光捕捉到一把攻来的剑，她举起手臂，挡下朝她的头打来的木棍。木头发出碎裂声，纹手中匕首一闪，那人随即倒地，几乎身首异处。其他人一涌上前，她往后一跳，将詹之前用过的穿着盔甲的尸体拉引到身边。

木盾阻挡不了这么大的抛掷物。纹让尸体撞上对手，人群被她打得飞散，她看到原本去攻击詹的杀雾者此时所剩无几。詹站在他们之中，宛如死者间的一根黑柱，双手平举。他与她四目相交，朝房间后方点点头。

纹不理会几个残存的杀雾者，钢推了尸体，让自己滑过地板，詹跳起，往后一推，打碎玻璃窜出，进到雾里。纹快速检查了后面的房间—

遍。没有塞特。她转身,顺手打倒一名迟来的杀雾者,然后钻入升降梯通道。

她不需要坐升降梯。她直接钢推钱币往上飞升,冲入三楼。詹会去二楼。

纹悄悄落在大理石地板上,听到身边的楼梯传来脚步声。她认得这个宽敞的大房间,就是依蓝德与塞特共进晚餐的地方,如今空无一物,连桌子都被搬走,但她认得彩绘玻璃房间的圆形轮廓。

杀雾者从厨房涌出。几十名杀雾者。后面一定还有另外一道楼梯,纹心想,冲入身边的楼梯,但那里也同时涌出几十个杀雾者。两拨人一起围攻她。

五十比一,那些人一定是觉得占据了优势,所以信心满满地往前冲。她瞥向空洞的厨房大门,后面没有塞特。这层楼不用搜了。

塞特带来的杀雾者还真不少,她心想,静静退入房间中央。除了楼梯间、厨房、柱子之外,房间四周环绕着圆形彩绘玻璃。

他预料到我会来,因此做了准备,或者该说,他尝试想要准备。

众人涌上来攻击时,纹弯腰,抬起头,闭起眼睛,燃烧硬铝。

拉引。

镶嵌在圆形金属框里的彩绘玻璃在房间四周爆炸,她感觉到金属框往内缩,在她巨大的力量前扭曲变形。她可以想象灿烂多彩的玻璃在空中闪耀发光。她听到玻璃跟金属埋入人体时,那些人发出的惨叫。

只有外围的人会因爆炸而死。纹睁开眼睛,跃起,躲过十几把落在她身边的决斗杖,穿过一波攻击。有些打中,有些没打中。没关系,此时她感觉不到痛楚。

她钢推一个破裂的铁框,一翻身便越过士兵头顶,落在攻击者的圈外,最外面一圈人已经被玻璃片跟扭曲的金属框刺穿,纹举起手,低下头。

硬铝跟钢。她用力一推,世界为之颤抖。

迷雾之子
卷二·升华之井 [珍藏版]

纹钢推了一排被金属框刺穿的尸体,将尸体抛出,撞向圆圈中央仍存活的人,纹本人则从破口的窗户窜入雾中。

死者、伤者、毫发无伤的人都从房间内被扫荡一空,跌出纹对面的窗户。躯体在雾中翻转,五十个人被抛入夜晚,房间里只剩下血迹跟玻璃碎片。

纹吞下一瓶金属液,迷雾拥抱住她。然后,她利用四楼的窗户,将自己拉引回堡垒,途中碰到在黑夜中坠落的尸体,她瞄到詹消失在对面另一扇窗户处。这一层也清空了。

光照在五楼。他们也许可以先来这里,但这不是原本的计划。詹说得没错,他们要的不只是杀掉塞特,更是要让他的整组人马肝胆俱裂。

纹利用被詹抛出的士兵盔甲作为锚点。士兵以斜角往下落,穿进一扇破裂的窗户,纹以反方向飞升,远离建筑物,到达她需要的高度后,快速一拉,重回建筑物里。她落在五楼的窗户前。

纹抓紧石头窗台,心跳如雷,呼吸急促,汗水让她的脸在冬风中冰寒一片,体内却是完全的炙热。她用力吞咽,睁大眼睛,骤烧白镴。

迷雾之子。

她一挥手,打碎了窗户,等在后面的士兵往后一跳,转过身,一人身上有金属腰带扣,他最先死去。其他二十人根本不知该如何应付飞窜在他们之间的金属扣环,扣环随着纹的推拉不断扭转。他们受过对抗镕金术师的训练,上过课程,甚至试打过。

却从来没遇上纹。

人们不断尖叫、倒地。纹只凭扣环为武器,便撕裂了他们的阵势。对能让白镴、锡、钢、铁发挥出如此巨大力量的纹来说,使用天金几乎是不可思议的浪费。就算没有天金,她仍然是可怕的武器,而直到此刻之前,她并不了解自己的潜能。

迷雾之子。

最后一人落地。纹站在他们之间,感觉到一阵麻木的满足。她让金属

MISTBORN: THE WELL OF ASCENSION

腰带扣从指尖滑落，跌在地毯上。深处的房间不如先前那些空旷。这里有家具，也有小小的摆设。也许依蓝德的搜刮队伍在塞特到来前尚未来得及清理到这里——或是塞特带来了自己的生活所需。

她身后是一道楼梯。她面前是一片精致的木墙，上面有扇门。这是内室。纹静静踏前一步，迷雾披风轻轻发出摩擦声。她从后方的铁框拉下四盏油灯，让它们往前飞窜，自己退开一步，任由它们撞上墙。火焰随着四溅的灯油燃烧，洒满整面墙，灯盏的力量打破了门。她举起手，将门完全推开。

火焰在她踏入房间的身影后燃烧。富丽堂皇的房间很安静，诡异的空旷，只有两个人。塞特坐在一张简单的木椅子上，满脸胡楂，衣着凌乱，看起来非常、非常疲惫。塞特的儿子挡在塞特跟纹中间。那男孩握着一柄决斗杖。

哪一个才是迷雾之子？

男孩攻击。纹抓住武器，将男孩推到一旁。他撞上木墙，倒地。纹打量着他。

"女人，放过奈容汀。"塞特说道，"你动手吧。"

纹转身面向贵族。她想起她的烦躁、她的愤怒、她冰冷彻骨的怒气，上前一步，抓住塞特的套装前襟。"跟我打。"她说道，将他往后一抛。

他撞上后墙，滑下地面。纹准备好天金，但他没有站起，只是翻到一旁咳嗽。

纹走到他身边，抓住他的手臂将他拖起。他握紧了拳头想要攻击她，但他虚弱得可笑。她无视于他对她身侧的攻击。

"跟我打。"她命令，将他抛在一旁。他重重倒在燃烧的墙旁边，头撞击到地面，一丝血迹沿着他的额头流下。他没有站起。

纹咬一咬牙，向前一步。

"不要碰他！"叫做奈容汀的男孩跌跌撞撞地挡在塞特前面，瘦弱的手臂举起决斗杖。

迷雾之子
卷二·升华之井 [珍藏版]

纹停下脚步,歪着头。这男孩满头大汗,身形摇摇欲坠。她望入他的双眼,看到绝对的惊恐。这男孩不是迷雾之子,可是他却没有让开,可悲、绝望地挡在倒地塞特的身前。

"让开吧,孩子。"塞特以疲累的声音说道,"你无能为力。"

男孩开始发抖,哭泣。

眼泪,纹心想,感觉脑中升起奇异的感觉,举起手,意外地发现自己脸颊上也是湿漉漉一片。

"你没有迷雾之子。"她低声说道。

塞特挣扎地半坐起,直视她的双眼。

"今天晚上没有出现半个镕金术师。"她说道,"你在议会厅攻击时,全用完了?"

"我仅有的镕金术师,已经在好几个月前被我派去攻击你。"塞特叹了口气。"他们是我仅有的一切,是我杀死你的唯一希望,但连他们也都不是来自于我的家族。我的整个血系都被司卡的血统玷污了。奥瑞安妮是数个世纪以来,我们家族诞生的唯一一个镕金术师。"

"你来陆沙德……"

"因为史特拉夫早晚会来对付我,"塞特说道。"小妞,我最好的机会,就是趁早杀了你,所以我把他们都派去对付你。失败之后,我知道我得尝试夺取这该死的城市跟它的天金,好收买一些镕金术师。但我失败了。"

"你可以提议跟我们合作。"

塞特轻笑,坐直:"在真正的政治里没有合作,不是掠夺,就是被掠夺。况且,我向来好赌。"他抬头看她。"你动手吧。"他再次说道。

纹颤抖。她感觉不到自己的泪水,几乎什么都感觉不到。为什么?我为什么什么都弄不懂了?

房间开始颤抖。纹转身,望向后墙,墙壁如濒死动物般颤抖痉挛,钉子开始凸出,被反扯入木片,整面墙朝内炸开。燃烧的木板、木屑、铁钉、碎片在空中飞舞,围绕着一名身着黑衣的男子。詹站在后面的房间内,死亡散布在他脚下,双手垂在身侧。

他的指尖流淌着鲜红,不断滴落。他隔着残余的燃烧着的墙壁望向里面微笑,然后踏入塞特的房间。

"不行!"纹说道,冲向他。

詹讶异地停下脚步。她钢推自己,滑向他,想握住他的手臂。黑色的布料因为他的血而闪闪发光。詹闪过。他好奇地转向她。她伸手要拉住他,他却轻而易举地快速闪过,像是剑术大师在与年轻小男孩决斗。

天金,纹心想。他可能一直在燃烧天金,但他不需要天金就能跟那些人打斗。反正他们不可能敌过我们。

"拜托你。"她说道,"放过他们。"

他绕到一旁,轻易闪过纹,朝塞特跟那男孩走去。

"詹,别动他们!"纹说道,转向他。

詹看着塞特,他正在等待。男孩在他身侧,想将他的父亲拉走。

詹转头看着她,偏过头。

"拜托你。"纹又说了一次。

詹皱眉。"他仍然控制了你。"他听起来似乎很失望,"我以为如果你能透过战斗明白自己有多强,就能摆脱依蓝德的掌握。我想我错了。"

于是,他转身背向塞特,从他打出的洞走了。纹安静地跟着詹缓缓离去,双脚踩裂了木屑,留下破碎的堡垒,粉碎的军队,以及被羞辱的国王。

不过即使是疯子,不也要倚靠自己的意识,自己的经验,而非别人的?

44

在冰寒的清晨中,微风看着一副非常令人气馁的景象:塞特的军队在撤兵。

微风颤抖着,口中呵着白气,转向歪脚。大多数人只看得见老将军脸上皱着的眉,但微风看到的更多,他在歪脚的眼睛周围看到紧张,他注意到歪脚的手指正敲着冰冷的石墙。歪脚不是个容易紧张的人。这个动作意味着什么?

"这就是结局?"微风静静问道。

歪脚点点头。

微风看不出来。外面还有两支军队,仍然是制衡的状态,但是他信任歪脚的判断,或者说,他相信自己不会看走眼,而他认为歪脚的判断是值得信任的。

老将军知道他不知道的事情。

"请解释。"微风说道。

"史特拉夫马上就会想通。"歪脚说道。

"想通什么?"

"只要他放手,那些克罗司会帮他完成工作。"

微风一愣。史特拉夫并不在乎城里面的人,他只想夺取天金,还有象征性的胜利。

"如果史特拉夫撤军……"微风说道。

"克罗司就会攻击。"歪脚点头说道,"它们会杀死找到的每个人,毁弃城市,等克罗司走后,史特拉夫可以回来找天金。"

"如果它们会走的话,老朋友。"

歪脚耸耸肩:"无论如何,史特拉夫都占据优势。他会面对一个疲惫的敌人,而非两支强大的军队。"

MISTBORN: THE WELL OF ASCENSION

微风感到一阵寒意，拉紧了披风："你说得太……直接。"

"第一支军队来时，我们早就该死了，微风。"歪脚说道，"只是我们很擅长拖延。"

他统御老子的，我为什么要花时间跟这个人相处？微风心想。他只不过是一天到晚都认为世界要结束的悲观主义者。可是，微风很懂人心。这一次，歪脚没有夸张。

"该死了。"微风低声咒骂。

歪脚只是点点头，靠着围墙，看着消失的军队。

"三百个人。"哈姆说道，站在依蓝德的书房里，"至少我们的探子是这么说的。"

"没我想象的严重。"依蓝德说道。他们站在依蓝德的书房里，唯一一个外人是鬼影，他斜斜地靠在桌子边。

"阿依，"哈姆说道，"塞特带了一千人来陆沙德。意思是纹攻击时，塞特在不到十分钟内就损失了三成的士兵。就算是在战场上，一天的战斗就损失三到四成兵力，大部分军队都望风而逃。"

"噢。"依蓝德皱眉说道。

哈姆摇着头坐下，帮自己倒了杯东西喝："我不明白，阿依。她为什么要攻击他？"

"她疯了。"鬼影说。

依蓝德想开口反驳，却不知该如何解释自己的感觉。"我不知道她为什么这么做。"他最后承认，"不过她说过，她不相信议会的那些杀手来自于我父亲。"

哈姆耸耸肩。他看起来……精疲力竭。处理军队，担心国家的安危，并不是他习惯的环境。他喜欢处理小范围的事情。

当然，依蓝德心想，我也比较喜欢静静地坐在椅子上读书。我们有各自的职责要履行。"有她的消息吗？"依蓝德问道。鬼影摇摇头："牢骚叔派了探子在城里找，可是目前没什么发现。"

"如果纹不想被找到……"哈姆说道。

依蓝德开始来回踱步,他发现自己站不住,猜想此刻的自己大概跟加斯提看起来差不多,一直在绕圈圈,不断扒抓头发。

你要镇定,他告诉自己。你可以看起来很担心,却不能看起来迟疑不定。

他继续踱步,不过放慢了速度,也没有对哈姆或鬼影说出他的担忧。如果纹受伤怎么办?如果塞特杀了她怎么办?他们的探子对昨晚的攻击行动所知不多。纹绝对有参与,但是否有另一名迷雾之子跟她在一起,回复则莫衷一是。她离开时,高塔顶层火光冲天——而且不知为何,她没有杀塞特。

在那之后,就没有人见过她。

依蓝德闭起眼睛,一手按着石墙。我最近忽略了她,我一直在帮助城市……但如果失去她,救了陆沙德又有什么用?我几乎已经感觉不认得她了。

我认识过她吗?

没有她在身边,感觉一切都不对。他开始仰赖她单纯的直率。她全然务实的想法,她全然的稳固,好让他能感到安定。他需要抱着她,才能知道有比理论跟概念更重要的东西。

他爱她。

"我不知道,阿依。"哈姆终于说道。"我从来没想过纹会是个问题,但她的童年过得很辛苦。我记得有一次她在没有什么理由的情况下就对我们大吼大叫,发泄关于她童年的一些事情。我……不确定她的精神状态是否稳定。"

依蓝德睁开眼睛。"她的精神没问题,哈姆。"他坚定地说道。"而且她比我们更有能力。"

哈姆皱眉。"可是……"

"她攻击塞特一定有好理由。"依蓝德说道。"我相信她。"

哈姆跟鬼影交换眼神，鬼影只是耸耸肩。

"不只是昨晚，阿依。"哈姆说道。"那女孩还有地方不对劲，不只是精神上的……"

"什么意思？"

"记得议会那次攻击吗？"哈姆说道。"你跟我说过，你看到她被打手的木杖劈到。"

"那又怎么样？"依蓝德问道。"她足足躺了三天。"

哈姆摇摇头。"她全部的伤加起来，包括身体被打中，肩膀的伤，还有几乎被掐死，加起来让她躺了三天。可是，如果她被打手真的打得这么严重，不应该只是躺几天，依蓝德。她应该要躺好几个礼拜，甚至更久，她甚至不应该肋骨没被打断。"

"她燃烧白镴。"依蓝德说道。

"那打手应该也有。"

依蓝德愣住。

"你懂了吧？"哈姆说道。"如果他们都燃烧白镴，那力量应该均等，之后就要靠纹的身体自愈，但她不可能超过四十几公斤，却被比她重三倍、经过训练的士兵全力打中。她却才休息几天就没事了。"

"纹是特别的。"依蓝德终于说道。

"对于这点我没有异议。"哈姆说道，"但她也有事情没有告诉我们。另外那个迷雾之子是谁？有些报告说他们像是在合作。"

她说城里还有一名迷雾之子，依蓝德心想。詹，史特拉夫的信差。她已经很久没提他了。

哈姆揉揉额头："我们快撑不住了，阿依。"

"卡西尔就能撑住。"鬼影嘟囔说道，"当他在的时候，就连失败都是他计划的一部分。"

"幸存者死了。"依蓝德说道，"我从来没跟他交谈过，但我听过足够多关于他的故事，学到一件事：他从不向绝望投降。"

迷雾之子
卷二·升华之井 [珍藏版]

哈姆微笑:"这倒是真的。我们因为失误而失去一整支军队的隔天,他居然还能说笑。骄傲的混账东西。"

"冷酷。"鬼影说道。

"不。"哈姆说道,伸手去拿他的杯子,"我以前也这样想,现在……我认为他只是很坚强。阿凯总是望着明天,无论后果。"

"那我们也该如此。"依蓝德说道,"塞特走了,潘洛德允许他离开,我们无法改变这点,但我们有关于克罗司军队的消息。"

"噢,关于这件事……"鬼影说道,探入小袋,朝桌上抛了某样东西。"你说得对,它们是同样的东西。"

钱币滚停,依蓝德将它拾起。他可以看见鬼影用匕首将漆刮掉后露出的硬木。这个假盒金工艺太差,难怪这么容易被发现。只有笨蛋才会想把它当成真钱来用。笨蛋,或是克罗司。

没有人知道加斯提的假盒金是怎么进入陆沙德的,也许他尝试要把这种钱给他家乡统御区里的农夫或乞丐。无论如何,他的意图很明显。他需要军队,需要现金,所以伪造了一个,好取得另一个。只有克罗司才会这样被骗。

"我不懂。"哈姆看着依蓝德递给他的钱币说道,"克罗司怎么突然决定要拿钱了?统御主从来没付过它们薪水。"

依蓝德一愣,回想起他在营地中的经历。我们是人类。我们要住在你们的城市……

"克罗司在改变,哈姆。"依蓝德说道,"或许我们从未真正了解过它们。无论如何,我们需要坚强。这件事尚未结束。"

"如果我知道我们的迷雾之子没有发疯,这点会比较容易做到。她甚至没跟我们讨论过这件事!"

"我知道。"依蓝德说道。

哈姆站起身,不断摇头:"各世族不愿意用迷雾之子对付彼此,是有原因的。情况往往会失去控制。如果塞特有迷雾之子,他决定要报

MISTBORN: THE WELL OF ASCENSION

复——"

"我知道。"依蓝德再次说道,跟他们俩道别。

哈姆朝鬼影挥挥手,两人离开去找微风跟歪脚。

他们看起来都很沉重,依蓝德心想,离开房间去找点东西吃。好像因为一个阻碍就觉得我们完蛋了,可是塞特的退兵是好事。我们的一个敌人离开了。外面还有两支军队。加斯提不会愿意发动攻击而将弱点暴露给史特拉夫,史特拉夫则太怕纹,什么都不敢做。她对塞特的攻击只会让我父亲更害怕。也许她就是为此才去攻击塞特。

"陛下?"一个声音低声说道。

依蓝德转身,眼睛搜索走廊。

"陛下。"一个矮小身影说道,是欧瑟。"我认为我找到她了。"

依蓝德只带了几名士兵跟在身边,他不想跟哈姆和其他人解释他是怎么知道的。纹坚持不肯暴露欧瑟的秘密。

哈姆有一件事说对了,马车停下时,依蓝德心想。她有秘密。她向来有秘密。

可是他并未因此放弃信任她。他朝欧瑟点点头,两人下了马车。来到一栋废弃的建筑物前,依蓝德挥手要侍卫退后。它过去可能是某个穷商人的店铺,是非常低阶的贵族经营的地方,卖贫瘠的生活必需品给司卡工人,以交换食物代币,食物代币能拿去跟统御主换现金。

建筑物位于依蓝德的柴火搜集大队尚未抵达的一区,不过很显然,这栋楼已经很久无人居住,早就被洗劫一空,堆积在地板上的灰烬足足有四寸深。小小的一道脚印通往后方的走廊。

"这是哪里?"依蓝德皱眉说道。

欧瑟耸耸狗肩。

"你怎么知道她在这里?"

"我昨天晚上跟着她,陛下。"欧瑟说道,"我看到她离去的大致方向,之后靠仔细地追踪就能找到她。"

依蓝德皱眉："这需要相当高明的追踪技巧，坎得拉。"

"这副身体有格外灵敏的感官。"

依蓝德点点头。楼梯通往狭长的走廊，末端有几个房间。依蓝德原本打算要沿着走廊前进，却停下脚步，注意到墙上有一块木板被推开，露出一个小洞。他听到里面有声响。

"纹？"他问道，将头探入小洞。

墙后面有个小房间，纹坐在最里面。那房间其实只能算是凹洞，只有几尺宽，就连纹都无法站直。她没有反应，只是坐在那里，头靠着墙，没有看他。

依蓝德爬入小房间，膝盖上沾满灰烬，里面小到几乎无法容纳他跟纹两人。"纹？你还好吗？"

她坐在那里，手指间翻转着某个东西，正在看着墙上的一个小洞。依蓝德看到阳光从洞中透过。

这是个窥视孔，他发现。目的是看下方的街道。这不是店铺，是盗贼据点。至少以前是。

"我以前一直以为凯蒙是个很坏的人。"纹轻声说道。

听到她说话，依蓝德停下爬行的动作，想了想，终于屈着身体坐下。至少纹看起来没有受伤。"凯蒙？"他问道，"你在遇到卡西尔以前的集团领袖？"

纹点点头。她不再看小洞，双手环抱着膝盖："他打人，杀死不赞同他意见的人。就算以街头混混而言，他都算是很残暴的人。"

依蓝德皱眉。

"可是，"纹低声说，"我想他一辈子杀的人，都没有我昨晚杀的多。"

依蓝德闭起眼睛，然后睁开眼，靠得更近，一手按在纹的肩膀上："那些是敌人士兵，纹。"

"我像是个小孩，跟蟋蚁同处一间房间。"纹轻声说道。他终于看出来她手中拿着什么。那是耳针，她总是挂在耳朵上的青铜耳针。她低下头，在指尖翻转它。

"我跟你说过，我是怎么样得到它的吗？"她问道。他摇摇头。"这是我母亲给我的。"她说，"我不记得这件事，是瑞恩告诉我的。我的母亲……她有时候会听到声音。她杀了我的妹妹，残酷地将她杀死，在同一天，却将这个——她的耳针之一——给了我。仿佛是……选择了我，舍弃了我妹妹。给一个人惩罚，给另一个人扭曲的礼物。"

纹摇摇头："我这一生都充满了死亡，依蓝德。我妹妹的死亡，瑞恩的死亡，集团成员在我身边死去，卡西尔被统御主杀死，之后是我的矛刺入统御主的胸口。我试图要保护大家，告诉自己我能逃开这一切，结果……却做出昨晚的事情。"

依蓝德不知道该怎么做，只好将她搂近，但她身体仍然僵硬。"你这么做自然有你的道理。"他说道。

"并没有。"纹说道，"我只想伤害他们。我想要吓倒他们，让他们不敢再对你出手。这听起来很幼稚，但我是真的这么想的。"

"那不幼稚，纹。"依蓝德说道，"这是很好的策略。你对我们的敌人展现力量，吓走了我们的主要对手之一，如今我父亲更不敢轻举妄动。你让我们得到更多时间！"

"以数百条人命换来的时间。"

"他们是进入我们城市的敌军。"依蓝德说道，"他们在保护压迫人民的暴君。"

"卡西尔也用了这个理由。"纹低声说道，"他杀死贵族跟贵族的侍卫时，总说他们支持最后帝国，所以该死。他让我害怕。"

依蓝德不知该如何回应。

"仿佛他觉得自己是神。"纹低声说道，"生杀予夺，全在他一念之间。我不想变成他那样，依蓝德，但一切似乎都将我朝那个方向推去。"

"我……"你跟他不像，他想这么说。这是实话，但却不知为何说不出口。总觉得这些话听起来很无力。

因此,他选择将纹抱紧,让她的肩膀抵着他的胸口,头抵着他的下巴。"我真希望我能告诉你该怎么办,纹。"他悄声说道,"看到你这样,我实在好心痛。我想让一切变得更好,我想要改善一切,但我不知道该怎么办。告诉我该怎么办。告诉我该怎么帮你!"

她一开始略微抗拒他的拥抱,最后静静叹口气,双手紧紧回抱他。"你帮不了我。"她轻声说道,"我得靠自己。我需要做……决定。"

他点点头:"你会做出对的决定,纹。"

"你甚至不知道我要做什么决定。"

"不重要。"他说道,"我知道我帮不了忙,我甚至掌握不住自己的王位,你比我强十倍。"

她握紧他的手臂:"不要这样说,好不好?"

她声音中的紧绷让他皱眉,但是他仍点点头:"好吧。无论如何,我信任你,纹。你做的决定,我会支持。"

她点点头,在他的怀抱中略微放松。"我认为……"她说道,"我必须离开陆沙德。"

"离开?去哪里?"

"北方。"她说,"去泰瑞司。"

依蓝德往后靠着木墙。离开?他心中绞痛地想。我最近这么心不在焉,这就是代价?

我失去她了?

可是,他才刚对她说,他会支持她的决定。"如果你觉得你必须去,纹……"他发现自己如此说道,"那你就该去。"

"如果我走,你会跟我一起走吗?"

"现在?"

纹点点头,头摩擦着他的胸口。"不行。"他终于说道,"我不能离开陆沙德,尤其在军队环伺的情况下。"

"可是这城市否决你了。"

"我知道。"他叹口气说道,"可是……我不能离开他们,纹。他们否决我,但我不会遗弃他们。"

纹再度点点头,他靠直觉知道,这是她预料中的答案。

依蓝德微笑:"我们真是一团乱,对不对?"

"没希望了。"她柔声说道,叹口气,终于离开他的怀抱。她看起来很累。依蓝德听到脚步声从房间外传来。片刻后,欧瑟出现,头探入密室。

"你的侍卫们开始紧张,陛下。"它对依蓝德说道,"他们就要来找你了。"

依蓝德点点头,挪到出口,进入走廊,再伸手帮纹。她握住他的手,与他一同爬出。他拍了拍她的衣服——仍然是她惯穿的衬衫跟长裤。

她还会有穿回裙装的一天吗?他暗自想。

"依蓝德。"她说道,在口袋里摸了摸,"拿去吧,你要的话,可以把这个花掉。"她摊开掌心,在他的手中放下一颗珠子。

"天金?"他不敢相信地问道,"你从哪里得到的?"

"一个朋友。"她说道。

"你昨晚居然没用?"依蓝德问道,"你跟那么多人在打斗,却没用?"

"没有。"纹说道,"我吞了下去,却不需要,所以我又把它吐了出来。"

统御主的!依蓝德心想。我甚至没想过,她没有天金。如果她把那点天金烧掉,不知道还能办到什么?他抬头看她:"有些报告说,城里还有一名迷雾之子。"

"对。是詹。"

依蓝德将珠子放回她的手掌:"那你留着。你可能需要它来跟他战斗。"

"我不认为有这个必要。"纹轻轻说道。

"还是留着吧。"依蓝德说道,"这可以换得一小笔财富,但我们现在需要很大一笔财富才能扭转现状。况且，现在有谁要买？如果我拿它来贿赂史特拉夫或塞特，他们只会更肯定我手中握有天金却不肯交出去。"

纹点点头，瞥向欧瑟。"收着。"她说道，将珠子递给它，"这颗大到可以被别的镕金术师扯走。"

"我会以性命护卫它，主人。"欧瑟说道，肩膀裂开以容纳这粒金属。

纹转身跟依蓝德一起下楼，去找楼下等待的侍卫。

我知道我背下来的内容是什么。我知道其他世界引领者如今在传诵着什么。

45

"永世英雄不会是泰瑞司人。"廷朵说道，在列表的最下方写下注记。

"这个我们已经知道。"沙赛德说道，"是日记里写的。"

"是的。"廷朵说道，"可是艾兰迪的自述只能作参考，那是对预言的第三手转述。我找到有人引述预言本身。"

"真的吗？"沙赛德兴奋地问，"在哪里？"

"海兰迅的传记。"廷朵说道，"他是克雷尼恩议会的最后几名幸存者之一。"

"写给我看看。"沙赛德说道，将椅子拉近她身边。她在写字时，他得眨几次眼，疲累让他精神一阵恍惚。

清醒一点！他告诉自己。时间不多，真的是不多了……

廷朵的情况比他好些，但她的清醒显然也快用完，因为她开始打起瞌睡。那天晚上他躺在她房间的地板上小睡了片刻，她则是继续工作。根据他的判断，她已经持续清醒了一个礼拜。

廷朵写道：那个时候，许多人提到拉布真。有些人说他会来抵抗征服者。有人说他就是征服者。海兰迅没有告诉我他的想法。据说拉布真"不是子民的一族，却能实现他们所有愿望"。如果真是如此，那也许拉布真就是统治者。据说他是克雷尼恩人。

她写完了。沙赛德皱眉，又读了一遍。沙赛德在瑟蓝集所取到关的最后证言，如今就各方面来看，都极为有用，因为它提供了解读的关键。

关写道：直到多年后，我才确信，艾兰迪就是永世英雄，克雷尼恩语中称之为拉布真，永世者……

拓印提供了不同文化间的同义词。永世英雄还有别名是很合理的，因为这是如此重要的一个人物，周遭围绕着如此繁复的传说，绝对会有许多头衔。但是他们失去了太多的历史记录。拉布真跟永世者都是沙赛德有所耳闻的神话人物，但也不过是沧海一粟。直到发现拓印之前，都没有办法将他们的名字与永世英雄联结在一起。

如今廷朵跟他都能够带着明确目标来搜寻金属意识库。也许在过去，沙赛德也曾读过海兰迅传记中的这一段，但他绝对认不出这句话是在说永世英雄，一个来自于泰瑞司传奇，却被克雷尼恩人重新以自己的语言命名的人物。

"对……"他缓缓说道，"这个发现很好，廷朵。非常好。"他伸出手，按上她的手背。

"也许吧。"她说道，"可是无法带来新进展。"

"但是我觉得措辞本身也是重要的。"沙赛德说道，"宗教文字的用字遣词往往非常仔细。"

"尤其是预言。"廷朵说道，略微皱眉。她不喜欢任何跟迷信或占卜沾上边的东西。

"我还以为，你已经没有这方面的偏见了。"沙赛德观察她后说道，"尤其我们现在又是正在进行类似的研究。"

"我搜集的是信息,沙赛德。"她说道,"它能描述出当时人民的情状,能让我们鉴古知今,但我选择历史而非神学是有原因的。我不赞成散播谎言。"

"我在教导他人宗教理论时,你就是这样看待我的吗?"他带着笑意问道。

廷朵看着他。"有一点。"她承认,"你怎么能教导那些人要以死者的神为榜样呢,沙赛德?那些宗教对他们的人民没有什么帮助,如今他们的预言也成了灰烬。"

"宗教是希望的象征。"沙赛德说道,"希望给人们力量。"

"所以你不相信?"廷朵问道,"你只是给人民某个可以信任,可以欺骗自己的东西?"

"我不会这么说。"

"那你认为你所说的神存在吗?"

"我……认为他们应该被记得。"

"那他们的预言呢?"廷朵问道,"我认为我们所做的研究是有学术价值的,所谓知古而鉴今。但是关于未来的占卜?本质上就很愚蠢。"

"我不这么认为。"沙赛德说道,"宗教是承诺,承诺有东西在守护我们,引导我们,因此预言是人民的希望跟愿望的自然延伸,一点也不愚蠢。"

"所以你的兴趣是全然学术性的?"廷朵说道。

"也不尽然。"

廷朵端详他,看着他的双眼,缓缓皱起眉头。"你相信对不对?"她问道,"你相信那女孩就是永世英雄。"

"我尚未确定。"

"这种事想都不该想啊,沙赛德。"廷朵说道,"你不了解吗?希望是件好事,是很棒的事,但你希望的东西必须有所选择,持续过去的梦想,只扼杀未来的梦想。"

"如果过去的梦想值得被记得呢?"

廷朵摇摇头:"你要考虑可能性,沙赛德。我们有多少概率能在研究这份拓印的同时,还跟永世英雄在同一个屋檐下?"

"当跟预言有关时,可能性就不是问题。"

廷朵闭起眼睛:"沙赛德……我认为宗教是好的,信仰也是好的,但在几句模棱两可的话里寻找指引,则是愚蠢的。看看上次有人以为他们找到这个永世英雄时,发生了什么事。统御主,最后帝国,都是因此而起。"

"可是,我还是会有这个想法。如果你不相信预言,为什么要这么努力找出关于深黯跟英雄的讯息?"

"很简单。"廷朵说道,"如今我们面对的危险显然是曾经发生过,而且是反复发生的问题——像是瘟疫,在自然消退后,经过几个世纪又卷土重来。古人知道这个危险,也有相关的信息,这些信息最后以讹传讹成了传说、预言,甚至宗教。因此,我们眼前状况的线索必定藏于过去。这不是占卜,而是研究。"

沙赛德按住她的手:"我想在这件事上我们无法取得共识。继续吧,得好好利用剩余的时间。"

"我们应该没事的。"廷朵说道,将一丝头发塞回发髻里,"显然你的英雄昨天晚上把塞特王吓跑了。今天早上端来食物的女仆就在说这件事。"

"我知道。"沙赛德说道。

"所以陆沙德的情况会改善。"

"是的。"沙赛德说道,"有可能。"

她皱眉:"你似乎有点不确定。"

"我不知道。"他低下头说道,"我不觉得塞特离开是件好事,廷朵。出了很严重的问题。我们需要尽快结束这里的研究。"

廷朵歪头:"多快?"

"今晚吧。"沙赛德说道,瞥向他们堆在桌上的一叠零散书页,里面有他们在这一阵子的密集研究中,所有的笔记、想法、找到的关联,勉强算是一本书，是关于永世英雄跟深黯的导读。这是一份很翔实的文件，以他们所花的时间上而言，甚至可以说是惊人的文件。虽然书的内容并非绝对完整，但可能是他所写过最重要的著作，即使他不太确定为什么。

"沙赛德？"廷朵皱眉问道，"这是什么？"她从整叠中抽出一张放得有点歪斜的纸，拎了起来。沙赛德很震惊地看到右下角有一块被撕掉了。

"这是你做的吗？"她问道。

"不是。"沙赛德说道。他接过书页。那是拓印的誊稿页面之一，撕裂的部分恰好是最后一句话的位置。附近没有破损页角的踪迹。

沙赛德抬起头，迎向廷朵不解的目光。她转过身，在身旁一叠纸中翻找，抽出另一份誊稿的同一页。

沙赛德感觉到一阵冰寒。那一页的页角也不见了。

"我昨天才参考了这页。"廷朵静静说道，"我昨天只离开了房间几分钟，你一直都没出去。"

"你昨天晚上出去过吗？"沙赛德问道，"像是我睡觉时去洗手间？"

"也许吧，我不记得了。"

沙赛德盯着页面。两张纸的撕裂形状诡异地类似，廷朵显然也想到这点，将两张纸叠在一起。边缘完美的吻合，就连裂纹中最小的凹凸都完全一致，即便是两张纸上下叠在一起撕，也不可能这么精准。

两个人盯着书页，呆坐在原处。然后两人猛然跳起，在书页间翻找。沙赛德有四份誊稿。每一份的同一块都不见了。

"沙赛德……"廷朵说道，声音略微颤抖。她举起一张纸，那张纸只写了一半，最后一行在页面中间结束。如今正中央有个洞，一模一样的句子被移除了。

"拓印！"廷朵说道，但沙赛德早已行动，离开椅子，冲到存放金属意识库的箱子，手忙脚乱地抓起脖子上的钥匙，扯了下来，打开箱子。箱盖一掀，他连忙将拓印拿起，仔仔细细地放在地上，却瞬间将手抽回，仿佛被什么咬了一口，因为他看到撕痕。同样一句话，被消除了。

"怎么可能？"廷朵低声说道，"怎么可能有人对我们的工作和我们的习惯这么了解？"

"可是，"沙赛德说道，"他们对我们的力量怎么可能如此不了解？我的金属意识库里存了整份誊稿。我现在就能记得清清楚楚。"

"那个句子写什么？"

"'艾兰迪不可去升华之井，他不能将力量占为己有。'"

"为什么要把这个句子移除掉？"廷朵问道。

沙赛德盯着拓印。这几乎是不可能的……

窗户发出声响。沙赛德转身，几乎是条件反射地探入白镴意识库，开始增强力气，肌肉开始膨胀，袍子开始绷紧。

百叶窗打开，纹蹲在窗台上。她看到沙赛德跟同样使用了白镴意识库，让身材壮硕如男子的廷朵时，愣了一下。

"我做错什么了吗？"纹问道。

沙赛德微笑，放开白镴意识库。"没事，孩子。"他说道，"只是你吓到我们了。"他与廷朵四目交望，她开始整理起被撕破的页面，沙赛德将拓印折起——他们晚点再讨论这件事。

"你最近有没有看到谁经常出现在我的房间附近，纹贵女？"沙赛德一面放回拓印一面问道，"有没有陌生人，甚至是某个侍卫？"

"没有。"纹说道，爬入房间，一如往常地光脚，也没有穿迷雾披风。她白天鲜少穿着披风。如果她昨天晚上有战斗的话，也一定换过了衣服，因为现在她身上没有血迹，连汗湿的印子都没有。"你要我留意有没有可疑的人吗？"

"是的，拜托你了。"沙赛德说道，锁起箱子，"我们担心最近有人在翻动我们的研究，虽然我们并不了解他为什么要这么做。"

纹点点头，没有移动脚步，等着沙赛德坐回原位。她看看他，又看看廷朵。

"沙赛德，我需要跟你谈一谈。"纹说道。

"我想我可以花点时间。"沙赛德说道,"可是我得先提醒你,我的研究很紧急。"

纹点点头,瞥向廷朵。半晌后,廷朵终于叹口气站起身:"我看我得去研究一下午餐的事情。"

门关起,纹微微放松,走到桌子边,在廷朵的位置坐下,整个人蜷卧在椅子上。

"沙赛德……"她开口,"要怎么知道自己在恋爱?"

沙赛德讶异地眨眨眼:"我……我觉得这个话题由我来回答不太合适,纹贵女。我对这件事所知很少。"

"你总是这样说。"纹说道,"可是你真的差不多是所有事的专家。"

沙赛德轻笑:"我可以跟你保证,纹贵女,在这件事情上,我打从心底没有信心。"

"可是你不可能什么都不知道吧。"

"我可能知道一点吧。"沙赛德说道,"跟我说说,你跟泛图尔大人在一起时有什么感觉?"

"我想要他抱着我。"纹低声说道,转过头看着窗外,"我想要他跟我说话,即使我听不懂他在说什么,只要他留在我身边就好。我想要因为他变得更好。"

"这似乎是很好的迹象,纹贵女。"

"可是……"纹垂下头,"我不适合他,沙赛德。他怕我。"

"怕?"

"应该说,他跟我在一起时有点不自在。议会被攻击的那天,我看到他看着我打斗的眼神。沙赛德,他躲开我,看起来一脸惊恐。"

"他看到有人被杀了。"沙赛德说道,"纹贵女,泛图尔大人在这方面比较没有经验。我想,那不是因为你,只是对死亡的恐怖产生的自然反应。"

"都有可能吧。"纹说道,再次望向窗外,"可是我不想要他那样看我。"

MISTBORN: THE WELL OF ASCENSION

我想要成为他需要的女孩,一个可以支持他的政策和计划的女孩,一个需要时可以漂漂亮亮地被他挽在身边的女孩,还有在他气恼时能安慰他的女孩。可是,那不是我。是你教会我怎么样像个贵族女子般行事,阿沙,可是我们都知道我没有那么擅长。"

"泛图尔大人爱上你,正因为你与别的女子都不同。"沙赛德说道,"即使卡西尔大人介入,即使你知道所有的贵族都是我们的敌人,依蓝德仍然爱上了你。"

"我不该让他这么做的。"纹低声说道,"为了他好,阿沙,我需要远离他。这样他就能爱上别人,一个更配得上他的人,一个不会因为心烦意乱就大开杀戒的女孩。一个值得他爱的女孩。"

沙赛德站起身,袍子随着他的动作而摆动,他来到纹的椅子前,弯下腰,直到能直视她的眼睛,同时一手按着她的肩膀:"孩子,你什么时候才能停止担忧,单纯地让自己被爱?"

纹摇摇头:"没有那么简单。"

"世上鲜少有简单的事情。可是,纹贵女,我要告诉你一件事。爱必须要是双向的,否则,我认为那不是真正的爱,而是别的情感,也许只能称为迷恋?无论如何,我们有些人太急着要牺牲自己。我们站在一旁,看着,以为什么都不做才是最好的。我们害怕疼痛,无论是我们自己的,或是对方的。"

他轻捏她的肩膀:"可是……那是爱吗?直接帮依蓝德决定他无法跟你在一起,这样是爱吗?还是让他自己决定这件事,这样才是爱?"

"如果我不适合他呢?"纹问道。

"既然爱他,那你必须尊重他的意愿,即使你不同意。你必须尊重他,无论你认为他错得多离谱,无论你觉得他的决定有多差劲,你必须尊重他想做的决定,其中也包括了爱你。"

纹微微笑了,但仍然满脸愁色。"那……"她很缓慢地开口,"如果有别人呢?跟我在一起?"

是这样啊……

她全身一僵："你不可以跟依蓝德说。"

"我不会说的。"沙赛德承诺，"另外那个人是谁？"

纹耸耸肩："只是……另一个像我的人。一个我配得上的人。"

"你爱他吗？"

"他很强。"纹说道，"他让我想到卡西尔。"

所以是另一个迷雾之子，沙赛德心想。在这件事上，他知道他不该有偏见，他对另外那个人不够了解，不该做判断，而且守护者应该提供信息，但避免提供明确的建议。

可是沙赛德向来无法遵守这条规律。他的确不认得另外那个迷雾之子，但他了解依蓝德·泛图尔。"孩子。"他说道，"依蓝德是最好的人，你跟他在一起后，你快乐好多。"

"可是，他是我爱的第一个人。"纹轻声说道，"我怎么知道他是对的人？我难道不应该更在意与我更配的人吗？"

"我不知道，纹贵女，我真的不知道。我跟你说过，我对这个领域一窍不通。可是，你真的认为你能找到比泛图尔大人更好的人吗？"

她叹口气。"好烦。我应该要担心城市的安危还有深黯，而不是在意我晚上要跟谁在一起！"

"当我们自己的生活陷入混乱时，很难去保护别人。"沙赛德说道。

"我必须自己决定。"纹说道，站起身，走到窗户边，"谢谢你，沙赛德。谢谢你听我说……谢谢你回到城里来。"

沙赛德微笑地点点头。纹利用某一小块金属把自己推出，反跳出窗户。沙赛德叹口气，揉揉眼睛，走到房门口，将门打开。

廷朵地站在门外双手抱。"如果我不知道我们的迷雾之子有着少女的敏感情绪——"她开口说道，"我想我会在这个城市住得更安心点。"

"纹贵女比你想的要稳重。"沙赛德说道。

"沙赛德，我养大了十五个女儿。"廷朵边走入房间边说道，"没有稳重的少女。只是有些比较擅长掩饰而已。"

"那你该高兴她没发现你在偷听。"沙赛德说道,"她对于这种事通常疑心很重。"

"纹对泰瑞司人向来心软。"廷朵挥挥手说道,"这点我们大概都得感谢你。她似乎看重你的建议。"

"这算不上什么建议。"

"我认为你说的话很睿智,沙赛德。"廷朵边坐边说道,"你原本会是个好爸爸。"

沙赛德不好意思地低下头,然后打算要坐下来:"我们该——"

门上传来敲门声。

"又怎么了?"廷朵问道。

"你不是去帮我们叫午餐了吗?"

廷朵摇摇头:"我根本没离开过走廊。"

一秒后,依蓝德的头探入房间:"沙赛德?我能跟你谈谈吗?"

"当然可以,依蓝德大人。"沙赛德站起身说道。

"太好了。"依蓝德说,踏步进入房间,"廷朵,你可以退下了。"

她翻翻白眼,气急败坏地瞪了沙赛德一眼,却还是站起身走出了房间。

"谢谢你。"依蓝德在她关上房门后说道。"请坐。"他朝沙赛德挥挥手。

沙赛德照做。依蓝德深吸一口气,双手背在背后。他重新开始穿起白制服,以威严的姿势站着,即使心中一片混乱。

有人把我的学者朋友偷走了,沙赛德心想,换了一个国王给我。"我猜是跟纹贵女有关,依蓝德大人?"

"是的。"依蓝德说道,开始来回踱步,边比画边说话:"她实在让人搞不懂,沙赛德。我预料到会有这种事,我根本是很确定会有这种事,因为她不只是女人,她是纹,但是我现在不知道该怎么反应。上一分钟她对我很温柔,像是这城市变得一团糟以前那样,下一分钟她却变得冷淡又疏离。"

"也许她也很迷惘。"

"也许吧。"依蓝德同意,"可是我们两个人中总该有一个人知道,我们的关系到底怎么了?老实说,沙赛德,有时候我觉得我们相差得太多,根本不可能在一起。"

沙赛德微笑:"噢,这点我倒不那么确定,泛图尔大人。你们两个人想事情的方法其实出奇地相似。"

"我很怀疑。"依蓝德说道,继续踱步,"她是迷雾之子,我只是普通人,她在街头长大,我在豪宅里长大,她既聪慧又灵敏,我只是个书呆子。"

"她非常强大,你也是。"沙赛德说道,"她被她哥哥压迫,你被你父亲压迫。你们两个人都痛恨最后帝国,于是站出来反抗它。而且你们两个人都花太多精神去想应该如何做,而忽略了眼前的事实。"

依蓝德停下脚步,看着沙赛德:"什么意思?"

"意思是我认为你们十分般配。"沙赛德说道,"我不该如此做判断,而且这只是一个过去几个月没看见你们几面的人所说的话,但我认为这是真的。"

"那我们的差异呢?"依蓝德问道。

"第一眼看上去,钥匙跟锁也很不同。"沙赛德说道,"外型不同,功能不同,设计不同。不知道真相的人可能以为它们是互相排斥的,因为一个是用来打开,一个是用来锁上,但在仔细研究后,他可能会发现,两者中缺了任何一方,另一方就变得毫无用处。睿智的人可以看出,锁跟钥匙都是为了同一个目的而生。"

依蓝德微笑:"沙赛德,你应该写本书。你言谈之深奥,不比我读过的书逊色。"

沙赛德脸色一红,却忍不住瞥向书桌上的书页。那会是他的代表作吗？他不确定他写的东西是否深奥，但它的确是他在原创写作上最完整的尝试。当然，大部分的内容都是引述或描述别处的内容，但也包括，很多他的想法跟注释。

"好吧。"依蓝德说道，"那我该怎么办？"

"纹贵女吗？"沙赛德问道，"我的建议是，只要给她跟你自己更多时间就好。"

"阿沙，最近时间极端宝贵啊。"

"什么时候不宝贵了？"

"当城市没有两支军队在围攻时，"依蓝德说道，"其中一方的领袖是个自大狂，另一个是冲动的笨蛋。"

"没错。"沙赛德缓缓说道，"对，我认为你说得对。我应该继续研究。"

依蓝德皱眉："你到底在写什么？"

"恐怕跟你目前的问题没有太多关联。"沙赛德说道，"廷朵跟我正在搜集关于深黯与永世英雄的论述。"

"深黯……纹也提过。你真的认为它会回来吗？"

"我认为它已经回来了，依蓝德大人。"沙赛德说道，"其实它从未离开，我相信深黯就是迷雾。"

"可是，为什么——"依蓝德举起手，"你结束研究后，我直接读结论就好，我现在不能分神。谢谢你的建议，沙赛德。"

没错，的确成为国王了，沙赛德心想。

"廷朵。"依蓝德喊道，"你可以进来了。沙赛德，再会。"依蓝德转向门口，门缓缓打开。廷朵踏步进来，掩饰着她的尴尬。

"你怎么知道我在外面？"她问道。

"我猜的。"依蓝德说道，"你跟纹一个样子。无论如何，两位再会。"

他离开时，廷朵皱着眉头，之后瞥向沙赛德。

"你真的把他教得很好。"沙赛德说道。

"教得太好了。"廷朵坐下说道,"我认为如果人民肯让他继续领导,他也许能够找到拯救城市的方法。来吧,我们必须继续工作,这次我真的找了人送午餐来,所以在午餐送到前,我们应该尽量赶工。"

沙赛德点点头,坐了下来,拾起笔,却发现无法集中心神于工作,他的心思一直飘向纹跟依蓝德身上。不知道为什么,他觉得让两个人的关系成功是如此重要,也许只是因为他们都是他的朋友,而他希望看到他们快乐。

也可能另有原因。这两个人是陆沙德中最好的人——司卡地下组织中最强大的迷雾之子,还有贵族文化中血统最高贵的领袖。他们需要彼此,而最后帝国需要他们两个。

况且,还有他在进行的工作。泰瑞司预言用的称谓其实是不带性别的,因此确切的字是"它",虽然经常在现代语言中被翻译成"他",但书中的每个"他",也可以写成是"她"。如果纹真的是永世英雄……

那我得想办法把他们送出城,沙赛德突然明白。陆沙德沦陷时,这两个人不能被困在这里。

他立刻将笔记放在一旁,开始写起一连串的信。

两者并不相同。

46

微风隔着两条街就能嗅出密谋的气味。跟大部分盗贼同行不同的是,他并非在贫困的环境中成长,也没有被强迫要住在地下社会,他是在更血腥的地方长大:贵族宫廷。幸好其他的成员没有因为他纯正的贵族血统而

MISTBORN: THE WELL OF ASCENSION

对他区别对待。

那当然也是因为他们不知道。

他的成长环境赋予他对世界的某些了解，他认为这是无论多有能力的司卡盗贼都无法明白的。司卡内斗的成因都很直接，却也很合理，往往都是赤裸裸的你死我亡，为了钱、权，或是为了保护自己而背叛盟友。

在贵族宫廷中，内斗的成因要难解得多。背叛不一定会以一方死亡为终结，后续影响可能会牵扯数代。它可视为一种游戏，乃至于年轻时的微风觉得司卡地下组织公开的暴力反而让他耳目一新。

他啜着一杯温酒，研究手中的笔记。他原来认为自己再也不用担心集团中有内斗，因为卡西尔的团体羁绊之紧密，有时候几乎让人觉得怪肉麻的，而微风用尽了他会的一切镕金术手法要维持这个状况。因为他亲眼见过内斗如何分裂一个家庭。

这也就是为什么他收到这封信之后会如此讶异。虽然这个信乍看上去很无害，但他很轻易地就看出其中的异常，包括书写时的急速，某些地方墨痕晕开了却没有重写，信里还有"不需要告诉别人"和"不想引起紧张"这类的句子，额外的几滴封蜡散落在封口，仿佛是想要借此更牢固地挡住偷窥的眼光。

这封信的目的不容置疑。微风被邀去参加一场密会，但统御老子的，他想过所有人，就是想不透为什么居然是沙赛德想要秘会？

微风叹口气，抽出决斗杖，用它来稳住自己的身体。他站起来时偶尔会头晕，这是他的老毛病，不过最近几年来似乎更严重。视线恢复清晰后，他转过头，看着睡在他床上的奥瑞安妮。

关于她的事，我的罪恶感该更强，他心想，忍不住微笑，在长裤跟衬衫外套上背心跟外套。可是……反正我们再几天就要死光了。跟歪脚谈过一下午话之后，果真让人对生命的轻重缓急有了新的定义。

微风慢慢进入走廊，行走在泛图尔堡垒间昏暗阴沉的走廊里，他忍不住心想，说实话，我了解要节省灯油的必要性，但现在情况已经够惨淡了，不需要再用昏暗的走廊来让气氛更恶化吧。

会面的地方只需要拐几个弯就到。微风很轻易地找到了那儿，因为有两名士兵站在外面守门。是德穆的人，那两人在宗教上跟工作上都归德穆管。

很有意思，微风心想，躲进旁边的走廊。他以镕金术安抚那两人，带走他们的放松跟自信，留下焦急跟紧张。侍卫们开始觉得不安，不断移动脚步，终于有一人转身打开门，检查里面的房间，这动作让微风看清有谁在房间里面。只有一个人。沙赛德。

微风静静地站了会儿，试图想要弄清自己下一步该怎么做。那封信并没有什么可以拿来作为罪证的内容，这不可能是依蓝德的陷阱吧？想要用这种方法来找出哪些成员会背叛他？那好脾气的男孩似乎没有这么深的城府来做这种事。

况且，假设真是如此，沙赛德不会只要微风去一个秘密地点跟他见面而已。

门关起，士兵回到岗位。我可以信任沙赛德，对不对？微风心想。但如果真是如此，为什么要偷偷会面？我反应过度了吗？

不，侍卫的存在证明沙赛德真的担心此次集会被人发现。真的很可疑。如果是别的什么人，微风绝对会直接去依蓝德，但是沙赛德……

微风叹口气，走入走廊，决斗杖轻敲着地面，干脆去听听他要说什么，如果他在计划什么阴谋，冒点险去多了解些情况，似乎也是值得的。虽然有这封信，虽然情况有些可疑，但微风仍然无法想象有泰瑞司人会去参与非正直的活动。

也许统御主也有同样的困扰。

微风对侍卫点头，安抚掉他们的焦虑，让他们回到比较平稳的情绪中，他愿意冒险参加会议还有另一个原因——他开始意识到自己的处境有多危险。陆沙德即将沦陷。他过去三十年来在地下行动中培养出来的直觉都在叫他快跑。

这个感觉让他更愿意冒险。几年前的微风早就已经弃城离去了。你混账，卡西尔，他心想，推开了门。

沙赛德讶异地抬起头。房间很空旷，有几张椅子，只有两盏台灯。"你来早了，微风大人。"沙赛德连忙站起来说道。

"当然我会早到。"微风斥责，"我得确定这不是什么陷阱。"他想了想。"这不是陷阱吧？"

"陷阱？"沙赛德问道，"你在说什么？"

"噢，你别装出一副很讶异的样子。"微风说道，"这不是单纯的会面。"

沙赛德有点气馁。"这……这么明显啊？"

微风坐下，决斗杖平放在怀里，刻意摆出打量沙赛德的样子，又用安抚术让沙赛德感到一丝尴尬。"老兄，也许你帮我们推翻了统御主，但在要如何避人耳目这件事上，你要学的还多着呢。"

"我道歉。"沙赛德坐下说道，"我只是想跟大家尽快会面，讨论一些……敏感议题。"

"好，那我建议先处理掉那些侍卫。"微风说道，"他们让这房间特别显眼，然后再点亮几盏灯，帮我们拿点吃的喝的来。如果依蓝德走进来——我们躲的是依蓝德吧？"

"对。"

"好，如果他看到我们坐在一片漆黑的房间里面，偷偷摸摸地干瞪眼，绝对会知道有问题。情况越不自然，外表就要装得越自然。"

"原来如此，我明白了。"沙赛德说道，"谢谢你。"

门打开，歪脚一拐一拐地走进来。他看了看微风，然后瞧了瞧沙赛德，随后走到一张椅子边。微风瞥向沙赛德，沙赛德一点不意外，显然他也邀了歪脚。

"把侍卫弄走。"歪脚骂道。

"我立刻去，克莱登大人。"沙赛德连忙站起身，走到门边，跟侍卫讲了几句话后又回来。沙赛德刚要坐下，哈姆便怀疑地探进头来。

迷雾之子
卷二·升华之井 [珍藏版]

"等等。"微风说道,"有几个人要来这个秘密会议?"

沙赛德示意哈姆坐下。"集团中所有比较……有经验的成员。"

"你的意思是依蓝德跟纹以外的所有人。"微风说道。

"我也没邀请雷司提波恩大人。"沙赛德说道。

"没错,但我们不是要躲着鬼影。"哈姆迟疑地坐下,询问地瞥向微风,"所以……我们为什么要背着我们的迷雾之子跟王私下会面?"

"他已经不是王了。"门边的一个声音说道。多克森走入,坐下:"事实上,可以说依蓝德甚至不是这群人的领袖。他是意外接下这个位置的,就像他意外接下王位。"

哈姆满脸涨红:"我知道你不喜欢他,老多,但我不是要来这里商谈叛变的。"

"没有王位,自然无可叛变。"多克森一边说一边坐下。"我们要干吗,留在这里当他家的仆人?依蓝德不需要我们。也许我们该转而向潘洛德王求职。"

"潘洛德也是贵族。"哈姆说道,"你不可能告诉我,你喜欢他胜过于依蓝德。"

多克森轻捶了一下桌面:"这跟我喜欢谁没关系,哈姆。我的目的是不能让卡西尔丢给我们的鬼王国被消灭!我们花了一年半去收他的烂摊子。你要看到我们的努力全都白费吗?"

"拜托你们,两位……"沙赛德开口,徒劳无功地想要打断两人的对话。

"努力,老多?"哈姆满脸通红地质问,"你做了什么事?除了每次有人提出计划你就在那边抱怨之外,我可没看到你还干了什么。"

"抱怨?"多克森斥骂,"你知道要让这城市不崩坏需要做多少行政工作吗?那你又做了什么?你拒绝接下军队的指挥官,只会一天到晚跟你的朋友们喝酒打拳!"

够了,微风心想,安抚着他们。再这样下去,不用等史特拉夫把我们全部处决，我们已经先互相掐死对方了。"

多克森靠回椅背上，对仍然面红耳赤的哈姆轻蔑地摆摆手。沙赛德等待着，因为两人的争吵而相当懊恼。微风安抚掉他的不安。"沙赛德，这里由你主导。告诉我们到底是什么事。"

"各位，"沙赛德开口，"我请你们来不是为了争论的。我明白你们都很紧张，在这种情况下是可以理解的。"

"潘洛德要把我们的城市交给史特拉夫。"哈姆说道。

"总比让他们屠杀我们来得好。"多克森继续说道。

"其实，我不觉得我们需要担心这点。"微风说道。

"不用吗？"多克森皱眉问道，"你有什么没有跟我们分享的消息吗，微风？"

"你算了吧，老多。"哈姆没好气地说道，"阿凯死后，你一直很不高兴不是由你来当家。这才是你从来都不喜欢依蓝德的真正原因，对不对？"

多克森气得脸色绛红，微风叹口气，对两人用力地安抚了一下。两人身子微微颤抖，好像被什么刺到，但其实他们的感觉应该正好相反，微风让他们原本高涨的情绪突然变得麻木呆滞。

两人转头看着微风。

"对。"他说道，"我当然在安抚你们。说真的，我知道哈姆德不太成熟，可是，多克森，你怎么也开始了？"

多克森揉揉额头，靠回椅背。"你可以放手了，微风。"片刻后他说道，"我会控制自己。"

哈姆只是抱怨两声，一手按着桌子。沙赛德有点震惊地看着这一幕。

亲爱的泰瑞司老兄，被逼到墙角的人就是这样，微风心想。当他们失去希望时，就会发生这种事。也许他们可以在士兵面前装作若无其事，但只要一与朋友们独处……

沙赛德是泰瑞司人，他终生都活在压抑与失去的阴影下，但这些人，包括微风本人，都习惯于成功，即便面对极大的挑战，他们都很有信心。

他们是即使对抗神，也认为自己会赢的人。但面对失败时，他们无法处理——当失败代表死亡时，谁又能安心面对？

"史特拉夫的军队准备要拔营了。"歪脚终于说道，"他很低调，但动作频频。"

"所以他要攻城。"多克森说道，"我安插在潘洛德皇宫中的人说议会不断送信给史特拉夫，几乎就是求他来进驻陆沙德。"

"他不会夺取城市。"歪脚说道，"如果他聪明的话就不会。"

"纹仍然是威胁。"微风说道，"史特拉夫看起来也没有能保护他的迷雾之子。如果他来陆沙德，我怀疑他根本无力阻止纹割断他的喉咙，所以他一定会选别的办法。"

多克森皱眉，瞥向哈姆，后者耸耸肩。

"其实很简单，"微风说道，以决斗杖敲着桌面，"连我都能猜得到。"歪脚听到这话轻蔑地嗤了一声。"如果史特拉夫装出退兵的样子，那克罗司大概会为他攻击陆沙德，它们不会了解什么是螳螂捕蝉黄雀在后。"

"如果史特拉夫退兵……"歪脚说道，"加斯提绝对无法阻止它们攻城。"

多克森眨眨眼："但它们会——"

"屠城？"歪脚问道，"没错。它们会烧杀掳掠城里最富裕的一区，大概最后会把城里大多数贵族都杀光。"

"根据我对史特拉夫的了解，他一定是认为这样一来，就能同时消灭掉他被迫合作的对象。"微风补充道，"而且很有可能那些怪物可以杀掉纹。你能想象如果克罗司冲了进来，她会不参与战斗吗？"

房间陷入沉默。

"可是这也没办法帮史特拉夫取得城市。"多克森说道，"他仍然得赶跑克罗司。"

"是的。"歪脚皱眉说道，"可是它们大概会拆掉几座城门，更不要提摧毁许多房舍，让史特拉夫可以有足够的空间来攻击实力大打折扣的敌人，况且克罗司从来不会组织战略，城墙此时也帮不了大忙，一切的局面都对史特拉夫绝对有利。"

"他会被视为是解放英雄。"微风低声说道，"如果他趁克罗司冲入城市与士兵们打斗过一阵，却尚未严重摧毁司卡区域之前率兵入城，就可以解放人民，将自己定义为他们的保护者，而不是征服者。按照人民那时的心情来看，我认为他们会欢迎他。在此刻，对他们而言，一个强大的领导者会比口袋里的钱跟议会中的权力更有意义。"

一群人开始思考这番话的同时，微风打量着仍然静静坐在一旁的沙赛德。他的话很少，到底在打什么算盘？为什么要召集所有人？难道他敏锐地发现大家需要像此刻一样无所顾忌地讨论，不受依蓝德的道德感干扰局？

"我们可以让史特拉夫拿去。"多克森终于说道，"我是说城市。我们可以让纹不动手。如果这是无可转圜的……"

"老多。"哈姆静静说道，"听到你说这种话，你觉得阿凯会怎么想？"

"我们可以把城市交给加斯提·雷卡。"微风插嘴，"也许我们能说服他以某种程度的尊重对待司卡。"

"然后让两万克罗司进城？"哈姆问道，"微风，你没看过那些东西的恶行吗？"

多克森一捶桌面："我只是在提选择，哈姆。否则我们还能怎么办？"

"战斗。"歪脚说道，"直到倒下。"

房间再次陷入沉默。

"你还真知道要怎么让大家闭嘴，朋友。"微风终于说道。

"这件事总得有人来说。"歪脚低声说道，"不用再自欺欺人。我们打不赢，但又必须打。城市会被攻击，我们要保护它，却必输无疑。

"你们在想我们是否该放弃。可是我们不会这么做。阿凯不会允许我们这么做，所以我们也不会允许自己这么做。我们会战斗，带着尊严倒下，然后城市会被焚烧，但如此我们总算传达了一件事情。统御主随意操弄了我们长达上千年，但如今我们司卡有骄傲。我们战斗，我们抵抗，直到倒下。"

"那这一切的意义是什么？"哈姆烦躁地说道，"何必要推翻最后帝国？为什么要杀掉统御主？如果只会如此结束，为什么要开始？每个统御区都是暴君当道。陆沙德被夷为平地，我们全数死去。有什么意义？"

"因为——"沙赛德柔声开口，"总要有人开始。当统御主在位时，社会无法进步。他维持帝国的稳定，却也压制了帝国发展。上千年来，人民的衣着几乎毫无改变，贵族总是试图要迎合统御主的理想样貌。建筑跟科学没有进步，因为统御主不赞同改变跟发明。"

"而司卡不可能会自由，因为他不允许。可是，朋友们，杀死他无法解放所有人。只有时间可以。我们也许会需要花好几个世纪——用好几个世纪来战斗、学习、成长。很不幸却也无可避免的是，最开始会非常艰辛。像是幸存者本人所做出的牺牲。"

众人沉默。

"微风。"哈姆开口，"我现在需要一点信心。"

"没问题。"微风说道，小心翼翼安抚掉他的焦虑跟恐惧。哈姆脸上回复了部分血色，也稍稍地挺直背脊。微风顺道对在场的所有人都做了同样的安抚。

"你知道这件事多久了？"多克森问沙赛德。

"一段时间了，多克森大人。"沙赛德说道。

"可是你不可能知道史特拉夫会退兵，把我们丢给克罗司。只有歪脚能看出这点。"

"微风大人，我的理解是方向性的。"沙赛德以他平静的声音说道，"这跟克罗司没有直接的关系。我一直认为这个城市会沦陷，说实话，我对你们的努力感到非常佩服。如果不是你们，这里的人早就被打倒了。你们做了一件伟大的事，会流传好几个世纪。"

"如果有人能活下来，将这故事说给后人的话。"歪脚提出。

MISTBORN: THE WELL OF ASCENSION

沙赛德点点头:"这其实就是我召集此次集会的原因。我们留在城市里的人没有多少幸存的可能,我们需要协助防守城市,就算没有死在克罗司的攻击之下,史特拉夫也会处决我们。不过,我们不需要都留在陆沙德,等它沦陷。也许有人应该被派出去组织未来的反抗行动。"

"我不会离开我的人。"歪脚沉声说道。

"我也不会。"哈姆说道,"不过我昨天已经叫家人躲起来了。"这句话的意思是他要他们离开,也许是混入城市的地下组织里,或是从过墙道离去。哈姆不会知道他们怎么离开,如此一来他也无法透露他们的行踪。积习难改。

"如果城市沦陷,"多克森说道,"我会与它同在。这会是阿凯的期望。我不走。"

"我会走。"微风说道,看着沙赛德,"现在自荐是不是太早了?"

"呃,其实,微风大人,"沙赛德说道,"我不是——"

微风举起手:"没关系,沙赛德。你认为谁该被送走是很明显的——你没有邀请他们参加会议。"

多克森皱眉:"我们要死守陆沙德,却要让唯一一个迷雾之子离开?"

沙赛德点点头。"诸位大人。"他柔声开口,"这个城市的人会需要我们的领导。我们将城市交给他们,也让他们陷入如今的处境,不能现在遗弃他们,但是……这世界上有更大的事情在发生,远超过我们的能力范围。我确信纹贵女已牵涉其中。"

"即使这只是我的幻觉,纹贵女仍然不能死在这座城市里。她是人民对幸存者最亲近、最强大的联结。她成为他们的象征,而她迷雾之子的能力让她可以安全离开,并从史特拉夫派出的刺客手中存活下来。她会在未来成为强大的战力,既可以配合潜入行动,单独作战也破坏力惊人,她昨晚的行动已经证明了这点。"

沙赛德低下头:"大人们,我请你们来,是为了决定如何能说服她离去,留下我们其他人来战斗。我想这不会是件容易的事。"

"她不会离开依蓝德。"哈姆说道,"他也得走。"

"我也是这样想的,哈姆德大人。"沙赛德说道。

歪脚咬着下唇:"要说服那男孩逃走不容易。他仍然认为我们可以打赢。"

"是有可能。"沙赛德说道,"大人们,我的目的不是要你们失去所有希望,但是情况危急,成功的可能性——"

"我们知道,沙赛德。"微风说道,"我们明白。"

"集团里一定还有别人能走,"哈姆低头,"不只那两个人。"

"我会让廷朵跟他们一起走,"沙赛德说道,"她会带着许多重要发现回到我的族人们那里。我也打算让雷司提波恩大人离开,他在战争中没有多大用处,但他身为锡眼的能力在纹贵女跟依蓝德大人组织司卡反抗军时应该颇有帮助。"

"可是,存活下来的人不会只是他们。大多数司卡应该是安全的。加斯提·雷卡大人似乎能控制他的克罗司,即便他不行,史特拉夫应该能及时抵达来保护城市居民。"

"那也要史特拉夫按照歪脚的预测行事。"哈姆说道,"他有可能直接撤退,将损失降到最低,舍弃陆沙德。"

"无论如何,能走的人不多。"歪脚说道,"无论史特拉夫或加斯提都不可能让大群人逃离城市,目前街上的混乱跟恐惧更能够帮助他们达成目的。我们也许能派几个人骑马逃走,如果其中一人是纹就更容易,但其他的人只能冒险面对克罗司了。"

微风感觉一阵反胃。歪脚的话太直接……太无情,但那是歪脚。他甚至不是悲观主义者,只是说出了他认为别人不愿意承认的事实。

有些司卡会活下来成为史特拉夫·泛图尔的奴隶,微风心想。可是那些战斗的人,还有过去一年领导城市的人,绝对会死。包括我。

这是真的。这次真的没有退路。

"怎么样?"沙赛德问道,双手摊在身前,"大家都同意这四个人该走吗?"

MISTBORN: THE WELL OF ASCENSION

所有人点头。

"那我们开始讨论。"沙赛德说道,"该如何说服他们离开。"

"我们可以让依蓝德认为这危险并没有想象中严重。"多克森说道,"如果他认为城市会长期处于围城战,也许会愿意跟纹一起去哪里进行某种任务。等到他们发现时已经太晚了。"

"很好的建议,多克森大人。"沙赛德说道,"我认为我们也可利用纹贵女对升华之井的看法。"

讨论继续进行,微风满意地靠回座位。纹、依蓝德、鬼影会活下去,他心想。我得说服沙赛德让奥瑞安妮跟他们一起走。他环顾四周,注意到房间里所有人似乎都显得比原先更为放松。多克森跟哈姆似乎平静了下来,就连歪脚都静静地点头,看起来对于方案的讨论方向相当满意。

灾难仍然即将来临,但光是知道能有人逃过一劫,让最年轻、最没有经验,因此还能够抱有希望的成员脱逃,似乎让一切更容易被接受。

纹静静地站在迷雾中,抬头看着黑暗的尖塔、圆柱、高塔。这里是克雷迪克·霄。在她的脑海中,有两个声音在鼓动。雾灵跟更大、更沉的声音。

它越来越执着。

她继续朝克雷迪克·霄前进,无视于鼓动声。千塔之山,曾经是统御主的家,过去一年来都没人住,甚至也没有流浪汉在此定居下来。这里太阴森,太可怕,太强烈地令人想到他。

统御主曾经是个恶魔。一年前来这里刺杀统御主的情景仍然历历在目,纹当时觉得自己受过卡西尔的训练,注定该执行这一任务。当她穿过这个中庭,经过眼前门扉两旁的侍卫。

而她没有杀他们。如果是卡西尔会直接用武力解决,但纹说服他们离开,加入反叛军。这个行为救了她一命,因为他们其中一个人,葛拉道,之后带着依蓝德前往皇宫地牢去把她救了出来。

迷雾之子
卷二·升华之井 [珍藏版]

某种程度上来说,最后帝国被推翻的原因,正是她的作风不像卡西尔。

可是,她能够将如此的巧合作为未来下决定的依据吗?回想过去,一切都太巧了,像是孩子们的寓言故事。

纹小时候从来没听过这些故事,但在许多孩子死去的同时,她活了下来。每个美好童话背后,似乎都有十几个以悲剧终结的故事。

然后她遇到了卡西尔。事实证明,他的想法很有道理。他教的东西跟童话故事非常不同,卡西尔处决那些挡他去路的人时非常大胆,甚至兴奋、无情。他总是看着大方向,总是紧盯着摧毁帝国这一目标,关注着日后会出现的新王国,就像依蓝德统治的这个一样。

他成功了。为什么她不能像他那样,杀人时明白自己只是在尽义务,从不会感到罪恶?她总是害怕卡西尔展现的危险特质。可是,这不也是他成功的原因?

她走入皇宫里宛如地道的走廊,脚跟迷雾披风的布带在灰尘中划出痕迹。雾一如往常,留在外面,不会进入建筑物,即使进去,也留不久。她抛开了雾还有雾灵。

很快地,室内的光线暗到即使连迷雾之子的眼睛都看不清楚,因此她点亮了灯笼,之后讶异地发现,灰尘中,她的脚印不是唯一,显然还有别人在走廊间走动,但无论他们是谁,她都没有在走廊中碰到他们。

片刻后,她走入房间。她不知道什么东西吸引她进入克雷迪克·霄,更遑论中央的密室,可是她最近似乎感觉到跟统御主之间有某种关联性。她漫步来到此处,来到她杀死此生唯一认识的神的地方。自从那晚后,她再也没有来过。

他经常待在这里,一个显然建造来让他回忆家乡的地方。房间有一个圆拱的屋顶,墙上布满了银色的壁画,地面上满是金属的镶嵌装饰。她无视那些,径直走到房间内最醒目的物体处——一个建在大房间里的小石头建筑物。

MISTBORN: THE WELL OF ASCENSION

卡西尔跟他的妻子多年前就是在这里被逮捕,那时卡西尔第一次尝试要抢夺统御主的东西。梅儿死在坑里,但卡西尔活了下来。

在同样一个房间里,纹第一面对审判者,几乎被杀死。几十个月后,她再次前来这里,第一次尝试杀死统御主。那次她也失败了。

她踏入屋中屋,里面只有一个房间。为了寻找天金,地板被依蓝德的工人们挖成了大坑,可是墙上仍然挂满统御主留下的装饰品。她举高灯笼,开始研究。

地毯。皮草。一支小木笛。他的族人,泰瑞司人的物品,来自千年以前。他为什么在南方建造他的新城市陆沙德?毕竟他的家乡跟升华之井是在北方。纹一直没搞懂这点。

也许这是个选择。拉刹克,统御主,当初也被逼着要做出选择。他可以继续乡野村民的生活,他也许能跟族人度过快乐的一生。

可是他决定自己要更有成就,并因此犯下了极大的恶行,可是她能责怪这个决定本身吗?他成为了自己决定要成为的样子。

纹的决定似乎比较平凡,但她知道在确定自己想要什么,还有自己是谁之前,她无法思考更重大的事情,例如升华之井,还有对陆沙德的保护。可是,站在拉刹克曾长期独居的这个房间里,她想着升华之井,脑中的鼓动似乎比原先更大声了。

她必须下决定。她想要跟依蓝德在一起。他代表平静。快乐。可是詹代表着她觉得自己必须成为的人。为了所有人好。

统御主的皇宫没有给她线索或答案。片刻后,烦躁且不明白自己为何会来此处的她离去,重回雾中。

詹因为一支营钉的特殊敲打韵律而惊醒。他的反应是下意识的。

他燃烧钢铁跟白镴。每次睡觉前,他总会吞一点。他知道这个习惯有一天会害死他,因为金属在体内残留过久是有毒的。

但他认为,有一天死,总比今天死好。

迷雾之子
卷二·升华之井 [珍藏版]

他从卧榻上翻下,将棉被抛向洞开的帐门,在黑夜中,他几乎看不见前方。他一面跳起,一面听到有东西被撕裂。帐篷的帆布墙正被割开。

"杀死他们!"神尖叫。

詹落到地上,从床边的碗中抓起一把钱币,一转身,让钱币以身体为轴心向四面八方散开。惊呼声响起。他钢推,钱币遇上帆布时,发出噗噗声,然后继续前进。众人发出尖叫。

詹再度蹲下,静静地等着帐篷在他身边倒下。有人在他右方的布料中打滚。他继续射出几枚钱币,听到令人满意的痛哼。在沉默中,帆布如棉被般盖上他。他听到逃走的脚步声。

他叹口气,放松,用匕首划开帐篷的顶端,走入迷雾弥浸的黑夜。他今天睡得比平常晚,可能已经将近午夜。反正也该起床了。

他踩过倒下的帐篷顶,跨过原本卧榻的位置,割开一个洞,把他放在卧榻侧袋里的金属液体瓶取出,一口将瓶子里的东西喝光,锡让周遭的景象变得宛如白天般清晰。四个人倒在他的帐篷边,没死也不剩几口气了。他们当然都是士兵,史特拉夫的士兵。这次攻击行动比詹预期的还要晚发生。

史特拉夫比我以为的还要信任我。詹跨过一个杀手的尸体,割开挡住储藏柜的帆布,拿出了衣服,迅速换装后,又从里面拿出一小袋钱币。一定是因为对塞特的攻击,他心想。那件事终于让史特拉夫相信,我太危险,不能让我活下来。

詹看到他的人在不远处安静地工作,表面上是在测试帐篷绳索的牢固程度。他每天晚上都守在这里,拿了詹的钱,一看到有人接近詹的帐篷,就敲营钉。詹抛一袋钱币给那个人,然后走入黑暗,经过运河及上面的渡船,朝史特拉夫的帐篷走去。

他的父亲有一些短处。他很擅长大规模的计划,但往往顾不上细节。他可以规划军队,歼灭敌人,但他喜欢玩弄危险的工具。像是海司辛深坑的矿坑。像是詹。

MISTBORN: THE WELL OF ASCENSION

这些工具最后都反噬了他。

詹走到史特拉夫帐篷的旁边，在帆布上割开一个洞，踏步进去。史特拉夫在等他。面对死亡史特拉夫仍投以反抗的眼神，对此詹也感到佩服。他停在房间中央，站在硬木椅子上的史特拉夫面前。

"杀了他。"神命令。

油灯在四角燃烧，点亮了帆布。角落的棉被跟靠垫一片凌乱。史特拉夫在派刺客之前又跟他最喜欢的情妇们亲热了一番。国王展现着他惯常的高傲，但詹看到的更多。他看到一张被过多汗水浸湿的脸，看到颤抖的手，仿佛病入膏肓。

"我有天金要给你，"史特拉夫说道，"埋在一个只有我知道的地方。"

詹静静地站着，低头盯着他的父亲。

"我会公开承认你。"史特拉夫说道，"只要你愿意，明天，我就宣告你是我的继承人。"

詹没有反应。史特拉夫继续冒汗。

"城市是你的。"詹终于说道，转身。

他的奖赏是身后的一声惊喘。

詹回过头。他从来没在他父亲的脸上看过如此震惊的神情。光是这点就几乎已足够。

"按照计划，把人撤走。"詹说道，"可是不要回到北方统御区。等克罗司进攻城市后，让它们破坏防御工事，杀死守军，此时你可以冲进去，解救陆沙德。"

"可是，依蓝德的迷雾之子……"

"那时会离开。"詹说道，"她今晚会跟我一起走。永别了，父亲。"他转身，从他割出的开口离去。

"詹？"史特拉夫从帐篷内喊道。

詹再次停下脚步。

"为什么？"史特拉夫问道，从开口往外望，"我派杀手去杀你。你为

迷雾之子
卷二·升华之井 [珍藏版]

什么要让我活着?"

"因为你是我父亲。"詹说道,转过头,望着迷雾,"一个人不该杀死他的父亲。"

说完,詹跟创造他的人最后一次道别。他是詹在最疯狂、最受虐待的情况下,也仍然爱着的人。

黑雾中,他抛下一枚钱币,越过营地。在营区外落地,轻易地找到被他当做标记的运河弯道。那里有一棵小树,他从树身的空洞处掏出一团布。一件迷雾披风,这是史特拉夫给他的第一件礼物,就在詹刚绽裂时。那已经是多年前的事情了。对他而言,这件衣服太宝贵,不能随便穿,更不能随便弄脏。

他知道自己是笨蛋,可是他无法改变自己的情感。自己对自己施以情绪镕金术不会有任何效果。

摊开迷雾披风,他抽出里面保护的东西。好几瓶金属液体还有一袋满满的珠子。天金。

他跪在那里很久。然后,詹伸手按着胸口,感觉肋骨后方的空间。他的心脏在跳动的位置。

那里有一个很大的凸起,一直有。他不常想这件事,因为每次一想,注意力便无法集中。这才是他从不穿披风的真正原因。

他不喜欢肩胛骨之间穿出的小尖刺磨蹭披风时的感觉。尖刺的头在胸骨下方,穿着衣服时会被挡住。

"该走了。"神说道。

詹站起身,留下迷雾披风。他背向父亲的营地,离开他所知的一切,寻找会拯救他的女子。

537

艾兰迪相信他们的话。

47

纹心里的一部分甚至不在意她杀了多少人。可是自己的无动于衷只让她更加惊恐。

从皇宫回来后，她便坐在阳台上，陆沙德城淹没在她眼前的黑夜里。她坐在雾里，却再也无法从它盘旋的模样中找到安慰。一切已经无法像过去那么简单。

雾灵看着她，一如往常。它远到只能被感觉，但比雾灵更强的是另外一股力量，那强大的鼓动，越来越大声。曾经显得遥远，现在却并非如此了。

升华之井。

这是唯一的解释。她可以感觉到它的力量重新归来，流入世界，要求被取得、被使用。她发现自己一直瞥向北方，看着泰瑞司，认为会看到天际线处出现什么。一道光，一簇火，一阵狂风之类的。可是只有雾。

她最近似乎什么都做不成。爱、保护、责任。我的注意力太分散了，她心想。

有好多事情需要她注意，她试图面面俱到，结果一事无成。关于深黯跟永世英雄的研究已经好几天都没有进展，仍然是地板上的一堆堆资料。她对雾灵仍然几乎一无所知，只知道它看着她，而且日记的作者认为它是危险的。她没有处理集团中的间谍，甚至不知道詹对德穆的指认是否正确。

而且塞特还活着。她甚至连简单的屠杀都会搞砸。都是卡西尔的错。他训练她取代他的位置,但真的有人能做到吗?

我们为什么总是要当那把刀?詹的声音在她脑海中低语。

他的话有时很合理,却有漏洞。依蓝德。纹不是他的刀,不是的。他不要她去杀人,但是他的理想让他失去王位,让城市被敌人包围。如果她真的爱依蓝德,如果她真的爱陆沙德的人民,她不是该做得更多吗?

鼓动撼动她,像是太阳般巨大的一面鼓,她几乎随时都在燃烧青铜,听着韵律,让它将她带走。

"主人?"欧瑟从她身后问道,"你在想什么?"

"结束。"纹静静说道,看着外面。

沉默。

"什么的结束,主人?"

"我不知道。"

欧瑟走到阳台边,进入雾中,在她身边坐下。她越发地了解它了,因此看出了那双狗眼中的担忧。

她叹口气,摇摇头:"我只是必须做些决定,而且无论我做哪个决定,都意味着结束。"

欧瑟偏着头坐在原地。"主人,"它终于开口,"我觉得你似乎过分夸张了。"

纹耸耸肩:"所以你没什么好忠告?"

"你只要做决定就好。"欧瑟说道。

纹想了片刻,露出微笑:"沙赛德会说很睿智又贴心的话。"

欧瑟皱眉:"我不了解他为什么会出现在这段对话中,主人。"

"他是我的侍从官。"纹说道,"在他离开还有卡西尔将你的契约移交到我手上之前。"

"噢。"欧瑟说道。"我其实从来都不喜欢泰瑞司人,主人。他们太在乎自己该如何谦卑地服侍他人,因此很难模仿,更不要提他们的肌肉太干，根本不好吃。"

纹挑起眉毛："你模仿过泰瑞司人？我猜不出有什么必要，他们在统御主时期无足轻重。"

"是没错。"欧瑟说道，"可是他们总是在举足轻重的人周围。"

纹点点头，站起身。她走回空房间，点亮灯，熄灭了锡。白雾淹没房间，流过她的一叠纸，她走向卧房的脚步踢起一团团雾气。

她停下脚步。这有点奇怪。雾进入室内时，很少会维持这么久。依蓝德说这跟温度和密闭空间有关。纹一直以为是有更神秘的原因。她皱眉，看着它。

就算没有锡，她仍然听到声响。

纹转身。詹站在阳台上，身影映着白雾，一片漆黑。他上前一步，雾跟随着他，一如跟随任何燃烧金属的人，同时……却也似乎在被他推开。

欧瑟低声咆哮。

"时间到了。"詹说道。

"什么时间？"纹问道，放下油灯。

"离开。"詹说道，"离开这些人跟他们的军队。离开这些争吵。获得自由。"

自由。

"我……我不知道，詹。"纹别过头。

她听到他上前一步。"你欠他什么，纹？他不了解你，他怕你。事实是，他向来配不上你。"

"不。"纹摇头说道，"完全不是这样，詹。你不了解。是我从来都配不上他。依蓝德应该要跟更好的人在一起。他应该要跟……一个能分享他的理念的人在一起。一个认为他应该放弃王位，认为这件事的荣誉远超过愚蠢的人。"

"这不重要。"詹说道，停在离她不远的地方，"他无法了解你。无法了解我们。"

迷雾之子
卷二·升华之井 [珍藏版]

纹没有回答。

"你要去哪里,纹?"詹问道,"如果你没有被束缚在这里,束缚在他身边?如果你是自由、随心所欲的,你要去哪里?"

鼓动声似乎更响亮了。她瞥向欧瑟,它正坐在墙边,全身几乎陷入黑暗中。为什么她会有罪恶感?她需要向它证明什么?

她转身面对詹。"北边。"她说道,"去泰瑞司。"

"我们可以去。你要去哪里都好。只要不是这里,哪里我都无所谓。"

"我不能舍弃他们。"纹说道。

"即便你这么做就能带走史特拉夫唯一的迷雾之子?"詹问道,"这是笔好交易。我父亲会知道我消失了,但他不会知道你不在陆沙德。他会投鼠忌器。你给了自己自由的同时,你的盟友们也会获得珍贵的礼物。"

詹握住她的手,强迫她看着他。他真的长得很像依蓝德,一个比较冷硬的依蓝德。詹跟她一样,被人生击倒过,跟她一样也将自己拼凑了回来,这个重塑的过程是让他们更牢固,抑或更脆弱?

"跟我来。"詹低声说道,"你可以拯救我,纹。"

这个城市即将面临战争,纹全身发寒地想。如果我留下来,我又得杀人。

因此,她让他缓缓地牵着她离开书桌,走向迷雾,还有外面令人安心的黑暗。她伸出手,掏出一瓶金属液,准备展开旅程。这个动作让詹多疑地转身。

他的直觉很敏锐,纹心想。跟我一样的直觉。让他无法信任他人,却能让他活下去的直觉。

看清楚她在做什么,他立刻放松下来,露出微笑,又转过身。纹再次跟着他前进,却猛地感觉到一阵恐惧。就是现在,她心想。在这之后,一切都会改变。这就是决定的时候。

而我选错了。

我掏出瓶子时,依蓝德不会那样惊吓。

她全身僵住。詹拉拉她的手腕，但她没有移动。他在迷雾中转身面向她，站在阳台边缘，皱起眉头。

"对不起。"纹悄声说道，抽出手，"我不能跟你走。"

"什么？"詹问道，"为什么？"

纹摇摇头，转身回到房间。

"告诉我为什么？！"詹问道，音量升高，"他到底哪一点吸引你？他不是个伟大的领袖。他不是战士，不是镕金术师也不是将军。他到底有哪点好？"

答案显而易见。我作决定时，他会无条件地支持我。"他信任我。"她低声说道。

"什么？"詹难以置信地问道。

"我攻击塞特的时候，其他人都认为我的行为是不理智的。"纹说道，"他们说得对，但只有依蓝德对他们说，我一定有合理的理由，即使他也不知道具体是什么。"

"他是个笨蛋。"詹说道。

"当我们之后谈起时，"纹继续说道，没有看詹，"我对他很冷淡，我想他知道我正在考虑是否要跟他在一起，然后……他说他信任我的判断。如果我选择要离开他，他会支持我。"

"所以他还不够重视你。"詹说道。

纹摇摇头："不对。他只是爱我。"

"我爱你。"

纹一愣，抬起头看着詹。他看起来很愤怒，甚至绝望。

"我相信你。可是我还是不能跟你走。"

"为什么？"

"因为这代表我得离开依蓝德。"她说道，"即使我无法分享他的理念，我仍然尊重它们。即使我配不上他，我仍然能在他身边。我要留下，詹。"

詹静立片刻，迷雾在他肩膀周围落下。"那我失败了。"

迷雾之子
卷二·升华之井 [珍藏版]

纹别过头:"不。不是你失败了。你没有不好,只是我——"

他撞上她,将她推倒在满是迷雾的地面上。纹坐在木板地上,震惊地转过头,一时间喘不过气。

詹站在她上方,面色阴沉。"你应该要救我的。"他咬牙切齿地说道。

纹猛然骤烧体内所有的金属,将詹往后推,以门绞链拉引自己,向后飞起,用力撞上门,木头微微龟裂,但她太紧张,太震惊,以至于没有了撞击以外的感觉。

詹静静站起身,身影高大、阴暗。纹往前翻滚,蹲起。詹在攻击她。真正地攻击她。

可是……他……

"欧瑟!"纹说道,罔顾脑子里反对的声音,抽出匕首,"快跑!"

说出暗号后,她往前冲,试图不让詹注意到她身边的狼獒。詹轻松且优雅地避开她的攻击。纹朝他的脖子挥出匕首,但詹微微一仰头便避开。她攻击他的腰、他的手臂、他的胸口,每次都落了空。

她知道他在燃烧天金。她预料到这件事。她停下脚步,看着他,他甚至没有抽出武器,只是站在她面前,脸庞陷入黑暗中,迷雾堆积在他脚边。"你为什么不听我的,纹?"他问道,"为什么要强迫我继续当史特拉夫的工具?我们都知道那条路的必然结果。"

纹不做响应,咬着牙,猛然攻击。詹毫不在意地反手挥出一掌,她轻推他身边的书桌架,将自己往后翻,仿佛被他的攻击抛离,撞上了墙,软倒在地。

正好躺在震惊的欧瑟身边。

它没有打开肩膀将天金给她。它不懂暗语的意思吗?

"我给你的天金。"纹低声说道,"我现在需要。"

"坎得拉。"詹说道,"过来我这边。"

欧瑟迎向她的双眼,她看出了其中的情绪。耻辱。它别过头,走过地板,迷雾堆积至它的膝盖,它站到房间中央,跟詹一起。

543

"不……"纹低声说道,"欧瑟?"

"你将不再服从她的命令,坦迅。"詹说道。

欧瑟低下头。

"契约,欧瑟!"纹跪起说道,"你必须服从我的命令!"

"它是我的仆人,纹。"詹说道,"服从我的契约。我的命令。"

我的仆人……

突然,一切真相大白。她怀疑了每个人,多克森、微风,甚至是依蓝德,却从来没有将间谍跟最合理的人选连在一起。皇宫里一直有坎得拉,而且一直在她身侧。

"对不起,主人。"欧瑟低声说道。

"多久了?"纹低下头说道。

"自从你把狗的身体给了我的前任,真正的欧瑟。"坎得拉说道,"我在那天杀了它,取代了它的位置,使用狗的身体。你从来没看过变成狼獒的它。"

还有比那时更适合的交换身份的时机吗?纹心想。"可是,我们在皇宫里找到的骨头。"她说道,"骨头出现时,你在我身边,那是——"

它说那是新的骨头时,她相信了。她相信了那些骨头被吐出的时间。她一直以为,掉换的时间是她跟依蓝德去了城墙上的那天,而会这么认定是因为欧瑟说的话。

白痴!她心想。欧瑟,或者该用詹叫他的名字,坦迅,带着她怀疑所有人,除了它自己。她是哪里有问题?她通常非常擅长找出叛徒,怎么连在身边的坎得拉都没想过?

詹上前。纹跪着等他。装虚弱,她告诉自己。要装虚弱。让他不要动你。试着——

"安抚我没有用。"詹低声说道,抓起她的前襟,将她拉起,再抛下。迷雾在她身下溅开,顺着她摔倒的动作飞洒四周。纹压下一声痛楚的叫喊。

迷雾之子
卷二·升华之井 [珍藏版]

我得保持安静。如果侍卫来，他会杀了他们。如果依蓝德过来……

她不能发出声音，即便是詹踢上她腰边的伤口，让她闷哼出声，流出眼泪。

"你原本可以救我。"詹低头看着她说道，"我愿意跟你走。现在呢？什么都没有了，都没有了，只有史特拉夫的命令。"他重重踢了她一下，加强语气。

尽量缩小，她忍着痛告诉自己。他过一会儿就会腻了……

可是她已经很多年都不需要屈服于别人。她在凯蒙与瑞恩面前卑躬屈膝的日子已经极为模糊，在依蓝德跟卡西尔的光芒前近乎透明。詹又踢了一脚，纹发现自己开始愤怒了起来。

他收回脚，瞄准她的脸，纹趁此时开始准备行动。他的脚往下移时，她反推窗户门闩，让自己浸入迷雾中，再骤烧白镴站起身。一连串动作撩拨起地面上的一波迷雾，如今雾已经堆积到她的膝盖以上。

她瞪着詹，后者脸色不悦地回望着她。纹弯腰冲上前去，可是詹的动作比她快，在她来得及行动前，就已经挡在她跟阳台之间——虽然即便她从阳台逃出去也没有什么好处，因为他有天金，要赶上她很容易。

之前他燃烧天金攻击她时就是这样，只是这次更进一步。之前，她会有一丝信任，认为他们只是在比武，即便不是朋友，却也不是敌人。她从来没有真正相信他想要杀她。

但这次她已经舍弃了如此的幻想。詹的眼神阴暗，表情冷硬，正如同几天前他杀死塞特手下时的样子。

纹会死。

她已经很久没有感觉到如此的恐惧，但如今在闪避詹的脚步时，她在自己身上看到、感觉到、闻到害怕的气息。她觉得自己就像是面对迷雾之子的普通人，当初面对她的士兵必定也是有同样的感觉。没有招架的可能。没有机会。

不，她强硬地告诉自己，按着腰际。依蓝德没有自史特拉夫面前败下

MISTBORN: THE WELL OF ASCENSION

阵来,他没有镕金术,却深入克罗司阵营的中心。我可以打败他。

纹大喊一声,冲向坦迅。狗震惊地往后躲,但它根本无须担忧。詹又挡在她前面,一肩撞向纹的身体,再抽出匕首,顺着往后倒的身体,在她脸颊上划了一道。刀痕很精准。完美。与她快两年前第一次跟迷雾之子对打时,在另外一边脸颊上留下的疤痕正好配成一对。

纹咬紧牙关,在跌倒的途中燃烧铁,拉引桌上的袋子,将钱袋收入掌心。

她侧卧倒地,一手按着地面用力一撑,重新站起,将钱袋中的钱币一股脑儿倒在手中,朝詹举起。

血沿着她的下巴滴下。她将钱币抛出,詹上前一步,要将钱币推开。

纹微笑,边推边骤烧硬铝。钱币往前冲去,带起的疾风划开地上的迷雾,露出下方的地板。

房间晃动。

一眨眼间,纹发现自己撞上了后墙,她震惊地喘气,突然无法呼吸,视线一片模糊。一时间,她神志恍惚,不知自己身在何处,更不明白为什么自己又会倒回地上。

"硬铝。"詹说道,依然举着手,站在原处,"坦迅跟我说过。每次我的红铜开启时,你都能感觉到我在哪里,因此我们推断,你一定有一种新的金属。在那之后另稍微搜寻了一下,它就找到你的金属调制师给你的笔记,上面很清楚地记载了制作硬铝的指示。"

她迷糊的脑子挣扎地要将几个念头串连在一起。詹有天金,他钢推了其中一个她朝他射去的钱币,他一定也同时钢推了自己身后,以防被两人体重相撞时的冲击击退。

而她被硬铝增强的钢推让她整个人撞上了墙壁。她无法思考。詹走上前来,她茫然地抬头,在浓雾中四肢着地,想爬着逃开,雾跟她的脸同高,她吸入沁凉、沉静的混沌,鼻腔一阵瘙痒。

天金。她需要天金。可是她的珠子在坦迅的肩膀里,她无法将珠子拉

迷雾之子
卷二·升华之井 [珍藏版]

引过来。由它携带天金的好处就是让它的身体保护天金不受镕金术师影响，就像刺穿审判者身体的尖刺，就像她的耳针。嵌入，只要是穿过人身体的金属都不会受到最强大的镕金术力量影响。

可是她曾经办到过。当她在跟统御主战斗时，让她成功的力量不属于她，甚至不是硬铝，而是来自他方，来自雾。

她从雾中取得力量。

有东西撞上她的背，将她推倒。她翻过身，往上踢，詹却在天金的帮助下，让脸庞毫厘之差避过她的攻击。詹将她的脚拍开，伸出手抓住她的双肩，用力往下一掼，让她重重撞上地板。

他低着头看她，迷雾在他身边盘旋。她硬生生压下惊慌，朝迷雾探去，就像一年前跟统御主战斗时那样。那天，它们加强了她的镕金术，让她得到本不属于她的力量。她朝它们探去，哀求它们的帮助。

什么都没发生。

拜托……

詹再次将她按倒。迷雾继续无视于她的恳求。

她往旁边一翻，拉引着窗框起身，将詹推到一边，两人不断翻滚。

纹压在他上方。

突然，两人从地面上弹起，冲出迷雾，被詹钢推地上钱币的动作推入空中，一同撞上天花板。詹的身体用力推挤着她，将她压在木板上。这次，轮到他在上方，或该说他其实是在下，但他绝对占有施力点上的优势。

纹惊喘出声。他的力量太大，远胜于她。即使燃烧白镴，他的手指仍嵌入她的手臂，而她的腰侧则因先前的伤痛苦不堪，体能状况绝对不足以对抗另一名迷雾之子。

尤其当对方拥有天金时。

詹继续将两人推向天花板，纹的头发朝他的方向落下，迷雾在下方翻腾，像是逐渐升高的漩涡。

MISTBORN: THE WELL OF ASCENSION

詹停止钢推，两人一同落下，主动权仍然在他手上。他翻转她的身体，压着她一同落入迷雾中，撞上地面，重新将纹肺中的空气全部挤了出来。詹在上方，咬着牙恶狠狠地开口——

"所有的努力都白费了。"他恶狠狠地说道，"在塞特的手下藏入一名镕金术师，让你怀疑他在议会中攻击你；强迫你在依蓝德面前战斗让他开始怕你；逼迫你探索力量界限和杀人，好让你明白自己有多强大。全都白费了！"

他低下身。"你、应、该、要——拯救我！"他说道，脸离她的只有几寸远，沉重地呼吸着，以膝盖将她挣扎的手臂压在地面上，突然，他吻了她。

在此同时，他将匕首插入她一侧的胸口。纹想要大喊出声，但他的吻堵住了她的口，而匕首刺伤了她的身体。

"小心，主人！"欧瑟——坦迅突然大喊，"她知道很多坎得拉的事！"

詹抬起头，停下手中动作。突来的声音和身上的痛楚让纹神志恢复清醒，她骤烧锡，用痛楚让自己清醒过来，脑子一凛。

"什么？"詹问道，低头看着坎得拉。

"她知道，主人。"坦迅说道，"她知道我们的秘密。我们服侍统御主的原因。我们服从契约的原因。她知道我们为什么这么怕镕金术师！"

"安静。"詹命令，"不准说话。"

坦迅静下来。

我们的秘密……纹心想，瞥向狼獒，看出了狗脸上的焦虑。它正试图要告诉我一件事。它正试着要帮我。

秘密。坎得拉的秘密。她上次试图要安抚它时，它痛得大喊。可是，这次她在它的脸上看到许可。这么多线索，够了。

她以安抚攻击坦迅。它大吼出声，但她更用力地推，什么都没发生。她一咬牙，燃烧硬铝。

有某种东西断掉了。她同时在两个地方，可以感觉坦迅站在墙边，也

迷雾之子
卷二·升华之井 [珍藏版]

可以感觉自己的身体被詹抓住。坦迅完全、彻底地属于她。她不知如何是好，便命令它上前来，控制住它的身体。

巨大的狼獒身躯撞上詹，让他从纹的身上倒下，匕首落到地上，纹歪歪倒倒地跪起，抓着胸口，感觉到手中沾满温热的血。詹震惊地打了个滚，却很快站起身，踢了坦迅一脚。

狼獒的骨头断裂。它匍匐地前进，想走向纹的方向。她从地上抓起匕首，等坦迅来到她脚边时，一刀戳入它的肩膀割开身体，手指在肌肉跟筋骨间翻找，满是鲜血的手抓起一颗天金，一口吞下，转身面向詹。

"看你现在要怎么办。"她凶狠地说，燃烧天金。詹的身上爆发出几十个天金影子，让她看到他所有可能的行动，全部都只是可能性。在他眼里，她将也是同样一团难以辨别的影子。他们终于势均力敌。

詹转身，与她四目交望。他的天金影子全部消失！

不可能！她心想。坦迅在她的脚边呻吟。她意识到自己的天金已经被用光，全部被烧完了。可是那颗珠子很大！

"你真以为我会给你一件可以跟我对抗的武器？"詹低声问道，"你真的认为我会给你天金？"

"可是……"

"那只是一颗铅。"詹说道，走上前来，"外面裹着薄薄一层的天金。唉，纹，你不该这么随便就相信别人。"

纹蹒跚地往后退，感觉自信心萎缩殆尽。让他继续说话！她心想。拖到他的天金用完。

"我哥哥说我不该信任任何人……"她口齿不清地说道，"他说……谁都会背叛我。"

"他是个很聪明的人。"詹低声说道，雾已经淹没到他的胸口。

"他是个多疑的笨蛋。"纹说道，"他保住了我的命，却毁了我的人格。"

"那他算是帮了你的忙。"

MISTBORN: THE WELL OF ASCENSION

纹瞥向坦迅破碎、流血的身躯。它在痛,她从它的眼神中看得出来,在远方,她可以听到……鼓动。她重新开启青铜,缓缓抬头。詹正朝她走来。自信满满。

"你在玩弄我。"她说道,"你让我跟依蓝德之间出现隔阂。你让我以为他怕我,以为他在利用我。"

"他的确是。"詹说道。

"是的。"纹说道,"可是那不重要,因为事实并不是你所说的那样——依蓝德利用我。卡西尔利用我。我们利用彼此:得到爱,得到支持,得到信任。"

"信任会害死你。"他说道。

"那我宁可死。"

"我信任你。"他说道,停在她面前,"而你背叛了我。"

"不。"纹说道,举高匕首,"我要拯救你——如你所愿。"

纹冲上前攻击,可是她原本指望着他的天金也用光这件事,并没有成真。他满不在乎地往旁边走了一步,匕首与他相距不过一寸,却没带来真正的威胁。

纹转身要攻击,但她的刀只割破空气,掠过逐渐升高的浓雾。

詹在她的下一波攻击前便行动,在她甚至不知道自己要做什么之前,便已经闪过。她的匕首刺向他原本在的位置。

他的动作太快,她心想,腰侧在燃烧,意识在鼓动。还是那其实是升华之井……

詹停在她面前。

我打不中他,她焦躁地心想。他在我之前就知道我会攻击哪里!

一个念头突然闪过。

在我知道之前……

詹来到房间中央,将她落地的匕首踢入空中,握住,转身面对她,迷雾沿着他手中的武器滑下,他下巴坚定,眼神阴冷。

迷雾之子
卷二・升华之井 [珍藏版]

他比我先知道我会攻击哪里。

纹举高匕首,血沿着她的脸庞跟身侧滴下,如雷的鼓声在她的脑海中回荡。迷雾几乎堆积到她的下巴。

她放空意识,没有策划攻击,没有对詹朝她跑来的动作做出反应,放松了肌肉,闭上眼睛,听着他的脚步。她感觉到迷雾在她身边升起,被詹的行动卷起。

她猛然睁开眼睛,他举高了匕首,刀刃挥动时闪闪发光。纹准备要攻击,却没想具体要朝哪里动手,只是让身体自然反应,同时非常、非常仔细地观察詹。

他微微朝左边一缩,空手举起,仿佛要握住什么。

就在那里!纹心想,立刻让自己倒向一边,强迫她直觉性的攻击脱离预计的轨道,挥动的半途扭转手臂跟匕首。她原本要攻击左方,一如詹的天金所预测。

可是,詹的反应也让她看到自己会做什么事。让她看到未来。而如果看得到,她就能改变未来。

两人对上。詹的武器刺中她的肩膀,可是纹的匕首刺中了他的脖子,他的左手握着空无的空气,抓着一个她手臂的幻影原本该在的位置。

詹想要抽气,但她的匕首刺穿了他的气管,空气沿着匕首上的血逸出,詹往后两步,眼睛惊愕地大睁,与她四目对望片刻后,倒回迷雾中,身体重重撞上木头地板。

詹抬头望着迷雾,抬头看着她。我要死了,他心想。她的天金影子在最后一瞬间分成两半。两个影子,两个可能。他回应了错误的那个。她不知如何骗了他,打败了他。如今,他要死了。

终于。

"你知道为什么我认为你会拯救我吗?"他试图要对她说话,虽然他知道自己的嘴唇无法吐出清晰的话语,"那个声音。你是我遇过的人中,他第一个没有叫我杀的人。唯一一个。"

"我当然没要你杀她。"神说道。

詹感觉到生命流逝。

"詹,你知道最好笑的事情是什么吗?"神问道,"整件事最有趣的地方?你没有疯。"

"从来没有。"

纹静静地看着詹吐出最后一口气,血液从他双唇中流出,纹仔细地观察着他。割断喉咙应该足以杀死迷雾之子,但有时候白镴能让人做出惊人之举。

詹死了。她检查他的脉搏,然后取回匕首,站在原处片刻,感觉……麻木,无论是身体或是心灵。她举手按向肩膀,这个动作擦到了受伤的胸部。她失血过多,眼前又开始模糊。

我杀了他。

她骤烧白镴,强迫自己继续移动,跌跌撞撞地走到坦迅身边,跪倒。

"主人。"它说道,"对不起……"

"我知道。"她说道,盯着自己割出的可怕伤口。它的腿已经废了,身体不自然地扭曲。"我该怎么帮你?"

"帮我?"坦迅惊讶地说道,"主人,我差点把你害死了!"

"我知道。"她再次说,"我要怎么样才能让你不痛?你需要另一个身体吗?"

坦迅安静了片刻。"是的。"

"去用詹的。"纹说道,"至少暂时用一下。"

"他死了?"坦迅讶异地问道。

他看不见,她意识到。他的脖子断了。

"是的。"她悄声说道。

"怎么会,主人?"坦迅问道,"他的天金用完了?"

"不是。"纹说道。

"那是怎么一回事?"

"天金有弱点。"她说道,"它让人看到未来。"

"这……听起来不像是弱点,主人。"

纹叹口气,身体有点瘫软。专注!她心想。"当你燃烧天金时,你可以看到未来,同时可以改变未来发生的事情:能够抓住一支应该继续前飞的箭,可以闪过原本会杀掉你的攻击,也可以在攻击发生前就出手阻挡。"

坦迅静静地听着,显然不太理解。

"他让我看到我会做什么。"纹说道,"我改不了未来,但是詹可以。他在我知道自己要做什么之前便对我的攻击做出了反应,根据他的反应我猜到了未来,临时改变了进攻方式,结果就是他试图阻挡的攻击没有发生,而我趁其不备杀了他。"

"主人……"坦迅低语,"这实在太高明了。"

"我很确定我不是第一个想到的人。"纹疲惫地说道,"可是这种事大家一般不会跟别人分享。无论如何,你可以用他的身体。"

"我……宁可不要用那家伙的骨头。"坦迅说道,"你不知道他的人格毁坏得多严重,主人。"

纹疲累地点点头:"你要的话,我可以帮你找来另一副狗骨头。"

"不需要的,主人。"坦迅轻声说,"你给我的第一具狼獒身体,我仍然保留着,大部分骨骼都还是好的,所以只要拿这具身体的几根骨头替代一下,应该就可以凑出一具完整的骨架。"

"那就这么做吧。我们需要计划下一步。"

坦迅安静片刻,终于开口:"主人,我的契约已经解除了,因为原本的主人已经死去。我……必须回到我的族人那里,接受新的任务。"

"这样啊。"纹说道,感觉到一阵难过,"那是当然。"

"我不想去。"坦迅说道,"可是我至少得向族人回报。请你原谅我。"

"没有什么可原谅的。"纹说道,"谢谢你最后给我的暗示。"

坦迅静静地躺着。她仍然看到它狗眼中的罪恶感。它不该帮我对付它的现任主人。

"主人。"坦迅说道,"如今你知道了我们的秘密。迷雾之子能以镕金术控制坎得拉的身体,我不知道你会怎么运用,但请明白,我给了你一个我的族人保守千年的秘密。镕金术师可以靠这个方法控制我们的身体,让我们变成奴隶。"

"我……我甚至不了解发生了什么事。"

"也许这样比较好。"坦迅说道,"请你暂时回避,我在柜子里放有另外那一具狗的骨头。等你回来时,我已经离去。"

纹站起身,点点头。片刻后,她拨开浓雾,走到外面的走廊上。她的伤口需要有人来照料。纹知道该去找沙赛德,却无法强迫自己走向那个方向。她走得更快,双脚带她前往另一个方向,最后她开始奔跑。

一切都在她身边崩解,她无法处理一切,无法厘清一切,可是她知道自己要什么。

所以,她跑向他。

他是个好人。即使发生了这么多事情,他仍然是个好人,是个自我牺牲的人。事实上,他所有的行为,包括他造成的死亡、毁灭、痛苦,都深深地伤害了他。而这些事情对他而言,其实也是一种牺牲。

48

依蓝德伸个懒腰,重新阅读他写给加斯提的信。也许他能说服他的朋友讲道理。

如果不行……依蓝德的书桌上,放着一枚以加斯提用来"付"给克罗司的钱币为蓝本所制造出的复制品。那是由歪脚亲手刻出的,与原版别无二致。

依蓝德很确定他能弄到比加斯提更多的木头。如果他能帮潘洛德再拖延几个礼拜,也许他们能做出足够的"钱"来对克罗司行贿,请他们离开。

他放下笔,揉揉眼睛。时间很晚了,该要——

门突然被推开。依蓝德转身,看到焦急的纹冲入房间,投入他的怀抱。她在哭。

而且浑身是血。

"纹!"他说道,"发生了什么事?!"

"我杀了他。"她说道,头埋在依蓝德的胸前。

"谁?"

"你的兄弟。"她说道,"詹。史特拉夫的迷雾之子。我杀了他。"

"等等。什么?我的兄弟?"

纹点点头:"对不起。"

"现在那不重要,纹!"依蓝德说道,轻轻将她推开,让她坐入他的椅子。她的脸颊上有一道伤痕,衬衫因血而湿透。"统御主啊!我现在就去找沙赛德。"

"不要离开我。"她握住他的手臂。

依蓝德迟疑了一下。似乎有什么变化,她似乎又需要他了。"跟我来。我们一起去找他。"

纹点点头,站起来。她脚下有点不稳,依蓝德感觉恐惧如尖刺般深入他的心脏,但她眼中坚定的神情不容置疑。他搂着纹,让她靠着他,一起走到沙赛德的房间前。依蓝德停下脚步打算要敲门,但纹直接推开门进入黑暗的房间里,然后一阵摇晃后坐在地上。

"我……就坐这里。"她说道。

依蓝德焦虑地在她身边停下,然后举高油灯,朝卧室大喊:"沙赛德!"

泰瑞司人片刻后出现,穿着一件白色睡衣,看起来精疲力竭。他注意到纹，惊愕地眨了几下眼，马上消失在他的房间中，片刻后前臂上套着一个金属意识库护腕，拿着一袋医疗用具出现。

"好了，纹贵女。"沙赛德将袋子放下来说道，"卡西尔大人看到你弄成这个样子会怎么说？我觉得你弄坏的衣服越来越多了……"

"现在不是说笑的时候，沙赛德。"依蓝德说道。

"我道歉，陛下。"沙赛德说道，小心翼翼地剪开纹肩膀上的衣料，"可是如果她神志还清醒，那就没什么太大危险。"他仔细地端详伤口，随手从袋子里抽出干净的布料。

"看到了吗？"沙赛德问道，"伤口很深，可是刀刃被骨头挡开，所以没有割到任何动脉。你先帮我压着。"他以布块按着伤口，依蓝德的手接着按上。纹闭着眼睛，背靠着墙，血缓缓沿着下巴滴下。她似乎是疲累胜过于痛楚。

沙赛德用匕首将纹的衬衫前襟割开，露出她受伤的伤口。

依蓝德迟疑了。"也许我该……"

"不要走。"纹说道。那不是请求，而是命令。她抬起头，睁开眼睛，看着沙赛德，泰瑞司人低声啧啧两句，拿出涂抹用的麻药，还有一副针线。

"依蓝德。"她开口，"我要跟你说一件事。"

他想了想。"好。"

"我明白了一件关于卡西尔的事情。"她轻轻说道，"每次提到他，我忽略了最重要的事。我很感谢他花了这么多时间训练我成为镕金术师，但是，他伟大的原因不是他的战斗技巧，不是他坚定的意志，也不是他的力量和直觉。"

依蓝德皱眉。

"你知道是什么吗？"她问道。他摇摇头，仍然按着她肩膀上的布块。

"是他信任别人的能力。"她说道，"他能够激励其他人，让好人能够更好。他的集团会成功，是因为卡西尔对团员有信心，因为他尊重他们，所以他们也尊重彼此。微风跟歪脚那样的人能成为英雄，是因为卡西尔对他们有信心。"

她抬起头看着他，眨着疲累的双眼。"依蓝德，你远比卡西尔更擅长这件事。他得刻意这么做，你却是发自内心的，就连费伦那种卑鄙小人，你都能把他当成君子，以礼相待。这不是别人说的天真，这是卡西尔也有的特质，只是你的更为强大。他其实可以从你身上学到很多。"

"你太抬举我了。"他说道。

她疲累地摇摇头，转向沙赛德。

"沙赛德？"她开口。

"什么事，孩子？"

"你知道哪些结婚仪式？"

依蓝德惊讶得让手中的布差点掉了下来。

"我知道好几个。"沙赛德手中处理伤口的动作不停，"准确点说大概两百多个。"

"哪个最快？"纹问道。

沙赛德拉紧缝合针。"喇司塔族只需要在当地祭司面前宣告对彼此的爱就可以了。他们的信仰基础崇尚简单，也许是因为他们原本的家乡有非常繁复的宗教体系，所以被驱逐出来后，对过去的体系产生反抗情绪。这是个很好的宗教，崇尚自然中的单纯美丽。"

纹看着依蓝德。她满脸是血，头发一团混乱。

"等等。"他说道，"纹，你不觉得也许这件事应该等到，就是，你知道的……"

"依蓝德？"她打断他的话，"我爱你。"

他全身一僵。

"你爱我吗？"她问道。

这太疯狂了。"爱。"他轻轻说道。纹转向继续工作的沙赛德："怎么样？"

沙赛德抬起头，手指上都是血："我觉得这种时刻做这种事很奇怪。"

依蓝德同意地点点头。

"只是有点血而已。"纹疲累地说道，"我刚坐下来之后其实就没问题了。"

"是的。"沙赛德说道，"可是你似乎心神不宁，纹贵女。这不是一个应该在情绪激动的时候，轻率做出的决定。"

纹微笑："决定结婚这件事不应该受到强烈情绪的影响？"

沙赛德有点不知所措："我不是那个意思。只是不确定你是不是完全明白自己在做什么。"

纹摇摇头："我比过去几个月来都更清楚自己要什么。我不再犹疑了，沙赛德。我不再担忧，我要接受自己在这个集团中的位置。我现在知道自己要什么。我爱依蓝德。我不知道我们能在一起多久，但我想要尽量争取时间。"

沙赛德坐着想了一想，然后继续开始缝合伤口："你呢，依蓝德大人？你怎么想？"

他怎么想？他记得昨天纹提到要离开时，他心中的那一阵绞痛。他想到他有多倚赖她的智慧，她的直率，还有她对他单纯却不简单的执着。对，他爱她。

世界最近陷入一团混乱。他犯了错。可是，即使发生了这么多事，即使他很烦躁，他仍然强烈地想跟纹在一起。那不是他一年前在宴会上感觉到的痴迷，如今这种感觉更成熟。

"是的，沙赛德。"他说道，"我真的想要娶她。我想要这么做好一阵子了。我……我不知道城市或王国会发生什么事，但当结局来临时，我希望跟纹在一起。"

沙赛德继续手上的工作。"好吧。"他终于说道，"如果你们需要我见证，那我可以负责。"依蓝德跪下，依然按着纹肩膀上的布块，觉得有点难以置信："就这样？"

沙赛德点点头:"我想这跟任何圣务官能给你的见证一样有效。我先警告你们,喇司塔的爱情誓言具有绝对的束缚力,他们的文化里不接受任何形式的离婚。你们接受我的见证吗?"

纹点点头。依蓝德感觉到自己也这么做了。

"我宣告你们成为夫妇。"沙赛德说道,把线打了死结,用布料盖住纹的胸口:"纹贵女,请你压着,把血先止住。"然后他开始处理她的脸颊。

"我总觉得需要有个仪式之类的。"依蓝德说道。

"你需要的话,我也可以这么做。"沙赛德说道,"可是我觉得没必要。我认识你们已经好一阵子,也愿意祝福你们的结合。那些轻易对所爱之人许诺的人,就是在人生中找不到长久满足的人。如今生存不易,虽然这不代表相爱会变得更困难,但你们的人生跟关系的确会因此承受超出平常的压力。"

"不要忘记你们今天晚上对彼此许下的爱情诺言。我想,在未来的日子里,你们对彼此的承诺将能给予你们极大的力量。"说完,他收紧纹脸上的最后一个结,最后再去处理她肩膀的伤口。那里的出血大部分已经止住,沙赛德研究伤口一阵子后才开始动手。

纹抬头看着依蓝德,脸上露出微笑,似乎有点倦意。他站起身,走到洗脸盆边,带回一块湿布为她擦拭脸颊跟脸庞。

"对不起。"她低声说道,看着沙赛德绕到一旁,接替依蓝德跪到刚刚的位置上。

"对不起?"依蓝德说道,"是为了我父亲的迷雾之子吗?"

纹摇摇头:"不是。是让你等了这么久的时间。"

依蓝德微笑:"你值得。况且,我觉得我也有一些事情要弄懂。"

"像是如何当王?"

"还有如何停止当王。"

纹摇摇头:"你从来没有停止当王,依蓝德。他们可以拿走你的王冠,却拿不走你的荣誉感。"

MISTBORN: THE WELL OF ASCENSION

依蓝德微笑:"谢谢你。可是,我不知道我对城市能有多少贡献。光是人在这里,我就让人民分成两派,结果史特拉夫渔翁得利。"

"史特拉夫敢踏入城里一步,我绝对会杀了他。"

依蓝德咬牙。又回到同样的问题上了。纹对史特拉夫的威吓作用程度有限,他得想办法争取更多空间,况且还有加斯提跟克罗司的问题。

"陛下。"沙赛德边工作边说道,"也许我能提出解决方法。"

依蓝德低头看着泰瑞司人,挑起眉毛。

"升华之井。"沙赛德说道。

纹立刻睁开眼睛。

"廷朵跟我一直在研究永世英雄。"沙赛德继续说道,"我们相信拉刹克并没有完成英雄该做的事,甚至不确定这个一千年前的艾兰迪到底是不是真正的英雄。有太多破绽,太多问题,太多矛盾之处。况且,迷雾,或者说深黯,仍然在这里,现在又开始杀人了。"

依蓝德皱眉:"你想说什么?"

沙赛德拉紧缝线。"这是一件仍然需要被完成的工作,陛下,是一件很重要的工作。从单一层面看来,陆沙德的事件跟升华之井似乎毫无关联,但从宏观上来看,两者可能彼此呼应。"

依蓝德微笑:"就像钥匙跟锁。"

"是的,陛下。"沙赛德微笑说道,"正是如此。"

"它在鼓动。"纹闭上眼睛,悄声说道,"一直在我脑子里,我可以感觉得到。"

沙赛德想了想,在纹手臂上包上绷带:"你能感觉到它在哪里吗?"

纹摇摇头:"我……这些鼓动似乎没有方向。我以为它们很远,但它在变得越来越响。"

"那一定是井的力量又重现了。"沙赛德说道,"幸好我知道要去哪里找升华之井。"

依蓝德转身,纹再次睁开眼。

"我的研究告知我们地点在哪里,纹贵女。"沙赛德说道,"我可以根据我的金属意识库画一张地图给你。"

"在哪里?"纹轻声问道。

"北边。"沙赛德说道,"在泰瑞司山脉里,在一座叫做泰瑞塔提司,较为低矮的山峰上。这个时候前往并不容易——"

"我可以的。"纹坚定地说道,沙赛德再次开始处理她胸上的伤口。依蓝德又开始脸红,别过头。

"我……结婚了。你要走?"依蓝德看着纹问道,"现在?"

"我得去。"纹悄声说道,"我必须去,依蓝德。"

"陛下,你应该跟她一起去。"沙赛德说道。

"什么?"

沙赛德叹口气,抬起头:"我们得面对事实,陛下。你之前也说过,史特拉夫即将接管城市,如果你在这里,一定会被处死,而纹贵女绝对需要有人帮她一起找到升华之井。"

"据说它具有极大的力量。"依蓝德揉揉下巴说道,"你觉得我们能用它来摧毁军队吗?"

纹摇摇头。"我们不能使用它的力量。"她低声说道,"力量是个诱惑。上次就是因此出错。拉刹克夺走了力量,而非放弃它。"

"放弃?"依蓝德问道,"什么意思?"

"让它离开,陛下。"沙赛德说道,"让它自己去打败深黯。"

"信任。"纹轻声说道,"就是信任。"

"可是,我想释放这个力量能对这片大地造成很大的影响。"沙赛德说道,"带来改变,逆转统御主造成的许多伤害。我认为它很有可能可以摧毁克罗司,因为它们正是统御主滥用力量的后果之一。"

"可是史特拉夫会接管城市。"依蓝德说道。

"是的。"沙赛德说道,"但是,如果你离开,政权转移的过程就会很和平。议会几乎已经决定要接受他当皇帝,显然他会让潘洛德以委任的方式来统治这里，不会有流血事件，你能够在外面策划组织反抗军，况且谁知道释放力量会发生什么事？纹贵女可能会跟统御主一样被改变，再联合躲在城里的我们的团员，要除掉你父亲并不会太困难，尤其是他很可能会在一年多后放松警戒。"

依蓝德一咬牙。又要革命。可是，沙赛德说的话有道理。很久以来，我们都在担心小范围的事。他瞥向纹，感觉到一股暖意跟爱。也许我该聆听她试图告诉我的事。

"沙赛德。"依蓝德说道，突然脑中浮现一个想法，"你觉得我们能说服泰瑞司人来帮我们吗？"

"也许吧，陛下。"沙赛德说道，"我被禁止参与政治——虽然我一直忽视这一禁令——是因为席诺德给了我不同的任务，不是因为我们执意要避免一切干涉。如果你能说服席诺德，让他们相信泰瑞司人民会因为在陆沙德中有强大的盟友而获利颇丰，那也许你就能得到泰瑞司提供的武力支持。"

依蓝德深思地点点头。

"记得钥匙与锁，陛下。"沙赛德说道，将纹的第二个伤口缝合收尾，"在这个情况下，离开似乎与你的目标背道而驰，可是从宏观的角度来看，你会明白，这正是你需要做的。"

纹睁开眼睛，抬头看他，露出微笑："我们办得到，依蓝德。跟我一起去。"

依蓝德站着想了片刻。钥匙与锁……"好。"他说，"一旦纹可以行动，我们就走。"

"她明天应该就能上马了。"沙赛德说道，"你知道白镴对她的身体多有效。"

依蓝德点点头："好吧。我之前应该听你的，纹。况且，沙赛德，我一直想看看你的家乡。你可以带我们去。"

"我恐怕需要留在这里。"沙赛德说道，"我应该很快就要离开，去南

迷雾之子
卷二·升华之井 [珍藏版]

方完成我的工作。可是廷朵可以跟你们一起去,她有重要的信息要传递给我的守护者同伴们。"

"人数不能多。"纹说道,"我们需要逃过——或者该算是溜过——史特拉夫的监视网。"

"我想就你们三个人。"沙赛德说道,"或者再加一个人,趁你们睡觉时可以帮忙守夜,某个擅长打猎、探路的人?比如,雷司提波恩大人?"

"鬼影再完美不过。"依蓝德点点头说道,"你确定其他成员留在城市里安全?"

"当然不安全。"纹微笑地说道,"可是他们是专家。他们曾躲过统御主,绝对也能躲过史特拉夫——尤其是如果不用担心保护你的话。"

"那就这么办吧。"沙赛德站起身说道,"你们两个应该多休息,虽然你们之间的关系刚发生重要的变化。你能走路吗,纹贵女?"

"不需要。"依蓝德说道,弯下腰,将纹抱了起来。她搂着他,可是手劲不大。他看得出来她的眼皮已经开始闭起了。

他微笑。突然,世界变成了更单纯的地方。今后他会把时间用在真正重要的事情上,一旦他跟纹在北边获得协助,他们会回来。他其实很期待回来时,以全新的心态重新处理他们的问题。

他紧抱着纹,对沙赛德点点头,走回他的房间。一切似乎都很顺利。

沙赛德缓缓站起身,看着两人离去,不知道他们听说陆沙德沦陷后,会怎么看待他。但至少他们有彼此可以相互扶持。

沙赛德的婚礼祝福是他能给他们的最后一个礼物——或许那两人的性命也算是其中之一。历史会怎么评断我的谎言?他心想。它会怎么看待插手政治的泰瑞司人,还有捏造神话以拯救朋友性命的泰瑞司人?他告诉他们的关于井的一切当然都是谎言。如果真有如此的力量,他也并不知道它在哪里,更不知道它有何用处。

历史对他的评价可能端看依蓝德跟纹如何度过余生。沙赛德只能期望自己做了对的决定。看着他们离去,知道这对年轻的恋人将活下来,他不

MISTBORN: THE WELL OF ASCENSION

禁因这个决定而微笑。

他叹口气,弯下腰拾起医疗用品,然后进入房间,开始捏造他答应要给纹跟依蓝德的地图。

第伍章

雪与灰
Snow and Ash

他习惯牺牲自己，以成就他认定的大我。

49

"依蓝德·泛图尔，你这个笨蛋。"廷朵大发雷霆，双臂交叠，怒目圆睁。

依蓝德拉紧马鞍上的皮带。廷朵让人为他做的衣服中包括一套黑色与银色交织的骑装——如今穿在他身上——手套在大小吻合的皮手套中，一件暗色的披风为他挡去灰烬。

"你在听我说话吗？"廷朵质问，"你不能离开。现在不可以！你的人民正处于水深火热中！"

"我会用别的方法来保护他们。"他说道，检查驮马的装备。

他们站在堡垒用来迎送客人马车的室内走道里，纹坐在自己的马匹上，全身几乎完全包裹在披风下，手紧张地握着缰绳。她没有多少骑马的经验，但依蓝德拒绝让她用跑的。无论有没有白镴，她在议会战斗时留下的伤口仍然没有完全愈合，更何况昨天又雪上加霜。

"别的方法？"廷朵问道，"你应该跟他们在一起。你是他们的王！"

"我不是。"依蓝德带着怒气说道，转身面对泰瑞司女子，"廷朵，他们否决了我。现在我必须以大局为重。他们想要有个传统的国王吗？那就让他们尝尝我父亲的手段。也许我从泰瑞司回来以后，他们会明白自己失去了什么。"

廷朵摇摇头，上前一步，低声开口："泰瑞司？依蓝德，你是要去北方。你是为了她。你知道她为什么要去那里，对不对？"

他一时没作声。

MISTBORN: THE WELL OF ASCENSION

"你的确知道。"廷朵说道,"你觉得呢,依蓝德?不要告诉我你相信那些幻想。她以为她是永世英雄,认为自己会在那边的山区中找到某种东西,某种力量,或是某种启示,能将她变成神。"

依蓝德瞥向纹,她低头看着地面,尚未罩起帽子,仍然静静地坐在马上。

"她想跟随她师傅的脚步,依蓝德。"廷朵低声说道,"幸存者成为了这些人的神,所以她觉得自己也必须如此。"

依蓝德转身看着廷朵:"如果她真心相信这点,那我支持她。"

"你支持她这种妄想?"廷朵质问。

"不准这样说我的妻子!"依蓝德说道,命令的语气让廷朵忍不住缩了缩身子。他翻身上马:"我信任她,廷朵。这就是信任的表现。"

廷朵没好气地哼了一声:"你不可能相信她是预言中的弥赛亚,依蓝德。我很了解你。你是个学者。虽然你声称与幸存者教会结盟,但你跟我一样,不是会相信超自然现象的人。"

"我相信。"他坚定地说,"纹是我的妻子,我爱她。任何对她重要的事情,对我也一样重要,因此任何她相信的事,在我眼里也是同等的真实。我们要去北方。释放那边的力量之后,我们会再回来。"

"好。"廷朵说道,"后人会记得你是遗弃子民的懦夫。"

"退下!"依蓝德指着堡垒命令道。廷朵转身,忿忿不平地朝出口走去,经过补给桌时,她指了指上面一个书本大小的包裹,那包裹包在黄纸里,以粗绳子扎着。"沙赛德要你将这包东西交给守护者席诺德。你会在塔辛文城里找到他们。享受你的放逐吧,依蓝德·泛图尔。"说完,她便离去了。

依蓝德叹口气,让马走到纹的身边。

"谢谢。"她轻声说道。

"谢什么?"

"你刚刚说的话。"

迷雾之子
卷二·升华之井 [珍藏版]

"我是认真的,纹。"依蓝德说道,伸手按住她的肩膀。

"廷朵也许是对的。"她说道,"无论沙赛德怎么说,我可能真的发疯了。你记得我跟你说过,我在雾里看到鬼魂的事情吗?"

依蓝德缓缓点头。

"我又看到了。"纹说道,"它像是鬼一样,像是以雾组成的形状,我时时都可以看到它。它在观察我,跟着我,而且我在脑子里听到这些韵律——强劲、庄严的鼓动声,像是镕金术脉动,不需要青铜就能听到。"

依蓝德捏捏她的肩膀:"我相信你,纹。"

她带着迟疑抬起头:"真的吗,依蓝德?你真的相信吗?"

"我不确定,"他承认,"但我很努力。无论如何,我认为去北边是正确的决定。"

她缓缓点头:"我想这就够了。"

他微笑,转身看着门口:"鬼影呢?"

纹在披风下耸耸肩:"看来廷朵应该是不会跟我们一起去了。"

"可能不会。"依蓝德微笑说道。

"我们要怎么去泰瑞司?"

"不难。"依蓝德说道,"我们只须跟着皇家运河一路到塔辛文。"他在脑海中回想沙赛德给他们的地图。运河直通入泰瑞司山脉,他们得在塔辛文补充补给品,那时雪也会堆得很厚,但是……这问题到时候再担心也不迟。

纹微笑,依蓝德走过去拾起廷朵留下的包裹。看起来像是某本书。片刻后,鬼影到了。他穿着士兵的制服,肩膀上背着鞍袋,朝依蓝德点点头,将一个大袋子交给纹,走到自己的马旁边。

他看起来很紧张,依蓝德心想,看着男孩将自己的行李挂在马背上。"袋子里是什么?"依蓝德问道,转向纹。

"白镴粉。"她说道,"我觉得我们会需要。"

"准备好了吗?"鬼影问道,转头看他们。

MISTBORN: THE WELL OF ASCENSION

依蓝德瞥向纹,后者点点头:"我想我们——"

"还没好。"一个新的声音说道,"我完全没好。"

依蓝德转身看到奥瑞安妮甩着裙摆走来,身上是一件华丽的褐色与红色的骑裙装,头发绑在一条丝巾下。她从哪里弄来的衣服?依蓝德不禁心想。两名仆人跟在她身后,抱着行李。

奥瑞安妮想了想,手指敲着嘴唇:"我认为我也需要一匹驮马。"

"你在做什么?"纹质问。

"跟你们一起走。"奥瑞安妮说道,"微风说我必须离开城市。他有时候是很傻,但固执起来也是很厉害的。整个对话中,他都在安抚我,好像我到现在还认不出他的碰触一样!"

奥瑞安妮朝一名仆人挥挥手,后者跑去找马夫。

"我们会全速前进。"依蓝德说道,"我不确定你是否能跟得上。"

奥瑞安妮翻翻白眼:"我一路从西方统御区骑马来到这里!我想我没问题。况且,纹受伤了,所以你们的速度大概也快不了太多。"

"我们不要你来。"纹说道,"我们不信任你,也不喜欢你。"

依蓝德闭上眼睛。他亲爱的、直接的纹。

奥瑞安妮只是轻笑一声,看着仆人牵着两匹马回来,并开始为一匹马装行李。"傻孩子。"她说道,"我们一起经历过这么多事情,你怎么还这样说?"

"一起?"纹问道,"奥瑞安妮,我们只不过去买过一次东西。"

"我觉得我们之间有很深的羁绊,"奥瑞安妮说道,"差不多情比姊妹了!"

纹不友善地瞪了那女孩一眼。

"没错。"奥瑞安妮说道,"而且你绝对是那个比较无趣的姐姐。"她甜甜地微笑,轻巧地翻身上马,显示她的马术似乎着实不错。

"好了,亲爱的依蓝德。"她说道,"我准备好了。走吧。"

依蓝德瞥向纹,后者脸色很难看地摇摇头。

迷雾之子
卷二·升华之井 [珍藏版]

"你要把我留下的话请便。"奥瑞安妮说道,"我会继续跟在你们身后,要是发生意外,你们还是得来救我——不用假装你们不会来!"

依蓝德叹口气。"好吧。"他说道,"我们走。"

他们缓缓地穿过城市,依蓝德跟纹领头,鬼影压队牵着驮马,奥瑞安妮则在旁边。依蓝德的头扬得高高的,但这样的举动,让他更清楚地看见了自己经过时从窗户跟门口探出来的脸庞。很快地,一小群人便跟在他们身后,虽然他听不到他们的低语,却仍然能想象他们在说什么。

是王。王要遗弃我们了……

他知道他们有许多人仍然不明白,为何如今是潘洛德大人坐在王位上。依蓝德看到某条小巷中有许多双眼睛正在看着他,这令他不忍地别过头。那些眼神中充满了惊慌和恐惧。他以为会看到指责,但他们沮丧的认命神情更让他心痛。他们一直认为依蓝德会逃跑。他们一直认为会被遗弃。他是少数几个够有钱、够强大、能够逃跑的人。他当然会逃。

他闭起眼睛,试图压下罪恶感,后悔没有在晚上离开,跟哈姆的家人一样偷偷从过墙道溜出去,可是让史特拉夫看到依蓝德跟纹离开是重要的事,好让他了解,他无须动用武力便能取得城市。

我会回来的,依蓝德在心中对人民承诺。我会拯救你们。现在,我离开对你们更好。

宽广的锡门出现在眼前。依蓝德一夹马腹,跑在沉默的队伍前面。门口的侍卫早已接到命令,依蓝德对他们点点头,勒住马匹,士兵们推开大门。纹跟其他人此时上前来,和他一起站在大开的门前。

"继承者贵女。"一名侍卫低声开口,"你也要走吗?"

纹望向他。"安下心。"她说道,"我们不是要舍弃你们,我们是要找救兵。"士兵露出微笑。

他怎么能这么轻易地就相信了?依蓝德心想。还是他只剩下希望?

纹掉转马头,面对人群,放下兜帽。"我们会回来。"她承诺。她不像之前面对那些敬爱她的人民时那般紧张。

571

MISTBORN: THE WELL OF ASCENSION

自从昨天晚上以后,她便有所改变,依蓝德心想。

所有士兵整齐划一地向他们敬礼。依蓝德回礼,然后朝纹点点头。他领着他们跑出城门,朝北方大道骑去,这能带着他们从史特拉夫军队的西面离开。

骑没多远,便碰到一群骑士上前来拦截他们。依蓝德伏在马背上,转过头瞥了一眼鬼影跟驮马的情况如何,但引起依蓝德的注意的是奥瑞安妮,她骑马的姿势相当熟练,一脸坚定。她似乎完全不紧张。

一旁的纹翻开披风,掏出一把钱币抛入空中。钱币以依蓝德前所未见的速度往前飞去,远超过其他镕金术师的能力。统御主的!他震惊地心想,看着钱币以超过他肉眼所能追踪的速度消失。

士兵倒地。在风声与马蹄声的掩盖下,依蓝德几乎听不到金属交击的声音。他直直穿过混乱的一团人,许多人倒地、非死即伤。

飞箭破空而来,但纹甚至无须挥手,箭矢已经纷纷落地。他注意到她打开了那袋白镴,一面骑着,一面让白镴粉飞散在她身后,并将其中一部分推到两旁。

接下来的一波箭不会有金属箭头,依蓝德紧张地心想。他们身后开始有士兵集结成队,大喊出声。

"我随后跟上。"纹说道,从马背上跳下。

"纹!"依蓝德大喊,掉转马匹。奥瑞安妮跟鬼影从他身旁冲过,全速前进。纹轻巧地落地,脚步丝毫不停便开始奔跑。她吞下一瓶金属液后,转头看着弓箭手。

箭矢飞蹿。依蓝德咒骂,但不得不踢马前进。如今他帮不上忙,只能伏低身体,全速奔跑,听着箭在他身边落下。一支箭从离他的头不到几寸远的地方飞过,插入地面。

突然间,箭雨停止。他一咬牙,转过头去,发现纹站在一团灰尘前方。那是白镴粉,他心想。她正在推白镴,将碎屑沿着地面推起,带起灰烬跟尘土。

迷雾之子
卷二·升华之井 [珍藏版]

铺天盖地的尘土、金属、灰烬淹没了弓箭手,包围了他们,让他们咒骂出声,慌乱地遮住眼睛,有一些则捧着脸摔倒在地。

纹重新爬上马匹,快速奔离,留下身后被风吹起的庞大金属碎屑气团。依蓝德拉慢马,等她跟上。她身后的军队陷入混乱,有人忙着下令,更多人忙着四散。

"加速!"纹靠近时说道,"我们快要走出射程范围了!"

不一会儿,他们重新与奥瑞安妮跟鬼影会合。"我们还没脱离险境,我父亲仍然可能派人追赶。"依蓝德说。

可是士兵不可能看错纹。如果依蓝德的直觉正确,史特拉夫会让他们走。他的主要目标是陆沙德。晚一点再追他们也不迟,现今他只会很高兴地看到纹离开陆沙德。

"谢谢你帮我逃出来。"奥瑞安妮突然说道,看着军队,"我现在要走了。"说完,她便牵了两匹马,朝西边的一片小山坡骑去。

"什么?"依蓝德讶异地问道,停在鬼影身边。

"别管她。"纹说道,"我们没时间了。"

总算解决了一个问题,依蓝德心想,掉转马头朝向北方大道。再见了,陆沙德,我会再回来的。

"总算解决了一个问题。"微风站在城墙上,看着依蓝德的一行人消失在山边后,做出如此评论。东方的克罗司军营中有一束巨大且成因不明的烟雾缓缓升起。在西方,史特拉夫的军队正因为方才纹和依蓝德的脱逃而骚动不安。

一开始微风还担心奥瑞安妮的安危,但他随即意识到无论有没有敌军,没有比纹身边更安全的地方,只要奥瑞安妮不要离其他人太远,她应该是安全的。

跟他同时站在城墙上的人都陷入了沉默,微风难得不需要碰触他们的情绪,如此严肃的气氛似乎相当恰当。年轻的德穆队长站在年迈的歪脚身边,平和的沙赛德跟战士哈姆站在一起。一行人看着他们抛向风中的希望种子。

"等等。"微风突然注意到一件事，皱起眉头，"廷朵不是应该要跟他们一起去吗？"

沙赛德摇摇头："她决定要留下来。"

"为什么？"微风问道，"她不是一直在那边念什么不参与地方纷争一类的话？"

沙赛德摇摇头："我不知道，微风大人。她是个难懂的女人。"

"她们都一个样。"歪脚嘟囔。

沙赛德微笑："无论如何，看起来我们的朋友都成功脱逃了。"

"愿幸存者保佑他们。"德穆轻声说道。

"是的。"沙赛德说道，"愿他如此。"

歪脚一哼，靠着墙垛，转身脸色不善地瞅着沙赛德："不要鼓励他。"

德穆满脸通红，转身离开。

"怎么一回事？"微风好奇地问道。

"那小子一直对我的士兵传道。"歪脚说道，"我跟他说了不要用胡言乱语扰乱军心。"

"那不是胡言乱语，克莱登大人。"沙赛德说道，"那是信念。"

"你真的认为，"歪脚说道，"卡西尔会保护这些人？"

沙赛德迟疑了。"他们相信，这就——"

"不。"歪脚打断他，表情凶狠，"这样不够，泰瑞司人。那些相信幸存者的人只是在自欺欺人。"

"你也相信他。"沙赛德说道。微风很想安抚他，让争论不要那么激烈，但沙赛德看起来十分的冷静。"你跟随他。你对幸存者的信念足以支持你推翻最后帝国。"

歪脚脸色仍很难看："我不喜欢你的对错标准，泰瑞司人，我向来不喜欢。我们这群人——卡西尔的这群人——应该要解放人民，因为这是对的。"

"因为你相信是对的。"沙赛德说道。

"那你相信什么是对的呢,泰瑞司人?"

"看情况。"沙赛德说道,"有许多系统,各自有不同的优点和价值。"

歪脚点点头,转过身,仿佛辩论已经结束。

"等等,歪脚。"哈姆说道,"你不打算回应吗?"

"他说得够清楚了。"歪脚说道,"他的信仰根本就是见风使舵。对他来说,就连统御主都能算是神明,因为有人崇拜他,或是被强迫要崇拜他。我说得对吗,泰瑞司人?"

"某种程度上是的,克莱登大人。"沙赛德说道,"不过统御主可能是个例外。"

"但是你仍然保留着关于钢铁教廷仪式的纪录跟记忆,对不对?"哈姆问道。

"是的。"沙赛德承认。

"这就叫见风使舵。"歪脚啐了一口,"至少德穆那笨蛋懂得挑好一样后就牢牢相信。"

"请不要因为你不同意就批判他人的信仰,克莱登大人。"沙赛德轻声说。

歪脚又哼了一声。"你过得可真轻松,是吧?"他问道,"什么都信,永远不用选择?"

"我不觉得。"沙赛德回答,"我认为自己这种相信的方法是更困难的,因为必须得学会包容一切,接纳一切。"

歪脚以"懒得再跟你说"的方式挥挥手,转身一拐一拐地走向台阶:"随便你。我得去教会我的小子们该怎么死。"

沙赛德皱起眉头,看着他离开。微风顺手安抚了沙赛德,拿走他的尴尬。

"不要介意,阿沙。"哈姆说道,"我们最近都有点太紧张。"

沙赛德点点头:"可是他说的话有道理,我到今年以前都不需面对这

MISTBORN: THE WELL OF ASCENSION

类问题。在此之前，我的责任就是搜集、研究、记忆，对我来说，要认为一个信仰不如另外一个着实困难，即使我确定那个信仰里的神是凡人，我也无法贬低它。"

哈姆耸耸肩："谁知道？也许阿凯的确在哪里看顾着我们。"

不，微风心想。如果他在，我们就不会陷入这个境地，困在一个我们原本该拯救的城市里等死。

"无论如何，"哈姆说道，"我还是想知道那个烟雾是从哪来的。"

微风瞥向克罗司阵营。深色的烟柱太集中，不可能是来自于灶火。"帐篷？"

哈姆摇摇头："阿依说里面只有两个帐篷，不可能发出那么多烟。那火已经烧了好一段时间。"

微风摇摇头。现在这些应该都不重要了。

史特拉夫·泛图尔再次咳嗽，缩在椅子上，手臂因汗水而湿润，双手颤抖。他并没有恢复。

一开始他以为发寒只是因为紧张，他那天晚上过得很不顺利，先是要派杀手去对付詹，接下来还从那发狂迷雾之子的手中死里逃生，但一夜过去，史特拉夫的颤抖仍然没有减弱，反而变本加厉。这不只是紧张，他一定是生病了。

"主上！"一个声音从外面喊道。

史特拉夫强迫自己坐直，尽量摆出庄严的姿态。即便如此，传令兵进入帐篷时还是不由得愣了一下，显然注意到了史特拉夫惨白的肤色跟疲累的双眼。

"主上……"传令兵说道。

"说。"史特拉夫简扼地说道，试图散发出他此刻完全感受不到的尊贵气势，"快点。"

"有骑士，主上。"那人说道，"他们出城了！"

迷雾之子
卷二·升华之井 [珍藏版]

"什么!"史特拉夫说道,甩开棉被站了起来,虽然一阵晕眩,却仍然勉强站直,"为什么没有人通报我?"

"他们跑得很快,主上。"传令兵说道,"我们几乎来不及派出拦截队。"

"所以你们抓到人了?"史特拉夫说道,抓着椅子来稳住自己。

"事实上,他们逃跑了,主上。"传令兵缓缓说道。

"什么?"史特拉夫说道,因为愤怒而猛然转身。这个动作对他来说已经超越了极限,晕眩感再度出现,视野里开始出现黑影,他脚步一踉跄,紧握住椅子,好不容易才软倒在椅子上,而没滑到地上去。

"去找医官!"他听到传令兵大喊,"主上病了!"

不,史特拉夫心想。不对,这来得太快。这不可能是疾病。

詹最后说的话。他是怎么说的?一个人不该杀死自己的父亲⋯⋯

骗子。

"爱玛兰塔。"史特拉夫沙哑地说道。

"主上?"一个声音问道。很好。有人在他身边。

"爱玛兰塔。"他再次说道,"叫她来。"

"您的情妇,主上?"

史特拉夫强迫自己维持清醒,坐了片刻后,视觉跟平衡感开始慢慢回复。他的一名守门侍卫站在他身边。那人叫什么来着?葛兰特。

"葛兰特。"史特拉夫说道,试图听起来充满威严,"你必须带爱玛兰塔来找我。快点!"

士兵迟疑了一下,随即从房间冲了出去。史特拉夫专注于呼吸。呼,吸。呼,吸。詹是条毒蛇。呼,吸。呼,吸。詹不想用刀,那太老套。呼,吸。可是毒是什么时候下的?史特拉夫前一天人就不舒服。

"主上?"

爱玛兰塔站在门口。她曾经年轻,但岁月侵蚀了她,一如它侵蚀所有人。怀孕生子毁了一个女人的美貌。她当初是如此娇嫩,有着坚挺的胸部

MISTBORN: THE WELL OF ASCENSION

跟光滑、毫无瑕疵的皮肤……

你的精神开始涣散了。史特拉夫告诉自己。集中注意力。

"我需要……解药。"史特拉夫强迫自己说道,将注意力集中于现在的爱玛兰塔:将近三十岁的女人,已经年老,却仍有用,能保住他不因詹的毒药而死。

"当然,主上。"爱玛兰塔说道,走到他的毒药柜边,拿出必要的原料。

史特拉夫往后靠,专注于呼吸。爱玛兰塔一定是感觉到他的急迫,因为她甚至没有尝试跟他上床。他看着她工作,拿出烧瓶跟原料。他必须……找到……詹。

她准备的方法不对。

史特拉夫燃烧锡。五感突然增加了敏感度,即便是在昏暗的帐篷里,突来的光线仍然几乎让他失明,而他的疼痛跟颤抖变得钻心刺骨,但意识也恢复清醒,仿佛被一盆冰水当头浇下。

爱玛兰塔准备的原料不对。史特拉夫对制作解毒剂不太了解,他不得不将这个任务——注意毒药的细节,包括气味、味道、颜色变化——分派给别人,可是他看过爱玛兰塔准备她的万用解毒剂无数次,她这次做得不同。

他强迫自己从椅子上站起,继续燃烧锡,虽然这使他眼睛不断流泪:"你在做什么?"他说道,以摇晃的脚步朝她走去。

爱玛兰塔震惊地抬起头。她眼中的罪恶感足以确定他的怀疑。

女子低下头:"您的解毒剂,主上……"

"你配得不对!"史特拉夫说道。

"因为您看起来有点累,所以我想加一点可以帮助您保持清醒的东西。"

史特拉夫想了想。她的话似乎很合理,虽然他几乎无法思考。他低头看着一脸懊恼的女子,注意到了一件事。他以超过平常人的眼力,瞄到她衣服下一点暴露出的肌肤。

他伸出手，撕掉她的上衣，露出胸口的皮肤。因为已经微微开始下垂，令他觉得恶心的左胸上，如今多出了疤痕跟伤口，仿佛被刀划过。伤口都不新，即使史特拉夫此刻神志不是很清楚，他仍然认得这是詹的手法。

"你是他的女人？"史特拉夫说道。

"都是你的错。"爱玛兰塔咬牙切齿地说，"我开始变老，帮你生了几个小孩后，你就遗弃了我。每个人都跟我说你就是这样，但我仍然盼望……"

史特拉夫感觉精神开始涣散，于是用手撑着木制的毒药柜。

"可是，你为什么连詹都要从我身边夺走？"爱玛兰塔说着，脸上满是泪痕，"你为什么要把他赶走？让他不再来找我？"

"你让他对我下毒。"史特拉夫说道，单膝跪下。

"笨蛋。"爱玛兰塔啐了一口，"他从来没对你下过毒，一次都没有。但在我的要求下，他经常让你以为自己被下毒了，所以每次你都会跑来找我。你怀疑詹所做的每件事，却从来没有想过，我给你的'解药'里面有些什么。"

"它让我觉得更舒服。"史特拉夫含糊不清地说道。

"对药物上瘾就是这种感觉，史特拉夫。"爱玛兰塔低声说道，"药瘾上来时，你就会觉得舒服，得不到时……你会想死。"

史特拉夫闭上眼睛。

"你是我的了，史特拉夫。"她说道，"我可以让你——"

史特拉夫大吼一声，集中所有剩下的力气，扑向那女人。她惊讶地喊了起来，随后被他扑倒，按在地上。

然后，她再说不出话来，因为史特拉夫的双手掐住了她的喉咙。她挣扎了一下，但史特拉夫的体重远超过她。他原本是要跟她拿解药，强迫她救他，但是他脑子不清醒，视线开始模糊，意识恍惚。

MISTBORN: THE WELL OF ASCENSION

等到他神志恢复时,爱玛兰塔已经满身青紫地咽了气。他不确定他勒了她的尸体多久时间。他从她的身体上翻身滚落,又跪起身,朝门口方向地上的烧瓶抓去,但颤抖的手将烧瓶打翻,里面的液体洒了一地。

他一边咒骂自己,一面抓起一瓶没加热的水,开始往里面乱丢药草,避开放置毒物的抽屉,只用放置解毒药剂的抽屉里的东西,可是有时两者其实是同样一种药草。有些东西剂量大时会有毒,少量使用却有药效,大多数都会令人上瘾。他没有时间担心这些。他已经可以感觉到四肢的瘫软,几乎连草药都抓不住。他将药一把接着一把洒入瓶子中,手指间滑落褐色与红色的药屑。

其中只有一样是她用来令他上瘾的东西。其余任何一味药都有可能杀了他。他甚至不确定自己有多少机会。

可是,他仍然将药剂喝下,一面吞,一面挣扎着要呼吸,最后昏厥在地。

我毫不怀疑如果艾兰迪去到升华之井,他会得到力量,同时为了众人的福祉,他会放弃它。

50

"你是要这些人吗,塞特贵女?"

奥瑞安妮环视谷地还有其中的军队,然后低头看着土匪霍拔特。他热切地微笑着,虽然他笑时露出的牙齿数量绝对少于他的手指,而手也不是十指完好。

奥瑞安妮坐在马上,报以微笑。她骑侧鞍,双手轻巧地握着缰绳:

迷雾之子
卷二·升华之井 [珍藏版]

"我相信就是这些了,霍拔特先生。"

霍拔特回头看看他那些手下,咧嘴而笑。奥瑞安妮微微煽动了他们一下,让他们更想要她的奖赏。她父亲的军队散落在遥远的前方。她花了一整天的时间朝西走,找寻军队的踪迹,但走错方向了。如果她没碰上霍拔特一团人,说不定只好风餐露宿,那就不太愉快了。

"来吧,霍拔特先生。"她说道,挥手要马匹向前,"我们去跟我父亲会面。"

一行人兴高采烈地跟着,其中一名牵着她的驮马,霍拔特跟他的手下这种头脑简单的人其实还蛮可爱的,他们只要三种东西:钱,食物,性。通常还能用第一个得到后两者。因此当她一开始碰到这些人时,她认为自己真是幸运,虽然他们当时正全速从埋伏的山坡上冲下来,打算抢劫与强暴她。这种人另一个可爱之处就是他们对镕金术没什么经验。

她紧紧掌握着他们的情绪,一行人骑向营地,她不想让他们意识到任何令人失望的结论,例如"赎金总比奖金多"。她当然没有办法完全控制他们,只能影响他们,可是这么原始的人,实在很容易了解他们的想法,好笑的是,只要随意承诺他们能得到一笔财富,就几乎能让粗暴的蛮子变成彬彬有礼的绅士。

当然,对付霍拔特这种人也没什么难度。没有……没有挑战性,跟和微风在一起时不一样。那时真的很有乐趣,更有回报。她猜想自己大概再也碰不到一个像微风那样清楚自己以及别人情绪的人。要让他那种镕金术使得出神入化,又坚信自己的年纪根本不适合她的人爱上她……绝对是她的一大成就。

啊,阿风,她心想,跟随众人走出森林,来到军队前的山坡上。你的朋友中,有人知道你是多高贵的人吗?

他们真的对他不够好,当然,这是可预期的,因为那就是阿风要的。低估你的人比较容易操控。奥瑞安妮也很明白这个道理,因为没什么比年轻、傻气的女孩更容易让人忽略的了。

MISTBORN: THE WELL OF ASCENSION

"停！"士兵说道，带着护卫队上前来，抽出了剑，"你们，离开她身边！"

拜托，奥瑞安妮心想，翻翻白眼。她煽动那群士兵，加强他们的冷静，她可不想碰上任何意外。

"麻烦你了，队长。"她说道，同时霍拔特跟他的手下也抽出武器，不确定地围在她身边，"这些人将我从荒野救了回来，不计个人得失，也不怕危险，把我安全地送到了家。"

霍拔特坚定地点头，可惜这个动作被他用袖子擦鼻涕的动作给破坏了。士兵看着那群满身灰烬，蓬头垢面的土匪，全都皱起眉头。

"先带他们去吃顿饱饭，队长。"她轻松地说道，踢马上前，"让他们睡一晚。霍拔特，我跟我父亲会面后，就会将你的报酬送去。"

士兵跟土匪跟在她身后，奥瑞安妮刻意煽动双方的信任感，不过那些士兵还真不容易说服。

一行人仍然平安地来到营地。

众人分道扬镳，奥瑞安妮将马匹交给一名幕僚，叫来小厮去向她父亲通报她已经回来了，然后拍拍骑马装，大步踏过营地，愉快地微笑，期待能洗个澡，再享用军营提供的比较舒适的照料。可是，她得先完成正事。

她的父亲喜欢在开放式的营帐下过夜，今天也在那里，正跟一名使者争论。他转过头去，看到奥瑞安妮摇曳生姿地出现，甜甜地对加利文和迪拓大人——塞特的两位将军——微笑。

"家里出现叛徒了，父亲？"她问道。

"还有混混在袭击我的补给车队。"塞特说道，"我确定小泛图尔贿赂了他们。"

"没错。"奥瑞安妮说道，"可是，这都不重要。您想我吗？"她刻意拉扯他的亲情。

塞特一哼，拉拉胡子。"傻女孩。"他说道，"我应该把你放在家里的。"

"好在后院起火的时候,方便敌人抓住我?"她问道,"我们都知道您一带着大军离开统御区,尤门大人就会有所行动。"

"我早该让那该死的圣务官带走你!"

奥瑞安妮惊呼一声。"父亲!尤门会拿我跟您换赎金。把我关在他那儿,我可是会凋零的。"

塞特瞥向她,显然忍俊不禁,笑出了声:"你啊,不用一天,绝对会让他捧上源源不绝的美食佳肴送到你面前。也许我真该把你留下,至少知道你人在哪里,而不用担心你下一次会跑到哪里去。你没把微风那笨蛋一起带回来吧?"

"父亲!"奥瑞安妮说道,"阿风是个好人。"

"这个世界上的好人都不长命啊,奥瑞安妮。"塞特说道,"我很清楚,因为死在我手下的就不少。"

"当然。"奥瑞安妮说道,"您多睿智啊。而且对陆沙德采取强硬态度的结果也和预期一样,不是吗?但您还不是被人赶了出来,夹着尾巴逃走了。如果亲爱的纹像您这样没道德良知,您早就死了。"

"那个'道德良知'没阻止她杀死我的三百名手下。"塞特说道。

"她是一位还没想清楚自己要什么的小姐。"奥瑞安妮说道,"不管怎么说,我都觉得有必要提醒您,我是对的。您一开始就该跟那个泛图尔男孩结成同盟,而不是去威胁他。意思是,您欠我五件新礼服!"

塞特揉揉额头,"这不是什么鬼游戏,丫头。"

"时尚可不是游戏,父亲。"奥瑞安妮坚定地说道,"如果我看起来像是街头老鼠,怎么可能迷住土匪集团,让他们把我送回来,是吧?"

"奥瑞安妮,又是土匪?"塞特叹口气说道,"你知道我们花了多少时间才把上次那批赶走吗?"

"霍拔特是个很好的人。"奥瑞安妮没好气地说道,"况且他跟本地的盗贼集团关系不错,给他一些金子,几个妓女,也许就能说服他帮您处理一直在攻击补给路线的游击军。"

MISTBORN: THE WELL OF ASCENSION

塞特想了想,瞥向地图,若有所思地拉了拉胡子。"好吧,你回来了。"他终于说道,"看样子我们还是得照顾你。你应该是希望回家途中有人为你抬轿子吧……"

"我们不该回家,父亲。"奥瑞安妮说道,"我们要回陆沙德。"

塞特没有忽略这句话。他通常看得出来她什么时候是认真的。所以,他摇摇头:"陆沙德对我们来说没有用了,奥瑞安妮。"

"我们也不能回去自己的统御区。"奥瑞安妮说道,"我们的敌人太强,而且他们有些有镕金术师,所以我们一开始才来这里,除非得到钱或盟友,否则我们不能离开这里。"

"陆沙德没有钱。"塞特说道,"泛图尔说天金不在那里,我相信他。"

"我同意。"奥瑞安妮说道,"我也搜过皇宫,半点都没找到,但是如果没有钱我们得带着朋友离开这里。回去陆沙德,等着战斗开始,然后帮会赢的那一方,他们会感激我们,甚至留我们一命。"

塞特静立片刻。"这帮不了你的朋友微风,奥瑞安妮。他的派系是最弱的,就算跟泛图尔小子联盟,我仍然怀疑我们能打败史特拉夫或克罗司。除非我们能进入城市,而且有充足的准备时间。如果我们真要回去,那也是为了帮助微风的敌人。"

奥瑞安妮耸耸肩。您人不在的话,谁也帮不了,父亲。反正他们都要输了,如果您人在那里,也许还能帮上陆沙德。

这是一个渺茫的机会,但我已经尽力了,微风。对不起。

依蓝德·泛图尔在他们离开陆沙德的第三天清晨醒来。他惊讶地发现,自己在野外过了一晚,居然能睡得这么香甜。当然,一部分原因可能是身边的人。

纹在他身边的床褥上缩成一团,头靠着他的胸口。他以为她的睡眠很浅,又很警觉,但她睡在他身边时似乎很舒服,而当他抱住她时,她的焦虑甚至看上去减少了几分。

迷雾之子
卷二·升华之井 [珍藏版]

他宠溺地低头看着她，欣赏她脸庞的轮廓，微卷的黑发，脸颊上的刀痕几乎已经消失，她早就自己拆了线。长时间少量燃烧白镴的确可让身体的恢复能力加快。虽然她之前伤在右肩，却甚至不再需要刻意保护右手臂，而之前战斗造成的虚弱似乎已经完全消失。

那天晚上的事，她仍然没有多加说明。她跟詹打了一架，据说他是依蓝德的同父异母兄弟。最后坎得拉坦迅离开了。可是纹前去依蓝德房间时，他感觉到她的焦虑感。

他不知道会不会有一天他能得到想要的答案，但他开始明白，就算他不完全了解她，也仍然可以爱她。他弯下腰，亲吻她的头顶。

她立刻全身一紧，睁开眼睛，坐起身，露出光裸的胸脯，她环顾小帐篷四周。帐篷因为清晨的微光而朦胧明亮。终于，她摇摇头，转头过去看他："你对我真是有坏影响。"

"哦？"他问道，头枕着手臂微笑着。

纹点点头，一手梳过头发。"你让我习惯睡上一宿。"她说道，"而且我已经不穿衣服睡觉了。"

"如果你穿着衣服，还蛮不方便的。"

"是啊。"她说道，"可是如果我们晚上被攻击呢？我得光着身子跟他们对打。"

"我不介意看。"

她瞪了他一眼，伸手抓起一件衬衫。

"你知道吗，我也受到了不好的影响。"他看着她穿衣服，一面说道。

她挑起一边眉毛。

"你让我放松，"他说道，"而且让我不再担忧。最近我因为城市的事情，忙到忘记当个没礼貌的隐士是什么样的感觉。可是在我们的旅途中，我有时间读完——不只一本，而是三本——特鲁博得的《学问艺术》。"

纹哼了一声，跪在低矮的帐篷里，拉紧腰带，爬到他身边："我不知道你怎么能一边骑马一边读书。"她说道。

"只要不怕马,很容易的。"

"我才不怕它们。"纹说道,"只是它们不喜欢我。它们知道我能跑得比它们快,所以就对我脾气不好。"

"哦,是这样的吗?"依蓝德问道,将纹拉过来,让她跨坐在他身上。

她点点头,弯下身去吻他,片刻后却兀自终止了这个吻,站起身来。她拍走想将她拉回原处的手。

"我可是花了时间跟力气穿上衣服。"她说道,"况且,我饿了。"

他叹口气,又靠回原位,看她溜出帐篷,进入红色的日光里。他躺了片刻,忍不住赞叹自己有多幸运。他仍然不知道他们的关系是怎么一回事,或是他为何觉得如此快乐,但他极为乐意享受整个过程。

终于,他看着自己的衣服,他只带了一套新制服,还有就是他的骑马装,所以他不想太常穿它们。他已经没有仆人来帮他洗掉上面的灰烬,而虽然帐篷有两层布帘,半夜仍然有灰烬溜入里面。如今出了城,也没有工人来将灰尘扫走,因此灰堆无所不在。

所以,他穿着一套简单很多的衣服——一条普通的马裤,跟纹常穿的裤子其实颇为类似,套上一件扣起扣子的灰色衬衫,还有一件深色外套。他从来没有长时间骑过马,通常他比较喜欢马车,但他跟纹旅行的速度算是慢的,也没有什么赶时间的理由。史特拉夫的探子跟踪他们一段时间后就离开了,目的地也没有人在等他们。他们有时间慢慢骑马、休息,偶尔走路,免得骑太久身体会过度酸疼。

在外面,他发现纹正在准备早餐的篝火,鬼影则是在照料马匹。那年轻人曾经进行过长距离的旅行,所以知道该如何备马,这是一件依蓝德很尴尬从来没有学过的事。

依蓝德跟纹一起来到火堆边。两人坐在原处片刻。纹戳着炭。她看起来有点闷闷不乐。

"怎么了?"依蓝德问道。

她瞥向南方。"我……"然后她摇摇头。"没事。我们会需要更多木头。"她瞥向一边,看着躺在帐篷旁的斧头。武器翻入空中,以刃在前,直朝她飞来。她让到一边,趁斧头从她跟依蓝德中间穿过时,一把抓住斧柄。纹走到一棵倒下的树木前,挥了两下,然后轻而易举地将它踢倒、劈成两半。

"她有时真的让我们其他人显得是很多余,对不对?"鬼影问道,来到依蓝德身边。

"有时候。"依蓝德带着笑意说。

鬼影摇摇头:"无论我看或听到什么,她的感官都比我敏锐,而且无论她找到什么,都能打败。每次我回来陆沙德,都觉得自己……很没用。"

"想象一下如果是普通人的感受。"依蓝德说道,"至少你还是个迷雾人。"

"也许吧。"鬼影说道,纹伐木的声音从一旁传来,"可是大家都尊重你,阿依。他们只忽略我。"

"我没有忽略你,鬼影。"

"是吗?"年轻人问道,"我上次为集团做了一件重要的事情,是什么时候?"

"三天前。"依蓝德说道,"当你同意要跟纹和我一起来时,我非常高兴。你不只是在照料马匹的人,鬼影,你在这里是因为你身为锡眼和斥候的能力。你觉得有人在追踪我吗?"

鬼影想了想,耸耸肩:"我不确定,我认为史特拉夫的斥候回去了,但我一直都觉得后面有人,只是从来都看不清楚他们是谁。"

"是雾灵。"纹说道,经过他们,在火堆旁抛下一捧柴火,"它在追着我们。"

鬼影跟依蓝德交换一个目光,后者点了点头,无视了鬼影不舒服的瞪视:"只要它不干预我们,就不会有问题,对吧?"

纹耸耸肩:"希望不会。不过如果你又看到,记得叫我。纪录上说它可能有危险。"

"好的。"依蓝德说道,"我们会这么做。现在,我们先决定早餐吃什么。"

史特拉夫醒来。这是第一种让他意外的事。

他躺在床上,自己的帐篷里,感觉好像曾有人把他拎了起来,反复往墙壁摔了几下。他呻吟出声,缓缓坐起,身上没有瘀青却仍然隐隐作痛,头痛难忍。他的一名军医——是个长满大胡子,眼睛凸出的年轻男子,坐在他的床边。那个人研究了史特拉夫好一阵子。

"主上,您……应该已死了。"年轻人说道。

"我没死,或者该说,还没死。"史特拉夫说道,坐起身,"给我一点锡。"

士兵拿着一个金属液瓶上前。史特拉夫一口喝完,发现自己的喉咙又干又痛,不由得皱起眉头。他只烧了一点锡,虽然这让他的伤口感觉更痛,但他已经习惯锡力给予的额外敏锐知觉。

"过了多久?"他问道。

"将近三天,主上。"军医说道,"我们不确定您吃了什么,或为什么吃。我们曾想过是否要催吐,但因为看起来您是自愿吞下,所以……"

"你做得很好。"史特拉夫说道,在眼前举起手臂,手臂仍在微微颤抖,而且他无法让颤抖停下来,"现在谁在负责军队?"

"加那尔将军。"军医说道。

史特拉夫点点头:"他为什么没派人杀我?"

军医讶异地眨眨眼,望向士兵。

"主上。"士兵葛兰特发话了,"谁敢背叛您?任何胆敢尝试的人绝对会死在自己的帐篷中。加那尔将军非常担心您的安危。"

当然,史特拉夫震惊地想起。他们不知道詹不见了。所有人都认为如果我死了,詹会掌权,或是报复他认为该对我的死负责的人。史特拉夫大笑出声,让照顾他的人大惊失色。*詹试图要杀我,但他的名声救了我。*

迷雾之子
卷二·升华之井 [珍藏版]

我打败你了，史特拉夫此时明白过来。你走了，我还活着。这当然不代表詹不会回来，但有可能他真的不会回来。也许……只是也许……史特拉夫再也不需要处理他的问题。

"依蓝德的迷雾之子呢？"史特拉夫突然说道。

"我们跟踪了她一阵子，主上。"葛兰特说道，"可是他们离我们的军队太远，加那尔将军命令斥候回来。她似乎是在朝泰瑞司的方向前进。"

他皱眉："还有谁跟她在一起？"

"我们认为您的儿子依蓝德也一起逃了。"士兵说道，"但也可能是替身。"

詹办到了，史特拉夫震惊地想。他真的把她处理掉了。这也可能是某种诡计，但是……

"克罗司军队呢？"史特拉夫问道。

"它们最近内斗得很严重。"葛兰特说道，"那些野兽似乎比平常更不安。"

"命令我们的军队拔营。"史特拉夫说道，"立刻拔营。我们要退回北方统御区。"

"主上？"葛兰特震惊地问道，"我认为加那尔大人正在准备攻击，只等您下令。城市的防卫很弱，更何况他们的迷雾之子也不在了。"

"我们要撤退。"史特拉夫微笑说道，"至少暂时如此。"詹，我们来看看你的计谋是否会奏效。

沙赛德坐在餐厅旁边的小侧间，双手按着桌面，每只手指上都套着一枚闪闪发亮的金属戒指。以金属意识库来说，戒指都不大，但储存藏金术的能量相当耗时，光是要装满一个戒指，就得花上好几个礼拜，他却只有数天。沙赛德其实很意外克罗司居然会等这么久。

三天，算不了太多时间，但他认为在即将到来的冲突中，他会需要一切可利用的资源。目前为止他每种特质都储存了一点点，如果其他金属意识库耗尽了,这可以在紧急状况时帮上一把。

歪脚一拐一拐地走入厨房。看在沙赛德眼里,他只是模糊的一团。即使他戴着眼镜——用来弥补他正储存于锡意识库中的视力——他仍然看不太清楚。

"时间到了。"歪脚说道,声音很模糊,另一个锡意识库正在储存沙赛德的听觉。"他们终于走了。"

沙赛德想了一想,试图解读这句话的意思。每个想法似乎都陷在一碗浓稠的汤汁中,他得花上一段时间才能了解歪脚说了什么。

他们走了。史特拉夫的军队。他们退兵了。他轻轻咳嗽后才回答:"他回应潘洛德大人的信息了吗?"

"没有。"歪脚说道,"不过他把上一个使者处决了。"

这可不是什么好迹象,沙赛德心想。当然,过去几天也没什么好迹象。城市即将陷入饥荒,短暂的回暖也结束了。如果沙赛德猜得没错,今天晚上会下雪,这让他觉得颇有罪恶感,自己居然能坐在厨房一角的温暖火炉边,啜着浓汤,任由金属意识库汲取他的力量、健康、意识、思考力。他鲜少尝试同时填装这么多金属意识。

"你看起来不太好。"歪脚边坐下边说道。

沙赛德眨眨眼睛,想了想之后才能够回答。"我的……金属意识库。"他缓缓说道,"它正在汲取我的健康,储存起来。"他看着自己的汤,"我必须吃东西才能维持体力。"他说道,告诉自己等一下要再喝一口汤。

这个过程很怪异。他的思考速度缓慢到吃每一口东西都需要考虑一段时间,然后他的身体会同样缓慢地反应,手臂得花上几秒钟才能移动,光是如此,肌肉已经因负荷太大而不断颤抖——力量被吸走,储存在他的白镴意识库中。花上好一段时间后,他终于能够将汤匙举到嘴唇边,静静啜了一口。汤没什么味道,因为他也在储存嗅觉,味觉也严重受到影响。

他也许应该躺下,但他担心一躺下就会睡着,而一睡着就无法填充金属意识库,——除了用来储存清醒的青铜意识库。青铜意识库强迫他睡更久，以在某天用来尽量减少睡眠。

沙赛德叹口气，小心翼翼地放下汤匙，开始咳嗽。他尽力协助其他人避免纷争。他最好的计划是送信给潘洛德大人，请他告诉史特拉夫·泛图尔，纹已经离开了城市。他原本希望史特拉夫当时会愿意和谈，显然这个策略不成功。好几天过去，没有人有史特拉夫的消息。

他们的末日像是无可避免的日出般逼近。潘洛德尝试让三组人离开陆沙德，其中一组是贵族。史特拉夫的士兵在依蓝德脱逃后更加警觉，每次都发现了他们的人，并且格杀勿论。潘洛德甚至派了使者去找加斯提·雷卡，希望能跟南方来的领导人达成协议，但使者没有从克罗司营地回来。

"好吧。"歪脚说道，"至少我们又阻止了他们几天。"

沙赛德想了想：“恐怕这只是在拖延不可转圜的局面。"

"当然是。"歪脚说道，"可是这是重要的拖延。依蓝德跟纹已经离开将近四天了。如果太早开战，迷雾之子小姐绝对会回来，为了救我们而害死自己。"

"啊。"沙赛德缓缓说道，强迫自己再喝一口汤。汤匙在他麻痹的手指之间是个沉重的负担，当然连他的触觉也被吸入了锡意识库中。"防御工事如何？"他一面挣扎着要拿起汤匙，一面问道。

"很糟糕。"歪脚说道，"两万士兵听起来很多，但分散在这么大一座城市里，其实不够。"

"可是克罗司不会有攻城武器，"沙赛德说道，专注于汤匙，"或是弓箭手。"

"对。"歪脚说道，"可是我们有八座城门要保护，克罗司随时都能攻打其中五座。这些城门都不是设计来抵抗攻击的，我现在在每个城门边，最多能安置两千名士兵。我真的不知道克罗司会从哪个方向先来。"

"噢。"沙赛德轻声说道。

"你以为会如何，泰瑞司人？"歪脚问道，"你以为我会有好消息？克罗司比我们更大、更壮、更疯。况且它们还有人数的优势。"

MISTBORN: THE WELL OF ASCENSION

　　沙赛德闭起眼睛，颤抖的汤匙举到一半，突然感觉到一阵与金属意识库无关的虚软。她为什么没有跟他们一起去？她为什么不逃？

　　沙赛德睁开眼时，看到歪脚挥手要仆人帮他端点东西来吃。年轻女子带来一碗汤。歪脚不满地看了看，最后却还是举起皱巴巴的手，开始一面响亮地喝汤，一面瞥向沙赛德。"你以为我会道歉吗，泰瑞司人？"他边喝边问道。

　　沙赛德震惊地坐在原处片刻。"完全没有，克莱登大人。"他终于说道。

　　"很好。"歪脚说，"你是个不错的人，只是脑子有点不清楚。"

　　沙赛德喝着汤，浅浅微笑。"你的话让我很欣慰。"他想了想，"克莱登大人，我有一个适合你的宗教。"

　　歪脚皱眉："你这人还真不懂得放弃啊？"

　　沙赛德低下头。他花了点时间才整理好他方才想讲的话。"你先前所说，关于见风使舵式的道德标准，让我想到一个叫做达得拉达的宗教，信徒遍及许多国家，他们相信只有一个神，只有一种正确的崇拜方法。"

　　歪脚哼了哼："我对你的死去宗教实在没什么兴趣，泰瑞司人。我认为——"

　　"他们是艺术家。"沙赛德轻声说道。

　　歪脚顿了顿。

　　"他们认为艺术可以让人更贴近神。"沙赛德说道，"他们对颜色跟光线特别有兴趣，更喜欢用诗来描述他们在世界上看到的各种颜色。"

　　歪脚沉默片刻。"为什么要跟我说这个宗教？"他质问，"为什么不挑一个跟我一样直接的？或者崇拜战争与士兵的？"

　　"因为，克莱登大人。"沙赛德开口说，半途停下来眨眨眼，试图从混乱的思绪中找出他需要的记忆，"那不是你。那是你必须做的事情，却不是你想做的。我想，其他人都忘记了，你是名木匠。你是个艺术家。当我们住在你的店铺里时，我经常看到你在细修学徒们的作品。我看到你有多用心。那家店铺对你而言不是单纯的伪装。你想念它。我知道。"

歪脚没有回应。

"你必须以士兵的身份生活，"沙赛德说道，虚弱的手从腰带中抽出一样东西，"可是你仍然能有艺术家的梦。拿着。这是我让人做给你的。是达得拉教的象征。对他们的信徒而言，身为艺术家比身为祭司更崇高。"

他将木牌放在桌上，然后费力地朝歪脚微笑。他已经很久没有向别人传教了，他也不知道为什么决定要向歪脚提出这一个宗教，也许是想向自己证明，这些宗教是有价值的，或只是固执地想要反驳歪脚先前说的话。木牌的设计很简单，只是一个圆形木片，上面刻着一支画笔。无论如何，他觉得歪脚盯着木牌的神情，相当令人满意。

我上次传教的时候，他心想，是在南方的那个村庄，就是沼泽找到我的地方。

他到底怎么了？他为什么没回城市来？

"你的女人一直在找你。"歪脚终于抬起头来说道，没有碰桌上的木牌。

"我的女人？"沙赛德说道，"我们，我们不是……"在歪脚的注视下，他无法完成句子。脾气不佳的将军非常擅长意味深长的瞪视。

"好吧。"沙赛德说道。他低下头看着自己的手指还有上面十只亮晶晶的戒指。四只是锡：视力、听力、嗅觉、触觉。他继续填充这些，它们不会过分影响他的日常作息，不过他释放了他的锡意识、钢意识，还有锌意识。

力量立刻重回他身体，肌肉停止下垂，从衰弱干瘦回到健康的状态，脑子里的迷茫感消失，能够清楚地思考，而浓重、肿胀的缓慢感也散去。他重新活力充沛地站起身。

"真是不可思议。"歪脚嘟囔一声。

沙赛德低下头。

"我看得出来你的改变。"歪脚说道，"你的身体变得更健壮，眼神也

MISTBORN: THE WELL OF ASCENSION

集中了,手臂停止颤抖。我想你不希望在神志不清的状态下面对那女人,是吧?我不怪你。"歪脚自言自语地说道,继续吃东西。

沙赛德向他告别,出了厨房。他的手脚还是感觉像毫无知觉的肉团,不过仍觉得自己精力充沛,没什么比力量失而复得更能让人感觉自己所向无敌。

而一想到要见到自己心爱的女子,心内更是不可抑制的五味杂陈。廷朵为什么要留下来?而如果她下定决心不回泰瑞司,为什么过去几天都在躲着他?她是不是因他把依蓝德送走而生气?她是不是因他坚决要留下来而失望?

他在泛图尔堡垒的舞会大厅里找到她。一走进房间,他忍不住停下脚步,想要如往常一般赞叹这房间毫无疑问的富丽堂皇。他释放了锡意识片刻,拿下眼镜好看了看这惊人的地方。

巨大的长方形彩绘玻璃镶嵌在宽敞房间中两边的墙上,其下的石柱支持着窗户下的廊檐,连沙赛德站在石柱边都显得渺小。每一块石头似乎都经过精心雕琢,每一块瓷砖都属于一幅拼贴画,每一块玻璃都在暮色中闪闪发光。

好久了……他心想。他第一次见到这房间时,正陪同纹前往她的第一场舞会。在这儿扮演法蕾特·雷弩时,她遇见了依蓝德。沙赛德当时还责难她,居然这么不小心便吸引了重要人士的注意力。

如今,他亲自为他们证婚。他微笑,重新戴起眼镜,又开始填充锡意识库。愿被遗忘的诸神保佑你们,孩子们。你们要尽量让我们的牺牲有价值。

廷朵在房间中央跟多克森和一小群办事员在说话,所有人都挤在大桌子边,沙赛德走近便能看见摊在上面的东西。

是沼泽的地图,他心想。这是陆沙德的完整地图,包括对教廷活动的注释。沙赛德的一个红铜意识库中存有地图的影像纪录,以及详细描述,他也将一份实体副本送到了席诺德去。

迷雾之子
卷二·升华之井 [珍藏版]

廷朵跟其他人在大地图上写下了自己的注解。沙赛德缓缓走上前去,廷朵一看到他,便挥手要他过去。

"啊,是沙赛德。"多克森以办公中的口吻说道,不过沙赛德如今耳力不佳,听什么都是断断续续,"太好了,请你过来。"

沙赛德踏上低矮的舞台,跟他们一起来到桌边。"军力布置?"他问道。

"潘洛德掌控了我们的军队。"多克森说道,"他让贵族负责整整二十个军团。我们不确定是否喜欢这个状况。"

沙赛德看着聚集在桌边的人,都是多克森亲自训练的一群书记,都是司卡。天哪!沙赛德心想。他不可能挑现在叛变吧?

"不要这么害怕,沙赛德。"多克森说道,"我们不会采取太激烈的行动。潘洛德仍然让歪脚负责城市的护卫工作,而且他似乎都会听军事指挥官的建议,况且现在想要尝试很大规模的行动也来不及了。"

多克森似乎看起来一脸失望。

"不过,我不信任他任命的指挥官。"多克森指着地图说道,"他们对战争一无所知,更遑论要生存。他们一辈子都在点酒跟举办宴会而已。"

你为什么这么痛恨他们?沙赛德暗自想。讽刺的是,这团中看起来最像贵族的人,就是多克森。他穿着套装的样子比微风还自然,说话比歪脚或鬼影更精准,也只有他坚持要留一个非常不贵族的半短胡子,显得比较怪异。

"贵族也许不懂战争。"沙赛德说道,"不过我想他们应该有带兵的经验。"

"是没错。"多克森说道,"可是我们也有。这就是为什么我希望在每个城门口都有一个我们的人,以免情况恶化到需要真正有能力的人来接手指挥。"

多克森指着桌子上地图标记的一个城门。钢门。上面标示着一千人部属成防守队形。"这是你的军团,沙赛德。钢门离克罗司可能会到达的地方最远，所以你可能不会遇到任何战斗。可是当战斗开始时，我想要你在那边带着一队传令兵，如果遭受攻击，立刻送讯息回到泛图尔堡垒。我们会在这里设立指挥中心，这边的门宽便于往来，可以容纳许多人走动。"

而且，利用这么美丽的房间作为指挥战争的场所，等于是很明显地在依蓝德·泛图尔还有其他贵族的脸上，甩了一记耳光。难怪他支持我送走依蓝德跟纹，少了他们，他对卡西尔集团的掌控便是绝对的。

这不是坏事。多克森是个运筹帷幄的天才，更是随机应变的大师，不过他也有他的偏见。

"我知道你不喜欢战斗，阿沙。"多克森说道，双手按在桌面上，"可是我们需要你。"

"我想他正准备应战，多克森大人。"廷朵看了看沙赛德后说道，"他手指上的戒指蛮清楚地表明了他的意图。"

沙赛德望着桌子对面的她："那么廷朵，你在这里面的角色是什么？"

"多克森大人前来咨询我。"廷朵说道，"他本人没有多少战争的经验，因此想要了解我关于过去的将领们的知识。"

"原来如此。"沙赛德说道。他转向多克森，皱着眉头想了想，最后点点头："好吧，我会参与你的计划，可是我必须警告你分散力量的危险。请告诉你的手下，除非到最后关头，否则不可打断指挥链。"

多克森点点头。

"好了，廷朵女士。"沙赛德说道，"我们能不能私下谈谈？"

她点点头，两人告退，走到最近的一段有遮蔽的廊檐下。在一根柱子后方的阴影中，沙赛德转向廷朵。她看起来如此完美，冷静自持，平和无波，即使情况已经无比危急。她是怎么办到的？

"你在储存许多特质，沙赛德。"廷朵注意到，再次瞥向他的手指，"你之前应该也有储备别的金属意识吧？"

"来陆沙德途中，我用光了所有清醒跟速度。"沙赛德说道，"而且我完全没有健康，上次在南方教学时，我把最后一点用掉了，好从疾病中恢复过来。我一直打算要再储存另一个,但最近太忙了。不过我存了很多的力量跟重量,以及一批锡意识。准备永远不嫌多。"

"或许吧。"廷朵说道。她转头望着桌边的人:"如果这能让我们有点事做,而不是一直去想无法改变的结局,那样的准备也不能说是被浪费了。"

沙赛德全身一凉。"廷朵。"他低声开口,"你为什么要留下来?这里不适合你。"

"这里也不适合你,沙赛德。"

"这些是我的朋友,"他说,"我不会舍弃他们。"

"那你为什么要说服他们的领袖离开?"

"好让他们逃脱且活下来。"

"存活不是领导者能有的奢侈。"廷朵说道,"当他们接受别人的崇拜时,必须接受随同而来的责任。这些人一定会死,但他们不需要感觉自己被领袖背叛。"

"他们并没有。"

"他们以为自己会被拯救,沙赛德。"廷朵低声却激烈地说,"就算是那边那些人,即使是多克森——所有人中最实际的一个——也都认为他们会活下来。你知道为什么吗?因为在内心深处,他们相信会有东西会来救他们。一个以前已经救过他们,他们唯一还握有的和幸存者的联结。如今她对他们而言代表着希望,你却让她离开。"

"好让他们活下来,廷朵。"沙赛德说道,"在这里失去纹跟依蓝德是种浪费。"

"希望永远不会被浪费。"廷朵说道,眼神灼烈,"我以为你最能够了解。你认为我在那些育种员的手下能活过这么多年,靠的都是固执吗?"

"那让你留下来的是固执还是希望?"他问道。

她抬头看着他:"都不是。"

站在充满阴影的小空间里,沙赛德看着她良久。谋划中的人们继续在

MISTBORN: THE WELL OF ASCENSION

舞会大厅中交谈，声音回荡。透过玻璃射入的光线洒在大理石地板上，在墙上溅出点点光芒。沙赛德缓慢、笨拙地，抱住廷朵。她叹口气，允许他抱她。

他释放所有的锡意识，让所有的感官全部回来。

她将自己更深地埋进他的怀抱，头靠在他的胸前，她皮肤的柔软与身体的温暖席卷了他。她没有夸张的香气，干净清爽的发香搔弄着他的鼻子，是他三天来第一次闻到的东西。当声音全部回到他耳朵时，他可以听到廷朵在他身边的呼吸声。

"你知道我为什么爱你吗，沙赛德？"她低声问道。

"我完全无法理解。"他诚实地回答。

"因为你从不投降。"她说道，"其他人如砖头一样坚强，强硬，从不屈服，但只要花够久的时间，不断击打，他们就会龟裂。你……你如风一般坚强。永远存在，容易屈服，但是一旦需要强硬时，你从不退缩，也无懊悔。我不认为你的朋友们知道，他们曾经从你身上得到很大的力量。"

曾经，他心想。她已经认为这一切都是过去式。可是……她这么想，是对的。"我担心我所拥有的一切不足以拯救他们。"沙赛德悄声说道。

"不过，已经足以拯救他们其中的三个人。"廷朵说道，"你让他们走是错的……但也许你也是对的。"

沙赛德只是闭上眼睛，抱住她，愤怒于她居然留下，却又因此而爱她。

在此同时，城墙顶的警告鼓声开始响起。

于是，我最后孤注一掷。

51

清晨朦胧的红光是根本不应该存在的东西。雾应该在白日前死去,热气应该让它蒸发,光是将它锁在一个密闭房间里,就应该能让它凝结、消失,它不应该能抵挡初升太阳的光芒。

可是它却挡下了。他们离陆沙德越远,白日的雾就留得更久。这改变不大,他们离陆沙德只有几天的路程。但纹知道,她看得出差异,今天早上的雾甚至比她预期的还要强,就连太阳升起时都不散去,阻挠了太阳的光芒。

迷雾,她心想。深黯。她越发觉得自己的推想是对的,虽无法确定,可是有个理由总让她比较安心。深黯不可能是哪个怪物或暴君,而是比较自然,却因此更为可怕的力量。怪物可以被杀死。可是迷雾……它们让人无可奈何。深黯不会以教士压迫人,却会利用人民自己迷信的恐惧;它不会以军队屠杀,却会带来饥荒。

要怎么样跟比一片大陆还大的东西抗衡?一个感觉不到怒气、痛苦、希望或慈悲的东西?

可是,这正是纹的任务。她静静地坐在营火边的一块大石上,屈膝抱在胸前。依蓝德仍然在睡。鬼影出去巡逻了。

她再也不质疑自己的位置。她要不就是发疯了,再不然就是永世英雄。她的任务就是要打败雾。可是……她皱起眉头。鼓动不是应该越来越大声,而不是越来越小声吗?他们旅行得越久,鼓动声就变得越小。她太迟了吗?难道井出了什么事,影响了它的力量?难道力量已经被别人夺去?

我们不能停下来。

换做是别人,可能会质疑为什么是他被挑中。纹认识一些人,无论是在凯蒙的集团或是在依蓝德的政府中,每次得到一件工作便会抱怨老半

MISTBORN: THE WELL OF ASCENSION

天。"为什么是我?"他们会问。自信心不足的人会认为他们不适合,懒惰的人会想躲避。

纹不认为自己很主动积极,也不是很有自信,只是她不觉得有问的必要。人生教会她有时候事情就是会发生。瑞恩经常不需要理由就能打她,理由只是种薄弱的安慰;卡西尔需要死的理由很清晰,却没有因此而让她对他的思念减少半分。

她有工作要完成,虽然不了解,但她承认自己的确有着责任。她只能希望,时间到时,她能知道该怎么做。虽然鼓动声变微弱了,却仍然存在,引领着她向前,前往升华之井。

在她身后,她可以感觉到雾灵较微弱的颤动,每次都必须要等着雾先消散,它才会消失。它一早就在那里,在她身后。

"你知道这一切的秘密吗?"她静静地问道,转向红雾里的雾灵,"你有……"

雾灵的镕金脉动直接来自于她跟依蓝德共享的帐篷。

纹从石头上跳下,落在满是白霜的地面上,冲向帐篷,翻开布门。依蓝德睡在里面,头几乎整个埋在棉被里,不太看得见。迷雾充满了小帐篷,翻滚,盘旋。这景象很奇怪。迷雾通常不会进入帐篷。

在迷雾的正中央,就是雾灵,站在依蓝德面前。它其实算不上站在那里,只能说是迷雾中的一个轮廓,雾气混乱移动中仍然保持重复的图样,但却是真实的。她可以感觉到它,也可以看得到它,看到它抬起头,以隐形的眼睛凝视她。

憎恨的眼神。

它举起虚无缥缈的手臂,纹看到某样东西一闪。她立刻有所反应,抽出一把匕首,冲入帐篷内挥砍。她的攻击砍到某种握在雾灵手中的东西。平静的空气中响起金属交击的声音,纹的手臂感觉到一阵强大的麻痹感,全身毛发一阵耸立。

之后,它消失了,退散了,像是没有形体的匕首在空中留下的回荡声响。纹眨眨眼，转身看着被风吹动的帐门。外面的迷雾消失了，日光终于胜利。

它似乎胜日无多了。

"纹？"依蓝德打着呵欠坐起身。

纹压下急速的呼吸。雾灵消失了，白日暂时代表着安全。曾经，我以为夜晚才是安全的，她心想。卡西尔将夜晚交给了我。

"怎么了？"依蓝德问道。即便他是贵族，怎么会醒得这么慢，如此不在乎睡觉时暴露在外的弱点？

她收起匕首。我能跟他怎么说？我连对方都看不见，怎么能保护他？她需要时间好好想想。"没事。"她轻声说道，"我只是……有点紧张的。"

依蓝德翻过身再躺下，心满意足地叹口气："鬼影在巡逻吗？"

"是的。"

"他回来后叫醒我。"

纹点点头，但他大概看不见她的动作。她跪下，借着身后升起的阳光看着他。她将自己给了他——不只身体，也不只心。她舍弃了所有理性，放下所有迟疑，都为了他。她不能再以为自己配不上他，不能再自欺欺人地坚信他们永远不可能在一起。

她从来没有这么相信一个人。无论是卡西尔，或是沙赛德，或是瑞恩。依蓝德拥有她的一切。这件事让她的内心颤抖。如果失去他，她会失去自己。

我不能想这种事！她告诉自己，再次站起身。她离开帐篷，静静地在身后拉上布门，远方的阴影动了。片刻后，鬼影出现。

"那里绝对有人。"他低声说道，"不是雾灵，纹。有五个人，还架起了营地。"

纹皱眉："在跟踪我们？"

"绝对是。"

史特拉夫的斥候，她心想。"让依蓝德决定要怎么处理他们。"

鬼影耸耸肩，走过去坐在她的岩石上："你要去把他叫醒吗？"

纹转过身："再让他多睡一会儿吧。"

鬼影再次耸耸肩。他看着她走到营火边，打开他们前一天晚上包起来的柴火，开始生火。

"你变了，纹。"鬼影说道。

她继续工作。"每个人都会变。"她说道，"我已经不是盗贼，而且也有支持我的朋友。"

"我不是指那件事。"鬼影说道，"我是指最近。这一个礼拜。你跟以前不同了。"

"怎么个不同？"

"我不知道。你似乎不是随时都战战兢兢了。"

纹想了想。"我做了一些决定——关于我是谁，还有我会成为什么样的人，以及我想要的东西。"

她静静工作片刻，终于点起一簇火苗。"我已经厌倦要忍受这些愚蠢的事情，"她终于说道，"包括别人跟我自己。我决定要行动，而不只是猜测，也许这种想法更不成熟，但我总觉得是对的。"

"不会不成熟。"鬼影说道。

纹微笑，看着他。他才十六岁，身体尚未完全发育成熟，正和被卡西尔招募时的她同样年纪。虽然太阳仍低，却已经让他眯着眼睛。

"你降下锡吧。"纹说道，"没必要烧得这么厉害。"

鬼影耸耸肩。她可以看出他的不确定。他非常想成为有用的人。她明白那种感觉。

"你呢，鬼影？"她说道，转身去准备早餐的补给品，又是吃汤跟杂粮煎饼，"你最近怎么样？"

他又耸耸肩。

我几乎忘记跟少年讲话是什么感觉了，她微笑地想着。

"鬼影……"她说道，仔细地念出这个名字，"你对这个绰号有何感想？我记得以前所有人都叫你真名。"雷司提波恩。纹曾经尝试过要拼写出他的名字，但她大概写了五个字母就放弃了。

"我的名字是卡西尔给的。"鬼影说道，仿佛这就是留下名字的原因，也许的确足够了。纹看到鬼影提起卡西尔时眼中的神情。歪脚也许是鬼影的叔叔，但他景仰的人是卡西尔。

"纹，我渴望变强。"鬼影低声说道，双手盖着膝盖，坐在岩石上，"像你那样。"

"你有自己的特长。"

"锡？"鬼影问道，"聊胜于无。如果我是迷雾之子，我可以做伟大的事，当个重要的人。"

"当重要的人并不是什么好事，鬼影。"纹说道，听着脑子里的鼓动声，"大多时候只是很烦人而已。"

鬼影摇摇头："如果我是迷雾之子，我可以救人，帮助需要的人。我可以阻止别人送命。可是……我只是小鬼。软弱的人。懦夫。"

纹皱眉看着他，但他始终低着头，不肯看她。这是怎么一回事？她暗自心想。

沙赛德用了一点意识库里的力气，帮助自己一次跨过三个台阶，在廷朵身后冲上楼梯顶端，两人跟其他的集团成员一起站在城墙顶。鼓声仍然响着，每个散布在城市里的鼓声音都不一样，混合而成的声响混乱地在建筑物之间回荡。

少了史特拉夫的军队，北方的天际线似乎很空旷，如果东北方陷入混乱的克罗司军营也是如此空旷就好了。

"有人看得出来发生什么事了吗？"微风问道。

哈姆摇摇头："太远了。"

"我的一个探子是锡眼。"歪脚一拐一拐地过来，"是他敲响警讯，他说，克罗司在打斗。"

"老兄啊。"微风说道,"克罗司不是没事就在打吗?"

"比平常严重。"歪脚说道,"大规模的混战。"

沙赛德感觉到一丝希望。"它们在打斗?"他说道,"也许它们会杀死彼此!"

歪脚给了他一个最擅长的眼神。"你去读读自己的书,泰瑞司人。他们说克罗司的情绪是如何?"

"只有两种。"沙赛德说道,"无聊跟愤怒。可是……"

"它们向来如此开始。"廷朵低声说道,"先是在内部打斗,激怒越来越多的成员,然后——"

她没说完,沙赛德也亲眼看见了。北方的黑影越来越淡,开始消散,变成一个个独立的身影——

冲向城市。

"该死的。"歪脚咒骂,快速地一拐一拐地下了楼梯。"派传令兵!"他大吼,"弓箭手上墙头!封闭河门!军团,就战斗位置!准备迎战!你们要这些东西冲进来,杀了你们的孩子吗?!"

接下来是一片混乱。人们开始四散,士兵爬上楼梯,堵塞了往下的路途,限制了集团一行人的行动。

开始了,沙赛德麻木地想。

"楼梯一有空隙,我要你们都去看着自己的军团。"多克森低声说道,"廷朵,你在锡门,在北边,泛图尔堡垒旁边。我可能需要你的建议,但你现在先暂时跟那些小子在一起,他们会听你的,他们尊敬泰瑞司人。微风,四到十二军团中你都安插了一名安抚者吗?"

微风点点头:"不过能力不是太强……"

"他们只要让人保持士气就可以了!"多克森说道,"不要让我们的人溃散!"

"朋友,一千人已经超过一名安抚者的能力范围。"微风说道。

"让他们尽力而为。"多克森说道,"你跟哈姆各自负责白镴门和锌门,看起来克罗司会先进攻这里。歪脚应该会带援兵来。"

两人点点头,接着多克森看着沙赛德:"你知道要去哪里吧?"

"是的……是的,我应该知道。"沙赛德说道,抓紧围墙。空中如雪片般落下灰烬。

"那快去吧!"多克森说道。最后一团弓箭手也上了城墙。

"泛图尔王上!"

史特拉夫转身。在服用一些振奋精神的药品后,他好不容易有足够的体力坐在马背上,不过他绝对不敢跟人搠战,虽然本来也不需要他出手。这不是他的作风。军队就是专门处理这种事用的。

他掉转马头,看着上前来的传令兵。那人气喘吁吁地一手按着膝盖,停在史特拉夫的坐骑边,脚下散落着灰烬。

"主上。"那人说道,"克罗司军队攻击陆沙德了!"

果真如你所料,詹。史特拉夫暗暗心惊。

"克罗司进攻了?"加那尔将军问道,策马来到史特拉夫身边。英俊的贵族皱眉,看了看史特拉夫:"这也在你预料之中的吗,王上?"

"当然。"史特拉夫微笑。

加那尔一脸钦佩之色。

"王上,我们一个小时之内就能到!"加那尔说道。

"不用。"史特拉夫说,"慢点来,我们可不想让我们的军队太过劳累,对不对?"

加那尔微笑:"当然,王上。"

弓箭对克罗司的影响似乎不大。

沙赛德站在他负责的城门瞭望塔上,惊愕万分却又无法转移视线。他并没有正式带兵,所以也不需发号施令,只是跟斥候和传令兵站在一起,随时听候差遣。

MISTBORN: THE WELL OF ASCENSION

因此，他有许多时间观察眼前展开的惨烈景象。谢天谢地，克罗司还没有冲向他守卫的城门，他的人马紧张地看着怪物们纷纷冲向远方的锡门与白镴门。

高塔让他能一路望到锡门的方向，即使从这么远，沙赛德仍能看到克罗司直直穿过一波波箭雨。似乎只有比较小个儿的会死去或受伤，大多数克罗司只是不断奔跑推进。他身边的人开始窃窃私语。

我们并没有准备好，沙赛德心想。即使规划、讨论了好几个月，我们仍然没准备好。

这就是被神统治上千年的后果。上千年的和平——暴君手下的和平，却仍然是和平。我们没有将领，只有知道该如何下令要人帮他放洗澡水的贵族；我们没有战略家，只有官僚；我们没有战士，只有握着棍子的男孩。

看着即将到来的末日，他身为学者的脑筋仍然非常清楚地在分析。运用视力，他可以看到许多怪物，尤其是比较大只的，手上都抱着连根拔起的小树。它们以自己的方式做好了攻城的准备。那些树不会是真正有效的攻城锤，但城市也不是为了抵挡真正的攻击而建的。

那些克罗司比我们以为的还要聪明，他心想。虽然它们没有经济体系，却明白钱币的抽象概念。虽然不知道怎么做工具，却看得出来需要工具才能打破我们的城门。

第一拨克罗司来到城墙。士兵开始投下石头与其他东西。沙赛德的这一区也有同样的重物堆，一个放在城门边，就在他附近。可是剑都不起作用了，几颗石头又能做什么？克罗司聚集在城墙底下，像是被堵塞的河川。远方传来敲打声，那些怪物开始捶城门了。

"十六军团！"一名士兵来到沙赛德的门口，从下方喊着，"库里大人！"

"这里！"一个人从沙赛德的塔旁边的城墙上喊着。

"白镴门立刻需要援兵！潘洛德大人命令你带六个旅跟我去！"

迷雾之子
卷二·升华之井 [珍藏版]

库里大人开始下达命令。六个旅……沙赛德心想。我们一千人之中的六百人。歪脚之前的话浮现在他脑海：两万人看起来好像很多，但实际用起来就会发现不过是杯水车薪。

沙赛德闭起眼，使用听觉锡意识，他可以听到……木头敲打木头的声音。人们的尖叫。他立刻释放了听觉，再次使用视觉，往前倾身，看着交斗中的城墙。克罗司正在投掷刚才丢出去的石块，它们的准头远超过守军。沙赛德看到一名年轻士兵的脸被打烂，身体被石头的力量从城墙上打飞，忍不住大惊。他松开锡意识库，大口大口地喘着气。

"大家要稳住！"一名在城墙上的军官喊道。

他不过是名少年，虽然是贵族，但顶多只有十六岁。当然，军队里很多人都是那个年纪。

"稳住……"年轻的指挥官又说了一次。他的声音听起来不确定，随着他注意到远方的情况，语尾也转弱了。沙赛德转身，跟随他的目光。

克罗司厌倦了挤在一个城门外。它们开始要包围城市，分成一团团，顺着香奈瑞河，来到不同的城门边。

例如沙赛德所在的城门。

纹直接降落在营地的正中央，往火堆抛了一把白镴粉，然后钢推，将炭、灰、烟全推在两名讶异的士兵身上，他们原本正在准备早餐。同时，她将另外三座小帐篷的营钉全部拉引了出来。

帐篷立刻倒塌。一座没有人住，但另外两座很快地传来呼喊声，帆布勾勒出挣扎、慌乱的身影，一人在大帐篷中，两人在小帐篷里。

士兵连忙后退，举起手臂来保护眼睛不受灰烬跟火星的攻击，手则伸向剑。纹朝他们举起拳头，就在他们眨眼想要看清眼前时，她往地上投了一枚钱币。

士兵们全部僵住，手再也不敢握着剑。纹望向帐篷。负责人会在大帐篷里，而她需要处理的只有他。应该是史特拉夫的队长之一，不过那些人

MISTBORN: THE WELL OF ASCENSION

没配戴泛图尔家徽。也许……

加斯提·雷卡从帐篷中探出头来，一面咒骂一面从帆布中解开束缚。自从纹两年前见到他，他变了很多，但当时已有预兆他会变成什么样的人。他细瘦的身躯更加干枯，当年已经渐秃的头也全面沦陷，只是，他的脸怎么会看起来这么憔悴……这么苍老？他不过跟依蓝德同年。

"加斯提。"依蓝德从躲藏的地方出现，走入空地，鬼影在他身边，"你为什么在这里？"

加斯提好不容易站直身体，他的另外两名士兵抽剑划破布料，走了出来。他挥手要他们放轻松。"依蓝。"他说道，"我……不知道自己还能去哪里。我的斥候说你逃走了，这感觉像是个好主意。无论你去哪里，我都想跟你一起去。我们也许可以躲在那里。我们可以——"

"加斯提！"依蓝德怒斥，走上前来站在纹身边，"你的克罗司呢？你叫它们走了吗？"

"我试过。"加斯提低头说道，"它们不肯走，尤其是看到陆沙德后。然后……"

"怎么了？"依蓝德质问。

"起火了。"加斯提说道，"我们的……补给车。"

纹皱眉。

"你的补给车？"依蓝德说道，"你放木钱的地方。"

"是的。"

"统御主的，你这家伙！"依蓝德上前一步说道，"所以你就把它们丢在那里，在群龙无首的情况下，放在我们家外面？"

"它们会杀了我，依蓝！"加斯提说道，"它们开始激烈打斗，要求更多钱币，要求我们攻城。如果我留下，它们会杀了我！它们是野兽，只有人形的野兽！"

"所以你走了。"依蓝德说道，"你把陆沙德丢给它们。"

"你也遗弃了陆沙德。"加斯提说道。他走上前来，双手摆出恳求的姿势,靠近依蓝德:"依蓝,听我说,我知道我错了,我以为我能控制它们,我不是故意要让这种事发生的!"

依蓝德陷入沉默。纹可以看见他眼中出现的冷酷。不是卡西尔那种危险的冷酷,而是一种……尊贵的气势,超越了原本的他。他站直身体,低头看着在面前恳求的人。

"你召集了一群狂暴的怪物,带领它们进行暴君的攻击,加斯提。"依蓝德说道,"你在无辜的村落中杀戮。然后,你在没有留下领导者或控制手段的情况下,把那支军队丢在整个最后帝国里,居民最多的城市之外。"

"原谅我。"加斯提说道。

依蓝德直视他的双眼。"我原谅你。"他低声说道,然后,流畅地抽出剑,一剑将加斯提的头砍下。"可是我的王国不行。"

纹目瞪口呆地看着尸体倒地。加斯提的士兵大喊出声,抽出武器。依蓝德转身,表情严肃,对他们举起沾满鲜血的剑尖:"你们认为我的处决有误吗?"

士兵想了想。"不,陛下。"其中一人终于低着头说道。

依蓝德跪下,以加斯提的披风擦干净他的剑。"以他的所作所为,这已经算便宜了。"依蓝德利落地将剑收回,"可是他曾经是我的朋友。葬了他。之后,你们可以跟我同行去泰瑞司,或是自行回家。你们自己选择。"说完,他走回森林。

纹留在原处看着士兵。他们严肃地上前抬起尸体。她朝鬼影点点头,追着依蓝德进入森林里。她不用找多远就发现他坐在不远的岩石上,盯着地面。又开始落灰了,但大多数的灰烬都卡在树上,如黑色的苔藓般包裹住树叶。

"依蓝德?"她问道。

他凝视着森林深处。"纹,我不知道我为什么那么做。"他低声说道,"为什么正义需要由我来执行?我甚至不是王。可是,这是非做不可的事。我当时如此想,如今亦然。"

她按住他的肩膀。

"他是我杀的第一个人。"依蓝德说道,"他跟我曾经有如此伟大的梦想。我们会联合帝国中最强大的两个家族,前所未有地统一陆沙德,我们不会成为贪婪的联盟,而是真正为了让城市变得更好的政治联盟。"

他抬头看着她:"纹,我想我现在比较了解你的感觉了。在某种程度上,我们都是刀,都是工具,不是为了彼此,而是为了这个王国,这群人民。"她搂住他,抱着他,将他的头拉到她的胸前。

"我很遗憾。"她悄声说道。

"不得不如此。"他说道,"最难过的部分是,他说得对。我也遗弃了他们。我也应该一剑杀了自己。"

"你离开是有更好的理由,依蓝德。"纹说道,"你的离开是为了保护陆沙德,好让史特拉夫不会攻击。"

"如果克罗司在史特拉夫之前攻击呢?"

"也许不会。"纹说道,"它们没有领袖,也许会转而攻击史特拉夫的军队。"

"不。"鬼影的声音说道。纹转身,看到他穿过森林而来,眯着眼睛挡住太阳。

那男孩烧的锡太多了,她心想。

"什么意思?"依蓝德转身问道。

鬼影低头:"它们不会攻击史特拉夫的军队,阿依。不会去那里。"

"什么?"纹问道。

"我……"鬼影别过头,脸上露出羞惭之色。

我是个懦夫,纹想起他先前如此说。"你知道。"纹说道,"你知道克罗司要攻击了!"

鬼影点点头。

"太可笑了。"依蓝德说道,"你不可能知道加斯提会跟着我们。"

"我是不知道。"鬼影说道,又一团灰烬在他身后落下,在风中扩散,上百朵不同的灰花落地,"可是我叔叔猜想史特拉夫会退兵,让克罗司攻击城市,所以沙赛德决定让我们先走。"

纹突然感到一阵冰寒。

我找到升华之井的位置,沙赛德说。在北边,在泰瑞司山脉……

"歪脚跟你说的?"依蓝德问。

鬼影点点头。

"你没告诉我?"依蓝德质问,站起身。糟糕……

鬼影迟疑了,然后摇摇头:"你会想要回去!我不想死。阿依!对不起,我是懦夫。"他瑟缩了一下,瞥向依蓝德在一旁闪耀的剑。

依蓝德停下脚步,好像此时才发现他的确朝男孩靠近了一步。"我不会伤害你,鬼影。"他说道,"我只是以你为耻。"鬼影垂下眼光,坐在地上,背靠着白杨木。

鼓动声,变弱了……

"依蓝德。"纹低声说道。

他转身。

"沙赛德说谎。井不在北边。"

"什么?"

"它在陆沙德。"

"纹,那太荒谬了。我们怎么会没找到?"

"我们就是没找到。"她坚定地说道,站起身,望向南方,集中注意力,感觉到鼓动淹没她、牵引她。

南方。

"井不可能在南方。"依蓝德说道,"所有的传说都说它在北方,在泰瑞司山区。"

纹不解地摇头。"就在那里。"她说道,"我就是知道,不知道为什么,但我知道。"

依蓝德看着她,点点头,信任她的直觉。

噢，沙赛德，她心想。也许你的出发点是好的，但我们可能全部因此完蛋。如果城市落在克罗司手中……

"我们多快能赶回去？"依蓝德问道。

"看情况。"她说道。

"回去？"鬼影抬头问道，"阿依，他们都死了。他们要我到了塔辛文就跟你说实话，好让你们不会在冬天里因为莫须有的原因爬山而害死自己。可是当歪脚叔叔告诉我时，他也在跟我告别，我从他的眼神中可以看出来，他知道自己再也见不到我。"

依蓝德一愣，纹可以看到他眼中一瞬间的不确定，一闪而逝的痛楚与惊恐。她了解那些情绪，因为它们也同时袭上她的心头。

沙赛德、微风、哈姆……

依蓝德抓住她的手臂。"你得去，纹。"他说道，"可能会有幸存者，有难民，他们会需要你。"

她点点头，他坚定的手劲和充满决心的声音，给了她力量。

"鬼影跟我随后跟上。"他说，"全速前进的话应该只要两天就会到，可是有白镴的镕金术师比马更快。"

"我不想离开你。"她悄声说道。

"我知道。"

这真的很难。她才刚重新了解他，怎么能独自跑走留下他？可是她如今确定了升华之井的位置，更是急迫地感觉到它的存在，而如果她的朋友们真的从攻击中存活下来……

纹一咬牙，拿出袋子，掏出最后的白镴粉末，配上水瓶里的两口水吞下。她的喉咙因粉末而刺痛。量不多，她心想。它不能让我延烧太久。

"他们都死了……"鬼影模糊不清地又说了一次。

纹转身。鼓动坚定。来自南方。

我来了。

"依蓝德，请为了我做一件事。"她说道，"晚上迷雾出来时，不要睡觉。尽量在晚上行动,保持清醒,小心雾灵。我觉得它可能想伤害你。"

他皱眉,但仍点点头。

纹骤烧白镴,全速奔向大道。

我的恳求,我的教诲,我的反对,甚至我的叛变都没有用。艾兰迪如今有新的幕僚,他们只会告诉他他想听的话。

52

微风尽力假装他没有置身于战争之中,但成效不是太好。

他骑马等在锌门中庭的边缘,四周都是士兵的脚步声、盔甲的撞击声,他们列阵在前,等待、观察着城墙上的伙伴。

门上传来撞击声。微风惊得跳了一下,但继续他的安抚。"要坚强。"他低声说道,"恐惧、迟疑,我都会带走。死亡可能会从门中出现,但你们可以战斗,可以赢过它。要坚强……"

黄铜如烈火般在他腹中燃烧。他早就用完了他的金属液体瓶,现在开始大口大口地吞黄铜粉,配上几口水。幸好有多克森的传令骑兵补给,至少在这方面不会短缺。

这能撑多久?他心想,擦拭额头,继续安抚。还好镕金术对体力要求很低,因为镕金力量来自于金属本身,而不是燃烧金属的术师,可是安抚比其他镕金术都要复杂,他需要保持专注。

"恐惧、惊骇、焦虑……"他低语,"想要逃跑或放弃的欲望,我全都带走……"他其实不需要这样喃喃自语,但他向来如此,这有助于他投入。

MISTBORN: THE WELL OF ASCENSION

在安抚数分钟后，他看了看怀表，掉转马头，骑到中庭的另一边，门上继续传来撞击声。

微风再次擦着额头。他不太高兴地看到自己的手帕已经要湿到快要失去吸汗作用，雪也开始下了。潮湿会让灰烬黏在衣服上，让它完全被毁掉。

这套衣服会被你的血毁掉，微风，他告诉自己。已经不需要装傻了。这很严肃。太严肃。你怎么会把自己搞成这样？

他加倍努力，安抚一批新的士兵。他是最后帝国中最强的镕金术师之一，尤其在情绪镕金术上更是首屈一指，只要人群够密集，目标情绪够单纯，他可以同时安抚数百个人，就连卡西尔都办不到。

可是一整个兵团仍然超过他的能力范围，所以他得计时分区处理。他开始专注于新的一群人时，看到原本那群的士气开始萎缩，焦虑升起。

门被冲开时，这些人会逃之夭夭。

门上轰轰作响。人们挤在墙上，抛石、射箭、乱成一团；偶尔会有一名士官挤到前面，大喊着命令，试图让所有人的攻击行动一致，但微风离得太远，听不清楚他们在说什么，只看得到一群人混乱地走动、尖叫、射箭。

当然，他也可以看到对方的攻击。石头从下方飞入空中，有些撞裂在城墙上。微风试着不要去想墙的另一边是数千名愤怒的克罗司怪物。偶尔，一名士兵会倒下，血从城墙的数区滴了下来。

"恐惧、焦虑、惊骇……"微风低语。

奥瑞安妮逃走了。纹、依蓝德、鬼影都安全了。他得不断专注于这些成功。沙赛德，谢谢你要我们把他们送走，他心想。

马蹄声在他身后响起。微风安抚的动作不停，转过身，看到歪脚骑着马过来。将军弯腰驼背地坐在马上，一只眼睛睁着看士兵，另一只则是随时眯着："他们的情况不错。"

"老兄，他们吓坏了。"微风说道，"就连正在被我安抚的人看着大门，都觉得自己面对的是要吸入他们的巨大、可怕的空无。"

歪脚打量微风："今天你很有诗意嘛？"

"都是末日带来的灵感。"微风说道，看着颤抖的城门，"无论如何，我都怀疑这些人的状况能被称为'不错'。"

歪脚哼了一哼："战斗总会紧张的，谁都一样。可是，这些都是好孩子，他们会撑住。"

城门颤抖、晃动，周围出现裂痕。绞锁开始要变形了……微风心想。

"你能安抚克罗司吗？"歪脚问道，"让它们不要那么凶狠？"

微风摇摇头："我试过了。安抚那些怪物没有用。"

两人再次陷入沉默，听着轰轰作响的大门。终于，微风转头看着身边坐在马背上，平静依然的歪脚。"你之前打过仗。"微风说道，"多少次？"

"我年轻时，二十年中林林总总打过不少。"歪脚说道，"镇压遥远统御区的叛变，跟荒境中的游牧民族战斗。统御主很擅长控制这些消息传播。"

"那……胜负如何？"微风微笑，"常打赢吗？"

"没输过。"歪脚说道。

微风露出一丝笑意。

"当然，那时我们身边有克罗司相助。"歪脚说道，斜眼瞄着微风，"那些野兽可真难杀。"

这下可好了，微风心想。

纹狂奔。

她只用过一次白镴延烧，那是两年前，跟在卡西尔身边时。只要稳定地燃烧白镴，她就能以无比的速度奔跑，维持全速的冲刺，却丝毫不感疲累。

可是，这个过程会对身体有所影响。白镴能让她不停下脚步，却也压制了自然状态中的疲累，两者的反差让她脑子开始混乱，带来如同极端疲累时的放空。她的灵魂极端渴望休息，但她的身体只是一直跑、一直跑、一直跑，跟着运河曳船道前往南方，前往陆沙德。

这次纹对于白镴延烧带来的副作用早已有心理准备，所以处理得好很多，能够让她的意志呈现放空的状态，让意识专注于目标，而非身体的重复性动作，但这个集中也为她带来不安。

我为什么要这么做？她自问。为什么要这样强迫自己？鬼影说过，陆沙德一定已经沦陷了。没有必要赶回去。

可是，她仍然没有停下。

她仿佛在脑海中看到众人的死状，哈姆、微风、多克森、歪脚，还有亲爱的，亲爱的沙赛德。她交到的第一批真正的朋友。她爱依蓝德，她心里有部分极端感激其他人将他送离险地，但某余的部分则极其愤怒他们居然把她引走，这份愤怒让她前进不歇。

他们让我遗弃他们。他们强迫我遗弃他们！

卡西尔花了好几个月教导她如何去信任。他在世时，对她说的最后一席话，便是这番指控，而那是她永远无法逃脱的话语。关于友谊，你还有很多要学的，纹。

他冒生命的危险将鬼影跟欧瑟救离险境，奋力击退并最后杀死了一名钢铁审判者。即使纹说这次冒险没有意义，他仍然去了。

是她错了。

他们好大的胆子！她心想，感觉眼泪沾湿脸庞，脚下却仍然沿着运河宽广的曳道全速奔跑。白镴给了她超凡的平衡感，任何人用这种速度奔跑都会冒摔断脖子的风险，但在她身上却再协调不过。她不会绊倒，也不会摔跤，可是外人看来会觉得她的速度简直是找死。

树飞闪过去。她跳过凹凸不平的地面，跟之前那次一样奔跑，强迫自己，甚至超越，以前的速度。以前她只是为了跟上卡西尔而跑，现在她为自己所爱的人而跑。他们好大胆子！她再次心想。居然敢不给我跟卡西尔一样的机会！居然敢拒绝我的保护，拒绝我的帮助！居然敢死……

迷雾之子
卷二·升华之井 [珍藏版]

白镴已经要用尽,但她才跑了几个小时而已。当然,她这几个小时大概已经等同于普通人行走一整天的路程,但还是不够。他们已经死了。她会像多年之前那样,到得太晚,就像当时来不及救出革命军。来不及救出她的朋友。纹的脚步不停,眼泪也不停。

"我们怎么会把自己搞成这样?"微风低声问道,仍然站在中庭里,面对轰轰作响的大门。他坐在马匹上,站在一团落雪跟灰烬的污泥中。空中静静飞落的黑和白,与尖叫的人、龟裂的大门、坠落的石块形成强烈对比。

歪脚转头看他,皱眉。微风继续盯着灰烬跟白雪。黑与白。缓慢降下。

"我们不是有原则的人。"微风低声说道,"我们是盗贼。十足的投机分子。你是一个厌倦对统御主言听计从,想要自己找机会出头的人。而我,一个喜欢玩弄别人,以操控别人的情绪为乐,道德标准混乱的人。我们怎么会站在这里?站在军队面前,为一个家伙的理想奋斗?我们这种人不该当领袖的。"

歪脚看着中庭的人。"我们大概真的是白痴吧。"最后,他说道。

微风一愣,然后注意到歪脚眼中的闪光。那一抹自嘲,只有非常熟悉歪脚的人才看得出来,就是这道闪光泄漏了真相,歪脚其实已经想通了。

微风微笑:"很有可能。我记得我们说过,都是卡西尔的错。他把我们变成会站在没有生还机会的军队面前的白痴。"

"那个混账东西。"歪脚说。

"一点也没错。"微风说。

灰烬与白雪继续飞落。众人警告地大喊。

门被撞开。

"东门的防守被突破了,泰瑞司大人!"多克森的传令兵微微喘息地蹲在沙赛德身边说。两人都坐在墙垛上,聆听克罗司攻击着自己这边的城门。被攻破的是锌门,陆沙德最东边的城门。

"锌门是防守最牢固的一城门。"沙赛德静静说道,"我想他们撑得住。"

传令兵点点头。灰烬沿着城墙吹来,堆积在石头的缝隙与凹陷处,黑色的碎片中零星混着骨白色的雪片。

"您有什么要我回报给多克森大人的吗?"使者问道。

沙赛德想了想,研究了一下他这边的城墙防御状态。他从瞭望塔上爬下,跟普通人站在一起。士兵的石头已经用完,但弓箭手仍然在努力不懈。他瞄了一眼城墙下方,看到克罗司的尸体开始堆积起来,却也看到城门的裂痕。它们居然能持续愤怒这么久,他心想,将头缩回来。下面的怪物继续吼叫,像是野狗一般疯狂。

他靠回湿石头上,在寒风中颤抖,脚趾头开始麻痹。他使用了黄铜意识库,汲出里面储存的热力,一阵令人舒适的温暖突然传遍全身。

"告诉多克森大人,我担心这个城门的守备状况。"沙赛德低声说道,"最优秀的士兵都被借去帮助东门了,而且我认为我们的将领不是太有信心,如果多克森大人能派别人来负责指挥,我想会更好些。"

传令兵迟疑了。

"怎么?"沙赛德问道。

"泰瑞司大人,所以他才派了您来,不是吗?"

沙赛德皱眉:"请告诉他,跟我们的指挥官比,我对自己领导……或战斗的能力,更没有信心。"

传令兵点点头,急急忙忙地跑下台阶,翻身上马。一块石头击中沙赛德头顶的墙体,他惊得一缩,石屑从撞击处落下,四散在他面前的地上。被遗忘的诸神啊……沙赛德心想,绞着双手。我在这里干什么?

他看到城墙边有动静,转身看到年轻的贝地斯队长来到他身边,小心翼翼地缩着头。他长得很高,浓密的头发长到要盖住眼睛,即便是穿着盔甲,身体仍嫌瘦削。这年轻人看起来更适合在舞会中起舞,而不是领兵作战。

"传令兵怎么说？"贝地斯紧张地问道。

"锌门被攻破了，大人。"沙赛德回答。

年轻的队长脸色一白："我们……我们该怎么办？"

"大人，为什么问我？"沙赛德问道，"你是指挥官。"

"拜托你。"年轻人说道，紧抓着沙赛德的手臂，"我不……我……"

"大人。"沙赛德严肃地说道，压下自己的紧张，"你难道不是贵族吗？"

"是的……"

"那你应该很习惯发号施令。"沙赛德说道，"现在，正是需要你下令的时候。"

"什么样的命令？"

"不重要。"沙赛德说道，"只要让那些人看到有你在就行。"年轻人迟疑了。突然，一块石头打中他身边的弓箭手，将人击落到中庭里，年轻人惊呼一声，弯腰躲避。下方的人纷纷闪避落下的尸体，沙赛德注意到很奇特的现象——有一群人聚集在中庭后方。是平民百姓，司卡，穿着沾满灰烬的衣服。

"他们在这里做什么？"沙赛德问道，"他们应该躲起来，而不是站在那边，等克罗司打进来时，他们会最先遭殃！"

"等克罗司打进来？"贝地斯队长反问。

沙赛德没回答。他可以处理这批平民，他很习惯管理贵族的仆人。

"我去跟他们说。"沙赛德说道。

"好……"贝地斯说道，"听起来是个好主意。"

沙赛德走下因混着灰烬的雪泥而湿滑的楼梯，来到那一群人面前。他们的数量远比他以为的还要多，一路延伸到不远处的街道里。上百个人缩在一起，在落雪中看着城门，看起来很冷。沙赛德为自己的黄铜意识库所提供的温暖感到有点罪恶感。

几个人看到沙赛德走上前来时，纷纷低头致敬。

"为什么来这里?"沙赛德问道,"你们必须赶快躲起来。如果你们家在中庭附近,就去城市中央躲着。克罗司一料理完军队可能就会劫掠城市,所以城市边缘是最危险的。"

没有人动。

"拜托你们!"沙赛德说道,"你们必须离开。如果留下来,你们会死啊!"

"我们不是来这里等死的,神圣的第一见证人。"前面的一名长者说道,"我们是来这里看克罗司的灭亡。"

"灭亡?"

"继承者贵女会保护我们。"一名女子说道。

"继承者贵女已离开了城市!"沙赛德说道。

"那我们就看你,神圣的第一见证人。"那人说道,一手按住某个年轻男孩的肩膀。

"神圣的第一见证人?"沙赛德说道,"为什么这么称呼我?"

"你是带来统御主死讯的人。"那人说道,"你给了继承者贵女杀死王的矛。你见证了她所有的行为。"

沙赛德摇摇头:"你说得都没错,但我不值得你们崇拜,我不是圣人,我只是——"

"一个见证人。"老人说道,"如果继承者会参与这场战斗,她会在你身边出现。"

"对不起……我……"沙赛德满脸通红地说。我让她离开,我让你们的神去安全之处躲着了。

那些人看着他,眼神充满崇敬。这是不对的,他们不该崇拜他,他只是个观察者。

不,他其实不是。他已经让自己卷入了事件中,这正是廷朵间接警告过他的。因为沙赛德参与了所有的事件,因此他也成为被崇拜的对象之一。

"你们不该这样看我。"沙赛德说道。

"继承者贵女也这么说。"老人微笑说道,气息在空中形成一团白雾。

"那是不一样的。"沙赛德说道,"她是——"他的话被后方传来的大喊打断。城墙上的弓箭手露出惊慌之色,年轻的贝地斯队长冲向他们。到底是……

一个蓝色的怪物突然爬上城墙,披风流满了红色鲜血,它推开一名惊讶的弓箭手,抓住贝地斯队长的脖子,将他往后一甩。男孩消失,落到下方的克罗司之间。连站得这么远的沙赛德都听得到他的尖叫。另一名克罗司爬上城墙,接着是第三只。弓箭手惊恐地后退,抛下武器,有些人因为惊慌还将伙伴推下城墙。

克罗司跳上来了,沙赛德明白过来。下方的尸体一定堆积得够高了,想不到它们竟能跳这么高……

越来越多怪物爬上城墙顶,都是所有怪物之中体型最大的。超过十尺的身躯非但没有阻碍它们,反而让它们更轻松地将其他弓箭手拨开。人们纷纷掉下中庭,门上的撞击声加倍响亮。

"快走!"沙赛德说道,朝身后的人挥手。有些往后退,但仍有许多人坚定地站着。

沙赛德焦急地转身面向城门,木门开始龟裂,木屑飞散在充满灰烬与雪泥的空气中。士兵们不停后退,肢体语言透露出他们的惊慌。终于,门闩断裂,右扇门被冲开,一群嚎叫着、流着血的疯狂克罗司开始爬过湿漉的岩石。

士兵抛下武器作鸟兽散,其他人则因为惊骇过度而僵在原地。沙赛德站在他们后方,挡在惊恐的士兵与一群司卡之间。

我不是战士,他心想,双手颤抖,盯着怪物。光是在克罗司军营里时,要保持冷静就已经够困难,如今看着它们狂嚎,皮肤崩裂,抽出巨大的剑,扑向人类士兵,沙赛德感觉自己的勇气正在消散。

可是如果我不想办法,其他人就更不行了。

他汲取出白镴意识库里的力量。

他的肌肉开始膨胀,接着又深深地汲取钢意识库后,冲上前去。他从来没有用过这么多力量——虽花了许多年积存,却鲜少使用,如今终于派上用场。

他的身体改变,瘦弱的学者手臂出现巨大、壮硕的肌肉,胸口变宽,膨胀,肌肉因力量而紧绷,许多以虚弱的身体度过的日子,换来如今这一刻。他推开一排排的士兵,脱掉不合身的袍子,身上只留下一块兜裆布。

领头的克罗司发现自己正面对一名几乎跟它一样壮硕的怪物。虽然它很愤怒,虽然它不是人类,那怪物仍然一时之间僵住了,小小的红眼睛明显流露惊讶之色。

沙赛德狠狠揍了怪物一拳。他从来没有练习过战技,对搏斗更一窍不通,但此刻,技巧并非问题,他的拳头陷入那怪物的脸,头颅碎裂。

沙赛德拖着粗壮的腿转身,回头望着惊讶的士兵。快说些什么鼓舞的话啊!他告诉自己。

"上啊!"沙赛德大吼,低沉有力的声音让他自己都吓了一跳,更让人讶异的是,其他人听到之后,全数向前冲去。

纹跪倒在湿滑、沾满灰烬的大道上,疲累不堪,手指跟膝盖陷入冰冷的泥泞中,但她不在乎,只是跪在那里,喘着气。她跑不动了。她的白镴已经用完,肺部灼烧,双腿疼痛。她想要倒在地上,缩成一团,不再站起来。

这是因为白镴延烧,她费力地想。她已经将身体逼到极限,但直到现在才付出代价。

她又咳了一下,呻吟出声,湿答答的手探入口袋,掏出最后两个玻璃瓶,里面装满了八种基本金属的混合液,再加上硬铝。这里的白镴能帮她再撑一段时间……

但是不够久。她离陆沙德仍有数小时的距离,就算她使用白镴,也要

迷雾之子
卷二·升华之井 [珍藏版]

天黑许久后才会抵达。她叹口气,收起玻璃瓶,强迫自己站起。

我到了以后能怎么样?纹心想。我为什么要这么努力?难道我这么急着想要战斗?想要杀戮?

她知道她赶不及参与战斗,克罗司大概好几天前就已经攻破城市,但她仍然很担忧。对塞特堡垒的攻击仍然在她脑海中留下可怕的回忆。她做的事。她造成的死亡。

可是,她内心有些想法改变了。她已经接受自己是把刀。刀也不过是一件工具,可以用来为恶,也可用来为善;可用来杀戮,也可用来保护。

不过以纹现在这么衰弱的情况看来,无论是杀戮或保护都超出她的能力。她骤烧锡以保持清醒,同时也几乎站不住脚。她站在皇家大道上,在缓缓落下的飞雪中,凹凸不平、湿答答的路面漫长如永恒。它与皇家运河平行,运河如蛇一般切过大陆,如今和大道一样空旷却平坦。

之前在依蓝德身边,这条路显得光明又簇新,如今显得阴暗而令人忧郁。井不断鼓动,随着她接近陆沙德的每一步,震动越发强劲,但她前进的速度不够快,来不及让她阻止克罗司攻下城市。

对她的朋友而言,不够快。

对不起……她心想,牙关打战,拉紧了披风,白镴再也无法帮她抵挡寒冷。对不起,我让你们失望了。

纹看到远方有一根烟柱。她看看东方,再看看西方,却什么也看不清,平坦的地面隐没在灰白的雪地里。

是个村庄,她迟钝地想着。这一区里有不少村庄。陆沙德是这个小统御区中最大的城市,却不是唯一。依蓝德无法保护所有城市免受土匪的侵害,却仍比最后帝国里其他区域要做得好得多。

纹踉踉跄跄地往前,穿过泥泞的黑水洼,走向村庄。十五分钟后,她离开主干道,走上一条通往村庄的小路。以司卡标准来看,这个村庄不大,只有几间平房,还有一两栋搭得比较好的建筑物。

不是农庄,纹心想。这是驿村,让旅行的贵族在晚上可以休憩的地

MISTBORN: THE WELL OF ASCENSION

方。那栋小宅邸原本应该住着一名负责经营此处的低阶贵族，如今一片漆黑。不过两栋司卡平房里仍有光线透出门窗，阴暗的天气一定让他们决定提早结束工作，回家休息。

纹颤抖，走到其中一栋建筑物前面，锡力增强的耳朵听到里面有交谈声。她停下脚步，仔细聆听。孩童的笑声，男人有力的交谈声。她闻到正在烹煮的晚餐，简单的炖蔬菜。

司卡……在笑，她心想。在统御主时期，这样一栋平房会是充满恐惧与忧虑的地方，因为快乐的司卡总被视为工作不够勤奋的司卡。

我们做的事情有意义。一切都有意义。

可是这值得以她朋友的死亡来换取吗？陆沙德的沦陷呢？没有依蓝德的保护，这个小村庄早晚也难逃暴君的掌控。

她将这笑声收入心底。卡西尔没有放弃。就连在面对统御主的时候，他最后的遗言仍然是反抗。当他的计划似乎已经完全失去希望，当他的尸体倒在街上时，他其实是胜利的。

我拒绝放弃，她心想，站直身体。除非我亲手抱着他们的尸首，否则我拒绝接受他们的死亡。

她举起手，敲门。里面的声音立刻停止，门缓缓打开时，纹熄灭了锡。司卡，尤其乡村司卡，很容易受惊。她可能得……

"天哪，可怜的小东西！"女子惊呼，拉开屋门，"快点进来，外面在下雪呢。你这时候在外面做什么？"

纹迟疑了。那女子的衣着很简单，却足以抵挡冬天的寒冷。房间中央的火堆发出温暖的邀请。

"孩子，你还好吗？"女子问道。她身后一名壮硕、满脸胡楂的男子站起身，一手按住女子的肩膀，端详起纹。

"白镴。"纹轻声说道，"我需要白镴。"

那对男女相互交换一个眼神，皱起眉头，他们大概觉得这个人神志不清。她的头发因为落雪而湿透，衣服也全湿，沾满灰烬，看起来应该很可

迷雾之子
卷二·升华之井 [珍藏版]

怕吧？她还只穿着普通的骑装、长裤，以及一件普通的披风。

"你要不要先进来，孩子？"男子问道，"来吃点东西，然后我们可以谈谈你从哪里来的。你的父母呢？"

他统御老子的！纹不太高兴地心想。我看起来没那么小吧？

她对两人施以安抚，压下他们的担忧与怀疑，然后煽动他们帮忙的意愿。她没有微风那么厉害，却也不是毫无经验。两人立刻放松下来。

"我没多少时间。"纹说道，"白镴。"

"大人家里原本有些很好的餐具。"男子缓缓说道，"可是我们大多拿去换衣服跟农具了。我想还剩下一两个杯子，我们的长者，克雷德先生收在另外一间平房里……"

"可能有用。"纹说道。虽然那金属的制作可能不符合镕金术需要的比例——里面可能银太多或锡不够，那会让白镴的效用大幅减弱。

两人皱眉，看着平房里的其他人。

纹感觉绝望重回胸口。她在想什么？就算白镴的比例正确，光要将它削成碎屑，打成她可以用来奔跑的粉末也需要时间。白镴烧的速度很快，而且她需要很多，准备的时间大概跟她走去陆沙德差不多。

她转身，望向南边黑暗、满是落雪的天空，就算她有白镴，也需要跑上好几个小时。她需要的其实是锥刺道——就是路边埋有金属，可让镕金术师用钢反推的快速通道。从陆沙德到费里斯之间，马车要走一个小时的路程，镕金术师用锥刺道却只需要不到十分钟。

可是这村庄到陆沙德之间并没有锥刺道，甚至连主运河通道边也没有，因为它太难架设，用途太有限，因此没有长距离铺设的必要性……

纹转身，让司卡夫妇再次一惊。也许他们注意到了她腰上的匕首，或是她眼中的神情，他们已经没有先前那么友善。

"那是马厩吗？"纹说道，朝其中一栋漆黑的建筑物点点头。

"是的。"男子迟疑地说道，"可是我们没有马。只有几只羊跟牛，你不会要……"

"马蹄铁。"纹说道。

男子皱眉。

"我需要马蹄铁。"纹说道,"很多马蹄铁。"

"跟我来。"男子说道,响应她的安抚,领着她进入冰冷的户外。其他人跟在他们身后,纹注意到有两个人顺手拿起了铁锤。也许这些人没受侵害的原因不只是依蓝德的保护。

壮硕的男子用力推开了马厩门,指着里面的一个桶子:"反正都快生锈了。"

纹走到桶子前,拿出一枚马蹄铁,测试它的重量,然后抛在自己面前,扎扎实实地对它钢推了一记,马蹄铁立刻飞起,在空中划出一条弧线,最后落到几百步外的池塘中。

很完美,她心想。

司卡男子们目瞪口呆地看着。纹探入口袋,掏出一个金属液体瓶,吞下里抽的溶液,补充白镴的量。虽然这样的量用来白镴延烧不太足够,但她仍有许多钢和铁,两者的燃烧都很缓慢,她体内的量足以让她钢推跟铁拉上好几个小时。

"你是谁?"男子问道。

"不是什么大人物。"

他想了想。"你是她,对不对?"

纹不需要问他在说谁。她只是在身后抛下一枚马蹄铁。

"对。"她轻声说道,然后钢推马蹄铁。

她马上斜飞入空中,一旦开始下坠,她立刻抛下另一枚马蹄铁,不过她等到快接近地面才开始钢推,如今她的目标是距离,而非高度。

她以前就这么做过,这跟用钱币来跳跃的差别并不大,诀窍在于动作的连贯性。她钢推第二枚马蹄铁,穿过落雪的天空的同时,用力铁拉身后第一枚马蹄铁。

马蹄铁并没有绑在任何东西上,所以立刻跟着她一起向前跃入空中,随后纹在地上抛下第三枚马蹄铁，同时放开第一枚，让惯性带着它自然地飞过她的头顶，她钢推第三枚马蹄铁，拉引第二枚在后方远处的马蹄铁，这时第一枚金属块落在地上。

这可不容易，纹心想，因专注而皱起眉头。她飞越过第一枚马蹄铁，用力钢推，可是角度没算对，在钢推之前落点太低，以至于马蹄铁往后飞去，没能提供足够的支撑力，让她在空中稳住身形，她重重摔到地上，却又立刻将马蹄铁拉引到身边，又试了一次。

前面几次跳跃的速度都很慢，最大的问题是要控制落地的角度，她得以精准的角度推马蹄铁，让它有足够的下坠力，不会在地上滑动，又能提供她足够的向前推力，让她可以朝正确的方向移动。第一个小时中，她经常得降落，折回去拿马蹄铁，但她没有多少时间可以花在实验上，因此只能下定决心，一定要尽快把过程练熟。

终于，她掌握了用三枚马蹄铁跳跃的方法。幸好地面潮湿，她的重量能让马蹄铁陷入泥泞中，让她将自己往前推时有更牢固的锚点。要不了多久，她就加上了第四枚马蹄铁，而她能越频繁地操作，有越多枚马蹄铁可以钢推，她的速度就能越快。

她离开村庄的一个小时后，已经能加入第五枚马蹄铁，结果就是空中不断有金属块在飞舞，纹则不断地拉、推、拉、推，以坚定的决心向前移动，宛如在空中杂耍。

地面在她脚下飞快后退，马蹄铁越过她的头顶，随着她的动作越来越快，不断朝南前进，耳中的风声幻化成咆哮。她成为一团金属与动作的虚影，如同即将杀死审判者之前的卡西尔。

只不过，她的金属不是用来杀人，而是用来救人。也许我赶不及抵达，她心想，流动的空气呼啸而过。可是我绝不会放弃。

MISTBORN: THE WELL OF ASCENSION

> 我有一个年轻的侄子，叫做拉刹克。他以令人羡慕的青春热情憎恨着克雷尼恩的一切，尤其憎恨艾兰迪。虽然两人从未见过面，可是对于我们的压迫者居然被选为永世英雄一事，拉刹克觉得遭受了背叛。

53

当史特拉夫的军队越过最后一座俯瞰陆沙德的山丘时，他已经开始觉得自己的精神不错。他暗地里尝试了柜子里的几种迷幻药，认为应该已经掌握到爱玛兰塔是用了哪些，其中有黑费恩草——的确是种很棘手的迷幻药，他得让自己慢慢戒掉瘾头。但就目前而言，偶尔吞下几片叶子，能让他获得前所未有的力量与清醒，甚至可以说，他感觉好极了。

他很确定陆沙德的情况就没这么好了。克罗司聚集在外墙边，仍然在攻击北方跟东方的几座城门。城里燃起烟雾。

"我们的斥候说怪物已经攻破四座城门，主上。"加那尔将军说道，"它们先攻入了东门，在那边遭受猛烈的抵抗，接下来沦陷的是东北门，然后是西北门，但两边的军队都扛住了，主要的破坏都在北门，克罗司显然是在那个方向烧杀掳掠。"

史特拉夫点点头。北门，他心想。最靠近泛图尔堡垒的一个。

"我们要攻击了吗，主上？"加那尔问道。

"北门沦陷多久了？"

"大概一个小时前，主上。"

史特拉夫懒洋洋地摇摇头："那我们再等等。那些怪物很努力才攻入

迷雾之子
卷二·升华之井 [珍藏版]

城市，在我们屠杀它们之前，应该先让它们玩一阵子。"

"您确定吗，主上？"

史特拉夫微笑："过几个小时，它们的狂暴会平息，会因为战斗而疲累，然后开始冷静下来，那是最适合攻击的时候。它们会四散在城市里，被反抗军削弱，到那时我们可以轻易打败它们。"

沙赛德掐住克罗司敌人的喉咙，推开它咆哮、扭曲的面孔。怪物的脸皮紧绷到从中央裂开，露出下方的肌肉，以及正中央的鼻孔。它愤怒地喘气，每吐出一口气，便带出口水跟血滴。

力量！沙赛德心想，从白镴意识库中取出更多力量。他的身体膨胀到他担心自己的皮肤会因此破裂。幸好，他的金属意识库在制造时就设计为可以扩张的，臂环和戒指一边有开口，能被拉大。可是他的体型仍然颇吓人，大概没法以这样的体型行走或闪躲——但无所谓，因为他已经被克罗司推倒在地，此刻他只需要增加握力。那怪物一手抓着他的手臂，另一手向后伸，握住剑柄，而沙赛德的手指捏碎了怪物的粗壮咽喉。

怪物试图要咆哮，却喘不出气，只能焦躁地挣扎。沙赛德强迫自己站起，将怪物抛向它的同伴。在他目前这种极端强壮的状况下，甚至能把十一尺高的身躯握在手里轻松把玩。怪物撞上一堆想攻击的克罗司，强迫它们退后。

沙赛德站在原地喘气。我的力量用得好快，他心想，松开白镴意识库，身体如酒囊一样干扁下来。不能继续这样挥霍存量，他已经用完了大半的力气，而这可是他花了几十年才储存起来的。他尚未动用到戒指里的存量，每只戒指只够用几分钟，必须留到最后的紧急关头，以备不时之需。

不过这可能就是所谓的紧急关头了，他担忧地想。他们仍然守着钢门。克罗司虽然打破了城门，但一次只能通过几只，而且只有最巨大的克罗司才能跳到城墙顶端。

MISTBORN: THE WELL OF ASCENSION

不过,沙赛德的一小团士兵仍然陷入了苦战。中庭里满是尸体,最后方的司卡信徒开始将伤员拉到安全的地方。沙赛德可以听到他们在他身后呻吟。

克罗司的尸体也散布在中庭里,虽然四处都是死伤,但沙赛德一想到那些怪物得付出多大的牺牲才能进入这扇门,仍忍不住为己方感到骄傲。陆沙德可没有这么容易就沦陷。绝对没这么容易。

克罗司似乎暂时被击退了,虽然中庭里仍有几处打斗,不过大部分怪物目前都聚焦在门外。

门外,沙赛德心想,望向一旁。怪物又撞开了一扇巨大的城门,也就是右边的那扇。中庭里躺着数十,甚至上百具死尸,但克罗司搬开了门前的尸体,以便畅通无阻地进入中庭。

也许……

沙赛德没时间细想,快速冲上前去,再次使用白镴意识库,让自己得到等同于五个人的力量。他抱起一只比较小的克罗司尸体,将它抛出门外。外面的怪物咆哮,散开。门外仍有数百只怪物在等待时机冲进来,但它们为了要闪躲他的投弹,乱哄哄摔成一团。

沙赛德抓起第二具尸体,将它抛向一旁,脚在血泊中滑了一下。"集合!"他大喊,希望有人能听到,更希望有人能响应。

克罗司没能及时明白他的意图,他又踢开另一具尸体,以全身体重抵向大开的门。沙赛德使用铁意识库,取出里面储藏的体重,他的身体突然变得非常沉重,大门被突来的重量挤压,再度关上。

克罗司冲向门口。沙赛德靠着门站着,将附近的尸体推开,让大门可以完全紧闭,他继续使用铁意识库,以惊人的速度消耗里面的珍贵存量。他的体重增加到几乎要将自己拖垮倒地的程度,靠着增强了力气才让身体直立。烦躁的克罗司敲打着大门,但他坚持了下来,阻挡着它们的前进。他的双手跟胸口抵着粗糙的木头,脚趾抵着粗糙的石板,在黄铜意识库的帮助下,他甚至感觉不到寒冷,虽然脚下踏着一片灰烬、冰雪、鲜血的混

迷雾之子
卷二·升华之井 [珍藏版]

合物。

士兵大喊大叫，不断有人死去，有人被抛过来撞到门上，沙赛德往后快速瞄了一眼。剩余的士兵形成了包围网，保护城门不受城里残余克罗司的攻击。所有人都背对着城门勇敢奋战，只靠沙赛德的力量阻止门再次大开。

他们不断战斗。沙赛德大喝出声，双脚开始打滑，但他手下的士兵也开始剿杀中庭里残存的克罗司。接着，一群士兵从侧翼冲上，抱着一根巨大的木头，插入原本城门闩的位置。沙赛德不知道，也不在乎木头是从哪里弄来的。

他的重量用完，铁意识库耗尽。这些年来，我应该储存更多体重的，他疲累地叹口气，在关上的城门前倒下。他原本以为存量很多，他被逼着要非常频繁地使用力量对抗克罗司，才发现远远不够。

我储存重量通常是为了要让自己更轻盈。那似乎是铁意识库最大的效用。

他释放白镴，觉得身体开始缩小，幸好用这种方法扩张体型不会让皮肤变得松垮，只是让他变回原来的自己，并留下极大的疲累跟隐约的酸疼。克罗司继续敲打城门。沙赛德睁沉重的双眼，上身赤裸地倒在落雪跟灰烬中。他的士兵们严肃地站在他面前。

人好少，他心想。原本的四百人只剩不到五十个。中庭被鲜艳的克罗司血染成了红色，期间他混合了颜色较深的人血。黏腻的蓝色尸体或单独或成堆地躺在地上，中间同样混着破碎的人类残骸。碰上克罗司巨大的剑，这似乎是注定的下场。

撞击声如低沉的鼓声般持续从门的另外一边传来，频率越来越快，反映出门外怪物的焦急，随着它们越发焦躁，门也晃得越来越剧烈。它们可能可以闻到鲜血，感觉到差点就完全属于它们的人肉。

"那块板子可能撑不久。"一名士兵轻声说道，脸前飘下一块灰烬，"门闩也开始龟裂了，它们等一下又会冲进来。"

沙赛德歪歪倒倒地站起："那我们会继续战斗。"

"大人！"一个声音说道。沙赛德转头看到多克森的传令兵骑马绕过一堆尸体。"多克森大人说……"他终于注意到沙赛德的城门关起了，一时说不出话来。"怎么……"他开始要追问。

"年轻人，你的讯息呢？"

"多克森大人说您不会有援兵。"那人说道，拉停马匹，"锡门沦陷了，而且……"

"锡门？"沙赛德问道。廷朵！

"多久前？"

"大概一个小时前，大人。"

一个小时？！他震惊地心想。我们战斗多久了？

"您必须要守住这里，大人！"年轻人说道，掉头沿着原路跑回。

沙赛德朝东方踏上一步。廷朵……

门上的敲击声甚发响亮，门板开始破裂。士兵们跑去寻找其他可以用来关门的东西，但沙赛德可以看到卡住门闩的卡榫也已经开始崩裂。一旦卡榫坏裂，就再无关闭城门的方法。

沙赛德闭上双眼，感觉到疲惫一涌而上，他探入白镴意识库。那里已经快完了。一旦用完，他就只剩戒指里面残存的最后一点力气。

可是，他还能怎么办？

他听到木板破裂的声音，众人齐齐惊呼。

"退后！"歪脚大喊，"退回城里！"

残余的军队四散，从锌门前退下。微风惊恐地看着越来越多的克罗司涌入中庭，淹没因为伤重或力竭而来不及撤退的士兵。怪物如巨大的蓝色浪潮一般袭来，波涛中带着利剑的反光与怪物眼中的血光。

空中的太阳被云雾遮蔽，仿佛一道向地平线血流不止的伤口。

"微风！"歪脚大喝，将他往回一拉，"该走了。"

迷雾之子
卷二・升华之井 [珍藏版]

他们的马匹早已逃跑，微风歪歪倒倒地跟在将军身后，试图不要去听后方传来的嘶吼。

"退回突袭位置！"歪脚对附近能听到的人大喊，"第一小队，进驻雷卡堡垒！哈姆德大人应该已经到了那里，准备好防御！第二小队，跟我一起去海斯丁堡垒！"

微风继续跑着，意识跟双腿一样麻痹。在战斗中，他简直毫无用处。他试图要带走士兵的恐惧，但他的努力如此薄弱，宛如妄想用一张纸片挡住太阳的光芒。

歪脚举起手，两百人的小队停下脚步。微风环顾四周。在落雪跟灰烬中，街道上一片安静。一切显得很……暗淡。天色阴暗，城市盖上一层沾满黑点的白雪，显得十分柔和。从惊恐的赤红与鲜蓝中逃出，却发现城市展现着如此慵懒的风貌，让人心生某种怪异感。

"该死的！"歪脚大吼，将微风一把推开，原来是一队愤怒的克罗司从旁边的小路冲了出来。歪脚的士兵排成一列，但另一群克罗司——正是方才突破城门的那群，已经赶到他们身后。

微风一时收不住脚步，倒在雪地上。另一群克罗司……是从北方来的！那些怪物已经深入城里了？

"歪脚！"微风大喊，转过身，"我们——"

微风抬头，正好看到一柄巨大的克罗司剑砍断了歪脚举起的手臂，然后继续砍入将军的肋骨。歪脚闷哼一声，倒在一旁，握剑的手跟剑一同坠落在地。残疾的脚支撑不住将军的重量，他身体一软，克罗司双手举起剑，用力挥下。

肮脏的雪地终于染上了些许颜色。一地猩红。

微风瞠目结舌地盯视着他朋友倒地的尸首，然后那只克罗司转向微风，嘶吼咆哮。

微风此时意识到自己的死期可能就近在眼前，冰雪也撼动不了的麻痹感稍退。生死关头，他手脚并用，不断在雪里往后退，试图想要安抚那怪物。当然什么都没发生。微风想要重新站起,那只克罗司与它的同伴开始朝他逼近。幸好,在那瞬间,另一群逃离城门的士兵出现在对街,引起了克罗司的注意。

微风做了他觉得唯一的选择。他爬入一栋建筑物,躲了进去。

"都是卡西尔的错。"多克森喃喃自语,在地图上又加注一笔。根据传令兵所言,哈姆已经抵达雷卡堡垒,一切都将结束。

泛图尔的大厅一片混乱,惊慌失措的书记们四散逃逸,终于明白克罗司不在乎对手是司卡、学者、贵族或商人,那些怪物只喜欢杀戮。

"他早该预料到这个结果。"多克森继续说道,"他把这烂摊子丢给我们,直接认定我们有解决的方法。我可没办法把一个城市藏起来不让敌人找到,这跟藏起一伙盗贼是两码子事。我们是优秀的盗贼,不代表我们很擅长管理王国!"

没有人听他说话。他的传令兵都跑走了,侍卫也在堡垒门口奋战。每个堡垒都有自己的防御系统,可是歪脚明智地决定只在撤退时使用它们,因为这些防御工事也是设计来阻挡大规模攻击的,同时又过分孤立,退回到堡垒中只会分散人类军队的力量。

"我们真正的问题是贯彻执行。"多克森说道,在锡门上加下最后一笔注释,解释发生了什么事。他看着地图,他没想到沙赛德防守的城门居然是坚持到了最后。

"贯彻执行。"他继续说道,"我们都以为自己能做得比贵族更好,但一旦拥有权力后,我们又让他们重新掌权。如果我们把他们全数杀光,也许还能有全新的开始,当然这就意味着我们要入侵别的统御区,意味着要派纹去处理最重要、最有问题的贵族,那将会是一场最后帝国前所未见的腥风血雨。而如果我们这么做了⋯⋯"

他没有立刻接下去说,而是抬头看看宏伟巨大的彩绘玻璃窗,它如今已开始碎裂。一扇扇玻璃被一一抛入的岩石击碎。几只克罗司从洞中跳

迷雾之子
卷二·升华之井 [珍藏版]

入，落在满是碎片的大理石地板上。即使成了碎片，这些玻璃窗仍然是美丽的，尖锐的玻璃边缘在夜晚中闪闪发光，透过其中一扇窗户，多克森可以看到暴风雪开始散去，露出一线阳光。

"如果我们这么做了，那我们就禽兽不如。"多克森低声说道。

书记们尖叫，试图要逃离克罗司展开的屠杀。多克森静静地站着，听到后方传来的声音，浓重的闷哼，粗重的喘息，克罗司从后方走廊跑了出来。众人开始死去，他抓起桌上的剑。闭上眼睛，他心想，你知道吗，阿凯？我几乎开始相信他们说得没错，你真的在保佑我们，你真的是某种神明。

他睁开眼睛，转身，抽出剑，但看到从身后逼近的巨硕怪物时，他全身一僵。好大！

多克森一咬牙，最后一次咒骂卡西尔，然后挥舞着剑冲上前去。

怪物毫不在意地握住他的武器，无视于自己的伤口，振臂挥下武器。黑暗降临。

"主上。"加那尔说道，"陆沙德沦陷了。您看，可以看到焚烧的状况。克罗司攻陷了的四道城门，只剩下一座还在顽抗，现在它们正在城里乱跑，没有停下来劫掠，只是单纯地杀人、屠杀。城里没剩下多少有生力量了。"

史特拉夫静静地坐着，看着陆沙德燃烧。在他眼里，那似乎是个……象征。一个正义的象征。他曾经逃离这座城市一次，将它交给里面的司卡杂碎，而当他返回，要求他们把城市交还时，里面的人却反抗了。

他们好大的胆子。活该如此下场。

"主上。"加那尔说道，"克罗司军队已经够虚弱了，具体数字不明，但根据尸体的状况，大概有三分之一的兵力已经被消灭。我们已经可以打败它们。"

"不。"史特拉夫摇摇头说道，"还不行。"

MISTBORN: THE WELL OF ASCENSION

"主上？"加那尔问。

"这该死的城就让克罗司拿去。"史特拉夫轻声说道，"让它们把城市清空，烧成白地。火焰伤不了我们的天金，可能还能让金属更容易找到。"

"……"加那尔似乎万分震惊。他没有继续反对，眼神却流露出抵触之意。

我晚点得处理掉他，史特拉夫心想。一旦他发现詹不在了，就会反抗我。

现在，这件事不重要。城市反抗他，所以它只能死。他会建立一座更好的城市来取代。

一座属于史特拉夫，而非统御主的城市。

"父亲！"奥瑞安妮焦急地说。

塞特摇摇头。他坐在马背上，跟女儿并肩共骑，站在陆沙德西方的一座小山上。他看得到史特拉夫的军队聚集在北方，跟他一样看着这座城市的垂死挣扎。

"不。"塞特静静说道，不理会她对他情绪的煽动。他早就习惯这一套了。"我们现在参战也无济于事。"

"我们得想想办法！"奥瑞安妮拉扯着他的手臂说道。

"不。"塞特更坚定地说道。

"可是您回来了！"她说道，"如果不是来帮忙的，我们为什么要回来？"

"我们会帮忙。"塞特轻声说道，"如果史特拉夫想要占领城市，我们会帮他，然后对他投降，希望他不要杀了我们。"

奥瑞安妮脸色一白。"就这样？"她嘶声说道，"我们回来的目的，只是为了把我们的王国交给那个怪物？"

"你以为还能怎么办？"塞特质问，"你很了解我，奥瑞安妮。你知道我只能这么选。"

迷雾之子
卷二·升华之井 [珍藏版]

"我以为我了解您。"她咬紧牙关说,"我以为您在内心深处仍然是个好人。"

塞特摇摇头:"好人都死光了,奥瑞安妮。他们都死在城里。"

沙赛德继续战斗。他不是战士,没有敏锐的直觉或受训的经验。根据他的计算,他好几个小时前就该死了,可是他还活着。

也许是因为克罗司的战斗方法也不是靠技巧,而是靠蛮力,跟它们巨大如棍的剑一样,只会扑向对手,不会在意策略。

那也已足够打败对手。可是沙赛德坚持了下去,而只要他坚持住,他身边所剩无几的士兵也能坚持下去。克罗司有怒气的优势,可是沙赛德的手下可以看到老弱妇孺就站在广场边缘等待着,士兵知道他们为何而战,这个念头似乎足以支持他们继续作战——即使他们开始被克罗司包围,被逼向广场中央。

沙赛德知道如今不会再有援兵。他原本希望史特拉夫会决定要占领城市,如歪脚所猜测的那样。但如今已经来不及。夜晚开始逼近,太阳一寸一寸落向地平线。

一切即将结束,沙赛德心想,他身边的人被砍倒。沙赛德的脚因为鲜血一滑,这个动作让他闪过克罗司挥向他头颅的剑。

也许廷朵已经找到安全的避难所。希望依蓝德会将他们共同研究的成果送去席诺德。那是很重要的研究,沙赛德心想,即便他不知道原因。

沙赛德攻击,挥舞着从一只克罗司身上取得的剑,在最后一刻将力气灌注入肌肉,让剑在砍上克罗司时,有足以削肉断骨的力量。

正中目标。撞击的力道、砍上时潮湿的声音、蹿上他手臂的麻痹感,如今他已经很熟悉。鲜红的克罗司血溅满他全身,又倒下一只怪物。

而沙赛德的力气也用完了。

白镴用得一干二净后,握在手中的克罗司剑显得沉重万分。他试图朝另一名克罗司挥砍,但沉重的武器从他软弱、麻痹、脱力的手指间滑下。

MISTBORN: THE WELL OF ASCENSION

这是只很大的克罗司。将近十二尺高,是沙赛德看过最大的一只。沙赛德试图要避开,却被刚死不久的士兵尸体绊倒。他跌倒的同时,他的士兵终于开始溃散,最后十几个人拔足狂奔。他们做得很好。做得太好。如果他早点让他们撤退……

沙赛德心想,看着自己将至的死亡。*我想,我做得很好。远比一个学者做得更好。*

他想着手指上的戒指,也许这能再给他一点力量,让他逃跑。可是,他完全没有动力。何必要抵抗呢?他一开始为什么要抵抗?他早知道他们必死无疑。

*你看错我了,廷朵。*他心想。*我有时也会放弃的。我早就放弃城市了。*

克罗司站在沙赛德上方。沙赛德仍然半倒在沾满血污的雪泥里。怪物举高剑。越过怪物的肩膀,沙赛德可以看到红色的太阳悬挂在城墙上方,他的眼光凝视着太阳,而不是看着落下的剑。他可以看到太阳的光芒,像是……空中洒了碎玻璃。

太阳似乎开始闪闪发光,一明一灭,朝他靠近,仿佛正在欢迎他,敞开怀抱,迎接他的灵魂。

就这样,我将死去……

一点精光在太阳光束中闪耀,然后直接击中克罗司的后脑。怪物闷哼一声,全身僵硬,抛下了剑,歪倒在一旁。沙赛德躺在原处,惊讶得无以复加。然后,他抬头看着墙头。

一个小小的身影映着日光。红色太阳前的黑色身影,身上的披风柔柔飘荡,沙赛德眨眼,他看到的闪光是钱币。他面前的克罗司死了。

纹回来了。

她跳跃,在广场上方划出镕金术师独有的优雅弧线,落在克罗司之中,一转身,钱币如愤怒的昆虫飞散而出,切断蓝色肌肉。怪物不像人类那般容易倒下,但这波攻击吸引了它们的注意力。克罗司转身,远离逃跑的士兵跟无助的居民。

广场后方的司卡开始念诵,在战争中听到这种声音感觉很奇怪。沙赛德直直坐起,无视于身体的疼痛与疲累,看着纹跳起,城门猛然翻动,门上的绞锁开始收紧。克罗司先前已经狠狠地打裂了门……

巨大的木门从墙上脱出,完全是靠着纹的拉力。如此力量,沙赛德愕然。她一定是在拉引身后的某处,但这意味着可怜的纹前后都被与城门一样沉重的东西拉扯着。

可是,她却办到了。她猛然一使力,将城门抬起,拉向自己。巨大的硬木门砸向克罗司军队,蓝色身躯四处飞散。纹利落地在空中一旋身,将自己拉向旁边,顺势一甩城门,仿佛两者之间有着一条锁链。

克罗司在空中飞舞,骨头断裂,在巨大的武器面前,有如木屑般脆弱。纹在一挥之后,便清空了整个中庭。

城门跌落。纹落在一群粉碎的尸体中间,无声地将一柄士兵的木棍踢入手中。门外剩余的克罗司只迟疑了片刻,便立刻扑了上来。纹开始快速精准地展开攻击,骨头碎裂的声音响起,想闪躲她的克罗司都全部死在雪泥里。她一转身,将剩下的几个克罗司绊倒在地,激起一阵红色的雪雨,洒在追赶而上的其余克罗司身上。

我……我得做点别的,沙赛德心想,甩开暂时的呆滞。他的上身仍然赤裸,黄铜意识库仍然在提供他温暖,不过也即将干涸。纹继续战斗,杀死一只又一只的克罗司。可是,她的力气也不可能长久不衰。她救不了整座城市。

沙赛德强迫自己站起,走到广场后方,抓住站在司卡最前面的老人,用力晃着他,直到他停止诵经。"你说得没错。"沙赛德说道,"她回来了。"

"是的,神圣的第一见证人。"

"我想,她能够给我们一点时间。"沙赛德说道,"克罗司已经闯进来了,我们需要掩护剩下的人民逃跑。"

MISTBORN: THE WELL OF ASCENSION

老人迟疑了片刻,沙赛德一时以为他要反对,要坚持纹能保护他们、会打败整个军队。谢天谢地,他最后点了点头。

"我们可以从北门逃离。"沙赛德急急忙忙说道,"克罗司是从那里进来的,所以很有可能已经离开那一区。"

希望如此,沙赛德心想,冲去一旁警告众人。撤退人员的防御位置应该是高耸的贵族堡垒,也许他们能在那里找到幸存者。

原来,我是懦夫,微风心想。

这个发现并不惊人。他总说一个人要有自知之明,也很清楚自己的自私自利,所以他一点都不意外自己缩在一间老司卡平房的脆弱砖墙边,紧紧捂起耳朵,对外面的尖叫充耳不闻。

那个骄傲的人去了哪里?那个衣着一丝不苟,举止仔细的外交家、安抚者,去哪了?他不在了,留下这一团只会发抖、毫无用处的东西。他尝试了几次要燃烧黄铜去安抚外面战斗的人,但他甚至办不到这么简单的事。他甚至动不了。

除非颤抖也算是一种动作。

*真有意思,微风心想,*仿佛灵魂脱离了身体,正疏离地看着衣着破烂、满是血污的可怜虫。*当压力太大时,原来我就是这样?真是讽刺。我花了一辈子控制别人的情绪,现在自己怕到甚至无法正常行动。*

外面的战斗继续着,时间久得可怕,*那些士兵不是该死光了吗?*

"微风?"

他动不了,看不到那是谁。听起来像是哈姆。*真好笑。他应该也死了。*

"他统御老子的!"哈姆说道,出现在微风的视线里。他一只手臂上吊着满是血污的绷带,焦急地跪倒在微风身边:"微风,听得到我说话吗?"

"我们看到他钻入这里,大人。"另一个声音说道。

说话的是士兵吗?"他在这里避难,可是我们可以感觉到他在安抚我

们。在克莱登大人死后，我们原本早该放弃了，但因为他，我们才能继续战斗下去……"

我是懦夫。

又一个人出现。沙赛德，看起来很担忧。"微风。"哈姆跪下说道，"我的城门沦陷了，沙赛德的城门也倒下了，我们已经一个多小时没有多克森的消息，也找到了歪脚的尸体。拜托你。克罗司快把城给毁了。我们需要知道该怎么办。"

那不要问我啊，微风说道，或者说尝试想说。他认为自己只吐出了语意不清的一串呢喃。

"我抱不动你，微风。"哈姆说道，"我的手臂几乎废了。"

没关系啊，微风呢喃。因为啊，老兄，我觉得我已经没用了，你们都快走，把我留在这里。

哈姆无助地抬头看着沙赛德。

"快点，哈姆德大人。"沙赛德说道，"我们可以让士兵抱着伤员，先去海斯丁堡垒，也许在那边会有避难所，也许我们能趁克罗司分神的空当溜出城外。"

分神？微风呢喃。你的意思是分神去杀别人。知道我们都是懦夫，还蛮让人安心的，如果能再让我躺一会儿，也许我就能睡着……

忘记一切。

艾兰迪需要向导带领他穿越泰瑞司山脉。我指派拉刹克，并且确保他跟他的朋友们成为向导。

MISTBORN: THE WELL OF ASCENSION

54

纹的木杖打上一只克罗司的脸，碎了。

又来了，她烦躁地心想，转身，将断裂的尖端插入另一只怪物的胸口，再次转身，对上一只体型较大的克罗司，它足足比她高了五尺。

它将剑戳向她。纹跳起，剑与地上破碎的石板撞击，她直冲而上，不再需要钱币就能让自己跳到跟那怪物视线同高的位置。

它们总是看起来很惊讶。虽然已经看过她杀死几十个同伴，但每次看到纹闪过攻击，它们仍然是满脸的讶异之色。它们的脑子里似乎把力量跟体型画上等号，比较大的克罗司永远会打败比较小的，所以这么大的怪物要对付只有五尺高的人类，应该要易如反掌。

纹骤烧白镴，一拳搥向怪物的头。头颅在她的关节下龟裂，怪物往后倒地，她则落回地面。可是，总是有另一只怪物来接替它的位置。

她开始累了。不对，从一开始战斗时她就已经很累了。先是白镴延烧，后来又用如此复杂的移动方式让自己快速跨越了整个统御区。她可以说是累垮了。靠着玻璃瓶中最后一点的白镴存量她现在才不至于倒地。

我早该跟沙赛德要一个他空掉的白镴意识库！她心想。藏金术跟镕金术用的金属基本上是一样的，所以绝对可以被燃烧，只不过，那块白镴大概会是个护腕或手镯，大到纹吞不下去吧。

她弯腰闪过另一只克罗司的攻击。钱币阻止不了这些东西，它们的体重也超过她的负荷，她无法在没有锚点的情况下将它们推开，况且她的钢跟铁的存量都非常低。

她杀了一只又一只克罗司，为沙赛德跟人民争取逃跑时间。这次杀人的感觉跟在塞特的皇宫那次完全不同，她清清楚楚地感觉得出来，不只是因为她杀的是怪物。

因为她明白了自己生存在世界上的意义，并且接受了它。如果战斗、杀人是为了保护那些无力自保的人,那她绝对可以办到。卡西尔可能会为了威慑或为了报复而杀人,但这些理由对纹来说是不够的。她也永远不会再允许自己因为同样的原因杀戮。

这个坚定的念头让她能够不断攻击克罗司。改用一柄偷来的剑砍断其中一只克罗司的腿,然后将武器抛射向另一只,用力钢推,刺穿它的胸膛。然后,拉引一名丧命士兵的剑,握入手中,往后一蹿,却差点因为踩到另一具尸体而绊倒。

好累,她心想。

中庭里有几十具,甚至数百具尸体,而她周围也开始被尸体包围。她爬上尸山,稍微往后退,怪物再次包围了她。它们爬过倒地同伴的尸身,血红的眼睛燃烧着愤怒。如果是人类士兵,早就会放弃,转而去寻找更轻松的猎物,但她杀得越多,克罗司的数量似乎就越多,好像周围的克罗司听到了打斗声,便纷纷涌上来加入。

她挥舞着剑,靠白镴增强后的臂力,砍下了一只克罗司的手臂,另一只的腿,最后斩下第三只的头。她弯腰、闪躲、跳跃,避开它们的攻击,毫不手软。

可是,无论她的决心有多决绝,她新生的守护意念多强烈,她知道自己不可能一直保持这种速度,永不停止地战斗。她只有一个人。她无法独自拯救陆沙德。

"潘洛德王!"沙赛德大喊,站在海斯丁堡垒的门口,"你必须听我说。"

没有回应。站在低矮城墙上的士兵都很安静,但沙赛德可以感觉到他们的不安。他们并不喜欢对他视若无睹。在远方,激战仍然在进行。克罗司在夜晚里尖叫,很快怪物们就会找到沙赛德跟哈姆带领的几千人,他们如今静静地缩在海斯丁堡垒的门外。

一名疲惫不堪的传令兵来到沙赛德面前,是多克森派去钢门的同一人。他不知何时失去了马匹,他们在幸存者广场中的一群难民里找到他。

"泰瑞司大人。"传令兵低声说道,"我……刚从指挥站回来。泛图尔堡垒沦陷了……"

"多克森大人呢?"

那人摇摇头:"我们找到在堡垒里的受伤的书记,他们看到他死去。克罗司还在建筑物里打碎窗户,劫掠——"

沙赛德转过身,望向城市。空中的浓烟如此密集,仿佛迷雾提早到来。他开始填充嗅觉锡意识库躲避臭味。

城市争夺战可能已经结束,但真正的悲剧现在才开始。城里的克罗司已经杀光士兵,现在会开始屠城。城里有几十万人,沙赛德知道那些怪物会兴高采烈地增加死亡人数,而不会劫掠。只要有人杀,它们就不会罢手。

夜晚中传来更多尖叫声。他们输了。失败了。如今,城市会真正沦陷。

迷雾应该快出现了,他心想,试图要给自己多点信心。也许那能让我们躲一阵子。

可是,他脑海中仍然浮现着一幕清晰的景象。歪脚,死在雪地里……沙赛德之前给他的木牌挂在他的脖子上。它没有起作用。

沙赛德转身面向海斯丁堡垒。"潘洛德王。"他大声说道,"我们要尝试逃出城市。我们很欢迎你的士兵加入,也欢迎你来指挥。如果你继续留在这里,克罗司会攻陷堡垒,杀了你。"

沉默。

沙赛德转身,手上仍吊着绷带的哈姆来到他身边。"我们得走了,阿沙。"哈姆低声说道。

"你全身都是血啊,泰瑞司人。"听到这句话,沙赛德转身。费尔森·潘洛德站在城墙上,低头往下望。他穿着贵族的套装,仍然一丝不苟,甚至戴着一顶帽子抵挡落雪跟灰烬。沙赛德低头看看自己。他身上仍然只有

迷雾之子
卷二·升华之井 [珍藏版]

那块兜裆布。他没时间担心着装的问题,况且黄铜意识库一直在帮他保暖。

"我从来没见过泰瑞司人战斗。"潘洛德说道。

"那确实不太常见,大人。"沙赛德回答。

潘洛德抬起头,望着城市:"它要沦陷了,泰瑞司人。"

"所以我们必须离开,大人。"沙赛德说道。

潘洛德摇摇头。他仍然戴着依蓝德的窄皇冠。"这是我的城市,泰瑞司人。我不会抛弃它。"

"这是很高尚的举动,大人。"沙赛德说道,"可是我身边的人也都是你的子民。难道你要遗弃他们,任他们自行逃往北方吗?"

潘洛德一愣,最后却只是再度摇摇头:"不可能逃到北方的,泰瑞司人。海斯丁堡垒是城市中最高的建筑物之一。我在这里可以看到克罗司在做什么。它们不会让你们脱逃。"

"它们可能会开始劫掠。"沙赛德说道,"也许我们能绕过它们逃跑。"

"不。"潘洛德说道,声音诡异地在雪地间回荡,"我的锡眼回报,那些怪物已经开始攻击你送去北门尝试逃跑的人。现在克罗司正朝这个方向前进。它们要来对付我们了。"

远方街道传来吼叫声,逐渐逼近。沙赛德知道潘洛德说得没错。"打开门,潘洛德!"沙赛德大喊,"让难民进去!"就算只是短短一瞬间,也要救他们。

"没有空间。"潘洛德说道,"也没有时间。我们完蛋了。"

"你必须让我们进去!"沙赛德大吼。

"好奇怪。"潘洛德说道,声音渐柔,"我将王位从泛图尔小子手中夺来,却救了他的命,终结了自己的。我救不了城市,泰瑞司人。唯一的安慰是,我想依蓝德也办不到。"

他转身,走向墙后的某处。

"潘洛德!"沙赛德大喊。

MISTBORN: THE WELL OF ASCENSION

他没有再出现。太阳开始下山，迷雾开始出现，克罗司要来了。

纹砍倒另一只克罗司，往后一跳，靠一把地上的剑反推自己，蹿离扑来的怪物群，她沉重地喘气，因为几道小伤而流着血。她的手臂开始麻木，某只怪物一拳揍中了她。她杀人的本事远胜过于她认识的任何人，却无法永远杀下去。

她落在屋顶上，脚步一软，跪倒在雪地上。后方的克罗司大喊、嚎叫，她知道它们会跟上来，追赶她、搜寻她。她杀死了几百只，但区区几百只相对于一支两万名的军队，又算得了什么？

你以为能怎么样？她心想。你知道沙赛德已经自由了，何必再打？你想要阻止它们所有人吗？杀死军队里的每只克罗司？

她曾经阻止卡西尔只身冲向军队。他是个伟大的人，却只有一个人。他不可能阻止整支军队，她亦然。

我得找到井，她坚定地心想，燃烧青铜，在战斗时被忽略的脉动，重新回响在耳朵里，却让她陷入之前的困境。

她如今知道它在城市里，可以感觉到脉动在她四周，可是脉动太强，无所不在，没有方向。

况且，她有什么证据能证明找到井可以改变这个情况？如果沙赛德欺骗了她井的位置，甚至还画了张假地图，他到底还骗了她什么？那力量可能可以阻止迷雾，但对陷入水深火热的陆沙德又有什么帮助？

她烦躁地跪倒，捶打着屋顶。她果然还是太弱。如果她什么都帮不了，那回来有什么用，决定要保护别人有什么用？

她继续跪了一阵子，大口喘气，强迫自己站起来，跳入空中，抛下一枚钱币。她的金属快要用完了，剩下的钢只够她跳跃几次，她最后在克雷迪克·霄，千塔之山附近停下。她握住皇宫顶端的一根尖刺，在夜空中绕圈，环顾陷入黑暗的城市。

城市在燃烧。

迷雾之子
卷二·升华之井 [珍藏版]

克雷迪克·霄安静伫立、沉默不语,无论哪一种打劫犯,面对这里都不敢动手。可是纹的周围都散发着光芒,迷雾带着诡异的光线。

好像……两年前那天,她心想。就是司卡起义那天,只是那天的火光来自于反抗军朝皇宫前进时手中握着的火把,而今晚的战斗则完全不同。她可以听得到。她强迫自己骤烧锡,增强听力,听到尖叫,死亡。克罗司摧毁军队,不代表杀戮告一段落。还差得远。

它们才刚开始。

克罗司会把他们全杀光,她心想,因眼前燃烧的火光而颤抖。依蓝德的子民,那些因为我而被他暂时丢下的子民,正在一一死去。

我是他的刀。他们的刀。卡西尔把他们托付给我。我应该可以做些什么……

她落到地面,跳下倾斜的屋顶,落在皇宫的中庭。迷雾包围着她,空气浓重——不只是因为灰烬跟雪,她还闻到风中的死亡,听到风语中的尖叫。

她的白镴用完了。

她倒在地上,突如其来的疲累感猛然袭上,一切都变得不重要。她突然知道自己不该如此仰仗白镴,她不应该一再强迫自己,可是,她似乎别无选择。

她开始感觉自己意识渐渐模糊。

可是有人在尖叫。她听得到他们,一如之前。依蓝德的城市……依蓝德的人民……正在死亡。她的朋友们在某处。卡西尔相信她能保护的朋友。

她一咬牙,暂时压下疲累感,挣扎着站起身,她望向迷雾,寻找隐约传来的惊恐喊叫。她开始冲向他们。

她不能跳,她的钢用完了。她甚至不能跑太快,但随着她强迫自己移动,身体的反应也越来越协调,抗拒着燃烧白镴太久所带来的麻痹感。

她冲出一条小巷,脚步在雪地上滑了一下,然后看到一小群人正在逃

MISTBORN: THE WELL OF ASCENSION

离一支克罗司小队——总共有六只怪物,体型较小却仍然危险。在纹的注视下,其中一个怪物砍倒了一名年迈的老人,几乎将他一劈为二。另一只怪物抓起一个小女孩,将她摔向旁边的墙壁。

纹冲上前,经过逃跑的司卡,抽出匕首。她仍然疲累不堪,但肾上腺素起了作用。她不能停下来,不能停。停下来就是死。

几只怪物转向她,迫不及待地想战斗。一只朝她挥砍,纹故意在雪地里滑倒,贴近它,一刀割向它的后腿,匕首卡在它松弛的皮肤中,它痛得大吼。她用力一抽,好不容易拔起匕首,开始应付第二只怪兽。

我怎么这么慢啊!她烦躁地心想,才刚刚站起就得躲开第二只怪物的攻击。它的剑在她身上洒了一阵冰水,她向前一跳,匕首埋入怪物的眼睛。

她突然很感谢哈姆逼她练习不靠镕金术打斗。她按住墙壁,稳住自己在雪泥里的脚步,然后冲上前去,撞倒刚刚被刺瞎眼睛的克罗司,它大声吼叫,正想拔出匕首,却被她的攻击撞向其他怪物。抓着年轻女孩的克罗司惊讶地转身,纹将另外一只匕首插入它的背。它没有倒地,却放开了女孩。

他统御老子的,这些东西还真难杀死!她心想,抓起孩子跑开,披风翻动。尤其是我又不够耐打。我需要更多金属。

纹怀抱里的女孩一听到克罗司的咆哮便缩得更紧,纹转身,骤烧锡,阻止自己因为疲累而昏倒。可是那些怪物没跟上来,它们正在争论一个死人身上的衣服该如何分配。嚎叫再次响起,纹发现这一次是来自于另一个方向。

人们又开始尖叫。纹抬起头,只见她刚刚才救出的一行人,又面对了更大的一群克罗司。

"不要!"纹大喊,举起手,但她在战斗时,他们已经跑得太远了,要不是因为锡,她根本看不到那群人的身影,因此,她可以清清楚楚地看见,怪物以粗壮的剑砍向他们的景象。

迷雾之子
卷二·升华之井 [珍藏版]

"不要!"纹再次尖叫。他们的死惊吓她、震撼她,提醒她想起所有自己无法阻止的死亡。"不要,不要!"

白镴,没了。钢,没了。铁,没了。她什么都没有了。

可是……她还剩一样。甚至没来得及想为什么要用,她已经对怪物施放了经过硬铝增强的安抚。

感觉像是她的意识撞上了一个"东西",然后,那"东西"碎了。纹震惊地停下脚步,怀中仍然抱着孩子,看着克罗司全部僵硬在原地,可怕的屠杀行为突然停止。

我刚才做了什么?她心想,在混乱的脑中检视方才所有行为,试图了解她刚才为何如此反应。是因为她很烦躁吗?

不。她知道统御主设计审判者时,留下了弱点:除掉背后的某一根尖刺,他们就会死。他创造坎得拉时也有弱点。所以,克罗司一定也有弱点。

坦迅说,克罗司是他们的……表亲,她心想。

她站直身体,阴暗的街道除了哀鸣的司卡之外,别无声响。克罗司等待着,她可以感觉自己就在它们的意识中,仿佛它们是她自身的延伸,就像她掌控坦迅身体时那样。

果然是表亲。统御主创造克罗司时也留下弱点,跟坎得拉一样的弱点。他给自己一个控制它们的方法。

她突然明白,这么多年来,他是如何控制克罗司的。

沙赛德站在一大群难民面前,如今已经分不清是灰还是雪的落尘在他周围散落。哈姆坐在一旁,看起来睡眼惺忪,他流失了太多血,换成是没有白镴的人,早就已经死了。有人给了沙赛德一件披风,但他把衣服拿来包裹神志不清的微风。虽然他几乎没有使用黄铜意识库,但沙赛德并不冷。

也许他已经麻木到不在乎了。

MISTBORN: THE WELL OF ASCENSION

他举起双手,握成拳头,十只戒指在唯一的灯笼下闪闪发光。克罗司从阴暗的小巷中靠近,身形在夜晚里只是一团团黑影。

沙赛德的士兵往后退开,他们的希望已经所剩无几,只剩下沙赛德一个人站在安静的雪地里,一名瘦弱、秃头的学者,几乎全身赤裸。散播过去宗教福音的他,在最后放弃了希望的他,原本应该有最深信念的他。

十只戒指。几分钟的力量。几分钟的生命。

他等着克罗司聚集在他面前。在黑夜里,那些怪物出奇地安静,它们停下脚步,不再移动,夜晚里的一排阴暗身影如小山一般。

它们为什么不攻击?沙赛德烦躁地心想。

一个孩子呜咽出声。然后,克罗司又开始行动。沙赛德全身紧绷,但它们却不是前进,而是分开让到两旁,一个身影静静地从中间走了出来。

"纹贵女?"沙赛德问道。自从她在城门口救了他之后,他还没有机会跟她交谈。她看起来精疲力竭。

"沙赛德。"她疲累地说道,"升华之井的事,你骗了我。"

"是的,纹贵女。"他说道。

"不过现在那不重要。"她说道,"你为什么光溜溜地站在堡垒的城墙外?"

"我……"他抬头看着克罗司,"纹贵女,我……"

"潘洛德!"纹突然大喊,"上面的是你吗?"

国王出现。看起来跟沙赛德一样迷惘。

"把门打开!"纹大喊。

"你疯了吗?"潘洛德回喊。

"我不确定。"纹说道。她转身,一群克罗司上前来,仿佛正服从命令般安静迅速。最大的一只将纹端起,举得高高的,直到她几乎跟堡垒的矮墙等高。城墙上的数名侍卫都从她面前躲开。

"我倦了,潘洛德。"纹说道。沙赛德得用听觉锡意识库才听得到她在说什么。

"我们都倦了,孩子。"潘洛德说道。

"可是我的原因很明确。"纹说道,"我厌倦了你们的把戏。我厌倦了人民因为领袖间的争执而死亡。我厌倦了好人被欺负。"

潘洛德安静地点点头。

"我要你召集我们剩下的所有士兵。"纹说道,转头去看着城市,"你那里面有多少人?"

"大概两百名。"他说道。

纹点点头:"城市没有沦陷。克罗司跟士兵打了一战,但还没有太多时间攻击人民。我要你派出你的士兵,找到所有还在劫掠或屠杀的克罗司。如果有这种情况,保护人民,但尽量不要攻击克罗司,派使者来找我啊。"

沙赛德想起潘洛德之前的固执,他以为那人会反对,可是他没有,只是点点头。

"然后呢?"潘洛德问道。

"我来处理克罗司。"纹说道,"我们首先要重新取回泛图尔堡垒,我需要更多金属,里面的存量很多。城市安全后,我要你跟你的士兵负责去扑灭火灾。应该不会太难,能燃烧的建筑物应该所剩无几。"

"好的。"潘洛德说道,转身下令。

沙赛德静静地看着巨大的克罗司将纹放回地面之后安静地站着,仿佛是石头刻成的怪物,而不是活生生、血淋淋、喘着粗气的生物。

"沙赛德。"纹轻声说道。他可以感觉到她声音里的疲累。

"纹贵女。"沙赛德说道。一旁的哈姆终于清醒过来,震惊地抬起头看着纹和克罗司。

纹继续看着沙赛德,端详他。沙赛德无法迎向她的注视。可是,她说得没错。他们可以晚点再谈他的背叛,手边有更重要的工作要完成。"我知道你大概有工作要交给我。"沙赛德打破沉默说道,"可是,我能不能先告退?我有一件……想做的事。"

MISTBORN: THE WELL OF ASCENSION

"当然好，沙赛德。"纹说道，"可是，先告诉我，你知道还有其他人活下来吗？"

"歪脚跟多克森死了，贵女。"沙赛德说道，"我没有看到他们的尸体，但是消息的来源都很可靠。你可以看到哈姆德大人在这里，但是他伤得很重。"

"微风呢？"她问道。

沙赛德朝缩在墙边的一团布点点头："谢天谢地，他还活着，可是他的神志似乎无法适应看到的惨况，有可能只是暂时的惊骇过度，也可能是……更长远的问题。"

纹点点头，转身面向哈姆："哈姆，我需要白镴。"

他缓缓点头，用完好的手掏出玻璃瓶，抛给她。纹一口喝下，疲累立刻减少。她站得更挺，眼神变得更灵敏。

这绝对不正常，沙赛德担忧地心想。她烧了多少白镴啊？

她以更有活力的脚步转身走向她的克罗司。

"纹贵女？"沙赛德问道，纹转过身，"外面还有一支军队。"

"噢，我知道。"纹说道，从一只克罗司手中拿过一把巨大如棍的剑。那把剑甚至还比她长上寸。

"我很清楚史特拉夫的打算。"她说道，将剑架在肩膀上，然后转身走入雪与迷雾中，朝向泛图尔堡垒而去，奇特的克罗司侍卫队跟在她身后。

沙赛德直到大半夜才完成他自愿的工作。在冰冻的夜里，他找到一具又一具尸体，许多都已被冰封住。雪终于停止，却刮起了风，将雪泥冻结成滑冰。他有时候得将尸体从冰块中敲出，才能将他们翻转过来，检视他们的脸庞。

如果没有提供温暖的黄铜意识库，他绝对无法进行这凄惨的工作。即便如此，他还是帮自己找了些比较温暖的衣服，一件简单的褐色袍子，还有一双靴子。他继续在夜晚中工作，风卷起的雪片跟冰屑飞散在他四周。

迷雾之子
卷二·升华之井 [珍藏版]

他是从城门开始的，大多数的尸体都在那里，之后他开始在小巷跟街道中搜寻。

将近清晨时，他找到她的尸体。

城市的焚烧终于停止。他唯一的灯光就是手中的灯笼，但足以让他看见在雪堆里翻舞的衣角。一开始，沙赛德以为只是一条救不了伤员的绷带，然后，他看到一抹黄色与橘色。他走了过去——因为再也没有加快脚步的力气——伸手探入雪中。

廷朵的身体翻转过来时，发出了微微的崩裂声。她身侧的血都凝固了，眼睛也被冻得大睁。从她的撤离方向来判断，当时她正领着士兵回泛图尔堡垒。

廷朵……他心想，伸手摸着她的脸。皮肤仍然柔软，却极端冰冷。在被育种师虐待无数年，在经历这么多之后，这是她的结局。客死异乡，跟着一个配不上她的男人，不，是半个男人。

他释放他的黄铜力量，让冰冷的夜风冻彻他的身体。他此刻不想感觉到任何一丝温暖。灯笼的火光在风中摇摆不定，点亮了街道，在冰冻的身体上投下影子。在陆沙德寒冷的街道上，低头看着他所爱的女子的遗体，沙赛德发现了一件事。

他不知道该怎么办。

他想找出合适的话，合适的想法，但突然他所有的宗教知识都显得空洞无比。为她举行葬礼有什么用？对死去已久的神明祈祷有什么意义？他有什么用？达得拉达教帮不了歪脚，幸存者没有前来帮助上千名死去的士兵。一切有什么意义？

沙赛德的知识完全无法安慰他。他接受他知道的宗教，相信它们的价值，但它们却给不了他需要的，无法安慰他廷朵的灵魂还在，只是让他质疑——如果这么多人有这么多不同的信念，它们怎么可能会是真的？这个世界上，还有什么是真的？

司卡们称沙赛德是神圣的，但在那瞬间，他明白他是最亵渎神的人。

MISTBORN: THE WELL OF ASCENSION

他是一个熟知三百种宗教,却一个都不信的人。

因此,当眼泪开始落下,几乎冻结沙赛德的脸庞时,他的眼泪跟他知道的宗教一样,无法安慰他。他搂着冰冻的尸体,哀鸣出声。

我的人生,他心想,是场骗局。

拉刹克试图带领艾兰迪前往错误的方向,让他气馁,或是阻挠他的任务。艾兰迪不知道他被骗了,我们都被骗了,可是他如今不再听我说话。

55

史特拉夫在冰天雪地中苏醒,立刻抓起一片黑费恩草。他开始发现这种药瘾的好处是能让他很快清醒,虽然时间仍早,身体却已经觉得温暖。以前他可能需要一个小时才能准备好,如今只要几分钟就能起床、穿衣,准备好迎接新的一天。而且,这会是很美妙的一天。

加那尔在帐篷外等他,两人漫步走过忙碌的营地。史特拉夫的靴子踩破半冰半雪的地面,来到马匹边。

"火已经熄灭了,主上。"加那尔解释,"可能是下雪的缘故。克罗司大概已经劫掠完毕,躲去哪里避寒了。我们的斥候不敢靠得太近,但他们说城市像座坟墓,安静空旷,只剩下尸体。"

"也许它们真的把彼此杀光了。"史特拉夫兴致盎然地说道,翻身上马,呼吸在沁凉的白日中化成一团团云雾。士兵在他身边集结成队。五万士兵,迫不及待地想要攻下城市,除了期待劫掠之外,移师进入陆沙德意味着可以不用再风餐露宿。

"也许吧。"加那尔说道,也上了马。

这样就太方便了,史特拉夫微笑着心想。我所有的敌人都死光了,城市跟财富都成为我的,而且还没有司卡要担心。

"主上!"有人大喊。

史特拉夫抬起头。营地跟陆沙德之间的平原铺满了灰与白,是沾满灰烬的白雪,而聚集在平原另一端的,是克罗司。

"看样子它们还活着,主上。"加那尔说道。

"没错。"史特拉夫皱眉说道。那些怪物居然很安静,虽然成群结队地从西门涌出,却没有立刻攻击,而是聚集成一群。

"斥候说数量少了很多。"加那尔片刻后说道,"也许只有原本数量的三分之二,可能更少,但它们毕竟是克罗司……"

"可是它们舍弃了便于防守的城墙。"史特拉夫微笑着说道,黑费恩温暖他的血液,让他觉得自己仿佛正在燃烧金属。"而且它们会先出手。让它们冲吧。应该很快就会结束。"

"是的,主上。"加那尔说道,听起来不是那么确定。此时,他皱眉,指着城市南边:"主上……"

"又怎么了?"

"是士兵,主上。"加那尔说道,"人类士兵。看起来有几千名。"

史特拉夫皱眉:"他们应该都死了!"

克罗司冲上前来。史特拉夫的马匹脚步不安地挪移着,看着蓝色怪物跑过灰色平原,人类士兵比较有规律地尾随在后。

"弓箭手!"加那尔大喊,"准备第一次射击!"

也许我不应该站在前面。史特拉夫突然想到。他掉转马头,然后注意到一件事。一支箭突然从冲上前来的克罗司中间射出,可是克罗司不会用弓,而且那些怪物很远,那东西大到不可能是剑。也许是石头?可是它看起来又更大了……

它开始落向史特拉夫的军队方向。史特拉夫盯着天空,这奇怪的东西让他看得目不转睛。它越靠近，就变得越大。不是箭，也不是石头。

是个人，一个披风猎猎作响的人。

"不！"史特拉夫大叫。她应该已经不在了！

纹利用硬铝加强的钢，奋力一跳，在空中呐喊，巨大的克罗司剑握在手中无比轻盈。她直直朝史特拉夫的头劈下，一气呵成，一招贯地，激起一阵雪花与冻土。

马匹裂成前后两半。前任国王的尸体碎片也跟马匹的尸体一起落地。她看着四分五裂的尸体，露出决绝的笑容，向史特拉夫告别。

依蓝德早就警告过他攻城的下场。

史特拉夫的将军跟侍从震惊无比地环绕着她。她身后的克罗司军队冲上前，陷入混乱的史特拉夫军箭雨凌乱，组织不起有效的攻势。

纹紧握住剑，以硬铝加强的钢用力推。骑兵被抛下马匹，坐骑被自己的马蹄铁绊倒，以她为中心的所有士兵都被推到几十尺外。无数人尖叫不已。

她吞下另一瓶液体，补充钢跟白镴，然后跳起，寻找别的将军跟军官作为攻击对象。在此同时，她的克罗司军队迎上第一排的史特拉夫军队，真正的杀戮开始。

"他们在做什么？"塞特说道，急急忙忙披上披风，侍从则忙着将他放入马鞍、绑好。

"显然是在进攻。"巴明，他的一名幕僚说道，"你看！他们在跟克罗司合作。"

塞特皱眉，扣起披风前扣："他们签了盟约吗？"

"跟克罗司？"巴明问道。

塞特耸耸肩："谁会赢？"

"很难说，主上。"那人说道，"克罗司很——"

"这是怎么一回事！"奥瑞安妮质问，骑上白雪皑皑的山坡，身后跟着两名尴尬的侍从。塞特当然早就命令他们要将她关在营地里不准出来，但是他也早就料到她早晚会摆脱他们。

至少我算准了她一定会因为起床后的打扮而延误时间,他带着笑意想道。她穿着裙装,裙摆完美地散开,头发梳理妥当。就算是楼房要被烧掉了,奥瑞安妮逃出前也绝对不会忘记打扮停当。

"看来战斗开始了。"塞特朝战斗的方向点点头。

"在城外?"奥瑞安妮问道,来到他身边。然后,她容光焕发:"他们在攻击史特拉夫的军队!"

"是的。"塞特说道,"所以城市目前——"

"我们得帮他们,父亲!"

塞特翻翻白眼:"你知道我们不可能做那种事。我们要先看看谁会赢。如果赢家够虚弱——希望如此——那我们会攻击他们,我没有把所有的军队都带回来,但也许——"

话没说完,他便注意到奥瑞安妮的眼神不对劲。他才刚开口,还来不及说话,她已经一夹马腹,冲了出去。

她的侍卫们咒骂着,也跟着冲上前去,却来不及抓住她的缰绳。塞特震惊地坐在原地。就算是她,这么做也有点疯狂吧。她不敢——

她骑马冲向战场,然后正如他所预料的,停下马匹,转身看他。

"你如果还想要保护我,父亲,你最好跟上!"她大喊。

说完,她便转身再次全速奔驰,马蹄激起堆堆雪花。

塞特没有行动。

"主上。"巴明开口,"两方军力相当,五万人类对上将近一万两千只克罗司还有大约五千个人。如果将我们的兵力加入任何一方……"

该死的傻女孩!他心想,看着奥瑞安妮渐骑渐远了。

"主上?"巴明问道。

我为什么要来陆沙德?难道真以为能占领城市?没有镕金术师,而且还冒着领地叛乱的危险?还是因为我在找寻什么?想要确认传说,见识那天晚上,继承者差点杀死我时的那种力量?

MISTBORN: THE WELL OF ASCENSION

他们到底是怎么让克罗司跟他们并肩作战的?

"召集兵马!"塞特下令,"我们要防卫陆沙德。还有,哪个人派些骑兵去追那个笨丫头!"

沙赛德静静地策马前行,任凭马匹缓慢地在雪地中前进。在他面前,激斗正酣,但他离得够远,不会遭遇真正的危险。城市在他身后,幸存的老弱妇孺在城墙上观战。纹从克罗司的攻击下救了他们,如果她还能从两支军队的包围中拯救城市,那就是真正的奇迹。

沙赛德没有参与战争,他的金属意识库几乎空了,身体与心灵一样疲累。他拉停马匹,马匹的呼吸在冷空气中凝结成雾,茫茫雪地里,只有他一人。

他不知道该怎么样处理廷朵的死亡。他的内心仿佛……被掏空了,他多希望自己能够彻底麻木,多希望时光能倒流,他可以选择回去防守她的城门,而不是自己的。他一听说北门沦陷时,为什么没有去找她?她那时还活着。他原本可以保护她……

他为什么还要在乎任何事?有什么意义吗?

可是,那些有信心的人是对的,他心想。纹真的回来保护城市。我失去了希望,但他们从来没有。他再次策马前行。战斗的声音从远方传来。他试图思考除了廷朵以外的事,但思绪不断回到他们一起做的研究上。如今,这些记忆与过往变得更宝贵,因为它们是跟她的联系。痛苦的联系,却是他不忍舍弃的。

永世英雄不只是战士,他心想,仍旧缓缓地骑向战场。永世英雄能集结不同的人群,让众人团结一心。他是领导者。

他知道纹认为自己是英雄,但廷朵说得没错:如果她真的是,那也太巧了。而且,他已经不知道自己该相信什么。甚至不知道是否仍然有值得他相信的。

永世英雄不是泰瑞司人,他心想,看着克罗司攻击。*他不是皇族,*

迷雾之子
卷二·升华之井 [珍藏版]

最后却成为了皇族。

沙赛德拉停马匹,停在空旷平坦的原野中间。箭矢落在他周围的雪地上,地面布满脚印。远方传来鼓声,他转身,看到一群军队正跨越西方的山丘而来。军队飘扬着塞特的旗帜。

他会指挥世界上的军队。国王们前来协助他。

塞特的军队加入对抗史特拉夫的行列。新拉开的战线上,传来金属碰撞的尖锐响声及肢体撞击的沉闷声音。沙赛德停在城市与军队中间上的平原。纹的军队人数仍然少于敌军,但沙赛德看见史特拉夫的军队开始撤退,他们的阵型瓦解,毫无章法,如同惊弓之鸟。

她杀死了他们的将军,他心想。

塞特是个聪明人。他亲自上阵,但却待在队伍的后方,因为他有残疾,所以必须被绑在马鞍上,这不利于战斗。不过只要参战就可以确保纹不会派克罗司去攻击他。

沙赛德很清楚谁会赢得这场战争。果不其然,不到一个小时,史特拉夫的军队便前仆后继地开始投降。

战争的声响开始减弱,沙赛德一踢马腹,奔上前去。

神圣第一见证人,他心想。我不知道自己信不信,但无论如何,我应该去看看接下来会发生什么事。

克罗司停止了战斗,静静地站在原地,它们往两旁让开,让沙赛德通过。最后他看到满身是血的纹站在平原上,巨大的克罗司剑搭在肩膀上,几个克罗司抓了一个人过来——是个身着华贵服饰与闪亮银色盔甲的贵族——抛在纹的面前。

由一只克罗司带路,潘洛德从后方领着他的侍卫队走上前来。没有人说话。半晌之后,克罗司队伍再次分开,这次是满脸疑色的塞特骑马上前,身边围着一大群士兵,也是由一只克罗司带路。

塞特看看纹,抓抓下巴。"打得不痛快。"他说道。

MISTBORN: THE WELL OF ASCENSION

"史特拉夫的士兵很害怕。"纹说道,"而且他们很冷,更不想和克罗司对抗。"

"那他们的领袖呢?"塞特问道。

"都被我杀了。"纹说道,"除了这个人。你名字是?"

"加那尔。"史特拉夫的手下说道。他的腿似乎被打断了,一边各有一只克罗司抓着他的臂膀,将他撑起来。

"史特拉夫死了。"纹说道,"军队现在是你的。"

贵族低头:"不是。是你的。"

纹点点头。"跪下。"她说道。

克罗司将加那尔抛在地上,他痛得哼哼,却仍然弯下腰行礼。"我发誓我的军队会效忠于你。"他低声说道。

"不。"纹呵斥,"不是我。是效忠泛图尔家族的正统继承人。他现在是你的主子了。"

加那尔愣住了。"好的。"他说道,"谨遵吩咐。我发誓效忠史特拉夫之子,依蓝德·泛图尔王。"

众人站在冰寒的平原上。沙赛德跟着纹转身,看着潘洛德。纹朝地面一指。潘洛德静静下马,跪下,弯腰:"我效忠依蓝德·泛图尔王。"

纹转向塞特。

"你也要我这样做?"大胡子男好笑地说道。

"是的。"纹轻声回答。

"如果我拒绝呢?"塞特问道。

"那我就杀了你。"纹轻声说道。"你带来军队要攻击我的城市。你威胁我的同胞。我不会屠杀你的士兵,不会要他们替你的所作所为付出代价;但是塞特,我会杀了你。"

沉默。沙赛德转身,望着一排站在猩红的雪地里,宛如石像的克罗司。

"你知道自己是在威胁我吧。"塞特说道,"你的依蓝德绝对不会接受这种事。"

"他不在这里。"纹说道。

"那你觉得他会怎么说?"塞特问道,"他会叫我不要屈服于这种要求,具有荣誉感的依蓝德·泛图尔,绝对不会因为有人威胁他的性命就屈服。"

"你不是依蓝德那样的男人。"纹说道,"你也很清楚这点。"

塞特想了想,微笑。"对,我不是。"他转向他的侍从们,"帮我下马。"

纹静静地看着侍卫解开塞特的双腿,将他抬到雪地里。他鞠躬。"好吧,我发誓效忠依蓝德·泛图尔王。他可以随意处置我的王国……只要他能将它从如今控制我的领土的他妈的圣务官手中夺回来。"

纹点点头,转向沙赛德:"沙赛德,我需要你的协助。"

"谨遵吩咐,主人。"沙赛德轻声说道。

纹一愣。"请不要这样叫我。"

"如你所愿。"沙赛德说道。

"你是现在这里我唯一信任的人。"纹说道,无视于三名跪地的男子,"哈姆受了伤,微风又……"

"我会尽我所能。"沙赛德低下头说道,"你要我做什么?"

"守护陆沙德。"纹说道,"确保人民有地方住,从史特拉夫的仓库里搬来粮食,安顿好这些军队,不要让他们自相残杀,然后派一支小队去接依蓝德来。他正沿着运河大道南下。"

沙赛德点点头。纹转向三名跪地的国王:"沙赛德是我的副官。你们要把他当成依蓝德或我一样服从。"

三人轮流点头。

"那你要去哪里?"潘洛德抬起头问道。

纹叹口气,突然看起来极端虚弱。"睡觉。"她说道,抛下手中的剑,钢推剑,飞向陆沙德。

他苏醒后留下了毁灭,却被众人遗忘。沙赛德心想,转身看她飞

MISTBORN: THE WELL OF ASCENSION

走。他创造了众多王国,却又在重新改造世界的同时,将其全数摧毁。

我们一直以来,都把性别弄错了。

第陆章

钢中字
Words in Steel

> 如果拉刹克无法将艾兰迪带离他的征途,我已经指示要那孩子杀死艾兰迪。

56

纹是怎么忍受的?依蓝德心中暗想。浓雾中的能见度不到二十尺,随着他前行的步伐,树木如鬼魅般出现在他身边,树枝盘在路边。雾几乎像是活的:会移动、盘旋,随着冰冷吹拂的夜风,夺走他的呼吸,仿佛吸走某一部分的他。

他压下战荣,继续前进。过去几天里,雪开始零零星星地融化了,只在有树荫遮蔽的地方还留着一堆堆的雪。幸好运河道路还颇为通畅。

他背着背包,里面只装着必需品。在鬼影的建议之下,他们几天前路过村庄时将马匹与村民交换了其他物资。过去几天他们逼着马匹使出浑身解数奔跑,因此鬼影认为,要喂饱马并且让它们活着完成最后一段通往陆沙德的路程,实在太辛苦,划不来。

况且,城里该发生的事情,应该也已经发生完了。所以依蓝德独自走在黑暗中。虽然诡异,但他信守承诺,只在夜晚行走。这不只是纹的愿望。鬼影也同意晚上比较安全。少有旅人敢在大雾里前进,因此大多数土匪晚上都懒得监视道路。

鬼影走在前面,敏锐的感官让他能察觉隐藏的危机,免得依蓝德一不小心便闯了进去。这到底是怎么样的情况?依蓝德边走边猜想。锡能让人的视力变好,但如果什么都已经被雾遮住,那无论能看得多远,都没有意义吧?

作家们宣称镕金术能帮人看穿浓雾。依蓝德一直都在想象那会是什么

MISTBORN: THE WELL OF ASCENSION

样子,当然他也猜想过用白镴的力量,或是以天金战斗会是如何。即便是在世族里,镕金术师也不常见,但因为史特拉夫对待他的方式,所以依蓝德一直对于自己不是镕金术师一事感觉到很有罪恶感。

可是,就算没有镕金术,我最后还是当上王了,他心想,暗自微笑。他的确失去了王位,虽然他们能夺走他的王冠,却夺不走他的成就。他证明议会是可行的,也保护了司卡,给了他们权利,还有他们永不会忘怀的自由滋味。他的成就远超过别人的预期。

雾里有东西在骚动。

依蓝德全身一僵,盯着黑暗。听起来像是叶子,他紧张地心想。是有东西爬过叶子吗?还是……只是风吹过?

他顿时觉得,世界上没什么比盯着充满浓雾的黑夜,看着随时变换的虚影更可怕的事。他宁可瞪着一支克罗司军队,也不要晚上独自站在陌生的森林里。

"依蓝德。"有人低声说道。

依蓝德转过身,看到是鬼影时,忍不住按住心口。他原本想责怪鬼影居然偷偷摸摸地靠近他,不过转念一想,人被埋在雾里面,要光明正大也难。

"你看到了什么吗?"鬼影低声问道。

依蓝德摇摇头:"可是我觉得我听到了什么。"

鬼影点点头,再次消失在雾里。依蓝德站在原处,不知道是该前进,还是应该在原地等待。他没有考虑太久。鬼影不一会儿便再次出现。

"没什么好担心的。"鬼影说道,"只是雾魅。"

"什么?"依蓝德问道。

"雾魅。"鬼影说道,"你知道的,就是那个很大一团的东西,坎得拉的亲戚。别告诉我你没在书上读过。"

"我读过。"依蓝德说道,紧张地环顾黑夜,"可是我没想过自己会跟一只雾魅处在同一片雾里。"

鬼影耸耸肩:"它大概只是跟着我们的气味,希望我们会留下点吃的。那些东西大多数情况下都是无害的。"

"大多数?"依蓝德问道。

"你知道的应该比我还多。不过我绕回来不是为了跟你聊捡垃圾吃的事情。前面有光。"

"有村庄?"依蓝德问道,想起他们来路上所看到的村庄。

鬼影摇摇头:"看起来像是营火。"

"军队?"

"有可能。我想你该在这里等等,如果你一不小心闯进斥候的营地,可就麻烦了。"

"同意。"依蓝德说道。

鬼影点点头,又回到黑夜里。

依蓝德再次独自站在黑暗中。他全身发抖,拉紧披风,瞄着雾魅发出响动的方向。没错,他是读过,也知道它们应该是无害的,但光想到外面有东西爬来爬去,身体是以各式各样的骨骸所组成,在盯着他瞧……

不要想,依蓝德告诉自己。

他将注意力转向雾。纹至少有一件事说得没错,它们滞留得越来越久,无视于日出。有几个早上雾甚至日出一个小时后还在。他可以轻易想象出,如果浓雾持续整天不散,大地会发生什么样的惨剧。庄稼将长不出来,动物会饿死,文明会崩毁。

深黯有可能是这么简单的东西吗?依蓝德对深黯的猜想根植于传统学者的理论。有些作家认为整件事都是传说,是圣务官用来强化他们所崇拜的神的神性的传言。大多数学者则接受长期以来对深黯的定义——它是被统御主杀死的可怕怪兽。

可是,用浓雾来解读它的存在也相当合理。无论多危险,一只怪兽怎么可能威胁整片大陆?可是迷雾……它绝对带有毁灭性,能杀死植物,甚至会……杀人,如沙赛德所说那般?他不安地瞅着围绕在他身边,看起来

MISTBORN: THE WELL OF ASCENSION

调皮、无辜的迷雾。没错,他绝对可以想象那就是深黯。它的名声远比怪物更骇人,的确也比军队更危险。他越看越觉得,这雾正想迷惑他的心智,举例来说,他面前的雾似乎就想变成某种形状。依蓝德发现自己开始可以在迷雾中看到形状,忍不住微笑。这团雾看起来几乎像是一个人站在他面前。

那个人上前一步。

依蓝德一惊,微微退后。它的轮廓很模糊,甚至不能说有明确的外形,却看起来非常真实。迷雾不断地盘旋,勾勒出脸、身体、腿。

"统御老子的!"依蓝德惊呼,往后一跳。那东西继续看着他。我疯了,他心想,手开始颤抖。迷雾所组成的身影停在他身前几尺远,举起右手,一指。

北方。与陆沙德相反的方向。

依蓝德皱眉,看着那身影指着的方向。那里除了更多雾之外,什么都没有。他转身回去看它,但它仍动也不动地站着,一手平举。纹说过这东西,他记起来,压下自己的恐惧。她曾经跟我说过,我还以为是她幻想的。纹说得没错。她也说过,雾在白天滞留的时间越来越久,还有雾可能是深黯,全都被她说中了。他开始不知道两人之中到底谁才是学者。

迷雾继续指着。

"什么意思?"依蓝德问道,在沉默的空气中,自己的声音听起来很诡异。

它上前一步,手仍然平举。依蓝德知道自己握住剑的动作毫无用处,却坚持不退后。

"告诉我你要我做什么!"他强硬地说道。

那东西又指了一次。依蓝德歪着头。它看起来不像是在威胁他,依蓝德反而感觉到一阵不自然的宁静感从它身上散发出来。

镕金术?他心想。它在拉引我的情绪!

"依蓝德?"鬼影的声音从雾中飘出。

那身影突然消失，融化回迷雾中。鬼影走上前来，脸庞隐藏在阴影中，一片漆黑。"依蓝德？你刚才说什么？"

依蓝德放开剑柄，站直身体。他仔细看了看迷雾，仍然不确定刚才是不是他的想象。"没什么。"他说道。

鬼影回望他来的方向："你该来看看。"

"军队？"依蓝德皱眉问道。

鬼影摇摇头："不是。是难民。"

"守护者都死了，大人。"老人说道，坐在依蓝德对面。他们没有帐篷，只能几个人分同一条棉被。"死了，或是被抓了起来。"

另一人为依蓝德端来一杯热茶，态度温顺服从。两人都穿着侍从官的袍子，虽然眼神透露着极端疲累之色，袍子跟双手仍然十分干净。旧习惯，依蓝德心想，感谢地点点头，啜了一口茶。泰瑞司人虽然已宣告自己独立，但是上千年来的谦卑顺从不可能这么容易摆脱。

这营地是个怪异的地方。鬼影说他算了算，里面将近有千人，根本不可能在寒冬里全部吃上饱饭，得到妥善安置。许多都是老人，而男人们大多数都是侍从官：都是培育来服侍贵族的阉人，完全不懂得如何打猎。

"告诉我发生了什么事。"依蓝德说道。

年迈的侍从官点点头，然后又摇摇头。他看起来并不屠弱，反而展露出大多数侍从官都有的自制、庄重，但他的身体在微微发抖。

"帝国一崩毁，席诺德便公开了自己的存在，大人。"他也接下了一杯茶，依蓝德注意到他只倒了一半。事实证明这是对的，因为年迈的侍从官手抖到几乎连半满的茶杯都端不住。"他们成为我们的领导者。也许他们这么早就现身是不智的。"

不是所有泰瑞司人都是藏金术师，有这种能力的人甚至可以算是罕见。像沙赛德跟廷朵那样的守护者，从很久以前就被统御主逼得东躲西藏，因为他担心藏金术跟镕金术的血统融合，有可能生出一个跟他具有同样能力的人，所以他尝试要摧毁所有的藏金术师。

MISTBORN: THE WELL OF ASCENSION

"我了解守护者，朋友。"依蓝德柔声说道，"我很难相信他们会这么容易就被打败。是谁做的？"

"钢铁审判者，大人。"老人说道。

依蓝德发抖。原来他们去了那里。

"总共有几十个一起出现，大人。"老人说道，"他们带着一团克罗司怪物攻击了塔辛文，但我认为那只是调虎离山之计。他们真正的目标是席诺德跟守护者，当我们为数不多的军队在抵抗克罗司时，审判者们亲自朝守护者下手。"

统御主啊……依蓝德心想，胃部一阵紧缩。那我们该怎么处理沙赛德要我们送去给席诺德的书呢？是要交给这些人，还是留着它？

"他们把守护者的尸体一并带走了，大人。"老人说道，"泰瑞司已经毁坏殆尽，所以我们前往南方。您说您认得泛图尔王？"

"我……见过他。"依蓝德说道，"他统治陆沙德，我就是从那里来的。"

"您觉得他会收留我们吗？"老人问道，"我们已经没有多少希望了。塔辛文是泰瑞司人的首都，但也不大。我们人数不多，因为统御主的缘故。"

"我……不知道陆沙德帮不帮得了你们，朋友。"

"我们很有用处。"老人承诺道，"我想，我们宣告自己独立一事，实在太骄傲了。其实在审判者攻击前，我们也面临生存的难题，也许他们把我们赶出来，反倒是帮了我们的忙。"

依蓝德摇摇头。"克罗司一个礼拜前攻击了陆沙德。"他低声说道，"我自己也是难民，侍从官先生。我不知道，也许陆沙德已沦陷了。"

老人沉默了。"我明白了。"他终于说道。

"对不起。"依蓝德说道，"我正要回去看看发生了什么事。告诉我，我不久前才走过这条路，但在北上的路途中没有看到你们？"

"我们不是走运河来的，大人。"老人说道，"我们直直横越了田野，在苏林沙斯取得补给。所以，您对陆沙德的事情一无所知？那里住着一名资深守护者。我们原本希望也许能寻得她的建议。"

"廷朵女士？"依蓝德问道。

老人精神一振："是的。您认得她？"

"她是国王宫廷里的成员。"依蓝德说道。

"我想廷朵守护者现在应该是我们的领袖了。"老人说道，"我们不确定外面有多少行脚守护者，但我们被攻击时，她是唯一不在城里的资深席诺德成员。"

"我离开时，她还在陆沙德。"依蓝德说道。

"那她可能还活着。"老人说道，"我想，我们至少可以如此希望。您的讯息很宝贵，我感谢您，旅人。请自行在我们的营地里安顿。"

依蓝德点点头，站起身。鬼影站在不远处两棵树下的浓雾中。依蓝德来到他身边。

那些人在夜晚中生着大堆的营火，仿佛要反抗迷雾。光线的确有助于减弱迷雾的力量，但光线却似乎也强调了迷雾的轮廓，看得人眼花缭乱。鬼影靠着粗糙的树干，看着周围依蓝德看不见的东西，可是依蓝德也可以注意到一些鬼影必定看在眼里的景象。哭泣的孩子。咳嗽的人。不安的牲口。

"看起来不太妙，对不对？"依蓝德说道。

"真希望他们不要再烧火了，我的眼睛好痛。"

依蓝德望向一边："这火没那么亮。"

鬼影耸耸肩："他们只是在浪费木材而已。"

"你得原谅他们，那些人现在只想让自己舒服一点。接下来几个礼拜，日子一定不好过。"依蓝德顿了顿，看着一队经过的泰瑞司"士兵"，他们显然都是侍从官。每个人的姿势都很挺拔，脚步流畅优雅，但依蓝德怀疑他们不会用菜刀以外的武器。

泰瑞司里没有军队能帮助我的人民。

"你之前让纹回去召集我们的盟友。"鬼影低声说道,"想带大家来跟我们会合,去泰瑞司避难。"

"是的。"依蓝德说道。

"可是我们不能去泰瑞司。"鬼影说道,"那里有审判者。"

"是的。"依蓝德再次说道。

鬼影沉默了片刻。"世界要完蛋了,阿依。"他终于说道,"泰瑞司,陆沙德……"

"陆沙德没有被毁掉。"依蓝德眼神锐利地看着鬼影。

"克罗司呢?"

"纹会想出阻止它们的办法。"依蓝德说道,"说不定她已经找到升华之井的力量。我们得继续前进。无论失去了什么,我们绝对有能力,也必定会将它重建起来,然后我们再来想要怎么帮助泰瑞司。"

鬼影想了想,点点头,露出微笑。依蓝德很讶异自己打气的话居然能如此有效地抚去少年的忧虑。鬼影往后一靠,打量依蓝德手中仍冒着热气的茶。依蓝德把茶递了过去,随口说了句他不喜欢心根茶。鬼影高高兴兴地喝了。

可是依蓝德认为,事情原比他嘴上说的更为严重。深黯回来了,鬼魅躲在迷雾里,审判者们想要争夺泰瑞司统御区。还有多少事是我不知道的?

这计划成功的希望渺茫。因为艾兰迪历经暗杀、战争、灾难,仍然存活至今。可是,我希望在冰冻的泰瑞司山脉,他的真面目会被揭露。我盼望奇迹的出现。

57

"你们听好，我们都很清楚该做什么。"塞特用力一敲桌子，"我们这里有全副武装的军队，已经整装待发。所以赶快去把我的国家夺回来！"

"女王没有下令让我们做这种事。"加那尔啜着茶说道，完全不受塞特粗鲁的举动影响，"我个人认为我们至少应该等到皇帝回来。"

房间中年纪最大的潘洛德好歹露出了同情的表情："我知道你担心你的人民，塞特王，但我们开始重建陆沙德不到一个礼拜，现在就想着要扩充领域有点太操之过急，我们不可能同意这种提案。"

"好啦，潘洛德你就算了。"塞特没好气地说道，"我们可不归你管。"

三个人同时转向沙赛德。他觉得自己坐在泛图尔堡垒议事厅的主位上，相当尴尬。顾问跟侍从，包括几个多克森手下的事务官都站在空旷的房间边缘，只有三个依蓝德帝国中的国王跟沙赛德一起坐在桌子边。

"我认为我们不该操之过急，塞特王。"沙赛德说道。

"这不是着急。"塞特又捶了一下桌面，"我只是想搜集斥候跟间谍的情报，好在进攻前知己知彼！"

"这也得我们真的要进攻才行。"加那尔说道，"如果皇帝决定要收复法德雷克斯城，最快也必须等到夏天。我们有更紧急的事务——我的军队远离北方统御区太久，应该先回去巩固现有的领地，再去拓展国土，这是基本国策。"

"胡说！"塞特挥挥手，表示他的不赞同。

"你要派斥候可以，塞特大人。"沙赛德说道，"可是他们只能搜集信息，不能劫掠，无论这机会多有吸引力。"

塞特摇摇他的大胡子："所以我向来懒得跟最后帝国里的其他统御区玩这些政治游戏。每个人都忙着算计别人，结果什么事都办不成！"

"谨慎是好事，塞特王。"潘洛德说道，"耐心可换来更大的奖赏。"

"更大的奖赏?"塞特问道,"中央统御区等半天有什么好处?城市都沦陷了,你还在等!要不是你们手边有最优秀的迷雾之子——"

"最优秀的迷雾之子,大人?"沙赛德轻声问道,"你难道没有看到她如何掌控克罗司?你难道没有看到她像飞箭一般横越天空?纹贵女绝对不只是'最优秀的迷雾之子'。"

众人陷入沉默。我必须让他们时时刻刻都记得她,沙赛德心想。少了纹的领导,没有她的威胁,这个联盟不用两三秒就会瓦解。

他觉得自己好无能。他没有办法让这些人专心讨论,也没办法帮助他们处理问题。他只能一直提醒他们纹的力量。

问题是,他并不想这么做。他的心中正充满一种奇特的感觉。疏离。麻木。这些人谈论的事情有什么意义?廷朵死了这些还有什么意义?他一咬牙,强迫自己专注。

"好吧。"塞特挥挥手说道,"我派探子去看看。加那尔,你的食物从邬都来了没?"

较年轻的贵族有些尴尬:"我们……可能有点问题。似乎有叛乱组织在煽动城市造反。"

"难怪你想派军队回去北方统御区!"塞特指控,"你打算要平复你的王国,却不管我的国家死活!"

"邬都比你的首都近多了,塞特。"加那尔说道,继续喝起他的茶,"在西进之前,先巩固我的地位是很合理的。"

"我们让女皇做这个决定。"潘洛德说道。他喜欢扮演调停者的角色,让自己显得超然,意思是,他靠斡旋来稳固自己的地位。

这跟依蓝德想用来处理军队的方法没什么不同,沙赛德心想。那男孩的政治直觉远比廷朵承认的要更敏锐。

我不该想她,他告诉自己,闭上眼睛。可是,很难不想。沙赛德做的,想的一切,似乎都不对劲。因为她不在了,世界显得比平常暗淡,做什么都提不起劲。他发现自己甚至不想专心听几位国王说话,更不用提给他们指示。

　　他知道，这样很傻。廷朵回到他生命中才多久？只有几个月。他之前认定这辈子不会有人爱他，他也绝对得不到她的爱。不只因为他不是完整的男人，更是因为他是个叛逆分子，问题分子，与泰瑞司传统思想格格不入的人。

　　她对他的爱绝对是个奇迹。可是，他该为这样的幸运感谢谁，又该因为她被带走而诅咒谁？他晓得数百个神，如果有用的话，他会憎恨每一个。

　　为了维持自己的理智，他强迫自己把注意力放回到国王们的对话上。

　　"听我说。"现在是潘洛德在发言，他向前倾身，双手按在桌面上。"各位，我认为我们看问题的角度不对。我们不该争吵，而该高兴。我们的处境是独一无二的。在统御主的王国崩解后，几十个，甚至数百个人都尝试过以不同的方式建立王国，但他们之所以都失败了，都是统治不稳固。"

　　"现在看起来，我们是在被迫合作，而我觉得可以用比较正面的方法看待整件事。我会效忠泛图尔夫妇，我甚至愿意接受依蓝德·泛图尔怪异的统治理念——如果这代表十年之后，我仍然可以握有权力的话。"

　　塞特抓了抓胡子，点点头："这话说得有道理，潘洛德。可能是我第一次听到你说出有道理的话。"

　　"可是我们不能再装作知道事情会怎么发展。"加那尔说道，"我们需要指引。未来十年会怎么样，很大一部分取决于我们会不会死在那迷雾之子女孩的刀下。"

　　"没错。"潘洛德利落地点点头，"泰瑞司先生，什么时候女皇才会重新下令？"

　　三双眼睛再次一起望向沙赛德。

　　我其实根本不在乎。

　　沙赛德心想，立刻感到一阵罪恶感。纹是他的朋友。就算他已经很难在乎任何事情，对这件事也是在乎的。他羞愧地低下头。"纹贵女因为长时间的白镴延烧，所以特别疲劳。"他说道，"她这一年中将自己逼到了极限，前不久又全速跑回陆沙德。她很需要休息。我认为我们应该让她再多休息一会儿。"

其他人点头称是，重新开始讨论，可是沙赛德的心神则回到纹身上。他了解她的症状，却也开始担忧。白镴延烧对身体颇有损耗，而他怀疑她过去好几个月都靠着白镴在强迫自己保持清醒。

当守护者储存清醒时，他会长时间陷入昏迷般的沉眠。他只能希望这次这么剧烈的白镴延烧也只是带来同样的影响，因为纹一个礼拜前回来以后就再也没有醒过。他希望她很快就会像脱离睡境的守护者那样醒过来。

也许她的睡眠会持续更久。纹的克罗司军队等在城外，虽然她如今失去意识，克罗司却仍受到她的控制。可是能控制多久？如果把自己逼得太紧，白镴延烧是会死人的。

如果她再也不醒来，这个城市要怎么办？

灰烬正在落下。最近灰落得很凶，依蓝德心想，跟鬼影一起走出树丛，看着陆沙德平原。

"你看。"鬼影低声说道，指着前方，"城门破了。"

依蓝德皱眉："可是克罗司都驻扎在城外。"史特拉夫的军营也在原地。

"它们在工作。"鬼影说道，挡住脸前的阳光，保护他过度敏感的镕金术师眼睛，"看起来像是在埋葬城外的尸体。"

依蓝德的眉头皱得更紧。纹呢？她发生什么事了？她还好吗？

他跟鬼影学泰瑞司人直接穿过平原，仔细注意不要被城里的巡逻队发现，而这天他们打破平常的习惯，在白天走了一段路，想趁入夜前抵达陆沙德。迷雾即将降临，依蓝德因为太早起床又走了这么久的路而疲累不堪。

迷雾之子
卷二·升华之井 [珍藏版]

不只如此,他已经受不了一直对陆沙德的情况一无所知了。"你能看到城门上飘的是谁的旗帜吗?"

鬼影顿了一下,显然是在骤烧金属。"你的。"他最终讶异地说道。

依蓝德微笑。好吧,要么他们想办法救了城市,要么这就是用来逮捕我的复杂陷阱。"来吧。"他说道,指着一排被允许回城的难民——里面包括之前逃走的人,危险过去之后,他们又回来取食物。

"我们跟他们一起混进去。"

沙赛德轻轻叹气,关上房门。国王们终于结束了一天的纷争。以几个礼拜前才想征服彼此的人而言,他们其实相处得很好。

沙赛德知道国王们新生的友情并不是自己的功劳,他的心里盘旋着其他事。

我这一生也看过不少人死亡,他心想,走回房间。卡西尔、加登朵、可蓝达。都是我尊敬的人。我从来没想过他们的灵魂何去何从。

他将蜡烛放在桌上,微弱的灯光点亮了几页凌乱的书页,一堆从克罗司身体取出的怪异钉子,还有一份手稿。沙赛德坐在桌子边,手指摸着书页,想起跟廷朵一起做研究的时光。

也许这就是为什么纹让我负责的原因,他心想。她知道我需要别的事情来让自己不要一直想着廷朵。

他毕生的工作就是记忆,因此遗忘——即使是为了取得自己心灵的平静——不是他喜欢的选择。

他翻着手稿,在阴暗的房间里露出欣喜的笑容。他送了一份重新誊写,整理干净的版本让纹跟依蓝德带往北方,可是这份才是原稿,两名害怕的学者焦急,几乎是绝望地疾书而成的手稿。

他翻着书页,摇曳的烛光照耀着廷朵坚定却美丽的字体,时不时地与沙赛德比较保守的字迹混合,有时候某一页上他们的笔迹会来回交错十几次。

MISTBORN: THE WELL OF ASCENSION

直到他眨眼,一滴晶亮的眼泪落下,洒上书页,他才意识到自己正在哭泣。他低头,震惊地看到眼泪晕开了墨水。

"现在怎么办,廷朵?"他低语,"我们为什么要这么做?你根本不相信永世英雄,而显然我现在什么都不相信。这一切有什么意义?"

他举起手,以袖子擦擦书页上的眼泪,尽量不破坏书页。虽然他很疲累,但还是随便挑了一段来读。阅读是为了要记得,记得他们无忧无虑地研究,满足于做喜爱的事情的时光,记得他发现谁是自己最爱的人的时刻。

我们搜集了所有关于永世英雄的资料,他读着,可是有许多信息都是相互矛盾的。

他翻到某一段,廷朵坚持要写下这一段,里面记录了她认为最为矛盾的几处地方。他重新读了一遍,第一次仔细地思考。这是学者廷朵,对一切都抱怀疑态度的廷朵留下的。他翻动页面,读着她的手稿。

一人写,永世英雄会是个子高挑,不容人忽略的人。

另一人写,这个力量不能被一个人占有,关于这点我们很确定——它可以被持有,却不能被使用,必须被释放。廷朵觉得这个条件很愚蠢,因为其他段落都在讨论英雄该用这力量来打败深黯。

还有一段写着,所有人都是自私的。英雄是一个可以看到所有人的需要,罔顾自己的愿望的人。"如果所有人都是自私的,英雄怎么会如其他段落说的那样无私?"廷朵当时问道,"而且一个出身微贱的人怎么能征服世界?"

沙赛德摇摇头,微笑。有时候,她的意见非常完整,但有时候她只是为了想提出不同的观点。他再次摸着书页——但停留在了第一页。

个子高挑,它说。这不可能是在说纹,但是它也不是来自于拓印的,而是来自另一本书。廷朵圈起这句话是因为拓印是比较值得信任的信息来源,而拓印上说英雄个子矮。他翻出关刻在钢片上的记录的完整誊稿,找寻他要的那一段。

迷雾之子
卷二·升华之井 [珍藏版]

我第一次见到艾兰迪时,最先注意到的是他的身高,里面这样写着。他虽然个子不高,却似乎凌驾于所有人,令人不自主地心生敬意。

沙赛德皱眉。之前他觉得这没有矛盾之处,因为这一段可以被解读成是在讲英雄的个性或气势,而不是他的实际身高,可是沙赛德停下来,第一次认真看待廷朵的反对意见。

果然,他也开始觉得这内容不太对劲。他继续看着书,浏览里面的内容。

在期待经里,有我的位置,他读道。我以为我是神圣第一见证人——预言中发现永世英雄的先知。背弃艾兰迪意味着放弃我的新地位,以及其他人对我的接纳。沙赛德的眉头蹙得更紧。他以手指划过段落。外面天色渐暗,几丝迷雾缠绕在百叶窗边,溜了房间后才消失。神圣第一见证人,他再次读道。我怎么会忘记呢?那些人在城门前就用这个名字称呼我。但是我没发现。

"沙赛德。"

沙赛德惊跳起,一转身,差点把满桌的书撞倒在地。纹站在他身后,是阴暗房间中的一道黑影。

"纹贵女!你醒了!"

"你不该让我睡这么久的。"她说道。

"我们想过要叫醒你。"他柔声回答,"可是你陷入了昏迷。"

她似乎很吃惊。

"也许这样是最好的,纹贵女。"沙赛德说道,"战斗已经结束了,而且你最后几个月把自己逼得很紧。一切结束后,你能休息也是好的。"

她上前一步,摇摇头,沙赛德看得出来,虽然休息了好几天,她仍然满脸疲色。"不,沙赛德。"她说,"事情并没有'结束'。还早得很。"

"什么意思?"沙赛德关切地问道。

"我脑子里还是听得到。"纹举手按着额头,"就在这里。在城里。"

"升华之井?"沙赛德问道,"可是纹贵女,那是我编造出来的,我真的非常非常抱歉,但是我甚至不知道它是否真的存在。"

"你相信我是永世英雄吗?"

沙赛德别过头。"几天前,在城外的平原上,我很确定。可是……最近……我甚至不知道我自己相信什么。预言跟故事都是一团矛盾。"

"这不是预言。"纹说道,走到他的桌子边,低头看着书,"这跟我需要做的事情有关。我可以感觉到它……在拉扯我。"

她瞥向关闭的窗户,边缘缝隙处迷雾缠绕,然后纹走到窗边,推开百叶窗,让沁凉的冬日空气进入。纹站在原处,闭着眼,让迷雾席卷过她。她身上只穿着简单的衬衫与长裤。

"我曾经取得过它的力量,沙赛德。"她说道,"你知道吗?我跟你说过吗?当我跟统御主战斗时,我从迷雾中取得力量,所以才能够打败他。"

沙赛德颤抖,不只是因为冰冷,更是因为她的语调,还有她话中的含义。"纹贵女……"他开口,却不知道该怎么说下去。取得迷雾的力量?这话是什么意思?

"井在这里。"她又说了一次,望向窗外,迷雾绕进房间。

"不可能,纹贵女。"沙赛德说道,"所有的报告都同意一件事——升华之井是在泰瑞司山脉。"

纹摇摇头:"他改变世界了,沙赛德。"

他愣住,皱起眉头,"什么?"

"统御主。"她低声说道。"他创造了灰山。纪录上说他创造了王国周围的巨大沙漠,为了保护国家而破坏了大地。所以,我们为什么要相信,现在世界的样子跟他当年第一次爬到井边时是一样的?既然他能创造山脉,为什么不能抹平它?"

沙赛德全身颤抖。

"如果是我就会这么做。"纹说道,"如果我知道力量会再度积聚,为了保住它,我会把井藏起来,任传说继续诉说关于北方山脉的井的故事,然后我会在藏起的井边建立起自己的城市,好让我能看守它。"

她转身，看着他："它在这里。力量在等我。"

沙赛德开口想反驳，却不知该说什么。他凭什么进行这种争辩？在他陷入沉默的同时，听到外面下方传来声音。声音？他心想。晚上？在雾里？他好奇地竖起了耳朵，想要听清外面的人在说什么，但他们太远了，于是，他探入桌上的袋子。他大多数的金属意识库都空了，现在身上只戴着红铜意识库，里面储藏着古老知识。从袋子里，他找到一个小布囊，里面有十只他当初为克罗司攻城所准备的戒指，还没使用过。他将布袋打开，取出一只，又将袋子塞入他的宽腰带。

有了这个锡意识库，他可以取得更强的听觉。下方传来的声音变得清晰："王！王回来了！"

纹跳出窗户。

"我也不完全了解她是怎么办到的，阿依。"哈姆说道，手臂仍吊在绷带中。

依蓝德穿过城市中的街道，身后跟着许多人，都以兴奋的语调在相互交谈。随着依蓝德返回的消息传出，路上的人群越来越大。鬼影有点不安地打量他们，却似乎蛮喜欢众人对他的注目。

"战争的最后一段我整个人是昏迷的。"哈姆说道，"是白镴保住了我的命。克罗司把我的小队都杀光了，突破我守卫的堡垒城墙，我逃了出来，找到沙赛德，但那时候我已经意识恍惚，只记得在海斯丁堡垒外昏倒了。等我醒来之后，纹已经夺回了城市。我——"

一行人停下脚步。纹站在他们面前。安静又阴暗的身影。站在迷雾里，她几乎看起来像是依蓝德先前在雾里看到的灵魂。

"纹？"他在诡异的空气中问了一声。

"依蓝德。"她说道，冲入他的怀抱，神秘的气氛立时消失。她紧抱着他，全身发抖："对不起，我觉得我做了一件很不好的事。"

"哦？"他问道，"什么事？"

MISTBORN: THE WELL OF ASCENSION

"我让你成为皇帝了。"

依蓝德微笑:"我发现了,而且我也接受了。"

"可是你之前很努力要让人民有所选择。"

依蓝德摇摇头:"我开始发现,自己之前的想法太简单了。那是很崇高的理想,但……不完整。我们会想办法把这问题处理得更好,可是现在我只是很欣慰自己的城市还在。"

纹微笑。她看起来很累。

"纹?"他问道,"你还在用白镴延烧吗?"

"不是。"她说道,"是因为别的事。"她瞥向一旁,脸上出现深思的神色,仿佛下了某种决定。

"来吧。"她说道。

沙赛德望着窗外,第二个锡意识库增强了他的视觉。下面的确是依蓝德。沙赛德微笑,灵魂上的一个重担如今移除了。他转身,打算要下楼去跟王会面。

然后,他看到一样东西飘落他面前的地面上。一张纸。他跪下,拾起纸张,注意到上面是他自己的字体。纸张边缘因为被撕裂而凹凸不平。他皱眉,走到桌子边,翻开提到关如何描述永世英雄的那一段。一个角落不见了。就是他之前跟廷朵发现被撕去的同一个地方。他几乎忘记了这起所有书页都少掉同一句话的诡异事件。

在他们发现书页被撕裂之后,他按金属意识库里的记忆重新写了这一页,如今同样的位置又被撕裂,同样都是最后一句。为保险起见,他将笔记与书页比对,两者的裂痕完美吻合。**艾兰迪不可抵达升华之井,他不能将力量占为己有。**沙赛德的记忆里最后这一句便是如此,与拓印并无二致。

关为什么担心这件事?他心想,坐了下来。他说他比任何人都了解艾兰迪,关数次称呼艾兰迪为有荣誉心的人,所以为什么会这么担心艾兰迪将力量占为己有？

纹走在雾中，依蓝德、哈姆、鬼影跟在她身后，人群因为依蓝德的命令而散去，不过一些士兵留下来保护依蓝德。纹继续往前走，感觉着撼动她灵魂的鼓动、震荡。其他人为什么都感觉不到？

"纹？"依蓝德问道，"我们要去哪里？"

"克雷迪克·霄。"她轻声说道。

"可是……为什么？"

她摇摇头。如今，她知道了真相。井在城市里，随着鼓动越发强劲，她以为自己会更加难以辨认它的方向。可是并非如此，如今鼓动这么响亮强烈，她反而更清楚自己该去哪个方向。

依蓝德回头看看别人，她可以感觉到他的担忧。前方克雷迪克·霄在黑夜里耸立。巨大尖锥状的高塔，以毫无视觉平衡可言的方式从地面上突起，谴责似的指向星空。

"纹。"依蓝德说道，"雾……很奇怪。"

"我知道。"她说道，"它们在指引我。"

"不对。"依蓝德说道，"它们看起来像是在躲你。"

纹摇摇头。她感觉自己是对的，这要怎么解释？众人一起进入了统御主的皇宫。

井一直在这里，纹心想，觉得有点好笑。她可以感觉到鼓动从整座建筑物中散发出来。她之前为什么没有注意到？

因为之前的鼓动还太弱，她突然明白过来。以前井还没满。现在它满了，开始呼唤她。

她按照之前的道路进入皇宫。就是跟着卡西尔潜入克雷迪克·霄，差点死在这里的那一晚走的这一条——也是她后来独自前来杀统御主时走的那一条。狭窄的石头走廊变宽，众人来到一个状似反扣的碗的房间。依蓝德的灯笼光映照在精致的石雕与壁画上，这些装饰主要是黑色与灰色的。石屋位于房间中间，空无一人。

"我想，我们会在这里找到你的天金，依蓝德。"纹微笑着说道。

"什么？"依蓝德的声音在房间里回荡，"纹，我们在这里找过了，想得到的办法都试了一遍。"

"显然不够。"纹说道，瞅着建筑物中的建筑物，却没有走向它。

要是我，我会把井放在这里，她心想。这很有道理。统御主绝对会想把井放在身边，等力量回复时，他能够再次取走力量。可是在那发生之前，我就杀了他。

鼓动声从下方传来。他们拆了地板，但碰到岩石时便停了下来。一定有通往地下的方式。她走了过去，将中央的石室彻彻底底地找了一遍，却什么都没看到。她走出石室，经过她面面相觑的朋友们，有点烦躁。

接着，她尝试燃烧金属。蓝色的钢线一如往常般散开，指向不同的金属来源。依蓝德身上有几处，鬼影也有，不过哈姆很干净。有些石头上有镶嵌金属，线条就指着那里。

一切如她所预料，什么都没——

纹皱起眉头，往旁边让了一步。其中一块镶嵌物上带着一条特别粗的线。这太粗了。她皱着眉头检视从自己胸口往外延伸的线条，很多都直直地通往对面的石墙。这条线也在其中，但它似乎正指着墙壁后方。

为什么？

她拉引了一下。什么都没发生。所以她更用力地拉引，然后闷哼一声，反而被扯向了墙壁。她放开线条，环顾四周。地上很多地方都有镶得很深的金属。她好奇地拉引那些线条来固定住自己，然后再次拉引墙壁。她似乎可以感觉到什么东西动了。

纹燃烧硬铝，用尽全力一拉。突然爆炸的力量差点将她撕裂，还好，硬铝燃烧的白镴让她毫发无伤，锚点也全部完好无缺。一块墙壁滑开，安静的房间里响起石头相互摩擦的声音。纹惊喘出声，因为金属烧完，她不得不放开钢线。

"统御老子！"鬼影大喊，但哈姆的动作更快，靠着以白镴加强的速度,他已冲到开口前探头探脑。依蓝德则站在纹身边,拉住她差点倒地的身躯。

"我没事。"纹说道,喝光一瓶金属液,补充存量。井的力量在她身边鼓动,整个房间几乎要随之震动。

"这里有台阶。"哈姆缩回头后说道。

纹站稳脚步,朝依蓝德点点头,两人跟随哈姆和鬼影穿过假墙。

我不能耽溺于细节,关如此描述。撰写的空间有限。其他世界引领者前来找我,承认他们的错误时,一定认为自己谦卑无比。即便如此,我已经开始质疑自己原本的预言。可是,我太骄傲。

到头来,也许就是我的骄傲,导致了我们的灭亡。我的同僚向来不在意我,他们认为我的工作跟我的兴趣不符合世界引领者的身份。他们不明白,我对自然而非宗教的研究,造福了十四国的人民。

可是身为发现艾兰迪的人,我变成重要的人。最重要的世界引领者。在期待经里,有我的位置。我认为我是神圣第一见证人——预言中发现永世英雄的先知。当众宣告放弃对艾兰迪的支持,等同于放弃我的新地位,放弃众人对我的接纳。因此,我没有这么做。

可是现在,我要这么做。

让所有人都知道,我,泰瑞司的世界引领者,关,是个骗子。艾兰迪从来就不是永世英雄。我过度夸大他的德行,无中生有地创造出了一个英雄。最糟的是,我可能玷污我们所相信的一切。

沙赛德坐在桌边,读着书。

这里不对,他心想。他来回读了几遍,再次盯着那句"神圣第一见证人"。为什么这句话让他耿耿于怀?

他往后一靠,叹口气。就算预言提到过未来,也不该完全遵从预言的指示,或用这些记录来作指引。廷朵在这件事上说得没错。他的研究也显示,预言不可信任,充满疑点。

所以问题在哪里？

问题就是，整件事实在不合理。

可是有时候宗教故事的确是不合理的。这是理性的判断，还是他的成见？是不是他越发厌烦自己所背诵过、所教授过，最后却背叛了他的教义？

种种迹象指向他书桌上的纸片。被撕裂的那片。艾兰迪不可前往升华之井……

有人站在他的书桌边。

沙赛德惊喘，往后一倒，差点被椅子绊倒。那其实算不上是个人，顶多是个影子，似乎由几缕迷雾所构成，非常隐约，迷雾不断地从纹所打开的窗户涌入，勾勒出这个人的形状，他的头似乎转向桌子，书本，或者……是看着那纸片。沙赛德想跑，想害怕地逃开，但他的学者思维想到一件事，暂时忘记了恐惧。艾兰迪，他心想。每个人都以为是永世英雄的那个人。他说他看到一个迷雾组成的东西在跟踪他。

纹也说她看过。

"你……你想要什么？"他问道，试图保持冷静。

雾灵没有动。

会是……她吗？他惊愕地想到。许多宗教宣称死者仍然存在于世上，只是凡人不得而见，但这东西太矮，不可能是廷朵。沙赛德很确定就算她的体型变得如此模糊，他仍然能认得她。

沙赛德想要判断它在看什么。他迟疑地伸出手，拾起纸片。

雾灵举起手臂，指着城市中央。沙赛德皱眉。

"我不懂。"他说道。

雾灵更坚定地指了指。

"把你要我做的事写下来。"

它只是指着。

沙赛德站在只有一根蜡烛照明的房间中良久，接着瞥向大开的书。风吹动书页，让他看到自己的笔迹，然后是廷朵的，然后又是他的。

艾兰迪不可抵达升华之井。他不能将力量占为己有。

也许……也许关发现了别人都不知道的事情。那力量是否必定会让最正直的人腐化？他是不是因此必须背叛了艾兰迪，只为阻止他？

雾灵又指了指。

如果雾灵将那句撕掉，也许它是想要告诉我什么。可是……纹不会将力量占为己有。她不会像统御主那样毁灭世界，是吧？

如果她别无选择呢？

外面有人尖叫，声音充满纯粹的恐惧，很快便有其他人的尖叫声加入。惊恐的声音回荡在深夜里。

没时间多想了。沙赛德抓起蜡烛，出了房间，匆忙中将蜡油洒在了桌上。

蜿蜒的石造台阶带着他们走了好一段时间，纹跟依蓝德并肩前进，鼓动声响亮地回荡在她的耳朵里。楼梯的底端通向——

一个巨大的房间。依蓝德举高灯笼，低头看着一间巨大的石室。鬼影已经往下走了一段，哈姆跟在他身后。"统御主啊……"依蓝德低语，站在纹的身边，"除非我们拆了整栋建筑物，否则绝对找不到这里！"

"这大概就是他的原意吧。"纹说道，"克雷迪克·霄不只是皇宫，更是封印，建造来隐藏某个东西。这个东西。楼上墙壁的金属镶嵌是为了隐藏门的轮廓，金属也让镕金术师看不出开门的机关。要不是有人给我暗示……"

"暗示？"依蓝德转向她问道。

纹摇摇头，朝台阶颔首示意。两人开始走下台阶，她听到鬼影的声音从下方响亮地传来。

"这里有食物！"他大喊，"好多好多罐食物！"

果然，他们发现一排又一排的架子被放置在洞穴中，并被小心翼翼地排放整齐，仿佛是在迎接某个很重大的事情。纹跟依蓝德同时来到地洞中，哈姆则追上鬼影，大喊着叫他不要跑那么快。依蓝德一开始想要跟着过去，但纹抓住他的手臂。她正在燃烧铁。

"那里有很强的金属来源。"她语带兴奋地说道。

依蓝德点点头，两人跑过石室，里面有一个接一个的柜子。一定是统御主准备的，她心想。可是，为什么呢？

她并不在乎。她其实也不太在乎天金，但依蓝德想要找到天金的急切不容她忽视。两人跑到大厅的另一端找到金属线的来源。

墙上挂着一幅巨大的金属板，像是沙赛德形容的，挂在瑟蓝集所的那一幅。金属板映入眼中时，依蓝德显然很失望，可是纹上前一步，用锡力增强双眼，开始检视上面写着什么。

"是地图吗？"依蓝德问道，"那是最后帝国。"

果不其然，金属板上刻着帝国的地图。陆沙德被标明在中央，旁边另外圈起了一个城市。

"为什么把史塔林城圈起来？"依蓝德皱眉问道。

纹摇摇头。"这不是我们来此的目的。"她说道，"你看那边。"一条通道从石室通往别处。"来吧。"

沙赛德跑过街道，甚至不知道自己在做什么。他跟着雾灵，因为蜡烛早已熄灭，它在夜晚很难看清。

有人在尖叫。他们惊慌的声音让沙赛德全身起鸡皮疙瘩，他好想去看看到底发生了什么，但雾灵很坚定，如果它发现他可能跟丢，便会停下来好引起他的注意力。它可能在带着他去送死。可是……他对它有一种莫名的信任感。

镕金术？他心想。它在拉引我的情绪？

他还来不及多想，便碰到第一具尸体。那是个穿着简单衣服的司卡男子，皮肤上沾满了灰烬，脸庞因痛楚而扭曲，地上的灰烬因为他的挣扎而

迷雾之子
卷二·升华之井 [珍藏版]

纷乱。

沙赛德惊呼着,停下脚步,跪下,借着附近一扇大开的窗户所透露出的些许光芒检视尸体。这个人死得不轻松。

这……好像我之前在研究的死亡,他心想。好几个月前,在南边的村庄。那里的人说雾杀死了他的朋友,让他倒地抽搐致死。

雾灵出现在沙赛德面前,肢体语言透露出它的坚持。沙赛德皱眉抬起头。"你做的?"他低声问道。

那东西用力摇头,指着。前方是克雷迪克·霄。那是纹跟依蓝德之前去的方向。

沙赛德站起身。纹说她觉得井还在城里,他心想。深黯降临了,它的触手早就伸入帝国的角落,如今探入中心。开始杀人。

有我们尚不了解的巨大事件正在发生。

他仍然不相信纹去找井会是很危险的。她读过书,知道拉刹克的故事,他很有信心她不会将力量据为己有。可是,他不完全确定。事实上,他已经不太确定该如何处理井的问题。

我得去找到她,阻止她,跟她谈谈,让她有心理准备。这种事情不能操之过急。如果他们真的要从井中取得力量,总要先想想该怎么做。

雾灵继续指着前方。沙赛德站起身,向前跑,暂时将恐惧的尖叫声置之脑后。他走向充满尖锥跟利刺的巨大皇宫,冲了进去。

雾灵留在雾中,那里是它的归属。沙赛德以燧石点亮蜡烛,等着。雾灵没有上前来。满心焦虑的沙赛德留下它,继续深入原本属于统御主的皇宫。石墙又冷又黑,蜡烛光只剩下微弱的光。井不可能在这里,他心想,它应该在山里。可是那个年代的资料实在太模糊。他开始怀疑,也许他从未真正了解自己的研究。

他加快脚步,一手为烛火挡风,心中清楚需要去哪里。他去过里面的屋中屋,也是统御主曾经住过的地方。沙赛德在帝国崩解后,仔细研究过这个地方,详细做了纪录跟归档。他踏入外间,走到一半后注意到墙上从未见过的入口。

一个身影站在门口,头低低的。沙赛德的火光照出光滑的大理石墙上银色的镶嵌壁画,还有那人眼中的尖刺。

"沼泽?"沙赛德震惊地问道,"你去哪里了?"

"沙赛德,你在做什么?"沼泽低声问道。

"我要去找纹。"他不解地回答,"她找到井了,沼泽。我们得去找她,在确定井真正的作用之前,我们得阻止她动手。"

沼泽一时没回答。"你不该来这里的,泰瑞司人。"他终于说道,头仍然低垂。

"沼泽?发生了什么事?"沙赛德往前一步,心中焦急。

"我希望我知道。我希望……我希望我明白。"

"明白什么?"沙赛德问道,声音在圆拱顶的房间内回荡。

沼泽静立片刻,然后抬起头,冰冷的尖刺紧盯着沙赛德。

"我希望我明白为什么必须杀死你。"他说,然后抬起手,镕金术推向沙赛德手臂的金属臂环,将他往后一扔,重重撞上坚实的石墙。

"对不起。"沼泽低语。

艾兰迪不可抵达升华之井……

58

"统御主啊!"依蓝德低语,停在第二个石室的边缘。

纹来到他的身边。他们在一条狭窄的天然石隧道中走了一段时间,储藏石室早已在他们身后远处。隧道的终点是此处,一个较小的石室,里面满是浓重的黑烟。烟没有从石室渗出,而是结成一团,不断翻滚搅动,相当反常。纹向前一步。烟不像她以为的那样会让人无法呼吸,反而出奇地让她感觉友好。"来吧。"她说道,穿过烟雾,走入石室,"我看到前面有光。"

依蓝德紧张地跟上。

咚。咚。咚。

沙赛德撞上墙。他不是镕金术师,不能靠白镴强化自己的身体。倒地时,他感觉到身侧的锐利刺痛,知道自己撞裂了一根肋骨,甚至是受了更严重的伤。

沼泽向前一步,被沙赛德抛下的蜡烛躺在原处,不安地摇曳。

"你为什么要来?"沼泽低语,看着沙赛德跪坐起身,"一切原本很顺利。"他以钢眼看着沙赛德缓缓爬走。之后沼泽又推了一次,将沙赛德甩向一边。

沙赛德在美丽的白色地板上一滑,撞上另一面墙。他的手臂发出啪的一声后折断,视野开始模糊。

痛楚中,他看到沼泽弯下腰,拾起某个东西。一个小布囊。从沙赛德的腰带掉下的,里面装满了小块的金属,沼泽显然认为这是他的钱袋。

"我很抱歉。"沼泽再次说道,然后举起手,将袋子钢推向沙赛德。布囊射过房间,撞上沙赛德,撕裂,里面的金属割开沙赛德的皮肤。他不需要低头看就知道自己伤得多重,奇特的是,他不再能感觉到痛楚,可是可以感觉到温暖的血液顺着肚子跟双腿流下。

我也……对不起,沙赛德心想,房间开始变暗,他再次跪倒。我失败了……虽然我不知道是什么事失败了。我甚至无法回答沼泽的问题。我不知道自己为什么会来。

他感觉到自己要死了。这是个很奇怪的经验。他的内心已经放弃,却仍然迷惘,仍然烦躁,仍然缓慢地……在……思索……

那些不是钱币,某个声音似乎在低语。

那个念头在他逐渐远去的意识中回荡。

沼泽抛向你的袋子。那不是钱币。那是戒指,沙赛德。总共有八个。你昨天拿出来两个,视觉跟听觉。其他的还在袋子里,塞在你的腰带中。

沙赛德倒地,死亡如冰冷的影子一般笼罩上他的身体,可是,这个念头却让他无法忽视。十个戒指,埋在他的皮肉里,碰触他。重量。速度。视觉。听觉。触觉。嗅觉。体力。思考力。清醒。

还有健康。

他启动金。他不需要戴着金属意识库,只需要碰触就能使用。他的胸口不再灸热,双眼重新聚焦,手臂伸直,骨头重新组起,数天内积存的健康瞬间用尽。他惊喘一声,意识从濒死边缘恢复,可是金意识库让他的思绪重新恢复清明。

包围金属的皮肉愈合。沙赛德站起身,将黏在身上的空袋子拾起,戒指仍封在他的皮肉中。他将袋子往地面一抛,最后的伤口开始愈合,用尽了金意识库里面残存的力量。沼泽在门口停步,讶异地转身。沙赛德的手臂仍然疼痛,骨头可能撞裂了,肋骨处也有瘀青,毕竟用这一点健康能获得的效果有限,但他还活着。

"你背叛了我们,沼泽。"沙赛德说道,"我不知道这些尖刺除了夺走一个人的眼睛外,还会夺走他的灵魂。"

"你打不过我。"沼泽低声回答,声音在黑暗的房间中回荡,"你不是战士。"

沙赛德微笑,感觉体内的小金属意识库给了他力量。"我认为你也不是。"

这事情已经超过了我能处理的范围,依蓝德心想,跟着纹穿过诡异、充满烟雾的石室。地板粗糙不平,灯笼似乎很昏暗,仿佛盘绕的黑雾吸走了所有的光线。

迷雾之子
卷二·升华之井 [珍藏版]

纹很有自信,不,很坚定地走着。两者之间有差别。无论这个山洞的尽头是什么,她很显然想要知道。

那……到底会是什么呢?依蓝德不禁猜想。升华之井?

井是神话的产物,是圣务官在教导统御主的神迹时才会提到的东西,可是……他跟着纹北上,就是期待会找到井,不是吗?他现在为什么要这么迟疑?

也许是因为他终于开始意识到会发生什么事,所以很紧张。他不是在因为他担忧自己的性命,而是突然不了解自己身处的世界。他了解军队,即使他不知道该如何打败军队。可是像井这样的东西?超越了学者跟哲学家的逻辑,属于神的领域。

太令人害怕了。

他们终于走到充满烟雾的石室另一边,这里似乎是最后一间石室,比前面两间都小很多。踏进去的瞬间,依蓝德立刻感觉到一件事:这间石穴是人造的,至少它给人一种人造的感觉。低矮房间里的柱子是钟乳石,分布得太过规律,不可能是随机生成,但看起来仍像是自然的产物,完全没有人工雕凿的痕迹。

里面的空气似乎比较温暖,而且令人庆幸的是,一进入这间石穴,他们终于脱离了黑烟。石穴的另一边似乎有某种暗淡的光线,但依蓝德不知道见光源是什么。看起来不像是火把,颜色不对,它不是自然摇摆的火光,而是某种隐隐发亮的光芒。

纹搂他,看着房间的后方,突然露出紧张的神色。

"那个光是从哪里来的?"依蓝德皱眉问道。

"一个池子。"纹低声说道,她眼力远超过他,"一个发亮的白池。"

依蓝德皱眉。他们没有行动,纹似乎很迟疑。"怎么了?"他问道。

她略略移开身子:"那就是升华之井。我在脑里可以感觉到它。在鼓动。"

依蓝德强迫自己微笑,觉得自己的脑子跟不上事情的发展:"那就是我们来的目的。"

"如果我不知道该怎么做,怎么办?"纹低声问道,"如果我得到力量,却不知该怎么用,怎么办?如果我……变成统御主那样,怎么办?"

依蓝德低头看着仍双手环抱着他的纹,恐惧略略消减。他爱她。他们面对的情况,不符合他的理性,可是纹从来就不需要理性,而如果他信任她,他也不需要。依蓝德双手捧住她的头,让她抬头看他:"你的眼睛很美。"

她皱眉:"你说什么?"

"而且——"依蓝德继续说道,"美的原因是,你很真诚。纹,你不会成为统御主。你会知道要怎么处理那力量。我信任你。"

她迟疑地微笑,点点头。可是,她没有走入石室,而是指着依蓝德肩膀后方的东西:"那是什么?"

依蓝德转头,注意到小房间后方有个平台,直接从门口边的石壁延伸出来。纹走到石台边,依蓝德跟在她身后,看到上面的碎片。

"看起来像是破掉的陶片。"依蓝德说道。上面有几块碎片,平台下面有更多碎片。

纹拾起一片,但这陶片似乎没什么特别。她看着仍然在捡拾破陶片的依蓝德。"你看。"他说道,拾起一片相对完整的陶片。它看起来像是属于一块只过的陶盘,中间镶嵌着某种金属的珠子。

"天金?"她问道。

"很像,但颜色不对。"他皱眉说道。

"那会是什么?"

"也许答案在那边。"依蓝德说道,转身看着光芒边的一排排柱子。纹点点头,他们走向前。

沼泽立刻想靠沙赛德手臂上的护环将他推开,可是沙赛德早有准备,立刻从储存重量的铁意识库汲取了力量,身体变得更厚重,他能感觉到重量将自己往地下扯，拳头像是铅灌手臂末端的两个铁球。

沼泽立刻因为自己钢推强大的反作用力向后栽倒。他撞上石墙，双唇间逸出一声惊呼，回荡在小圆拱房间内。

阴影随着烛火转暗而跳动，沙赛德汲取视觉，增强视力，然后释放了铁，朝神志不清的审判者冲去，可是沼泽很快便恢复，伸出手将一盏没点亮的油灯从墙上扯下。油灯咻地飞向沼泽。

沙赛德汲取锌。他觉得自己像是某种镕金术师跟藏金术师的怪异混合体，因为他的金属来源被封闭在自己体内。金愈合了他的内脏，让他身体完整，但戒指仍然卡在他的皮肉里。统御主就是这么做的，将金属意识库保存在体内了刺穿皮肤，才不容易被偷走。

沙赛德总觉得这做法太诡异，现在他发现这方法原来是这么有用。他的思考加快，很快便从油灯的轨迹中发现沼泽打算把它当成武器。因此，沙赛德汲取钢。镕金术跟藏金术的基本差异是：镕金术从金属本身汲取力量，所以力量是有限的，可是藏金术则是可以反复储存一种特质，在数分钟内取出好几个月份的力量。

钢储存的是速度。沙赛德窜过房间，空气在他耳边呼啸而过，他冲出门口，抓起空中的油灯，猛烈汲取铁，将体重增加数倍，同时汲取白镴，好让自己得到巨大的力量。

沼泽没有时间反应。他的镕金术现在正拉引着沙赛德超乎人类的强壮、沉重的手。沼泽再次被自己的镕金术拉扯，拉力让他穿过房间，直直朝沙赛德飞来。

沙赛德转身，以油灯重重摜向沼泽的脸。金属在他的手中弯曲，力量让沼泽再次后飞。审判者撞上大理石墙，朝空中喷出一道血雾。沼泽倒地时，沙赛德看到他一只眼睛的尖刺捶入得更深了，击碎了眼眶周围的骨头。

沙赛德将体重恢复正常，往前一跳，再次举起他临时取得的武器，可是沼泽举起手，钢推。沙赛德往后滑了几尺，这才来得及汲取铁意识库，增加自己的体重。

沼泽闷哼一声,钢推强迫他背贴着墙,却也阻挡了沙赛德再靠近。沙赛德想要前进,但沼泽的钢推,加上自己沉重的身体,让他举步维艰。房间里镶嵌的金属闪闪发光,安静的壁画看着他们,通往井的开口就在一旁。

"为什么,沼泽?"沙赛德悄声问道。

"我不知道。"沼泽低咆。

沙赛德突然释放铁意识,换使用钢,再次增快速度。他抛下油灯,闪到一边,远超过沼泽能跟上的速度。油灯被推后,但沼泽很快就松开手,让油灯落地,自己则往前一跳,显然是想避免被困在墙角。

可是沙赛德的速度比他快。他转身,举起手想要拔出沼泽最重要的尖刺,也就是肩胛骨之间刺入,从沼泽背后穿出的那一根。拉出这根尖刺会杀死审判者,这是统御主设计的弱点。

沙赛德绕过沼泽,打算从后方攻击。沼泽右眼的尖刺从后脑勺突出了几寸,滴着血。

沙赛德的钢意识库用完了。

那些戒指本来就只能应急,而他两次的大量燃烧让这只戒指几秒钟之内就用光了存量。他全身猛烈一震,动作慢了下来,可是手臂仍然高举,他仍然有等同十个人的力量,也可以看到沼泽的袍子下尖刺的突起。如果他能——

沼泽转身,利落地将沙赛德的手拍到一旁,手肘捶入沙赛德的肚子,反手挥上他的脸。

沙赛德往后倒,白镴意识库用完,力量消失。他咚的一声撞上坚硬的铁地面,翻身。

沼泽耸立在黑暗的房间里。蜡烛摇曳。

"你错了,沙赛德。"沼泽低声说道,"我过去不是战士,可是现在已经不同了。你过去两年都在传道,可是我都在杀人。杀了好多人……"

沼泽上前一步，沙赛德咳个不停，试图要让满是瘀青的身体移动。他担心自己又把手臂折断了。他再次汲取锌，加快思考速度，却无法帮助身体移动。他清清楚楚地知道目前的险境却无能为力，只能看着沼泽拾起落地的油灯。蜡烛熄灭。

可是，沙赛德仍然能看到沼泽的脸。血从他破碎的眼眶滴下，让他的表情更难理解。当他五指曲成爪，抓着油灯准备要打碎沙赛德的脸时，他看起来……很哀伤。

等等，沙赛德心想。那光是从哪来的？

一根决斗杖挥向沼泽的脑后，碎裂，木屑四散。

纹跟依蓝德走到池边。依蓝德静静跪在一旁，纹只是站在那里，凝视着晶亮的池水。

池水积蓄在岩石中的一个小凹槽里，看起来很浓，像是金属，一种银白色、散发光芒的液态金属。井只有几尺宽，但力量在她意识里激荡，不容回避。

纹被美丽的水池彻底迷惑，直到依蓝德握紧她的手臂，她才发现雾灵的出现。她抬头，看到雾灵站在他们面前。它一开始仿佛低垂着头，但她转身的同时，它虚幻的身影开始站直。

她从来没看过这东西从雾里走出来。它仍然不……完整。它的身体冒出雾，向下流泻，创造出朦胧的身影，有一个固定的轮廓。

纹轻轻倒抽一口气，抽出匕首。

"等等！"依蓝德站起身说道。

她皱眉，瞥向他。

"我觉得它没有危险，纹。"他说道，离开她身边，走向雾灵。

"依蓝德，不要！"她说道，可是他轻轻地甩开她的手。

"你不在时，它来找过我。"他解释，"它没伤害我，似乎……只是想让我知道一件事。"他微笑，穿着平凡无奇的披风跟旅人的衣服，缓缓走到雾灵面前。"你要什么?"

雾灵动也不动地站了片刻,然后举起手。一个东西挥落,反射着满池辉光。

"不!"纹尖叫,疾冲上前——雾灵划开了依蓝德的腹部。依蓝德痛得闷哼出声,往后两步。

"依蓝德!"纹喊道,急忙冲到依蓝德身边,接住软倒在地的他。雾灵往后退开,看起来虚无缥缈的身体内正汩汩滴着血。依蓝德的血。

依蓝德震惊地躺在地上,眼睛大睁。纹骤烧白镴,撕开他的外套,露出伤口。雾灵深深地砍入了他的肚子,伤口处可看到内脏。

"不,不,不……"纹说道,大脑一片麻木。依蓝德的血沾在她的双手上。伤势很严重。足以致死。

哈姆抛下断裂的决斗杖,一手仍吊在绷带中。壮硕的打手看起来非常得意,他跨过沼泽的身体,完好的手伸向沙赛德。

"没想到你在这里,阿沙。"打手说道。

沙赛德有点晕眩地握住他的手,站起身,歪歪倒倒地跨过沼泽的身体,脑中某处深知打审判者的头不足以杀死怪物。可是沙赛德的神志太模糊,无暇顾及此事。他拾起蜡烛,用哈姆的灯笼点燃,走到台阶前,强迫自己前进。

他不能停下来。他得找到纹。

纹将依蓝德抱在怀里,用披风凌乱而徒带地充作绷带,绑在他的身体上。

"我爱你。"她低声说道,温暖的眼泪滴在他冰冷的脸颊上,"依蓝德,我爱你,我爱你……"

光是爱不够。他全身颤抖,眼睛盯着天花板,几乎无法聚焦,然后猛抽一口气,血出现在他的唾液中。

她转向一旁，麻木地意识到自己跪在哪里。池子在她身旁发光，离依蓝德倒下的地方只有几寸。他的一些血滴入了池子，却没有跟液体金属混合。

我可以救他，她心想。造物的力量就在我手边，这是拉刹克成为神的地方。升华之井。

她回望依蓝德，看着他逐渐涣散的眼神。他试图要集中精神看着她，虽然无法控制自己的肌肉，但仍然看起来像是……想对她微笑。

纹卷起外套，枕在他的头下，她穿着长裤与衬衫，走到池边。她可以听到池子的鼓动。仿佛在……召唤她。召唤她与它合为一体。

她踏入池中，池水一开始抗拒她的碰触，但她的脚开始缓缓沉入。她上前一步，走到水池中央，静候自己慢慢下沉。几秒钟后，水池淹没到她的胸口，闪闪发光的液体包围着她。

她深吸一口气，将头往后一仰，看着石穴顶端，让池水淹没她，掩盖了她的脸。

沙赛德跌跌撞撞地下了楼梯，颤抖的手指握着蜡烛。哈姆在他身后喊着。他经过下方一脸迷惘的鬼影，无视男孩的困惑。

可是，在他开始走过山洞时，一阵微小的颤抖窜过岩石。他凭直觉知道，已经太迟了。

力量突然涌入她。

她感觉到液体挤压着她，窜入她的身体，攀爬，强行透过她的毛孔与皮肤中的任何空隙渗透。她开口要尖叫，液体却也从嘴里涌入，哽住她的喉咙，让她无法出声。

她的耳垂突然像着火一样灼烧，她大喊出声，拔出耳针，让它沉入池子，再抽掉腰带，让里面的镕金液体瓶也带着身上仅有的金属沉下。

然后，她开始燃烧。她认得这个感觉：跟她在腹中燃烧金属时的感觉

MISTBORN: THE WELL OF ASCENSION

一模一样,只是这次燃烧来自于她的整个身体。皮肤炙热,肌肉散发高温,骨头像是着火一样,她惊喘出声,这才发现金属已经不再塞住她的喉咙。

她全身发光。她感觉到体内的力量,它仿佛正试图要冲出来。它像是燃烧白镴时会取得的力量,却又远远超过,具有无穷无尽的潜能。原本它超出了她所能理解的范围,但它拓展了她的意识,强迫她成长、理解体内蕴含的力量。她可以重塑世界。她可以推开迷雾。她一挥手就能喂饱世界上的数百万人,惩恶护弱。她对自己赞叹不已。石室在她身边仿佛变得透明,她看到整个世界在她脚下拓展,是巨大神妙的一个圆球体,生命却只能在两极周围的有限空间中存在。她可以改变这点。她可以改善一切。她可以……

她可以救依蓝德。

她低下头,看到他正逐渐迈向死亡。她立刻了解了他的问题。她可以修补他破裂的肌肤跟被切割的器官。

你不能这么做,孩子。

纹震惊地抬头。

你知道你该怎么做,那个声音在她脑海中低语。听起来年迈、慈祥。
"我必须救他!"她大喊。你知道你该怎么做。

她的确知道。她看到过的一切仍历历在目。拉刹克将力量占为己有时,世界因此而受到多大的灾难。

全有或全无——某种程度上,就像是镕金术。如果她留下力量,那她必须在短短时间中将力量全部烧光,在短暂的期限内按照自己的心意改变世界。

或是……她可以选择放弃。

我必须打败深黯,声音说道。

她也看到了。在皇宫外,在城市里,在大地上,在迷雾中的人,颤抖、倒地。谢天谢地,许多人留在屋内,司卡的传统仍然深植于人心。

迷雾之子
卷二·升华之井 [珍藏版]

可是有些人在外面。那些相信卡西尔所说,迷雾不会伤人的人。但如今迷雾变了,带来死亡。

那就是深黯。杀人的迷雾。正缓缓遮蔽整片大陆的迷雾。死亡事件零零星星地发生,有人死,有人只是生病,还有其他人在雾中走动,却毫发无伤。

会变得更严重,声音低低说道。它会杀戮、毁坏,而且如果你想以自己的力量阻止它,你会毁掉世界,像是拉刹克那样。

"依蓝德……"她低语,转向在地上流血不已的他。

在那瞬间,她想起一件事,想起沙赛德说的话。你爱他,就必须尊重他的意愿,他告诉她。除非你学会尊重他,否则,那不是爱。你认定的不是最好的,他想要的提……

她看到依蓝德在哭泣。她看到他在看着她,知道他想要什么。他想要他的人民活下去。他想要世界上的人都能感受到和平,司卡能够自由。他希望深黯被打败。人民的安危对他的意义,超过了他自己的性命。远远超过。

他刚刚才对她说过,你会知道该怎么做。我信任你……

纹闭上眼睛,眼泪滚落她的脸颊,显然,神也是能哭的。

"我爱你。"她低语。

她释放力量。她手中握有成为神的力量,却自愿放弃,将它释放入等待的空无。她放弃依蓝德。

因为她知道这会是他要的。

石穴立刻开始晃动。纹体内燃烧的力量被夺取,被空无贪婪地吸尽,她痛喊出声,尖叫着,光芒淡去,纹倒在如今空无一物的池子里,头撞上了岩石。

山洞继续摇晃,岩尘跟碎石从天花板上落下,而在一瞬间,纹以超凡的灵敏,听到她脑海里响起一个明确清晰的声音。

我自由了!

……因为他不能解放被禁锢在那里的东西。

<h2 style="text-align:center">59</h2>

纹静静地倒地哭泣。

石室很安静，风暴终于结束。那东西不在了，她脑中的鼓动终于也安静下来。她微微啜泣，依然抱着依蓝德，听着他最后挣扎的呼吸。她尖叫着要人来帮忙，叫唤着哈姆跟鬼影的名字，却没人回应。他们离得太远。

她觉得全身冰冷。空洞。握有那么多力量又被夺去，感觉自己被掏空了，什么都不剩。一旦依蓝德死去，她会是真的一无所有。

有什么关系？她心想。生命已经没有意义。我背叛了依蓝德。我背叛了世界。

她不确定到底发生了什么事，但清楚知道，自己造成了不可挽回的严重错误。最糟糕的是，她很努力要做对的事情，即使这让她心痛万分。

有东西站在她面前。她抬头看着雾灵，却连怒气都无法感觉，她此刻已经没有感受的余力。

雾灵举起手，指着一个东西。

"结束了。"她低语。

它更坚持地指着。

"我来不及找到他们。"她说道，"况且，我知道他的伤势有多严重。我用那力量看到的。他们谁也帮不了我，就连沙赛德都没办法，你这下应该高兴了。你达到你的目的——"她没说完。那雾灵为什么要刺依蓝德？

为了要我治愈他，她心想。好阻止我……释放力量。

迷雾之子
卷二·升华之井 [珍藏版]

她眨眨眼睛。雾灵挥挥手。

她缓慢、麻木地站起身，仿佛被催眠般看着雾灵飘了几步，指着地上的一个东西。池子空了之后，石室陷入黑暗，只剩依蓝德的灯笼依然在照明。她得骤烧锡才看得见雾灵在指什么。

一片陶片。是依蓝德从房间后面的架子上拿下的圆盘。雾灵焦急地指着它。纹走上前去，弯下腰，手指摸到镶嵌在圆盘中央的小块金属。

"那是什么？"她悄声问道。

雾灵转身，飘回依蓝德身边。纹静静地跟着。

他还活着。似乎变得更虚弱了，颤抖更少了。诡异的是，他越接近死亡，似乎反而越能控制自己的身体。他看着她跪下，她可以看到他的嘴唇在动。

"纹……"他以极其微弱的声音说道。

她跪在他身边，看着那颗金属，然后抬头看着雾灵。它动也不动地站着。她以指尖摩挲着金属珠，准备要将它吞下。

雾灵出现慌张的动作，急急忙忙地摇手。纹一愣，看到雾灵指着依蓝德。

什么？她心想，但她已没有了思考的力气，只是将金属举到依蓝德唇边。"依蓝德。"她低声说道，靠近他，"你得把这个吞下。"

她不确定他有没有听懂，但他似乎在点头。她将那点金属放在他的嘴里，他的嘴唇动了动，却开始咳嗽。

我得让他和着东西冲下去，她心想。

她身上唯一有的东西就是金属液。她将手伸入空无的井里，拿回耳针跟腰带，拉出一个瓶子，将液体倒入他的口中。

依蓝德继续衰弱地咳嗽，但液体顺利奏效，让他将那颗金属吞下。纹跪在他身边，觉得自己毫无用处，跟先前的自己相比，反差之大令她万分沮丧。依蓝德闭上眼睛。

奇特的是，他的脸颊开始出现血色。

703

MISTBORN: THE WELL OF ASCENSION

纹不解地跪在原地,看着他。他的神情,他躺的方式,他皮肤的颜色……

她燃烧青铜,震惊地感觉到依蓝德身上传来脉动。

他在燃烧白镴。

尾声

两个礼拜之后,一个孤单的身影来到瑟蓝集所。

沙赛德静静地离开了陆沙德,心中充满忧虑的思绪,还有失去廷朵的悲伤。

他留下了一张纸条。他不能待在陆沙德。至少现在不能。

迷雾仍然在杀人。它随机攻击晚上出去的人,毫无规律。大部分人没有死,只是生病,其他人却被迷雾杀死。沙赛德不知该如何解读这些死亡,他甚至不确定他是否在乎。纹说她在升华之井解放了一个可怕的东西,她希望沙赛德留下,研究、记录她的经验。

可是,他离开了。

他穿过以钢铁铺设的肃穆房间,以为会碰上审判者,也许沼泽又会来杀他。当他跟哈姆从陆沙德地下的储藏室回来时,沼泽又再度消失了。他的工作似乎已经完成。他的目的就是阻挠沙赛德,不让他靠近纹。

沙赛德走下楼梯,穿过酷刑室,终于进入他许多个礼拜以前,第一次来集所时造访的小石室。他将背包放在地上,以疲累的手指解开它,抬头看着巨大的金属板。

关的遗言看着他。沙赛德跪下,从背包抽出被仔细绑缚好的活页夹,解开绳子,取出几个月前在这个房间做的拓印原本。他认得细薄纸片上印着自己的指印,知道炭痕是他的手迹,也认得自己造成的晕染。他越发紧张地将拓印举起,贴上墙上的钢片。

两者并不相符。

迷雾之子
卷二·升华之井 [珍藏版]

沙赛德退后一步,不知道该如何看待如今在眼前被证实的怀疑。拓印从他虚软的手指间落下,他的眼睛找到金属板最后的句子。最后一句,雾灵一次又一次撕下的句子。铁板上的原句跟沙赛德撰写、研究的句子完全不同。

关的古老文字写着:艾兰迪不可抵达升华之井,因为他不能解放被禁锢在那里的东西。

沙赛德静静坐下。一切都是谎言,他麻木地心想。泰瑞司人的宗教……守护者花了上千年在寻找、了解的东西,都是谎言。所谓的预言,永世英雄……都是捏造的。一个阴谋。

有什么比这个方法更适合让那怪物获得自由?人会因为预言而死。他们想要希望,想要相信。如果有人,有东西能控制这股能量,扭曲它,便能缔造许多惊人的事迹……

沙赛德抬头,再次阅读墙上文字的后半段,里面的内容与他的拓印不同。

或者该说,他的拓印变了,变成了那东西要沙赛德看到的文字。关的开头便写着——

我将这些文字写于钢铁上,除此之外的,均不可信。

沙赛德摇摇头。他们应该注意这一句。他在那之后所研读的一切,显然都是个谎言。他抬头看着铁片,浏览内容,来到最后一段。

上面写着:我现在开始提出我的重点。很抱歉,就算是坐在这座冰冷的山洞,将文字刻入钢板的同时,我仍然忍不住会离题。一切的问题都在于此。虽然我一开始相信艾兰迪,但后来我起了疑心。他似乎的确似乎很符合征象,但该怎么解释?他是不是太过符合了?

我知道你们的论点。我们提到期待经,提到古代最伟大的先知对我们许下的承诺。永世英雄当然会符合预言。完美地符合。这就是预言存在的意义。

可是……一切都太容易,几乎像是我们塑造了一个英雄来符合我们的

MISTBORN: THE WELL OF ASCENSION

预言,而非让英雄自然而然地出现。这就是我的担忧,当我的弟兄们前来找我,终于愿意相信时,我应该要三思而后行。

在那之后,我开始发现有问题。你们也许有人听说过我闻名于世的记忆力。确实如此。我不需要藏金术师的金属意识库,即可瞬间记住一张纸上的所有内容。你们可以说我昏了头,但预言上的字正在改变。改变很小。很聪明。这里一个字,那里一个转折,可是我记忆中的字跟书页上的字,截然不同。其他的世界引领者耻笑我,因为他们的金属意识库向他们证明,预言跟书籍并没有改变。

所以,这是我必须做的宣告。有东西,有某种力量想要我们相信,永世英雄已经到来,他必须前往升华之井。有东西正在让预言改变,好让艾兰迪更符合标准。

无论这力量是什么,它能改变藏金术师的金属意识库内所储存的文字。其他人说我疯了。如同我先前所说,可能确实如此。不过即使是疯子,不也要倚靠自己的意识,自己的经验,而非别人的?我知道我背下来的内容是什么。我知道其他世界引领者如今在传诵着什么。两者并不相同。

我感觉到这改变后面有某种诡计,极端巧妙且聪颖地操弄着人心。过去两年来的自我放逐中,我一直想了解这些改变的意义——只有一个结论——有东西控制了我们的宗教,某个诡计多端,不可被信任的东西。它会误导、暗示,利用艾兰迪作为毁灭的力量,带他走上死亡跟悲伤的道路,牵引着他前往升华之井,那里积蓄了千年的力量。我只能猜测,是它将深黯派来,好让人类更绝望,更急着达成它的意愿。

预言的内容变了。如今它告诉艾兰迪,得到力量的瞬间就必须放弃。之前的文字中并不是如此,原意更为模糊,但被修改后的版本却让这件事变成了唯一符合道德标准的做法,这份文字如今描述着如果永世英雄将力量占为己有，会发生多可怕的事。

艾兰迪相信他们的话。他是个好人，即使发生了这么多事情，他仍然是个好人，是个自我牺牲的人。事实上，他所有的行为，包括他造成的死亡、毁灭、痛苦，都深深地伤害了他。而这些事情对他而言，其实也是某种牺牲。他已经习惯牺牲自己，以成就他认定的大我。

我毫不怀疑如果艾兰迪去到升华之井，他会得到力量，同时为了众人的福祉，他会放弃它。将它送给改变文字的力量，将升华之井的能量献给这个带他进入战争，诱惑他杀人，诡妙地引他前往北方的毁灭之力。

这东西想要得到井里的力量，为此玷污了我们宗教中最神圣的信念。

于是，我最后孤注一掷。我的恳求，我的教诲，我的反对，甚至我的叛变都没有用。艾兰迪如今有新的幕僚，他们只会告诉他，他想听的话。

我有一个年轻的侄子，叫做拉刹克。他以令人羡慕的青春热情憎恨着克雷尼恩的一切，尤其憎恨艾兰迪。虽然两人从未见过面，可是拉刹克对于我们的压迫者居然被选为永世英雄一事，觉得遭受了背叛。

艾兰迪需要向导带领他穿过泰瑞司山脉。我指派拉刹克，并且确保他跟他的朋友们成为向导。拉刹克试图带领艾兰迪前往错误的方向，让他气馁，或是阻挠他的任务。艾兰迪不知道他被骗了。我们都被骗了。可是他如今不再听我说话。

如果拉刹克无法将艾兰迪带离他的征途，我已经指示要那孩子杀了曾经是我朋友的他。这是个渺茫的希望，因为艾兰迪历经刺杀、战争、灾难，仍然存活至今。可是，我希望在冰冻的泰瑞司山脉，他的

MISTBORN: THE WELL OF ASCENSION

真面目会被揭露。我盼望奇迹能出现。

艾兰迪不可抵达升华之井,因为他不能解放被禁锢在那里的东西。

沙赛德往后坐倒。这是最后一击,完全歼灭了他所有残存的信仰。

在这一刻,他知道,他再也不会有信念。

纹在城墙上找到依蓝德,他正看着陆沙德城。他穿着白色制服,是廷朵为他定制的那件。他看起来比前几个礼拜更……坚毅。

"你醒了。"她说道,站到他身边。

他点点头,没有看她,只是继续看着城市里面忙碌的人。他好一段时间神志不清地躺在床上,即使已有新得到的镕金术在支撑他,即使有白镴,医者们仍然不确定他是否能活下来。

他活下来了,而且一如所有的镕金术师,清醒的第一天就能下床,行动自如。

"发生了什么事?"他问道。

她摇摇头,靠着墙垛的石头。她仍然能听到那可怕、响亮的声音。我自由了……

"我是镕金术师。"依蓝德说道。

她点点头。

"显然还是迷雾之子。"他继续说道。

"我想……我们现在知道他们从何而来了。"纹说道,"第一批镕金术师。"

"井的力量呢?哈姆没办法给我直接的答案,其他人也只告诉我传言。"

"我解放了某个东西。"她低声说道,"一个不该被解放的东西,那东西带我去找到了井。依蓝德,我根本不该去找的。"

依蓝德静静地站着,仍然望着城市。

她转身,头埋入他的胸口。"那东西非常可怕。"她说道,"我其实感觉得出来,但我仍然释放了它。"

终于,依蓝德抱住她。"你尽力了,纹。"他说道,"事实上,你做了对的事。你怎么能知道自己被告知、被训练、准备要做的一切,都是错的?"

纹摇摇头:"我比统御主还糟糕。最后,也许他发现自己被骗了,所以决定必须取得力量,而不能释放它。"

依蓝德说道:"纹,如果他是好人,他不会对大地做出这些事情。"

"我的行为可能更可怕。"纹说道,"我释放的东西……杀人的迷雾,如今在白天也会出来……依蓝德,我们该怎么办?"

他看着她片刻,然后回头望着城市与人民。

"我们要继续卡西尔的教诲,纹。我们要活下去。"

(迷雾之子二部曲:升华之井 完)

MISTBORN: THE WELL OF ASCENSION

镕金秘典（ARS ARCANUM）

想知道作者对本书每一章节的详细注释、被删除情节、额外设定，请前往 www.brandonsanderson.com。

金属能力快速对照表（Metals Quick-Reference Chart）

金属	镕金术能力	藏金术能力
铁 Iron	拉引附近的金属	储存重量
钢 *Steel*	**推附近的金属**	**储存肢体速度**
锡 Tin	增强感官	储存感受
白镴 Pewter	**增强肢体力量**	**储存肢体力量**
锌 *Zinc*	煽动情绪	储存思维速度
黄铜 *Brass*	安抚情绪	储存温度
红铜 Copper	隐藏镕金术	储存记忆
青铜 Bronze	显示镕金术	储存清醒
天金 Atium	看到他人的未来	储存年纪
脉天金 Malatium	看到他人的过去	未知
金 Gold	看到自己的过去	储存健康
电金 Electrum	看到自己的未来	未知

*外部金属以楷体表示，推力金属以粗体表示。

镕金术名词解释

艾兰迪 Alendi

一千年前,在统御主升华前,他征服了全世界。纹在统御主的皇宫中找到了他的日记,一开始以为他成为了统御主,之后才发现是他的仆人拉刹克杀了他,取代了他的位置。艾兰迪是关的朋友与弟子。关是一名泰瑞司哲人,以为艾兰迪可能是世纪英雄。

镕金术 Allomancy

一种神奇的力量,随着血统而传承,持有人能燃烧体内的某些金属取得特殊能力。

镕金术金属 Allomancy Metal

总共有八种基本镕金术金属,两两成对,一者为基本金属,另一者为其合金,同时可以四四分组,一为内部金属(锡、白镴、红铜、青铜)一为外部金属(铁、钢、锡、黄铜)。长久以来一直认为除此八种之外,只有另外两种镕金金属:金跟天金。可是自从发现金跟天金亦可制成为合金后,已知金属的总数拓展为十二种。传说中还有别的金属,其中一种已经被发现。(请参考:铝)

镕金脉动 Allomancy Pulse

镕金术师在燃烧金属时,身体散发出的信号,只有燃烧青铜的人能"听到"镕金脉动。

奥瑞安妮 Allrianne

灰侯·塞特王的独生女。

MISTBORN: THE WELL OF ASCENSION

铝 Aluminium
一种纹在统御主的皇宫时被强迫燃烧的金属,只有钢铁审判者才知晓它的存在。燃烧铝时,体内的所有其他金属存量会被燃烧殆尽。它的合金仍然未知。

爱玛兰塔 Amaranta
史特拉夫·泛图尔的情妇之一,是名药师。

锚点 Anchor
镕金术师在燃烧铁或钢时,用来推或拉的一块金属。

升华 Ascension
升华一词用来形容拉刹克取得升华之井的力量之后,成为统御主时所发生的变化。

落灰 Falling Ash
最后帝国的天空经常飘落灰烬,是灰山造成的。

灰侯 Ashweather
塞特王。(请参考:塞特)

天金 Atium
一种原先生于海司辛深坑的奇特金属,可于地底下的坑洞中挖掘小晶石洞而取得。

毒桦 Birchbane
常见毒药。

盒金 Boxing

皇家金币的俗称,名字起源于其背面的克雷迪克·霄,也就是统御主皇宫的图——他所住的"盒子"。

微风 Breeze

卡西尔手下的一名安抚师,也是依蓝德的主要幕僚之一,真名为拉德利安。

青铜脉动 Bronze Pulse

镕金脉动的别称。

燃烧 Burn

镕金术师使用或消耗肚子里的金属。首先,镕金术师必须吞下金属,然后以镕金术消化它,才能取得力量。

炎地 Burn Lands

最后帝国边缘的沙漠。

凯蒙 Camon

纹以前的盗贼集团首领,是个残酷的人,经常毒打她。凯蒙被卡西尔驱逐,最后被审判者杀死。

塞特 Cett

灰侯·塞特王是在西方统御区中最强大的王。他来自于哈佛富雷克斯。

MISTBORN: THE WELL OF ASCENSION

香奈瑞河 Channerel
流过陆沙德境内的河。

夹币 Clip
最后帝国中皇家铜币的俗称，通常被迷雾之子跟射币用来跳跃跟攻击。

歪脚 Clubs
卡西尔手下的烟阵，如今是依蓝德军队的将领，曾经是司卡木匠，真名为克莱登。

射币 Coinshot
可以燃烧钢的迷雾人。

崩解时期 The Collapse
指统御主死亡与最后帝国的灭亡。

红铜云 Coppercloud
燃烧红铜的人可形成的隐形云雾，如果镕金术师在红铜云中燃烧金属，那燃烧青铜的人将无法侦测到他们的镕金脉动。"红铜云"一词有时用来指烟阵（可以燃烧红铜的迷雾人）所布下的结界。

深闇 Deepness
神话中的怪物或力量，在统御主与最后帝国的崛起前威胁大地。这个名词来自于泰瑞司，传说中世纪英雄会出现，打败深闇。统御主宣称他在升华时已经打败它。

德穆队长 Demoux
哈姆的副手,依蓝德皇宫侍卫的一名士兵。

多克森 Dockson
原本是卡西尔的左右手,卡西尔死后,成为集团的非正式领袖。他没有镕金术力量。

统御区 Dominance
最后帝国的省份。陆沙德位于中央统御区,周围四个统御区称为核心统御区,囊括了最后帝国大部分的人民跟文化。崩解后,最后帝国分裂,不同的国王竞相夺权,因此每个统御区成为独立的王国。

依蓝德·泛图尔 Elend Venture
中央统御区之王,史特拉夫·泛图尔之子。

熄灭 Extinguish
停止燃烧某种镕金术金属。

最后帝国 Final Empire
统御主建立的帝国,因为他永生不死,因此他觉得这会是世界上最后的帝国,永远不会瓦解。

骤烧 Flare
从镕金术金属取得具有爆发性的力量,代价是增加金属的燃烧速度。

MISTBORN: THE WELL OF ASCENSION

奈容汀 Gneorndin
灰侯·塞特的独子。

葛拉道 Goradel
曾经是陆沙德军营中的一名士兵,当纹决定要潜入皇宫杀死统御主时,他正在守门。纹说服他投诚,最后他带领依蓝德进入皇宫,试图要救她。如今为依蓝德守卫的一员。

哈姆 Ham
卡西尔手下的一名打手,如今是依蓝德皇宫侍卫的队长,真名为哈姆德。

哈佛富雷克斯 Fadrex
西方统御区中的中型城市,防备工事严密,灰侯·塞特的首都与家乡,是教廷的重要物资储藏地。

永世英雄 Hero of Age
预言中的神话人物,是泰瑞司人的救主。传说中祂会出现,取得升华之井的力量,再无私地放弃,以保护世界免受深闇屠害。众人均以为艾兰迪是永世英雄,他却在未能完成任务前被杀害。

钢铁审判者 Steel Inquisitors
一群奇怪的生物,是服侍统御主的祭司,尖刺穿过他们的眼睛出现在后脑,但他们却仍然活着。对统御主有狂热的忠诚,主要用于找出并杀死拥有镕金术力量的司卡。他们的能力类别之广泛,甚至超越迷雾之子。

迷雾之子
卷二·升华之井 [珍藏版]

铁眼 Iron eyes
沼泽在集团中的昵称。

铁拉 Ironpull
以镕金术燃烧铁，即可拉引某种金属。这拉引会对金属物质施力，将它直直拉向镕金术师。如果这块称为锚点的金属物比镕金术师还重，则会是镕金术师被拉向金属来源。

加那尔 Janarle
史特拉夫·泛图尔的副手。

加斯提·雷卡 Jastes Lekal
雷卡家族的继承人，曾是依蓝德的朋友之一。

坎得拉 Kandra
一族很奇特的生物，能吃掉一个人的死尸，同时以自己的骨肉重新塑造这具身体，会保留模仿之人的骨头来利用，因为坎得拉本身没有骨头。它们遵守以天金所定下的契约来服侍人类，是雾魅的亲戚。

守护者 Keeper
"守护者"一词经常用为藏金术师的代称。守护者其实是一群致力于发现、记忆所有在升华前便存在的知识与宗教的藏金术师。统御主将他们猎捕到将近绝迹，他们被迫四处躲藏。

卡西尔 Kelsier
最后帝国里最富盛名的盗贼集团首领。卡西尔组成司卡反抗军，

MISTBORN: THE WELL OF ASCENSION

推翻统御主，却在过程中身亡。他是迷雾之子，也是纹的老师。

克雷尼恩 Khlennium
一个古老的王国，存在于最后帝国之前，是征服者艾兰迪的家乡。

克礼丝 Kliss
纹在陆沙德宫廷中认识的女子，最后被发现是受雇于人的情报探子。

克罗司 Koloss
统御主在升华期间创造出的野兽战士一族，被他用来征服世界。

克雷迪克·霄 Kredick Shaw
统御主在陆沙德的皇宫，在古老的泰瑞司语言中，意指"千塔之山"。

关 Kwaan
一名崩解前的泰瑞司哲人。他是世界引领者，也是第一个误以为艾兰迪是永世英雄的人。之后他改变想法，背叛了原本是他朋友的艾兰迪。

统御主 Lord Ruler
统治最后帝国上千年的皇帝。他曾经名叫拉刹克，是艾兰迪所雇用的泰瑞司仆人。可是他杀了艾兰迪，在升华之井夺取力量后升华成统御主，最后被纹杀死。

扯手 Lurcher

可以燃烧钢的迷雾之子。

陆沙德 Luthadel

最后帝国的首都,世上最大的城市。陆沙德以纺织品、铸铁厂、豪华的贵族堡垒闻名。

脉天金 Malatium

卡西尔发现的金属,经常被称为第十一金属。没有人知道他从哪里找到,或为什么他觉得这可以杀死统御主,但是这种金属给了纹打败统御主的线索。

玛德拉 Mardra

哈姆的妻子。她不喜欢涉入他的盗贼行为,或是让他们的孩子陷入他生活所带来的危险,因此通常不与集团成员往来。

金属意识库 Metalmind

藏金术师当成电池来用的一块金属,里面可储藏固定的特质,日后提供取用。金属意识库会依照铸造金属的不同而有不同的名称:锡意识库、铁意识库,以此类推。

迷雾 Mist

奇特、无所不在的雾,夜夜降临最后帝国,比普通的雾气更浓,会盘旋、翻滚,彷佛活物。

迷雾之子 Mistborn

能燃烧所有镕金金属的镕金术师。

MISTBORN: THE WELL OF ASCENSION

迷雾披风 Mistclock

许多迷雾之子喜欢穿这件衣服作为他们地位的象征。以数十条粗布条所组成，上方缝制在一起，从肩膀以下自由散开。

迷雾人 Misting

只能燃烧一种金属的镕金术师，比迷雾之子常见许多（注：镕金术中，镕金术师要不拥有一个能力，要不就拥有所有能力，不会有两或三项）。

雾魅 Mistwraith

坎得拉一族没有智力的亲戚，雾魅是一团没有骨架的皮肉，在晚上于地面寻找腐肉食用，并利用骨架组成自己的身体。

诺丹 Noorden

少数选择留在陆沙德，为依蓝德效力的圣务官之一。

圣务官 Obligator

统御主的祭司，不只是宗教人物，也是公务人员，甚至是间谍网。没有经过圣务官见证的商业交易或承诺将不被视为拥有法律或道德效力。

欧瑟 OreSeur

卡西尔雇用的坎得拉，曾经扮演雷弩大人，纹的叔叔。如今它的契约为纹所有。

潘洛德·费尔森 Penrod Ferson

现存于陆沙德的最显赫的贵族之一，亦是依蓝德的议会成员之一。

烟阵 Smoker

燃烧红铜的镕金术师,亦称为红铜云。

安抚 Soothe

当镕金术师燃烧黄铜推一个人的情绪时,能够达到压制的功效。

安抚者 Soother

燃烧黄铜的迷雾子。

鬼影 Spook

卡西尔集团中的锡眼,集团中最年轻的成员。统御主被推翻时,他才十五岁,是歪脚的侄子,以前总说着难解的街头方言,真名为雷司提波恩。

钢铁教廷 Steel Ministry

统御主的祭司组织,包括少数的钢铁审判者,与大量称为圣务官的祭司。钢铁教廷不只是宗教组织,同时也是最后帝国的管理组织。

史特拉夫・泛图尔 Straff Venture

依蓝德的父亲,北方统御区的王,家在邬都。

海司辛幸存者 Survivor of Hasthin

卡西尔的别称,意指他是唯一成功逃脱海司辛深坑的人。

席诺德 Synod

泰瑞司守护者的领袖组织。

MISTBORN: THE WELL OF ASCENSION

使用 Tap
从藏金术师的金属意识库汲取力量,等同于镕金术师所称的"燃烧"。

塔辛文 Tathingdwen
泰瑞司统御区的首都。

泰尔登 Telden
依蓝德的老朋友之一,两人会谈论政治与哲学。

坦迅 Tensoon
詹的坎得拉。

泰瑞司 Terris
最后帝国最北边的统御区,唯一保留原本王国名称的统御区,也许代表统御主对他的家乡仍然有情感。

打手 Thug
能够燃烧白镴的迷雾人。

廷朵 Tindwyl
泰瑞司守护者和席诺德成员。

锡眼 Tin eye
能燃烧锡的迷雾人。

迷雾之子
卷二·升华之井 [珍藏版]

邬都 Urteau
北方统御区的首都,泛图尔家族的政治首都。

法蕾特·雷弩 Valette Renoux
纹在崩解时期用来渗透贵族社会的假名。

升华之井 Well of Ascension
泰瑞司传说中的神奇力量泉源,升华之井号称拥有魔法力量,能够被在正确时机造访它的人所使用。

世界引领者 Worldbringer
一群崩解时期前的泰瑞司藏金术师学者。守护者组织便是以他们为基础所组成。

叶登 Yeden
卡西尔集团跟司卡反抗军的成员之一。他在跟统御主的战斗中被杀死。

尤门 Yomen
在西方统御区的一名圣务官,是塞特的政治对手。

MISTBORN:

The Well of Ascension